想拿冠军，就要先来到发车线前，先出一轮事故，先撞一撞各种各样的东西，然后再来一次、再来一次、再来一次，总有一次会成功。

寒川歌

40

TIEDI铁地
FEIXING

寒川歌 著　　**MPH　km/h**

长江出版社
CHANGJIANG PRESS

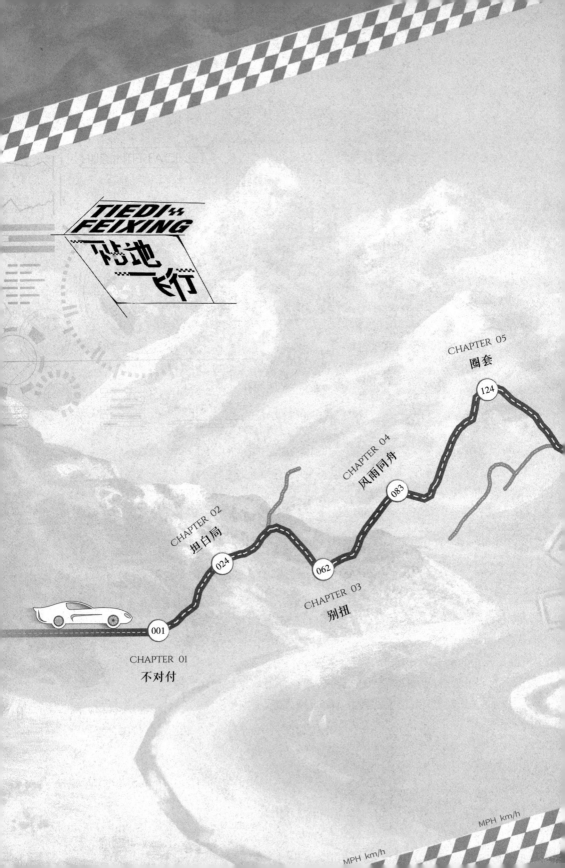

TIEDI
FEIXING

贴地飞行

MPH km/h

MPH km/h

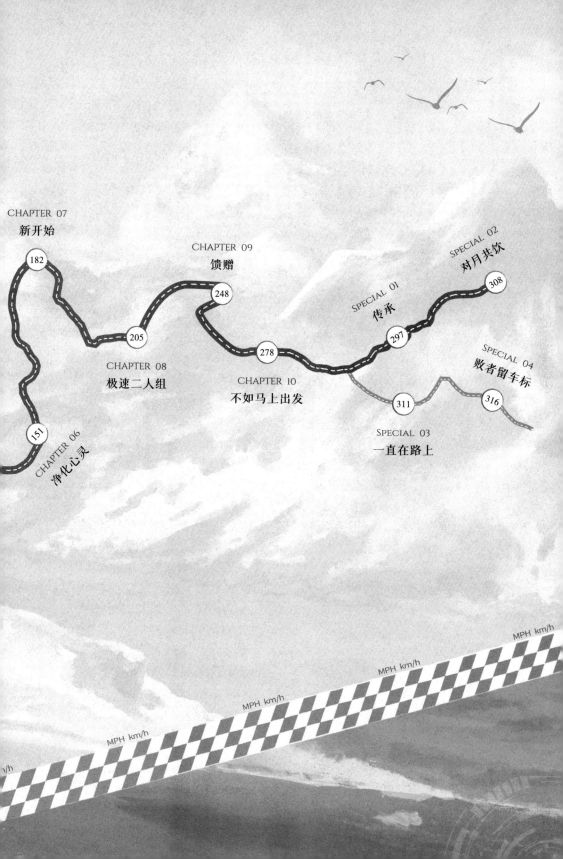

CHAPTER 01
不对付

　　房间里很暗，窗帘的遮光性极好，只能从窗帘缝隙间透进来的一丝亮光分辨出此时是白天。

　　夏千沉正在艰难地从床中间向床边爬行，2.5米宽的床，这段距离对宿醉的人来讲，用"道阻且长"形容也不为过。终于，羽绒被里伸出一条雪白细长的胳膊，夏千沉常年戴赛车手套缺乏日晒的苍白手指在床头柜上摸索着，试图摸到手机。这个是纸巾盒，这个是闹钟，这个是手表……

　　瞬间，黑暗中，夏千沉的瞳仁一缩，他意识到他的小指不慎钩到了表带。

　　醉酒后沙哑的喉咙中骂出一声，因为这块表价格不菲，他刚买没多久。然而，他并没有听见预料中的表砸在地板上令人心碎的声音，那块二十多万块的表稳稳落入了一个手掌心里。

　　接着，无辜的手表被妥善地放回床头柜上，那人扶起夏千沉。那人的手臂力量相当不错，且手稳，他扶着夏千沉坐起来，犹如调直座椅靠背一样轻松。他伸手，拿过床上乱七八糟的靠枕中的一个，垫在夏千沉的后背处。

　　夏千沉昨晚喝酒喝到凌晨，眼下大脑还没有完全清醒，喉咙里像有团火。照理说，这个时候夏千沉应该抄起床头柜上的闹钟往那人的脑袋上招呼，再把床底的棒球棍拎出来，把这个莫名出现在自己家的人揍到生活不能自理、性别不再清晰。

　　那人把夏千沉扶起来之后，径直绕过大床走去窗边。

　　"唰——"

　　不逊于圣光的太阳光让夏千沉立刻抬手挡住眼睛，同时别过脑袋。他更想骂人了。

　　那人又原路绕回来，不知从哪儿端来一杯温水，递到夏千沉手边。

　　骂人也得先润润喉咙，夏千沉抢过水杯，"咕咚咕咚"喝着水。

那人站直了，立于阳光中。他的脸很立体，且唇峰清晰，带着礼貌的微笑，说："早上好，夏千沉。"

"早上好，你是谁？"

此人穿着一件看上去不太厚的黑色毛衣，肩背直挺，腰窄腿长，牛仔裤不算贴身也不肥大，恰到好处。夏千沉家的地暖是舒适的 26 摄氏度，所以他穿这套衣服刚刚好。

"我是钟溯。"他自我介绍，"你的新领航员。"

夏千沉舔了舔嘴唇，没有给出回应，仰头继续喝水，把一杯水都喝完了。然后钟溯把玻璃杯从他手里拿走了。

"经理没能联络上你，所以给了我们门锁密码。"钟溯解释。

"我不需要领航员，请你离开我家。"夏千沉有一双明晃晃的狐狸眼，漂亮，攻击性也强。

钟溯料到了不会太顺利，说："我去做早餐，30 分钟后出门，今天勘路。"

勘路，是拉力赛前的一项准备工作。赛车手带着领航员在道路上慢慢地开一遍，让领航员做赛道记录。这是必要的，也是非常重要的。因为拉力赛的赛道都是天然道路——沙漠、高山、无人区，动辄上千千米、无数个弯道，没有人能靠脑子记下来，赛车手需要领航员来指挥。那么领航员要做到万无一失，就得提前勘察道路。

夏千沉依然没有找到手机，床头柜上没有，床上也没有。他掀了被子下床去卫生间，看见他的手机……沉在装满水的浴缸里。他想起来了，凌晨自己跌跌撞撞地回家后，给浴缸放水，然后坐在浴缸旁边用手机搜索"喝多了能不能泡澡"，搜索结果是"最好不要"。不能泡，夏千沉重重叹气后把手机一丢……

夏千沉独居，他的家是无隔断式装修，所谓的卧室也只是用一道屏风与客餐厅隔开。

从卫生间出来后，他听见外面半开放的厨房传来"叮叮咚咚"的声音，是钟溯在做早餐。他没给钟溯什么好脸色，故而也不打算跟钟溯借手机，反正一会儿直接去车队就行。

钟溯做了早餐，煎蛋、培根、去边的吐司，还有玻璃杯里晃着冰块的纯牛奶。

"清早喝冰牛奶，铁胃吗他？"钟溯昨天这么询问了车队经理。

经理说："是啊，他的头也很铁，以后你就知道了。"

夏千沉简单冲了个澡，仗着家里暖气很足，没有完全吹干头发。他走过来说了句"谢谢"，端起牛奶"咕咚咕咚"三口喝下一大半。钟溯看了欲言又止。

筷子戳进煎蛋，煎蛋被一分为二。夏千沉夹起半块刚打算送进嘴里时，手忽然顿在半空，似乎想起了什么，抬头，问："钟溯？"

钟溯换上洗耳恭听的表情。

显然，这位被酒精毒害的年轻人总算后知后觉地想起了"钟溯"这个名字代表着什么。那半块煎蛋被放回盘子里，紧接着筷子也被放下，夏千沉捋了一下思路。

"环沙（环沙拉力赛的简称）冠军领航员钟溯。"夏千沉和餐桌对面站着的男人对视，"为什么来我这儿？"

钟溯毫不遮掩地回答："GP（Genius's Pride 的简称，天才之傲）的车队经理昨天下午已经在汽联帮我和你完成了注册，我会陪你跑今年的环沙拉力赛。"

说完，钟溯从裤兜里摸出手机，点了几下后，递到夏千沉面前。

这个界面夏千沉可太熟悉了，汽联和国家体育总局共同创办的网站，全国的职业车队都被录入在此，网站上还有各项赛事的网络报名入口。此时，Genius's Pride 四驱组车手"夏千沉"旁边的领航员一栏，赫然写着"钟溯"二字。

"我去！"夏千沉噌地站起来，一把拿过手机，上滑界面检查网页网址，又刷新了一遍，退回网站首页，在搜索栏中重新输入：Genius's Pride。

页面短暂加载过后，同样的信息表再次出现。

"凭什么啊？我本人都没验证过，这是无效注册！"夏千沉怒道。

钟溯面不改色，甚至没有对夏千沉的不满和拒绝透出一丝不快，他不疾不徐地解释："经理获取了车队品牌方的授权，全权代理你完成注册。"

闻言，夏千沉坐了回去，没有拿筷子，而是很快理清了思路。

"我懂了，车队认为，我如果想跑环沙，那么就需要一个拿过环沙冠军的领航员来领航。"夏千沉倏地笑了笑，"看不起我？非得找个环沙冠军来让我抱大腿？他们把老彭开了？"

钟溯摇头："你的领航员老彭是主动请辞的，他家里人不希望他再从事这么危险的工作。"

闻言，夏千沉很明显地怔了怔，什么都没再多说，沉默片刻后，拿起筷子继续吃早餐。

钟溯不难看出他咀嚼的动作里有十足的愤恨，咬肌一紧一松，额角的青筋都快要蹦出来了。果然如经理所言，这个夏千沉不好伺候。

很快，夏千沉吃完早餐，随便抓起一件外套就要出门。钟溯跟在他身后，电梯里，夏千沉习惯性地按负二楼的按钮，去地下停车场。

"距离你喝酒还不满 12 个小时，我来开吧。"钟溯说。

"我晕车。"夏千沉没给他车钥匙，而是按了一楼，"我坐地铁。"

钟溯抬腕看了一眼手表上的时间，问："摩托车能坐吗？"

"什么车？"夏千沉也看了一眼时间。快 10 点了，车队仓库的维修工们 9 点半上班，车手没有固定的上班时间点，但他也很少迟于 9 点半到车队。

"山地摩托车。"钟溯说。

电梯抵达一楼，门开了，两个人都没有挪步子，接着电梯降至负二楼。

钟溯只有一个头盔，夏千沉就先去自己车里拿备用头盔。那辆车是纯电动汽车，性价比极低。钟溯看了一眼，没说什么，然后不死心地又看了一眼，确认了。

"这车可不是我的啊！"夏千沉赶紧和这辆车撇清关系，"这车是我妈的，你左边那辆车才是我的。我这辈子就算腿断了坐轮椅，那轮椅都不能是电动的，得是燃油的，油电混合的都不行。"

钟溯看过去，黑金配色的跑车，5.0T 排量，双涡轮增压（利用内燃机运作驱动的空气压缩机），千匹马力，号称"陆地猎豹"。

"很适合你。"钟溯说。

这是钟溯给出的中肯评价，毕竟那是夏千沉，当年 G 国 NS 赛道每小时 300 千米过弯的狠人，海拔 5000 米的"只有飞鸟可过"的川青北线之王。他猖獗又张扬，恐怕全世界的超跑里，也只有眼前这一辆堪堪能与他匹配。

"哦，谢……谢谢。"夏千沉没料到会收到这样一句话。

这比"哇好酷的车，你可真有钱"之类的奉承话听上去舒心太多了，他甚至有点儿想说"小伙子你眼光真好"。不过当务之急是回车队把钟溯退了，他跑环沙才不要一个拿过环沙冠军的人来领航。这样就算夺冠了别人也会说——没有这个久经沙场的领航员，你能拿环沙冠军？

该说不说，这年头在市里骑摩托车真是比开车要快多了。山地摩托车强大的油门轰鸣声频频引路人注目。几乎没有男人能抗拒引擎声浪，无论是搭载 8 缸发动机的超跑的声浪还是山地摩托车的。发动机的轰鸣声是让夏千沉平复心情的白噪声，他拍了拍钟溯的肩膀，说："别去车队仓库，去总部。"

钟溯在头盔里叹了一口气。

20 分钟后，摩托车停在 GP 总部楼下。

夏千沉拎着头盔，刷脸过闸机，一路畅通无阻，钟溯紧随其后，一直到进了总部大楼的电梯，夏千沉才偏头看他。两个人的身高看起来不相上下，可夏千沉看这一眼就明白，自己微微矮了三四厘米，更生气了。

"叮——"电梯门开了。

GP 总部的办公区走廊上摆着半人高的绿植，夏千沉目不斜视，轻车熟路地径直走到了一扇紧闭的办公室门前。

他叩门，钟溯在玩树叶。他再叩门，钟溯在试走廊上的窗户能开到多大。

终于，门开了。开门的人钟溯认得，是 GP 的副总，姓周。周总见来人是夏千沉，故作惊喜地笑道："哟，千沉怎么亲自过来了？有什么事电话里说呗？"

"手机泡水了。"夏千沉说完，冷漠地朝钟溯站的地方偏了偏脑袋，"我不要他，信息表作废，把我的领航员空出来，重新招人。"

周总的表情让钟溯觉得他下一句话就会说"大过年的孩子还小来都来了先吃饭吧"——总之是一系列搅和局面的话。

果然，周总说："哎呀，千沉哪，你不知道，你跑完川青（川青拉力赛的简称）回来，咱们公司股价涨幅喜人！环沙可千万不能出岔子，你可是我们的……"

"我知道他是环沙冠军，很牛，但我夏千沉跑环沙，不需要抱大腿。川青北线我能跑，环沙的玉山天路我一样可以。周总，在钟溯从我的信息表里消失之前，我就是去跑网约车、做代驾，也一场比赛都不会上。"

丢下这些话，夏千沉连周总的办公室都没进，拎着头盔扭头就走，然后进电梯，关门。

在电子支付普及的年代，没有手机又没带现金的夏千沉寸步难行。他又从地铁口走上来了，因为没有手机，无法扫码进站，没有现金，无法购买地铁票。

不多时，一阵发动机轰鸣声在身后响起，夏千沉敞着的黑色风衣被扬起下摆。

山地摩托车停在夏千沉身后不远处，钟溯掀开头盔前挡风镜，说："夏千沉。"

夏千沉回头："你刚才也听到了，我不是针对你，只是针对环沙冠军。"

钟溯并没有因为夏千沉在周总面前说的话而恼怒，只是问他："你去车队吗？我送你。"

夏千沉保持着敌意，答："不用了，你自己抽空去汽联解约吧，违约金我帮你付。"

钟溯对此没有做出回应，他坐在摩托车上，一条腿支地，腿很直，和车身呈一个稳定的角度。

"给。"钟溯从外套里掏出一张一百元纸币，"起码现在还在合约期，拿着吧。"

那张纸币在深冬的风里"唰唰"作响，夏千沉拎头盔的手不自觉收紧，指节因施力而泛白。

"谢了。"夏千沉接过钱，"回车队后我让经理把钱转给你，你……有空还是去解约吧。"

钟溯又叫了他一声："夏千沉，就因为我是环沙冠军？"

没走出两步的夏千沉停下脚步，钟溯只能看见他的后脑勺。

"对。"夏千沉微微偏了一下脑袋，只给钟溯一张侧脸，"我理解总部想让我在环沙上万无一失，保住车队的颜面和我的'不败金身'。"

"但对我而言，那就不是赛车，是表演。"夏千沉说。

言下之意，我不是针对你，针对的是环沙冠军领航员。

夏千沉回到地铁站，在机器上用现金购买了车票，去车队仓库。

地铁车厢里，他抱着他的拉力头盔，沮丧地坐在位子上。

夏千沉真的能理解车队这么做的原因。环沙拉力赛，无论从长度、难度还是危险程度来说，都是最高级别的拉力赛事。赛道以"死亡之海"为中心，将近 6000 千米，耗时十天，途经沙漠、戈壁、雪山，还有令人闻风丧胆的玉山天路。他是惊采绝艳的夏千沉，GP 的全称"Genius's Pride"，天才之傲说的就是他。他不能在环沙赛道上有任何重大失误，所以车队才找了环沙冠军领航员来领航。

"我不接受。"夏千沉对经理说。

经理是个扎单马尾的女生，约莫三十岁的样子。

"我不要钟溯，给我换个领航员。"

夏千沉说这话的时候，经理正和维修工们围坐在办公室里，一起研究将涡轮压力增至 5bar（压强单位）的可行性。经理示意维修工们先散了，然后收拾起桌上的东西，望着他："你以为你打游戏当团长踢人呢？"

"我不想第一次跑环沙就找个金牌辅助领航员。"夏千沉顶嘴。

经理往他的额头指了指："千沉，川青是低温线，环沙是高温线，你没有环沙经验，你需要这样的人来领航。"

夏千沉放下头盔："娜娜，川青拉力赛我当时也是第一次跑，凭什么环沙就不行？我不需要金牌辅助，我不怕丢脸，更不怕死。"

还没等经理娜娜消化夏千沉这番"我就是要证明我自己"的言论，他伸手，掌心向上，说："给我一百块……我手机泡水泡坏了，钟溯给我现金回来的。"

他能屈能伸。

娜娜的视线越过他，看向办公室门口的人："一会儿我微信转你啊，我身上也没现金。"

"嗯，没事。"钟溯回答。

夏千沉回头，看见钟溯倚在门框边。

钟溯："今天勘路，我们下午 3 点出发。"

考虑到夏千沉昨晚喝酒喝到凌晨，钟溯把时间往后推了一些。

钟溯要勘的道路夏千沉知道，是月底的灰雀山拉力赛的赛段，不长，60 千米，这场比赛是品牌方为新车型造势的邀请赛。

"我在周总那儿说的话你都听到了。"夏千沉走到办公室门口，"麻烦借过。"

钟溯抬手做投降状，侧身，让夏千沉过去。

"他说什么了？"待夏千沉离开办公室，娜娜问钟溯。

钟溯回忆了一下，答："他说……就算他去开网约车、做代驾，也不会再上一场比赛，直到我主动请辞。"

娜娜冷笑："坐，数五个数，他就回来了。"

钟溯依言坐下，心里刚数到三。

"娜娜……"夏千沉折回来了，"给我买个新手机。"

要不怎么说他能屈能伸呢，方才还大言不惭要帮钟溯付违约金，眼下也不嫌丢人，张嘴就要经理给他买手机。

娜娜靠到椅背上，环着双臂："昨晚玩得挺开心哪，每个颜色的香槟开一瓶，'夜场小王子'连发六条朋友圈。上千万的跑车开着爽吗？兜里还有几个钱哪？今天油价又涨了，还加得起油吗？"

灵魂拷问，字字伤人。然而钟溯很不合时宜地发现原来经理也是"夜场小王子"的微信好友？

夏千沉不怕丢脸，应该说在金钱上他从不怕丢脸，因为有钱和没钱是无法立刻改变的事情。所以他进了办公室，坐到娜娜旁边："昨晚上头了……钱这种东西没了再赚嘛，但谁能想到一觉醒来老彭弃我而去了呢！"

娜娜平静地看着他："老彭离职的原因你知道吗？"

夏千沉想了想，回道："他……他家里人不想让他跑拉力，太危险了。"说完瞄了眼钟溯，因为这还是清早起来钟溯告诉他的。

娜娜点头："是的，更具体的原因呢？为什么老彭跟你跑了一年，偏偏这个时候家里人不同意了？他这么大一个人，如果不是自己想走，家里人怎么能左右他？"

夏千沉垂下了眼。

娜娜说："老彭的老婆上周生了，你不知道吧？也许他说过，但你忘了，或者你根本没有在意。千沉，你回国这两年车队上下都惯着你，你也不负众望成绩斐然，两年来谁对你不是千依百顺，你是不是也得回馈给车队些什么？"

"我每场比赛都在拼命，我没给车队丢过一次脸，这还不够吗？"夏千沉问，"还是说车队觉得我菜，环沙必须得有他给我保驾护航？"

"环沙不一样。"娜娜揉了揉太阳穴，"千沉，许多事情没你想象中的那么单纯，股价和……算了，你先去买手机。"

娜娜起身去包里找出一张银行卡递给了他。

"离环沙还有四个月，希望你能改变心意。"娜娜说。

"离环沙还有四个月，你们有足够的时间再给我找个领航员。"夏千沉接过银行卡，"谢了娜娜，我等下把钱转给你。"

夏千沉走后，娜娜和钟溯苦笑着叹了一口气。

"抱歉啊，他就是孩子气性。"娜娜说。

钟溯则微微耸肩表示不在意："入职前你都说过了，没事的。"

娜娜倒了杯水给钟溯："他并不是不懂事，只是比较自我，又过于要强。"

"谢谢。"钟溯说，"能看出来，也可以理解。如果是我来领航上环沙，那么就算拿了成绩，别人也会觉得是领航员经验丰富。"

娜娜点头："正是这样，他这个年纪……二十二岁，不上不下的，难带，劳你费心了。"

"哪里的话。"钟溯笑了笑，"我既然拿这一档的工资，就一定尽我所能，在环沙赛道上坐在他的副驾驶位上。"

夏千沉在附近的商场里买了新手机，登录微信的第一件事就是把钱还给娜娜，然而转账操作停滞在扣款阶段。手机弹窗提示"您的余额不足"。

夏千沉愣了愣，切换到手机银行 APP（应用程序），查询余额，卡里只有一千多块。

站在商场门口的夏千沉如遭雷击，终于想起前一晚的冲动消费。昨晚初中同学聚会，夏千沉高中毕业后和妈妈远赴 G 国，眼下是班里混得最好的，席间围绕他的话题自然不断。饭后又辗转去了市里的顶级夜店，夏千沉被同学一套接一套的话捧上了天，一掷千金每个颜色的香槟开了一瓶，加上各种比外面零售溢价几倍的酒，喝到最后夏千沉自己都不知道花了多少钱，也不敢看收支记录。

夏千沉这才幡然悔悟，他真的迟早要被自己这点儿臭毛病害死。他胜负欲极强，别人捧几句他就找不着北，自诩泰山北斗，什么金牌辅助，他不需要。

然后他长长地叹了一口气，娜娜的钱不能不还。这位川青北线之王百般无奈下，使用了当代年轻人身陷困境时的统一求助方式——

"妈。"夏千沉拨出去一通电话，"给我转点儿钱……"

噩耗频传，当晚回家，夏千沉发现跑车本不充盈的油箱见了底。

买这辆千万超跑几乎耗光了他的积蓄，这笔钱他从十八岁攒到现在，G 国 NS 赛道圈速赛上拿到的第一笔奖金就存入了他的"超跑基金项目"，还有后来的大赛奖金、广告代言费。

本质上，他并不是夜场玩咖。他不在乎钱，因为他知道自己能赚，所以花钱比较随性。说到底，夜店那次冲动消费还是因为性格。

黑金超跑，夏千沉的梦中情车。此时夏千沉站在它旁边，在"从车队偷一桶油回来"和"不行就去跑出租吧，我本来就是个开车的"之间挣扎着，最终咬咬牙，掏出手机，下载了当下主流的打车 APP"吱吱打车"。

"吱一声，车就到！"

开屏广告俏皮地蹦出两个选项。

欢迎新用户，请选择您的身份！

——我要打车；

——成为司机。

夏千沉舒出一口气，瞄向黑金超跑不远处的纯电车，点击了"成为司机"。

他一顿操作后，这辆纯电车成功在"吱吱打车"上注册成了一辆网约车，高端舒适型，每千米三十五块。

在沪市这样的一线城市，很多乘客打车愿意选择高端舒适型的车，夏千沉很快就接到了订单。他觉得自己非常专业，握着方向盘将车稳稳地停在了路边。

乘客上车后，这位能屈能伸、专业素养极佳的赛车手，温声与乘客确认了手机尾号及目的地后，为了让乘客拥有物超所值的乘坐体验，发挥出了自己卓绝的车技。

尽管是纯电车，但毕竟它还是一辆价格高昂的豪车。夏千沉握着方向盘，把车开得像是电影里面有警车在追一样。他气定神闲，旁边的乘客面色铁青。

原本 20 分钟的车程，比预计时间提前 7 分钟到达，夏千沉带着职业微笑偏过头，等着乘客的五星好评。乘客："哕……呕吐袋……"

夏千沉："啊？"

乘客松开安全带夺门而出，抱着路边的垃圾桶狂吐，夏千沉震惊了，打开双闪，跑过去手足无措地问："你……你没事吧？"

"你会不会开车啊！"乘客吐得飙眼泪。

夏千沉没办法，在路边买了瓶水给乘客，带着一星评价悻悻离开。

次日，夏千沉在车里贴了个标识：吐车上三百。

"坐轮椅都要坐烧油的？油电混合的都不行？"钟溯笑了笑，打趣夏千沉。

夏千沉从主驾驶室出来，关上车门，坦言："没办法，没钱加油了，用我妈的车跑几天网约车。"

这是钟溯没想到的。前两天是周末，车队休息，夏千沉居然真去开网约车了。

钟溯放下洗车的高压水枪，走过来拦住夏千沉："冒昧问一句，你赚的是你跑车的油钱，还是我的违约金？"

夏千沉起初对钟溯本人没有什么意见，但如今自己话都说到这份上了，前因后果也都坦然相告，钟溯还这么固执地要给自己当领航员，那就有点儿不识相了。所以他语气冷漠地说："油钱，然后开跑车去参加镜江圈速赛，冠军奖金就是你的违约金。"

说完，夏千沉皮笑肉不笑地拍了钟溯的肩膀："还得委屈你再等等了。"

镜江圈速赛钟溯知道，是沪市每年都会举办的竞速比赛，也被戏称为"沪市超跑大赏"。因为不限排量，所以各路豪车车主都愿意来镜江圈速赛让自己的宝贝跑车露露脸。也因为市区路段限速，大家很少能有这样的机会把油门踩个爽。

钟溯叹了一口气，夏千沉确实是个难带的死心眼。他想了想，追着夏千沉走进仓库办公室，并且关上了门。

"干什么？"夏千沉接了杯水，问道。

"别去跑圈速赛，那点儿奖金到头来还不够你的车损费。"

夏千沉端着水杯坐下："你觉得我的车技会出现车损？"

"你不撞别人，别人来撞你啊。"钟溯解释。

"大不了撞了车回来我自己修，谁家车手不会修车啊。"

"你那辆车光是碳纤维尾翼就十来万了，裂了你怎么修？"钟溯问。

夏千沉心说这人怎么还来劲了，回道："你管我怎么修？我从仓库找个差不多的尾翼装上，反正都能减阻力。"

"那你怎么跟维修工们解释？他们的赛车手都沦落到这个地步了？"

夏千沉蹙眉："你想跟我抬杠到下班是不是？想说什么赶紧说。"

"跟我跑灰雀山拉力赛。"钟溯说，"既然我现在是你的领航员，应该为你分忧，灰雀山的冠军奖金不比圈速赛的高吗？"

夏千沉坐直了："你去解约就是为我分忧。"

"违约金我付不起，你目前也付不起，所以我们应该一起上赛道，就当为了我早点儿离职。"钟溯全程都温声说话，语气平稳，咬字清晰，其实夏千沉挺喜欢这样的音色。

钟溯和他说话时堪比劝导叛逆青少年，循循善诱，字里行间让他觉得钟溯站在他这边。

显然，这样的方法让夏千沉很受用。

"我不管你是什么出发点，但我现在确实需要赚钱。"夏千沉说着，忽然笑了笑，"既然你这么想帮我，让我看看你的诚心，钟溯？"

夏千沉分明生了一对墨画般的眉毛，带着少年的英气，却偏偏又生了一双狐狸眼。他这样笑起来时，让人有一种冲动，想看看他背后有没有来回晃悠的狐狸尾巴。

"你说。"钟溯保持着礼貌的微笑。

夏千沉拿出车钥匙："加快我赚钱的进度，网约车我们两班倒，你的收益我们三七分，我三你七。"

"没问题。"钟溯走过去,拿走车钥匙,"那你需要加我的微信,在 APP 里把我添加到这辆车名下。"

面对不假辞色的夏千沉,钟溯没有任何抵触情绪,拿出手机,出示了微信二维码。

钟溯被添加到司机栏之后,也看见了夏千沉这个周末的订单。

钟溯字斟句酌:"你……你挺不容易的,没和这些乘客在评论区骂起来。"

其实他原本想说"我还没见过差评这么多的网约车司机",但忍住了,换了一个夏千沉比较能接受的说法。

"是吧!我堂堂 NS 圈速赛冠军、川青北线冠军、全国第一梯队的拉力赛车手,给他们当司机,他们居然还这不满那不满?!"

钟溯心想:好的,顺毛管教的效果立竿见影。

钟溯点了点头:"但是我们看在钱的分上,下次接单还是稳着点儿开吧,好吗?"

"好吧。"夏千沉说。

毕竟一旦差评成立,有一半的车费会被平台以红包的方式赔偿给乘客。

"先去勘路吧。"钟溯走过去打开办公室的门,"我已经去两次了,带你再勘一遍。"

他倒是个尽职尽责的领航员,没有赛车手陪同,自己去勘路。

夏千沉有些动容:"你自己去的?"

"嗯。"

"娜娜让你开赛车去的?"毕竟灰雀山赛段普通的轿车和 SUV 都不好走。

"山地摩托车。"钟溯说,"正好让它跑一跑该跑的路。"

钟溯骑着山地摩托车跑了两次灰雀山赛段,赛段在山林深处,他还得先骑起码 40 多分钟的山路。

夏千沉"哦"了一声:"我去开赛车,刚好让你感受一下动力。"

"我不晕车。你尽情发挥。"

夏千沉是四驱组车手,这辆赛车配备的是全时四驱系统(指车辆在整个行驶过程中一直保持四轮驱动的形式),全时四驱系统与水平对置发动机纵向相连,且左右对称,形成完美的重量平衡,是今年夏千沉最满意的一辆赛车。

维修工们正在给另一辆车进行改装,娜娜也在帮忙,见他们一起出来,问了一句:"去哪儿啊?"

"勘路。"夏千沉说。

娜娜挑眉,看向钟溯,钟溯只是笑了笑,没做什么回应。

"改了三百多万。"夏千沉拍了拍引擎盖,"准备今年上环沙。"

"你疯了吗?开赛车上马路?开越野车去。"娜娜忽然煞风景。

夏千沉本来想说叫辆拖车把赛车拖过去,不过想想手头存款还是算了:"哦……"

钟溯见他委屈，没忍住笑了笑："没事，越野车的动力我也很想感受一下。"

车队仓库就是车多，钟溯跟在夏千沉后边，穿过堪比车展的一排排改装赛车，来到了娜娜说的这辆越野车前。

夏千沉开门坐进主驾驶位，钟溯随后坐进副驾驶位。

两个人同步拉下安全带，夏千沉调试了一下后视镜，问道："你要是晕我的车，是不是就说明我们俩彻底没戏了？"

"你要是能把我开吐，违约金我自己掏。"钟溯扣好安全带，偏头朝他笑了笑。

这个笑不同于此前礼貌儒雅的笑，倒有些"请赐教"的意思。

夏千沉点火启动，等待发动机预热的时间里，探着上半身打开副驾驶座前的储物盒，拿出一个白色呕吐袋，往钟溯怀里拍去，笑得十分欠揍。

灰雀山拉力赛，全长 60 千米，赛段在沪市市郊灰雀山深处。

60 千米的天然道路，有多个"之"字形弯道，一边是山体岩壁，另一边是可以滚上 3 分钟不停歇的急坡。

拉力赛就是这样，即使赛车手和领航员配备了头颈保护系统、耐火赛车服和碳纤维头盔，车内设有防滚架、六点式安全带，但赛车以平均每小时 180 千米的速度疾驰在坑洼不平的山路上，什么都有可能发生。这些昂贵的赛车设备并不能为赛车手和领航员的安全打包票。对领航员来说，他们更是无异于把命交给赛车手。

论性能，越野车已经是家用汽车里的佼佼者，但在山路上和改装赛车比起来，自然落后一截。越野车开起来没有赛车顺手，也没有赛车爽。

"前方 30 米右 3 接曲直向右。"钟溯在副驾驶位上读路书。方向后面的数字代表弯道的急缓程度，例如右 1 的"1"代表急弯，数字越大，弯道越缓。

路书是钟溯前两次独自来勘路的时候写的，他像所有领航员一样，记下了这 60 千米的全貌，记下了所有弯道、所有路况、所有坡道。

钟溯继续报路："曲直向右，缓坡 200 米，接左 4。"

"左 4 后沙石路。"钟溯说，"油门焊死。"

没有任何一个赛车手能拒绝领航员说"油门焊死"。

越野车全油门进沙石路面，其实这辆车的减震系统已经非常优秀了，但还是比不了改装赛车，全油门跑沙石路面的时候，颠得仿佛在开一辆四个车轮都是方形的车。

钟溯接着报路："前 60 米右 3 紧接左 2，出弯接 80 米直线，后飞坡。"

飞坡，即踩油门上坡，如果是前置前驱车，那就起跳前迅速踩刹车，起飞前再全油门飞坡；飞坡落地，则为滞空时轻点油门，让车身重心后移，尽可能让车身以水平姿态落地。

诚然，这都得在开改装赛车时才能做到，所以夏千沉握着方向盘，问："想飞吗？带你飞一个，回车队就说这车是你开的，娜娜要是不把你的头拧下来，我就带你上环沙。"

钟溯想了想，说："那还是飞吧。"

家用汽车的避震系统不可能承受得了飞坡落地的冲击，落地时大概率会断轴。这辆越野车是娜娜自己的车，把它的轴干断了，他们俩一个都别想活。

"你是真想跟我上环沙啊，为什么？"夏千沉没有选择飞坡，而是收油门减速，老实地慢慢从坡上开过去。

钟溯继续报路。

一趟跑下来，已经暮色四合。

冬天本来就暗得早，眼下还不到 5 点，一轮新月已然挂在天边。

凭良心讲，和钟溯合作驾驶是很舒服的，钟溯没有口音，不会像有些领航员那样吱哇乱叫，也不会指手画脚。他是一个令人舒心的合作伙伴，声音也好听。需要他安静的时候他很安静，报路的时候像人形电子导航，车辆发生重度颠簸的时候也没有任何抱怨的话。

优秀的领航员可以让赛车手放手一搏，放心大胆地高速过弯，因为领航员会告诉你，这个弯后接什么道路，你可以全油门进弯，全油门出弯。

不是环沙冠军就好了，夏千沉想。

山林深处全靠月亮和车前灯照明。夏千沉切到远光灯，沿另一条路下山。下山的路不是来时的路，而是从赛段的终点直接驶向另一条路下山。

"其实你不愁找工作吧，为什么一定要来给我当领航员？"夏千沉问。

大家都是成年人，也并非初入社会。这个问题比较直接，好在钟溯比他年长几岁，懂得转圜，知道分寸，更知道夏千沉厌恶虚与委蛇，讨厌模棱两可。与其说一堆奉承他前途无量，自己是为了赛道荣耀之类的话，自己不如明说，反而能博取好感。

所以钟溯明说了："他们给的实在是太多了。"

夏千沉"扑哧"笑了一下："我去，就因为……"

一分心，夏千沉忘了这辆车的性能，加上路不熟天色暗，外侧轮压了个空。眼看整辆车要向右翻落坑的时候，夏千沉非常果敢地打方向盘救车。前置四驱系统把越野车成功掰了回来，但山林路面复杂，左边又是一个浅坑，夏千沉又反打方向盘重踩刹车。该说不说，对顶级拉力赛车手来说，这种程度的救车操作信手拈来。

不过……精彩的反打方向盘重踩刹车后，整个人会向左猛晃一下，这是驾驶员下意识对车内乘客的保护，是为了让危险来到左边主驾驶位。

但并没有出现想象中的脑袋狠磕一下左边车窗的惨状。

钟溯不知道什么时候松开安全带扑了过来，夏千沉的脑袋撞上了钟溯挡过来的手心。

"你疯了吗？"夏千沉诧异地看着钟溯，"车刚才都甩尾了，你敢松安全带？"

钟溯的表情有些僵硬，显然他自己也不知道该怎么解释。

这个行为无疑是愚蠢的，但钟溯的反应让夏千沉没能继续责怪他。因为钟溯表现得像一条受过虐待的狗，好像对这种事情有阴影，所以反应非常大、非常快。

钟溯慢慢地缩回手，坐回座位上，重新扣好安全带，一言未发。

"怎么不顶嘴了？"夏千沉问。

钟溯下午在办公室里那副能和他抬杠到下班的样子荡然无存，看上去甚至有些难过。

钟溯舔了舔嘴唇："抱歉。"

"为什么这么做？"夏千沉一直踩着刹车，"说明白，否则这件事我会反映上去，你想不解约都难。"

钟溯垂眼，不去看他："因为……我不想你碰到脑袋，人类的脑袋很脆弱。"

夏千沉略做思索，说道："行，我接受了。"

钟溯怔了怔，扭头看过去："你不趁机摆脱我？"

"我需要乘人之危吗？我堂堂正正摆脱你。"夏千沉笑了笑，松开刹车继续往前开，把手机丢给了钟溯，"劳驾，帮我连上蓝牙音响，播第一个歌单，密码 0909。"

钟溯接住手机，解锁："09 号赛车？"

"嗯。"夏千沉开得很谨慎，但语气是放松的。09 号赛车是他打算开上环沙的赛车。

片刻后，车载音响中传出的音乐充斥着整个车厢。热血动画的音乐一响，顿时整辆车都燃了起来，仿佛下一刻越野车就会变身高达。

"没有人可以在你的 BGM（背景音乐）里战胜你？"钟溯迟疑着问。

夏千沉点头，目不斜视地说："知道什么是最强的吗？亮红灯的奥特曼、残血的影魔、被揍趴下的齐天大圣。"

"陷入绝境，触底反弹。"钟溯点头，"明白了，还有夜间开家用车跑山路的夏千沉。"

这次车速慢了许多，山路就是这样，应该说，拉力赛就是这样，要在胆识过人、车技卓绝、运气不差的前提下，保持对自然的敬畏心。所以这位少年成名、猖獗至今的二十二岁赛车手，在一次惊险遭遇之后重拾理智，缓速下山。

行驶到城区后，有了路灯照明，夏千沉犹如神装大佬进新手村，一路无人能敌，稳稳踩在下班点前回到车队仓库。

娜娜："我想到了会有剐蹭，但是为什么后车窗玻璃会裂啊？夏千沉你倒车撞树了？"

夏千沉挠了挠头发："忘了你这车是前置四驱系统，下山的时候压了泥，想漂移一下，把泥甩出去，然后……路过一辆渣土车，掉下来一块石头，砸上去了。"

"我帮你修。"夏千沉添了一句。

娜娜看了看后车窗玻璃，裂了几条缝，因为贴了防爆膜，玻璃没有掉下来，也不太影响后视镜视野，遂朝夏千沉翻了个白眼："拉倒吧，你兜里有多少钱我不知道吗？明天去仓库找一块能装的装上得了。"

"我赔。"钟溯插话，"我干扰驾驶了，抱歉郝经理，明天我帮你开去4S店换原厂玻璃。"

娜娜立刻敛了表情："真没事，回头我多攒点儿车损一起让队里师傅修了，别在意，我就是想骂骂他。"

夏千沉跟着说："是啊，不关你的事，是我失误了，全世界哪个车手能安全驾驶超过三天的？"

眼下已经快要下班，维修工们收拾完东西先后出来，其中一个看见越野车的后车窗玻璃，"哟"了一声，笑了笑说："这多大点儿事啊，赶紧回吧，一会儿下雪了。"

娜娜"唉"了一声："行了，你们俩回去吧。"

车队仓库在市郊，这附近全是厂房，没有什么高楼，平时天气晴朗时能看见不少星星，今天抬头看，墨色的夜空中，黑云又浓又厚。

要下雪了，娜娜说完便锁了仓库的门，跟他们打了个招呼上车走了。

沪市的雪落下来就化了，地上湿漉漉的，有时会结成冰面。夏千沉看看那辆山地摩托车，问钟溯："你住哪儿？我送你吧，你这样骑回市区，人都成速冻食品了。"

钟溯摇了摇头："没事，我打个车走。"

"打我的车呀！"夏千沉说。

钟溯："……"

三十五块1千米吗？

雪花在仓库旁的路灯下旋转翻腾，最终落在夏千沉的刘海上。思想挣扎片刻后，钟溯打开了"吱吱打车"，选择高端舒适型车辆。这个时间，下雪天，在距离城区20多千米的市郊，的确只有夏千沉的这一辆车符合要求。

手机上显示：司机正在赶来接您的路上！距您0.1千米！

"上车！"夏千沉说。

钟溯租的房子在沪市的老城区，这附近最近两年可能要拆迁，拓宽马路。沪市的主干道都六条车道了，这一片的马路才两条车道。

看着 APP 里随着千米数疯狂上涨的打车费，钟溯坐在副驾驶位上看着窗外偷偷握了两下拳头。算上折扣、红包、减免，20 千米的高端舒适型网约车车费需要六百块。钟溯看着这个数字……半个月的房租。

"五星好评。"夏千沉笑眯眯地说，"劳驾再写点儿正面评价，300 字就行。"

钟溯狠咬了两下后槽牙："好的。"

"明天我再来接你？反正你的摩托车都留在仓库了。"夏千沉降下车窗，对刚下车的钟溯喊着。风雪涌进车厢，夏千沉只觉得爽。

"我坐地铁。"钟溯说。

夏千沉坏笑："那得起多早啊！"

钟溯紧了紧外套，回头无奈地看着他："这儿有违停拍照，限停 3 分钟，超时扣三分罚两百块。"

"好的，晚安。"夏千沉说。

"晚安。"钟溯目送夏千沉的车离开这条街，叹着气走进巷子，给这位车费收六百多的"劫匪"五星好评。

翌日，GP 车队仓库。

整夜降雪让这一片本就人迹罕至的厂房仓库群更加安静，只远处厂房偶尔传来金属膨胀的声音。

夏千沉在仓库里的赛车模拟器上练车，这个东西有点儿像电玩城里的赛车游戏设备，有座椅、方向盘、离合器、刹车、油门、挡位器和手刹。

屏幕上是模拟器里下载的灰雀山拉力赛赛道全景地图。

在模拟器上练车更加方便赛车手熟悉路况，但只能熟悉，不能依赖。钟溯站在旁边看了一会儿，去维修部转了一圈，找到了经理娜娜。

"郝经理。"钟溯过去打招呼。

"叫娜娜吧。"娜娜说，"以前千沉也叫我'郝经理'，总感觉你们在跟我撒娇。"

娜娜姓郝，无论是叫郝经理还是郝娜娜，都微妙地有些娇嗔的意思。

"娜娜。"钟溯改口，"你今天用车吗？我帮你把车开去 4S 店换块后车窗玻璃吧。"

"然后我打夏千沉的车，花七百块回家？"娜娜笑着问，"不用啦，就裂了很浅的几条缝而已，我们这儿都能修。倒是你，不是愁钱吗，昨晚还主动要求帮我修车？"

钟溯先回头看了一眼维修部外面，维修工和保洁们在扫雪，他在看夏千沉会不会忽然跑过来。确认安全，钟溯才说："你比我了解夏千沉，他目前是死都不想和我上环沙，还有四个月，我要一点点磨他，任何增加好感的机会都不能放过。"

娜娜明白了，她的车说到底是夏千沉弄坏的，而且在车队工作根本不愁修车。

"但这行得通吗？那是个小没良心的。"

钟溯耸了耸肩："试试吧，我必须想办法改善和他的关系，离环沙报名只有四个月了。"

这确实是迫在眉睫的事情，娜娜想了想，说："好，不过去4S店弄一块原厂后车窗玻璃要不少钱，这钱我还是补给你吧。"

"不用的。"钟溯说，"你不用担心我的经济状况，只要能和夏千沉上环沙，GP会给我多少钱你更清楚。"

娜娜点头："只要能上环沙。"

当初GP花重金找钟溯，就是为了夏千沉的首场环沙。

钟溯前后跑过三次环沙，去年是第三次，拿下冠军的同时打破了环沙纪录。尽管赛道几度变更，但他三届环沙的发挥都相当稳定。

环沙拉力赛，将近6000千米，耗时十天，有极端道路和不可预测的天气变化，有高海拔雪山，有地表可达70摄氏度高温的盆地。能跑完全程的人，甚至不到发车时的三分之一。

夏千沉是GP的摇钱树，车技卓绝，样貌出众，家庭背景也好，母亲是G国深造归来的优秀医生。他本人的履历漂亮，性格张扬，身上的广告代言多到一件赛车服都放不下。他不能在环沙有任何失误。他在这样的年龄就爬到了金字塔顶端，那么GP就不可以让他有任何闪失。

钟溯把娜娜的车开到了4S店，得知原厂配件的费用加上4S店的人工费，将近五千块。钟溯当下便付了钱，带着订单回执返回车队仓库。他返回车队后没有第一时间进仓库，而是在门口点了根烟，然后拿出手机，打开微信，先是笑了笑。他把夏千沉置顶了，他第一天加上夏千沉的微信的时候，夏千沉的头像是龇牙笑的史迪奇，等他第二天把夏千沉置顶的时候，发现夏千沉的头像变成了不露齿的史迪奇，就像是……在试图让自己看起来成熟一些。

他抽了一口烟，叼着烟，在微信里翻到一个备注为"景燃"的人。

景燃这个名字在业内如雷贯耳，他打破了环沙拉力赛纪录，是SS9（SS：Special Stage的缩写，特殊赛段）玉山天路的赛段冠军、钟溯的前同事。

钟溯：兄弟，钱的事你别担心，我顺利的话今年环沙后能进一笔钱。

景燃：不用，别再让我多说一次，我脑袋里的肿瘤和你当时的指挥没有关系。

钟溯：总之别放弃治疗。

景燃：你要是聊这个那我没空了，我跟你有时差。

钟溯：行吧，不聊了。

忽然有个人拍他的肩膀："干吗呢？"

钟溯立刻将手机锁屏，猛地回头，是夏千沉。

夏千沉被他剧烈的反应吓得愣了愣："溜出去2个小时，你干吗去了？"

"哦……"钟溯把烟夹手里，把手机揣回兜里，"我去4S店给娜娜修车了。"

"真去了？没必要啊，隔壁那个车手去年报废几辆越野车了，拿一块玻璃过来不也是原厂的吗？"

钟溯笑了笑："你要甩尾的时候我也撺掇了，你只是车手，服从领航员的命令，我赔没什么。"

夏千沉看了一眼他一直揣在兜里的手，其实是有点儿好奇的，跟谁聊天防成这样？但夏千沉没问出口。

"车钥匙。"钟溯说，"今晚网约车轮到我开了。"

夏千沉"哦"了一声，把钥匙给他："后车窗玻璃的钱……等发工资了我还你一半，不能全让你掏。"

钟溯笑了笑："这个再说吧。"

三天后。

汽联先发布《灰雀山拉力赛正式开通报名》的消息；之后又发布《GP金牌车手夏千沉和领航员钟溯两班倒跑网约车，我们都有光明的未来》的消息；最后再发布《GP方勒令车手夏千沉停止网约车工作无果后，GP副总请出其母亲（沪市第一人民医院著名专家夏主任）进行协商，现夏千沉已经停止接单》的消息。

"妈！！"夏千沉拽着车门不让夏茗钰走，"你别听他们瞎扯！我用劳动换取金钱有什么错？！我跟GP的合同也没有写禁止开展副业啊，隔壁同事还直播卖衣服呢！"

正如汽联所言，夏千沉的妈妈是沪市第一人民医院的主任医师，夏茗钰。

夏茗钰冷静地审视着夏千沉："你别以为我不知道你为什么开网约车，买超跑把钱花光了吧，泡夜店把剩下那点儿家底掏干净了吧，没钱了吧？"

夏千沉无法反驳："……"

"还拿我的车接单，怎么不开你那辆超跑？"夏茗钰打开夏千沉拉车门的手，"你自己的选择就要自己去承担，你选择了买超跑，就要面对这辆车带给你的压力，并且接受它什么都帮不了你。"

夏千沉耷拉下脑袋，闷不吭声。当初他花一千多万买这辆超跑的时候，夏茗钰确实阻止过，但夏茗钰阻止的理由并非它太贵，而是这种最高时速360千米的跑车，在她身为赛车手的儿子手里实在是太危险。但夏千沉是个成年人，这辆车又是他十几岁时的梦想。

"我最近确实缺钱，但他们也太过分了吧，说不过我就告状？"夏千沉转而去抱夏茗钰的胳膊，"你再宽限我两天，反正你的房子就在医院马路对面，你要用车就开我的车！"

他的个头比夏茗钰高出不少，他一把抱过来，夏茗钰差点儿没站稳。

"熊孩子你撒开！"夏茗钰想甩甩不开，"又给我打鬼主意，你那油箱都见底了，我开你的车还得先给你加油！起开！"

总之，血脉压制是世界上最强大的力量，夏茗钰在车库把夏千沉揍了一顿之后，开着自己的车扬长而去。倒不是夏茗钰不讲道理，做网约车司机也没什么不妥，不偷不抢的，但GP的副总委婉地表达了"赞助方可能不会太想看见自己资助的车手在路上开网约车"，夏茗钰认为既然接受了对方的赞助就要让对方满意，谁的钱都不是风刮来的。

其实超跑的油箱已经被灌满了，但超跑的底盘不允许夏千沉开着它从城区去市郊上班。再看看时间，无奈之下，他联系了钟溯。

钟溯骑着摩托车到夏千沉家楼下的时候，夏千沉叼着豆浆吸管，手里还拎了另一杯豆浆，手腕上挂着头盔。他把豆浆递了过去。

"给我的？"钟溯看着豆浆问。

"对啊，喝吧。"夏千沉说，"喝完再走，免得路上被风吹凉了。"

钟溯迟疑着接过豆浆："收费吗？"

"收，三块五，转我微信。车被我妈开走了，网约车项目告终。为了哄赞助商，周总罚了我这个月的工资，我现在很穷。"

其实豆浆只要两块，一块五是排队代购费。

钟溯戳上吸管："好的……"然后松开摩托车把手，掏出手机给夏千沉转了三块五。

两个人站在寒风里喝豆浆，夏千沉喝完戴上头盔坐上后座："我妈太绝情了，她这么凉薄，应该去当法官而不应该做医生。"

钟溯苦笑："明明你没经过夏主任同意就拿人家的车去接单，还怪上她了。"

"啧。"夏千沉不满，"你怎么胳膊肘往外拐呢？"

"我是自己人？"钟溯反问他。

夏千沉没回应："走了，快9点了。"

自从钟溯自掏腰包把娜娜的车修好后，他能感觉到夏千沉对他的态度缓和了许多。而关于夏千沉随母姓这件事，钟溯没有想太多，在这年头这也不是什么稀罕事。

即将到来的灰雀山拉力赛让他们不得不通力合作，既然夏千沉要拿冠军奖金，现在就得和钟溯培养默契。虽然两个人关系有所缓和，但夏千沉没把解约的事忘了。

月末，沪市城郊，灰雀山。

灰雀山拉力赛是春节假期前的最后一场比赛，很多人图一个 Happy Ending（圆满结局），希望在这场比赛拿个好成绩回家过年。

诚然，文无第一武无第二，竞技体育只有一个人能赢，拉力赛只有一辆车最快。

上午 10 点，沪市晴空万里。

按照规则，每隔 2 分钟发一辆车，用时最短的车获胜。

拉力赛就是这样，车手在赛道上只有身旁的领航员做伴。

夏千沉依然是四驱组车手，在出发点，裁判用手势指挥他来到发车线前，同时将发车线旁边的计时器调至倒数 120 秒。赛车内有两个监控摄像头，一前一后，拍摄的同时也收声，用来记录比赛全程，倒计时器亮起时，他们就要开始做赛前汇报。

夏千沉："四驱 2.5T 赛车手夏千沉。通话器测试，转速正常，胎压正常，自检完毕，准备就绪，请领航员施令。"

钟溯："四驱 2.5T 领航员钟溯，通话器正常，地表温度 6 摄氏度，湿度 48%，能见度 16 千米，准备就绪，请赛车手做起步准备。"

连日的雨雪天气使山路潮湿泥泞，受路面影响，所有车的速度都会被迫减慢。

四支急救小队，两支救援队，这仅仅是一次 60 千米山路的比赛配备的医疗保障团队，遑论几千千米的大型赛事。但即便如此，赛车手在拉力赛上丧命的新闻依然屡见报端。人类要去追求驾驶的极速，就要接受它带来的风险。

在倒计时屏幕上那个"1"消失的瞬间，赛车的 Launch Control（弹射启动）系统响起一声爆炸声，赛车飞驰出线。这辆车是车队的年度得意之作——搭载减轻赛车重量且结构紧凑便于调校的麦弗逊式悬挂，使用最优秀的减震器，拥有 5bar 的涡轮压力，是 S 级赛车里绝对的第一档配置。

"80 米右 1 接曲直向左。"钟溯在副驾驶位上读路书。

这辆车是维修工们几个月的心血，按照夏千沉的驾驶习惯进行了多次调校，偏时点火系统在过弯收油门时，使排气管道内未能充分燃烧的汽油二次燃烧，迸发出的能量推动涡轮扇叶转动。

"胎还没热，别这么跑。"钟溯提醒他。

夏千沉"嗯"了一声："下一个弯差不多了。"

"40 米左 1，缓坡，别飞，坡后沙石路。"钟溯继续报路，"今天沙石路面会很滑，你要收油进沙石路，不要这么赶，不会有人比你快。"

是的，不会有人比他还快。竞技体育无疑需要天赋，很多人会说竞技体育要的是反复练习，形成肌肉记忆，但是当所有人都在以同样的强度训练时，最终拼的还是天赋。人生就是这么残酷，从来没有绝对的公平可言。

当 09 号赛车在灰雀山的连续"之"字形弯上坡时，实时直播里，解说给出的评价是"基本操作"。钟溯真的很佩服夏千沉控车的能力，轮胎甩出的泥沙迸上车门，一众车手望而兴叹的泥泞道路上，夏千沉完美将转速控制在"飞驰"和"原地刨"之间。

"前 150 米沙石路，全油门飞跳过去。"钟溯说。

夏千沉给予的回应是一脚深地板油（将油门踩到底），赛车在沙石路面上剧烈颠簸，夏千沉气定神闲，瞄了一眼仪表盘，转速还能再高点儿，于是对钟溯说："上每小时 200 千米了啊。"

"行。"钟溯点头，"踩吧。"

声浪回荡在山野间，轮胎和泥地摩擦的嘶鸣声在赛车手听来无比美妙。

解说呐喊："26 分 49 秒——

"09 号车！赛车手夏千沉和领航员钟溯！目前四驱组最快的成绩！！

"甩开同组 06 号车 3.5 秒！！！"

09 号赛车冲过终点线后，没有上收车台，夏千沉降下车窗，对在收车台上等待的主管做了个手势。钟溯起先还没明白，而后懂了。夏千沉开着赛车在终点线后的山路上慢悠悠地逛了一会儿。半晌，钟溯试探着问："你这是在给刹车盘片降温吗？"

"对啊。"夏千沉说得理所应当，"能省一点儿是一点儿，一套盘片五六万呢。"

高速跑完赛道后，如果骤然刹车，刹车盘片会起火其实非常正常。刹车盘片里的温度有时候能飙升到 1000 摄氏度，所以出了赛道再匀速遛一遛车，辅助刹车盘片散热，能够降低车损。总而言之，他是真的穷啊。即使这些硬件设施有车队报销，但前期采购还是得自掏腰包，月末才能报销，夏千沉穷啊。

钟溯摘下头盔和头颈保护系统，活动了两下脖子。他用手表计时了："猜猜你跑完用了多久。"

"多久啊，20 分钟？"

他还真敢说啊。钟溯偏头看着他："再加点儿吧，20 分钟委实过分了，你要是 20 分钟整跑完这种雨雪后路面，你让隔壁车手明天还怎么来上班？"

夏千沉笑了笑："哦，那 30 分钟？"

"30 分钟也有点儿过分了，你是夏千沉哪。"钟溯逗他。

夏千沉当下脸色一僵，不是面露不快的那种僵，而是不知所措、猝不及防，不知如何作答。

不过，夏千沉还没有摘头盔和头套，钟溯并不能看见他的表情变化，所以只当他在思考自己到底用时多少。半晌没回应，车速也慢了下来，夏千沉掉头，原路返回。

"你用时 26 分 40 多秒，这种路况，没人能跑过你。"

夏千沉佯装镇定地打方向盘："哦。"

钟溯笑了笑，说："厉害。"

待到返回终点收车台，四驱组的所有车辆都结束比赛后，裁判公布了四驱组冠军——09号赛车，夏千沉和钟溯。他们和贴着他们的姓名的冠军车在收车台上拍照展示时，夏千沉用警告的目光看了一眼钟溯，钟溯表示明白，绝对不会往他身上喷香槟。

当晚，庆功宴，十多个人从华灯初上喝到月至中天。

夏千沉没有喝酒，因为他坐车会晕，除非喝到烂醉感受不到晕车，但他不想再经历一次宿醉。大家喝酒，他喝可乐，也很胀肚子。

"我去上个厕所。"夏千沉起身。

"我出去抽根烟。"钟溯说。

这家烤肉店是非常硬核的炭火烤肉，衣服上难免沾染炭烤的味道，夏千沉上完厕所去了门口，想吹吹风散一下味道。

再过不久就是春节，这一片本就是繁华路段，年关将至更是热闹。隆冬深夜也不见萧条，人们哈气成霜，三三两两地笑着，将下巴缩在大衣领子里。

没穿外套，只穿着一件毛衣的夏千沉打了个寒战。他还没打算进去，因为他还没看汽联今天发布的关于自己夺冠的新闻。应该说，本质上他是不太想看的。他大概能猜到新闻下方那些匿名留言者会怎么说，怎么猜测。

果然。

雨雪路面能跑26分49秒，这领航员真不赖。

大胆猜测夏千沉会带钟溯上环沙。

废话，有环沙冠军领航，你不要？

"咝——"忽然，一个冰凉的东西贴上脸颊，夏千沉下意识地缩了缩，扭头看去。

钟溯不知道从哪儿弄了盒冰牛奶，见他站在这儿玩手机，用牛奶盒贴了他一下。

"干吗呢？不冷吗？"钟溯眼神示意了一下他的毛衣。

"给。"钟溯将牛奶递给他，"冰的。"

夏千沉定睛一看，是他喜欢的牛奶牌子，想来是钟溯第一次去家里的时候在冰箱里看见的："哪儿买的？餐厅里不卖纯牛奶。"

"啊。"钟溯点头，"吃饭前我去小超市让老板冰上的。"

夏千沉眨了眨眼，看着他。身侧匆匆走过的路人，永远拥堵的缓慢车流，鹅黄色的路灯……眼前的画面仿佛在抽帧。

"哦。"夏千沉说，"谢谢。"

夏千沉和所有拉力赛车手一样，开过卡丁车，骑过越野摩托车，所以骑钟溯这辆山地摩托车没有什么压力。压力在于醉酒的钟溯可能是出于自我保护，担心自己掉下车，紧紧靠着夏千沉。大冬天骑摩托车，即使戴着头盔也很冻人，风从夏千沉的外套的各个角落灌进来，反而是被钟溯靠着的后背非常暖和。

夏千沉把醉醺醺的钟溯送到他家巷口后，还差 15 分钟到凌晨 1 点，钟溯拍了拍摩托车油箱说："你骑回家吧，地铁早停了。"

他醉成这样了，还记着夏千沉晕车，坐不了出租车。

然后他在猎猎寒风中进了那条没有路灯的窄巷。

夏千沉觉得他这个样子，自己应该要把他送进家门的，气温太低，万一他往墙根一坐睡着了呢？沪市冬季湿冷，雪落即融，人在室外待一晚上可不是开玩笑的。

犹豫之际，已经走进窄巷的钟溯回头，见夏千沉还在巷口，便说："快回去，我没事。"

"哦。"夏千沉见他还挺清醒，便扣上头盔，拧油门走了。

CHAPTER 02
坦白局

春节假期从大年三十到正月初五。

按公历算，已经是 2 月中旬，也就说明，年度第一场拉力赛要来了。

不咸山冰雪拉力赛，新年伊始，从二河镇发车，驶入不咸山。五个赛段，耗时两天。

维修队、经理主管、赛车手领航员，三个部门兵分三路出发。

最早出发的是夏千沉和钟溯，因为他们要赶在勘路日去勘路，经理和主管在赛前两天抵达。维修队是最辛苦的，他们得开卡车一路北上，把赛车送至二河镇。

沪市机场，国内出发航站楼。

春节期间的机场十分拥挤，夏千沉没有地方坐，骑在自己的行李箱上，很不老实地前后晃荡，并且在微信上催促钟溯。

夏千沉：朋友，你是骑摩托车来机场的吗？

钟溯：你很焦虑吗？为什么头像变成了倒立的史迪奇？

夏千沉：我只是想看史迪奇倒立。

钟溯：回头。

夏千沉在取票机旁边，收到微信后站起来，回头，就见钟溯握着行李箱的拉杆，朝他挥了挥手。

"取票。"夏千沉说。

灰雀山拉力赛的冠军奖金和车队的年终奖已经差不多够赔钟溯的违约金，但不咸山冰雪拉力赛实在是太有挑战性，车队没办法给夏千沉紧急弄个领航员。原本有一个领航员有空闲，夏千沉已经盯上了，没承想人家过完年考了个赛照报名跑场地赛去了。所以他的领航员还是钟溯。

钟溯取了票后和他一起托运行李，然后登上飞往不咸山机场的航班。两个人坐在一块儿十分惹眼，夏千沉遗传了夏茗钰雪白无瑕的皮肤，还有那双慵懒散漫的狐狸眼。

等待起飞的时间里，钟溯的微信进来一条消息。

飞机座椅紧挨着，纵使夏千沉根本没有心思去看，但空姐询问他们需不需要毯子的时候，他还是无可避免地瞄到了钟溯的手机屏幕。

钟溯的手机屏幕上方，赫然是"景燃"两个字。

这个名字在业内是一个传奇。景燃曾在车前束变形、方向盘打不动、两个前轮随时可能向外翻滚弃他而去的情况下，在地表 70 摄氏度高温的赛段坚持到了维修站。他是夏千沉屈指可数的敬佩的人，也是钟溯的前同事。

钟溯说不需要毛毯，转而问夏千沉，夏千沉也摇了摇头。

此时钟溯有些尴尬，这种尴尬很微妙。夏千沉则默默挪开视线看向舷窗外，没什么好看的，视野被隔壁飞机挡着。气氛有些僵，要命的是机舱内的广播正在播报延迟起飞的致歉通知，然后钟溯的微信又响了。

景燃接着又发来一条消息：夏千沉两年多拉力赛里没给人看过底盘，你可别污染他的履历啊。

"没给人看过底盘"这句话的意思是车从来没有完全翻过来。

确实，夏千沉有五年赛车生涯，前三年在国外跑圈速场地赛，后两年在国内跑拉力赛，五年时间里，从未翻过车。事故倒是有不少，比如去年撞上一棵大树，车被撞成"V"字形，车架报废，发动机起火，刹车盘片烧焦，避震系统断裂。这种退赛程度的事故夏千沉有过不少次，但从没有翻过车。这在人均保持"已安全驾驶 48 小时"的拉力赛行业中实属难得，要知道强如景燃也开着车在不咸山天泉主峰赛段翻滚过 30 秒最后底盘朝天。

钟溯看着景燃发来的微信，碰了碰旁边的人，把手机凑过去："喏。"

"啊？"夏千沉愣了愣，"给我看干吗？我不干扰你和景燃聊天的……反正我们不会合作多久。"

钟溯苦笑："景燃祝我们比赛顺利。"

"……"夏千沉看了一眼微信聊天界面，点了点头，"好，替我道个谢。"

刚巧机舱内广播提醒大家，飞机即将起飞，请关闭手机。

沪市今天天气很好。拉力赛从业人员对天气非常敏感，从他们嘴里说出"今天天气真好"，绝不是寒暄或是没话找话。

"不咸山天气怎么样？"夏千沉托腮，看着渐渐远离的地面。

钟溯回想了一下："很糟糕。"

夏千沉点了点头。

两个人沉默了一会儿，飞机起飞时的压力让耳膜不太舒服，夏千沉靠在椅背上，无聊地看着头顶的标识，也不知道自己委托钟溯发给景燃的谢谢发出去没有。

"他为什么这么年轻就退役了？"夏千沉问，问得很小声，有点儿像自言自语，加上机舱的噪声和耳膜压力，不认真去听的话并不能听清夏千沉在说什么。

可钟溯如同中世纪无微不至的执事，永远保持完满的精神力在关注他。

"他……有些伤痛。"钟溯说。

夏千沉随口应了一声。

关于景燃退役，他本人没有给出任何解释，外界众说纷纭，也都是无端猜测。夏千沉不好奇是不可能的，显然，钟溯也看出来了。在拉力赛中，和赛车手最亲密的人就是领航员，那是性命相托的关系。所以钟溯必定知道原因。钟溯也明白，一生要强的夏千沉肯定会按住自己的好奇心，所以安然地靠着椅背，闭目养神。

3个小时的飞行时间，飞机落地时，祖国东北部2月的气温极低。

冷空气如针刺廉泉，杀人不见血，不见血是因为冻上了。

机场广播提醒旅客们注意保暖，夏千沉满怀敬意地掏出了他最厚的羽绒服裹上，还是在走出机场大厅后骂了句脏话，然后被大风糊了一脸的雪。

钟溯叹气："抬头。"

"刺啦"一声响，钟溯把夏千沉的羽绒服的拉链拉到头，然后摘下了自己的围巾，包在羽绒服领子外面缠了两圈。

旋即夏千沉只有一双眼睛露在外面，深棕色的围巾衬得他上半张脸更白了。

夏千沉："我好像不能呼吸了。"

钟溯："憋气3小时，就到二河镇了。"

夏千沉刚想张嘴骂人，钟溯已经拽着他的胳膊往出租车等待区走去。

年关，出租车等待区挤满了人，旅游的、返工的、回乡的，排队的队伍拐了好几道弯。尽管出租车等待区有顶棚，但风雪依然从四面八方侵袭而来。

好不容易排到他们，坐上了车，夏千沉想起自己晕车。最终，他们和司机师傅一通好说歹说，由夏千沉驾驶出租车，在司机师傅"钱居然还可以这么挣"的错愕中，驱车200多千米来到二河镇，天已经黑透了。

钟溯的围巾重新围到了夏千沉的脖子上，因为他们此时在室外。由于雪太大，整条街电路故障导致停电，他们要入住的酒店无法办理入住手续，好在已经有人在里面维修。事已至此，把行李暂放在酒店大堂后，他们决定先找个地方吃饭。两个人并排走着，小镇的夜晚很安静，偶尔能听见一两声犬吠。他们边走边寻着街边的小餐厅。

"你以前出去比赛是怎么坐车的？"钟溯偏头问他，说话时吐出一缕缕白雾。

夏千沉坦言："公共交通不会晕，如果没有公共交通，我就在机场等维修队，然后我开维修车。"

"……"钟溯点了点头，"所以你的驾照是 B2？"

"对啊，等我不跑赛车了我就去当救护车司机，警笛一拉，整条路都是我的。"

钟溯点了点头，原想说这么神圣的职业，你的出发点是不是偏了些，但忍住了。

这次他们参加不咸山冰雪拉力赛，怎么说也要让维修工们在家把年过完，而且越往北，气温越低，有些高速公路的路面结冰了，不能赶路。

他们就近找了个小饭馆，里面暖气很足，棉被那么厚的门帘阻隔了冰天雪地。

"谢谢啊。"夏千沉把围巾摘下来还给钟溯。

钟溯笑了笑，接过围巾放在旁边的凳子上："早 3 个小时说的话，就更好了。"

"早 3 个小时的时候，我以为你要捂死我。"

"零下 20 摄氏度，我把围巾给你，那个行为叫作自杀。"

刚巧服务员上菜，小姑娘向夏千沉投去"需要法律援助吗"的目光。

勘路日。

夏千沉和钟溯跟赛事方租了一辆民用车，SS1 和 SS2 的赛道是 2 千米的冰雪沙石路，不需要勘路，所以今天他们去西坡红豆杉赛道。

民用车在冰雪路面上的刹车距离相对比较长，也就是说尽管已经踩死刹车，但冰雪路面依然会让车辆向前滑行，所以夏千沉的车速没有高过每小时 35 千米。毕竟这是原始森林道路，路口没有广角反光镜，现在也不是赛期，不会封路，保不齐就会冲出来一个人。

钟溯抱着笔记本和笔，对照着赛事方给的地图写路书。

黑色 SUV 孤独地行驶在雪山里。很多人面对纯白的、纯净的东西时会反思，显然，车里的两个人都不是这种人。

"前年你和景燃是在天泉主峰翻车的？"夏千沉问。

钟溯抬头："对，滚了半分钟才到底。"

"哟。"夏千沉望向雪山，"过弯时冲出去了？"

"是啊，我让他全油门进弯，结果那小子车技不行，那么大一块冰面他没看见，压冰了，压冰他居然给我反打方向盘救车，车直接钟摆（一种行驶状态，车尾像钟摆一样左右摇摆），侧滑出去，然后顺着山坡滚了下去。"钟溯叹气，"还好那是个缓坡，不然人早没了，救援组的人说等了半分钟我们那辆车才停。"

夏千沉笑了笑："你自己指挥错误怪人家车技不行？"

"就是他车技不行。"钟溯说，"你呢？你没翻过车，撞得最惨的是哪次？"

夏千沉想了想，单手握着方向盘："有一次拉力赛转向机坏了，没办法左转，所有需要左转的地方都靠撞过去，刹车也坏了，连带三角臂变形，最后车冲出赛道，救援组的人说沿着人家的玉米地被我压的痕迹找到的我，找了10多分钟。"

"赔钱了吗？"

"赔了不少。"

SUV还在开，钟溯用只有自己能看懂的记号和简写记录着路况。

"停一下。"钟溯说，"我下去看看这个弯。"

有些弯道是要站在地上分析的，观察一下弯道情况，决定到时候是漂移（赛车术语，车手以过度转向的方式令车子侧滑行走）进弯，还是减速进弯，还要考虑如果后位发车，那么路面会被前车压成什么样子，积雪会不会被甩到弯心。

夏千沉两只手搭在方向盘上，钟溯观望了一会儿，又走去车后面，看这辆SUV压出来的车辙，因为发车顺序不同，前车会先压路。

片刻后，钟溯回来，关上车门："谢谢你啊，没一脚油门把我扔这儿。"

夏千沉"啧"了一声："失策了。"

车继续开，前方两个人偶遇了同样来勘路的同行。同行的车陷雪里了，他们便下来帮忙推车，同行的车陷太深，他们租来的车里又没有拖车的绳索，救援无果，从救援变成等待救援。

四个人在冬风里站着，两位同行点上了烟，递了一根给钟溯，钟溯摆了摆手说不抽。

夏千沉刚接过烟，还没点，忽然想起来："等会儿，山林不是禁止吸烟吗？"

同行A说："呃……这里属于山林边缘。"

话音刚落地，同行A的领航员B也说："没事，这里也没有护林的来逮。"

夏千沉略做思考，还是没点烟，出于好奇，问："护林的开什么车啊？他们跑这种路应该要装履带吧？"

夏千沉没有继续发问，因为四个人几乎同时僵住，两位同行抽烟的姿势统一凝固。在这荒凉的原始森林边，他们听见了陌生的引擎声，并且四个职业赛车人都能听出来，这不是自己人的引擎声。这声音听上去像是拖拉机或者农用车的，是发动机暴露在外的那种车才能发出来的。

钟溯当下反应过来，把夏千沉手里的烟抢走，塞进旁边同行A的手里。"上车！"

就这样，钟溯和夏千沉毅然抛弃了车陷进雪里且吸烟的同行A及其领航员B，绝尘而去。夏千沉在后视镜里看见了护林车，护林车没有装履带，和引擎声听上去一样，类似于田里的农用车。

钟溯扣上安全带："他们不会记恨上我们吧？没带上他们一起跑。"

夏千沉摇头："那不能，职业驾驶员就应该与自己的交通工具共存亡，看看人家泰坦尼克号的船长。"

"也对。"钟溯点头，看向窗外，接着说，"领航员也不能带上，都注册在同一张信息表上了，就该有荣辱与共、生死同舟的觉悟。前面是个急弯，收油门了。"

"少在这儿指东说西阴阳怪气。"夏千沉松了些油门，"我和你在同一张信息表上，是因为娜娜侵犯了我的权益。"

夏千沉一个甩尾进弯，钟溯被甩了个猝不及防，他身形晃了晃："但木已成舟，夏千沉，人生就是一场赶鸭子上架的旅程。"

"你才是鸭子。"夏千沉说，说完才减速，但心有余悸，"那辆大轮子护林车不会追上来吧？"

钟溯："你是个赛车手，怎么能问出这种话？"

夏千沉迅速自省了一下："对，我是个赛车手。"

他们到了路窄树多的地方，路线和赛事方给的地图也对不上，两个人才终于意识到方才胡乱一通开，开迷路了，不得已掉头返回，开到手机有信号能拨出电话的地方，联系了救援组的人。他们原以为白白浪费了勘路日，但勘路日出状况的车实在是太多，赛事方便在原本三天的勘路日上又宽限了一天。

得知两位同行只是被罚款后，夏千沉松了一口气。

"他们不会记恨上我吧？"夏千沉回来后怎么想怎么纠结。

夏千沉问这个问题的时候，钟溯正在夏千沉的房间里，帮他拆一次性浴巾："不会吧，再说记恨上又怎么样？赛道上又碰不见。"

拆开后，钟溯走进卫生间，把酒店的浴巾拿下来，顺便擦了擦毛巾架，再挂上一次性浴巾。

夏千沉想想觉得也是，不咸山冰雪拉力赛5分钟发一辆车，就算顺序挨着他们也不可能碰见。然后他们的顺序真的就挨着了。

五天后，维修车抵达二河镇，维修队在SS3支起了维修站，夏千沉参赛用的赛车也顺利到达发车点。抽签决定发车顺序，领到号的时候，他们发现陷车的同行A在他们前一号。

这几天娜娜一直很担心钟溯会受不了夏千沉弃他而去，没想到他们相处得还可以，起码两个人都全须全尾地穿着光鲜的赛车服站在她面前。她向钟溯抱了抱拳："辛苦了。"

钟溯笑了笑："没那么夸张。"

他也就是第一天睡前跑遍整个镇子给夏千沉买睡袋；每天起床先去夏千沉的房间，

把牛奶从酒店房间的小冰箱里拿出来，倒进玻璃杯，全程摸黑并尽量不发出声音；吃饭前用湿巾擦一遍餐具，吃面时让店家别放葱和香菜，店家如果放了，帮夏千沉把葱和香菜挑走。

总结为，窝里横。

二河镇的发车仪式上，赛事方主持人激昂地发言后，冻得嘴唇乌紫地走下了舞台。

夏千沉靠在车身上："赞助商的旗子你带了没？"

"带了。"钟溯说。

"赛段拿名次的话，拍照时要摇起来的。"夏千沉说，"你摇。"

"我知道。"

夏千沉一直觉得摇赞助商的旗子是一件特别傻的事，因为他们的赛车贴纸、他们的赛车服上都是赞助商的名字，这还不够吗？他们是不是还得把赞助商文脸上？

发车仪式结束，所有车上等待道。

SS1 和 SS2 是超短道，2 千米，冰雪沙石路面，AB 道双道发车。

很快就有车出问题，刹车坏了的，避震系统漏油的，气门顶杆异响的，各种各样。

拉力赛车不同于普通场地赛车，也不同于 F1（世界一级方程式锦标赛）方程式赛车。拉力赛车在追求极速的同时，还要考虑这些要命的天然道路——山路、冰面，甚至干涸的河床。路况不好，车子出任何问题都有可能。场地赛车追求速度，拉力赛车追求越野。往往一场 100 多千米的拉力赛跑下来，收车的时候，车的数量不足发车时的一半，是再正常不过的。

夏千沉经常这么说："三分天注定，七分全看命。"

超短赛段 SS1 和 SS2 顺利结束，接下来来到 SS3，不咸山西坡红豆杉赛段。依然保持着初次发车的顺序，夏千沉的车是 07 号车，巧的是，在山林里遇到的同行 A 的车是前面的 06 号车。

红灯倒数，夏千沉看着仪表盘里的发动机转速，跟钟溯说："我以前跑场地赛，赛车出问题的时候，我就停下来打开引擎盖，假装很认真地检查问题出在哪里，但其实那时候我根本看不懂。"

"这没什么。"钟溯说，"景燃还试图徒手把异常抖动的发动机摁住。"

"……"夏千沉欲言又止，还是说了，"能不能不要让景燃的形象在我心里一落再落？"

"那是好几年前的事了，以现在的技术和调校水平，发动机很少无故狂抖，前两年有车在环沙上跑出 50 米时发动机起火，最近都没听说过这种事故了。"

谈笑间，忽闻前方不远处发出一声巨响，接着，风里混着焦煳的味道，自然，他们关着车窗。然后，他们面前的红灯倒数暂停了，因为那声巨响来自他们的前车，前车的发动机炸了。

"好了，他们不会在赛道上截和我们了。"钟溯说。

夏千沉"嗯"了一声："你是不是在哪里修炼过乌鸦嘴？"

终于，赛道被清出来，他们发车了。他们的赛车如同插上双翼的猎豹。

"前方右 4 接 80 米急坡，不飞。"钟溯正常报路，"坡后接 100 米曲直向左，接左 5。"

"看不见弯。"夏千沉说，"起雾了，路面全一个颜色。"

"我知道，能看见歪脖子树吗？"钟溯问。那是他们勘路的时候，他让夏千沉找的参照物。

"太遗憾了。"夏千沉说，"要么是我瞎了，要么是树想去看看世界了。"

"我倒数，你打方向盘。"钟溯说。

冰雪路面是很不讲道理的。因为冰雪融化的程度不一样，可能前 50 米时，驾驶员好不容易找到了这条路的刹车点，后 50 米时，雪冻上了。

拉力赛嘛，什么都有可能发生。冰雪路面嘛，乱棍打死老师傅。

夏千沉在钟溯倒数到"1"后，人车合一，侧滑出了赛道。

紧接着，赛车爆发出金属撞击的"嘭"的一声响。

防滚架给驾驶室的保护是非常可靠的，驾驶舱没有受到什么物理伤害。

夏千沉问："我撞上那棵歪脖子树了吗？"

钟溯说："我倒希望撞的是歪脖子树，你撞人车上了！"

"干吗这么大惊小怪？跑拉力赛的谁没被撞过啊？！"夏千沉怒道。

"可你撞的是裁判车。"钟溯说。

"给油。"钟溯说。

夏千沉猛轰油门："没反应，我的发动机坏了？是不是得退赛了？"

钟溯把被震歪的挡位屏幕扳正，将屏幕朝向他："因为现在是空挡。"

夏千沉咬牙骂了一声，挂挡重新回赛道。不知道裁判车被撞得如何，但先跑总是没错的，因为裁判车的安全性和赛车的一样，与其当场被罚时，不如先跑，之前他一路猛跑，溅了满车泥污，万一裁判没看清车号呢？

赛车重上赛道，起码耽误了 1 分钟。

"50 米右 2，减速进弯，"钟溯继续报路，"撑到维修站。"

夏千沉能感觉到朝右打方向盘的时候需要打非常大的幅度车才能右转，想来是那一撞，要么撞了前束，要么转向机故障，要么是轮胎卡钳出问题了。

夏千沉想了想，说道："右打不动了，如果卡钳出问题，我们很快就会失去刹车。"

这意味着他们会以 170 千米的时速飞驰在冰雪路面上，最坏的结果是右方向和刹车一起失灵。

钟溯问："能撑到维修站吗？40 米左 5 后，接 100 米直线。"

"我感受一下吧。"夏千沉说。

所有拉力赛车手在考赛照的时候，第一课学的都是怎么踩刹车。所幸夏千沉当时学得不错，更幸运的是，车里还有个手刹。雾越来越浓，在夏千沉第四次使用手刹辅助减速的时候，终于听到钟溯说："90 米一个回头弯，曲直向右上柏油路。"

"再不到柏油路我们都不用上环沙了。"

再不上柏油路，他们差不多就收拾一下死这儿吧。

终于，赛段结束，他们撑到了维修站。

进维修站。

但维修站又有一个说法，进去了就怕出不来。出不了维修站，意味着车修不了了。

维修工分大工和小工，技术上来讲，是大工牛一点儿，大工往往岁数大、经验丰富，最爱说的一句话是"撞成啥样的车没见过啊"，无端地给人一种"不管你撞成啥样我都能修"的信心。然而通常大工讲话都非常负责任且严谨，真的就只是见过。

"咋开回来的呀？"大工问，"有个油门就能开？"

夏千沉也没想到只是撞了下裁判车就成这样了。车整个被抬起来后他才发现，后胎爆了，拉杆歪了，不知道为什么，车唇也没了，一边尾翼断了，健在的另一边尾翼死死拽着断的那一边，仿佛是在带一个买高分号打高端局的傻兄弟。太不容易了，夏千沉想。

随后，裁判和维修站通话，裁判说："你们 07 号车的夏千沉怎么回事？我在后面挥旗，手快挥断了他也看不见，他们的后胎爆了。"

大工说："啊对，胎在换了，然后没见您挥旗……是因为后视镜没了。"

裁判纳闷："还有，他们冲出来的时候车头、车屁股全刚没了。"

大工说："啊对，也在装了，谢了啊裁判。"

裁判不解："啥意思，他们这样都开回维修站了？"

爆的是右后胎，按裁判的说法，是侧滑冲出赛道的时候刚到了路边的各种岩石、大树、小树，所以后视镜最先阵亡，导致夏千沉根本不知道裁判在后面挥旗。

无论如何，只要车进了维修站，这个赛段就有成绩。

"我跑第几啊？"夏千沉问。

小工给大工递着工具，抽空看了一眼经理发来的消息，说："咱们目前第四。"

这还是在 06 号车第一赛段发动机爆了的前提下。

钟溯往后翻了两页路书："下个赛段我们得追上前车,下个赛段回头弯多,我们不能换雪地胎了,雪地胎太慢,得用场地胎。"

说完,钟溯没有向夏千沉询问行不行,而是抛去一个眼神,仰了仰下巴。

夏千沉正在往嘴里送矿泉水,一抹嘴,点头回应了一下,算是在说没问题。

他们这个赛段撞车,带着车损强行跑完,加上罚时,落后了得有 15 分钟。诚然,这都不是问题,因为你会出事故,别人也会出事故。此时喜讯传来,09 号车被坏在路上的 08 号车挡了半分钟。

"喜事啊。"钟溯说。

"喜事啊。"夏千沉赞同。

维修工们以最快的速度换胎、换配件,重新调校。大工甚至还把被蹭掉的赞助商商标重新贴了回去,并且拿抹布擦干净。打工人之魂燃了起来。娜娜听闻 07 号车驶出维修站后,长长吁了一口气。车开进维修站没什么,重要的是还能开出来。

下个赛段,SS4,依然是不咸山西坡。

正如钟溯所说,回头弯非常多,回头弯意味着要频繁漂移,频繁地漂移意味着进入直线后提速过程变长,意味着慢。

继续前进,雾气还没有散,但随着海拔升高,能见度越来越高,视野渐渐明朗,钟溯能明显感到夏千沉越发自信且张扬,于是配合他此时的驾驶情绪,说:"前 40 米左 2,你的刹车点可以再放晚一些。"

"你是不是太信得过我了?"夏千沉说着,进挡,给油,打方向盘。

"我信不过你还会坐你的副驾驶位吗?"钟溯反问。

四驱赛车漂移的难度在于给油的第一脚要够狠,蓄油要够快,理论讲起来非常简单,但路面、湿度,甚至坡度都会影响四驱赛车漂移。这也是钟溯要求不用雪地胎,用场地胎的原因。场地胎有利于竞速,雪地胎则更加稳妥,这就看人怎么去取舍。SS4 多冰雪,但只要熬过了最难的冰雪回头弯路段成功上山,那么等着他们的是足足 9 千米的柏油路。

9 千米,柏油路。

夏千沉这种圈速出身的赛车手,在这 9 千米柏油路上,让他追两辆前车都能追上。

刹车点越来越极限,赛车几番险些翻下悬崖,最狠的一次,钟溯能够从后视镜里看出右后轮胎有一半悬在路外面。夏千沉仿佛一台极其精密的驾驶仪器,在每一个弯道进入视野的瞬间,以几乎超越人类极限的速度分析判定出刹车点。

有积雪,有碎石,有沙砾。在每小时 180 千米的速度下,任何一块路面凸起都可能让他们顺着几乎垂直的陡坡滚下山。年年拉力赛有人身亡,年年有人以身殉道。

"最后一个弯。"钟溯看了看路书，再抬头，"全油门，漂过去。"

接下来，9千米柏油路，该场地胎发挥作用了。

最后一个雪地回头弯，夏千沉踩第一脚油门时相当果断，感受到后轮胎稍有挠地就起漂，轰下第二脚油门，并蓄油打方向盘。

此时，夏千沉松油门的间隙，赛车的偏时点火系统让涡轮增压依然保持着高速旋转，未能燃烧充分的汽油借助高温下的排气管道二次燃烧，燃烧产生的能量继续推动涡轮扇叶转动——这就是尾焰的原理。总的来说，电影特效还是谨慎了。

上山了。9千米的柏油路，夏千沉如同戴上统御之盔的阿尔萨斯，无可阻挡。

"漂亮。"钟溯说，"前400米长直线，飞吧夏千沉。"

夏千沉满不在乎地笑了笑："这就飞了？以后带你去NS赛道，让你知道什么叫飞。"

"好啊。"钟溯说，"我就从今天开始等。"

"嗯。"夏千沉意识到钟溯是认真的，"你什么意思，赖上我了？为什么啊？"

山上风清气朗，不远处山脊的积雪反射着阳光，夏千沉过弯已经不退挡了，钟溯很默契地一只手拿路书，另一只手朝后摸，摸到了车里的灭火器。

赛车在夏千沉手里进入了狂暴倒数模式，5千米、4千米、3千米……已经能看见不咸山冰雪拉力赛的旗帜在风中舞蹈，2千米、1千米……钟溯把灭火器拎到了前座。

冲过赛段终点后，夏千沉重踩刹车加拉手刹，同时拉开引擎盖开关。钟溯解开安全带，拎着灭火器开门下车，接过夏千沉丢过来的用来隔热的赛车手套，戴上一只，然后掀开了车前盖。维修工们这时候才恍然，几个人一同拎着灭火器拥上来，和钟溯一起往发动机上喷干粉。

维修站大工看着一群人对着发动机喷干粉，喊："拖走拖走……拖里面去，怎么回事啊？"

夏千沉在喝水，咽下几大口水才回答："上个赛段给撞了，估计发动机有损伤，这个赛段跑得太奔放，我想着反正都要起火了，最后一截就放开了跑。"

"下个赛段得明天了。"钟溯把灭火器放下，"师傅，麻烦了。"

"去吧，去吧。"大工摆了摆手，让两个人去旁边休息。

今天的比赛结束了。SS3和SS4都是西坡赛段，所以赛段颁奖台设在SS4也就是这个赛段的终点。后面还有几辆车没跑完，他们便坐在这里等。

夏千沉坐在折叠躺椅上，但不知道该怎么放平折叠躺椅，钟溯见状，过来扳了扳两侧的旋钮，说："往下躺。"

夏千沉施力往下躺，躺平了。

"谢了……"夏千沉说。

钟溯笑了笑，坐到了旁边去。

夏千沉觉得有点儿微妙，但又说不上来哪里微妙。他觉得钟溯长得挺好看的，他少年时期很期望自己能长成钟溯这种类型的、硬朗、立体、线条流畅干净。但他更像他妈妈一些，夏医生有着温柔古典美人的长相，他很好地遗传了母亲的特点，搭配狐狸眼，颇有一种放在山野里随时可能变出狐狸真身的感觉。

他躺了一会儿，然后把手垫在后脑勺下，看着维修站的顶棚，说："你知不知道 16 千米的那个左 1 弯你指挥失误了？"

"我知道。"钟溯点头，"我低估了你，也低估了车，不应该减速，你地板油是对的，你自己对车和路况有很精准的判断，没我什么事了。"

夏千沉"扑哧"一声笑了，说："那你明天不用来上班了。"

"所以你看，我不是多厉害的领航员。"钟溯看着他，"带我上环沙吧，你是顶尖车手，带我上环沙，不是抱大腿。"

"到时候新闻稿会把我淹死的。"夏千沉偏了偏头，也看着钟溯，"报道我都想好了，《一代车神环沙夺冠，金牌领航员厥功至伟》。"

钟溯沉默了。他沉默了片刻后，环视一圈，好像除了夏千沉喝了一半放在地上的矿泉水，这个小休息棚里没有其他的水和食物。

"你还喝吗？"钟溯问。

夏千沉以为钟溯是要拿去洗手或是做什么，答："不喝了。"

钟溯"哦"了一声，拿起水瓶拧开，把剩下的半瓶水喝完，然后说："如果在和你上环沙之前，我公开我在环沙上的所有失误，证明我并不是金牌领航员，那你愿意带我上环沙吗？"

夏千沉一个鲤鱼打挺坐了起来："你疯了吗？"

"没疯，我只是想和你上环沙。"钟溯说。

夏千沉眨了眨眼，回想起他上次说 GP 给的实在太多了。

"你欠高利贷了吗？"夏千沉问。

"没啊。"钟溯答。

"那你为什么宁愿让自己赤裸裸地出去丢人也要跟我上环沙？"夏千沉问。

钟溯顿了顿，说："我需要钱，但你放心，是正经地方要用钱，没有违法乱纪。"

夏千沉有点儿好奇，话到嘴边咽了回去。他挺想知道钟溯需要这么大一笔钱去做什么，但眼下他们的关系似乎又没有达到能窥探隐私的程度。而且夏千沉有些倔，别人不说，他就不问。于是他重新躺回去，不咸不淡地说："那你的用词需要换一换，你不该说是想和我上环沙，你是需要和我上环沙。"

"如果不是需求，我也非常想和你跑一次环沙。"钟溯说着，掏出手机，在相册里找了半天，终于点开一段视频，递给夏千沉。

夏千沉犹豫了一下，还是接过手机，并且重新坐起来："我搁这儿仰卧起坐呢，是吧？"

夏千沉一眼就认出这段视频是赛车内的录像。其实对拉力赛从业人员来说，保存某一个赛段赛车里的录像还是挺常见的。就像打了一把非常棒的游戏，把录像下载下来，偶尔拿出来感叹一下一样。

夏千沉点播放键。

"滑到 22 分 51 秒。"钟溯说。

夏千沉滑动进度条。

"兄弟，最后一年了啊，明年没我了，我要去 GP 问问夏千沉缺不缺领航员。"

"夏千沉？ NS 圈速赛甩了别人小半圈的那个？"

第一句话是钟溯说的，而第二句话，是夏千沉第一次听见景燃的声音。尽管视频里的环境音非常吵，赛车是不做隔音的，发动机和风阻声音非常大，但夏千沉还是努力辨别出了这些话。这是景燃和钟溯拿冠军的那场环沙的录像。

钟溯说："当时我就和景燃说，这一年无论环沙跑什么成绩，我都要去试试夏千沉。"

"为什么啊？"夏千沉不解，"他那个时候准备退役了吗？"

钟溯把手机拿回来："其实我和景燃的风格一直不太搭，景燃比较保守，像个被领航员操纵的驾驶机器。你能明白吧？"

"能明白。"夏千沉说，"你的意思是，我看上去是那种不理领航员，把领航员当成人形导航仪的我行我素的车手，你觉得很有挑战性？"

"我觉得很刺激。"钟溯眼中带笑，凝视着他，"你的比赛录像，包括车载录像，我差不多都看过，你开车很刺激。不刺激跑什么拉力赛？"

夏千沉很赞同最后那句话，遂支着下巴，说："我考虑一下。"

"好。"钟溯说。

刚巧，小工来叫，说所有人都跑完了。他们的总时长目前排第三，追上来一名。在落后 15 分钟的前提下追上来一名，小工非常兴奋，招呼两个人赶快出来领奖，几乎是一蹦一跳地跑出去的，一路上都在说"放眼全国也就我们夏千沉这么能追了"。

2 月末，不咸山西坡的冷风让夏千沉真的相信东北是可以冻死人的，出来后，娜娜已经从山脚上来了，把他们的羽绒服外套也一起带来了。

"赞助商的旗子在哪儿？"娜娜问。

钟溯从车后座上掏出被叠得皱巴巴的旗帜，说："忘拿杆了。"

"……"夏千沉说，"你自求多福吧，娜娜一会儿把你的腿卸了，因为领航员本质上只需要上半身。"

没承想维修部大工紧急递过来一根断掉的后悬梁和一卷胶带，说："快！百米开外看不出破绽！"

这耀眼的打工人之魂。

于是钟溯在赛段领奖台上，使用一根不知道哪个倒霉蛋的断掉的后悬梁，用胶带把赞助商的旗帜的一边粘在上面，卖力地挥舞着，并且寄希望于媒体记者朋友们能念在他曾为国争光的分上，出图的时候帮忙修一下。

接下来一行人前往下一个赛段，也是冰雪拉力的最后一个赛段，SS5 天泉主峰。

他们要在 SS5 的发车站的维修区住一夜。赛事方提供了较为原始，但效果极佳的取暖炉。这个东西夏千沉见过，当初在川青拉力赛上，他碰见过朝圣的当地人的帐篷里伸出一个小烟囱。他们从自己的家里出发，带着帐篷、食物，一路从自己的居所，徒步、磕头，去他们的朝圣地，沿途休息的帐篷里会有一个这样的炉子，用来煮吃的，也用来取暖。

其实如果不嫌麻烦，可以在距离赛道 100 多千米外的酒店休息。钟溯以为夏千沉肯定会去住酒店，没想到一贯娇气的夏千沉居然愿意睡维修站里的简易折叠床。

"你看上去很意外。"夏千沉说。

钟溯和夏千沉被安排在一个比较小的维修站里，这里是存放汽车配件的小型仓库，有插座，通电了。

钟溯说："因为我真的很意外。"

"我在赛期是很好说话的。"夏千沉抖开军绿色的棉被，试图给自己铺床，"而且之前看你比较不顺眼。"

钟溯笑了笑，走过来帮他拉棉被的另一边："所以疯狂使唤我，大冷天大半夜给你买一次性浴巾是不是？"

"那是刚需。"夏千沉解释，"你不知道，我让你买一次性浴巾的前一晚，看见那酒店给我新换的浴巾上有好几块黄斑。"

钟溯纳闷了，帮他把这半边被子卷进去，说："那你该找酒店哪。"

"强龙不压地头蛇。"夏千沉振振有词，"人在屋檐下，尿一点儿有问题吗？"

钟溯哭笑不得，心说现在是法治社会，怎么会给你搞出这些事情，但还是逗他："你可以放 BGM，没有人可以在你的 BGM 里战胜你。"

"啧，你损我呢，是吧？"夏千沉把外套丢一边，"我要睡了。"

小仓库被取暖炉烘得很暖和，仓库四面都挂着轮胎，倒也算保温。去住 100 多千米外的酒店其实也没什么，起个大早再开车进山就好，但这种大型比赛，夏千沉习惯在赛前和维修工们一起调校赛车。

钟溯等着夏千沉躺下后，帮他把侧面和脚下的棉被全都往里卷，塞好，防止透风。然后他把自己的那张折叠床推过来，放在夏千沉的床的旁边，只留很窄的一点儿空隙。

"你干吗？"夏千沉问。

"我怕你掉下去。"钟溯说得理所应当，"你家里的床那么宽。"

这样一来，夏千沉的左边是轮胎墙，右边是钟溯，很安全，也很暖和。

关灯后，小仓库里只有两束微弱的手机屏幕光。很快，夏千沉的手机上的网页加载了半分钟后，屏幕上方最后一格信号也消失了，彻底变成无信号。夏千沉叹了一口气，把手机放下。

这里没有高楼霓虹灯，也没有24小时不停歇的车流，有的只是山林呼啸的夜风，却没有想象中的安宁。虽然听不见城市的声音，但"哗啦啦"的风吹着枝丫，偶尔会有碎石被风卷起，砸在仓库外壁上，发出"嘭"的一声响，夏千沉被吓得哆嗦了一下。

钟溯在黑暗里睁开眼，伸出手，隔着棉被在夏千沉身上轻轻拍了两下。

"别怕。"钟溯温声说。

次日早，SS5。

夏千沉清早起来非常舒适，昨晚那些"嘭嘭"砸在小仓库外壁上的碎石头和树枝再也没把他吓醒。

经过维修工们从昨天下午到深夜的一番抢修，他们的赛车现在获得了物理意义上的"新生"，除了车架、发动机和避震悬挂，余下的配件基本都是新换的。但这也意味着陌生，意味着这辆车没被磨合过。

"大工说了，配件全都是你以前开报废的车里的。"钟溯宽慰他。

夏千沉"嗯"了一声："我没紧张。"

因为前面已经有三辆车退赛，按照发车顺序，编号为07的夏千沉现在是第四个出发。

SS5依然是冰雪路面，更不妙的是起风了。较为干燥的不咸山深处，雪落下后并不会堆积得非常紧密，所以风一大，道路两旁的雪会被吹得浮在路上，就像沙尘暴一样，只不过把风沙换成了冰雪。

"今天视野很差。"钟溯说，"海拔上到2000米就好了，天泉是温泉。"

夏千沉慢慢把车开到发车线前："未必，天泉附近雾很浓。"

"但起码不会糊一风挡玻璃的雪。"钟溯叹气，"起步准备。"

夏千沉重新试了一脚油门，然后挂挡："你应该不会有什么创伤后应激障碍吧？马上要重回你当初翻滚半分钟的路段了。"

"放心，没有。"钟溯笑了笑，"我还算是个比较乐于凝视深渊的人。"

夏千沉看了他一眼，表情挺嫌弃的："你凝视深渊，深渊说'试看6分钟'。"

"……"钟溯意识到他在嫌弃自己矫情，"倒数了。"

发车。

SS5是不咸山冰雪拉力赛的最后一个赛段。这个赛段娜娜给的任务是再追一辆车，追到第二名。现在的视野很差，风吹雪，比暴雪天要难开得多。因为在车速很快的情况下，风吹雪不仅伤害风挡玻璃，还会影响轮胎抓地力。尤其是过急弯时，如果四驱赛车的四个轮胎的抓地力不一样，非常有可能会侧滑。

"过弯慢点儿。"钟溯在第三个弯时这么说。

夏千沉是真的不想减速过弯，但不想也没办法，不只他这样，大家都憋屈。

"我真是……"夏千沉抱怨，"这风什么时候能消停点儿？刚才绝对有只松鼠被刮过来了。"

"刚才那个棕黄色的球状物应该是锥栗。"钟溯说，"不重要，前50米右5，路窄树多，慢点儿过。"

赛车手最讨厌听见的指挥是：慢点儿过、收油门和不行倒一把吧。

"……"钟溯叹气，"不行倒一把吧。"

弯实在是太窄了，又不能漂移，夏千沉跑了五年赛车，距离上次在弯道里倒车已经过去两年了。

终于熬过了大风路段，随之而来的是天泉横流的雾气，由于昨夜气温骤降至零下29摄氏度，凝结在天泉上方的蒸汽被风送入山野，此时云雾缭绕，如同人间仙境。可赛车手置身于如此仙境，如同哮喘病人置身于漫天的柳絮中。

"钟溯。"夏千沉叫他，"雾太大了，盲开了，出事了去地下别怪我啊。"

"好说，前60米一个右4，紧接左5。"钟溯报路，"这个弯很窄，你退挡摸着过。"

所谓摸着过，就是自己去试，能见度极低的情况下，可能试到有一半车轮悬空了，才知道这个弯的极限在哪里。

夏千沉很信任他，或许是前一晚度过了非常温暖的一晚。在这样的原始森林里，外面狂风肆虐，小仓库里燃着取暖炉，他们相依为命。事实上，昨晚用相依为命形容并不准确，今天在赛道上他们才是真正相依为命。

夏千沉骂了一句脏话，问："你感觉到没？"

副驾驶位上的钟溯差点儿心跳漏了一拍："感受到了。"

这个弯，如果放在平时，夏千沉甚至不用思考，可以靠肌肉记忆过去。但现在视野极差，他只能坐在车里，探着过。钟溯的确有一瞬间被吓到，因为刚才右前轮再向前一寸，或是夏千沉拉手刹时慢半拍，现在他们已经在坡上翻滚了。依靠手刹的制动和紧急反打方向盘救车，夏千沉成功过了这个凶险无比的低能见度的悬崖弯。

SS5只有30多千米，但回头弯非常多，海拔落差大，不仅需要良好的驾驶技术，更需要赛车手和领航员有强健的体魄。

"你还好吗？"钟溯问，"别怕，前左回头弯，你试着高速过，前面没有悬崖，我们试试高速过弯的可行性。"

夏千沉也正有此意，"嗯"了一声。他这一声"嗯"，让钟溯误以为他局促不安。钟溯安慰他："千沉，这个弯可以高速过，最差的结果只是冲出去。"

夏千沉进到5挡："你不会以为我在怕吧？"

说完，只听美妙的引擎轰鸣声响起，深油门带来的动力让这辆赛车终于结束前半段憋屈的说是蠕动也不过分的状态。

夏千沉没有高速过这个左回头弯，而是选择了漂移。

冰雪路面、雪地胎、四驱赛车，这三个元素注定了在SS5上无法漂移。偏偏这个赛段的回头弯很多，不想办法漂起来，就会落后。但实力不够强行漂移，容易出事故。赛事方的吊车就在这几个回头弯处等着，因为赛车一旦滚下坡，只能靠吊车营救。

夏千沉知道，要漂过一个回头弯必须非常谨慎。雪地胎挠不起地，那就烧胎，烧起来漂过去。只要油门控制得好，敢打方向盘，一样可以引发钟摆漂移（先触发钟摆状态，让车尾甩起来，进而漂移过弯）。

因为要减少重量，赛车不会做隔音，车里的两个人即使戴着头套和头盔，依然能听见轮胎和冰面摩擦的声音。

如果有"大自然敬畏值排行榜"，那么上榜前十的人里，绝对有拉力赛车手。赛车冲出赛道的时候最可怕的情况是什么，撞树？撞墙？撞山？最可怕的是，什么都撞不到。不咸山天泉主峰赛段就是这样，如果赛车在这里冲出赛道，那么大概率什么都撞不到，直接进入1分钟起步的翻滚状态。拉力赛里的赛道只是赛事方给你指的一条上山的路罢了。

"漂亮。"钟溯说。

"过奖。"夏千沉答。

在横向浓雾气流的干扰下，在冰雪路面上，完美漂移过回头弯，真不算过奖。

夏千沉这样的车手，胆识与车技兼备，不愧被业内评价为"为赛道而生的人"。俗，但没有什么比这个更合适的了。

从二河镇发车时，有六十五辆车上不咸山。

SS1和SS2结束，剩余五十九辆车；SS3和SS4结束，剩余二十四辆车；SS5结束，剩余十辆车。有十四辆车在 SS5 退赛，有些是因为车损严重，有些是领航员和赛车手达成一致，决定不在恶劣天气下涉险。

不咸山冰雪拉力赛，是本年度赛季的第一站，前十名的选手可以获得站点积分，很多人决定放弃，多半是觉得后面还可以把积分追上来。所以很微妙地，恰好跑完全程的十辆车，全部获得积分。

有时候事情就是这样，咬咬牙坚持下来，就赢了。这也是夏千沉喜欢拉力赛的原因之一，它是世界上少有的、真实存在"坚持到终点就是胜利"这个说法的事情。在很多赛段中，那些很强的对手，甚至拿过奖项的赛车手，就是少了点儿毅力。在拉力赛里，坚持到终点真的有可能就是实质胜利，而不止是精神胜利。

冲过终点线后，夏千沉偏头，零下二十几摄氏度的天气里，两个满头大汗的人相视一笑。

"还行吧。"夏千沉说。

"何止啊。"钟溯回答。

颁奖仪式在二河镇举行，但对他们来说，眼前的风景就是奖励。

夏千沉摘掉头盔和头套，和钟溯绕到车前对了一下拳头。

深冬的不咸山非常美，很默契地，两个人都没有拍照。他们就这么站在雪和泥混着的地面上，望着远处的天泉和山脊。雾凇奇观在这里很常见，山巅的空气非常冷，两个人的吐息频率差不多，同时呼气时呼出一口白雾。

这么傻站了一会儿，夏千沉说："好冷啊。"

"走吧。"钟溯拍了拍他后背，"回去了。"

夏千沉转过身，拍拍赛车引擎盖上的泥尘，眼神温柔地看着它，问："发车的时候你说……大工给这辆车换的配件，都是我以前开报废的车里留下来的？"

钟溯跟过来，"嗯"了一声："新配件不敢贸然上，道路情况太复杂，而且……"领航员没有赛车手套，钟溯弯下腰，掌心盖在温度还没完全降下来的引擎盖上，"你相信机器有灵魂吗？"

这是个非常"有病"的问题，向非常"有病"的青年提了出来。

夏千沉倏地笑了笑："你这个问题，如果问十八岁的我，我会非常坚定地回答你，机器一定有灵魂。"

"那么二十二岁的你呢？"钟溯问。

夏千沉挂着好看的笑容："我会更加坚定地告诉你，机器有灵魂。"

赛季第一站圆满结束，夏千沉和钟溯是本届不咸山冰雪拉力赛的站点冠军。

返回二河镇的路上，夏千沉驾驶着赛事方的勘路车，钟溯坐在副驾驶位上。

其他车手这时候都靠在车里睡成一片了，单单严重晕车的夏千沉要亲自开车。钟溯在副驾驶位上没事做，就折腾起中控的蓝牙来，连上自己的手机，搜到夏千沉的BGM，开始播放。

一听前奏夏千沉就知道是哪首歌，苦笑："现在放有什么用？又不在赛道上。"

"补一下。"钟溯说。

车队缓慢地下山，前面有安全车带路，他们在车队中间，只要跟着车队就行。

隆冬里，太阳西沉，夜色在驱赶他们离开不咸山。

两个人在车里东扯西聊着。

"所以夏主任很不喜欢你开赛车，"钟溯说，"是觉得太危险了吗？"

"对啊。"夏千沉说，"她是外科医生嘛。"

钟溯点了点头："嗯，很能理解。"

钟溯把"那你爸爸怎么看呢"这句话咽了回去。人都有一些不愿意说出口，也不想别人去问的事情。钟溯没有避开得很刻意，而是笑了笑，接着说："对了，夏主任买那辆纯电车的时候，你没阻止她吗？"

"可别提了。"夏千沉立刻回答，"当时我妈要买车，我帮她选了半个月，从性能、动力、外观，到性价比、安全程度和油耗量，给她推荐了不下十款，她最后居然买了辆纯电动的，甚至不是油电混合的！"

"你懂吗？"夏千沉问。

"你明白吧？"夏千沉追问。

"你能理解吧？"夏千沉继续问。

钟溯重重地点头，含笑说："能，但是环保呀，节能减排呀。"

夏茗钰毕竟是医生，对这样的职业，钟溯保有非常高的敬意。

"但是……"夏千沉左手握方向盘，路变好走了，前车加速，所以他右手也进一挡跟上，"但她都决定买一辆豪车了，居然挑了现在这辆？"

"……"钟溯努力地在大脑里搜索，看这辆车有什么可以夸奖的地方，"对不起。"

夏千沉扶着换挡杆的手抬了一下："不必，不是你的问题。"

两个人回到二河镇时，天已经黑透。还是来时的酒店，停好车下车后，钟溯走到他身边："拥抱一下吧，我们第一个站点冠军。"

夏千沉站在路灯下，眼睫形成一个漂亮的扇形阴影，落在他雪白的下眼睑上。

夏千沉走过去，拥抱了他的领航员。

重新回到沪市，大家获得了一个星期的假期。

奖金还没到账，夏千沉窘迫的经济条件迫使着他每天中午坐地铁去沪市第一人民医院，混夏茗钰的饭卡在医院食堂吃午饭。夏茗钰见到他后没给什么好脸色，他猜测，她是看新闻了。

汽联发布的新闻里写得特别夸张，竭力描述最后一段天泉主峰赛道如何凶险，夏千沉开着上个赛段出事故的赛车，在怎样一个回头弯完成了多么极限的漂移……

夏茗钰坐在他对面，吃饭时相当冷漠，筷子明明是木质的，被她拿在手上却无端有金属光泽。

"妈。"夏千沉讨好地叫了一声，"喏，你吃鱼。"说着，他夹了一块自己餐盘里的鱼肉放进夏茗钰的盘子里。

夏茗钰抬眼看了看他，此时若是钟溯在，绝对会感叹，母子俩的眼神简直一模一样。

"挺厉害啊。"夏茗钰轻飘飘地说，"车都撞得没头没屁股了，还能跑到终点呢。"

"那可不，我当时……"夏千沉刚抬头，迎上夏茗钰的目光，立即换了个说法，"没有，侥幸而已，主要是我的车比较坚强。"

放在过去，夏茗钰会语重心长地同他说，人这一辈子能侥幸几回？但事已至此，夏茗钰只是微笑，然后低头吃饭。拉力赛一直是横亘在母子中间的一座山。

"明天我调休。"夏茗钰说，"明天我们俩去一趟公墓。清明假期我要带几个学生，今年提前去吧。"

"啊，好，那我明早来接你。"夏千沉低头继续吃饭。

他们去公墓要祭拜的是夏千沉的父亲。夏千沉没见过他，因为他过世的时候，夏千沉还在娘胎里。但夏千沉挺希望他还活着，不为别的，就为夏茗钰这么反对自己跑赛车。

次日一早，母子俩买了花和一些祭拜的东西，停好车后进了公墓。

天气不太好，有些阴。夏茗钰穿着一件黑色风衣，两只手揣在兜里，走在前面。

夏千沉的父亲是一位非常优秀的拉力赛车手，他死在了赛道上，当时夏茗钰已经怀有七个月的身孕。那时候，很多种强烈的情绪一齐攻击着她，攻击着彼时是一位孕妇的她。她悲伤、愤怒、自嘲……强大的定力让她很快冷静下来，她迅速封存住了这些情绪，努力给胎儿维持一个平和的发育环境。然而人生总会给人一些并不需要的惊喜和巧合，她的儿子成了赛车手。DNA（脱氧核糖核酸，代指基因）动了？DNA蹦迪了？DNA恐怕抽筋了。

夏千沉对着石碑恭敬地磕头，然后看着碑上的"林安烨"三个字。这是二十多年前名声大噪的拉力赛车手，他热爱他的赛车事业，他也死在了他终生热爱的赛道上。

夏茗钰觉得，像这样热爱极限运动高于妻儿的人，他不配让孩子冠上他的姓氏。

"行了，走吧。"夏茗钰说。

夏千沉爬起来，走出两步后才拍了拍裤子上的尘土，然后回头，向石碑的方向看了一眼。他很理解妈妈，在那种情况下，独自一人生下孩子，一人拉扯孩子长大，到今天，她还能每年来摆点儿鲜花已经是仁至义尽了。

这就是夏茗钰反对夏千沉开赛车的原因，但夏茗钰是个非常理智清醒的人，知道该来的无论如何都躲不掉，所以学会了共存。换种方式说，她就是认了。她总不能以死相逼，或是打断夏千沉的腿。

两个人驱车返回市区，找了家餐厅。刚刚 11 点，离午饭时间还早，所以这家餐厅里还没什么人。

"您好，我们这里有乌龙……"服务员忽然顿住。

意识到声音有些耳熟，夏千沉将视线从菜单上挪开，慢慢上移。

"乌龙茶、普洱茶、龙井茶。"钟溯带着一贯礼貌温和的微笑，问，"中午好，喝点儿什么？"

"中午好……"夏千沉有时候真的很不明白，钟溯这个人的钱都花哪儿去了，以至假期他还要在餐厅里兼职，"你……呃，要不……一起吃点儿？"

夏茗钰闻言抬头，看看儿子，再看看服务员："认识呀？"

"我的领航员，钟溯。"夏千沉介绍，"钟溯，我妈妈，夏主任。"

钟溯立刻朝夏茗钰颔首，礼貌地打招呼："夏主任您好。"

夏茗钰笑了笑："你好，叫阿姨吧，反正现在没生意，跟我们坐下吃一口吧。"

"是啊，她请客。"很穷的夏千沉说。

母子俩本来长得就像，语气、神态更是如出一辙，这让钟溯压力很大。

习惯使然，钟溯当着夏茗钰的面，很自然地帮夏千沉把虾仁蒸蛋里的葱花一颗颗拣走了。他和夏千沉都没觉得有什么不妥，坐在对面的夏茗钰很明显地相当不快。她放下筷子，质问："夏千沉，你怎么尽干这种欺负人的事呢？你几岁了，你这样很不尊重别人。"

两个人齐齐抬头，同时开口。

"我没有啊。"

"没有，没有。"

夏茗钰叹了一口气，碍于钟溯坐在这里，也不好说什么重话，只用眼神警告夏千沉："自己吃饭，少折腾人。"

"好……"夏千沉给钟溯使眼色，示意他说点儿什么。

钟溯会意："夏阿姨，没有那么夸张，照顾赛车手，是领航员分内的工作。"

然而夏茗钰听着这话就像"我是自愿加班的""包揽小组作业使我幸福"。夏茗钰神色复杂地看了看钟溯，转而看向夏千沉："这种小事以后不要麻烦别人。"

"嗯。"夏千沉点头。

钟溯不能和他们一起坐着慢慢吃饭，糊弄着吃了几口后，餐厅陆续开始有客人进来，钟溯便起身道歉，去忙活了。

等到钟溯去餐厅的另一边招呼客人后，夏茗钰终于忍不住了，微微前倾，小声问道："这餐厅是他家开的吗？还是他朋友的？"

夏千沉想了想，说："我不知道啊。"

"他多大啦？"夏茗钰问，"年轻人也不用拼成这样吧，前两天不是刚放假吗，他都不休息？"

夏千沉："他二十五岁，好像是……有点儿缺钱，具体什么原因我也不清楚。"

"行，吃饭吧。"夏茗钰不再打听，"你在外面少使唤人，多伤人自尊哪，人家好好一个小伙子给你挑葱，像什么样子。"

钟溯似乎猜到了夏千沉会再来一次餐厅，但没想到是这么晚。主要是夏千沉觉得这个时间钟溯应该下班了，毕竟他并不想和钟溯之间有"服务员"和"顾客"的关系。

钟溯从餐厅后门出来，准备去骑车的时候，发现路灯下有个很眼熟的身形优秀的青年正低着头玩手机，手机里传出游戏 NPC（非玩家角色）的声音——"保持这个气势，朋友。"

"干吗呢？"钟溯走过来。

夏千沉抬头："等会儿，快死了。"

于是钟溯就站在这儿等着夏千沉打完这把游戏，好在他言出必行，说死就死，很快，他操纵的英雄就炸了。

"呃……聊聊？"夏千沉把手机装兜里。

钟溯点头，戴上手套："换个地方聊。"

沪市城区的夜生活很丰富，而且包容性很强，比如为了招揽顾客，酒吧里不只有酒，还有各种无酒精的饮料，甚至客人想在这儿喝杯奶茶也不是不可以。调酒师会先顿一下，然后保持微笑说"都可以"。这是吧台边坐在夏千沉旁边不远处的小姑娘提出的要求。怎么说呢，这年头挣点儿钱，真不容易。

酒吧的氛围比较轻松，灯光刚刚好，驻唱的年轻人抱着吉他，嗓音听起来也很舒服。不少年轻人选择在这里度过夜晚，无论男女，看上去都精心打扮过，搞得穿着连帽卫衣和牛仔裤的夏千沉觉得有点儿不好意思。

夏千沉要了杯麦芽威士忌加咖啡液，钟溯要骑摩托车，让调酒师随便给了他一杯无酒精的饮料。

夏千沉的酒被放在面前的杯垫上，他朝调酒师笑了笑："谢谢。"

钟溯的饮料有很漂亮的分层，他还没喝，先将其推到夏千沉手边："尝尝吗？"

"嗯……"夏千沉有点儿纠结，"没事，你喝吧。"

钟溯没说什么，挪回来抿了一口，甜的气泡水，带点儿果香。

"我能问问吗？"夏千沉坐在高脚凳上，钟溯则站着，靠在吧台边，所以夏千沉需要抬头看他，"你为什么这么穷啊？我穷是因为买了超跑，你呢？你堂堂环沙冠军哪。"

抛开赛事奖金，环沙冠军，他们车队得有多少广告啊，车队不能一毛钱不给他们吧？

夏千沉喝了一口酒，说："既然我在考虑让你跟我跑环沙，那你也考虑一下，和我坦白这是怎么回事。"

"好。"钟溯说，"我需要点儿时间。"

"不急，离环沙报名还有三个月。"夏千沉又抿了一口酒，然后偏头看钟溯的杯子。里面的饮料颜色真的很漂亮，橙黄色、海蓝色和鲜红色，一层又一层。

酒吧里的灯光好像被微妙地调暗了一点点，夏千沉没太在意，挪开视线，去看台上唱歌的年轻人。一首歌结束，大家很给面子地鼓掌。

没承想，夏千沉旁边不知道什么时候凑过来一个人："你好。"

夏千沉吓一跳，猛地回头，差点儿从高脚凳上掉下来："嗯？"夏千沉眨了眨眼，"你好？"

对方笑得特别甜，但身上的香水味很有攻击性，笑吟吟地望着夏千沉："那个……方便加个微信吗？你实在太好看了。"

夏千沉还没见过这么直白的人，一时听蒙了："呃……你说什么？"

同时他用余光瞄向旁边，钟溯人呢？

对方长得其实也挺好看，说："可以吗？我们认识一下吧，你今天是一个人吗？我和朋友在卡座那边，你要来吗？"

夏千沉不知道该先回答哪一个问题，便拒绝道："不，不了吧，谢谢啊。"

另一边的钟溯终于发现夏千沉旁边多了个人，上前说："不好意思，他不交朋友。"

对方表情一变，退后一步："是我不好意思，打扰了。"

对方走后，夏千沉依旧很茫然，扭头问："怎么回事啊？"

钟溯叹气，微微俯身，小声说："显而易见，你长得太帅了。"

钟溯说给他点儿时间，夏千沉就很耐心地整个假期都没再去过他打工的那家餐厅。

假期最后一天的晚上，夏千沉在储物箱的最底下翻出了一双老旧的赛车手套，手套内侧绣着他爸爸的名字，林安烨。夏茗钰把林安烨的所有关于赛车的东西都烧光了，千防万防，夏千沉还是走上了这条路。

夏千沉盘膝坐在地上，然后鬼使神差地戴上了这副手套。就像他看过的热血漫画一样，手套似乎能在冥冥之中传递一些力量，又或者让他产生什么共鸣……

然而回应夏千沉的是自家门铃声。

钟溯买了点儿饮料和啤酒，还有一些薯片、巧克力之类的零食，总之就是便利店里这个时间还有的吃的，他都拿了点儿。

夏千沉："怎么了？"

钟溯的视线落在手套上："你这是……"

"哦。"夏千沉说着，摘下手套，"没什么，呃……旧物，你有事吗？"

"聊聊？"钟溯问，"和你说说我为什么这么穷，还有我为什么一定要和你跑环沙。"

夏千沉笑了笑，侧身让出位置："请进。"

"看着也不穷啊。"夏千沉扒拉着钟溯带来的东西，"我能喝这个吗？"他拿出了唯一一盒巧克力牛奶。

钟溯脱掉外套，答："喝吧。"

夏千沉的家是 270 平方米的大平层，位于沪市高端小区内，16 楼，有一整面全景落地窗。他想了想，拉开窗帘，然后走到沙发边坐下，戳上吸管："聊吧。"

"你记得我告诉过你，景燃是有些伤痛才退役的吧？"钟溯单手打开罐装啤酒，侧了侧身，和夏千沉的巧克力牛奶碰了碰杯。

夏千沉点头："记得。"

"他……他不想让别人知道，但我前两天征求了他的意见。"钟溯停顿了一下，喝了一口啤酒，继续说，"他说可以告诉你。"

"没关系。"夏千沉说，"我不是太好奇，不用这么严肃，他想保留这个秘密的话，不用告诉我。"

钟溯看着夏千沉，平静地看了一会儿，直到夏千沉觉得有点儿诡异了，才说："景燃会退役，是因为他的脑袋里长了颗肿瘤。我们在环沙 SS9 玉山天路上，我指挥失误了。飞坡落地时车身不平，景燃的脑袋狠磕了一下……虽然他一直告诉我，这颗肿瘤在上环沙前就有了……医生说他只有两到八年的时间，我觉得无论有没有我指挥失误的原因，我都不能看着他等死。"

夏千沉听完，舔了舔嘴唇："你是不是觉得……飞坡落地的撞击，让他的病情加重了？"

"嗯。"钟溯点头，"后来想想，那是个不能飞的坡，海拔太高，人缺氧车也会缺氧，我疏忽了。"

夏千沉放下牛奶，转而开了罐啤酒："然后呢？"

"景燃不想治了，你也知道的，一旦做了开颅手术，他这辈子都不能再上赛道。"钟溯和他碰杯，两个人各灌了一大口啤酒。

钟溯接着说："我一直强行带他去医院，换城市，换医院，看了不少专家，但那颗肿瘤的位置在脑动脉附近，看过的医生里，没有一个敢做手术的。"

夏茗钰是外科医生，夏千沉多少也懂一些。

"可就算他不开颅，也不能再……上赛道了。"夏千沉说，"病还是要看的啊。"

"他这人挺犟的，而且确诊之后整个人心态有点儿扭曲。"钟溯叹了一口气，靠在沙发上。

夏千沉忽然想起了第一次在灰雀山勘路的那天，车险些侧滑，钟溯松了安全带扑过来挡住他的头，当时可能是触发了钟溯的某些恐惧心理，他问："在灰雀山那天，你也是不想我撞到脑袋？"

"有一点儿。"钟溯答。

两个人沉默地喝了两罐酒，夏千沉说："所以你需要钱，继续让景燃去看病？"

"嗯……"钟溯苦笑了一下，"他去环游世界了，也不要我的钱，把我一直转钱的卡销掉。我也不是真穷，有存款，我是想……想多存点儿钱，万一他哪天想开了，还想继续治，到时候他需要多少钱，我都能拿出来。"

夏千沉点头："我懂了。"

"千沉，"钟溯转过来，看着他，"景燃是我从小到大唯一的兄弟，他家对我有恩，我没有爸妈，是景燃的爸妈把我养大的，景燃的家里人……到现在还不知道这件事。"

"那，"夏千沉错愕地问，"那这种事……怎么瞒呢？"

"景燃说拖着吧。"钟溯又跟他碰杯，"两到八年，今年已经是第二年了。"

夏千沉挪了挪位置，凑近些，拍了拍他的肩膀："你……你乐观点儿，没开颅，没做活检，还不知道肿瘤的性质，什么都有可能的。"

钟溯点了点头："对不起，瞒了你这么久，但景燃不公开的原因，就是不想消息传到他爸妈的耳朵里。"

"哦，没事，我能理解的。"夏千沉笑了笑，"我们跑一次环沙，把能接的广告全接了，把世界上的外科医生全捆起来给景燃会诊。"

钟溯"扑哧"一声笑了出来："牢底坐穿哪朋友。"

"其实……"钟溯完全靠在沙发背上，"说出来轻松多了。"

"真的吗？"夏千沉只坐了沙发的前边一小截，回头看着他。

钟溯点了点头："我以为我不会在乎别人怎么看我，但其实……被你撞见在餐厅兼职，还挺不好意思的。"

夏千沉说："这有什么啊？我还开网约车呢。"

钟溯坐起来，用啤酒罐冰了一下夏千沉的脸颊："你用豪车开网约车啊。"

"嗌，"夏千沉蹙眉，"冻脸。我的意思是不偷不抢的，赚钱哪里不好意思了？"

"我也不知道。"钟溯好像喝得有点儿蒙了，"就是……就是让别的认识的人看到的话没什么，比如娜娜啊，老胡啊，但不想被你看到。"

老胡是他们的维修大工。

"哦，我在你心里还没有老胡亲。"夏千沉佯装懂了，继续喝酒。

钟溯扑过去抢走他的啤酒："你可别喝了，开始说胡话了。"

"说出来真的轻松了吗？"夏千沉又问。

外面月至中天，全景落地窗被擦得很干净，城市夜景像电影镜头，路灯、车灯、霓虹灯各自闪烁，看夜空下的城市，也像是在看银河。

夏千沉放下啤酒罐，走过去拿起那副赛车手套，递给钟溯。钟溯放下酒接过手套，这副赛车手套看上去有年头了，钟溯甚至不敢太用力地拿，只捧在手里。

"这是我爸的，你翻开看看。"夏千沉拿起酒又喝了一口。

钟溯轻轻地翻开手套口，"林安烨"三个字让他整个人僵了僵，定定地坐了良久。

直到夏千沉又打开一罐啤酒，钟溯才缓过来。

"那天和我妈在餐厅里碰见你，我们是去给我爸上坟来着。"夏千沉说。

纵使喝了酒，钟溯也恍然明白，夏茗钰不想让夏千沉开赛车是因为林安烨死在了达卡拉力赛上。二十多年前，林安烨是拉力赛业内的风云人物，甚至时至今日，林安烨依然为人津津乐道。但大家聊到最后，往往都是一句"可惜了"。

"我跟我妈姓，因为他在达卡拉力赛上去世两个多月以后，我才出生。"夏千沉说，"我妈很恨他，不想让我和他有一点儿关系。"

钟溯小心地把手套放在茶几上："能理解。"

"没想到吧？"夏千沉笑着说，"你说这是 DNA 的力量吗？我家里从来没有和赛车相关的东西，但我现在居然也成了拉力赛车手。"

"可能吧。"钟溯和他碰杯，"这个世界还是挺玄的。"

夏千沉叹了一口气，半躺在沙发上："麻烦你，去把灯关了，好刺眼。"

客厅的灯被关上之后，只有落地窗透进来的光。城市很贪婪，一边让自己发光，一边又希望星星也能不遑多让。夏千沉偏过头，看着窗外，能很清楚地看见外面的景色。车流 24 小时不停歇，永远有人在奔波、在忙碌，人们各奔前程，每天都客气地笑着、拼搏着。梦想在这个年代成了遥不可及的东西，多少人的梦想在走出校园的第一步就被城市压得稀碎？这座城市光鲜亮丽，却杀人不眨眼。

夏千沉可以理解妈妈，也可以理解爸爸。妈妈想要家庭，爸爸想要毕生的梦想。妈妈希望在城市里安稳度日，爸爸希望在沙漠荒原上驰骋。

他忽然有点儿想哭，然后转了过来，醉得两颊微红，看着钟溯，问："如果有一天，我也死在赛道上，我妈会像恨我爸一样恨我吧？"

钟溯无法回答这个问题，只能说："我不知道，因为你死在赛道上，我也活不成。"

"那你就不用面对我妈了，是好事。"夏千沉说，"我妈可凶了，到时候把你活着解剖，生拿你的肾去做肾源，还有你的肝、心、眼角膜……皮也可以割下来，移植给别人。"

钟溯无奈："那还是……希望我们都死得其所。"

"祝我们死得其所。"夏千沉举杯。

"祝我们死得其所。"钟溯和他碰杯，一仰头将酒全干了。

次日一早，熟悉的宿醉感冒了出来。

夏千沉的闹铃响到第二遍的时候，他明明没有按，铃声却停了。行吧，不管是谁，夏千沉想，感谢你，关闹铃的好心人。又不知过了多久，让夏千沉实在受不了的是光，非常刺眼的光，像是有个素质极差的人用激光笔照他的眼睛。夏千沉挣扎着醒了过来，原来是客厅里造价不菲的全景落地窗的窗帘没有拉上，采光极佳的客厅此时充斥着开发商说的童叟无欺的美好阳光。

"欸……"夏千沉叹了一口气，嘟囔着，"好刺眼……"

然后，他从沙发上爬起来准备走过去拉窗帘，脚才往前迈一步，就意识到自己踢到了人，有人躺在他家的客厅地毯上。可能是酒气过重，他如遭雷击，瞬间清醒过来，看着满地狼藉的客厅，七倒八歪的啤酒罐和巧克力牛奶盒……还有钟溯。

家里的地暖还没有关，睡在地毯上和睡在电热毯上没什么区别，倒不会冷。

这动静把钟溯也弄醒了，他茫然地撑着身体坐起来，看看夏千沉，说："早上好。"

"早上好。"

钟溯揉了揉额角，爬了起来："你去冲个澡，我给你弄点儿吃的。"

"别弄了吧，一会儿下楼随便吃点儿吧。"夏千沉挠了挠头。

钟溯把T恤抻平，抚了抚领口："没关系，很快的，吃完还要去车队。"然后抬腕看手表上的时间，"快10点了。"

夏千沉也不再推托，去卫生间冲澡。温热的水淋下来，夏千沉重重地做了个深呼吸。水温不高，淋浴房里并没有腾起雾气，他觉得或许现在应该冲个冷水澡冷静一下。

"咚咚——"钟溯敲了两下卫生间的门："夏千沉，洗快一点儿！"

"哦！"

两个人赶到GP总部的时候，会议已经结束1个小时了，娜娜在GP总部一楼大厅里和维修工们商量楚天山拉力赛的细节问题，回头看见他们风尘仆仆地冲过闸机，笑了笑，笑里藏刀，刀上浸毒。娜娜说："您二位来得正好，一会儿食堂就开饭了。"

夏千沉不敢吭声，钟溯欲言又止。

维修工们假装研究车型，其实是在平板电脑上搜索比赛地有什么好吃的。

"不好意思啊娜娜，"夏千沉赔笑，"起……起晚了。"

钟溯跟着道歉："抱歉娜娜，我……我关了闹钟然后继续睡了。"

"GP那么多车手，前驱组的、摩托车组的、房车组的，还有四驱组你们隔壁的曹晗锡，"娜娜踩着7厘米的高跟鞋，微笑着朝两个人走过来，边走边说，"全到齐了，偏偏我家车手和领航员，缺席。"

娜娜杀气逼人，两个人同步后退。

夏千沉："对不起娜娜，我……我下个站点一定……"

"少跟我说这个。"娜娜把他们俩逼退到了大厅墙根处，"我待你不薄吧，我给你收拾过多少烂摊子？今天开会我还特别给你弄了个广告，你居然给我缺席，你——"

眼看娜娜就要用她7厘米的鞋跟一下刺进他的脑壳，夏千沉几乎是绝望地喊了出来："我愿意带钟溯跑环沙！"

GP总部大厅瞬间安静下来，刚刚下电梯的周总，电梯门一开就听见这么一句话，险些落泪。周总一个箭步冲上来，握着夏千沉的手，仿佛下一句就要说"我是你失散多年的三舅姥爷邻居家外甥的堂哥啊"。

"千沉哪！"周总热泪盈眶，紧接着又腾出一只手拉住旁边的钟溯，然后把两个人的手包住，"小钟哪！"

娜娜面无表情地说："周总，这是干啥呢？"

周总语调拐着弯儿地"欸"了一声："等咱们千沉拿了赛季冠军车手称号，到时候咱把夏主任也请来！"

夏千沉："可别！"

钟溯："不必！"

两个人同时抽回手，同时开口。

那不是相当于"骑脸输出"吗？到时候夏茗钰把你们一锅端了。

不过夏千沉能松口，同意带钟溯上环沙，娜娜就饶过了他们缺席假期后的第一次会议这件事。

午饭时间，娜娜告知了他们这次会议的主要内容。赛季第二站，楚天山拉力赛。第一赛段位于云天大道，全长10.77千米，有99道弯。跑完云天大道后，前往楚天山。

夏千沉眼睛一亮："云天大道这次有车型限制吗？"

娜娜笑了笑："你希望呢？"

"有吧。"夏千沉拨弄着番茄炒蛋里的葱花，"不然我又要被说是车好、车贵、车的马力足。"他真的非常在意所有会掩盖他的车技的东西。

钟溯瞄了他一眼，然后用湿巾擦了擦自己的筷尖，挑走夏千沉的餐盘里的葱。

娜娜笑得更深了："车型统一，开心吗？"

夏千沉的狐狸眼倏然一亮。车型统一，一家欢喜多家愁。

钟溯挑完葱花，说："这次用什么车？"

娜娜说："四驱组全部用原厂发动机、原厂刹车、原厂涡轮……总之除了赛车电脑、差速器这些东西，基本都得用原厂的。"

"这不会是接广告了吧？"钟溯问。

"这场比赛就是广告，所以奖金很可观。"娜娜说。

钟溯恍然，点了点头，问夏千沉："喝汤吗，我去给你盛？"

"嗯。"夏千沉点头。

娜娜趁机快速小声地询问："你们俩昨晚是不是在一块儿？"

"你怎么知道？你在我家装监控了？"夏千沉抬头。

"你们俩一块儿迟到就算了，钟溯还穿着你的衣服和裤子，我是瞎吗？"娜娜说，"怎么回事啊？"

夏千沉还真不知道该怎么解释，毕竟昨晚说的事情是秘密。

好在娜娜的思维比较跳跃，她关切地问："钟溯租不起房去投奔你了吗？"

"呃……"夏千沉咬了咬筷子。

"对。"钟溯端着汤碗回来，坐下，"房东说房子要拆迁了，这个月租完就不租了，我就先在他家存放点儿东西。"

夏千沉偏头看了看他。

娜娜"哦"了一声："不租了也好，其实咱们这边未婚单身的大部分车手和领航员住一块儿，培养默契和信任嘛，而且这样我们也好管理。"

夏千沉还在思考钟溯的话，他住的那一片房子要拆迁了吗？好像那边的道路确实要拓宽。

不过，夏千沉的思绪很快被吃完饭坐过米的大工打断，大工老胡是熟人了，说："小夏，下午我们去一趟车行，因为赛道从海拔200米直接升到1300米，这次我们要在轮胎上下点儿功夫。"

夏千沉点头："行，马上吃完就走。"

一下午，老胡骑电动车，钟溯骑摩托车带着夏千沉，从车行到汽配城最后回到车队仓库。

他们弄回来 4 组轮胎，得去差不多路况的地方试跑，但眼下天色已晚，两个人遂与老胡说好，明天上午 10 点试跑。

临下班的时候，钟溯洗好了车，收好高压水枪，像平常一样，问夏千沉要不要送他去地铁口。夏千沉在娜娜的办公室里，娜娜不在，他在用娜娜的电脑看车架。

门大开着，钟溯靠着门框，敲了敲门板。

夏千沉抬头："嗯？"

"今天坐地铁，还是随便开辆车走？"钟溯问。

夏千沉想了想，试探着问："反正明天要一起试车……你要不要今晚继续睡我家？"

"也好。"钟溯答应得很爽快，"顺便帮你收拾一下。"

确实，那堆东西如果让夏千沉自己收拾，他能像收桌布一样用地毯一兜直接扔出去。鉴于目前还没有发工资，他舍不得失去那块地毯。他合上了娜娜的电脑："走吧。"

钟溯的坦诚和重情重义，是夏千沉愿意带他上环沙的重要原因。

景燃是一代传奇，英雄惺惺相惜，夏千沉能帮自然愿意帮一把。

两个人骑了 20 多千米的摩托车回家，家里像是被赛级哈士奇侵略过，撕家锦标赛的那种赛级。

"呃……"夏千沉看着不知道为什么会滚来玄关的空啤酒罐，"要不还是明天叫个家政吧？"

家里以往每周有阿姨来打扫，如今他囊中羞涩，不去阿姨家当兼职司机已经算好的了。

"你想什么呢？这点儿东西我一个人就能收拾。"钟溯说。

"那我呢？"夏千沉指了指自己，"我干点儿啥？"

钟溯放下包和头盔，望了他一会儿："你……你离远点儿。"

其实夏千沉家里不算乱，他东西不多，就是平时爱随手丢。比如当钟溯从夏千沉的冰箱里拿出一个迪迦的变身器时，夏千沉不仅没觉得有什么不妥，甚至反问他："怎么，你不相信光了吗？"

可能是某天夜里他来冰箱找食物的时候，冰箱灯给予的圣光吧。

夏千沉家里的舒适型沙发坐垫就有 70 厘米深，靠背可以展开，比一般大学宿舍的床还要宽点儿。夏千沉翻出枕头和棉被给钟溯："晚安。"

"嗯，晚安。"钟溯点头，"哦对了，WiFi 密码？"

"……"夏千沉抿了抿唇，说，"QCYSBRYR，大写。"

钟溯拿出手机，脸上写着"我没记住"。

"'千沉一生，不弱于人'，首字母大写。"夏千沉认命地说。

钟溯："好……"

原厂车加新轮胎，跑起来状况特别多，要么车抖，要么轮胎抓地力有问题，要么刹车让夏千沉产生自我怀疑。以至两个人下车后，背着老胡商量要不要先测一次四轮定位，但不太敢。这就像是一位患者做完手术出院回家，一个星期后又来了医院，找到医生，问："我那个伤口你缝上了吗？"医生能当场被气出内伤。

话虽如此，两个人并排站着，看着赛车被升起来，看着老胡给四个轮胎装上定位传感器，结果是正常的。但肯定有哪里出了问题。车队里最牛的大工老胡陷入沉思之中，今天的调校只能暂且搁置，明天回仓库再把维修工们都叫来看一看，这在医学上，叫作会诊。

试车告一段落，老胡和他们俩都悻悻回家。一路上，夏千沉坐在摩托车后座上，跟钟溯在各自的头盔里扯着嗓子复盘，进车库的时候嗓子都哑了。

钟溯问："我们为什么不能回来了再聊？"

夏千沉说："谁知道呢？"

由于需要对下午的试车情况进行复盘，钟溯再一次在夏千沉家留宿。复盘工作不太顺利，因为两个人比画空气，纸上谈兵，然后他们决定去地下车库。

这次赛事的主办方要求在云天大道赛段使用统一车型的车，品牌方旗下有不少家用车。

"叮——"电梯门打开。这里是沪市较为高端的小区，地下车库都有三层，开发商在设计车库的时候，就默认了每户会有两辆以上的车。

他们纸上谈兵得出的结论是，夏千沉，从十八岁至今，就从未正经开过原厂车！

他在国外的时候，开得最多的车是朋友的跑车，回国后跑拉力赛，上场就开的改装赛车。走南闯北跑比赛的路上，他开维修车，维修车是后挂货车，他还真没开过几次纯原厂的普通家用车。这才导致试车的时候他总觉得哪里怪怪的，倒不是开不好的那种怪，而是赛车手开原厂车，有一种微妙的穿着橙色铠甲却拿学徒短刀的怪异感，比如战斗机飞行员去开民用飞机，往往会习惯性地用力过猛。

两个人在安静的车库里寻觅着和赛事方要求的车型差不多的家用车。来车库前，两个人信誓旦旦地说好：我们只是去看看别人的轮胎的轮圈情况，一定要堂堂正正的。然后他们俩蹲在一辆轿车的侧边，钟溯掏出手机，用手机边缘测量这辆车的原厂轮胎和车架的距离。

钟溯说："要考虑到避震系统。"

夏千沉点头，将胳膊搭在膝盖上："但那个赛道没有飞坡的需求，我们也可以不必考虑避震系统。"

钟溯想了想，说："对，全是急上坡和回头弯，阻尼器（避震系统中的重要组件，用以减少震动和提高行驶平衡性）可以不用拉力赛上那么粗的，顺便减轻死重。"

提到死重，夏千沉忽然扭头，观察了他一下："我好像一直不知道你多重。"

"……"钟溯一时也不知道怎么回答，"我挺久没上过秤了。"

虽说钟溯看着瘦，但有些人明明很瘦，肌肉含量高，体重也不轻。

而赛车的死重，指不可调整的重量。比如发动机，它就是这么重，你没办法去改。那么有什么办法让赛车变轻呢？比如抛弃双叉式悬挂，使用麦弗逊式悬挂，再比如，让赛车手和领航员减肥。所以夏千沉才会在钟溯提到死重时，忽然好奇他的体重。毕竟，如果车本身重 1050 千克，领航员重 300 斤……就算这个领航员是仙人那也不能要啊！

"我家有秤，一会儿上楼称一下。"夏千沉说。

"也好。"钟溯点了点头。

"再去找辆 SUV 看看。"夏千沉说。

因为 SUV 具备越野性能，他打算看看原厂 SUV 使用的越野轮胎。

两个人在无人的车库里游荡，搜寻着同品牌的家用车，要不是他们气质正直，夏千沉手里还拿着小区电梯卡，不知道的人还以为是偷车贼。

"那辆。"钟溯指向一辆车，"好像还是运动版的，过去看看。"

夏千沉"嗯"了一声，也不知道为什么，两个人下意识地脚步紧凑起来，悄悄地走到 SUV 旁边，然后同步蹲下来，更可疑了。

钟溯把手机的手电筒打开，仔细看了看运动版 SUV 的原厂轮胎："你看一下，是不是比拉力胎要宽一点儿？"

夏千沉凑过去："对，原则上来讲，越宽的轮胎抓地力越强，但那是理想情况，拉力胎的滑动是可控的。你也知道，山上的湿度、温度和路况复杂得很。"

"我的意思是，既然要在这次比赛中追求速度，那几组轮胎都会造成车抖的话，我们能不能找到比较宽的柏油胎？"钟溯说。

他说完，这辆 SUV 的车灯忽然闪了两下，意味着车主在不远处摁钥匙。

两个鬼鬼祟祟的人忽然对视，接着钟溯一把拉起夏千沉蹲到了隔壁车的后面，两个人挤在墙角靠隔壁车的车身挡着。钟溯身形较宽，把夏千沉整个人挡住了，像是经纪人保护明星一样。

"不用这样吧？"夏千沉努力挣出一点儿缝隙，小声说，"怎么真像来车库偷东西似的？！"

钟溯直接捂他的嘴："嘘！"

次日一早，两个人把对轮胎的想法告诉老胡后，老胡把嘴撅成括号状，搓着下巴考虑了老半天，最后说："可以试试。"显然，经过一夜思考，老胡也有了和他们一样的想法。

夏千沉没怎么开过完全无改装的原厂车，这在这次比赛中是个劣势。所以在老胡去弄轮胎的这一天，钟溯和夏千沉想到一个自以为绝妙的办法——去做代驾！专门接赛事方要求的这种车型的代驾单！这次有了正当理由，为了练车，想必车队和赞助商也不会说什么。

两个人商量好后，提前告别了娜娜，跨上摩托车就早退，返回沪市城区了，然后等待接单。即使才傍晚，还没有到车主们烂醉如泥地从饭店出来叫代驾的时间，但代驾单子已经在两个人开启"接单模式"时就络绎不绝。

街角的汉堡店里，钟溯和夏千沉面对面坐着，将两杯冰可乐放在手边，两个人姿势统一，低头看手机。所有不符合车型要求的代驾单一律拒接，两个人试图用这样的方法迅速筛选出赛事方要求的车型的原厂车，这样的方法非常有效，因为平台在接单后就会立刻显示车辆的基本情况。但很快，两个人均因为频繁拒接订单而被平台拉黑了。

两个人同步抬头，相顾无言，一个眼神道尽一切。

代驾计划搁浅后，打小就聪明的夏千沉立刻想出了另一个好办法："要不我们直接去 4S 店试驾？"

钟溯觉得可行，打开品牌方官网，开始预约，预约时间却已经排到一周后的早上 9 点。

"不行找车队吧。"钟溯说，"队里全是改装车，让车队管品牌方要一辆原厂车过来练练。"

夏千沉摇头："不止我们一家车队，这回的原厂车很难要到，能要到早要到了。而且像我这样没怎么开过原厂车的车手太少了，品牌方也不想让我们这种车手糟蹋车。"

总不能买一辆原厂车吧？买车还得等提车呢。好在办法比困难多得多，Plan B（B 计划）有可能也是 Plan Better（更好的计划），他们决定明天去一趟二手车行，租一辆。

从汉堡店里出来后，夏千沉刚准备很自然地再邀请钟溯在自己家里住一晚的时候，钟溯说："走，送你回去。"

"啊？"夏千沉接过头盔，"你呢？"

"我得回家了啊，我家三天没人了。"钟溯笑了笑，"我都穿你三套衣服了。"

莫名其妙地，夏千沉有点儿失落，有一种冲动，想说……可是我还想让你再住一晚。他怎么会有这个念头呢？夏千沉不明白。不过很快夏千沉有了一个合理的解释，仅仅因为这些年来，钟溯是第一个跟自己这么合拍的领航员。

约好了明天去租车的时间后，钟溯把他送回家前还带他去便利店买了牛奶，因为今天早上他的冰箱里只剩最后一盒牛奶了。

"你是铁胃吗？"钟溯终于忍不住问。

夏千沉耸肩："其实低温食物对肠胃造成的伤害是可逆的，高温食物造成的才不可逆。"

这个道理钟溯明白，但也不必这么极端吧，要么高温要么低温？常温牛奶是在鄙视链底端吗？

"可是一大早空腹喝冰牛奶？你没被胃病制裁过吗？"

"这就是我的过人之处。"夏千沉很骄傲。

钟溯笑了笑："好，回去吧，明天车行见。"

山地摩托车呼啸着走了。夏千沉喜欢这种硬核的、噪声很大的、清晰的引擎声音。不遮不掩，来了就是来了，走了就是走了，坦坦荡荡。他在小区门口站着，望着钟溯的身影消失，引擎声跟着远去，他才回家。

他们今天早晨起迟了，出门匆忙，展开的沙发上还有没叠的被子。棉被被团成了一个小包，看着被子的形态，夏千沉猜测钟溯睡觉的时候应该喜欢抱着点儿什么。夏千沉走过去，想收拾一下，又不想收拾，最后就让沙发床维持原样，他把牛奶放进了冰箱。

另一边，钟溯回到出租屋后，立刻脱下夏千沉的衣服，妥善装进纸袋，再换上自己的衣服，拎着纸袋去马路对面的干洗店，不惜使用了一点儿"钞能力"，让店主加急洗出来。

从干洗店回家后，钟溯感觉自己这一系列行为有点儿像着了魔。他发现他还挺享受照顾夏千沉的，帮夏千沉按颜色和材质将衣服分好类，然后机洗或是送去干洗店，顺手收拾一下夏千沉乱放的杂物，最后放着沙发不坐，两个人盘膝坐在地毯上模拟车况。

他分衣服的时候，夏千沉会蹲在旁边看着，并且震惊地说："原来如此，怪不得这件白T恤变粉了。"他收拾杂物的时候，拿到某件有故事的东西，夏千沉会跟他讲讲这件东西的来历。夏千沉是个不太愿意丢掉旧物的人，比如一个小小的断掉尾部的摩托车模型，夏千沉跟钟溯说，他上学的时候半夜偷偷溜出去，跟一群小混混飙摩托车，为首的小混混很欣赏他，就把这个小模型送给他了。钟溯很纳闷，询问他，这群小混混半夜飙摩托车，怀里还揣着摩托车模型，挺有情怀啊。夏千沉两手一摊，所以摩托车屁股断了呀，放在兜里被压断的。

…………

钟溯平躺在自己的出租屋的床上，盯着天花板，想给夏千沉发条微信。

钟溯：浴巾晾在阳台上，洗澡前记得拿。

夏千沉：晚了，我已经被对面楼业主看光了。

钟溯：……

钟溯：没事，人生短短几十年。

半晌，夏千沉才回复。

夏千沉：骗你的，我用的智能家居，能语音关窗帘。

钟溯：朋友，赛车手和领航员之间基本的……

"嗡——"夏千沉先一步发了下一条消息。

夏千沉：不要给我讲什么赛车手和领航员的信任问题，我信任你才允许你乱动我的东西，否则我会光着出来找浴巾？

钟溯"扑哧"一笑，不慎手滑，被手机砸了脸。报应哪，他想。

钟溯：抱歉，明天接着去"伺候"你。

夏千沉：行。

钟溯其实挺喜欢没事翻翻夏千沉的朋友圈，现在他躺着，就在翻。

夏千沉的朋友圈很有趣，比如这条，夏千沉去跑川青拉力赛，过去的路上，维修车在国道上被羊群堵住了，遂拍照留念，配文字："一会儿撕根香肠，把牧羊犬勾引过来指挥交通。"还有各种惨烈的车损照片，配文字："对不起，今年被我开废的第三辆车，希望今晚赞助商不会派光头金链花臂大哥来卸我的腿。"当然也少不了得意的瞬间："娜娜问我，大熊猫知道自己是国宝吗？我说，它是大熊猫，它不是傻子。"

他为什么在看大熊猫呢？因为没拿冠军的话，那时候应该已经到家了。

钟溯看着夏千沉的朋友圈睡着了，醒来的第一反应是去把夏千沉叫醒，片刻后反应过来，这里是出租屋，没有夏千沉。

两个人在车行成功租到了赛事方要求的原厂车，交了押金后就在沪市满城跑。

"很怪。"夏千沉说，"我会开家用车，但为什么不能在开家用车时开出赛车的操作？"

钟溯很久没坐正经家用车了，摸了摸右手门上的内饰："没习惯而已，不要产生畏惧心理。"

"哦……"夏千沉打灯上绕城高速公路，他要感受一下这辆原厂车在每小时120千米的速度下的发动机情况，只有绕城高速公路上能开到那个速度。

所以他自己其实是产生畏惧心理了吗？他从未设想过这种可能，按理说赛车手不会畏惧家用车，就像养藏獒的人不会怕金毛。

人类最根本的恐惧感源于不可控，夏千沉控得住千匹马力的超跑，控得住冰面上的赛车，但开家用车时缩手缩脚。这份畏惧并不是因为要面对多么可怕的事，而是要面对娇弱易碎的东西，就像很多人不敢抱小婴儿，生怕给摔了碰了。

"你别怕呀。"钟溯说，"权当糟蹋，你不是可会糟蹋车了吗？"

夏千沉握着方向盘："啧，我开报废的车的数量在同行里算很少的了。"

"家用车没有那么脆弱。"钟溯宽慰他，"大胆点儿，下个出口下高速公路，往山上开。"

"啊？"夏千沉疑惑，"这玩意儿可不是豪华越野车。"

"我也没让你往深山老林里开啊。"钟溯苦笑，"我是想让你感受一下原厂车的避震系统，如果我们这次比赛要使用这种避震系统的话，你先体验一下细的阻尼器。"

夏千沉觉得有道理："嗯。"

昔日飞坡时，整辆赛车从天而降，一吨多的重量全靠避震系统顶着，既然要追求极速，摒弃赛车的避震系统，那么他最好提前习惯。

周围越来越荒凉，天色也跟着暗下来。好事是夏千沉已经完全适应了家用车的性能，坏事是他开始觉得钟溯说的话没错，家用车没那么脆弱——他在可劲糟蹋。

"轻点儿踩。"钟溯说，"这是租来的。"

夏千沉："我有数。"

然后车就有异响了。

钟溯欲哭无泪，让夏千沉停车，他要去看看发动机。

这儿是沪市郊区的一个小山坡，下面是省道，省道边上有非常多的小吃摊、小旅馆和修车店。因为省道上往往会有非常多的大货车经过，跑长途的大货车司机会在饭点，就近在省道边的小吃摊上吃点儿东西。

"洗车五块。"夏千沉往小山坡下面看了一眼，"洗车这么便宜？"

"就用高压水枪随便冲一冲，泡沫都不打的。"钟溯用手机手电筒照着发动机，说，"这车好像有个发动机气缸没动静了。"

夏千沉骂了一声，走过去问："老是'嗒嗒嗒'地响，会不会只是敲缸（一种气缸内出现金属敲击声的现象）啊？"

"不好说。"钟溯摇了摇头，"回吧，先开回去。"

夏千沉没挪步子，指了指山坡下边："那儿有个卖牛肉面的……我饿了。"

面摊老板长年累月做的都是大货车司机的生意，难得见到年轻人。

"哪个是不要葱和香菜的呀？"老板娘问。

"他。"钟溯说，"谢谢。"

老板娘很热心，说面条免费续，还问他们是不是要出去旅游。算是吧，他们顺着老板娘的话说，毕竟不能说是练练家用车，而且再过几天，他们确实要去旅游了。他们这一整年都安排了旅游计划，北上、西行、南下、东征。从前总在网络上看到一些鸡汤文，比如"心灵和身体总得有一个在路上"，拉力赛团队一个都不落下，心灵、身体、事业，都在路上。

牛肉面很香，汤底浓郁，肉质细嫩。抬头是满天星斗，旁边是他们租来的二手车。不难看出夏千沉是个从小被教养出好习惯的孩子，再饿吃东西也是慢条斯理的，没有狼吞虎咽。

车租了两天，但发动机有异响，钟溯在返回城区的路上打了个电话给二手车行的老板，老板说明天再看情况。返程开得就比较慢了，两个人都不太确定是车本来就有问题，还是被夏千沉开出了异响，这种事情不好判断。

"你还记得我家那条路吗？"钟溯问。

夏千沉"嗯"了一声，漫不经心地问："你回家？"

"不回。"钟溯说，"我家对面有个干洗店，你的衣服在那儿，刚好还给你，然后今晚住你家，明天去还车。老胡搞到宽的柏油胎了，还完车再去试新轮胎。方便吗？"

"好，方便。"夏千沉偷偷笑了一下。

钟溯去干洗店取衣服的时候，夏千沉降下车窗，望着干洗店。如果他没猜错的话，昨天他借给钟溯穿的外套和裤子，应该就是昨天送去洗的。这年头不加钱，干洗店能次日洗完？

钟溯上车关门，把衣服放去后座上，然后拉下安全带："走吧。"

时间是晚上9点过5分，夏千沉已经在这里停车1分30秒，他耿直地看着钟溯。

钟溯察觉到他的视线有些奇怪，遂问："怎么了？走了，这里有违停拍照，只能停3分钟。"

停车时间已经1分45秒。

夏千沉的目光耐人寻味，他问："你一个月房租多少钱？"

"一千三。"钟溯问，"问这个做什么？"

夏千沉接着说："一千三给我，我把我家沙发租给你，进口手工皮的，六万买的，比我的床还贵，你赚了。"

钟溯有点儿愣住了，车厢顶灯到时间自动熄灭了，幽暗的车厢里只有车载中控屏幕的微光，夏千沉还在等他的答复，已经停车2分10秒了。钟溯的喉结上下滚了一下，他做了个吞咽的动作，吐出一个字："好。"

隔天还车时，二手车行的老板还算厚道，没有强行把发动机故障赖在他们身上，双方各承担一半车损，但夏千沉挺不好意思的，因为他觉得这跟自己玩命糟蹋车肯定有关系。

从钟溯租下沙发的那天起，他们每天都在为楚天山拉力赛做准备。

赛车手需要锻炼身体，这是毋庸置疑的。一来赛车手需要具备良好的耐力，二来为了减轻赛车死重，赛车手和领航员都不能太重。夏千沉家小区临着沪市的灰雀湖公园，为了那段从海拔 200 米直攀到 1300 米的赛段，夏千沉和钟溯每天早晨都围着公园跑步。

天气还未回暖，春寒料峭。

"也不用这么拼吧？"夏千沉撑着膝盖，大口大口地喘着气，"几千米了啊？"

钟溯也没好到哪儿去，扶着旁边的护栏，掏出手机来看了一眼 APP："快 4 千米了。"

"再从这儿跑回家，"夏千沉直起身子，平复呼吸，"就差不多了吧？"

"差不多了。"钟溯拍了拍他的肩，"走，你先上楼洗澡，我买点儿早餐，吃什么？"

"煎饼馃子。"夏千沉说。

当初装修这个房子的时候，装修公司建议做两个卫生间，装修公司的人说，以后结婚生子，两个卫生间肯定更方便。当时夏千沉才二十岁，最大的梦想是成为高达驾驶员，他不屑一顾地表示结婚生子不在自己的人生计划内，就要一个卫生间，一个有淋浴房有浴缸的大卫生间。现下他想想确实草率了，因为多了一个钟溯。

钟溯买好早餐回来的时候，夏千沉刚刚洗完澡，钟溯可以进去洗澡了。但他得先去夏千沉的卧室——也就是屏风后面的空间，去衣柜里拿自己的衣服。他搬过来后，夏千沉腾了一个柜子给他，但柜子无法移动，只能他移动，所以他每天平均要去两次夏千沉的卧室。这倒没什么，主要是夏千沉家的屏风，画的是火焰领主拉格纳罗斯，门神似的。钟溯不得不承认，这个角色选得很好，因为拉格纳罗斯的台词是"为什么唤醒我？死吧，虫子"，确实很适合放在卧室里。

钟溯看着屏风，笑了笑，叛逆气息扑面而来，而那位叛逆少年在餐桌边一口一口地咬着煎饼。

玄关柜子上，两个赛车头盔挨着放着，和车队里许多合租的赛车手、领航员组合一样，他们住在一起，一起练体能、调校赛车、练车、回家，从生活上开始磨合，更好地培养默契，互相信任，逐见成效。比如在总部开会时，夏千沉一个眼神，钟溯就会意，若无其事地走去茶点区，佯装好奇地拿起小饼干和巧克力，然后揣进兜里。如此反复，开一次会议钟溯能从总部顺两口袋小零食。

那是赛前的最后一次会议。在那之后的周末，他们坐上了前往比赛地的高铁。

CHAPTER 03

别扭

云天大道，10.77 千米，99 道弯，海拔从 200 米急剧升至 1300 米，曲道通天。

现在夏千沉需要做一件非常重要的事情——记路。10.77 千米的云天大道，车里只有赛车手一个人，没有领航员，所以他要在赛前把云天大道的 99 道弯全部背下来。

高铁抵达目的地后，他们继续乘坐地铁去酒店，然后向赛事方租车，当天下午去勘路。

云天大道并不是天然道路，是盘山公路，而且 10.77 千米的路很短，所以不需要领航员。赛车手独自驾驶的前提，就是路要熟。

第一次上山，钟溯记路书，夏千沉熟悉路况，然后下山。再上山，由钟溯读路书报路，夏千沉继续熟悉路况，再下山，如此重复数次，直到暮色四合。

云天大道距离城区很近，大家在山下很紧张地等着夏千沉的反馈，夏千沉下了车，表情严肃，眼神凝重。

"怎么样？"娜娜问。

钟溯的神色也不太好，他见夏千沉不说话，总不好冷落娜娜，于是说："我们勘路试跑的时候，碰见 PEM 的车手，就聊了几句。聊到轮胎的时候，他们说……宽柏油胎明天可能不太行，会被甩开速度。"

娜娜立刻回头，和大工老胡交换了一个眼神。

钟溯接着说："就是说……他们也想到了宽柏油胎，而且他们来得比较早，说，这次国外的车队就是来玩命的，G 国车队全用的竞速的场地胎。"

夏千沉摘掉了手套："老胡，明天赛前换场地胎。"

钟溯接住他的手套，想说什么，咽回去了。气氛有些微妙，娜娜察觉到两个人之间有点儿说不上来的感觉。夏千沉走在前面，娜娜就拽住了钟溯，问："吵架啦？"

钟溯："嗯。"

娜娜："啧，为轮胎的事？"

钟溯："我觉得拉力胎更好，他更熟悉拉力胎，原厂车他开得少，配合熟悉的拉力胎更稳妥。"

娜娜："但是你有没有想过，他最开始是场地车手，跑圈速赛出身，他以前在G国跑圈速赛的时候，开的甚至不是改装赛车，是原厂超跑。"

"这我知道，但……"钟溯咬了咬牙，"我不想他在赛道上出意外。"

"那是赛道啊，赛道上就是会有意外啊。"娜娜不以为然。

这个道理钟溯当然明白，他跑了那么多年拉力赛，怎么可能不知道？可他自己也不知道为什么会说出这种话。"我不想他在赛道上出意外"是非常不专业且不可理喻的一句话，但他就是单纯地不想看夏千沉受伤。

很快，钟溯被自己的想法吓到，停了下脚步。

夜幕笼罩下的山脚，维修队的十多个人一起走去维修车边，钟溯望着人群中最前面的夏千沉的背影。身材颀长的青年在路灯下拖出漂亮的影子，钟溯站在原地，有一种这个瞬间夏千沉在远离他的感觉。

然后那青年回头了，即使在闹脾气，但还是回头了，说："你发什么呆啊？"

钟溯跟上去，拍了拍夏千沉，小声哄他："别气，回去教你背路书。"

"我没生气，我只是觉得很……"夏千沉说一半收声了，"没什么，教我背书吧。"

翌日早晨。

夏千沉有着较为良好的自我调节能力，一夜过后元气满满。

赛事主办方的安全车带路，参赛的二十一辆车排队跟在安全车后面，目的是熟悉路况和暖胎。钟溯不能上车，只能在通话器里和夏千沉说话。

山野非常美，苍翠繁茂，盘山公路如同缠绕在山体上的白玉臂钏。

这是几个月来，钟溯第一次没有和夏千沉上赛道。虽然早就知道赛制，可待到钟溯真的只能坐在维修车里戴着耳机看赛车监控的时候，才知道不是滋味。他手里拿着路书，看着屏幕里的车内实时监控。车内的监控摄像头分别装在前后车顶、驾驶室两侧和方向盘下面，作用分别是行车记录，监控驾驶舱，监控赛车手踩离合、刹车、油门。这时候他应该通过后车顶监控看路面，但他控制不住自己，一直盯着夏千沉的脸。夏千沉的状态很好，他已经背下了路书，这也得益于钟溯的路书简单有效，钟溯有独特的记路方法。

所有人跟着安全车在云天大道开一遍后，大家回到了发车位处。

钟溯的心揪了起来，因为夏千沉用的轮胎是场地胎。诚然，夏千沉这种等级的赛车手要求用场地胎，维修工自然会同意。钟溯心里明白，他心慌的原因是自己不在车上。如果他可以坐在副驾驶位上，那昨天他也不会在车里和夏千沉吵起来。

说起昨天……昨天夏千沉是真的生气了。

夏千沉说："景燃是景燃，我是我。"

夏千沉说："我理解你，也惋惜景燃的事。但我不一样，我能够为自己的选择负责。"

夏千沉说："一个领航员心里只能装一个赛车手，请你尽快进入状态吧，钟溯。"

曾经能跟夏千沉抬杠到下班的钟溯，一时间笨嘴拙舌，不知道该怎么表达"我只是担心你，和景燃没有关系"。

眼下，钟溯只觉得胸口堵了一团浊气，不知道怎么向夏千沉表达他的担心。尽管他昨天在车里说了很多次"我担心你"，可屡屡被夏千沉理解为"景燃就是个先例，我不能重蹈覆辙"，这让他忽然不知道该怎么解释。

钟溯昨天和夏千沉在云天大道上切身感受到了99道弯的凶险，他真的只是担心夏千沉出事故，崖壁几乎是90度垂直向下的，防滚架不是金钟罩，他接受不了夏千沉有万一。

"千沉。"钟溯在通话器里叫他。

维修车里，每个戴了耳麦的人都能听见通话器里的声音。夏千沉"嗯"了一声，算是回应。还没轮到夏千沉发车，他抽签的发车顺序在第十五个。

钟溯说："你还有30分钟发车，需要喝水吗？"

这个时间其他人可以往赛车里递一些饮料和小零食。其实夏千沉已经消气了，但听见钟溯的声音，又隐隐地有点儿不痛快，他咬字清晰，似乎故意想让全队维修工、主管和经理都听见："要，要喝水，顺便给我拿点儿你上次在总部开会时偷的巧克力。"

维修车上的同事们心道：好你个浓眉大眼的小子，还偷巧克力呢！

娜娜："去吧，带上工作证。"

"好。"钟溯放下耳机离开了维修车。

钟溯知道夏千沉是故意的，去总部开会时顺回来的巧克力早被吃完了。他从维修车后面拿了点儿饼干和运动饮料，一路跑着去发车点，找到了15号发车位。

车窗降下来，夏千沉面带微笑："麻烦了。"

钟溯把饮料瓶盖拧松，递进去："小事。"然后摁了两下夏千沉脖颈上的保护系统，"别喝太多。"

"嗯。"夏千沉把饮料还给他，"别摁了，没松，我是第一次上赛道吗？"

钟溯没说什么。云天大道情况复杂，它不只有99道弯，而且路很窄，一边是山体，另一边就是悬崖，他昨晚在网上搜索关键词，来这儿旅游的人都表示，坐在车里过弯，看向窗外的时候，有一种凌空感。他拧紧运动饮料的瓶盖，其实还想叮嘱些注意安全之类的话，但又怕夏千沉嫌他矫情。

这场云天大道的比赛，赛事方要求用统一车型的原厂车，也就是说这是一场广告性质极强的比赛。按照行业惯例，冠军车手会直接成为该车型的代言人，在云天大道比赛的视频会直接被拿去做广告宣传。夏千沉对此志在必得。

"我走了。"钟溯说。

"嗯。"夏千沉抬起左手，跟他对了一下拳头。

这是一条禁止领航的赛道，钟溯也不能在通话器里领航夏千沉。

前方陆续发车，夏千沉按照裁判的指挥排队上了发车道，工作人员进行完车内检查后，也提醒钟溯该离开了。

云天大道，天下第一公路，这条盘山公路会让人们真实地明白，要心存敬畏。

返回维修车的路上，钟溯看见了来玩命的 G 国车队。有一辆 G 国人的车，在夏千沉前一个位置。大家都在原厂车上做了最极致的改装，至于为什么说那群 G 国人是来玩命的，钟溯瞄了一眼，他们把整个车身调低了很多，轮胎几乎要碰到车架了。车架是不能改装的，但高低可以调整。所有人都知道，车子越矮阻力越小。车队有车队的规则，赛车在改装时必须保证最基础的安全，底盘高度有明确规定，像今天这种赛道，云天大道这样的盘山公路，底盘过低翻出去的话，人不死也得落个半残。

昨天勘路的时候，同行说得没错，这些人是来玩命的。

回到维修车上，钟溯便目不转睛地盯着实时监控。

娜娜宽慰他："没事的，他平时确实不省心了点儿，但上了赛道还是很靠谱的。"

钟溯"嗯"了一声，点了点头。

拉力赛和 F1 不同，F1 在赛车场举办，再不济也是街道赛，设有观众席。拉力赛的现场观众可能就是道路两旁的村民，也就是道路封闭后因为家住路旁，可以不被封在外面的农户。不过这次比赛在景区内，有粉丝特意坐索道俯瞰赛道。

这是品牌方为车型定制的比赛，有一架直升机进行航拍和实时直播。

维修车里的一台电脑正在放直播视频。

解说："14 号车已经冲出发车线，这位是来自 G 国 K9H 的赛车手，我们可以看出他的赛车相较其他人的底盘更低一些，这是符合赛事改装规定的，但同时也更危险。"

另一位解说："没错，因为我们今天所在的地方是有 99 道弯的盘山公路，而非寻常拉力赛的天然道路，所以会有赛车手追求低底盘带来的加速收益。14 号车的避震系统似乎是家用车避震系统啊，在过弯的时候稍有不慎……旁边可是悬崖峭壁……"

同时，镜头给到了云天大道下方的救援车队：一辆吊车和一辆救护车。

"我们也可以看到低底盘带来的加速效果确实可观……15号车，是来自GP的夏千沉！"

"今天夏千沉在试跑前临时换了场地胎，和14号车的G国选手一样啊，希望在云天大道上一展极致车速。"

"15号车，夏千沉发车了！"

"15号上山了！"

钟溯紧紧盯着屏幕。

两个解说在聊天："非常利落地过了第一个回头弯，夏千沉今天的状态不错啊，刚才在等待发车的时候，他的领航员还来送零食了呢。"

"是的，钟溯应该是叮嘱了几句。这边看到夏千沉车里的镜头，他非常专注啊，状态的确很好，一个漂亮的钟摆完美抱住弯心，得心应手。"

"那么随着海拔升高，路面的湿度和气温也有变化，现在13号车的耗时是4分27秒，已经——等等！14号车失控了！！！"

由于家用车的阻尼器非常细，而且这位G国人的车的底盘调得低到极限，导致阻尼器无法承受车辆的上下震动而断裂，车架直接撞在了轮胎面上。

"14号车显然是外侧轮胎抓地力出问题，甩尾了！他想反方向救车，可是为什么刹车还松了一下？！他为什么踩刹车？等等——"

"14号车的正下方是夏千沉！！"

每小时170千米的高速下，14号车在夏千沉正上方的回头弯处失控撞上护栏，冲击的力量让这辆车直接翻了下去。

车手的想法实际上还算科学，当14号车车手想甩尾起漂大角度过这个弯的时候，忽然发现前轮也同时有了抓地力，入弯时产生二次钟摆反方向起漂，车直接原地转了一圈。不巧，他转圈出去撞上的是护栏而不是山壁，14号车翻了出去。

要不夏千沉怎么说"三分天注定，七分全看命"。他也在赛道上被抛锚的前车堵过，或是前车冲出赛道了，但前车的车轮和车身分离了，轮圈躺在路中间，得减速绕过去。

人在路上跑，车从空中落。夏千沉坐在车里看不见车顶上方的状况，但感谢赛车不做隔音，头顶一声巨大的"咣"的声响，让此时以每小时160千米前进的夏千沉迅速做出判断——首先，这是前车，因为相隔2分钟发车，这个时间在他头顶上那个弯道的车只有可能是14号车。

14号车为什么是这种动静？瞬息之间，夏千沉分析出自己头顶这声巨响，极有可能是那个车身矮大家一截的G国人撞护栏了，那么撞护栏的结果是要翻下来啊……

夏千沉在头盔里骂了一句脏话，14号车从他头顶的回头弯往下翻，而他刚入弯道——这不是稳砸他的头顶吗？这车的防滚架受不受得住啊？

钟溯觉得时间可能凝滞了，他感受到了严重的耳鸣，听不见直播里解说的声音，听不见维修工们和娜娜在惊呼，也听不见头顶直升机盘旋时发出的机关枪一样的"嗒嗒"声。他什么都做不了，甚至来不及临时找个神去祈祷。

钟溯的指尖泛白，眼前的一切都在慢放，他作为领航员，本拥有相当迅捷的事故瞬间反应能力，但这个时候，他大脑一片空白。

赛车飞坡落地就有一吨多的重量，从坡上滚下来如果刚好砸到……

"夏千沉好像感到不妙！他应该是听见他头顶的声音了！"解说大喊着，"他过弯速度踩到了每小时 210 千米！！"

十八岁，少年成名，夏千沉在 NS 赛道曾以每小时 300 千米的速度过弯，当然，和现在不同的是彼时他开的是超跑。所以直至现在，业内外很多人把夏千沉那极致过弯的操作归功于车好、路好、天气好，分析那辆车如何，分析 NS 赛道如何。

如今，夏千沉过弯进挡、甩尾、利用手刹调整车尾姿态，猛打方向盘在极限刹车点踩下刹车的同时——没有松油门。挽狂澜于既倒，扶大厦之将倾。

方向盘下方的监控摄像头清晰地拍到，夏千沉没有松油门！

这是弹射起步的基本操作，但没有人在车正高速行驶甚至过回头弯时这么做。弹射起步的原理是，踩住刹车的同时深踩油门，踩到极致，然后立即松开刹车。

但这个时候夏千沉在过弯哪！

轮胎与地面摩擦冒出白烟，直接烧胎过弯。人们常说的"眨眼的工夫"，事实上大约是 0.2 秒。眨眼的工夫，夏千沉车尾的路面上爆发出一声震天的"咣"的声响。

"天才之傲"是夏千沉的车队的中文名，此时直播屏幕左边的计时榜上，夏千沉的名字前面的"Genius's Pride"成了与他连写的名词。

维修车里的人看傻了，不只他们，解说、导播和直播前的观众，谁都没想到夏千沉在这种情况下，在这一个呼吸的时间里，做出了这样的分析判定和操作处理。

夏千沉用常人难以想象的极限速度躲开了从天而降的 14 号车，排气管喷出尾焰，他成功了。他已经过了弯，后视镜里，他看见 14 号车掉下来砸在地面上，一些零碎部件迸开来，比如轮圈、引擎盖、后视镜……

风清气朗。

终点线后，夏千沉摘下头盔，去赛会签到台签字。

"不错啊。"赛会负责人说，"我刚才在看直播，人都看傻了，你有点儿东西啊！牛啊！"

夏千沉笑了笑，签字："前车那小子怎么回事啊，侧滑救车打圈了吗？他人有事没？”

赛会负责人说：“对，14 号车侧滑了，他想反打方向盘救车，但估计时机没找准，车底盘又低，车架砸轮胎面上，就翻了。人……人被救护车拉走了，生命体征是有的，就是不知道伤得怎么样。”

夏千沉"哦"了一声："对了，我跑进 10 分钟了没？"

赛会负责人难以置信地望着他："10 分钟？夏千沉你怎么敢说啊？"

"啊？"夏千沉蒙了一下，难道自己连 10 分钟都没跑进？

"那……12 分钟总跑进了吧？"夏千沉试探着问。

"7 分 37 秒。"熟悉的声音，被云天大道终点的风送到耳边。

夏千沉回过头，钟溯的衬衫外套和 T 恤下摆被山风扬了起来，露出了劲瘦的一截腰，他说："很强，不会有人比你快，全场最佳。"

"喔。"夏千沉点了点头，平静地说，"7 分 37 秒……我破纪录了。"

他拿起放在签到台上的头盔，像往常一样丢给了钟溯。钟溯搂住他的肩膀晃了两下，一起走向上山来接他的维修车。

次日，汽联新发布消息：《夏千沉弹射过弯：赛车，是贴地飞行》。

休息日。

拉力赛车队一年到头天南海北地跑，倒也潇洒。他们的朋友圈就像地理杂志编辑的朋友圈。今天在咸山，拍一下对面山脊如新娘头纱的积雪；明天在云天大道，配图是翡翠原石般的碧绿群山；后天去载人飞船着陆场，给朋友们转播成群的骆驼吧唧嘴。拉力赛车队永远在路上，在公路上，在赛道上。

夏千沉从不是个活在回忆里的人，看到汽联新发布的文章时，车队已经抵达楚天山脚。发车仪式在山脚的一个很小的镇子上举行，镇上接待的人员十分激动。

楚天山风景区，近些年的旅游发展几乎没有照拂到这个镇子，导致这里相对落后，所以拉力赛在这里举行发车仪式，镇上很重视。尤其还有不少粉丝一路从云天大道追过来，镇上的旅馆和酒店鲜少这么热闹，大堂墙上的世界时钟有明显的刚被抹布擦过的浅褐色痕迹。

有些酒店为了防止住客从窗户摔下去，会限制窗户的开合角度，这个小镇的旅馆就比较硬核了……夏千沉用食指摩挲了一下窗户上焊死的铁栅栏，对钟溯说："感觉能唱首《铁窗泪》。"

钟溯："别摸了，上面有锈。"

"万一这房间着火了，我们俩是不是就快进到被火化了？"夏千沉问。

钟溯把两个行李箱靠墙放好，叹气："一蹬就掉下去了，你看看侧面的螺丝钉。"

闻言，夏千沉偏头看了一眼："啧，还没我车里的座椅头枕上的螺丝粗。"

"而且这里靠近山林，消防管理更严格，失火的概率很小。"钟溯说。

夏千沉转过身，摇了摇头："这世界上的事发生的概率永远都是50%，发生了和没发生。"

此话一出，钟溯收拾东西的手顿了顿。云天大道的比赛已经结束，钟溯偶尔还隐隐地后怕，夏千沉一路开维修车来小镇的路上，钟溯一直询问他要不要喝水、停车休息。

在旅馆休息了一会儿，很快到了晚饭时间，维修队找了个看着还算干净的饭馆。

十几个人在小饭馆里挤在一张桌子边，饭馆最大的包间就这么大，在夏千沉的筷子第三次差点儿捅到娜娜的脸的时候，娜娜怒道："你再敢戳我一下就给我坐钟溯身上吃去。"

钟溯愣了愣，随后反应过来是太挤了："你过来点儿。"他拍了拍夏千沉。

席间，老胡感慨着时代不同了，说放在以前，离发车仪式还有两天，今晚怎么都要喝一顿酒的。娜娜笑着说，是啊，那会儿她还是个最小的小工，修车的时候只能看着，帮忙端茶递水。大家忆了会儿往昔，将话题引到了钟溯身上。因为今天下午汽联发了篇文章，环沙拉力赛将在本周末开启报名通道。

GP往年都因为一些事错过了环沙，要么是给夏千沉安排了圈速赛，要么是当时的赞助商认为环沙过于危险，不希望代言人涉险。总之，GP今年排除万难，剑指环沙。

夏千沉听着钟溯挨个回答维修工们的问题，心里有些不是滋味。事实上，他对和钟溯一起跑环沙这件事还是有点儿不开心，但不希望钟溯把自己未公开过的领航失误全捅出去，那和把人扒光了扔街上没有区别。起码，现在的钟溯对他而言，是个很好的朋友。

钟溯回答老胡的问题："对，过沙漠的时候容易陷车，有时候一次陷好几辆，裁判车得挨个拉，所以车里都备两把铲子，不行就自己挖。"

说着，钟溯很自然地把夏千沉的碗端过来，用公勺盛了半碗汤给他，同时回答另一个维修工："当时景燃和我是前驱组，1600cc。今年我们四驱组过沙漠的时候可以稍微绕一下，走飞沙梁的路，千沉的速度不怕绕。"

听见钟溯提到自己，夏千沉抬头看了他一眼："我没跑过沙漠。"

"飞沙梁很简单，到时候我说一遍你就会了。"钟溯笑了笑。

"哦。"夏千沉低头喝汤。

大家七嘴八舌地问，沙漠如何，盆地有多热。餐桌上，汤锅冒着热气，羊肉小火锅在小炉子上"咕嘟咕嘟"响。娜娜开了两瓶冰的气泡水放在桌上，钟溯回答，盆地地表70多摄氏度，当时裁判给了两瓶矿泉水，浇在头上和身上，没十几分钟就干透了。

夏千沉喝完了汤，说："我出去透透气，老胡给根烟。"

老胡递了根烟给他。

小镇确实比较落后，没牌照的电动三轮车就这么停在大马路边上，但车流量小，也没人管。直到那三轮车上的老伯朝夏千沉打招呼："小伙子——吃冰吗——"

原来电动三轮车是个刨冰摊子，人家在马路边做生意。

"吃。"夏千沉把烟头踩灭，捡起来扔垃圾桶里，走过去，"有什么口味？"

老伯茫然地望着他："冰……口味？凉的？"

"呃……"夏千沉指了指三轮车车斗里五颜六色的碗，"这些是什么？"

老伯说："调色色素啊，放心，符合食用标准。"

夏千沉买了一碗刨冰。

夏千沉回到旅馆后腹痛不止，钟溯是真的没想到，晚上吃饭吃一半这人跑出去抽烟，半晌没回来，他出去找，然后当街逮捕本赛季迄今积分最高的赛车手半夜吃冰。

"太离谱了。"夏千沉蜷缩在床上，摁着小腹，"我堂堂铁胃，居然栽在三轮车刨冰手里。"

钟溯找前台工作人员借了个热水袋，包上毛巾，塞到他的被窝里："焐一会儿，30分钟内没有好转，我就带你去市里看急诊。"

"我晕车。"夏千沉说。

"我跟赛会借辆摩托车。"

夏千沉把热水袋抱紧："我不去，天亮之前就会自愈。"

旅馆标间里，两张床共用一个床头柜，钟溯坐在自己那张床的床边，拿起手机："那我就告诉娜娜，让娜娜告诉夏主任。"

"啧。"夏千沉翻了个身，面朝他，"你这么大岁数了怎么动不动就告状呢，有什么话不能坐下来好好商量吗？"

"问题是你能坐起来吗？"钟溯说。

"不太能。"夏千沉维持着蜷缩的姿势，这样能缓解肠胃绞痛。

其实夏千沉自己知道，大概率是急性胃肠炎，但他坚信身体素质好，不出8个小时绝对能缓解，然而钟溯只给他30分钟。

"但是我们讲道理，你要求我30分钟痊愈是不是过分了点儿，这是人类能做到的吗？奶妈（游戏中拥有治疗技能的角色）回血你还得给人家读条的时间吧？"

钟溯听他说话底气并不虚弱，放松了些，刚好水开了。

旅馆里有瓷杯子，钟溯用滚烫的水烫过之后倒了一杯热水，放在窗前凉着。

外面月至中天，其实这个时候去借摩托车可能有点儿晚了，但他在赛会还是能卖个老脸的，于是站在窗边，打开微信，在通信录里搜索认识的赛会的人。

夏千沉又翻了个身，看着临窗而立的他："钟溯。"

"嗯。"钟溯应他。

"别公布了。"夏千沉说，"我是说，你在环沙上的那些失误。我自己知道我跑环沙靠的是什么就够了，未必要天下人人都认可我。"

钟溯转过身。旅馆昏黄的灯光下，夏千沉在白色床品里缩成一团，接着说："人生在世，无论如何都会被人指责挑刺，那我为什么还要你也搭进去？"

"和你一起跑环沙，本来就是我带着私人目的。"钟溯说，"不该搭进去的人是你。"

拥有完美履历的夏千沉，年少成名的夏千沉，距离"全国最强赛车手"就差一个环沙冠军的夏千沉，车队选择这样一个业内公认的金牌领航员给他，对他来说已经是无妄之灾。

"那你自己的职业生涯呢？"夏千沉问，"如果跑完环沙我就不要你了呢？"

钟溯碰了碰杯子，山脚的夜风很凌厉，这一小会儿热水已经凉了许多，他便端着水杯走过来："我又饿不死，干什么都能吃口饭。起来喝点儿水。"

"这就英雄气短了？"夏千沉艰难地撑起上半身。

钟溯把他的枕头立起来，水温刚好，钟溯把杯子递给他："是啊，被夏千沉抛弃了，那可不就一蹶不振郁郁而终？别说英雄气短，英雄直接断气。"

"……"夏千沉接过水杯喝了两口水，"收一收，你不阴阳怪气的时候还挺好的。"

钟溯垂着眼，指尖偷偷捻了一下床单，保持大脑清醒："好，我收一收。"

30分钟后，夏千沉的自愈能力并没有让他回多少血，但诚恳来说腹痛缓解了许多。

钟溯去了镇上的药房。买药前夏千沉致电了夏茗钰，为了不让夏茗钰担心，用"我有个朋友"大法，把钟溯这位幸运友人推了出去，谎称钟溯吃了刨冰后肠胃绞痛。夏茗钰说了两种药名让他去买，并叮嘱他要好好照顾同事。

次日，夏千沉大好。精神满满地起床后，夏千沉开启批阅模式，边刷牙边打开网站，看今天汽联有何事要奏。

汽联新发布消息：《金牌辅助钟溯车内视频流出，环沙SS7、SS8竟有5处错误指挥！》

夏千沉随便洗了把脸出来，吼："钟溯，你拿我说的话当放屁吗？"

视频是钟溯自己匿名发邮件给汽联八卦组的。汽联八卦组收到邮件后连夜加班做字幕配BGM，赶在清晨发布视频，迎接美好的一天。

"我说了。"钟溯边收拾边说,"我当初带着目的来领航,就不能让你搭进去,我不能污染你的履历。"

"金牌辅助就是金牌辅助。"夏千沉咬了两下后槽牙,"这视频发不出去你都是全国最好的领航员。"

钟溯低头笑了一下,夏千沉这样颇有起床气还没消的样子,感觉刘海的呆毛都有话要说。钟溯拿了药,又把窗边的杯子拿过来,水凉了一半,他将其递给夏千沉:"是啊,这种事我的车手知道就行,别人怎么想我无所谓。"

然而夏千沉不接,水杯和药都不接。夏千沉只感觉一拳打在棉花上:"我以为你会接一句'你要是抛弃我,我就只能四海为家'。"

"那不是道德绑架吗?"钟溯掰出两颗胶囊,强行放在他的手心上,"再说,四海为家也挺好,说不定下回你比赛的赛道就在我家门口呢。"

夏千沉吞了药,下楼前感受了一下,腹部的不适感已经淡了很多。

今天是楚天山拉力赛勘路日,本次赛会组织参赛者统一勘路,救援车带路,四个人一辆车。自然,他们这辆车由晕车严重的夏千沉开。车厢里的气氛有些微妙,大家都是汽联论坛八卦版块的常驻用户,今天一大早那个视频他们反复品味了好几回。

有些领航员和赛车手的习惯不同,一部分赛车手明令禁止领航员在赛道上进行驾驶指导,也有些赛车手比较希望领航员一同参谋。

领航员会提出"飞坡""全油门""提速"等建议,那个视频里,和钟溯合作的赛车手是景燃。不能飞的坡,钟溯让他飞;不能全油门过的弯,钟溯让他全油门过……

诚然,这种事就像复盘一局游戏,复盘本身就是纠错,看完视频能得出的结论也就是——哦,大神领航员也会和我犯一样的错。

钟溯全然不在意,自己正常记路,笔尖在纸上"唰唰"响。

后座上是隔壁车队的赛车手和领航员,两个人非常小声地说着什么,偶尔还能听见两声笑,憋得很辛苦的那种笑。说真的,夏千沉真不是这么小心眼的人,只是刚巧前车急停,只是顺便踩刹车踩得更狠了一点儿。后座上的两个人猝不及防地被吓了一跳,虽不至于头撞前座靠背,但后座上的领航员的笔和本子掉了一地。两个人狼狈地摸索着捡起来。

夏千沉赶紧佯装无辜:"不好意思啊,前车急停。"

"哦,没……没事。"后座上的两个人僵笑。

钟溯看了一眼自己的胳膊,方才急停前,夏千沉原本扶着挡位杆的右手碰了他一下以示提醒,所以他有准备,本子和笔都稳稳地拿在手里。他对夏千沉笑了笑,夏千沉收回手,仿佛无事发生。这种感觉于钟溯而言很微妙,一般来讲,领航员才是保驾护航的那一个,没承想有一天他会被赛车手护着。

翌日，比赛。

楚天山拉力赛除去第一赛段云天大道，还剩七个特殊赛段，耗时三天。

SS1，场地赛。场地车手出身的夏千沉在赛车场完全不给后车看刹车灯的机会，切弯精准，姿态潇洒。如果他没有跟着他前面的车一起跑错赛道，那就更完美了。夏千沉和前车车手双双跑错赛道耽误了整整40秒，两匹黑马沦落至第四和第五名。

SS2，9千米山林路段，夏千沉追上来1秒。这个赛段不长，夏千沉说再不济也得追上来1秒，真就只追了1秒。夏千沉和钟溯都尽力了，素来沉着冷静的钟溯在车撞树前说的最后一句还是"全油门"，就像打游戏，你队友死前的最后一句话是"能打"。

SS3，前车因传动轴断裂退赛，夏千沉追上来两名。

SS4，夏千沉追上来半秒。

SS5，夏千沉发现，他得提前踩一下刹车，刹车才会生效。发现这件事的时候，他问钟溯："你能预判刹车吗？我的刹车有点儿延迟。"钟溯欲言又止，看了看窗外以时速190千米倒退的山林，说："我尽量吧。"排名落回第五。

SS6，维修大工给车换了刹车盘片，但还是不行，不是刹车盘片的问题，而是刹车卡钳坏了。这时候他们已经疾驰在沙石路上，夏千沉只能依靠换挡、拉手刹以及撞一些不痛不痒的东西来减速和提速。刹车延迟的时间越来越长，最后车撞上了路边农家的拖拉机，睡在拖拉机上的狗被撞翻下来摔在地上，狗朝他们远去的方向一顿汪汪臭骂。

SS7，夏千沉没保住第五名，甚至刹车盘片和卡钳都换成原厂的了，还是不行，收车时，排名第六。最后大工细细检查，原来是刹车油管破了。维修工们没发现，是因为它裂得很有水平，外面一圈密封胶完好无损，它裂的地方在密封胶的衔接处，非常隐蔽。也就是说，刹车油管卡了维修工的视野，加以训练说不定能去打职业赛。

楚天山拉力赛最后一个赛段结束的当天夜里零点，环沙如约开启了报名通道。

环沙拉力赛，多少赛车手、领航员梦里都想完整跑一遍。与往年一样，环沙今年也分汽车组、摩托车组和卡车组。汽车组按排量、驱动系统进而分为多个小组，GP夏千沉是四驱2000cc组。

"链接发你微信上了。"夏千沉说，"你去网站扫个脸认证一下。"

"现在吗？"钟溯问。

夏千沉"啧"了一声："废话，我等着提交。"

钟溯环顾四周，说："没有光源。"因为他们坐在维修车后挂车厢的顶上。

楚天山拉力赛收官后下了一场特大暴雨，直接把山脚小镇的信号塔台搞故障了，网络无服务。雨后，维修人员在抢修，夏千沉带着钟溯开着维修车，开到小镇唯一一个能接收到信号的地方，爬到车厢顶，盘膝，抱着笔记本电脑报名。

没有光源确实是个问题，夏千沉抬头："先试试，星星不是挺多的吗？"

雨后夜空甚是晴朗。

钟溯用"你认真的吗"的目光询问他。

夏千沉笃定地说："快点儿，我必在今天报上名。"

其实环沙报名有足足五天的时间，今天零点刚刚开放报名通道。

钟溯说："行吧。"他点开夏千沉发来的链接，一番操作后，"它说我环境过暗……"他有点儿委屈，表示星星尽力了我也尽力了。

夏千沉把手机手电筒打开，靠过去举到他的头顶："再试试。"

"这个灯光打下来有点儿诡异吧。"钟溯说。

"给汽联认证又不是给你的相亲对象认证。"

钟溯想纠正夏千沉的这个比喻，但夏千沉用手机打着光，俨然某种外星飞船，一句话说不对就把他吸走，他只能又扫了一次脸，通过了。

汽联的认证系统是惧怕夏千沉的，钟溯这么想着。

接着，他们继续填写信息、验证短信，一系列操作结束后，两个人成功报名参加了本年度环沙拉力赛的四驱 2000cc 组。

"好了！"网页加载了足足半分钟后，跳出来报名成功的提示，夏千沉快乐地合上了笔记本电脑。

山区平时星星多，下完雨星星更多。空气湿润，夜空幽远，风里混着楚天山泥土的味道，还有点儿冷。钟溯说："回酒店吧。"

夏千沉望着天："我们居然只跑了个第六。"

"刹车出问题了，也没办法。"钟溯安慰他，"没事，上回不咸山抽烟那小子发动机又炸了，说明不只我们倒霉。"

一想到这个夏千沉就想笑，他努力地憋着，感觉自己笑出来会很不道德。

不咸山冰雪拉力赛的时候，那小子刚发车 30 秒发动机就炸了，这次发车没 2 分钟，发动机又炸了。不能笑，做人要积德，夏千沉想。

"笑吧，这方圆十里地里没别人了。"钟溯说。

夏千沉"扑哧"一声开始爆笑，笑得撑着车顶："哈哈哈，他们俩真的应该找个庙去拜一拜，这应该不是技术问题，这是玄学问题。"

这次他们和那俩倒霉蛋没挨着发车，没能目睹当时的场景，夏千沉一度相当惋惜。

夏千沉枕着手臂仰面躺了下来。钟溯没有躺着，只是抬起头。城市里很难看见这么多星星，钟溯看了会儿星星，然后去看夏千沉。

"干吗？"夏千沉问，"你不会是想跟我感叹这里好多星星吧？"

钟溯把话咽了回去："我不是，我没有。"

夏千沉"扑哧"又笑了，继续看星星："想说就说呗，好多星星啊。怎么了，你觉得我会嘲讽你、笑话你？没必要，说不定我们下个月就死在环沙了，想说什么就赶紧说。"

钟溯屈指弹了一下他的脑门。

"嗷。"夏千沉两只手都被后脑勺枕着，被弹脑门的瞬间腾不出手反击，"你弹我的脑门干吗？"

钟溯说："说不吉利的话要弹一下脑门，小时候景燃的奶奶就这样。"

"……"夏千沉咬了咬后槽牙，"你把景燃的微信推给我，我要跟他求证一下。"

钟溯笑了笑："行，推给你。"

夏千沉翻了个白眼，翻完白眼说："等会儿再推，我换个头像。"

"别啊。"钟溯说，"你用了这么久的史迪奇，史迪奇知道了得有多难过？你以后要怎么面对史迪奇？"

夏千沉维持着掏手机的姿势："你有事吗？你为什么会觉得我要换掉史迪奇？"

片刻后，钟溯刷新了一下微信，夏千沉的头像变成了西装革履的史迪奇。

看上去沉稳了很多呢！

"没事……是我多虑了。"钟溯看着虽然没有把头发梳成大人模样，但穿上了帅气西装的史迪奇，把景燃的微信名片推荐给了夏千沉，心想：低估了你们二次元（动画、漫画、游戏、小说等亚文化圈）的人。

景燃很快通过了夏千沉的好友申请，两个人互相打了招呼，但夏千沉并没有真的求证弹脑门这件事，而是躺在车厢顶上，把手机搁在肚子上，问钟溯："如果我得了绝症，我也不想治了，你……嗷！"他又被弹了一下脑门。

夏千沉"咻"地坐了起来："你再给我弹一下试试！"

钟溯在他坐起来的瞬间，把刚刚脱下来的外套铺在他身后，然后笑了笑："好，不弹你了，躺下吧。"

时间还早，夜里 12 点 10 分。他们已经报名参加环沙拉力赛，将在下个月前往最狂野的南疆，勘路，调校赛车，然后去荒野、雪山、戈壁、大漠、无人区、胡杨林、芦苇丛。

"这是我第一次去南疆。"夏千沉重新躺下，躺在钟溯的外套上暖和多了，也不太硌。

钟溯"嗯"了一声，换了个坐姿，屈起一条腿，支着下巴，低头看着夏千沉："如果今年还有盐泽的赛段的话，我们可以去吃炸羊肉片。"

"油炸的羊肉？"夏千沉问。

"我知道听上去很离谱。"钟溯说，"尝尝？"

"好啊。"夏千沉点头。

夜风自北向南吹来，他们安静地继续看星星。

从楚天山返回沪市后，不咸山冰雪拉力赛的奖金终于到账，夏千沉火速拉着钟溯下到车库，把超跑开了出来。

"去哪儿啊？"钟溯问，"你这底盘充其量也就去趟……去赛车场？"

夏千沉偏过头，微笑着拉下安全带："是的，顺路送你去餐厅。"

"行吧。"钟溯已经能想象到这辆千万级超跑停在餐厅门口时路人们的目光了。

黑金配色的超跑拥有8缸发动机，驶出车库，出现在阳光下，犹如丛林中跃出的一只黑豹。

夏千沉把钟溯送到了餐厅门口，这条街上还挺热闹，钟溯又盘靓条顺的，他从超跑的副驾驶位上下来后，夏千沉故意放下车窗跟他打招呼，说："拜拜，下班来接你。"

路过的牵着手逛街的小姑娘们当即把手牵得更紧了。钟溯神色复杂，看出了夏千沉是故意"皮"一下，只能无奈地朝小姑娘笑了笑，小姑娘脸都红了。

沪市市郊的赛车场以前是个高尔夫球场，改装后赛道总长3.4千米，有16个弯道，最大高度落差30米。今天是周末，天气又好，人挺多的，夏千沉刚开进来就看见一辆眼熟的车。他停好车后朝车主点头致意了一下。

"你是不是又忘记我叫什么了？"那位车主抛了两下自己的车钥匙，走过来，笑着打趣他，"上回怎么说的来着，说下次肯定不会忘了？"

夏千沉有点儿尴尬，没想到对方会走过来，只能强行挤出一个笑："真不好意思……"

好在对方也没挤对他贵人多忘事，只是伸手想和他握个手："徐池辉，下次会记住吗？"

"下次一定。"夏千沉跟他握手。

赛车场的人挺多，得排队，夏千沉不得不和徐池辉一块儿去赛车场的休息厅。他们是老会员了，习惯去水吧台点饮料。

徐池辉坐下，说："你忘了我的名字三次，请杯饮料不过分吧？"

"嗯……"夏千沉点头，对水吧台的服务员说，"他和我算一个账单，麻烦了。"

徐池辉点了杯价格还行的饮料后，似乎还想和夏千沉聊什么，夏千沉却直接去冰柜里拿了瓶矿泉水走了。徐池辉先愣了愣，然后笑了笑。

来这儿的人非富即贵，毕竟物以类聚，玩超跑的还是有钱人居多，徐池辉就是其中之一。他们大多数人买超跑是为了炸街和交朋友，所以当沪市出现第一辆黑金超跑的时候，这群人瞬间感觉有流落在外的同类。不过，徐池辉发现，夏千沉买超跑纯粹是因为喜欢，也不乐意和他们这群人厮混，夏千沉那辆黑金超跑的副驾驶位一直是空的。

"嗯？"徐池辉刷朋友圈的指尖忽然顿住。有人在朋友圈发了一张照片，并配文字：偶遇我市唯一一辆黑金超跑。照片上，钟溯刚从副驾驶位上下来。

"先生，您的饮料好了。"服务员取了一张杯垫，将饮料放在杯垫上。

另一边，终于轮到黑金超跑下赛道了。

休息厅有一面大玻璃墙面向赛道，徐池辉又看了看朋友圈里的照片，心中五味杂陈。

黑金超跑的声浪相当好听，即使今天场上有搭载12缸发动机的超跑，黑金超跑依然不落下风。轮胎和地面摩擦着发出嘶鸣声，千匹马力的超跑爆发出惊人的力量，这种力量不属于公路，只属于赛道。

夏千沉酣畅淋漓地跑了两圈，一出来就看见徐池辉正靠在缓冲区外的围栏边，朝他说："漂亮啊。"

"还行。"夏千沉笑了笑，"今天秦飞尧没来吗？我看外面没停他的车。"

徐池辉的表情倏然格外受伤，但还是笑着的："哇，夏千沉，我跟你打过那么多次招呼你都记不住我，秦飞尧你却能记住，他开什么车你都记得。他今天没来，约会去了。"

"哦……"夏千沉点了点头，"主要他车技不错。"

秦飞尧是这群人里唯一能入夏千沉的眼的。秦飞尧的车是四驱车，很多人觉得四驱车漂移不了。四驱组选手夏千沉、四驱车主秦飞尧同时表示四驱车能漂，而且能漂得相当带劲。他们当时就用那辆四驱车一人漂了一次。

"那我得好好练练车了，把车技练好点儿你能记住我。"徐池辉说。

夏千沉敷衍着应和了两句，给钟溯发微信，径直回了休息厅。

夏千沉：你几点下班？我去接你。

钟溯：别了，老板以为我当了有钱人的小弟，马上就不干了，我晚上自己坐地铁。

夏千沉"扑哧"笑了。

夏千沉：是因为我的车没有地铁贵吗？

钟溯：是的呢，我就要坐造价以亿为单位的交通工具。

夏千沉彻底憋不住了，在水吧台边捧着手机笑出了声。

"你好。"夏千沉叫来服务员，"给我榨两杯橙汁，打包，然后结账。"

"就走了？"徐池辉问，"晚上跟我们一块儿吃个饭吗？"

夏千沉按了手机锁屏键："不了，我得去接我同事下班。"

"那是你同事？"徐池辉找着机会了，点开朋友圈，凑了过去，"喏，今天你被拍到了。"

夏千沉偏头看去，第一反应是钟溯身材不错，肩宽腰窄腿长，而且拍照的时候起风了，他的发梢和衣角朝着一个方向飘，和漫画似的。

"谁拍的？发我。"夏千沉说。

徐池辉有些受宠若惊："那……那你……加我的微信？"

"不用那么麻烦。"夏千沉说，"打开蓝牙，隔空投送。"

徐池辉："……"

一阵"嗡嗡"声之后，夏千沉的橙汁好了，两杯橙汁被放在袋子里，夏千沉收到照片后付了钱，跟徐池辉挥挥手便离开了赛车场。

还没到钟溯下班的时间，毕竟是餐厅，肯定要等客人吃完饭才能打烊。

钟溯已经不在餐厅里打工了，但今天比较忙，老板请他过来帮帮忙。因为是周末，生意很好，小餐厅里沸反盈天。钟溯挺忙的，端菜收盘，穿梭在前厅和后厨间。

夏千沉没进去，停好车后在餐厅对面的奶茶店里坐着。毕竟是奶茶店，夏千沉很自觉地没有自带酒水，点了杯热可可，坐在窗边。他也不知道为什么这么早就从赛车场过来了，很奇妙，明明晚上他们会再见面。

夏千沉搅着热可可，思考着自己无端的行为，然后看见一辆眼熟的跑车出现在马路对面，后面还跟着几辆豪车。他顿了顿，意识到是徐池辉那群人。

不知道是巧合，还是徐池辉悄悄跟过来了，总之夏千沉不太舒服。

夏千沉不傻，能感觉到徐池辉想亲近自己，但不想和这样的人有过多交集。

片刻后，那群人停好了车，进了餐厅。

"不好意思，要等位。"钟溯礼貌地说。

徐池辉稍稍有点儿不爽，因为钟溯起码比他高5厘米："等多久啊？"

钟溯看了一眼里面："可能40分钟，抱歉，给您取个号吧。"

"行。"徐池辉说。

一起来的人里，有一个不想等，说换个地方吧。徐池辉不愿意，有两三个人实在不愿等，先离开了。

钟溯领着他们进餐厅时，夏千沉坐不住了。

钟溯见他们少了几个人，便问："有个四人桌快空出来了，你们五个挤一挤？"

四人桌挤五个人，几个人面露难色，但已经走了几个了，他们也不太好再驳徐池辉的面子。他们几个人都有点儿家底，虽说不至于到哪儿都前呼后拥，但也未尝过五个人挤四人桌的憋屈。钟溯倒不是故意为难，小餐厅就是这样，没什么讲究，快有空桌了，就顺嘴问一句。

徐池辉说："好，挤一挤。"

不知谁说了一句："哟，夏千沉！"

徐池辉和钟溯齐齐回过头，见到夏千沉，目光一凛。夏千沉一个箭步蹿过来，餐厅不大，人一多就显得逼仄，上菜的服务员吆喝着让一让。

"过来点儿。"钟溯把他捞过来，微微俯下来低声问，"你怎么来了？"

"我……"夏千沉顿了一下，"我说了今天接你下班。"

钟溯笑了笑："哪家餐厅6点半下班哪？"然后看看徐池辉他们问，"你朋友吗？"

"算是吧……"夏千沉说。

结果钟溯没心没肺地问："你跟他们一起来的？"

徐池辉见状，说："千沉，一起吃点儿吗？大家好久没聚了，总不能秦飞尧不在，朋友就都不相处了吧？"

"秦飞尧又是谁啊？"钟溯又拽了夏千沉一下，避开又一个上菜的服务员，"你怎么回事啊？"

夏千沉搞不懂了，心说钟溯为什么又问起秦飞尧了。

"我怎么回事了？"夏千沉反问他。

钟溯说："五位，那边窗户的桌，扫码点单。"然后故意打趣夏千沉："你怎么回事啊，秦飞尧不在，你朋友都不相处了？"

夏千沉心说这人阴阳怪气起来是真的阴阳怪气。他说："别拽了，你恨不得提溜我！"

钟溯又挡了一下，避让着上菜收盘的服务员。

"你去收银台后面坐，我给你弄点儿吃的。"钟溯说，"还是你想跟他们挤一挤？"

徐池辉这些人就真只是吃个饭，搞搞出什么为难服务员的戏码，甚至也没有喝酒进而借酒发疯。夏千沉觉得可能是自己想多了。可能他们真的就是来这里吃点儿东西？

然后徐池辉就跑来收银台了，问他："欸，真不能加个微信吗？"

夏千沉："你到底想说什么？"

徐池辉："你从楚天山回来后，我每天都去赛车场，就为了能跟你碰一面。"

夏千沉无言以对："呃……"

"我就单纯想加你的微信，跟你做个朋友。"徐池辉手撑在收银台上，"行吗？"

夏千沉抬手以拳抵唇："我呢，建议你还是有话直说，沪市就这一个大的赛车场，大家以后肯定还是会见面的，你不直说我就先直说了。”

餐厅里放着音乐，客人们大声聊着天，但夏千沉的声音没有被淹没。

"啪——"一碗没有葱、没有香菜、没有蒜末的牛肉面被放在收银台上，打断了两个人的对话。钟溯："趁热吃。"

"哦。"夏千沉点头。

钟溯转而看向徐池辉，换上服务员的标准微笑："结账吗？扫桌上的码就可以结。"

"好。"徐池辉也笑了笑。

汤面腾着热气，软烂的牛肉散发出层次丰富的卤汁香味，夏千沉吞了一下口水。

"吃完你先回去。"钟溯说，"今天会很忙，别在这儿等着。"

其实夏千沉也看出来了，忽然之间觉得自己来得很不是时候。他并不是有意打扰，但实情实在说不出口。

"吃啊。"钟溯催他，"不辣的，面也过冰水了。"

夏千沉机械地点了点头。

钟溯回来的时候很晚了，将近晚上 12 点了。

"你这个假期都要去餐厅吗？"夏千沉问。

"不啊，就今天老板问我能不能过去帮帮忙，因为今天店里有两个人同时请假。"钟溯左右活动了一下脖子，换鞋进门，"你昨天说衬衫纽扣掉了，我跟老板娘要了点儿针线，拿过来吧。"

夏千沉坐在落地窗前的地板上，面对着落地窗，回头看过来的时候，整个人落寞又沮丧。钟溯问他："怎么了？怎么这副表情？"

夏千沉摇了摇头："今天……不好意思啊。"

"如果你是因为今天非要开超跑送我去餐厅而道歉的话，"钟溯走过来蹲下，他买了牛奶，还拎在手里，"那没关系，我原谅你了。"

"不是，其实今天——"

"你今天没有其他事情需要道歉了。"钟溯打断他的话，问，"哪件衬衫？"

"棕色格子的。"

钟溯很温柔地拍了拍他的肩膀："别坐地上了。"

夏千沉从地上爬起来："谢了。"

钟溯答："小事。"

钟溯穿针引线的功夫相当了得，夏千沉晚上不爱开最亮的那盏灯，因为喜欢从落地窗往下看。沙发展开成床后就没再收回来过，两个人要么坐餐桌边，要么坐地毯上。

"你的手艺可以啊。"夏千沉坐在地毯上，靠着沙发，垂眸看着他缝扣子。

钟溯顿了顿。夏千沉以为他是嫌光线太暗，跑去墙边打开了客厅顶灯。

钟溯说："啧，果然缝歪了。"

夏千沉说："没事，我要是早点儿开灯，你就不会缝歪了。"

钟溯停下手里的动作，难以置信地偏头，眼里写满错愕："你今天怎么回事？认了两次错。我没在你的牛肉面里下药啊。"

"成长了。"夏千沉说，"毕竟要一起跑环沙，万一你一个不顺心把我往悬崖领，不值当。"

钟溯打趣他："以你的车技，让副驾驶位这边先着地不是基本操作吗？"

"倒也是。"夏千沉点头，看向纽扣，"还行哪，没看出歪了。"

钟溯把衬衫抖了抖，拽平给他看："你正着脑袋看。"

"喔，是歪了。"夏千沉正回脑袋，"没事，就歪了一点儿，无伤大雅，你的针线活不错啊。"

"小时候跟景燃的奶奶学绣花来着。"钟溯三两下把衬衫折了起来，"要不要在你的赛车服上绣个史迪奇？"

"那不行，赛车服上全是广告位，史迪奇又没投资。"

钟溯把衬衫放回他的衣柜里："确实，要不绣你的T恤上？"

"我嫌扎。"夏千沉也爬了起来，把牛奶放进冰箱，"明天公布赛段了，我们几号出发？"

钟溯没有关衣柜，退开两步，观察了一下整个衣柜，拿出一件看上去够厚实的棉袄："发车仪式前五天走。"说着，他又拿出两件毛衣，摆在顺手的位置，"到时候租辆车，路上教你飞沙梁。"

夏千沉拿了一颗胶囊咖啡放进咖啡机，摁了一下按钮，然后靠着流理台，环抱着手臂："好。"

"你的生日要在沙漠里过了。"钟溯笑着看过来，"那地方不卖蛋糕。"

"我还没娇情到那个地步。"夏千沉说，"我知道娜娜告诉你我娇情，我那不叫娇情，那是讲究。"

钟溯边"嗯"边点头，含着笑，替他收拾了几件厚衣服："我知道，车一天一洗就是我的修炼。"

"哈哈哈，"夏千沉说，"那个确实是故意为难你，谁让你当时那么死皮赖脸，你早说是因为景……"

夏千沉闭嘴了。他原本想说：你早说是因为景燃的病症，那会儿我也不会刁难你。

"没事。"钟溯又收拾出两件薄厚适中的卫衣，和毛衣放在一块儿，方便过两天收拾行李的时候拿，"权当磨炼了，车要一天一洗，车漆得能当镜子照，领航员必须声音好听的同时保持安静。"

咖啡机"嘀嘀"地响，好像在说"没错"。

夏千沉佯装咳嗽："可以了，可以了，后来我不是也没这么夸张了吗？"

"开玩笑的。"钟溯关上衣柜，走过来，"其实也还好，但我还是很想知道……"

夏千沉把杯子放在咖啡机下，给了他一个"请讲"的眼神。

"秦飞尧是谁啊？我都跟你跑小半年了，也没听你提起过这个人。"钟溯问。

夏千沉很想翻白眼："就一个赛车场的朋友，车也是四驱的，开得不错，比买跑车只为装酷吹牛的好多了。"他补充了一句，"虽说秦飞尧也……"

钟溯笑出声来："四驱的超跑……"

夏千沉说："就有一回，赛车场里有个人说漂移漂不起来，因为车是四驱车，四驱车都不能漂，当时我跟秦飞尧就不乐意了。"

"懂了。"钟溯点头，笑了笑，"少喝点儿，你得调一下时差，早点儿睡，南疆5月末有14个小时的白天。"

夏千沉看看咖啡，"嗯"了一声，然后笑着问他："你一直这么爱操心吗？"

"你假期一直都是5点睡9点起吗？"钟溯反问他。

"9点起是生物钟，5点睡是对假期的尊重。"夏千沉骄傲地挑眉。

钟溯也放了颗胶囊咖啡："你让生物钟和假期打一架吧，今天早上你起床那状态，我差点儿叫救护车。"

"有那么夸张吗？"夏千沉问。

钟溯摁下咖啡机上的按钮，把夏千沉喝完咖啡的杯子拿过来放在水龙头下冲了冲："嘴唇惨白，眼下暗青，要不是跟你住一块儿，我还以为你昨晚约会去了。"

"喀……"夏千沉无端呛了一下，"谢谢你还我清白啊。"

"开玩笑的。"钟溯把他的咖啡杯放回橱柜里，"我知道你不眠花宿柳。"

如今很多赛车手身上有焊死的标签，比如"香车""美人""大别墅"。这些标签也不是无端飘来的，早些年拉力赛车手天南海北地跑比赛，留情的不在少数。夏千沉年轻、样貌好，正处在会受影响的岁数。但他不仅没被影响，反而每到一个地方都十分挑剔，睡袋、浴巾、水壶和水杯，悉数消毒替换一遍，什么心思都折腾没了。而且夏千沉对伴侣的要求很高，就像他对领航员的要求很高一样，比如声音好听的同时保持安静。

夏千沉看着钟溯又拿出一个咖啡杯，关上橱柜门，放在咖啡机下。

"你……"夏千沉犹豫着问，"谈过恋爱吗？"

"谈恋爱？"钟溯以为自己听错了，"怎么，你看上谁了不知道怎么追吗？"

夏千沉摇了摇头："没，就觉得你……挺熟练的，照顾过女朋友？"

"照顾过景燃他奶奶。"钟溯说，"现在多了个你。"

CHAPTER 04

风雨同舟

环沙拉力赛，出发日，客舱。

"当地气温 25 摄氏度，未来十日无降雨，湿度 12%，能见度 10 千米。"钟溯说，"天气不错，你睡会儿吧，等降落了，如果能租到越野车我们就进沙漠，租不到就去吃……"

"大盘鸡。"夏千沉抢先说。

"很辣的。"钟溯提醒他。

"这次我带胃药了。"

5 个小时后，飞机降落在大盘鸡的故乡。扑面而来的风能让人明显感觉到气候十分干燥，这里是距离大海最远的地方。

后勤保障人员和维修车还在路上，这次夏千沉的赛车有两辆，一辆主赛车，一辆备用赛车。两支维修队的三十多个大小维修工，两个主管，一个经理，从沪市私人医院雇来的医护小队，浩浩荡荡，一路西行。

行李箱的滚轮在地上"咕噜噜"地滑着，地铁机场站人满为患，这个时节来旅游的人很多。钟溯一只手拖行李箱，另一只手抓着夏千沉的背包，怕他丢了似的。

"不是这个出口。"钟溯抓着他转了个方向，"走这儿。"

"等会儿。"夏千沉反手抓住他，"不走这儿了，那边越野车租完了，换个地方。"

"换哪儿去？"钟溯问。

"沙漠。"夏千沉扬着嘴角，晃了晃手机，"我已经预约上了。"

地铁站机械的女声广播提醒着乘客们看管好身边的小孩儿，钟溯深以为然。

沙漠距离城区 400 多千米，已经通了高速公路。

两个人坐地铁去汽车站，租了一辆轿车开进沙漠。租车行是连锁的，也就不必在租车点还车，他们在沙漠里的租车行还掉了这辆轿车，再租下了夏千沉预约的越野车。

这个时节进沙漠的人很多，租车行的生意很好。

老板的普通话还算流利，而且人很豪迈："两位兄弟！越野车进沙漠，有 GPS、卫星电话和帐篷，两位兄弟在沙漠里，共度良宵！"

"谢了啊。"夏千沉在租车行接待台的册子上填了联系方式，付了定金。

租车行的游客来来往往，时间还不到下午 4 点。艳阳烘烤着沙漠，像在烤得酥脆的蛋糕焦壳上撒黄糖。他们租的车是一辆改装过的越野车，越野性能还不错。

两个人把行李箱搬上车，钟溯从包里翻出墨镜，夏千沉戴上，坐进主驾驶位，开始调整座椅和后视镜角度。

"赶了将近 9 个小时的路，你一刻不歇就要进沙漠。"钟溯笑了笑，自己也戴上墨镜，"等不了了是吧？"

夏千沉拽下安全带，点火："对，等不了了，没进过沙漠。"

这里是国内面积最大的半固定沙漠，没有深入腹地，游客在哪儿观光他们就在哪儿练车。夏千沉没有开得太快，和其他租车进沙漠感受沙漠越野的人一样，他也只是感受一下沙漠路面。扬沙大漠视野辽阔，翻过一个又一个沙丘，越向深处，帐篷越少。

"沙漠里能有加油站？"夏千沉看向一处写着汽油、柴油的牌子。

"都是桶装的。"钟溯说，"可贵了，景区价。"

夏千沉点了点头："这车飞不了沙梁吧？"

"飞不了，但能翻，你翻一下大概就能知道飞沙梁是什么感觉。"钟溯指了一下右前方，"曲直右 90 米，给油。"

沙漠里风大，越野车跑过的地方扬着足够翻腾 2 分钟的沙子。

主驾驶位上的夏千沉推了推墨镜，漆黑的镜片挡住了他的眼神，他嘴角挂着志在必得的微笑："然后呢，跟飞坡一样吗，起飞前给刹车吗？"

"不用，沙地的摩擦力没有普通路面的大，保持车轮转速，你全油门翻这个沙丘，感受一下高转速的沙地。"钟溯偏头看着他，"别原地刨沙啊。"

夏千沉嗤笑："我能原地刨……"

车轮刨沙了。

夏千沉问："你是不是在哪里修炼过乌鸦嘴？"

钟溯在憋笑。

"有铲子，我看过了。"钟溯说，"下车挖吧。"

夏千沉摘了墨镜扔到中控台上："怎么回事啊？不应该啊，我过沙石河床从来没有原地刨过！"

"消消气。"钟溯松开安全带，拍了拍他的肩，"这很正常，沙地松软，尤其等你到了'死亡之海'，那儿是流动沙漠，沙地更松，提前预警一下。"

说完，钟溯笑眯眯地下车，从后备厢里拿了两把铲子出来，递了一把给夏千沉。

夏千沉接过铲子，先拿袖子抹了把脸："全是沙子。"

"你把墨镜戴上，沙子会进眼睛。"钟溯说。

"不了，赶紧挖吧。"夏千沉摆手，"又吹不瞎我。"

旷野大漠，万里扬沙。偶尔有路过的越野爱好者，降下车窗，热情指导："小伙子！年轻人！沙漠里不能这么猛踩油门的，你们头一回越野吧？刚入门不要租这么大动力的车。有绳子吗？挂我的车后边，我帮你们拖出来！"

夏千沉心情复杂，狠咬了两下后槽牙，手里还拎着铲子。他当真有苦说不出。他开了五年职业赛车，一朝虎落平阳，初涉大漠，车陷沙丘，竟被路人指导……他把手里的铲子越握越紧。

钟溯见状立刻摘了墨镜，迎着风说："谢了啊大哥！我们车里有绳子，麻烦了！"说完赶紧绕过车头到夏千沉这边来："忍一忍，救车要紧，起风了。"

钟溯去后备厢拿出救援绳索，娴熟地扣上了拖车绳。那大哥看上去是个越野爱好者，很专业地慢慢给油，稳稳当当地把他们的车从沙子里拽了出来。钟溯道了谢，心怀感激地挥手目送大哥开车离开。大哥离开前还不忘叮嘱他们沙地里切忌猛油急刹云云。

夏千沉在后边听得五味杂陈。这就像一个拿过世界冠军的职业电竞选手，在路人局里不慎遭遇滑铁卢，路人队友悉心教导他："你得这么补刀，你得这么放技能，你得这么切入。"

"好了，好了，别气。"钟溯过来安慰他，哭笑不得，"人家也是好心，你头一回进沙漠，翻沙梁才陷车，已经很好了。"

夏千沉闷不吭声，沙漠的风不同于山林的风，山林有树丛做缓冲，大漠的风锋芒毕露，多大的风就是多大的风，毫不遮掩，劈头盖脸。

"我倒不是……"夏千沉垂着脑袋揉眼睛。

"欸，你别哭啊。"钟溯慌了，"那大哥是贫了点儿，但你是什么段位啊？你跟他计较，早给我个眼神我就不让那大哥拖车了，别……"

"我被沙子眯了眼睛给什么眼神啊。"夏千沉抬起头，"上车。"

"哦。"钟溯绕回副驾驶位那边，打开车门坐了进去。

"嘭"的一声响，大风被关在车外。夏千沉半天揉不出来沙子，本想在外面迎风流泪，但风里沙子更多。

"过来，我帮你吹出来。"钟溯侧过身。

夏千沉望向钟溯，钟溯探身靠近："别动啊。"

"好了吗？"钟溯问。

"嗯。"夏千沉点头，坐好，握住方向盘，"再教我一次吧，再翻一次，就去找个酒店落脚。"

两天后，维修队抵达南疆。

娜娜一路跟着维修车。她自己是维修工出身，经历过赛车在路上出事故的情况，不一路看着赛车她不放心。把赛车运到后，他们第一件事就是去赛会登记。

环沙拉力赛赛会服务处。

"一辆主赛车，一辆备用车。"娜娜在赛会登记处旁边提醒夏千沉，"你签名，钟溯也得签，还有免责声明，都得摁手印。"

他们走完流程后，领到了09号赛车的车贴和参赛证。

明天就是环沙拉力赛的第一天。环沙拉力赛由赛会勘路组提前进行勘路，同样，由赛会绘制、编写路书，发放给每个车队。每个领航员收到官方路书后要自己先大致看一遍，然后按照自己的习惯进行二次编写。钟溯拿到路书后就开始研究。SS1，从白山大峡谷出发，全长约190千米，戈壁地貌，峡谷地形，弯多但不急，赛会标的是"简单难度"。

夏千沉没去打扰他，自己躺在酒店的床上玩手机。明天就要离开城区去赛道，GPS信号都靠缘分，手机有没有网还不知道。夏千沉正在玩命缓存视频，以便到时候解闷。

"你有什么想看的吗？"夏千沉问，"我帮你一块儿下了。"

钟溯埋头在笔记本上写路书："你看什么我跟着看就行，你下了什么？"

"《史迪奇有问题》。"夏千沉回答他。

"嗯。"钟溯应声，"问吧。"

夏千沉："……"

夏千沉："书名号，史迪奇有问题，书名号。"

钟溯："哦……"

今天，拉力赛业内业外，职业车手、爱好者，所有人的目光都聚焦祖国西北。

本地新闻头版头条——《欢迎来到环沙拉力赛》。

环沙拉力赛SS1，从白山大峡谷发车，往火洲方向，穿越峡谷后是90千米戈壁，最后通过一段沙石路抵达大本营。整个环沙拉力赛如行军打仗，大家在每个赛段安营扎寨。发车仪式后，进行车检和体检，然后正式开始比赛，09号赛车在20号发车位。

道路封闭，艳阳当空。西北大地的风里混着山岩和黄土的味道，夏千沉把车从维

086

修车上开下来，然后钟溯上车，开去发车等待区。

来了乌泱泱一大堆记者，对着每辆车"咔咔咔"一顿狂拍。赛车手和领航员戴着头盔，坐在车里都一个样，记者们主要拍车和车上的名字。今年是夏千沉环沙首秀，十几个记者拥上来，他们都蒙着面巾，戴着墨镜和遮阳帽，不知道的还以为是要劫车。

"第一年环沙耶。"钟溯戴上头盔，"你不跟记者说点儿什么吗？"

"总感觉说什么都像遗言。"夏千沉笑了笑，"不了，我比较喜欢赛后采访。"

钟溯伸手摁了摁夏千沉的头颈保护系统："别紧张。"

说不紧张是骗人的，这是最高级别的拉力赛事，脑袋上有两架直升机在盘旋，沿途有赛会的救援组，GP自己也带了医护队，其中凶险可见一斑。

"嗯。"夏千沉舒出一口气，"今天地表多少摄氏度？"

钟溯回答他："进戈壁后，地表会有30到40摄氏度，而且很干燥，你要多注意胎压。"

"所以我喜欢低温。"夏千沉轻叹一口气，"全天晴？"

"全天晴。"钟溯点头，"但出了峡谷后到戈壁可能会有沙尘暴，胎压已经被调低了，今天发车位置有点儿靠后，等我们上戈壁的时候太阳会很毒，地表温度会更高，你要小心点儿。"

环沙是高温线，川青是低温线。娜娜当初的话没错，夏千沉没有跑高温线的经验，真的有点儿紧张。耐火的赛车服有隔温功能，隔低温也隔高温，所以尽管他们捂得严严实实的也不会大汗淋漓，但钟溯发现夏千沉的额头微微冒汗了。

"别怕，"钟溯说，"川青北线之王。"

夏千沉表情一僵，有点儿羞耻，"川青北线之王"可以以文字的形式出现在夏千沉面前，但不能被念出来。

钟溯还想说点儿什么。

"好了，好了，好了。"夏千沉抬手让他打住，"不要再出现这个名词了，尤其是说出口，好吗？"

钟溯原想说"敢情你还是个成熟的二次元的人"，然而话还没说出来，一个戴着工作证的女生过来敲了两下车窗。夏千沉把车窗降了下来："怎么了？"

"赛会通知，所有人延后1个小时发车。"女生说，"白山瑶池段下雪了，而且下得很大，起了很大的风，出峡谷后的戈壁路段视野会非常差。"

夏千沉震惊："哦，好，谢谢。"

女生笑了笑说没事，接着去通知其他人。

"我去。"夏千沉扭头，"5月飘雪啊。"

钟溯点了点头："这边是这样的。你要做选择了，如果雪越下越大且不停的话，加上大风，那我们在戈壁上会碰见沙尘暴裹着雪，你要不要换胎？"

"你觉得我现在应该换轮胎？"夏千沉难以置信地问。

"这是SS1，后面还能追。"钟溯说，"你做选择，我只是给你一个建议。"

其实这种消息赛会完全可以先通知车队，在通话器里告知车手。可现在派出一个工作人员挨个敲车窗，是赛会在暗示，想换胎换配件的车手，趁现在赶紧换。

夏千沉现在有点儿纠结。钟溯的话让他动摇了一下，的确，这是第一个赛段，后面还有八个赛段。就算第一个赛段落后了，后面还能追上来，可如果第一个赛段就出事故，那今年就白了，一轮游，观众席二楼请。

此时，还未上发车道，等待区里的人能听见有人点火起步了。赛车不做任何隔音，夏千沉能听出是在自己后面三四个车位的车离开了等待区，那辆车在往回开，要开回维修区。

夏千沉："拉力胎真的跑不了吗？"

钟溯："拉力胎能跑，但我不建议你在第一个赛段就风卷雪的情况下涉险。"

驾驶室内沉默了半分钟之久。

半分钟后，夏千沉愤恨地拍了一下方向盘，发动车子："回去换胎。"

钟溯回想了一下今天的日期，暗暗记下了今天。某年某月某日，某届环沙拉力赛，今天是夏千沉职业生涯里首次主动向大自然低头。多有意义啊，钟溯看自己的车窗外面，南疆是浓墨重彩的南疆，大风、大雪、大漠扬沙……钟溯喜欢这里，这里的一切都毫不遮掩，轰轰烈烈。风就是风，太阳就是太阳，荒野不跟你玩图穷匕见，荒野磨完刀就立刻架在你的脖子上。

09号赛车返回维修站，其余人纷纷表示：连夏千沉都认怂了，那我回去换胎也不丢人。

09号赛车去换胎后，剩下的几辆车也不再端着，先后折回了维修站。

"加强沙地胎还是雪地胎？"大工问，"挑一个。"

夏千沉摘了头盔，面色凝重地看向钟溯，钟溯也抱着头盔，表示悉听尊便。

钟溯心中有把握，无论夏千沉选择什么胎，自己都有一套对应的指挥方式，加上夏千沉的个人能力，他们即使在SS1用雪地胎也未必会落后。

"你真的不给点儿意见？"夏千沉问完，靠近了他一些，小声补充，"这可关乎我们的奖金，关乎景燃，你最好给点儿意见。"

"你先说说你的想法。"钟溯换了只手抱头盔，"还有40多分钟，我们后位发车，不着急。"

夏千沉做了个深呼吸，看着维修站仓库里的墙上绑着的一组组轮胎："总有人说一个没翻过车的车手是拿不了冠军的，但我就是川青拉力赛上没翻过车，并且拿了冠军的那个冠军。"

大家很安静，似乎已经熟悉夏千沉忽然的张狂模样。

"换加强沙地胎，15寸轮圈的。"夏千沉说，"雪地胎真的太慢了。"

维修工们立刻把车升起来换胎，夏千沉则转身出了维修站。

钟溯跟着他出去："抽烟吗？"

"你带烟了？"夏千沉转过身。

"没。但我可以进去跟老胡要一根。"

夏千沉叹气："算了吧，不抽……你说得对，SS1没了那就全没了。"

"你场地赛出身，对车速有极致要求很正常。"

夏千沉摇头："我是怕。"他望向苍茫青空的远处，"我怕自己沦落成一个笑点，'为什么不换轮胎'，你懂吧？"

钟溯点头，表示懂的。

发车点太阳高悬，但100多千米之外的大风里会夹着更远山脉的雪。他们在这里干等着，换轮胎、换配件，这个等待的画面叫作"敬畏自然"。

加强沙地胎是新产品，此前夏千沉跑过，提速比雪地胎快很多，抓地力一般，穿越峡谷上戈壁后的地表温度应该不会太高，所以胎压可以高一些。

小工出来叫，说胎换好了，让夏千沉进去把车开出来。

夏千沉应了一声，说"稍等"，转而对钟溯说："这只是第一赛段，落后还能追。"

肯定会有人头铁用拉力胎甚至场地胎去跑，峡谷多缓弯，戈壁多直线，这个赛段的难度相对较低。场地胎在戈壁上容易爆，但如果运气够好，没爆胎，那么同组里用沙地胎、雪地胎的车，肯定比用场地胎的慢。这还是看人怎么取舍，因为等待区的确有车没回来换胎。

"不一定落后。"钟溯宽慰他，"这里的雪可不是随便下下，'死亡之海'有一年下了整整10个小时的雪，直接把沙丘下成白色。"钟溯说完，意味深长地笑了一下。

夏千沉懂了，钟溯认为这场雪一时半会儿停不了。前位发车，可能跑上戈壁了，风卷雪的情况还不严重，但后位发车就倒霉了。为了公平，赛会便安排大家一起生等1个小时，大家都去跑风卷雪的道路。

"这就是南疆，"钟溯说，"一天有四季。"

夏千沉侧过身，迎着风，发梢在风里胡乱舞蹈。"以前我很喜欢川青高原，喜欢那些高海拔的山，抬手就像能摸到云。"夏千沉的声音被风送到了钟溯的耳畔，"我去过的地方太少了，否则刚听见白山瑶池下雪就会没有一点儿犹豫地回来换胎。"

国内完整跑一次环沙的人不多，收到白山降雪这个消息的大多数车手会先诧异一下：这么热的天，前面在下雪？

夏千沉终于明白当初娜娜的话，很多时候人生就是这么后知后觉。他没有环沙经验，钟溯有，他确实需要钟溯这样的领航员。他转过去面对着钟溯，说："去年你刚来那会儿，是我狂妄了，我跑环沙，确实需要你。"

"是我需要你。"钟溯纠正他。

夏千沉笑了笑，拎着头盔微微伸开双臂："拥抱一下吧。"

"好。"

他们重重地拥抱过后，进了维修站开车。

1个小时后，陆续发车，2分钟发一辆。

发车点的天空悬着骄阳，100多千米外的风中卷着雪。这是天气预报里没有的骤然降雪，打了所有人一个猝不及防。夏千沉这次是第二十个出发，后位发车，现在还在等待区里。

"你们那年环沙，前面也落后了，SS9追上来的，对吧？"

"嗯。"钟溯在检查这个赛段的路书。

夏千沉低头扣好赛车手套："SS9追了几辆车？"

钟溯仔细回忆了一下："六辆。"

"六辆。"夏千沉五指张开再握拳，感受着手套的贴合度，"在玉山天路上追上去六辆车……"

"嗯。因为前面长直线多，你知道的，直线不好追，但在玉山天路直接追到第一了。"

"我知道。"夏千沉抬头，在直线上踩油门谁都会，竞速还得看过弯，他望着风挡玻璃，"你觉得景燃和我谁厉害一点儿？"

钟溯没想到他会问这个，错愕之中更多的是惊喜，钟溯笑了笑："你怎么不问我，你和景燃谁尿得远？傻不傻啊，当然是你啊。一个领航员只有一个赛车手，就是领航员认为最强的那个。"

"肯定也是我尿得远。"夏千沉自信道。

其实景燃和夏千沉难分高下，他们一个是环沙冠军，一个是川青北线之王，两个赛段单拎出来都是魔鬼赛段。然而关公没法战秦琼，昔日环沙冠军也没法和川青北线之王真正地一较高下。

"别想乱七八糟的。"钟溯说，"进峡谷前有一段2千米的长直沙石路，我们后位发车，前车的扬尘会很大，视野差，到时候你别开那么快，正好暖胎。"

"嗯。"夏千沉点头。

前车扬起的灰尘经常2分钟都落不下来，那些惊险的弯道旁边往往蹲着记者，等一位幸运玩家在这里失误成为素材。比起潇洒俊逸地过弯，观众们其实更想看到有谁甩尾冲出赛道翻个不停。早几年还有人特意蹲守在拉力赛道旁边等着捡配件。

裁判挥旗，示意他们上发车道。裁判打手势后，夏千沉点火起步，缓缓将车开到发车线前，停稳。

红灯倒数，钟溯开始指挥："做起步准备。"

"准备就绪。"

钟溯："5，4，3，2，1。"

白山山脉长达 2500 千米，把西北一分为二，西北是个奇妙的地方，最高海拔8611 米，最低海拔水平面以下 155 米。

钟溯喜欢这里，他的微信头像就是"死亡之海"的沙丘，他喜欢炽烈的高温和烫脚的沙地。夏千沉恰好相反，更喜欢川青高原，抬手摸云，低头吻雪。

不过今天的南疆相当大方，你喜欢，我就给，给你地表将近 40 摄氏度的高温，也给你远方山脉的大雪，都给你们。

"收油。"钟溯提醒他，"说好了别开这么快。"

"这是加强沙地胎。"夏千沉说，"没上每小时 190 千米，不用这么尿。"

钟溯无奈，同时发现其实夏千沉很谨慎地在跟着前车的车辙跑。后位发车有弊端也有优势，弊端是万一前车故障堵在窄路上，他不得不停下来等，优势则是前面已经跑了十几辆车，车辙非常清晰。虽然扬尘非常大，夏千沉几乎看不清前路，但有前车压出来的车辙，他还有个专业的领航员。领航员的专业素养——即使前方一片黑暗，也能从车速、时间上来判定现在行进到多少千米了。

"看得见路吗？看不见听我倒数过弯。"钟溯说。

"看不见。"夏千沉坦言。

看不见路也能放心大胆地踩油门，这就是赛车手对领航员的信任。

"前右 5，我倒数了。"钟溯说，"3，2，1！"

随着钟溯话音落地，夏千沉靠肌肉记忆打了方向盘。

"漂亮。"钟溯说，"前 100 米道路左侧变窄，进峡谷。"

白山大峡谷景区明确规定"仅允许四驱系统车辆入谷"，可见其地势凶险，而环沙拉力赛标的是"简单难度"。

"50 米左 4，全油门。"钟溯继续指挥，"别分神。"他发现夏千沉在看侧边的崖壁，"风变方向了，我知道，80 米曲直向右。"

山谷的风肆意妄为，人在毫不隔音的赛车里可以听见风在谷间呼啸，风声和引擎声浪宛如旗鼓相当的两个召唤兽在互相挑衅。

夏千沉已经把速度提到每小时 200 千米了："怎么还没出峡谷？峡谷不是只有 20

多千米吗？"

"我们出发到现在也才 10 分钟。"钟溯知道他对时间没有概念，"你不要这么慌，第一个赛段什么都决定不了。"

夏千沉当然知道，但没来由地恐慌，好害怕会落后。比起怕死，他更害怕输。他答："好……"

"前 40 米路窄。"在颠簸的车厢里，钟溯看不见夏千沉头盔里的脸上的表情。

强烈的风阻会吞噬所有声音，所以赛车手和领航员需要通话器。夏千沉的头盔里的通话器里传来钟溯冷静的声音："千沉，放松点儿，前 50 米左 4 上戈壁，你已经很快了。"

GP 给钟溯的要求是，领航夏千沉跑完全程。什么成绩无所谓，但一定要完整跑下来。九个赛段，总行程 5000 多千米，赛段里程 1600 多千米。

戈壁旷野上的风十分好客，什么都吹过来招待一下远方赶来的朋友，沙石、碎木都糊风挡玻璃上。

"300 米长直线，注意胎压，曲直向左。"赛车上戈壁后非常颠簸，钟溯非常努力地稳着自己的声音不发颤，"夏千沉，60 米左 5 注意左侧变窄，收油过。"

夏千沉依言退挡，同时，在风沙中，他们看见赛事裁判在挥旗。

"黄旗。"钟溯提醒他。

"嗯。"夏千沉表示明白。

黄旗的旗语：前方需要注意安全，禁止超车。裁判挥黄旗的时候，大概率是前车出了什么事故。这时候比赛继续，但不允许超车。

他们的蓝色赛车疾驰过了裁判挥旗点，前方是个窄弯，开到这里，太阳躲进了云层，阳光已然没有发车时那般刺眼。一只灰雁划破青空，夏千沉收油门过窄弯，看见了出事故的前车。那辆车也是四驱组的，大概率是过这个弯的时候车失控转圈了。失控转圈的车救不救得回来全看运气，把全世界技术最好的赛车手放进一辆失控转圈的车里，他能做的也只有稳住方向踩刹车然后听天由命。

"惨烈。"夏千沉评价。

"惨烈。"钟溯点头，"前 70 米急坡，落地接右 4，小心路上有那兄弟飞过来的配件。"

夏千沉"嗯"了一声："要是飞过来个三角臂我能下车捡吗？"

"你不如现在停这儿，去看看那辆车上有什么能用的东西。"钟溯叹气，"10 米躲石头！"

夏千沉猛打方向盘直接引发钟摆，避开路中间的石头，两个人在车厢里左右晃了晃。那块石头夏千沉完全没看到，戈壁滩风沙很大，能见度极差，这时候他不由得感叹领航员的本事。领航员不仅要在把人颠散架的车里清楚地看路书、读路书，还要在视野差的情况下努力辨别路况，在最快的时间里做距离预估和伤害性预估，并告知赛车手。

"有点儿东西。"夏千沉说，"你挺厉害。"

钟溯笑了笑："眼神好而已。"

车开到这里，已经漫天黄沙，而且是瑶池路段吹下来的被雪浸湿的黄沙，雨刮器刮一下就彻底刮开糊成一片。钟溯这种情况下还能判定路况，绝非眼神好而已。

越向前，风沙越大。相隔 2 分钟发车，意味着在理论上，这条赛道上他们碰不见同组的对手。但是天气和地形如此恶劣，物理上的追上前车的情况也时有发生。

夏千沉又超了一辆前车，笑了笑："真有你的，你是怎么看得清这个路的？"

平时拉力赛上大家说的"追上前车"，是在总用时上追，偶尔才会出现在赛道上直接超车的情况。

钟溯："晚点儿回答你，前 50 米左 5 切弯。"

过了弯，夏千沉才堪堪看见弯心有个不知道谁的保险杠。

钟溯需要非常专注："夏千沉，油门焊死，1 千米长直线。"

1 千米长直线后，环沙拉力赛的第一个赛段结束。

夏千沉在第一赛段失去了赛车的两个后视镜，左前胎在赛段尾声爆裂，刹车卡钳报废，悬挂变形。这都没什么，毕竟再顶尖的拉力赛车手都无法保证一趟 100 多千米的比赛跑下来，赛车是完好无损的。

SS1 结束，夏千沉的成绩全组第二，第一名可能要被罚时，赛会还未公布。

SS1 维修站里，大工小工们把车拖进了仓库，有人递毛巾，有人递水、运动饮料和零食。就像行军打仗一样，车队在赛段终点支起了铁皮仓库，休息的地方也是铁皮仓库。夏千沉和钟溯都需要休息。时间是下午 6 点 35 分，距离天黑还有 3 个小时。

"下个赛段在 100 多千米外。"钟溯长长地舒了一口气，"你真的不能坐车吗？"

两个人并排坐在仓库门口的折叠凳上，对面是维修区。

"我坐车，能吐到你跪在地上求我别死。"夏千沉认真地说。

钟溯差点儿被呛到，笑了笑："我是担心你继续开 100 多千米太累了。"

"这才哪儿跟哪儿，我从来都是自己开维修车的。"夏千沉站起来活动了两下肩颈，"从这儿开到火洲就剩 100 多千米了？"

"离发车点 100 多千米，进城找个酒店怎么也得三四百千米。"钟溯说，"下个赛段明天下午发车，你需要去城区找个酒店洗澡休息吗？"

两个人互相看了一会儿，他们都灰头土脸的，头发上、衣服上，能钻沙子的地方全是沙子。

夏千沉挠了挠脖子："不用住城里的酒店，有根水管能冲一下就行。"

赛期他还是很好说话的，这一点钟溯没忘。

钟溯逗他："喏，那儿有高压水枪，脱光了站那儿，我帮你冲。"

"行。"夏千沉扬着嘴角笑，"但我冲完了你也得冲，明天我们俩一起上本地新闻。"

话虽如此，夏千沉确实想找个地方冲澡。同时他也需要休息，190千米的赛段他开了1个多小时，精神高度集中，首次参加环沙的压力让他在SS1结束后十分疲惫。他重新坐下来，望着天。这里不同于城市，天上偶尔能看见鹰和大雁。

"我想洗澡。"夏千沉说，"就用那个高压水枪冲一下也行。"

"这儿露天，"钟溯看向他，"又是戈壁滩，等风停了视野可好了，十里地外牧牛的小姑娘眼神好点儿都能看清楚。"

夏千沉仰着脑袋："欸——"

眼下的最优选，是60多千米外的国道旁边，有供大货车司机歇脚的小旅馆。钟溯觉得夏千沉宁愿睡在维修车里也不会想睡那儿，但那里是最近的可以洗澡的地方。

维修工们包括车队经理都会在修完车后去小旅馆休息，大家都习惯了这样的环境，能有个遮风避雨的地方躺下就行。

钟溯问："我好像忘了问你，你今晚住国道旁边吗？"

夏千沉仿佛听到了一句废话："不然呢？我睡沙地里？在川青高原的时候，野营帐篷我也能住。我真没那么夸张，我就是在家里的时候比较——"

"夏千沉！"谈话被打断，娜娜从维修仓库里出来，"你今晚住哪儿啊？你要去市区住吗？！"

钟溯忍着笑。

夏千沉叹了一口气："我跟你们一起住。"

"哟。"娜娜很惊喜，"行啊，成长了。"

钟溯忍不住："你要等车修出来一起过去吗？"

"不想等了，我现在就想洗澡，我感觉浑身都粘着沙子。"夏千沉烦躁地拨弄了几下头发，"走，找辆车开过去。"

钟溯说好，起身跟上。

他们开了辆赛会提供的应急车走。

职业病让他们上车前先戴头盔，头盔都举过头顶了……对视一眼后，同时收手。

"喀。"夏千沉清了清嗓子，把头盔放去后座上，"你……你东西都带全了吧？"

"嗯。"钟溯也决定装无事发生，"我就一个箱子一个包，走吧。"

重新出发，这60多千米的路夏千沉慢悠悠地开着，一路上和钟溯闲聊，聊各自去过的地方和接下来想去的地方。祖国辽阔，高山峡谷，雪域荒原，应有尽有。即便是拉力赛车手，他们没去过的地方也还有很多。

夏千沉说自己还没跑过墨朵公路，钟溯思索了一会儿，说："有句话叫'墨朵的路才是真正的天路'，因为比上天还难。"

墨朵县被称为"高原孤岛"，地形凶险，早年一入冬便与世隔绝，在民众实在难以维持日常生活时，只能用直升机运送物资。后来修了公路，却也因地貌，只有高底盘的车才能通行，轿车依然不可通行。

很多时候，契约都是在无意间缔结的，比如少女碰巧打开封印库洛牌的书，比如少年偶然召唤神龙。

60多千米的行程进入尾声，他们上了国道，按照导航来到了旅馆门口。

两个人在旅馆前台办理好入住信息后，拿到房间钥匙，拎着各自的东西上了楼。

楼梯上，钟溯说："有机会去跑一次墨朵公路吗？"

"好啊。"夏千沉说，"如果明年川青拉力赛的时候我们还在一张信息表上，就去跑一趟。"

"好。"钟溯说，"那我就从今天开始等了？"

夏千沉笑得很张扬："我说要带你上NS赛道的时候，你也这么说，放心，我不是言而无信的人。"

"我知道。"钟溯明白，对他人抱有期待是一件特别傻的事，但他还是期待上了。

有时候，期待值不能太高，要给自己一些缓冲区。因为一旦降低期待值，那么实际的境地只要比预期的好一点儿，人都会相当惊喜——

"居然这么干净！"夏千沉震惊，"我以为会是那种脏乱差的小旅馆。"

他们降低了期待值，收获了大惊喜。房间是普通的标间，这里的条件不比城里的。木板床上铺了干净的垫褥，窗明几净，地板有些褪色，但不难看出被仔细擦过。房间里有清新的洗衣粉味道，窗帘上有带民族特色的印花，窗帘被风吹得不停向屋里翻腾。

钟溯也比较惊讶："确实，我以为会像县城火车站周边的旅馆那样。"

"我们重新进一次吧。"夏千沉很快乐，扶着行李箱对钟溯说，"这房间值得我们在进门的时候喊一句'哇，金色传说'！"

钟溯："……"

无疤者有句台词："沙漠，扬起你的沙砾，遮蔽太阳的光芒吧。"

学生时代的钟溯打到无疤者这个大怪的时候还吐槽过，沙漠的风沙再大，怎么可能遮天蔽日呢？后来到了真正的沙漠，他觉得应该给无疤者道个歉。

时间是傍晚 7 点 35 分，这里还没落日，但受白山大雪的影响，灰扑扑的云层下卷着黄沙。风太大了，旅馆楼下的小饭馆收起了搭在外面的棚子。

夏千沉冲完澡出来，见钟溯趴在窗户上往下看，便问："娜娜他们过来了吗？"

"车修得差不多了，娜娜刚才发微信过来，说他们要先去城里的汽配城买 AD Blue（柴油发动机尾气处理液），问我们要不要从城里带点儿什么过来。"

夏千沉细想了想："带瓶可乐？"

"也好。"钟溯给娜娜发微信。

他刚发出去，夏千沉带着桃子味沐浴露的清香靠了过来，顺着钟溯方才的视线往下看："你在这儿看什么呢？"

有一瞬间，钟溯想起了从前在书上看过的一篇科普文章：你闻到了什么，它就进入了你的身体。气味分子进入鼻腔，通过嗅觉神经传至大脑中枢，大脑经过分析判断闻到了什么。显然，他闻到了夏千沉。

"我在看……老板娘收摊。"

"啊？"夏千沉偏头看向他，"老板娘漂亮吗？"

"戴着头巾，不知道。"钟溯如实作答。

"那你看个什么劲啊？！"夏千沉疑惑。

钟溯才明白夏千沉在调侃他，答："我是看看楼下这家店里有什么吃的。"

"有什么？"夏千沉说着，探出半个上身往下看。

他们从沪市带来的旅行装洗护用品，买的时候导购小姑娘倾情推荐了这款桃子味的，洗发水和沐浴露都是桃子味。夏千沉和钟溯挤在窗前，钟溯不自觉地又闻了一下。钟溯忽然想起了普鲁斯特效应：只要再次闻到与曾经某一时刻一样的味道，就会开启当时的记忆。那么会不会从此以后，他每拿起一颗桃子就会想到今天的夏千沉？

夏千沉忽然眼睛一亮："烤羊肉。"

"是啊。"钟溯回过神来，"地方特色。"

"走，下楼。"

"可我还没洗澡。"钟溯抿了抿唇。

维修车先进城再来到小旅馆，已经晚上 8 点多，天还亮着。8 点半，风停了，白山的雪果真如钟溯所说，不是一时半刻能停的，下了好几个小时。雪停之后风也终于缓了些，老板娘在后院帮他们烤羊肉，娜娜和维修工们风尘仆仆地坐进来，小饭馆旋即被他们坐满了。

大工一坐下便说今天的 SS1 跑得漂亮，是个好开端，可惜不能喝酒。

大家纷纷惋惜，是啊，不能喝酒。

虽然没有酒，但小饭馆里老板娘的手艺上乘，一顿饭大家从 8 点半吃到近 11 点。

这是非常疲累的一天，不仅是赛车手和领航员，所有人的精神都高度集中。维修站的人时刻戒备，要随时获得赛车的状况，以便迅速做好准备。

大家饱餐了一顿，尤其是夏千沉，今天吃得比平时多了很多。为了在赛道上保持最佳状态，他和钟溯都是五分饱上赛道，这会儿确实饿坏了。

"铛铛——"说要出去上个厕所的娜娜，回来小饭馆的时候，手里捧了个漂亮的方形纸盒，"夏千沉！还有 1 个小时你就二十三岁了！"

夏千沉"扑哧"笑了笑，有点儿不好意思："谢谢娜娜。"

"别谢我呀，我这几天都忙秃了，你生日我可没记，我问你们要不要带点儿什么回来的时候，钟溯说能买到蛋糕就买块蛋糕，我才想起来你明天生日。"娜娜说，"但他们没蜡烛了。"

夏千沉摆了摆手："没事，没事，不重要。"说完看了看钟溯，钟溯很泰然，对他笑了笑。

纸盒被摆上餐桌，娜娜揭开纸盒，里面是一块圆形奶油蛋糕，上边铺了新鲜水果。这个蛋糕没有太花哨的造型，看上去应该是匆匆让蛋糕店赶制出来的，毕竟奶油蛋糕不能放太久，一般都要预订，不过已经很难得了。

夏千沉还看着钟溯："谢了啊。"

"不客气。"钟溯给他倒上可乐，"生日快乐。"

"生日快乐！"维修工们齐齐喊着，"百尺竿头更进一步！以后奖杯多到我们仓库摆不下！"

车队的维修工们和夏千沉搭档了这么久，大家的关系一直不错。维修工们看多了高高在上的赛车手，有些车手不管不顾硬要提速到多少多少。夏千沉年纪不大，面对维修工时谦卑有礼，赛前一起调校赛车，每次撞了车，赛后都很不好意思地跟大工们道歉，因为他撞坏了别人的心血。

夏千沉笑得很开心，很畅快，一拍大腿站起来："好！"他端起可乐，"敬大家，敬我们这个团队的第一个环沙！"

"敬环沙！"

"咔"，钟溯摁下打火机："没蜡烛，吹打火机凑合一下吧。"

"咔咔咔咔"，有打火机的人纷纷掏出来，一时间四五个打火机凑到夏千沉面前，他指了指其中一个防风的："郑哥，您这个退下吧。"

"好嘞。"郑哥潇洒地收起了打火机。

他们不好太耽误店家关门，最后娜娜撺掇钟溯说点儿祝福的话，毕竟领航员和赛车手是这个团队里关系最亲密的人。

钟溯给自己倒满可乐，站起来，看着夏千沉。小饭馆的顶灯有些泛黄，鹅黄色的光铺在夏千沉白皙的脸上，十分暖心。钟溯想了想："祝你……祝你避震系统永不漏油。"

夏千沉没憋住，"扑哧"笑了，大家也跟着笑，娜娜用手机录像。

夏千沉："好，避震系统永不漏油！"

钟溯继续说："祝你差速器永不啸叫！"

钟溯和他碰杯："变速箱永不滞涩！"

夏千沉仰头和他干了一杯可乐："改'祝我们'吧，再祝我们的发动机永不异响！"

"好，祝我们的发动机永不异响！"

夏茗钰的生日祝福消息是刚刚好零点发过来的。

旅馆房间里，手机屏幕光照在夏千沉的脸上，他回复：谢谢妈妈。

"生日快乐。"钟溯也给他补了一句准时的。

夏千沉笑了笑，翻了个身面对钟溯那张床："你的生日是 12 月 31 日？"

"那个不是生日，是被景燃的爸妈领养的时候为了方便写的，生日是什么时候，我也不知道。"钟溯慢慢地说。

"景燃家领养了你？"

钟溯"嗯"了一声："对，没户口也不好上学啊。"

"那你为什么没姓景呢？"

钟溯给他解释："孤儿院没名字的孩子都跟院长姓，院长说，我这辈子是溯不到源了，就叫'溯'吧。刚好，钟溯，也'终溯'。当时……我也不小了，用习惯这个名字了，就没改。"

夏千沉静默了片刻，说："那我们挺像的，我妈给我起'千沉'，是希望我沉得住气，沉思默虑，沉心静气。结果我现在是个赛车手，你溯不到源，我沉不了心。"

钟溯笑了笑："别想这么多，睡吧。"

次日早晨，万里无云。

南疆日照相当充沛，这里不像沪市，沪市如果被风雪席卷，怎么也得缠绵三五天阴云再放晴。南疆比较洒脱，风雪停了，旋即就给你一颗硕大无比的太阳。

他们吃了点儿早餐，没有吃太饱，便踏上前往发车点的路。夏千沉开维修车，钟溯坐副驾驶位上。他们的 09 号赛车就在维修车的后挂车厢里，夏千沉开得很稳，车速也不快。

钟溯说："今天跑 226 千米沙漠赛段，进沙子山沙漠之后，有一段 70 千米的干裂土壤，那段路基本没办法超车，到时候你不要急。"

夏千沉此时有些苦涩："你早上看群消息了吗？我们车队的四驱组只剩曹晗锡和我了，他和我必须有一个跑完全程，否则今年GP就是全国笑柄。"

早上的群消息钟溯看了，今年GP四驱组的赛车手来参加环沙的有五个，另外三个人在SS1出了事故。尽管赛车手凭借超常的专业技术强行开着事故车进了维修站，但车修不出来，赛车手和领航员身上还带了伤，他们的环沙之旅至此为止。

"我看了。"钟溯说，"可惜了，备用车都还没用上。"

冥冥之中，夏千沉成了全村的希望，钟溯也微妙地察觉到夏千沉似乎有些紧张。

说到底，这是夏千沉的第一年环沙。在此之前，他连沙漠都没进过，沙梁都没飞过。说不紧张是不可能的，夏千沉虽然平时跩了点儿，但该理智的时候从不头铁。

"钟溯。"夏千沉握着维修车的方向盘，叫了一声旁边的人。

"嗯？"

"天阴了。"夏千沉说。

钟溯在副驾驶位上看地图，闻言抬头，望向风挡玻璃，顺便降下了车窗："嗯，天阴了。"

"这两天的天气异常？"夏千沉问。

"沙漠本身就异常。"钟溯把车窗升起来，"但是按理说，这个时节沙子山沙漠里应该很晴……别担心，顶多是场沙尘暴。"

夏千沉倒不是担心天阴下雨，他从竞速赛车手转型为拉力赛车手，最讨厌的不是雨雪天气，而是视野不佳。

"沙尘暴不就约等于什么都看不到吗？"夏千沉说，"盲人骑瞎马，夜半临深池啊。"

钟溯听着有些不对劲，蹙眉，询问："我不是领航员吗？"

"领航员又不是导盲犬。"夏千沉跟着导航上了省道，"你刷新一下天气预报。"

钟溯依言拿出手机，这里的网络信号不太好，页面加载完毕后，他说："大风预警。"

环沙拉力赛SS2，沙子山沙漠。

赛段长226千米，无数赛车手在这里遭遇滑铁卢，比如翻沙梁的时候栽下去，比如长距离下坡的时候在沙地里失控，甚至猛打方向盘导致轮胎脱圈……

他们开着维修车抵达发车点，下了车，漫天黄沙迎面而来。夏千沉不得不戴上口罩和墨镜，这风刮得毫无规律，像是动画里的某个魔法阵，他坐在中间，一圈魔法师围着他给他灌注能量。风从四面八方刮过来，夏千沉看了看钟溯，钟溯给他打了"走"的手势。在这种大风里，即使面对面，说话也要扯着嗓子喊，干脆打手势。

他们顶着风沙去签到，然后返回维修车，去维修车后挂车厢里把赛车开出来。

沙子山沙漠是"死亡之海"的一部分，这里多沙山而非沙丘。千百年不停歇的风交汇于此，各个方向吹来的风把沙子固定在了这里，所以沙子山沙漠从未北移侵蚀其他地方，形成了"绿不退，沙不进"的奇观。

两个人扣好六点式安全带，夏千沉偏过头，问："今天能见度多少千米？"

钟溯轻叹了一口气："你真的想知道吗？"

"……"夏千沉望着风挡玻璃，堪堪能看见赛会的旗帜，"算了，也不是很想。"

其实夏千沉挺佩服领航员的，他们好像自带小地图，按 M 键，这张小地图还能变大地图，并且随意放大缩小。

钟溯笑了笑："走吧，左转 150 米进等待区。"

"你的眼神是练过吗？"夏千沉忽然好奇，"这种天气也能领航？"

钟溯调试了一下通话器："总得有点儿过人之处吧，但今天……"钟溯顿了顿，才又说，"今天确实挺有挑战性。"

赛会没有发布任何延后甚至取消本赛段的通知，也就是说，赛会认为天气情况尚未到极端恶劣的程度。此时，业余体验组已经有一部分车辆选择退出，职业组则未退一辆车，大家静静地在风沙里等着。由于刮大风，直升机无法起飞，赛会工作人员便过来指挥。

沙子山沙漠盛夏地表温度最高可达 80 摄氏度，今天的沙子山由于刮大风，地表温度还算友好。

两个人都安静了下来，当然，只是人安静，不隔音的赛车里依然能听见风声在呼啸。

很快，通话器里传来赛会工作人员的通知："维修站已经就绪，请所有参赛选手按发车顺序做准备。"

夏千沉舒出一口气。

"加油。"钟溯说。

"好。"夏千沉答。

此前，钟溯已经教会夏千沉飞沙梁，今天夏千沉也根据地面情况稍稍降低了胎压，让轮胎与沙地的接触面积更大。

"自检完毕。"夏千沉跟着裁判的指挥来到发车道上。

"起步准备。"钟溯翻回路书笔记本的第一页，抬眼，"不错，看样子快晴了。"

夏千沉用看二傻子的眼神看着钟溯："这能叫'快晴了'？"

他在心里感叹领航员眼里的世界和赛车手眼里的果真不同。

钟溯笑了笑，看过来："你走运了。"

夏千沉觉得钟溯可能是学习过一些气象知识，他开着09号赛车冲出发车线后的第11千米，狂风渐弱。同时，他钦佩钟溯确实眼神好、反应快，高速入弯时，钟溯能瞬间判断出石头和车的距离，并用最精简的方式说出来。诚然，夏千沉的反应更加迅捷，这也得益于几个月来两个人共同生活产生的默契。

钟溯说："前方200米曲直向左，沙石多，全油门。"

钟溯继续指挥："前方80米左4紧接沙梁，飞过去。"

飞沙梁和飞坡不太一样的是，飞坡要在起飞时轻点一下刹车，但飞沙梁时不踩刹车。沙地的阻力会使车辆减速，这时候只要稍稍收油门就行。赛车手在上坡的过程中看不见坡后的路况，能做的只有听命。

"给油。"钟溯说，"现在给，深油，下面沙子松，慢了会陷车。"

夏千沉毫不犹豫地猛轰油门，赛车飞出沙梁的瞬间，风沙中出现了一缕阳光。接着，狂风停歇，太阳重新出现在沙子山沙漠上方。

车身落地，赛车的避震系统游刃有余地承接了一吨多重的落地冲击重量。

"漂亮。"钟溯扬着嘴角，"前150米右4接400米搓衣板路。"

搓衣板路，顾名思义，路面很像搓衣板，即使赛车的避震系统很优秀，也难免把人颠得像通电了。所以，夏千沉挺期待在搓衣板路上听钟溯说话，钟溯会不会被颠得讲话哆嗦？

然而，400米的搓衣板路上，钟溯一言不发。一生要强的夏千沉也不想哆嗦着讲话。

搓衣板路结束，钟溯继续报路："上坡，这个沙梁翻过去，不能飞，落地接沙石路。"

"刚才在搓衣板路上怎么没提前指挥？"夏千沉打趣他。

"400米直线你还需要指挥吗？"钟溯不慌不忙地说，"沙石路后200米曲直后下断崖。"

夏千沉进挡高速进沙石路，问："下断崖我能用飞的吗？"

"当然可以。"钟溯说。

下断崖很简单，摒弃刹车，用油门来控制车速。这有点儿像高难度飞坡，不同于飞坡的是，断崖的落差更大，车辆滞空时间更长，相当考验飞出断崖时赛车手对车辆的控制能力。车辆飞出去的姿势和动力，决定了车辆落地的时候是什么样的。稍有不慎，落地时车头插地里，或是车横过来了，就得原地退赛，甚至负伤。

"你有什么需要忏悔的吗？"夏千沉嘴角挂着笑。

钟溯挑眉："还真有件事，今天早上你洗澡的时候，我可能给你……递错背心了。"

夏千沉："下个赛段你用拖车绳把自己绑在车屁股上吧。"

车落地，优秀的避震系统对此表示：要是车身再弹第二下，我自主申请报废。

飞断崖落地的声音不是"咣当"一声，也不是"咚"的一声，听上去更像是"轰"的一声。

虽然避震系统保证了车身的稳定，但夏千沉很快发现了另一个问题，车子落地的姿势不好，而且保险杠可能断了，于是对钟溯说："保险杠好像断了。"

可是，钟溯说："为什么我感觉断的是半轴呢？"

"你能不能说点儿吉利的话？"夏千沉真诚发问。

SS2，多辆车在断崖处遭遇滑铁卢。断崖附近蹲了不少记者，拉力赛中有这样一种说法，蹲守记者的数量决定了这个路段的凶险程度。这个赛段，夏千沉由于飞断崖姿势不准，赛车拖着几乎断掉的半轴跑完了剩下的 30 千米，最终落到了第十一名。

SS2 结束时，收车数量比发车数量少了三分之一。加上今天的恶劣天气，体验组全部退出。比起 SS1 的收车台，SS2 的收车台冷清了许多。

夏千沉和钟溯正式成为 GP 的独苗，因为同为四驱组的曹晗锡在下断崖时车头抢地，重创之下，曹晗锡和他的领航员瞬间失去意识，已经被送去抢救。

今夜，大家在 SS3 的沙漠里睡帐篷。

赛会有跟来的房车组，大家可以在房车上洗澡。夏千沉洗澡前的第一件事是先看看身上的背心是不是自己的。还好，是自己的，钟溯没递错，下个赛段他不必被拖行了。

钟溯支好了帐篷，夏千沉洗完澡回来，换他去洗澡。沙漠昼夜温差极大，白天热得汗都能被蒸发掉，但西沉的太阳也带走了这片土地的温度。

熟悉的高强度驾驶，熟悉的疲累感，夏千沉在帐篷里平躺下来后，只觉得又困又饿。好在大家的帐篷都扎在这一片，房车围成一个圈，为中间的帐篷挡风，风声不算太吵。

很快，钟溯迅速冲完澡返回帐篷，娜娜过来拦下了他："钟溯！"

"嗯？"钟溯的头发半干，听见有人叫他，他拿着毛巾停下了脚步，回头，"娜娜，怎么了？"

娜娜叹气，迎着风走过来，手里拎着两个袋子："告诉夏千沉，不接电话就用料理机把手机打碎了从马桶里冲走，你们俩的晚饭。"说着，娜娜把袋子递了过来。

钟溯接过袋子看了看："嚯，这年头沙漠也能送外卖了？"

"'钞能力'。"娜娜说，"去吧，好好休息。"

夏千沉没接到娜娜的电话，是因为他睡着了。钟溯拎着外卖袋子进帐篷的时候，他才慢悠悠地醒过来。他侧着躺在睡袋上，枕着自己的胳膊，目光有点儿茫然。帐篷里鹅黄色的充电小灯确实很催眠，加上比赛结束后，夏千沉又开了近3个小时的车来到这里——"死亡之海"腹地，沙地松软，视野之中尽是黄沙。所有人都戴着头巾、墨镜和口罩，傍晚刚到这里的时候，全靠工作服和赛车服来分辨谁是谁。

夏千沉格外疲累，SS2第十一名的成绩更让他没什么精神。

"累了？"钟溯轻声问他，"吃点儿东西再睡吧。"

钟溯进来后盘膝坐下，把袋子打开。

"这是什么？"夏千沉揉了揉眼睛，坐起来，"汉堡？沙漠里有汉堡？"

钟溯见他睡眼惺忪的样子，不自觉地笑了，逗他："嗯，大自然的馈赠。"

"……"夏千沉把袋子转过来，迎着灯光瞧，"这个外卖员的名字并不叫'大自然'，配送费也很难说是'馈赠'。"

夏千沉虽然嘴上依然厉害，但整个人的状态看上去不是很好。钟溯有点儿担心。

草草吃了汉堡之后，夏千沉很快重新睡下，但他睡得不太安稳，30分钟里醒了两次，每次醒来就问钟溯现在几点了。

"10点20分。"钟溯回答他，"你睡不好吗？"

钟溯没睡，把手机屏幕的亮度调到最暗，看明天的赛段的地图。

夏千沉没回答，含糊着"嗯"了一声，翻身过去，背对着他。

大漠的夏夜是有些冷的，整夜无云，地面热度散得很快。钟溯担心他会着凉，于是爬了起来，想给他弄一杯热水喝。

没承想，夏千沉猛地回头："干吗？"

"我怕你冷，去给你弄点儿热水啊。"钟溯无辜。

"我不冷。"夏千沉说。

钟溯点了点头，觉得有些奇怪，这家伙平时但凡有一点儿能用上自己的地方，绝不会心慈手软。比如现在夏千沉应该使唤自己赶紧去弄热水，或是吐槽汉堡咸了、淡了，对了，《史迪奇有问题》他还一集都没看。总之很不对劲，钟溯总觉得他不是因为疲累才这样。

于是，钟溯伸手，用手背贴上他的额头："你有哪儿不舒服吗？"

"没有！"夏千沉像被火燎了似的躲开。

夏千沉真的不对劲，但钟溯一时说不上来具体哪里不对劲，只能尴尬地收回手，"哦"了一声，接着陷入良久的沉默之中。

钟溯的手机锁屏后，帐篷里彻底黑了下来。

钟溯觉得，大约是夏千沉不太能接受SS2的名次。

"其实你……"

"钟溯，我……"

两个人同时开口，又同时沉默。

黑暗里，失去了视觉，其他感官变得灵敏。钟溯听见夏千沉发出一声微不可察的叹息声，然后有窸窣的衣服布料和睡袋摩擦的声音响起。

"其实你第一年环沙能跑这么好，已经非常难得了。"钟溯温声说，"沙漠和高原不一样，高原的路况更复杂，但是视野好，你在视野开阔的前提下可以发挥到极致。你只是还没有习惯依赖领航员。"

钟溯说得没错，在川青高原上开车，视野是辽阔的。夏千沉当初真的只是把领航员当作人形导航仪，他自己能够独立处理所有路况。他真的很喜欢高原，温度低、澄澈、干净。他料想到了环沙会是这样的路况，大漠扬沙，遮天蔽日，但真正在扬尘2分钟落不下来的路上开车时，他真正地有了挫败感——他跑环沙，真的需要钟溯这样的领航员。

夏千沉撑着胳膊坐起来："钟溯，我……我感觉自己被打脸了。"

钟溯很温柔地笑了一下，但太黑了，夏千沉看不见。钟溯问："你是说，当初在总部周总那儿，你说的'川青北线我能跑，环沙的玉山天路我一样可以'？"

夏千沉点了点头，然后反应过来灯已经关了："嗯，而且我现在觉得，我甚至未必能跑到 SS9 玉山天路。"

"怎么忽然这么丧气？"钟溯说，"你一定要上玉山天路，高海拔地区没有人比你强。"

夏千沉很少这么颓丧，他低头薅了两下自己的头发："往年环沙拉力赛我都看过，但我真的没想到自己来沙漠会是这样，我只能靠领航员指挥，像瞎了，我……"

夏千沉补充："我不是说你像导盲犬。"

"我明白。"钟溯换了个坐姿，半跪着，面对着他。

钟溯真的能明白，讲得明白一点儿，就是夏千沉无法面对自己的弱点，尤其是在环沙这样极端的赛道上。有时候，过早地爬上金字塔顶端未必是件好事，他的心态还未被磨炼坚韧，他还处于"我是最强赛车手，全天下没有赛段能难倒我"这样的光环里。大家都把他捧得太高了，尤其海拔 5000 米的川青北线，彻底把他推上了塔尖。然而这高塔耸入云霄，从高塔之巅往下看，平地亦是深渊。

夏千沉说过的那些豪言壮语，仿佛是"死亡之海"的风沙中心的一朵蒲公英。

"我明白。"钟溯说，"川青北线的难度在于路况不好，但'死亡之海'的难度在于环境恶劣，你要习惯最大限度地依赖领航员。"

"啪"，钟溯按亮了那盏小小的鹅黄色的灯，拧开保温杯的盖子，递过去："喝点儿水。"

夏千沉接过保温杯，慢慢抿了一小口水。

"我只是忽然发现我没那么优秀。"夏千沉苦笑了一下，两只手握着保温杯，从杯口腾上来的热气蒸着他的下巴，"我只是发现……娜娜说的话，甚至周总说的话都是真的，我需要你这样的领航员，我……"说着，夏千沉有些哽住了，抬头望着钟溯的眼睛。

这个小小的野营帐篷，像儿时用棉被搭出来的小堡垒。无论外面如何狂风大作，这个小空间牢不可破。钟溯意识到，夏千沉在自省。他在自省此前的傲慢和自负态度，他来到环沙，被这两个赛段径直泼了一盆冷水。

"我只是个普通车手。"夏千沉忽然认命地说，"蓝色品质，只值5金币。"

钟溯哭笑不得，把他手里的保温杯拿过来盖上，放在一边："说什么呢？你是橙卡，金色传说。"钟溯靠近了些，拍了拍他的肩，"只是一次飞断崖失误，没有那么夸张。"

"我知道。"夏千沉点头，"失误一下很正常，太正常了，放在其他赛道上我摔这一下，轴断了我退赛了都没关系，但我没想到我跑环沙才SS2就落到了第十一名。"

赛车落地时半轴断裂，夏千沉全靠控车技术和赛车的全时四驱系统才开回维修站，钟溯明白他的想法。

夏千沉今年对环沙志在必得。他像个在城堡里千拥万戴，被赋予最锐利的长剑，出发屠龙的勇士。临到黑龙巢穴，勇士才发现黑龙是上古巨龙，四十人副本的那种。

"如果是在川青北线，我这个领航员对你来说没有太大作用。"钟溯哄孩子似的宽慰他，"环沙全靠经验积累，沙漠路段什么时候高速过，什么时候低速过，都是连着好几年陷车总结出来的。"

夏千沉闷不吭声地点了点头。钟溯之前跑了三年环沙，今年是第四年，拉力赛上老带新的组合永远是稳妥的组合，经验丰富的领航员不仅能在赛道上指挥赛车手，下了赛道，还能给这些心高气傲的赛车手疏导情绪。

钟溯接着说："我们去玉山天路，追到第一。"

"好。"夏千沉点头。

上午10点，SS3，赛段全长313千米。100千米的高速沙石路面，100千米后真正进入沙漠，有无数个沙丘，沙地松软，陷车就只能人下来挖。

两个人迎风而立，刚刚调校完毕的09号赛车在他们身后。

今天艳阳高照，风速虽然减慢了些，但直升机依然无法起飞。直升机不能飞，意味着进入无信号地区后，整个"死亡之海"赛道上就只剩下赛车手和领航员相依为命。

夏千沉观望了一会儿，看见远方的裁判挥了绿旗，给钟溯做了个"上车"的手势。

车队后勤为他们戴上了头颈保护系统、头套和头盔，夏千沉点火开始自检，钟溯扣上安全带，翻回路书的第一页。赛车开往等待区。

"地表温度60摄氏度，能见度9千米，风速13米每秒。"钟溯说，"今天100千米沙石路高速过，我不说减速，你就一直按你自己想要的速度开。"

"嗯。"夏千沉点头，"自检完毕。"

钟溯偏头看他，他几乎恢复了状态，眼下泰然自若，淡定如山，一夜过去，似乎想通了也看开了。

夏千沉感觉到钟溯的目光，也看过来，问："干吗？"

钟溯摇了摇头："怕你还在泄气，昨晚没精打采的，今天好多了。"

"那只是短暂情绪失常。"夏千沉说，"今天就算是成为全四驱组最后一名，晚上我都有心情跟你对瓶吹。"

钟溯："严谨一点儿，吹什么瓶，别到晚上了，你跟我说吹的是奶瓶。"

夏千沉哼笑一声，没回答他，跟着裁判指示开上发车道。

今天的赛段，不难看出大家都很兴奋，在他们前一个发车位的兄弟冲出发车线后，不到50米就是一个很急的右2弯。那兄弟也是倒霉，谁能想到沙漠的沙石路面上会有积水呢，他约莫是打算来一个漂亮的钟摆漂移入弯，然而左后轮压水，四个轮胎的抓地力相差太大，直接侧滑。侧滑打圈后，他还想反打方向盘救车……

"车圆就是能滚哪……"夏千沉叹道。

"是啊……还没停。"钟溯说。

两个人的视线一致跟着前车冲出路面后翻滚的方向看过去，直到那辆车停下来，他们同时叹出一口气，以至裁判用旗杆敲了两下引擎盖，他们才发现时间已经从120秒倒数到60秒了。

09号赛车冲过发车线，开始飞驰。

"前50米右2。"钟溯说，"外侧有水。"

这个前车之鉴可真是字面上加物理上的前车之鉴，夏千沉精准地避开了积水，在钟溯的指挥下全油门出弯。

"今天天气不错。"夏千沉说。

"还行，主要我们的前车还在后面被救援，没有扬尘。"钟溯继续报路，"200米飞坡，给油，落地紧接左5然后300米曲线向右。"

夏千沉轰油门时一如既往地自信，起伏不平的沙石路上，四个轮胎的抓地力很难相同，所以控车很难。控车优秀的赛车手能跑得更快，反之则更慢。所有赛车手都知道在哪里追速度，在弯道，在坡道，在其他人都不得已对大自然低头的地方，在其他人不得不退挡踩刹车的地方。敢踩油门且能活下来的赛车手，才是追得上速度的。

"右4很窄。"钟溯提醒他，"减速。"

夏千沉不想减速，两旁是沙砾坡路，就算滚下去也没什么大碍，可是把车再推上来，起码要耽误两三分钟。

"减速，夏千沉。"钟溯见他完全没有收油退挡的意思，又警告了一声，"夏千沉！"

所有赛车手都知道在哪里追速度，比如在这个其他人不得不退挡踩刹车的窄弯。

车轮溅飞的沙砾"噼里啪啦"地甩在车身上，发动机呼啸着，右后轮高速悬空不到半秒，夏千沉进挡又猛踩了一脚地板油，极速出弯。

夏千沉特别欠揍地说："啊，你刚才叫我吗？刚才我的通话器没声了。"

钟溯当然知道他在睁着眼说瞎话："是啊，我刚才叫你油门焊死，这个弯我们飞过去。"

"啊——"夏千沉悠扬地表示原来如此，并接着说，"那我们很有默契啊，我没听见你说话，但感应到了你的指挥。"

钟溯哼笑："前80米左4接400直线，弯心很颠。"

对夏千沉这种挑自己想听的话听的行为，钟溯已经习惯了。钟溯也知道他想追速度，上个赛段结束后，他们的总用时排在第十一名，这让一生要强的夏千沉有点儿无法接受。

环沙拉力赛每隔2分钟发一辆车，按照总用时排名。理论上来讲，每辆车都看不见自己的前后车。因为来参加环沙的人，除非赛车故障，否则没有人会让后车追上来2分钟。

所谓追速度，也就是在追时间，今天夏千沉是下了狠心要追。

"500米曲直向左上沙丘。"钟溯说，"收点儿油门。"

这回夏千沉听见了，收油退挡，因为沙丘松软，他要先找一找控车的最好速度。毕竟如果陷车了，那个窄弯他就白飞了。

100多千米的沙石路，200多千米的沙丘。初夏的"死亡之海"十分慷慨，欢迎远道而来的旅人，给他们最炽热的太阳，给他们最悠长的白昼。

果然，进入沙丘后不到100千米，夏千沉已经碰见两辆车陷进去了。

沙漠里，一眼望过去都是一个颜色，好消息是风力弱了许多，比起前两天蔽日的扬沙，今天视野明朗了太多。随着视野开阔，夏千沉开得越发奔放。

这个时节沪市刚刚进入梅雨季，是潮湿的，朋友圈里应该和去年一样，有人发"明年一定买烘干机"，有人发"到底要买多少内裤才能度过梅雨天"。然而他们不在沪市，他们在数千千米外的"死亡之海"，他们在沙海飞驰，他们的赛车尾巴卷起了3米多高的沙幕。

"给油，超过去。"前面是一辆蓝色赛车，钟溯给出了超车指令。

"每小时210千米了，"夏千沉有些忌惮陷车，"会原地刨坑。"

钟溯却目光如炬，笃定地说："这条路不会。"

"你怎么知道？"虽然这么问，但夏千沉选择无条件相信领航员，进挡给油，扶稳方向盘，利落地超过了那辆车。果真时速已经230千米了，赛车依然稳健地行驶在沙地上，没有陷车。

钟溯说："因为这段沙丘左下方有胡杨林，这里的沙子很紧密。"

"哦……"夏千沉似懂非懂，"你怎么知道下面有胡杨林呢？"

"我记得。"钟溯说。

SS3结束，GP四驱组独苗夏千沉追到第九名。

赛会在SS3结束后休整两天，大家更换赛车配件，也休息放松。

连续三天，三个赛段高强度的比赛，总长500多千米，跨越峡谷、戈壁、沙漠，不仅是赛车手和领航员，维修工们都需要好好休息两天。

跑完SS3，夏千沉的赛车车损也相当严重。沙漠里能撞的东西比他想象中的要多，树根、石头、前车的前机械罩……他们目送着伤痕累累的赛车被拖上了维修车。

晚上9点半，沙漠总算有了困意。沙漠像个不愿早睡的熬夜战士，终于调低了亮度，让太阳沉下沙丘。今天大部分人还是选择在沙漠里过夜，因为从这里启程去往下一个赛段更近。维修工们先开着维修车去附近的城镇，购买汽油、各种机油和刹车油这些消耗品，也能帮他们代买些需要的东西。

夏千沉觉得，在"死亡之海"送外卖的外卖员应该去环沙摩托车组，那技术，那压弯，送外卖真是屈才了。然而当外卖被送到他们营地后，夏千沉从娜娜口中得知这一趟的配送费时，觉得还是送外卖吧，来摩托车组未必能挣这么多。

娜娜点了烤羊排，配两碗大份的手抓饭，还有几瓶啤酒。接下来有两天假期，他们明天启程去SS4发车点所在的县城，然后在县城里休息一夜，所以今晚可以喝一点儿酒。

夜空中没有云，一弯新月悬在天边。

同在四驱组的曹晗锡没离开，毕竟环沙一年举办一次，留下来观赛也是好的，能多积累点儿经验。娜娜是维修工出身，曹晗锡的维修组先行离开后，娜娜一有空就去曹晗锡那边帮忙。

赛会的房车组依然把帐篷围在中间，在这野蛮的荒漠中，营地亮着来自城市的光。

饭后，夏千沉和钟溯对视一眼，钟溯看向不远处的沙丘，手里拎着啤酒。

"走。"钟溯说。

夏千沉刚刚洗完澡，本能地对沙丘有点儿抗拒。

帐篷前方，房车组的探照灯还没熄灭，钟溯就这么嘿着笑，凝视着他："算了，再吹一身沙子，白洗了。"

刚要进帐篷，夏千沉扼腕叹息："罢了，走，没那么讲究，对月共饮去。"

钟溯笑了，两个人一前一后地从营地房车和房车中间的空隙走上了沙丘。

沙漠的夜风很干爽，不像沪市的风，沪市的风吹在身上很黏人，就像皮肤上有没冲干净的沐浴露。沙子的比热容很小，升温快，降温也快。日落后，"死亡之海"迅速地冷了下来，换掉赛车服的两个人穿着款式差不多的连帽卫衣。

"死亡之海"的夜空没什么云，非常晴朗。而且像这样的流动沙漠，大风高度净化了空气，所以在大漠的中心，有最纯净的空气。他们对着月亮，席地而坐。

钟溯只拎了两瓶啤酒，递给夏千沉一瓶。

"叮——"玻璃瓶碰出清脆的声音，像是被风吹响的风铃。

啤酒微冰，一大口灌下去相当舒爽，夏千沉仰着脑袋："这里的星空真好看哪，人类多的地方果然不行。"

钟溯失笑："是啊，人迹罕至的地方都很漂亮。"

"叮——"两个人又碰了一下啤酒瓶。

营地的探照灯毫无征兆地关掉了，"死亡之海"只剩下月亮、星空。

"其实今天我说通话器坏了，是骗你的。"夏千沉说。

钟溯咽下酒："我知道。"

"我知道你知道。"夏千沉说。

"你知道我知道，那还说这个干吗？"钟溯忽然顿了顿，"你是在认错？"

认错这个行为在夏千沉身上实属罕见，尤其是赛道上的错误。所以钟溯很诧异，他原本打算等环沙结束后再和夏千沉聊聊。

夏千沉抿了抿唇，眼神真挚，他的发梢在夜风里胡乱舞蹈，刘海也被吹得乱七八糟。夏千沉说："对，我在认错，我不该撒谎。"

"难道不是'我不该不听领航员的话'吗？"钟溯问。

夏千沉和他碰了一下啤酒瓶，仰头把最后一点儿酒喝完："怎么办？夏千沉在业内是出了名的不听话。"

"还好我血压稳定。"钟溯也把自己的酒喝光，"我觉得赛后我们应该聊聊，你还是不够信任我。"

夏千沉站起来，拍了拍裤子，两根手指捏着啤酒瓶口，在星空下笑得张扬又猖狂，俯视着钟溯，说："不对，是你，不够信任我。"

钟溯怔了怔，仰着头，望着几乎和大漠繁星融为一体的青年，然后也爬了起来，风拉扯着两个人卫衣的兜帽。

"我信任你，才选择你。"钟溯反驳，"夏千沉，我在这个世界上没有血亲，没有牵挂。拉力赛是高危运动，今天这个窄弯如果翻出去了只是滚几圈，所以我没有立刻跟你谈这件事。但到了玉山天路，你不能再这样。"

钟溯一字一句都在警醒他，警醒着拥有林安烨的血液的他。

"我没有不信任你的理由。"钟溯说，"我孤身在世，可你不是，你还有夏主任，能明白吗？"这是钟溯第一次用这样的语气和他说话，像在训斥一个不服管教的孩子。

夏千沉哑口无言。他上了赛道就这样，不管不顾，除了速度和时间什么都看不到。他会在别人减速的地方提速，在别人退挡的地方给油，在别人出事故的地方出事故，并且坚强地开着事故车回维修站。

两个人静静地对视了良久，久到营地里最后一顶帐篷里的灯也熄灭。他们好像较上劲了似的，都不说话，都不动。再这样下去，明年这个时候他们就是"死亡之海"的警示地标——在沙漠请与同伴保持友好关系，不要较劲，否则会被风沙粘上，最后变成沙雕。

此时，一生要强的夏千沉即使沙子进眼睛了也岿然不动，冷冷地和钟溯对视。虽然他本人很倔强，但克制不住眼里有沙子的不适感，立刻飙了眼泪。

钟溯没忍住笑了出来："好了别哭了，过两天再谈这个。"

钟溯走到他面前，帮他把沙子吹了出来。

"我没有哭……"夏千沉恼羞成怒，即使知道钟溯是故意逗他，还是要澄清一下，"是沙子。"

"吹掉了。"钟溯笑了笑。

夏千沉低头感受了一下，然后蹙眉："为什么你眼里不进沙子？"

"因为你迎风站啊。"钟溯把他手里的空酒瓶拿过来，"迎风站多帅，沙子进眼睛也值了。"

大漠深处，夜里的风不似山谷间的风那般呼啸，也不同于丛林中的风猎猎刮着树枝。大漠的风就是风，原本的风。

他们走下沙丘后，回到营地帐篷里，将卫衣脱下来一抖全是沙子。这个时间房车驾驶员大多睡了，也不好去打扰人家。两个人便盘膝坐在帐篷里大眼瞪小眼。

"其实……"夏千沉顿了顿，然后继续说，"其实当时就是上头了，你知道的，我坐在驾驶室里的时候，左脚踩刹车，右脚踩油门，左手握方向盘，右手握变速杆和手刹，眼睛看路，耳朵听路书。"夏千沉抬眸，"我一旦坐在赛车里，就什么都忘了。"

钟溯清了清嗓子："好，凑合睡吧。"

次日一早，继续出发，前往 SS4 发车点附近的小村镇。

大家在镇上买了些补给品，这里是"死亡之海"西北边缘的一个不知名的小村镇，交通不便，运输困难，物价高得吓人，香烟、碳酸饮料和半成品食物尤其贵。

夏千沉看着溢出市场价将近两倍的可乐，顶着巨大的压力拿了一瓶，结果在柜台结账的钟溯刚好看过来，说："帮我也拿一瓶。"

夏千沉投去不友善的目光，钟溯接收到了这目光，然后收声，接过那一瓶孤单的可乐，一起付了钱。

村镇的街道很窄，两辆轿车同时通过时，后视镜只相隔一指距离，而且村镇设施落后，大家都在违章停车。走出小超市，夏千沉和钟溯顺着马路往旅馆走，沿途有烤羊肉串的摊子，抬头看看骄阳高悬，低头看表已经晚上 7 点多。

夏千沉说："吃点儿吧，趁着可乐还冰，小旅馆里没冰箱。"

钟溯说也好，二人在烤串摊子边坐下。风里混着孜然和辣椒面的味道，冰可乐被拧开时，释放二氧化碳，发出"刺啦"一声响。

"我们的经济条件已经到这个地步了吗？"钟溯问。

"是的，这瓶可乐就是'死亡之海'的香槟。"夏千沉给钟溯满上一杯，然后给自己倒。

钟溯打趣他："你当初怎么也是在夜场每个颜色的香槟开一瓶的人。"

"行了，先敬你一杯，别阴阳怪气了。"夏千沉端起杯子跟他碰了一下，仰头"咕咚咕咚"灌下去一整杯可乐，然后问钟溯，"你养鱼呢？"

钟溯笑了笑，仰头干了。

沙漠边缘是个让人真切地觉得辽阔的地方，即使这里有高楼，但天空的颜色不一样，空气的味道也不一样。沪市这个时候大概斜风细雨，人就是这样，在潮湿的沿江城市时渴望暖烘烘的太阳，坐在烈日下的时候，又想念温润的南方。

这种情绪很快就被"刺刺"冒油的烤羊肉串打消了。西北的烤羊肉串不似南方的，南方讲究三肥两瘦，一串肉捋下来不过五六粒肉丁。这儿的烤羊肉串相当硬核，硬币那么大的肉块，烤制入味，肥油焦酥，佐以孜然粉、辣椒面，做最基础的调味。高端的食材往往只需要最朴素的烹饪方式……

夏千沉咬了一口烤羊肉串："嗤……好烫。"

钟溯"扑哧"笑了："它还冒烟呢，你看不见吗？"

"你看见了你提醒我了吗，领航员的基本素养呢？"夏千沉瞪他。

钟溯笑意不减："赛车手的基本自检呢？"

夏千沉没话说，愤愤地吃凉菜。

钟溯把瓶装可乐里剩下的可乐全都倒给了他，然后拿出手机问他："我能拍张照吗？"

"拍我？"夏千沉问，嘴里还嚼着黄瓜。

"嗯。"钟溯坦然点头，"留个纪念，明天就进无人区了。"

"你这是什么进无人区的反向 flag（旗帜，网络词汇，代指一种不祥的信号，为下面要发生的事做铺垫）吗？"夏千沉放下筷子，随便拨弄了两下刘海，"拍吧。"

夏千沉是个帅而自知的人，大大方方地让钟溯拍正脸。他的背后是极具民族特色的窄街，沿街有贩卖手工艺品的小摊，风里飘着五颜六色的土坯房门帘。

夏千沉脸上带着轻松的微笑，停留在钟溯的摄像头取景框里。

"好了。"钟溯收起手机，"吃吧，应该不烫了。"

"发给我呀。"夏千沉说，"我发给我妈。"

SS4 将穿过"死亡之海"腹地的无人区，届时车辆将失去与直升机和维修站的联络，大片的芦苇丛会影响领航员判断方向。临到这里，"死亡之海"才真正向旅行者们展示自己。几乎要比车顶还高的芦苇丛，会让赛车手和领航员怀念那一眼望不到边的沙海。

两个人带着一身的烤羊肉串味回到旅馆，旅馆主人养的狗冲着他们闻半天，一双黑洞洞的眼睛直直地目送着他们进房间。

进房间后，夏千沉说："我好担心那条狗会开口说话，'吃啥好吃的了，也不知道带点儿回来给我'。"

钟溯点头："我更担心它说'男宾两位二楼请'。"

赛会在微信群里通知，由于当地临时管制，SS5 和 SS6 被迫取消。所以明天跑完 SS4 之后，直接前往 SS7 胡杨林段。跑完 SS7，再跑一段 SS8，他们将前往 SS9 玉山天路，南靠雪山、北望苍茫沙海的玉山天路。玉山天路同时拥有雪山、草原、戈壁和沙漠，这让夏千沉很激动，这是他最期待的赛段，也是难度系数最高的魔鬼赛段。

"钟溯。"夏千沉翻了个身，面对着旁边那张床。

"嗯？"

"我能问你点儿事吗？"

钟溯发出一声压在嗓中的笑："问呗，史迪奇有问题。"

夏千沉将头枕在胳膊上："你为什么要做领航员？"

"因为景燃当了车手，他的家里人也不放心别人，就我了。"钟溯说，"我被领养的时候都七岁了，那个岁数的孩子，几乎没有家庭愿意要。当时他的家里人有这样的要求，我当然义不容辞。"

孤儿院里先被领养的永远都是那些懵懂的，只有小名，没起大名的三四岁的孩子。七岁的孩子，已经知道自己叫什么，也知道了什么是"孤儿"。

钟溯言下之意，景燃家对他的恩情，是养育之恩，大过天的那种。

"哦……"夏千沉点了点头，发梢和枕头摩擦着窸窣作响，"那你喜欢当领航员吗？"

这倒是个新鲜的问题，钟溯似乎从未关心过自己喜欢什么，人或者事，或者小动物，甚至一年四季中最喜欢哪个季节。钟溯是个一饭之恩至死不忘的人，对他来讲，他这辈子最应该做的事情就是在景家发光发热到生命的最后一秒。所以他要再来一次环沙，为景燃的病攒钱，即使没有人要求他这么做。

"我……"钟溯望着漆黑的房间里的天花板，"我不知道。"

夏千沉似乎预料到了这个回答，轻声笑了笑："那你喜欢拉力赛吗？"

"喜欢的吧。"钟溯回答。

"比起当领航员，你会不会更喜欢骑山地摩托车？"夏千沉又问。

钟溯仔细思索了片刻，严谨地回答："骑山地摩托车也是越野，当领航员也在越野，所以，差不多。"

"所以你喜欢越野。"夏千沉下了结论。

"没错。"钟溯觉得合理，转而又觉得好笑，他人生中的一项乐趣，居然是以合理的方式出现的。

其实夏千沉是个细腻的人，能在连月的相处中察觉到，钟溯这个人活像个真实的工具人。仿佛钟溯从出生开始就带着使命，这份使命就是报恩，报景家的养育之恩。夏千沉完全可以理解，觉得钟溯是个重情重义又非常有良心的人。但夏千沉也觉得，人活一世不容易，钟溯在他家里的这段日子，多么仔细小心，就连将玻璃杯挂上杯架都永远是先擦拭干净，不留水痕。钟溯无微不至，夏千沉不瞎。那早已超过了领航员对赛车手的照料，那是钟溯留下的习惯，在景家留下的习惯。

夏千沉默声叹了一口气，胳膊被枕麻了，便仰面躺着，又说："还有个问题。"

钟溯"嗯"了一声，示意他问。

夏千沉接着问："为什么用我的照片做朋友圈封面？"

"因为好看。"钟溯说，"你长得好看，我拍得好看。"

他答得坦坦荡荡，答得光明磊落。

傍晚那会儿他们在摊子上吃烤羊肉串，钟溯刚拍完照，顺手就将其设置成了朋友圈的封面。

那张照片无论从氛围、环境，还是大漠边晚上8点太阳将落不落的色调上来说，都像是网上的精修图。遑论照片中的夏千沉不加粉饰，这些天皮肤被晒得有些糙。很正常，这里紫外线强，夏千沉又不愿意涂防晒。好在他够白，被紫外线侵袭了几天，反而显出野性的帅气。

SS4，横穿无人区。

这个赛段的发车区域只剩下六十多辆车，隔壁 PEM 的摩托车组全军覆没，前驱组剩一个人，四驱组剩一个人。GP 也没好到哪儿去，摩托车组剩两个人，前驱组剩两个人，四驱组只夏千沉一个独苗。

临到发车的时候，娜娜忽然在无线电里说周总来了，连夜坐飞机赶来的。这有点儿没道理，拉力赛尘土飞扬的，车队管理层几乎不会到赛段现场来，更别说来大沙漠的无人区。夏千沉没想那么多，不咸不淡地"啊"了一声，原想说"来就来呗关我什么事"，但忍住了，谁知道娜娜那边是公放的还是用的耳机。

没承想下一刻，无线电里想起周总的声音："千沉哪！我是周哥！千沉你听得到吗？！"

那震天的大嗓门让夏千沉和钟溯同时有一种摘掉头盔砸出车窗的冲动。

"周总，您小声点儿。"钟溯说。

"哟，小钟也能听见哪？"周总笑了笑。

夏千沉一个白眼快翻到了天上去，答："是啊，不然他怎么给我领航呢？周总您有事赶紧说，一会儿我要发车了。"

"千沉哪！你无论如何一定要跑完玉山天路啊！我们的赞助商明年在玉山有个项目，点名要你在玉山天路上讨个彩头！咱们明年的股价就看你啦！姓曹的那小子不争气，你现在是我们全村的希望！"

周总还想说什么，无线电里传来钟溯的声音："周总，您这不是赛前施压吗？您大老远地跑过来，不会就为了敲夏千沉一棒子吧？别人家管理层都是安全第一，到您这儿了，跑完全程？"

无线电里响起一声"刺啦"声，约莫是信号不太好。

周总说："这叫什么话呀，安全当然第一，但你们俩不都是……"

接着一阵"刺啦"的声音盖过周总的话，然后无线电信号断了。

车里，两个人对视一眼，笑了笑。沙漠顶上的太阳晒得人皮肉发疼，虽然赛车服隔温，但车里的二人依然能感受到沙地的热浪。

"起步准备。"钟溯说，"地表温度 65 摄氏度，能见度 11 千米。周总的话你别听，这人根本不是做领导的料。煤老板为什么高枕无忧日进斗金？因为煤老板有安全生产的原则，他不去干预煤矿工人的作业。"

"自检完毕。"夏千沉刚说完，忽然无线电又响了。

又是周总，不知怎么的，原本信号断开的无线电又有信号了。

显然，周总听见了钟溯那一番发言，在无线电里恼羞成怒："小钟哪，话可不是这么说的，我为的是大局！是我们 GP 的……"

无线电的信号不好，断断续续，不过似乎只是他们这边接收的信号不好，钟溯干脆摊开了说："话就是这么说的。"他说得字正腔圆。

旁边的夏千沉先怔了怔，连忙伸手按了按他的胳膊，示意他差不多得了，然而他并不打算收手，接着说："周总，夏千沉是给您打工，不是给您搏命，难道过几天玉山天路被天雷劈一道断崖，夏千沉还得踩油门飞过去？他是在真实的路上开车，这不是什么赛车游戏，头顶上还有一组复活币。"

钟溯对夏千沉说："上发车线。"

无线电里彻底没了声音，刚好轮到夏千沉等待发车，钟溯恢复常态："倒数 120 秒，赛车手做发车准备。"

"准备就绪。"夏千沉迅速瞄了他一眼，"你何必跟他理论？他就是个只权衡利弊的生意人。"

钟溯摇了摇头："生意做久了，就容易把活人也当成数字，他这次火急火燎地亲自来盯着环沙，保不齐是给上面的赞助商押了个大的。"

可以想见，赞助商明年在玉山有个项目，那么今年如果顶着赞助商商标的 GP 在凶险无比的"魔鬼赛段"SS9 玉山天路上拿一个赛段冠军，来年得有多风光。他们的奖金、GP 来年的赞助费，都有着落了。

夏千沉幽幽一叹，只说："我从来不管这些，但他们总爱拿这些东西来压我，听多了也有点儿……"

有点儿什么呢？有点儿企业精神了？有点儿代言人的使命感了？钟溯望着他。

"听多了也有点儿技巧了。"夏千沉说，"就是大脑自动屏蔽，你懂吧？就像是打游戏骂人的那些话，压根发不上公屏。"

多虑了，钟溯想。

"倒数 5 秒。"钟溯说，"4，3，2，1，发车。"

精诚合作的两个人冲进沙漠，09 号赛车的四个车轮扬起了 2 米多高的沙尘。

不出半分钟，广袤无垠的大漠上，从发车线看过去，已看不见这辆赛车了。

拉力赛能让人体会到自己有多渺小。航拍画面里，三百多万的 S 级赛车宛如一颗沙砾，可沙漠也是由沙砾组成的。

"左 100 米曲直向右，1 千米右直，全油门。"钟溯说，"别怕陷车，这时候就算陷车也要全速。"

钟溯的判断很果敢。沙子松软，两个人下来挖沙不过耽误三四十秒，但如果因为害怕陷车而战战兢兢慢吞吞地开进芦苇丛，那落后的就不止三四十秒。而且，夏千沉的控车能力，业内闻名。

"看见前车了。"夏千沉说，"前面能超吗？"

钟溯："超了。"

"沙丘后进芦苇丛。"超车后，钟溯正常报路，"视野差，收油，让我判断一下方向。"

夏千沉翻越沙丘后，依言减油退挡："你还分东西南北呢？"

"你对我的业务能力这么没信心吗？"钟溯哀叹，"偏左 20 度，别怕。"

沙漠里的芦苇长得比人还高，茎秆直且粗壮。

夏千沉进挡给油："我那是诧异，不是质疑，而且现在看不见太阳，你是怎么分辨的？"

"进芦苇丛之前找了一下太阳。"钟溯思考了片刻，进芦苇丛后转了两次弯，他需要倒放回忆一下太阳具体在哪个方向，"是偏左 20 度，没错。"

越往深处，芦苇越密集，有一段必须用车头挤开芦苇才能开过去。这种驾驶情况非常危险，如果领航员对方向失去判断走错了路，保不齐这簇芦苇后面会是什么，有可能是断沙梁或者是干涸的河床。在芦苇丛减速的人很多，因为要给领航员思考的时间。这时候金牌领航员的含金量就体现出来了——

"右 35 度曲直向右，油门焊死进沙石路。"

赛车手最喜欢的四个字——"油门焊死"。

芦苇丛过于密集，从直升机上往下看，赛车像仓鼠穿行在灌木丛间，只能看见芦苇丛顶端在左右晃动，却也不知是被车挤的还是被风吹的。然后，第一辆以最快速度前进、完全没有走错方向的赛车冲了出来，09 号赛车。

09 号赛车开进了沙石路，4 千米的沙石路。

视野开阔后，夏千沉不再那么紧张："刚才你跟周总说的那些话，应该是得罪他了。"

"嗯。"钟溯认真看路，"15 米躲石头。"

夏千沉以一个漂亮的手刹辅助钟摆："担心吗？周总那人心眼小，保不齐以后会为难你。"

"不担心，前 70 米过沙丘曲直向左，别分心。"

夏千沉知道，周总一向把赞助商当亲爹。当初他开网约车，为了哄赞助商，周总能扣他一个月工资，这回钟溯在无线电里这么驳周总的面子，无线电里那么多人听着，说不定里面就有赞助商的人。

果然，SS4 结束后，大家在收车点的小镇上吃晚餐时，周总旁边坐着几个陌生人。

两个人草草冲了个澡，随便穿的上下不搭配的衣裤，甚至夏千沉上身穿着砖红色连帽卫衣，下面穿的黑灰格子睡裤，因为吃完就要立刻躺下睡觉养足精神。虽然两个人看上去依旧帅气，但对比穿西装皮鞋的周总及其左右三位陌生男士，就显得随意得过分了。

钟溯挑了个和他们不远不近的位子坐下，夏千沉跟着坐下。

周总说："菜已经点好了，要不你们俩看看再加点儿什么？"

夏千沉先瞄了一眼娜娜，娜娜在看手机发消息，他又瞄向钟溯，钟溯"嗯"了一声，跟服务员要了份菜单。钟溯是真不拿自己当外人，夏千沉看着他用短短的铅笔在菜单上勾画着。

周总有点儿拉不下面子，转而笑着对旁边的人说："来这儿啊，就得吃——"

"炸羊肉？！"夏千沉惊喜地看着菜单，同时也截了领导的话。

钟溯边"嗯"边点头，温声说："盐泽赛段不是取消了嘛。店里有炸羊肉，尝尝。"

之前他们说好了的，如果有盐泽赛段就去吃炸羊肉。但今年盐泽的 SS6 被取消，无缘了。

周总终于忍不住了，说："还没给你们介绍吧。"他非常殷勤地站了起来，准备给那三个人倒茶，"这位是咱们上属集团的张……"

不巧，钟溯在他说话的时候把餐桌转盘转走了，因为钟溯习惯了先给夏千沉用茶水洗洗碗筷和杯子。场面一度尴尬起来，周总维持着探身的姿势，胳膊笔直地伸向远离他的茶壶。钟溯四根手指摁着转盘，一时进退维谷。茶壶刚刚好在钟溯和周总的中间，按理说，这时候合格的打工人应该赔着笑，把转盘推回去，乖巧地等着领导数落。可钟溯不喜欢他，因为他让夏千沉无论如何都要跑完 SS9，赌上性命的那种无论如何。

僵持了大约两个呼吸的时间，娜娜终于收起了手机，一抬头就是这幅画面。刚巧，茶壶就在娜娜正前方。娜娜方才在处理工作，完全不知道餐桌边的层层暗涌，十分自然地端起茶壶给自己倒了一杯茶，然后说："哟，你们也要倒茶啊，抱歉啊，我脑子里想事呢。"

钟溯抢先开口："是啊，赛期一切赛车手优先，抱歉啊。"然后把转盘转过来，拿起茶壶先给夏千沉的碗和杯子过了一遍茶水。

全程，夏千沉都抱着看热闹不嫌事大的态度。

周总那边的人笑说应该的，只有周总本人的脸比大漠上的柽柳还干巴。

夏千沉小声问钟溯："领导夹菜你转桌，不想干啦？"

钟溯倒掉他的碗和杯子里的茶水，再给他倒上一杯茶，放回茶壶，将转盘转了过去："不是领导说话你先卡麦的吗？"

夏千沉挂着吊儿郎当的笑："哦，你当我的领航员就随我了是吧？"

钟溯实在忍不住笑了。

夏千沉抽了抽嘴角，咬着牙低声狠狠道："还笑？这么多人，别让我扇你。"

娜娜很大声地清了两下嗓子，周总开始给那三位赞助方的人倒茶。

娜娜笑着转移话题："几位怎么称呼？"

周总介绍了三位总，一位张总，一位吴总，一位严总。

夏千沉在周总张口的瞬间就触发了屏蔽机制，眼里只有炸羊肉、馕坑烤肉和白山奶茶。

一顿饭大家吃得各怀鬼胎，周总话里话外都在告诉夏千沉，三位老总对他寄予多么大的期望。维修工们埋头吃饭，钟溯则说话阴阳怪气。

周总："千沉可是我们GP的王牌，曹晗锡那小子不争气，现在整个车队就只剩千沉啦。"

钟溯："大家都是肉体凡胎，在这种路上跑，还是运气占多数。"

周总："那可不，我们董事长哪，大年初一头炷香，就是祈福今年咱们所有车手都平平安安！"

钟溯："感人至深，原来我们运气好，也仰赖董事长烧香拜佛。"

周总："正是如此。"

钟溯："吾辈楷模。"

一来二去，阴风阵阵。

这三个赞助方的人这次过来，不只是看一看环沙拉力赛，主要工作还是勘察玉山公路的养护项目情况。他们的公司是GP头顶的冠名赞助商，拥有赛车上最大的那个商标。也正是因为赞助商的面子，夏千沉和钟溯才获得一支随行十天的医疗小队，所以钟溯在面对三个赞助方的人的时候，还是客气的。

而夏千沉，正沦陷在炸羊肉里。赛车手的体重是赛车死重的一部分，他的饮食比较健康，平时他不太吃这么硬核的油炸食物。糖油混合物带来的快乐立竿见影，焦香酥脆的外壳锁住了汁水，鲜而不膻的羊肉只经过了简单调味，丝毫不掩盖其本身的味道。

无端地，这让夏千沉微妙地产生了茹毛饮血的错觉——在这样一块全熟的炸羊肉上。

夏千沉全然没有在意钟溯和领导们的对话，像个被家长带去饭局的孩子，只知道这个好吃，那个也好吃。钟溯八风不动地应付着周总和三位赞助方的人，还能抽出空来给夏千沉夹菜、倒饮料、递纸巾。

这顿饭吃到尾声，赞助方的人终于说："如果在SS9玉山天路拿到了赛段冠军，就算不是环沙的总冠军，夏千沉都会是来年我们集团的年度形象代言人。"

赛段冠军，即该赛段用时最少。

夏千沉缓缓放下筷子，接过纸巾擦了擦嘴角，抬眸，说："实不相瞒，压力有点儿大，而且 SS9 那天有沙尘暴，我没有那么大的信心拿赛段冠军。"

闻言，钟溯有些错愕。这句话从夏千沉嘴里说出来，相当于崩人设。

赞助方的人对视了一眼，其中一人说道："可我们接收到的消息是，你对今年环沙非常有信心，甚至打算破纪录。"

空气凝滞了片刻。

真是哪壶不开提哪壶，前两天刚哄好，钟溯看了一眼那人，又看向夏千沉。

夏千沉只平静地笑了笑："当初年轻，口出狂言，见谅。"

连带娜娜在内，餐桌边的人都仿佛听见了什么极致荒唐的发言——来自 NS 赛道的纪录保持者、川青北线之王、云天大道新晋冠军。这位甫一出道就腾空而起的年轻赛车手，达成了同年龄拉力赛车手几乎无法摸到的成就。不似别人韬光养晦厚积薄发，他刚出现在众人的视野中时，就在 NS 赛道以每小时 300 千米的速度过弯，16 缸的超跑在他面前都黯然失色。

夏千沉接着说："以前说环沙都是纸上谈兵，闻名不如见面，见了才知道自不量力，理论和实践相差甚大，诸位能理解吗？"

"能，能。"

"是……是啊。"

"确实，欸，我们久居城市，依赖数据分析，忽略了这是极限运动。"

只有周总一人面如死灰。很多时候，事情就是会发展成这样，甲方体谅和理解了，但领导觉得不行。

饭后，周总叫住了钟溯。饭馆门口的街边，周总问："你给我透个底，夏千沉有多大概率在玉山天路上拿第一？"

钟溯说："50%，拿得到，或者拿不到。"

这句话当初是夏千沉说的，这个世界上的事发生的概率只有 50%——发生了和没发生。

说完，钟溯告辞。

他们落脚的旅馆在饭店对面，夏千沉在街对面等他。他走向夏千沉时，那铜盆似的太阳刚好彻底落下地平线，夏千沉脑袋上那一撮呆毛随着夜风左右晃荡。

"你们说啥了？"夏千沉问。

钟溯如实作答，夏千沉听完"扑哧"笑出声来，打趣他钱赚够了，都敢这么调侃领导了。

次日一早，一行人出发前往 SS7 发车点。

胡杨林赛段，堪比麋鹿测试（国际上衡量车辆安全性的重要标准，主要检验车辆回避障碍的能力）的路段，而且在戈壁上，路面颠簸不平，非常考验控车能力。

SS5、SS6取消后，SS7的发车等待明显萧条了许多，这说明在SS7开始前又有一些人选择退赛。或许是前几个赛段车损太严重，也可能是天气预报又一次蹦出来的大风预警让他们心生退意，总之，夏千沉粗略数了一下，发车等待区里只有不到三十辆车了。

钟溯像往常一样检查着路书。夏千沉看了他一会儿，他应该是感觉到了夏千沉投过来的目光，但视线没有从本子上挪开，只是问："怎么了？"

"如果没跑完全程，周总那儿你能交代吗？"

钟溯泰然自若地翻着路书，垂着眼："有什么不能交代的，他还能把我揍一顿吗？"

"我是说钱。"

钟溯停下手上的动作，平淡地说："我是挣钱不是抢钱。点火起步，自检。"

今天依然是大风天，发车数量减少后，即使是后位发车，也很快轮到了他们。

夏千沉对钟溯，从最初的抗拒到接受，最终一起踏上环沙，他自己都不明白究竟是什么改变了自己，是钟溯的专业性？是钟溯对他心细如发的照顾？是他们曾经互相坦白心声？

09号赛车发车。发动机的声浪和西北的大风在胡杨林上空缠斗，现代机械居然有一瞬间与大自然旗鼓相当。25分钟后，09号赛车冲出胡杨林。此时的夏千沉还不知道，他是SS7最快通过胡杨林的赛车手。

冲出胡杨林后，等待他们的是长达3千米的长直线。钟溯提前说了，这3千米长直线夏千沉可以随意发挥。夏千沉给出的回应是一脚又一脚的地板油，引擎嘶鸣，轮胎升温，偏时点火系统发出二次爆炸，戈壁长直线上的夏千沉无可阻挡——SS7，追到了总排名第六。

SS8，阴云暗涌。

这个赛段有很多车退赛，前车负责转向的前轮抓地力太差，前车直接冲出赛道，撞上水箱破了的前前车，顺便把已经翻出去的前前前车又撞得多滚了一圈。

09号赛车虽然新伤旧伤一大堆，好歹颤巍巍地跑完了这个赛段。

SS8终点线，四驱组收车十九辆，夏千沉和钟溯总用时排名第四。

休整一天后，来到环沙拉力赛的最后一个赛段，SS9玉山天路。

玉山，万山之祖，东西长2500千米，南北宽200千米，北侧是40万平方千米的盆地，南侧是平均海拔4000米的高原。

夏千沉做了个深呼吸，钟溯不自觉地跟着深呼吸。

"别紧张。"钟溯说。

"我不紧张。"夏千沉答。

钟溯偏头看了他一眼:"我在对自己说。"

夏千沉震惊:"你行不行哪,你不是玉山天路的常客吗?"

钟溯:"那也一年没见了啊。"

"……"夏千沉无言以对,"行吧。"

SS9,环沙终段,发车线前。

"09号赛车,四驱2.5T赛车手夏千沉。通话器测试,转速正常,胎压正常,自检完毕,准备就绪,请领航员施令。"

"09号赛车,四驱2.5T领航员钟溯。通话器正常,地表温度33摄氏度,湿度17%,能见度9千米,准备就绪,请赛车手做起步准备。"

60秒后,他们踏上了神话长廊玉山天路。

赛段全长400千米,跑完这400千米,他们就跑完了环沙拉力赛。

"收点儿油。"钟溯提醒他,"刹车还没到最佳工作温度。"

高海拔路段刚开始不能开这么快,这一点夏千沉知道,但是赛车调校得几乎完美,他想在这条路上跑得更加极限。不过谨慎为上,夏千沉还是收了点儿油门。

玉山常年积雪,高海拔的低温和稀薄的空气让夏千沉恍惚间有一种回到川青北线的错觉。这样逐渐熟悉的感觉,给予夏千沉极大的力量。

"前300米左3上坡。"钟溯报路,"急坡,全油门,莽上去。"

赛车手最喜欢听这种指挥。赛车仿佛感应到了驾驶员的能量似的,在这个急坡莽得动力十足,似乎也在为自己第一次驰骋在玉山天路上而兴奋。

"弯心有水。"钟溯提醒他。

夏千沉几乎在钟溯话音落地的同时拉起了手刹,车身以一个俊逸的姿态横了过来,那摊积水刚好在底盘下方,连四个轮子的边缘都没压到水。积水水面只被车底盘掠过的风带起波纹,尽管早就知道夏千沉的控车能力有多么牛,但钟溯从后视镜观察的时候还是脱口而出:"你有点儿东西的。"

"你以为。"夏千沉笑了笑。

400千米的尽头就是环沙拉力赛的终点。随着阴云下压,驾驶室里的气氛逐渐变得紧张起来。夏千沉开始干刮雨刮器,因为扑到风挡玻璃上的东西越来越多,树叶、草、积雪……

夏千沉抱怨起风的同时感叹还好风够大。

"还好风够劲,不然一刮全糊玻璃上。"夏千沉说,"还剩多远?"

钟溯和夏千沉恰恰相反,钟溯有着非常精准的时间观念和距离概念:"剩四分之三。"

"我总觉得已经出发1个小时了。"夏千沉说。

钟溯笑了笑："不到30分钟，2千米后特殊路段，风太大了，可能后面会有地方靠预判指挥你。"

"没问题。"

夏千沉足够信任他，哪怕前面是悬崖峭壁，只要钟溯说一句"油门焊死"，他依然会深踩一脚地板油。改变这件事就像下载进度条，盯着它看，它不动，走开做点儿别的事再回来，它到头了。人总是在回神的时候才骤然发现自己的改变，但改变并不是一瞬间的事，只是在那个瞬间被发现了而已。

"100米飞坡接右3，紧接，很急。"钟溯说，"慢点儿过，视野不好了。"

夏千沉退挡收油，视野的确不好，风太大了，时不时有奔袭而来的小碎石，碎石撞上风挡玻璃，风挡玻璃瞬间裂成蛛网状。

"还好裂的是我这边的。"夏千沉说，"盲人骑瞎马，现在靠你了，钟溯。"

"前左4，听我倒数。"钟溯立刻切换指挥方式，知道夏千沉对行车距离没有概念，于是指挥方式从报多少千米改成了倒数。

然而玉山天路今天似乎并不欢迎外乡人。狂风呼啸在玉山上，很不幸的是，钟溯这一边的风挡玻璃也被碎石砸裂，狂风卷着旁边山体的雪，冷灰色的云层挡住了太阳，恍惚间，钟溯居然在试图寻找路边挥红旗的裁判。红旗的旗语是比赛中止。

可是足足过去3分多钟了，并没有人挥旗，风越来越大，赛车优秀的下压力让它的四轮抓地力非常稳，即使在这样肆虐的狂风中，它依然稳固继续向前。

即使是在"只有飞鸟可过"的川青北线夺冠的夏千沉，这时候也开始无端地慌乱起来。

"这还不算极恶劣天气吗？"夏千沉问，"为什么没人挥旗啊？赛会的头已经铁成这样了吗？"

钟溯也想知道。因为赛车风挡玻璃起码被三块碎石头砸裂，他这个段位的领航员都开始吃力了，其他人呢？前车呢？为什么仿佛整条玉山天路只剩下他们两个人？

"照理说，比赛应该要中止了。"钟溯说，"你减点儿速，前100米曲直向左。"

忽然，疾风中掺进了雪花。

钟溯立刻宽慰他："玉山6月飞雪很正常，别慌。"

"没慌，我就是什么都看不见了。"夏千沉说。

为什么没人挥旗，为什么还不中止比赛，这种天气情况下还不中止比赛吗？

钟溯强行让自己冷静下来，全神贯注地望向几乎全部龟裂的风挡玻璃外："好，收油，前90米右3，你要……"

话音未落地，车向悬崖滚了下去。

不能怪夏千沉，钟溯也知道，这不怪夏千沉。右3是个比较急的弯，左边是乱岩，右边是悬崖。视野太差，全是雪，赛车的右前轮压雪打滑，夏千沉的反应速度已经是最快的了，钟溯能从自己的视角里看出来。

右前轮压雪后失去抓地力，由于前轮失控，右后轮甩尾，整个车轮悬空，此时全时四驱系统正极力配合夏千沉的油门，但风阻大到难以想象，同时风又刮来一块石头，风挡玻璃彻底破裂。虽然风挡玻璃被防爆膜固定在中间，没有玻璃碴子掉下来，但车里的两个人完全失去了前方视野。

车翻下去的前一瞬，夏千沉扭头望着钟溯，在通话器里对他说："你忘了祝我们活着回来。"

山风声如同灵魂的挽歌。赛车滚下了山，金属撞击在山体岩壁上的声音完全被狂风声吞没。如果说，现在把视角拉到足以俯瞰整座玉山山脉那么大，那么画面里很难看见这辆正在翻滚的赛车。人类很渺小，赛车也很渺小。对玉山来说，他们堪堪不过一粒尘埃，随意一丝风动都能把这粒尘埃卷落深渊，听不到回声。

赛车内设有防滚架、六点式安全带，夏千沉和钟溯穿着赛车服，戴着头颈保护系统、头套和碳素纤维头盔，但再昂贵的装备也无法保证他们坐在一辆从海拔3000多米的高山一路滚下来的车上还安然无恙。

夏千沉在翻车的瞬间退挡拉手刹，右手紧握着手刹杆。同样受到巨大冲击力的钟溯在赛车不停翻滚，视野天旋地转时，去握夏千沉握在手刹杆上的手。

不知过了多久，赛车车架已经变形，防滚架凸在车架外面，赛车终于停了下来。

"千沉……"钟溯叫他，没有回音。

整辆车侧立着，钟溯这边着地，防滚架保护着他，夏千沉此时在他的上方。他又叫了两声"千沉""夏千沉"，夏千沉失去了意识。

钟溯发现夏千沉那一边的防滚架被撞得向里变了形，极有可能是翻滚的过程中，夏千沉的脑袋撞到了防滚架。他慌乱地解开自己的安全带，他身上应该有很多钝伤，因为挪动的时候一阵阵剧痛。他无暇顾及，疯了一样顶着足以让人随时昏厥的剧痛，爬向夏千沉——因为他透过主驾驶位窗户看见上方断崖上有一块巨石，巨石被一根要断不断的树枝卡着，眼看就要砸下来。

钟溯解开夏千沉身上的六点式安全带，没有了安全带的束缚，夏千沉顺着地心引力落了下来。钟溯痛到额角渗出大颗大颗的汗，艰难地把夏千沉拽到狭小的副驾驶座，在巨石砸下来时，他盖在了夏千沉身上。

钟溯只记得失去意识的时候，没有听见那块石头砸在车架上的声音。

他听见的只有风声，无限的风声。

还有自己心底里的声音，在叫着夏千沉。

CHAPTER 05
圈套

钟溯醒来的时候，依稀能听见旁边的医生和护士松了一口气，他们交谈着"人醒了""醒了就行"。

钟溯醒来后，医生想测试一下他的神志如何，便问他："小伙子，你知道这是哪儿吗？"

身边的人都穿着手术服，头上有无影灯，还有"嘀嘀"响着的仪器，这里是医院手术室。

钟溯不明白医生为什么要问这种问题，所以跳过了，强撑着意志和体力，嗓音嘶哑地问："医生，我还有个主驾驶，叫夏千沉，他怎么样？"

医护人员对视了一眼，其中有个后脚才进来的护士说："哦，夏千沉，他没事了，已经去普通病房了。"

"哦，谢谢。"钟溯放心地眼一闭睡过去了。

夏茗钰赶来的时候，已经是 24 小时之后。

她得知这件事，是在查房时，护士火急火燎地跑过来告诉她的。她当即蒙了一下，大脑触发了自我保护机制，像是游戏的敏感词屏蔽功能一样，有些关键词在她的脑袋里被自动消音。所以当时她紧接着又问了一遍："你说什么？"

护士说："夏主任，夏千沉在玉山天路上翻下来了，车子滚了 2 分多钟，你快找个人顶班，请假去看看吧。"

好在立刻就有一位医生顶了她的班，她买了最近的一班飞机的票飞往南疆，落地后又马不停蹄地转车和打车。没人能想象得到这位母亲的心境。

不过上天仁慈，夏茗钰赶到医院的时候，夏千沉已经被转入普通病房。车队经理娜娜告诉她，车队的医疗队第一时间进行了简单急救，然后将人送来了市医院。夏茗钰自己是医生，也明白，只要人醒了，转进普通病房，那多半就没什么大碍了。

"但他的领航员伤得很重。"娜娜给夏茗钰倒了杯温开水，看看还在睡的夏千沉，接着说，"他的领航员把他的安全带解了，把他拽去了副驾驶位，否则那块石头砸的就是主驾驶……"

这个夏茗钰听说了。

"什么？"病床上的人醒了过来，迷茫地看着她们，"妈？你怎么在这儿啊，娜娜？我的领航员怎么了？"

落石生生砸断了赛车防滚架，好在防滚架是无缝碳素钢管，否则当时防滚架就不是砸在钟溯背上，而是直接捅穿钟溯。

夏千沉身上都是一些撞伤和扭伤，没有伤及内脏器官，夏茗钰询问了主治医师一些问题，又看了他的检查报告之后才放下心来。

对这次玉山天路的事故，赛会给出的解释是"有工作人员挥红旗，他们没看到吗？其他车都停止比赛了呀"。

娜娜收到这条微信的时候还在夏千沉的病房里，夏茗钰正在给他喂水，娜娜摁住了自己的手，没有立刻转告夏千沉，而是说："钟溯出来了，我去看看他。"

"我也要去。"夏千沉说。

"你还是歇着吧。"娜娜蹙眉，看着他，"钟溯手术之后醒了一回，现在在昏睡，你去了也没用。"

夏茗钰听了也劝解他："别太担心，只要人能醒过来就没什么大碍，你躺着吧，一会儿我去帮你看看他。"

"嗯。"夏千沉闷闷地点头，其实心里清楚，妈妈去比自己去更稳妥一些，毕竟妈妈是医生，自己过去了只能傻看着。况且SS9翻车，他还没准备好怎么面对钟溯。

另一边，市医院的单人病房里，安静地躺着一个俊逸的青年。

没有亲属，没有陪护，入目皆是冰冷的仪器、吊瓶和金属病床，市医院的医疗水平已经是当地最好的，虽然这里的条件比不上沪市医院的，但赛会已经仁至义尽了。

钟溯睡得很沉，沉到像昏迷。但他在做一些光怪陆离的梦，他梦见夏千沉开来一架机甲，机甲四五米高，停不进车队仓库。梦里夏千沉说，机甲可以拆卸，拆开就能放进仓库了。于是他跟夏千沉一起徒手拆机甲，拆得满头大汗，终于快要拆完了，准备将几个部件塞进仓库的时候……夏千沉忽然对他说："我没跑完环沙，车队不打算要我了，这架机甲就传给你，钟溯，你要开着它再来一次南疆，完成我没能完成的事情。"

梦里，钟溯震惊了片刻，然后说："可我不会开机甲啊。"夏千沉说："哦，对，那我把机甲的驾驶技术传给你。"钟溯问："怎么传？"夏千沉走近他……

"做梦啦？"娜娜问，"一头的汗哪，喝水吗？医生说你还不能吃东西，但能喝点儿水。"

钟溯懵懂地眨了眨眼："喝……"

娜娜"嗯"了一声，护士给了吸管，她端着水杯将吸管凑近钟溯的嘴边，喂了点儿水。

钟溯喝了水后缓解了喉咙干痛，便问："夏千沉还好吗？"

"他没事了，他妈妈过来了，刚才要跟我一起过来看你。他身上跟你一样，钝伤多，这会儿麻药过去了疼着呢。"

钟溯"哦"了一声。

病房里安静下来，娜娜犹豫着，还是说："你们……在玉山天路上，没看见裁判挥旗吗？"

闻言，钟溯像个久未上油的机器人，迟缓地偏头直勾勾地看向娜娜："什么颜色的旗？"

"红色……"娜娜觉得不太对劲，"你们真的没见到旗？你们翻车滚下去的地方，已经过了裁判挥旗点2千米多了。"

钟溯笃定地说："我们没看到过旗，你可以看车里的行车记录仪。"

"你们车里的监控全烂了，车滚了2分多钟，储存卡不知道飞到哪儿去了。"娜娜说，"赛会有出旗记录，车队……车队还没给回应，说等你们都出院了回沪市再说。"

钟溯迅速理了一下头绪，赛会说挥了红旗，但他和夏千沉在路上都没看见过。那么现在最坏的结果是他们无视赛会旗语。

娜娜说："先别担心，千沉和你是车队的主心骨，车队会去跟赛会沟通的。"

"好。"钟溯小幅度地点了一下头，"千沉知道了吗？"

娜娜为难地抿了一下唇："还没，你知道他的，他要是知道了，能现在就掀了被子去跟赛会的人理论。"

"确实……"钟溯笑了一下，结果震得胸腔生疼。

娜娜叹气："别笑了，你后背的伤太重了，刚做完手术，这会儿少动。"

钟溯边"嗯"边点头，说："谢了。"

"对了，刚才梦见什么啦，眉毛快皱一起了，做噩梦了？"娜娜问。

钟溯愣了愣："不是噩梦，忘了，没什么。"

娜娜还有点儿事，得去把两个人都没看见挥旗的事情转述给车队，好在周总尚未回沪市，人还在这边，可以当面讲。

娜娜离开后，病房里只剩下钟溯一个人。

上玉山天路前，他们把手机交给了维修工保管，这会儿手机就在床头柜上。他瞄了一眼，实在没有力气去拿，而且不知道有没有电。他有点儿想夏千沉了，虽然在很多人嘴里听说了他没事，可没有亲眼看一看，总是不太安心。夏千沉也是这么想的。

夏茗钰倒了杯温水喂给夏千沉，这些心跳血压监测仪是夏茗钰每天看得最多的东西，但她没想过有朝一日这些仪器连接着的人是她儿子。应该说，她会主动避开这个问题，大脑会自动规避。

夏千沉喝了点儿水，麻药过后，浑身每寸骨头都由内而外地在痛。

"医生说你外伤多，脑袋做了核磁共振，CT也拍了，都没什么问题。"夏茗钰说，"你要好好谢谢领航员，他当时在车里受到的创伤也非常严重，但他还是把你从主驾驶位上拽到副驾驶位去了，否则你现在……估计不能躺在这儿了。"

夏千沉点了点头，然后下了非常大的决心，说："妈，对不起。"

夏茗钰忽然偏过了头，不过很快调整好了状态："你没什么对不起妈妈的，好好养伤，别想太多。"

夏茗钰微笑着摸了摸他的头发，接着说："不要觉得愧疚，妈妈生你出来不是要你当宠物的，你和爸爸对我的意义不一样，你和爸爸在妈妈这里需要承担的责任也不一样。"

夏千沉顿了顿，眼神逐渐变得委屈。他身上很疼，心也很疼。他心疼自己面前的妈妈这么坚强，他一睁眼就看见了妈妈，那么妈妈从沪市赶来的这一路都在想什么？如果今天自己遭遇了什么不测，妈妈又会如何？果然，世界上没什么事情是妈妈的拥抱解决不了的。夏茗钰俯下身，温柔地抱了抱他。

不多时，护士来到病房，带着要更换的吊瓶。

"叫什么名字？"护士问。

"夏千沉。"

护士"哦"了一声，娴熟地换下已经空了的吊瓶："钟溯是你朋友吧？他碰到脑子了，在手术室的时候，我们还怕他脑干受损，不过还好，他一睁眼就很理智地问你怎么样了。"

夏千沉舔了舔嘴唇："问我？"

"嗯。"护士拿着空吊瓶，绕去床尾做吊瓶更换的记录，边写边说，"你们是开赛车的吧？他一醒来就说他还有个主驾驶，叫夏千沉，听说你没事立刻又晕了过去。"

护士笑了笑："你好好休息啊。"

母子俩对视了一眼。

"一会儿我去看看他吧。"夏茗钰说，"代你道个谢。"

不知道为什么，夏千沉看着夏茗钰的眼睛，仿佛有刀光剑影。但他只能躺着，半晌憋出一声"嗯"，仿佛刚才温存相拥的母子不是他们二人。

钟溯还在禁食，没什么精神，睡一会儿醒一会儿。这里白昼较长，临近晚上 8 点天还亮着。有人替他拉上了窗帘，病房里暗了下来，他感觉舒服多了。接着，那人绕来了床边，在医院提供的一次性纸杯里倒上温水，放了一根吸管。

从床头柜上的东西看，钟溯不像是有人照顾，床头柜上只有一包抽纸巾、一个纸杯和一个医院给的保温壶。

良久，钟溯隐约醒了过来。他察觉到旁边有人坐着，坐在床边的凳子上。钟溯以为是娜娜或者哪个过来看他的维修工，慢慢地睁开眼，借着病房里昏暗的光线辨认床边的人……

"夏……夏阿姨？"

"你好。"夏茗钰说，"你如果感觉胸腔阵痛、四肢无力、精神疲惫，是正常现象，但伴随失眠咳嗽的话，要及时告诉主治医师。"

钟溯想坐起来，努力了两下，实在不行："好，谢谢夏阿姨。"

"是我该感谢你，你救了千沉。"夏茗钰说，"如果你没有把他护在副驾驶位上，这会儿我来，大概就只能收尸了。"

钟溯沉默了片刻。他没想邀功，也不需要谁来谢谢他。甚至他在潜意识里认为，他本来就应该这么做。

"没那么恐怖。"钟溯挤出一个笑，有点儿局促，"您别自己吓自己。"

闻言，夏茗钰苦笑了一下："'别自己吓自己'是我经常跟患者说的话，听别人说原来是这种感觉。"

钟溯也不知道是不是说错话了，如坐针毡，不知道怎么接："还好只是虚惊一场。"

"是啊，"夏茗钰笑了笑，"还好你们都没事。"

随后，夏茗钰很贴心地替钟溯把手机充上电，并且将手机放在床头柜的边缘，靠近病床的位置。她又倒了一杯水，插上吸管，要给钟溯喂水。

"谢谢阿姨，"钟溯受宠若惊，"不……不用，我自己来……"

夏茗钰笑了笑，维持着端着水杯的姿势："没事的，你别这么紧张。"

钟溯顶着巨大的压力叼着吸管喝了两口水："还……还好，不是很紧张。"

他只是心虚，没来由地心虚。

夏茗钰放下水杯，扫视了一圈钟溯病床边的仪器。她没有问为什么家里人没过来，只说："那你好好休息，我和千沉在对面病房，你有事的话按护士铃，需要帮助的话，就麻烦护士过来叫我一声。"

"好。"钟溯想强行撑起身子，"谢谢阿姨。"

"躺着吧，别乱动。"夏茗钰说，"我先走了。"

钟溯重重地松了一口气，出汗了。

"嗡"，手机振动了一下。钟溯尝试了一下，能够着手机，但动一下就牵扯着后背，痛到恨不得高位截瘫。

他将手机开机后，有几条微信消息，并列折叠成了一条消息，都是景燃的妈妈发来的。

小钟啊，我看新闻说你们赛道出事故啦？你没事吧？

小钟没事回个信息呀。

…………

小钟，你们车队联系我了，说你们没什么大事，婶婶这边工作实在走不开，没办法去看你，对不起呀。

他一直称呼景燃的爸妈"叔叔婶婶"，其实他能体谅他们，养大一个外人是件不容易的事，真不是当初那一点儿同情能支撑这么多年的。于是他认真地回复：我没事的，婶婶别担心，不严重，只是些小伤，很快就能回沪市。

这些"小伤"让他痛得脸色惨白，直到他退出聊天窗口，点开朋友圈，点开朋友圈的封面，叹了一口气。

环沙就这么结束了。

这一年的环沙还不算最惨的，最惨烈的一次，只完成三个赛段。毕竟这里常常有突发情况，老天爷的脾性谁都摸不准，今天刮风明天下雪，老天爷怎么任性怎么来。

第二天，夏千沉恢复了许多，已经可以下地行走了。他身上大多是青一块紫一块的钝伤，赛车防滚架和筒椅的保护力度相当可观，当时只是冲击力太强导致他昏厥，如果不是那块断崖巨石，他和钟溯真不必在病床上躺这么久。

能够自主行走的第一时间，夏千沉一瘸一拐地推开了钟溯的病房的房门。

外面堪堪要天黑了，太阳还贴在地平线上，钟溯的病房里没有开灯，夏千沉穿着浅蓝色的病号服，轻手轻脚地走到了病床边坐下。

钟溯睡着了，有碳纤维头盔和防火的赛车服护着，他们两个人身上都没有什么破裂的伤口，但夏千沉听护士聊天的时候说，1106 的病患后背上有大片的撞伤，都发黑了。夏茗钰也说，这么严重的钝伤，人是睡不着的，夜里肯定会痛醒，钟溯只能断断续续地睡。

夏千沉望了一会儿，心说这人真是虎啊，石头要从断崖上掉下来了，那么大的冲击力，这人敢把他从主驾驶位上拽下来护在身下，找死吗？

129

人类有趋利避害的本能，当时车子侧立在崖底，副驾驶位在下，主驾驶位在上，副驾驶位上的人大概率是安全的。所以啊……钟溯何苦呢？万一赛车的防滚架没撑住，万一那块石头再大一点儿，万一救援组晚来一步，这会儿钟溯脸上该盖白布了。

　　夏千沉这么想着，病床上的人忽然蹙起眉心，嘴唇微抿，看上去很痛的样子。果然，不多时，钟溯便醒了过来，睁眼那一刻，眉头舒展开了，哑着嗓子问："你怎么过来了？"甚至嘴角还带了些笑意。

　　"就……我能下床了，就过来看看你。"夏千沉说，"你要喝水吗？"

　　"嗯。"钟溯说，"谢谢。"

　　挺神奇的，一直以来都是钟溯照顾他，差点儿就是衣来伸手饭来张口的程度，现在角色对换了。夏千沉拧开保温壶的瓶塞，一阵热气立刻腾了出来，医院的保温壶还真不错。他看了看床头柜上的一次性纸杯："我去拿个杯子给你。"

　　片刻后，他折回来，手里多了个带把手的瓷杯子，夏茗钰在医院楼下买的。

　　怎么说呢，住院的人用纸杯委实有些心酸。

　　夏千沉想等水放凉一点儿再喂他，也不知道是橙黄色的夕阳光铺在病房里的色调太催眠，还是仪器有规律的响声使人困倦，夏千沉不自觉地打起了盹，点了一下头，不过点头的一瞬，立刻清醒了。白色瓷杯子还在腾着白雾，病床上的钟溯却没了动静，双眼紧闭。夏千沉顿时蒙了，钟溯的脸色极差，白得和床单不相上下，夏千沉立刻扑过去，残存的理智让他没去碰钟溯有多处钝伤的身体，而是拍钟溯身上唯一没挨撞的地方——脸。

　　"钟溯，钟溯！"夏千沉拍着他的脸颊，"钟溯你怎么了？！你撑住啊，我去叫医生！"

　　说着夏千沉也不按护士铃，扭头就要跑出去。

　　"啊？"钟溯被拍醒了，"怎么了？"

　　"什么怎么了？你忽然没声了，吓死我了。"夏千沉的呼吸很急。

　　钟溯虚弱地说："我刚才只是睡了一下。"

　　"睡得这么紧急？"夏千沉坐了回去，"你转脸就睡，我哪儿知道你是睡了还是没了？"

　　钟溯不能笑，一笑胸腔就痛，所以笑了之后立刻表情痛苦。他指了一下侧上方的心率监测设备，心率线一蹦一蹦的，他无奈地弯着嘴角。

　　夏千沉："哦……"

　　夏茗钰确认夏千沉可以进食并行走之后回了沪市。她在这里待了两天，沪市第一人民医院那边还有很多事，不能耽误太久。

钟溯恢复得也不错，夏千沉可以推着坐轮椅的他去医院后院里晒晒太阳。晒太阳，在南疆应该说是烤太阳，但他们在病房里憋了三天，直到晒得背后出汗了才回去。

钟溯可以吃东西了，但种类有限，譬如清粥、蔬菜、鸡蛋、炖煮软烂且没什么味道的肉，医生让他吃得清淡好消化一些。他吃这些东西，夏千沉觉得他很可怜，勺子在粥碗里狠刮了一圈，舀起有米有绿豆有青菜碎的一大勺粥，递到他嘴边。

钟溯有点儿惆怅，吃这些东西不可怜，可怜的是喂他吃饭的人是夏千沉。

钟溯喉结上下滚了滚，试探着说："高温食物对肠胃造成的伤害是不可逆的。"

这话还是当初夏千沉自己说的。

夏千沉眨巴了两下眼睛："哦，烫，是吧？"

钟溯松了一口气，很快这口气又憋回来了。

夏千沉大概1秒钟吹了两口气，又将粥递了过来。问题在于他很真诚，而且钟溯可以理解这种真诚，他从没照顾过人，中国人的基因就是认为"生病的人得吃热乎的"，即使是起床一杯冰牛奶的铁胃玩家夏千沉。

钟溯真的很想笑，但笑的话胸腔会跟着痛："近点儿，我凑不过去。"

夏千沉又往前送了送，脸立刻黑了下来，因为钟溯又多吹了两下。夏千沉说："嫌我吹得不够凉是吧，我端着这碗粥去太平间晃悠一圈再回来喂你？"

"没嫌你，是我矫情。"钟溯说。

说是这么说，夏千沉还是耐着性子给他把粥吹凉了。救命之恩哪，不是不能伺候，夏千沉边想，边认命地继续舀粥。

夏千沉差不多痊愈了，各项检查都正常，人也生龙活虎。他们决定等钟溯能下床了就回沪市，因为赛会和车队还没商讨出结果。行车记录仪的存储卡遗失，赛会不愿对这次事件负责，车队确实也拿不出别的证据。赛车几乎全毁，车修不出来，三百万的S级赛车报废，而且赛车手和领航员负伤严重，用了相当多昂贵的不在医保范围内的药物。车队认为赛会应当分担一部分费用，但赛会表示是赛车手和领航员无视挥旗。

现在只剩夏千沉不知道这些事。他在病房里给钟溯背后塞了两个枕头，自己坐在床沿，两个人一起看游戏比赛直播。

娜娜进来的时候，夏千沉正在锐评某一方的选手："这人是塞钱打职业赛的吧，没视野的阴影也敢跳？我要是他的队友能把他的头按进显示器里。"

钟溯笑了笑，抬头看见了娜娜："娜娜。"

"嗯……有个事跟你们说。"娜娜在凳子上坐下，"千沉，把比赛直播关了。"

"哦。"

娜娜说："赛会把出旗记录发给车队了，他们在SS9玉山天路上每隔20千米派出

131

了一个工作人员挥红旗，因为是极端恶劣天气，你们恰好是在挥旗点不远处翻车的，赛会不愿意分担我们的损失。"

夏千沉愣住，旋即盛怒："我们根本没看见有人挥旗！"说完转头看向钟溯："你也没看见吧？去调行车监控啊，我们那会儿还在找旗呢！给我气得胸口疼！"

"问题就在这里。"娜娜平静地说，"你先缓缓，你们的车翻滚得太严重，防滚架都差点儿断了，别说储存卡，监控盒都不知道摔哪儿去了。"

夏千沉"噌"地站了起来，趿上拖鞋："我去找赛会，欺人太甚，自己挥旗的人出问题了怪我眼神不好？我眼神不好，钟溯眼神能不好？车速每小时190千米的时候，他都能知道石头离我多远。"

有人拽住了他的病号服一角，钟溯说："你冷静一下。"

夏千沉扭头看向他："你都这样了他们居然不愿意负责，你让我怎么冷静？"

"这件事不是一时半会儿能说明白的。"钟溯松开他，缓慢地靠了回去，"我们没有行车监控视频，但人家有出旗记录，而且除了我们，所有车都停了，你这么过去说，说不明白的。"

夏千沉觉得有理，揉了揉自己气得发疼的胸口，坐下："倒也不是要他们赔钱，就是憋屈得慌。"

娜娜摇头："千沉，我们就是要他们赔钱，车队今年没什么盈利，赞助也——"

"等会儿，"夏千沉忽然打断她的话，慢慢地偏过头，和靠在枕头上的钟溯对视，"你怎么知道除了我们，所有车都停了？"

钟溯顿了顿，不知道该怎么说。

夏千沉看看娜娜，又看看钟溯："哦，你早就知道了，全世界就剩我不知道了吧？"

当天下午，没有人推钟溯出去晒太阳了。夏千沉办理了出院手续，脱下病号服换了自己的衣服，在附近的酒店里洗了个澡。这种事情可大可小，而且不久前他们还结结实实地把车队的周总给得罪了，夏千沉越想越气，一气胸口就痛，为什么瞒着他？那是他的赛车，他甚至都不知道赛车的车损情况，是不是真到报废的地步。

"嗡"，手机振了一下。

钟溯：抱歉，没告诉你，是担心影响你恢复。

钟溯：而且这件事是我们理亏。

钟溯：别生气了。

良久后，钟溯才收到回复。

夏千沉：把你的朋友圈封面换了。

夏千沉其实还有很多话想跟钟溯理论，怎么了，自己难道承受能力极差，经不住打击？自己作为赛车的主驾驶，不应该第一时间知道详情？钟溯把自己当什么了，小孩儿？工具人？

夏千沉感觉胸口堆了一团浊气，分分钟能吐血。他在酒店房间里踱步，翻着微信的通信录，想着这时候有谁能跟他事无巨细地讲一遍事情经过。他跳过了钟溯，跳过了娜娜，找到了同样来跑环沙的四驱组同事曹晗锡。

曹晗锡早就把"瓜"吃透了，问夏千沉怎么还不知道，夏千沉只说自己刚恢复，刚听说。曹晗锡把事情完整说了一遍，与钟溯和娜娜说的无异，只是最后补充了一下。

曹晗锡：对了，我也是刚听说，你别说是我告诉你的啊。

曹晗锡：这次车队对你意见挺大的，搞不好……你会被禁赛。

车队无法禁止赛车手报名任何一场拉力赛、圈速赛，甚至方程式比赛。因为这些比赛只要有赛照就可以参加，但赛车手没有车，又怎么参赛呢？车队想恶意禁止夏千沉参赛很简单，只要搞一些有的没的的理由不给他车就行，比如赛车数量告急，或者赛车手安排撞期。

夏千沉没有赛车，他的全部存款都买了黑金超跑。

这么想着，夏千沉颓然地在沙发上坐下。手机还在"嗡嗡"振个不停，钟溯在给他发微信，曹晗锡在发，娜娜也在发。他只觉得很烦。他向来讨厌车队那些乱七八糟的规定，讨厌车队里那些虚与委蛇、见风使舵的人。

"喂？"终于，他接起了钟溯的电话。

"开个门。"钟溯说。

夏千沉愣了愣，身形颀长的青年扶着门框，说："别气了，刚痊愈，再给气坏了。"

夏千沉发梢还坠着水珠："干吗，碰瓷啊？"

昨天钟溯还不能走路，吃饭都要喂，今天就能自主下床离开医院过马路了？

"没，我不放心你。"钟溯闷闷地咳嗽了两声，"当时我不清楚你的状况，怕你怒火攻心。"

夏千沉没心没肺地笑了笑："钟溯，别以为大我三岁就是个长辈，能管天管地了，我是你的主驾驶。"

夏千沉强调了"主驾驶"三个字，用以示威。

钟溯自动加粗的是"我是你的"四个字，欣然接受。

"就因为你是我的主驾驶，"钟溯重复了一遍，"所以更不能出任何意外。"

手还扶在门把上的夏千沉僵立了片刻："你怎么过来的，昨天还坐轮椅呢，下辈子想赖上我啊？"

"能让我进去坐会儿吗？"钟溯苦笑，"快站不住了。"

酒店的床比病房的更软，夏千沉没让钟溯坐着，让他在床上靠着枕头。

"谢谢。"钟溯没穿病号服，换了套宽松的亚麻质地的衣裤，但手腕上还戴着住院手环，意味着还不能出院，"走过来的，没多远，跟护士打过招呼了。"

夏千沉闷着嗓子"哦"了一声。他确实是在赌气，当时扭头就走也是真的被气到了，但钟溯救了他一命。

无论如何，钟溯还是个病号，夏千沉气归气，还是给他倒了杯温水。

"我还没跟你说谢谢。"夏千沉把水杯递给钟溯，握着杯身，将杯把朝向钟溯。这是以前在家里时，钟溯常用的递水杯的姿势，他都看在眼里。

钟溯知道夏千沉道谢的内容是什么，他救了夏千沉的命。

"应该的。"钟溯抿了一口水，把杯子放在床头柜上，"我过来还有件事要当面跟你讲，千沉，我们要做准备了。"

钟溯抬眸看着他，他眉眼里依然带着惯有的傲气。他一直都是这样，就算是从撞到不得不退赛的车里爬出来的时候，脸上都写着"牛吧，我撞的"。所以钟溯做了非常久的准备，才特意从医院来到酒店里，换一个没有其他人的环境，当面和他说。

因为钟溯不希望其他任何人看见夏千沉可能出现的狼狈模样。

钟溯说："我们要做……下个站点上不了赛道的准备了。"

此话一出，夏千沉立即懂了，曹晗锡的话他隐约能悟出一二，加上钟溯这么说……他心里大概有了个底。他有些颓丧地在床边坐下。

钟溯很自然地说："没比赛我也陪你练车。"

"不行。"夏千沉语气笃定，"主驾驶承担主要责任，你还得攒钱，回去让……让娜娜给你配个赛车手，前驱组好几个赛车手缺领航员，我回去跟车队和赛会沟通。"

"我陪你练车。"钟溯重复了一遍，"就算下个站点车队不让你上，我们可以自己报名秋天的川青拉力赛。"

赛季的站点赛要以车队为单位报名，但川青和环沙没有硬性要求，有赛照有赛车就能上。但问题又来了，他们以个人名义报名川青拉力赛，GP会愿意提供赛车吗？

"开超跑跑川青吗？"夏千沉无力地笑了笑，"别在这种时候讲义气，景燃的——"

"我存着九十多万，就算是他要换肾也够了。"钟溯打断了他的话。

夏千沉僵着脸，说："他万一真是脑干胶质瘤怎么办，后续治疗你知道有多贵吗？"

"我还能赚。"

夏千沉看着钟溯像网络延迟一样，一顿一顿地坐直。

钟溯说："我不想做别人的领航员。"

按往常，这时候夏千沉应该说——废话，我控车、飞跳、漂移的能力独一无二，你要是还想当别人的领航员，那就把脑子捐给火锅店吧。可眼下，夏千沉平视着坐直后面色苍白的钟溯，忽然心软了。夏千沉感觉自己像是在弃养生病的小动物，尽管小动物比他高了四五厘米，骨架也更宽。他听说了，当时在赛车里，钟溯把他盖得严严实实的。

"我的意思是，暂时。"夏千沉镇静下来，"你坐回去，这样后背不疼吗？"

"疼。"钟溯的语气忽然变得可怜，"扶我回医院吧，今天还要打吊瓶。"

夏千沉顿时卸了心里的狠劲："算了，回去了再说吧。"

钟溯打吊瓶的时候，夏千沉无聊地在旁边玩手机，这凳子他坐得不舒服，这儿不是什么特需病房，没有沙发。

夏千沉踱步到窗边，俯视着医院的院子，院子外面的路边有几个骑机车的年轻人。他确实得想想了，他们俩前不久刚得罪了周总，他又在玉山天路上出了这么大的事故，别说下个站点了，这个赛季恐怕都得坐冷板凳。

钟溯说了两次"你回酒店去吧，在这儿也没事做"，夏千沉依然不走。

夏千沉倏然之间有一种孤立无援的感觉。他发了条微信给娜娜，让娜娜打听一下GP其他组有没有赛车手需要领航员。娜娜很快回复，说没问题。约莫是他站在窗边的背影太惆怅，钟溯看了一会儿，见他"噼里啪啦"地打字，便问："跟谁聊天呢？"

"娜娜。"夏千沉边打字边说。他在给娜娜交代。

夏千沉：前驱组楚天山 SS3 都没跑完的那小子不行，太菜。

夏千沉：以前在红牛车队待过的那小子也不行，红牛是出了名的"我出钱你出命"，那小子太搏命了。

钟溯叹气："你不会是在帮我联系下家吧？我还躺在病床上呢，你这么无情，不如现在来把我的管拔了。"

"现在你又不插氧气管。"夏千沉低着头继续打字，身为赛车手，他的协调能力极佳，"我在给你找工作，你还欠我这个月的房租。"

钟溯发现他自己的手机被夏千沉拿到病床对面的柜子上放着了，他还真没法现在给夏千沉转钱。

"001231。"钟溯说了六个数字。

"什么？"夏千沉偏头，问。

"我的支付密码，劳驾你自己收一下房租。"

病房里静了片刻，此前连着钟溯的身体的那些仪器已经被拿走了，吊瓶连着的输液管里一滴一滴落下来的药水试图用绵薄之力缓和病房里的气氛。

夏千沉拿在手里的手机又振了两下，他没去看。

娜娜：？

娜娜：意思是你不搏命，人家开车比你含蓄多了。

娜娜：行，你放心吧，我会安排好钟溯的。倒是你，也别太担心，我还在帮你沟通，回沪市了再说吧。

"我说了，别在这种时候讲义气。"夏千沉木着脸说，"油门是我踩的，车是我开翻的，股价是我拽下来的，赞助商只认识我不认识你。你本来就是要赚钱的，在哪儿赚不一样？"

"况且……"夏千沉把手机揣进兜里，又看向窗外，"你为了救我才搞成这样，我不能再拖累你。"

钟溯知道夏千沉的脾性，现在他讲一句，夏千沉能回敬他七八句。他真是全世界最没有人权的救命恩人。

夏千沉看了娜娜的微信消息，草草回了一个表情包，丢下一句"我去给你弄晚饭"便离开了病房。整件事里，让他最难过的不是翻车，也不是赛会或者车队的态度。他知道赛会不想负责，也知道车队重利，三百万的车说废就废，他没跑完全程，明年的赞助大约也没了。如果车队和赛会站在了一边，认为是他没看见挥旗，强行继续开车，那么他就得接受处罚，不是被罚款，而是被禁赛。

"小伙子，你的。"医院食堂的阿姨递过来餐盒。

"哦，谢谢。"

"拎这里啊，那儿不烫手吗？！"然而阿姨说这话的时候已经迟了，这个餐盒是夏茗钰买的耐高温的玻璃餐盒，盒盖上有个把手，夏千沉在想事情，直接伸手托住了玻璃餐盒的盒底。

"咝……"很痛，但他没撒手。那是刚出锅的饭菜，直接把他的指腹烫红了。

他回病房后，钟溯拉着他在水龙头下冲了半天，指腹没起泡，只是被烫得微红。

"没这么夸张，吃饭去吧。"夏千沉说，"要喂吗？"

"不用。"钟溯可以自己走路，但比较慢，这彻骨的痛不是三五天能缓解的。

钟溯回凳子上坐下，慢条斯理地吃饭。他吃饭的样子有点儿滑稽，背部板直，不能低头，像个被家长要求昂首挺胸的小学生。

"我喂你吧。"夏千沉笑了笑，坐过来，从抽屉的盒子里拿出勺子，挖了有菜有饭有肉的一大勺递过去，"张嘴。"

"吹一吹。"钟溯说。

吃完饭后，钟溯对夏千沉说："我们回家吧。"

当天傍晚，在主治医师下班前，钟溯要求出院。既然一切都要"回去再说"，既然这些糟心的事情一直缠着夏千沉，那就回去一起面对吧，钟溯这么想着。

次日一早，他们驱车前往最近的机场，订了最近的航班，返回了沪市。

夏千沉想给钟溯升舱，被他拒绝了。两个人在经济舱里坐了5个多小时，抵达沪市后，钟溯的后背已经痛得让他说不出话来。

　　辗转回到家里之后，钟溯整个嘴唇都发白了。夏千沉给他涂药，裸露在空气里的背上一大片骇人的黑紫。钟溯一言不发地让夏千沉在后背涂抹着药膏，两个人没怎么交流，直到一通电话打破了平静。

　　娜娜打来电话，说："你们这么早就溜了？我明天中午和周总一班飞机。钟溯安排好了，前驱组的盛骏需要一个领航员，你现在跟钟溯沟通一下，等他痊愈了就转组。"

　　"好……"夏千沉说，说完偏头望向钟溯，钟溯在穿T恤，"我告诉他。"

　　钟溯回过头，平静地和夏千沉对视。在祖国西北待了半个月，经历了比赛、受伤和住院，两个人都消瘦了很多。钟溯慢慢地将整个身子转过来，面对夏千沉，说："说吧。"

　　"前驱组的盛骏缺个领航员，你好了就过去吧。"夏千沉放下手机，放下才发现，他给钟溯涂完药，忘记洗手就接了电话，手机上沾了不少活血化瘀的药膏。他没等钟溯回应，就去了卫生间里洗手。

　　夏千沉洗完手出来，钟溯正坐在沙发上，用湿巾一点点地认真地擦拭着夏千沉的手机。

　　讲道理，这是一件非常正常的事情——你救了我，你可能因为我没钱赚，我拜托关系不错的车队经理给我谋个好差事。你在不爽什么？等等，我又在内疚什么？

　　夏千沉平复了一下情绪，来沙发上坐下："那个……我妈说，你吃的那个药，对肝有一点儿副作用，下周去医院做个肝功能检查。"

　　"嗯。"钟溯把手机交还给他。

　　"那盛——"

　　"我今晚能睡床吗？"钟溯打断了他的话。

　　"能。"夏千沉彻底开不了口了。

　　"其他的，"钟溯站起来，"等伤好了再说吧，我给你弄儿点吃的。"

　　结果冰箱里什么都没有，最后两个人只能叫外卖。

　　两个人之间的气氛有点儿微妙，夏千沉心不在焉，在脑海里回忆盛骏的车技如何，拿过什么成绩。钟溯则闷闷不乐，而且不明白自己为什么闷闷不乐。

　　晚上，夏千沉把床让给了钟溯睡，自己睡沙发，他们之间的气氛也没缓和。

　　"请，67号钟溯，到1号诊室就诊。"

　　叫号叫到钟溯的第一遍，他拿着就诊卡、CT单和各项功能的检查单敲门进了1号诊室。

专家门诊的号三百块一个。诊室门边贴着主任医师的名牌——夏茗钰。

"夏阿姨好。"钟溯乖巧地打招呼。

"嗯。"夏茗钰穿着白大褂，"坐吧，CT单不用拿，我这儿能看到，把血检单给我就行……算了，都放下吧。"

钟溯有点儿紧张，手忙脚乱，将巨大的CT单、血检单、挂号单和手机一股脑地放在了桌上。夏茗钰轻车熟路地拿过他的挂号单扫了一下，然后在电脑上看他的CT单。

"恢复得不错，你看你背部这里已经长好了。"夏茗钰说着，伸手在那堆东西里精准地找出血检单看了看，"肝功能……嗯，也挺好的，没受影响，来，面对我坐。"

她拿下脖子上的听诊器，刚想听一下钟溯的肺音，不巧，钟溯平放在桌面上的手机亮了一下，是娜娜发来了一条微信。不巧，钟溯将手机放下的时候，刚好放了夏茗钰的手机旁边。夏茗钰以为亮的是自己的手机，下意识地看了过去。

诊室里倏然静了下来。

娜娜的微信内容简单明了：你怎么样啦，什么时候能开工？

夏茗钰静静地看着手机屏幕。

钟溯咽了一下唾沫："夏阿姨。"

"嗯。"夏茗钰把听诊器的一端贴在钟溯的肺部，说，"呼吸。"

一周后，钟溯痊愈了。而夏千沉，睡了几天沙发，腰酸背痛。

夏千沉坐在沙发上玩手机，今天上午汽联新发布消息：《GP夏千沉红旗未停赛，罚禁赛半年》。

业内对这件事的评价两极分化，有人说夏千沉和钟溯比赛经验丰富，他们怎么会不知道无视旗语的后果，怎么会看见红旗还不停？所以没看见旗的可能性很高。但也有人不咸不淡地表示——万一人家是带着任务来的呢？比如，必须把SS9跑完。

汽联论坛上热闹非凡，帖子跟闹版似的。夏千沉倒像个没事人，竟还挑几篇点进去看了看。

"欸，"夏千沉放下手机，"你明天去前驱组仓库吧，那个盛骏我打听过了，车技还行，他的上一个领航员离职是因为腰椎间盘突出。他脾气挺好的，有个五岁的女儿，他女儿手气也挺不错，六一儿童节在商场里抽奖抽了个小黄鸭娃娃。"

钟溯欲言又止，最后还是说出口："你……当特工啊？"

"我这是对你负责。"夏千沉正气凛然地说，"难道我随便找个人把你塞过去？"

"我不去。"钟溯说，"事情还没解决，我不换组，我也不变更信息表。"

夏千沉心说这人怎么忽然轴上了？他转过来面对着钟溯："我现在被禁赛，赛车报废了，我连辆S级赛车都没有，明年的赞助大概是没了，你跟着我已经没用了。"

"夏千沉，"钟溯也转过身面对着他，"你觉得我们同时看不见旗的可能性有多高？"

"零。"夏千沉如实作答，"但我们没有证据，这是个死局。"

现在没有任何解法，除非他们回到南疆，回到事故地点，在玉山的断崖底找到行车监控的储存卡。

"出旗记录你看了吗？"钟溯问。

"看了，有打卡签字，流程都是正常的。"夏千沉说，"但我没见到挥旗的人，说是在玉山天路上受伤了，请了病假。"

钟溯点了点头，工作人员在拉力赛上受伤是难免的，因为路况复杂，车速又快。

两个人都没再出声，细细思索了一下。

"你说有没有可能……"夏千沉"噌"地站了起来，俯视着钟溯，"有没有可能，那个挥旗的小子刚好在我们过去的时候受伤了？摔了一跤？被前车的配件砸了？旗子被风吹跑了？"

夏千沉越说越觉得这些猜测合理，很激动："钟溯，我们得找到那小子，他绝对出问题了！我们明天再去一趟环沙赛会！"

钟溯失笑："嗯，那我明天还要去盛骏那儿吗？"

"去什么去，前年圈速赛盛骏被我甩了三分之二圈。"夏千沉盯着钟溯，"钟溯啊，你跟我组队才是对的。"

一扫阴郁情绪，夏千沉激动得睡不着，脑海里开始演练等见到挥旗那小子时该怎么质问。钟溯催他睡觉催了三次，他才放下手机去睡觉。

夏千沉的推测很合理，拉力赛赛道上尘土飞扬，有时候裁判不愿意站在路边挥旗，就会随便指派一个人过去。这个人多半是个无名小卒，可能没什么经验，也可能怕惹事，知道自己搞砸了事情，本该来挥旗的裁判不想担责任，就咬死不认。反正头顶没有航拍直升机，反正赛车的行车监控视频不知所终。

被禁赛半年的人，在环沙赛会已经没有当初的待遇了。

"有预约吗？"前台工作人员冷冷地问。

"没有。"夏千沉说，"我找赛会负责人，我要申诉我的禁赛处罚。"

前台工作人员叹气："那你得先在网上预约，然后打印申请的表格，让你们车队盖章，手续齐全了再来。"

"环沙赛会裁判失职，导致我们三百万的车损无人负责，今天见不到环沙负责人，下午我们就起诉赛会。"钟溯把他往后拉了一下，"麻烦你，打个内线电话进去。"

钟溯曾经在环沙赛会的地位颇高，他和景燃拿过年度冠军领航员和冠军车手，还破了环沙纪录。光环加身的人，前台工作人员自然认得，而且他看上去不像在威胁或是无能狂怒，他很理智。

钟溯接着说："我们被禁赛了，很闲，而且我们知道，赛会每天这点儿接待量，根本用不着预约。"

环沙结束后，环沙赛会的负责人每天的工作就是看一看后期剪辑的广告……

前台工作人员装作很为难的样子："那……行吧，我……给你们打个电话。"

辗转了两三个电话后，他们见到了环沙赛会的负责人之一，也是话语权比较高的那个。此人姓霍，油头粉面，脸发腮了，完全辨别不出脖子在哪里。

"坐，坐。"霍总说。

夏千沉面无表情地坐下，霍总要和夏千沉握手，被钟溯截和了。

"霍总，"钟溯和他握手，然后挨着夏千沉坐下，"长话短说了，霍总，我们希望见一见环沙 SS9 第四个挥旗的裁判。"

霍总"哟"了一声，表情变化刻意且拙劣："真不巧，那小子还在休病假呢……"

"联系方式有吗？"钟溯问。

霍总："哟，人家还在医院里躺着呢，你这怕是——"

"刚好去探望一下，我们也刚从医院出来没多久，或许还能交流一下病情。"钟溯打断他的话，"麻烦了。"

夏千沉不得不佩服一下钟溯的交涉能力，霍总避重就轻，钟溯四两拨千斤。霍总说一句"你去见了也没用，这事到底是你们理亏"，钟溯只带着阴森又礼貌的微笑，说"理亏不亏，判决之前都不能盖棺论定"。

赛会嘛，说到底也怕彻查此事，两个人唇枪舌剑地过了几招，霍总给了一个电话和名字。

大概因为钟溯在夏千沉面前时多是包容的、温柔的，离开赛会大楼之后，夏千沉坐上摩托车后座，说："我以为我已经够装了，他要是再不给电话号码，我都怕你往他的脑门上抡烟灰缸。"

钟溯回头看了他一眼："我高二以后就不这么干了。"

夏千沉来劲了，扒拉着钟溯的肩膀："你高二以前都怎么干？"

钟溯叹气，拧了一下油门，"嗡"的一声响，摩托车往前蹿去，夏千沉条件反射地往前扑去："不说就不说，就你有油门啊，你才是副驾驶，我甩尾能把你甩……"

他收声了，原想说"我甩尾能把你甩出车窗，安全带都拉不住你"，然而他好像前不久这么做过。

蓦地，夏千沉扶在摩托车油箱上的手被很用力地抓了一下，对方只握了一下便松开了，像是在宽慰，也像是在安抚他。

30 分钟后，两个人来到沪市郊区。

这片市郊和车队仓库所处的市郊不太一样，车队仓库那里属于工业园区，荒凉仅体现在距离公交站和地铁站比较远，外卖商家寥寥，以及时不时传来铁皮仓库金属膨胀的声音。

可这片郊区的荒凉，体现在墙皮剥离墙面掉落，墙体裸露着红砖石，窄巷里堆着废弃旧家具，肉眼可见的灰尘在阳光下翻腾，以及某户人家一楼院子外墙上刷的油漆标语——"生男生女都一样"和"念完初中再打工"。

钟溯取下摩托车的钥匙，熄了火，很快，这条街上失去了唯一的现代机械的声音。两个人摘了头盔站在地上，对视了一眼。这就是拨出那个电话后，对方给的地址。

夏千沉抬头，橙黄色的夕阳光芒铺在斑驳的外墙上，比残留的油漆颜色更鲜亮，一楼院子里的老太太背着手，警惕地看着他们，然后进了屋子里。

刚刚下午 6 点，可能是在南疆待得太久了，这时候南疆的天是大亮的，眼下他们竟有些不适应。

"这栋楼，五楼，501，对吗？"夏千沉问。

钟溯说："对，你走我后边。"

夏千沉的视线越过楼房看向夕阳。有句俗语叫"狼狗时间"，指太阳西沉的时刻，世间万物变得模糊，人们无法分清面前的是狼还是狗。一如他们此时无法辨别，这通电话背后的人是善是恶。

暮色降临，倦鸟归巢。两个人在楼梯间的入口处，很默契地停顿了一下。

"你还有伤，我走前面。"夏千沉侠肝义胆地说。

钟溯一言不发地把他往自己身后拽了一下，然后从黑色工装裤的口袋里摸出一个约莫半个手腕粗的和手机差不多长的黑色圆柱体。

"后面去。"

"这是什么……"夏千沉大胆猜测，"棍子？"

钟溯笑了笑："有备无患。"

"这玩意儿能过安检？"夏千沉疑惑地问。

钟溯耸肩："那就是赛会大楼安检措施不合格，你会用吗？"

"会啊，看不起谁呢？"夏千沉答。

钟溯点了点头，露出了"小伙不错"的欣赏的目光。其实钟溯在得知这个地址的时候就有所防范，如果今天没带棍子在身上的话，他不会贸然过来。

"真有你的啊，你在我家也备着这玩意儿？"夏千沉指了指棍子。

"对啊。"钟溯说，"我都没收你的安保费。"

太阳彻底没入地平线后，这栋老旧楼房里唯一的光源就是每个楼层转角顶上身残志坚的时常失灵的声控小灯泡。小灯泡亮一会儿，闪一下，灭了，再亮。

钟溯今天穿着白 T 恤和格子衬衫，出门的时候，夏千沉还打趣他这身是程序员套装，晚风从楼梯转角的窗户吹进来，扬起他的衬衫下摆。夏千沉不自觉地发了片刻的呆。

钟溯回头，问："累了？"

"没，这才四楼。"夏千沉回神，"你小心点儿。"

501 的大门不是防盗门，而是一扇看上去一脚就能踹开的木板门，甚至有些将朽的样子。没有门铃，钟溯叩了叩门。半晌才有人来开门，开了一道缝，门缝间扯着一根保险链。接着，一张憔悴中带着些恐慌的脸出现在保险链后面，那人问："你们找谁？"

"你好，我是环沙拉力赛汽车四驱组 09 号赛车的领航员，您就是徐忠吗？"钟溯补充了一下，"SS9 玉山天路挥红旗的裁判。"

对方倏地瞳仁一缩，如同听见什么毛骨悚然的话。

门内的徐忠眼神躲闪，却还是强行镇定下来，说："我……我是徐忠，你们找我有事吗？"

徐忠看上去三十多岁快四十岁的样子，身高不高，很瘦，面部有些干瘪。夏千沉觉得可能是钟溯不够凶，不够震慑住他，遂拍了拍钟溯的胳膊，示意钟溯让让，自己上前。不料钟溯把门缝前那个位置让开后，徐忠居然松了一口气，就像见了阎王后换了个恶鬼来。

夏千沉："喀，我们过来是想跟你确认一下，SS9 当天你在路边挥旗，在你挥旗的路段有没有见过我们的赛车？"

徐忠点头点得像哆嗦："见过，见过，但你们没停，是你们没停！我……我拼命地挥，你们……你们不停！"

"放屁！"夏千沉瞬间被激怒，一脚踹到门板上，"咚"的一声响声回荡在楼梯间，"你再给我说一遍'见过'？！"

楼梯里的声控小灯泡被吓得亮了，连带对门邻居家的灯也亮了起来。

这时候，正常人的反应应该都是立刻关上门反锁，徐忠分明非常害怕，却还是挡在门缝那儿，盛怒的夏千沉笃定，自己要是再多踹两脚，小破铁链绝对能被踹断。

钟溯似乎察觉到了什么，拽了夏千沉一下，说："徐忠，既然你看见了，那你回忆一下我们的车的风挡玻璃裂的是左半边还是右半边？"

"我不记得了！"徐忠忽然提高音量，"你们……你们车速那么快，我哪里能看得清？当时下雪了，风又大！我……我根本没看见！"

"我当时减速减到每小时 150 千米了你说你看不见？！"夏千沉"咣当"又踹了一脚，踹得保险链摇摇欲断，"你是打算自己开门，还是要试试看它经得住几脚踹？！"

夏千沉顿时怒火攻心，因为徐忠肯定在撒谎。徐忠怎么敢撒这么大的谎？定然是赛会允许的——甚至可能环沙赛会给他施压了。

"千沉，"钟溯握着夏千沉的胳膊，"你冷静点儿。"

"我……"

"怎么冷静"四个字到嘴边又被夏千沉咽了下去，他终于也反应过来，有点儿不对劲。

徐忠很害怕，他的表情和眼神都透露出他很害怕。但他没有关门，也没有跑开或者说"你再踹一脚我家门，我就报警"。未受过训练的人在极端情绪下难以掩盖肢体动作，夏千沉理智回笼，看着徐忠，即使夏千沉狠踹了两脚门板，徐忠依然紧紧贴着大门。那么有没有可能，让徐忠害怕的其实不是他们俩，而是另外的一些东西？比如，他其实更害怕房间里的东西或者人？

思索至此，夏千沉和钟溯对视了一眼。

钟溯换了个表情，像是在劝朋友算了的样子，很自然地把夏千沉往自己身后拉，说："徐哥，我们现在被禁赛了，我们三百万的赛车报废了，赛会不愿意分担损失，原因是您挥红旗时我们没停车，这件事您知道吧？"

说着，钟溯挡住徐忠的视线，在暗处把棍子塞进了夏千沉的手里。

徐忠说："我知道，你们经验丰富，但低级失误不可避免，可惜了。"

这话他说得圆满又流畅，跟背过似的。

夏千沉捏紧棍子，如果钟溯是盾牌，他便如同盾牌后的利剑。

钟溯说："能出来聊聊吗？"

背后，对门邻居的家里传出抽油烟机的声音、"哗哗"的水声和"嘭嘭"的切菜声。

徐忠的眼神变化颇为精彩，从闪过一丝希冀到立刻灰暗下去，他恍若在挣扎着什么。接着，徐忠咬了咬后槽牙，说："我……我疯了吗？我跟你们出去。你们找我不就是想让我顶锅吗？你们自己开车开出问题，车损严重，就……就要找我一个打工人的麻烦……你们……败类！"

钟溯眯了一下眼睛。徐忠家门口不过两步宽的空间，两个成年男性站在这儿，把楼梯挡得严严实实的，好在这时候也没人下楼。

"你根本没看见我们。"钟溯冷冷地说，"我们的赛车报废，损失三百万，一旦是你挥旗出问题导致我们翻车，那么全部车损都由环沙赛会承担，赛会必然会开除你，甚至追责。"

此话不假，徐忠听得额角渗汗。不过他显然是收到了消息，扯着嘴角笑了笑："不对，是你们没停车，你们有证据吗？没有，你们的赛车在山坡上滚了那么久，储存卡早被摔飞了，你们还能……还能回玉山找？"

"当然不能。"钟溯很平静，"你不想丢工作，我们不想被禁赛，你和我们，在环沙上，总有一方出了问题，谁的问题，你我心知肚明。"

徐忠笑得很狰狞："那又怎样？整条路上的人都看见挥旗了，偏偏你们没看见，偏偏你们拿不出行车监控视频，怪谁？"

接着，徐忠很明显地身形晃了晃，似乎是有谁在旁边推搡了他一下。徐忠忽然抬起眼皮，视线在那不过四指宽的门缝里越过钟溯，看向夏千沉。他说："怪就怪夏千沉，他和他爸一样！开车就是不要命！他子承父业！他爸当初在达卡拉力赛上翻车就是因为看见了黄旗还加速，最后带着领航员摔死了！他自己在玉山上不看红旗，他也活该！"

夏千沉直接暴起，肾上腺素激增，瞬间把钟溯撞开，"嘭"地抬脚直接踹烂门板："再给我多说一句！"

钟溯瞬间意识到这是个圈套，但已经来不及了。赛车手的腿劲有多大呢？赛车刹车没有助力泵，"踩到哪儿，刹到哪儿"，他们那辆赛车如果想立刻刹满，夏千沉起码得踩出 70 千克的力量，而他本人也才 75 千克。

木门几乎是立刻被爆破，徐忠被冲击力掼得摔坐在地上。

事情发生得太快，以至钟溯都没能立刻做出反应。夏千沉身上已经有杀气了，然而破门而入之后，他们才发现，501 这间不到 60 平方米的房子的小小客厅里，居然还有五六个壮汉。钟溯知道中计了，立刻跟在夏千沉后面冲了进去。

夏千沉红了眼，冲徐忠骂："你有什么脸说林安烨？！你在达卡吗？！你给我张嘴就来！"

徐忠缩着腿双臂抱头，护住自己的头胸和腹部，一副畏畏缩缩的样子。

五六个壮汉一拥而上，钟溯原本要去拉夏千沉，瞬息之间，放弃了阻止夏千沉，先一步站在夏千沉身侧，提膝踹开一个要扑上来的壮汉。

"千沉！"钟溯警告他，"你冷静点儿！"

小客厅里旋即开始混战，夏千沉先被一个人扯住肩膀，那人要把他往墙上抢，他手疾眼快，侧身肘击那人的下颌，那人痛叫一声退后了两步。钟溯赤手空拳被两个人扣住，夏千沉想上前帮忙，又一个领壮汉来拦他，他拿棍子撞开壮汉，跨过去和钟溯站到了一起。

夏千沉看着瘦，但他是赛车手。体能、耐力和力量训练是他五年来的日常，这几个壮汉空是看着壮。很快，壮汉们也意识到夏千沉和钟溯不好对付。两方各站一边，地上躺着个缩成一团的徐忠。

从夏千沉踹门冲进来，到一屋子壮汉一拥而上，也就 2 分半钟。夏千沉的狂暴状态被钟溯的低语遏制住，他的眼神慢慢缓和，他额前的刘海被汗打湿了，一部分贴在脑门上，一部分垂着。他像看垃圾一样看着地上的徐忠，说："你一个失职的裁判，也配说林安烨？"

徐忠像被踩了一脚的长条虫子，扭曲着，笑了笑："我说的……是实话。"

夏千沉刚要开口，忽然钟溯闷哼一声，夏千沉抬眼看去，一个壮汉握着落地灯灯杆，喘着粗气，嘴里骂骂咧咧，钟溯被壮汉抡了一下。钟溯此前受过伤，被抡了这一下，脸色煞白。落地灯灯杆是空心的，但壮汉力道不小，灯杆甚至瘪了一小截。

夏千沉骂了句脏话，望向钟溯身后那人，跨过地上的徐忠，对握着灯杆的壮汉说："谁给你的胆子？"

地上的徐忠还在咒骂，背台词似的，一句句地说林安烨活该，说林安烨带着领航员一起死，是杀人犯。

钟溯可能是这个客厅里唯一一个理智尚存的人，拽住夏千沉，说："算了！"

徐忠在地上大笑。钟溯的后背开始隐隐作痛，他快速把一个什么东西摁在了夏千沉的手心里，夏千沉恍然扭头看了他一眼。

有两个壮汉拎上了凳子，有一个壮汉去了厨房。

钟溯说："先走。"

夏千沉点头，可那群人哪里愿意放他们走，一路从五楼追到一楼，钟溯跑在后面，顺手把摩托车钥匙丢给了夏千沉："骑车！"

夏千沉接住钥匙，一个漂亮的翻身跳上车，点火，钟溯跟着跃了上来，摩托车陡然一沉。"轰"的一声响，漆黑的市郊窄街上，山地摩托车疾驰而去。夏千沉不知道该往哪里骑，总之一拧油门就走了，也不知道骑了多久，一直骑到连路灯都没有的地方，夏千沉才减速。

"你的后背还好吗？"夏千沉问。

钟溯闷闷地"嗯"了一声。

"现在怎么办？"夏千沉问。

钟溯说："没事，这个现在在我们手上。"钟溯手里是个巴掌大的运动款摄像机。

"他们故意惹怒你，就是要拍你破门而入，所以你冲进去的时候没有人拦。"钟溯的声音有些虚，他却还是坚挺着给夏千沉解释，"赛会那个姓霍的，应该是给了我们徐忠的电话号码之后就安排了那些人，没事，他们不敢报警，敢接这种活的，身上都背着前科。"

夏千沉停好摩托车，接过摄像机。

两个人摘了头盔，在星空下的路边的马路牙子上坐下。

夏千沉自嘲地哼笑："我真是……怎么没给他几巴掌？"

夏千沉想想都气不过："你当时拦着我干吗？他那么说林安烨。"

可能是从小没叫过"爸爸"这两个字，他自始至终说的都是"林安烨"。

钟溯笑了笑，把摄像机拿过来："行了，嘴上逞能。"

钟溯把摄像机揣到口袋里，侧过身，安慰他："好了，没事了。"

"嗯……"夏千沉垂着脑袋，柔软的头发挡住了上半张脸，"可是事情还没解决。"

"起码证明了问题不在我们身上。"钟溯说，"徐忠肯定出了问题，看他的经济情况，一时半会儿他也搬不了家，过两天再来。"

忽然，夏千沉抬头："他会不会是为了钱？"

"很有可能。"钟溯说，"可能环沙赛会用工作要挟他，毕竟三百万的车损是由赛会的失职造成的，保险不赔，徐忠肯定咬死了不会说。"

"明天再去一次吧。"钟溯从马路牙子上站起来，感受了一下后背的难受程度，"反正我们现在是社会闲散人员，有的是时间。"

钟溯又说："徐忠的话别放在心上，他就是个拿钱办事的喽啰，我们明天继续来，你有哪儿受伤了没？"

夏千沉倒没太放在心上，林安烨在他心里实在称不上英雄，毕竟林安烨带给夏茗钰的伤害是实打实的。这么多年，夏茗钰受的苦他全看在眼里。但无论如何也轮不到一个外人当着他的面指手画脚。细细想来，徐忠的破绽其实相当多，但那时被怒火蒙蔽的夏千沉没有任何多余的脑细胞思考这些细节。

"我冲动了。"夏千沉又耷拉下了脑袋。

"没有。"钟溯干脆蹲下来，看着他，"人之常情，是他们卑劣。"

夏千沉抬眸，对上钟溯点漆般的瞳仁。这里没有路灯，月光和远处的楼房灯光让他对眼前的钟溯有一种"虽然看不清，但我知道你的样貌"的微妙感觉。

夏千沉突然觉得累了，这阵子他们俩为了禁赛的事情在汽联、车队和环沙赛会间周旋。汽联想公平公正，但赛会据理力争，车队又不作为。车损的三百万成了个烂摊子，废掉的赛车成了破铜烂铁，连带着它的主驾驶和副驾驶，仿佛都该被拉去废弃物品回收站。

"钟溯，"夏千沉看着他，说，"我拖累你了。"

伤感的氛围是被一个电话打断的，来电人是徐忠。徐忠说，他在那片居民楼下的烧烤摊等他们。

"棍给我。"夏千沉朝钟溯伸手。

钟溯差点儿摔坐在地上，还好优秀的协调能力让他瞬间站了起来，说："法治社会，你要是揍了他，我们一会儿还得赔医药费。"

"啧。"夏千沉维持着伸手的姿势，抬头，"你看我还有劲揍他吗？"

"我看你的表情，现在就得打电话给丧葬一条龙。"钟溯坦言，"哦，对了，徐忠摔地上那一下不轻，这医药费我们赔定了。"

10分钟后，两个人出现在约定好的地方。徐忠换了件衣服，正在喝冰啤酒。

见两个人来了，徐忠指了指自己对面的凳子："坐。"

徐忠说："不是你们没看见旗，风雪太大，我被刮到路外面滚了好几圈，刚好你们的车过去了，是我挥旗失误。"

"行，"夏千沉说，"明天跟我们去汽联。"

"两百万，"徐忠说，"给我两百万，现金，我给你们当时我挥旗的录像。我女儿肾衰竭，你们抢走他们的摄像机后，赛会说，我搞不回来摄像机的话，就停了给我女儿的特殊资助。"

夏千沉冷笑："比惨是吧，谁家里没个惨的？景——"

不行，不能说，景燃生病的事情是个秘密。夏千沉改口："尽讲这种废话，我还惨呢，要不是他，你挥旗失误早把我害死在玉山上了。"

钟溯在桌子下踢了踢夏千沉的腿："可我们这边得到的信息是，当时你站的那个位置，裁判车的行车监控拍不到，你哪里来的挥旗录像？"

徐忠笑了笑："确实，但我女儿爱看武侠剧，喜欢玉山，我站在玉山天路上的时候，在跟她视频聊天。我女儿情况不好，每次视频，我都录下来了，这次也是一样的，没人知道有这段录像。"

徐忠说："两百万，有，我就给你们，没有，我现在报警，你们私闯民宅，先赔我一笔钱，让我女儿过完这个月。"

两百万现金，夏千沉迅速在脑子里整合自己的资产。然而向来没有理财观念的夏千沉想了半天，只想到他卡里的前几场比赛的奖金和工资，全掏空了也只有七十多万。他潜意识里不想拿钟溯一分钱，开始掂量自己有什么能变卖的东西。房子这种东西一时半会儿卖不出去，他还有一块手表，卖二手能卖十万，还有什么……手办？他的初号机模型现在是什么价位了？他的神奇宝贝球充电宝是冬季限定款，现在是什么价位？

钟溯打断他的思绪，说："你得先让我们看一遍。"

徐忠笑了笑："我傻吗？再给你们抢了去？钱拿来了，我就把视频发给你们。"

"筹钱也需要时间，这个赛季就剩两个站点赛了，我们不参加就不参加，被禁赛就被禁赛，秋天还有川青拉力赛。"钟溯换了个随意的坐姿，"我们要是能筹到两百万，为什么不弄辆 S 级赛车去跑川青？"

此话一出，徐忠的脸色变了。两百万，够弄辆 S 级赛车了，他们何苦从他这里换一段录像？

"那……那就一百万。"徐忠捏着酒瓶,有些慌乱,"肾源快……快排到我们了,不是,你们有多少现钱,有多少?！"

夏千沉发现钟溯整个人很轻松,颇有"看你一个人表演"的意思。果然,徐忠面对泰然自若的钟溯,最后一点儿防线也崩溃了。徐忠五官扭曲着,痛苦地哭了出来。

徐忠说他老婆生女儿时难产过世,这些年他好不容易才找到赛会的工作,赛会有慈善基金,愿意照顾员工亲属,负担了很多年女儿的医药费。这也是他愿意为赛会死而后已的原因,可现在赛会要他把夏千沉私闯民宅的录像弄回来,否则就停了他女儿的资助。

钟溯说:"令爱在哪里就医?"

徐忠答:"沪市第一人民医院。"

钟溯和夏千沉同步挑了一下右边眉毛,然后相视一笑,非常默契地没有说任何话,就达成了共识。

夏千沉坐直,说:"这样,我先把你的医药费赔了。明天我去医院肾内科核实一下信息和病况,不能你张嘴要多少我就给多少,我们去问问你女儿后续治疗的费用,再酌情资助你,你看怎么样?不对,应该说,你没的选。"

现在主动权在他们手上,徐忠手里的录像依然很重要,但是,不值两百万。

徐忠认命了,点头。

这是相当漫长的一天。回家后,钟溯没有休息,在夏千沉洗澡的时间里,登上官网查了一下两个人的信息表状态,信息表上的框框是红色的,他们处于禁赛状态。

钟溯关掉网页,开始看川青拉力赛今年的赛事安排。川青拉力赛还没开通报名通道,但是宣传资料已经出来了。

一年之中,只有两场拉力赛是超大型的,一场环沙,一场川青。从难度上来讲,这两场拉力赛不相上下,而且都接受自由人报名参赛,要求是一辆赛车、一名赛车手、一名领航员以及至少两名维修工。维修工到时候可以招聘,所以,他们就差辆赛车了。

次日,夏千沉起床时浑身酸痛,甚至要钟溯搬一下才能坐起来,于是真诚发问:"我这副躯体是不是机能下降了?"

钟溯无奈:"你距离出院也才半个月不到。"

"有道理。"夏千沉点头,掀了被子下床,"为什么你没事?"

钟溯:"因为我在强撑着。"

人变成熟的一种表现就是不再讳疾忌医,哪儿有伤痛,不会说"啊,撑一下就自愈了"或者"我这么年轻,这点儿小伤睡一觉就好了"。

他们必须惜命,并保证自己可以通过赛前体检。所以他们跨上了摩托车,前往沪市第一人民医院，再做一次检查。预约上 CT 后，两个人按照徐忠给的信息，前往肾内科住院部，找到了徐忠的女儿徐觅歆的病房。

他们没进去，怕吓着小姑娘，所以跟护士打听了一下，护士才不理他们。他们上来就打听人家病患，病患还是个未成年小女孩儿，护士理人才怪。不得已，夏千沉亮出了自己的身份："您好，护士，我是夏茗钰医生的儿子，我叫夏千沉。"

护士："所以呢？"

夏千沉："里面那个姑娘，是我一个朋友的女儿，我想了解一下她的情况。"

护士："那你去跟你朋友了解啊。"

钟溯拉了拉他，示意算了，越描越黑了。他们这样无端地打听一个小女孩儿的病情，不被人当变态打一顿已经是白衣天使善良。两个人在住院部走廊里站着琢磨，没有头绪，是个僵局。然而僵局总是在意料之外的地方被打破。

"你们俩干吗呢？"一个女声在前方响起，"怎么来肾内科了，你们俩谁肾不好？"

夏千沉循着熟悉的声音看过去，未见其人便先叫妈："妈！"

钟溯身形一顿："夏主任，您好。"

"你好。"夏茗钰保持着礼貌的微笑，"所以你们俩谁肾不行了？人类只有一个肾也能活，别这么垂头丧气。"

"……"夏千沉叹气，"妈，你今天下班有空吗？"

"我今天不下班。"夏茗钰说，"我今晚帮同事值大夜班。"

夏千沉看了看钟溯，心说这人怎么哑巴了，遂用眼神示意他：你倒是说句话啊。钟溯接收到了夏千沉的目光，但他怎么开口呢？

"说来话长，"夏千沉说，"我们三个得坐下来好好聊。"

夏茗钰的视线在两个人身上各停了一会儿。

钟溯硬着头皮说："对……事发突然，我们也实在需要一些……帮助。"

"在这里等一会儿。"夏茗钰丢下这一句话便走了。

夏茗钰走远后，夏千沉问钟溯："你怎么半天憋不出一句话？"

"没事。"钟溯哽了一下，"我只是在想……川青拉力赛的事。"

"哦。"夏千沉点了点头，随意地靠在墙上，"还有三个月，别太担心，我现在……存着七十多万，够买 S 级发动机和避震系统，这三个月我们租车去比赛，拉点儿赞助，怎么也能攒一百多万出来。"

钟溯说："能攒出两百万，我有九十万。"

"你别闹了，那钱是给景燃的。"夏千沉环抱着手臂，望着住院部走廊墙上的肾功能科普图，"我们这种段位的赛车手和领航员，三个月赚不到一百万吗？我还有块表能卖，我还有辆……超跑。"

那是沪市唯一一辆黑金超跑，夏千沉少年时的梦想。

有时候，夏千沉觉得自己很幸运，在年轻的时候就得到了少年时梦想的东西；有时候，夏千沉也相当佩服自己的魄力，一千多万的车说买就买，存款说没就没。

"不行。"钟溯说，"车不能卖，我留三十万给景燃。六十万，够买碳纤维车身、偏时点火系统、涡轮、赛车电脑和差速器。"

夏千沉偏头看向他："你跟我组队，是为了赚钱，不是把自己搭进来。"

钟溯也看向他："所以你能让我回本吗？"

"你别闹了。"夏千沉很冷静，"超跑还可以再买，人死不能复生。"

夏千沉讲话很直白，不过聊到这里，夏茗钰回来了，打断了他们的对话，并把他们带去了一间没人的办公室。

很快，夏千沉把整件事情复述给夏茗钰，夏茗钰也快速消化了一下，最后得出结论："哦，徐觅歆，那小孩儿我听同事聊到过，她排肾源就差几个人了，连带换肾和后续治疗，不出意外的话……三十多万吧。"

夏茗钰看了看夏千沉："你付他女儿的医药费，换他手里的录像，拿到录像可以去汽联投诉环沙赛会，环沙赛会再给你赔偿，是这个流程吗？"

夏千沉玩命点头："对！"

"哦，这也很合理。"夏茗钰说，"那问题出在哪里呢？"

夏千沉答："赔偿金不知道什么时候能到，我们要跑川青拉力赛，赚钱给景燃治病，所以小女孩儿的医药费是多少，我们得搞清楚，不能被徐忠坑钱。"

夏茗钰："景燃又是谁？"

夏千沉又是一通解释。

夏茗钰的视线落在钟溯的脸上，她凝视着钟溯。钟溯一动不动，一言不发，显得弱小无助。良久，夏茗钰说："有个外国医学院的医术高超的教授，这段时间在国内做学术交流。他应该有能力给你的朋友做开颅手术。"

夏茗钰给了钟溯一个名字，她手里有两个特殊病患所以没能去参加这次交流会，自然也没有那位教授的私人联系方式。不过这已经给了钟溯一线耀眼的希望，他认真地道了谢，把教授的名字发给了景燃。

最后，夏茗钰给夏千沉的解决办法是"你不是有辆车吗？卖了解一解燃眉之急呗"。

一口浊气堵在夏千沉的胸口。他本来就没想管夏茗钰要钱，夏茗钰不干预他开赛车已经十分难得，遑论前不久他才在玉山上进行过2分钟的死亡翻滚。

徐忠的女儿的基本情况他们已经了解到了，剩下的就是维权，以及——

收到徐忠发来的录像的那天，夏千沉对钟溯说："环沙赛会，该易主了。"

CHAPTER 06

净化心灵

汽联新发布消息：《针对环沙赛会挥旗失误一事，汽联已介入调查》。

汽联再发布消息：《裁判徐忠已经接受调查，或将面临巨额罚款》。

汽联又发布消息：《夏千沉及钟溯从 GP 离职——天才之傲失去了它的天才》。

收到录像，把录像发给汽联的第五天，夏千沉离开了待了两年的 GP。他曾经在这里辉煌过，挽救了 GP 的股价，给 GP 挣了赞助费，给 GP 带来无数光环，给了天才之傲一个真正的天才。他保护过 GP，GP 却没有对他施以援手。

同时，GP 把环沙赛会告上了法庭，三百万的损失总得有人负责。GP 也明白环沙赛会必将把责任推到徐忠身上，治他一个知情不报的罪名，所以 GP 出资为徐忠请了位律师。

周总半晌憋不出一句话，一个字不敢提违约金。娜娜也气不过，"咣当咣当"地帮夏千沉收拾东西。收拾东西的时候，他们才发现车队仓库里有多少东西是夏千沉自费买的：滤清器、卡钳配件，甚至一些维修器具……

周总像个二百五一样往里面探头："千沉哪……这么多年，你说走就走啊？"

钟溯挡住周总的目光："周总，你没有别的事要忙吗？比如核算一下我们的违约金？"

反正环沙赛会要赔偿夏千沉因挥旗失误带来的所有损失，包括离职的。

周总连忙笑："哎呀，我们都合作这么多年了，还在乎那几十万吗？！就不能再考虑考虑吗，千沉？"他伸着脖子朝仓库里面喊。

钟溯知道夏千沉和娜娜在里面有话要说，一把薅住周总往外拽，把周总拉了出来。

娜娜确实舍不得夏千沉："以前我总说你，说这辈子没带过你这么矫情事多的赛

151

车手。"娜娜把夏千沉的备用赛车手套全部收拾了出来，装进袋子里，"其实你很懂事，我知道，不该你矫情的时候你从不多事，你也听话……虽然是挑你爱听的话听。环沙赛会太阴险了，居然还调查你父亲……"

"没什么，又不是什么见不得人的事。"夏千沉上前接过袋子，"这两年你费心了，娜娜。"

娜娜笑了笑，伸出手："来，给姐抱抱。"

两个人没说太多话，两年的合作让他们也有了默契。虽说娜娜嫌弃他，他也总跟娜娜对着干，但不影响娜娜是位非常优秀的车队经理。告别娜娜后，夏千沉和维修工们一一打过招呼，最后和钟溯离开了车队仓库。

天才之傲失去了它的天才，但天才没有失去天才的骄傲。

三天后，汽联对环沙赛会的调查结束，盖棺定论，这次事件的主要责任在环沙赛会。赛会大换血，从姓霍的负责人，到态度永远蛮横的前台工作人员，全被清退了。

汽联接手环沙赛事，并宣布环沙拉力赛将不再对外合作赛会。并且，本赛季下一个站点赛为夏千沉开辟了特殊通道——他可以以自由人的身份报名参加比赛。

也就是说，现在的夏千沉只要有辆赛车，有两个维修工，就能继续参加赛季站点赛。也就是说，他还有望冲击年度冠军赛车手。

只要有辆车！

两个人接到这通电话的时候还在家里，夏千沉拍了拍钟溯："走，去搞辆车。"

两个自由人骑着山地摩托车去汽配城溜达了一圈，汽配城基本只提供家用车配件，买赛车配件还得去赛车车行。但钟溯在这儿有熟人，那位老哥以前在赛车车行工作，后来出来单干了。

"他能搞到便宜点儿的二手配件。"钟溯把头盔摘下来，甩了甩脑袋，"去问问 S 级发动机能不能搞到。"

"嗯。"夏千沉把头盔挂在后视镜上，活动了两下脖子，"他所谓的'搞'，应该就是回收赛车车队的弃用配件吧？"

夏千沉笑了笑，脸上写着：这种事都是我以前干的。

夏千沉在 GP 说一不二的那些日子里，发动机坏两回就不修了，直接换新。车队也惯着他，他要新的就买新的，他要换啥就换啥，跟伺候祖宗似的。

钟溯的眼神意味深长："是的，指不定还能买到你自己丢的配件。"

"那挺好，说明缘分未尽。"夏千沉笑着抬脚跟了上去。

两个人一前一后地走着，钟溯回头问他要不要买瓶冰饮料，夏千沉故意说："现在什么经济条件啊，赔偿款打过来之前，只能回家喝凉白开。"

沪市 6 月末的气温已经达到 35 摄氏度，但是跟南疆比起来真不算什么，想到南疆，夏千沉加快了脚步追上去和钟溯并肩。

"这次环沙不算数。"夏千沉说，"垃圾赛会，我决定把明年环沙当作我们的第一次环沙。"

钟溯被他逗笑了："可以，你说了算。"

"嗯。"夏千沉满意地点了点头。

环沙赛会，现在该叫汽联了。汽联向旧环沙赛会索取赔偿金及罚款，再将赔偿金交给夏千沉，但这需要时间。汽联表示，要一个多月，肯定能赶上川青拉力赛，但大约赶不上下一个站点赛了。所以汽联也说："不行……你们先自己搞辆赛车跑着？"

所以两个人才来汽配城搞赛车配件。

"叶哥，"钟溯带着夏千沉进了一间汽配店，"介绍一下，我的主驾驶夏千沉。千沉，叶哥。"

叶哥看上去三十来岁的样子，连忙说"久仰"，和夏千沉握手。接着叶哥直接带他们去后面的仓库，给他们看他这里有的 S 级发动机，自然，都是二手的。不过形势摆在这儿，有二手发动机当然也是好的，只要是 S 级发动机，能点上火就行。

两个人忙活了一下午，敲定了发动机，叶哥给了他们一个人的电话号码，说这个人能搞到赛车电脑和差速器，也让向来在明面上搞赛车配件的夏千沉见识到了存活在他们下方的市场。

"原来我们不要的配件都在这儿啊。"夏千沉说。

从汽配城出来已经是黄昏，钟溯认真地把叶哥给的电话号码存在了通信录里，设好备注："对，赛车手嘛，光鲜靓丽就行。"

"还得有香车、美人、大别墅。"夏千沉接茬。

钟溯抬头，说："你有香车。"

走到摩托车旁边，夏千沉取下头盔："占一样还不够？我那可是黑金超跑！"

"够了，美人你暂时别有。"钟溯戴上头盔，"你有美人了，我得给你们俩腾位置。"

"……"夏千沉没理他，"我骑。"

钟溯很丝滑地退到摩托车车座的后半边："对了，今晚我不回去了，我回一趟景燃家，回来之后还没回去看过我叔婶。"

"哦，行啊。"夏千沉说，"刚好我今天得去我妈那儿住一晚。"

距离本赛季下一个站点赛还有一个月，买配件、改装车、雇人都需要花钱。况且接下来还得负担徐忠的女儿的住院费和医药费，钟溯不允许夏千沉卖车，夏千沉也不让钟溯动存款，所以——当夜，在微信上和钟溯互道晚安后，夏千沉来到了沪市市郊，灰雀山。

灰雀山被封条围了起来，几个人在山脚拦着不让人进山，这片山头被这些人租了下来。然而，夏千沉过去的时候不仅没人拦他，其中一人还向他点头致意。

那人说："喏，你挑一辆骑。"

山脚停着一排山地摩托车，夏千沉走过去，指了指其中一辆："这个吧。"

"行，"那人递给他摩托车钥匙，"加油啊！"

夏千沉自带头盔，他戴好黑色拉力头盔后，笔直漂亮的长腿跨上摩托车，拧着油门朝山上骑去。

山脚的人在对讲机里说："夏千沉上山了。"

很快，对讲机那边的人回应他："收到。"

这是沪市越野摩托车俱乐部办的比赛，在无照明的黑夜里，从灰雀山山脚到山顶，分三组，共三天，用时最短的人获胜，奖金八万。

大部分拉力赛车手开改装赛车上赛道之前，都有骑越野摩托车和开卡丁车的经验，夏千沉亦是如此。他盖上头盔的前挡风镜，来到发车线前，旁边的俱乐部工作人员帮他在头盔里塞好了通话器。

夏千沉参加这个比赛的原因很简单，一来赚钱，二来，这种俱乐部一般都有赞助商，或许可以碰碰运气，看有没有人愿意赞助他跑川青拉力赛。那毕竟是个大型赛事，没有完备的后勤组还是不妥。

四个人一组，四辆山地摩托车压在停车线上，夏千沉身姿漂亮地倚在半趴式摩托车上，衬衫下摆像披风一样在风中飞扬。倒数，3，2，1——声称"去我妈那儿住一晚"的夏千沉，如离弦之箭般骑着摩托车飞出了发车线。

距离夏千沉上次玩越野摩托车已经过去很久了，那会儿他展现出了惊人的控车天赋，看一遍就会压弯，无师自通地抬跳，极致完美地控制刹车。

越野绝对是夏千沉的 DNA 的一部分，肌肉记忆和过人的胆识让他在第一夜拿到了小组第一名。他到达灰雀山山顶的时候，从灰雀山另一边山脚上来的另一辆摩托车，和他一前一后到了山顶。不错啊，夏千沉心道，他已经是他这组最快的人了，这小子居然和他前后脚到。

夏千沉抬起头盔前挡风镜，那人也摘了头盔。

空气骤然安静下来，夏夜的山顶充斥着虫鸣雀叫，在山顶等候的俱乐部工作人员上前递水递毛巾，嘴里夸着夏千沉很牛，说"不愧是跑拉力赛的，这回我们组扬眉吐气了"。

"喀。"夏千沉清了清嗓子，朝工作人员笑了笑。

另一辆摩托车上的人也心照不宣，接过他们组工作人员递来的水，拧开瓶盖喝了两口，然后从摩托车上下来。

很默契地，没有人提"你不是说去景燃家吗"或者"你不是去夏主任那儿住一晚吗"这些问题。毕竟，他们都是背着对方出来挣钱的。钟溯摘了头盔走过来，夏千沉也摘下头盔，和他一起去俱乐部搭的小棚子那儿签字。他们分别是两个小组的第一名。

无端地，夏千沉有一种"跟朋友说晚安后，又在游戏里相遇"的微妙感觉。

尴尬是今晚的灰雀山。

钟溯问："要不……我们今晚还是都回去睡吧？"

"也好。"夏千沉说，"别折腾了，怪累人的。"

钟溯骑的是自己的摩托车，夏千沉这辆摩托车是俱乐部提供的。于是在俱乐部众人愣怔的目光中，前一秒还是组别对手的两个人达成一致，夏千沉坐上钟溯的摩托车后座，回家了……

这个月，两个人都在想方设法地赚钱。

徐忠的官司不知道现状如何，他们也不去关心，但他们也像之前说好的，徐忠提供了录像，他们会负责徐忠的女儿的医药费。小女孩儿可怜，GP秉承着人道主义资助了一部分医药费，倒让他们省了一笔钱。其实GP这么做，说到底还是希望夏千沉回心转意，但夏千沉表示——啊？你们救助肾衰竭的小女孩儿，不是为了积德吗？少道德绑架我。

叶哥给他们介绍的另外几家汽配店，他们一起跑了一遍，其中有几家店的店主钟溯以前也认识，很多配件没卖太贵。尽管如此，他们要改装的是一辆S级赛车，夏千沉和钟溯的积蓄基本被掏空了。

钟溯留给景燃的三十万被夏千沉压死了不准动，夏千沉的黑金超跑也被钟溯压死了不准卖。两个人就跟较上劲的似的，参加各种摩托车比赛、圈速赛和场地赛。钟溯也有赛照，虽然他的熟练度跟夏千沉的比起来低一些，但这个月两个人横扫了各大俱乐部的私人比赛的第一名和第二名，换回了赛车的锻造曲轴、序列式四驱变速箱、防滚架和电源控制系统。

就在他们买完七万块的刹车盘片，弹尽粮绝的那一天，钟溯忽然买回来7组轮胎。他动了那三十万，因为景燃进行开颅活检后，肿瘤被诊断为良性肿瘤。这个消息无疑让两个人松了一大口气，同时，赛车配件买齐了。

距离站点赛还有一周，叶哥把店里的仓库借给他们改装赛车，但新的问题又来了。

"赶得上吗？"叶哥问，"一个星期啊，改出来了还得调校，还得试车，还得搞维修车和其他备用配件。"

夏千沉和钟溯这阵子顾不上穿衣打扮，夏千沉身上穿的是钟溯的格子衬衫，钟溯穿的 T 恤中间有一个硕大的史迪奇，是夏千沉的。

"赶不赶得上都得赶，调校……能点着火就行，试车……到了西珑山再试。"夏千沉说，"车架呢？"

"一会儿送来。"钟溯走进仓库，把工具箱搬了出来，"我们得先找个地方装拉力胎，叶哥店里的装胎机装不了。"

叶哥点头："不是哥们儿不帮你，拉力胎实在是太硬了。"

眼下还有更麻烦的事，他们没有维修队，唯一能援助他们的就是叶哥和叶哥店里的几个员工。但员工们平时顶多修修家用车的故障，比如发动机敲缸、卡钳磨损……

所有配件到齐后，他们在仓库草草吃了午饭，然后安静地等着人送车架。

"哪儿来的车架，多少钱买的？"夏千沉问。

车架是钟溯买的，钟溯那三十万也不经花，还得留点儿钱去站点赛用。

钟溯说："09 号赛车的车架，没多少钱。"

夏千沉愕然地看向他："不是报废了吗？"

"是废了，但毕竟是碳纤维车身，GP 正好卖废配件给叶哥的朋友，我就买过来了，这会儿在做修复，下午 3 点送来。"

夏千沉一时百感交集。三百万的改装赛车的配件，最后竟然沦落到被卖给二手汽配店的地步。

"我们这个赛季要把 GP 压死，"夏千沉捻着手指，"我们要拿年度冠军。"

这一周，两个人几乎所有时间都是在叶哥的仓库里度过的。

二手配件灰扑扑的，有些东西还沾了泥土，得先把上面的泥土刮掉。

两个人经常忙到半夜，叶哥和员工们下班后也还在改赛车，每个配件都亲手装上去，颇有一种"自己装的赛车就算路上散架了也是活该"的莫名其妙的英勇感。

把一堆配件慢慢组装成一辆车的成就感非常大，两个人在昏暗的仓库里从天亮忙到天黑，再骑着摩托车一起回家。夏千沉有一天直接在后座上睡着了，差点儿出事故，第二天钟溯用捆轮胎的绳子把夏千沉绑在了自己身上，后来夏千沉觉得这样很容易被交警误以为人口拐卖，纠结了许久，在被误会和掉下摩托车摔得半身不遂之间选择了前者。

仓库里，钟溯的皮肤上出了一层汗，夏千沉给他递扳手，从配件堆里找到了汽油滤清器，问他："这个应该不能用了吧？明天找个厂买个新的。"

"哦，对，"钟溯满头的汗，点头，把额前的刘海往后捋了一下，"忘了说，这个我买过了，在前面店里，我去拿。"

说完，钟溯站起来，夏千沉刚好在他面前，挡住了他的去路。夏千沉刚让开一步，钟溯又刚好挪到他让开的地方，还是被挡住了。夏千沉再让，钟溯再挪，两个人跟较劲似的，让一下，挡一下，然后两个人"扑哧"笑了。

夏千沉无奈地笑："默契呢，钟溯，默契呢？"

钟溯也笑："我觉得你知道我会往左边走，所以我才想从右边过。"

夏千沉："我知道你想从左边走，但我觉得你应该会知道我要从右边让，你应该会从左边走，所以我才往右边让。"

"明白了，你预判了我的预判。"钟溯说，"这样，你别动了，我来动。"

"行，你动。"

赛季第三站，西珑山拉力赛。

西珑山脉位于西南地区，左右共七座山，海拔均高于4000米，是川青线的必经之地，汽联将第三站设在这里，也是一种展望。西珑山拉力赛结束后，便是川青拉力赛了。

两个人拼拼凑凑所有余额，最后租了一辆维修车，雇了两个汽联的维修工，以全场最低配置出发前往西珑山。这次站点赛他们要尽量节约成本，以随时应对突发情况。所以这次由夏千沉开车，从沪市出发，路程长达2000千米，需要21个小时。

维修工可以跟汽联的车前往站点，这样节约了维修工沿途休息的成本，同样，为了保持充沛的体力，他们决定把21个小时的车程分三天完成，每天赶7个小时的路。

出发日，收拾行装。

这是夏千沉职业生涯里第一次没有从车队出发。出发点是叶哥的汽配店，叶哥给他们买了早餐和功能饮料，还在维修车里挂了个一路平安的符。

新改装的赛车只有车架还是熟悉的车架，其他配件全是另外的车淘汰下来的。夏千沉没有车队，赛车自然也没有编号，所以夏千沉决定给这辆车起个名字，叫它"飞翼"。

夏千沉把赛车开进维修车后挂车厢里，两个人和叶哥道别，踏上了前往西珑山的路。

对夏千沉来说，除了身边的钟溯，什么都变了。从今天起，不再有人絮叨股价和赞助，不再有"你是全村的希望"的压力，他只需要像真正的豹子一样，飞奔在山林、雪地和荒野上。

两个人上午9点出发，马不停蹄地开了300千米，在服务区吃了午餐，休憩片刻，继续赶路。傍晚7点，他们下了高速公路，休息。他们比较随缘，夏千沉觉得有些疲了，就在最近的出口下了高速公路。下来后，可能来到了某个村镇，可能来到了某个城市的边缘。这些地方就像当初的沙漠一样，人少，星空都很美。

两个人挑了个看上去还不错的旅馆，钟溯提出夏千沉在旅馆睡，他在车上睡，理

157

由是这地方太荒凉，他担心有偷车的。夏千沉细想了想，觉得有道理。

夏千沉一个人进了旅馆，钟溯把维修车停到了旅馆后院里，他头顶就是夏千沉的房间。

夏千沉洗完澡，趴在窗边往下看，能看见维修车后挂车厢的顶。这种感觉挺神奇的，有点儿像……逃亡？到哪里累了就停在哪里，夏千沉忽然有个大胆的想法，关上窗，合上窗帘，去床上躺下，然后发微信给钟溯。

夏千沉：站点赛跑完了，我们就去西青吧。

夏千沉：站点赛结束赔偿金就到了，去不去墨朵？

他们之前说好了，要跑一趟墨朵公路。夏千沉有太多地方想去看看，不仅是墨朵。这次没有车队束缚，没有赞助商施压，没有必须跑到哪里的死命令，这次他们是自由的、洒脱的，到哪里累了，就停在哪里。人生能有几次这般恣意行事，离开沪市，离开GP，离开重重桎梏之后，他才发现——这才是他热爱拉力赛的原因。

片刻后，钟溯回了微信。

钟溯：我们可以留在西青，一直到川青拉力赛。

夏千沉看着这句话，倏然觉得自己和钟溯之间有了极强的共鸣。他从床上跳了起来，拉开窗帘，推开窗户往下看。钟溯没待在车里，而是盘膝坐在维修车后挂车厢的顶棚上，抬头看着夏千沉。有一瞬间，钟溯觉得仰望大概就是这种感觉。

他们继续前行。途中，娜娜发来慰问信息，GP也出发了，GP的四驱组没有夏千沉后，原本跟着夏千沉的队伍全都去辅佐曹晗锡了。娜娜在微信里说，最近曹晗锡被施压，人都恍惚了。

夏千沉只是握着维修车的方向盘，说："你回复娜娜，说，告诉曹晗锡，在自己脑子里设几个屏蔽词。"

钟溯在副驾驶位上帮他读微信回微信，回完这条，"叮叮叮"，又进来一条。

"谁发的？"夏千沉问。

"秦飞尧。"钟溯说，"是……你那个赛车场的朋友？"

钟溯对这个名字有印象，当初那几个人来餐厅，钟溯还特意问过夏千沉，秦飞尧又是谁啊？

"四驱超跑的车主？"钟溯又跟了一句。

夏千沉点头："对，他说什么？"

钟溯点开对话框，给他念："赛车场来不来？"

"你回，人在比赛。"

钟溯闷闷地打字：人在比赛。

秦飞尧秒回：那你什么时候回来？

钟溯觉得很不爽，关你什么事，说："他问你什么时候回去？"

夏千沉："两个月吧。"

钟溯回过去后，又说："他问……你现在有对象没，他那儿有个玩得不错的姑娘，想认识你。"

夏千沉："……"

车厢里静默了片刻，夏千沉心里想的是：算了吧。

"你回他，不用了，我没兴趣。"夏千沉赶紧说。

还好，秦飞尧不是爱管闲事问东问西的人，很利落地回了个"好的，比赛顺利"，便没有了下文。

维修车平稳地行驶在高速公路上，货车限速每小时100千米，他们左边的小型车全都以每小时120千米的速度往前蹿，倒显得他们优哉游哉。

日落后，完成了今天的7个小时的驾驶时长，他们依然就近下高速公路，这次来的地方是城区，有停车场，钟溯不需要睡在车里。行进到这里，他们已经进入西南地界。这里和南疆不太一样，南疆是热烈的旷野，这里是静默的冰原。

酒店的陈设带了些民族特色，夏千沉早早地冲了澡躺下，钟溯则去酒店旁边的加油站买桶装汽油。这次没有完备的后勤组跟着，什么都要亲力亲为。去加油站前，钟溯在酒店楼下点了根烟。钟溯不知道的是，有人也下楼了，去酒店后院，也点了根烟。

两个人隔着一栋酒店的高楼，一前一后，同步地夹着烟，在风里弹了两下烟灰。那点儿烟灰本色出演了灰飞烟灭，两个人抬头望着同一个月亮。

夏千沉望着月亮，惆怅了一会儿，摁灭了烟头，丢进垃圾桶，刚好和买汽油回来的钟溯打了个照面。钟溯得把汽油桶放进维修车里，问："你怎么下来了？"

"我抽根烟。"夏千沉说。

放好汽油后，两个人一起坐电梯上楼，各怀心思。

这份忐忑心情一路陪着他们抵达发车点的镇子。汽联的人知道他们势单力薄，特别为他们支了个维修站。夏千沉和钟溯道了谢，然后去见了从汽联雇来的维修工，很幸运，两个都是大工，这令人很安心。

休整一晚，次日勘路。勘路结束后，来到SS1发车线。夏千沉有点儿紧张，环沙事故后，他已经将近两个月没坐在S级赛车里了。他系好安全带，戴好头套和头盔，然后做了个深呼吸。不过很快，这种紧张感在裁判倒计时前消失得荡然无存。

夏千沉握住方向盘，这辆车是他和钟溯的心血，他要开着这辆一百多万的S级赛车力压群雄，拿今年的年度冠军车手。

159

"飞翼，2.5T 四驱，赛车手夏千沉。"

"飞翼，2.5T 四驱，领航员钟溯。"

倒数器在左前方，夏千沉目光如炬，很快进入了状态，仿佛不只是眼睛，整个人都在凝视倒数器。3，2，1，二手的 S 级 OC 发动机重返赛场，给它的新主人绝对的动力，双涡轮增压也给予赛车不俗的推进力。这辆 S 级赛车上所有的配件，都来自在五湖四海征讨杀伐过的赛车，就像《游戏王》里的"黑暗大法师"组合卡一样——合成即胜利。

西珑山脉山高谷深，但海拔落差不算非常大，不像云天大道那样海拔急剧上升。这里相当漂亮，山脉起伏，有草甸、针叶林、河谷，甚至雪山。

这就是拉力赛不同于场地赛的地方，用赛车，跑在教科书上。

"左 2 紧接曲直向右。"钟溯报路，"切弯。"

夏千沉几乎是在赛车冲出发车线的同时完全进入了状态，左脚踩刹车，右脚踩油门，左手握方向盘，右手握变速杆，眼睛看路，耳朵听路书。他整个人瞬间达到完美的驾驶状态："温度不够。"

"我知道。"钟溯说，"收点儿油，前方涉水过河。"

西珑山脉分布着数不清的冰川融雪形成的溪流，这辆车的轮胎是钟溯下血本买的特制轮胎，即使涉水，抓地力依然优秀。

"过河。"钟溯说。

车辆涉水不能快也不能慢，要恰好地保持发动机不呛水和排气管不进水的速度，发动机有进气口，排气管有排气口，有时候即使是专业车手，也会在涉水的时候出意外。

夏千沉完美地控制油门，赛车两边扬起了弧度完美的水浪，最后一脚油门上岸。

"漂亮，前 100 米进山林，长直线 1 千米，树多。"

山林左下方是夏千沉从未见过的深山中的草原。

"我们跑了多久？"夏千沉问。

钟溯不用看表都能回答他："14 分钟左右。"

"领先吗？"夏千沉又问。

"你一直领先。"

赛车灵活地穿梭在山林间，树多的地方十分考验驾驶员的手脚协调性，如果驾驶员要保持速度，那么光靠踩刹车和油门是不行的，还要退挡、进挡，依靠手刹调整车身姿态，快速切换过弯和直行状态。

钟溯同样业务能力超群："15 米躲树根。

"10 米躲石头。

"10米右侧有水。"

夏千沉："虽然我以前已经感叹过一次了，但还是想再说一遍，你眼神真好。"

"那我也再说一遍，"钟溯的视线还落在前方，他笑了笑，"你的车技也是真的好。"

西珑山SS1，山林赛段，这辆没有任何广告和赞助商商标的赛车，行进107千米，耗时59分56秒，冲过了赛段终点线。

夏千沉跟裁判打了个手势，钟溯在副驾驶位上笑着摘掉了头盔。

有那么一瞬，两个人仿佛回到了第一次合作灰雀山拉力赛时，夏千沉冲过终点线后没有立刻回维修站，而是慢悠悠地开着赛车顺着山路溜达。

"降温？"钟溯问。

"废话。"夏千沉说，"这套刹车盘片七万块，烧了我也不能烧了它。"

钟溯苦笑："不至于，我这儿还有二十多万，真烧了再买一套也行。"

赛车在山林里漫无目地前行，夏千沉整个人很轻松，有些信马由缰的意思。

"那不行，钱要花在刀刃上，不能花在刀把上。"夏千沉说。

"对了，"夏千沉问，"这边有什么好吃的吗？"

钟溯想了想，说："牦牛肉？"

"挺费腮帮子吧？"夏千沉有点儿为难，"再说一个。"

"那……糌粑？酥油茶？"钟溯试探着问。

夏千沉回忆了一下自己上一次跑川青拉力赛时吃过什么："反正没车队了，今晚去国道旁边找个卖焖羊肉的。"

"行。"

收车后，两个人跟汽联租了辆车，从山脚的镇子开上了国道。

如今经济发展得不错，国道两旁已经不像早几年那般荒芜，有许多小旅馆、小餐馆和修车店，甚至还有奶茶店。

"喝点儿什么？"钟溯问。

夏千沉停好车，拉上手刹，熄火，坦言："想喝酒。"

"SS2是后天，"钟溯想了想，"少喝点儿也不是不行。"

国道旁的餐馆里，酥软的羊肉焖煮入味，冰镇的啤酒滑进喉咙，夏千沉舒爽地叹了一口气，说："回去你开吧。"

钟溯愣了愣："你不是晕车吗？"

"嗯，"夏千沉点头，"刚好把酒吐出来。"

"别闹了，一会儿就在马路对面找个旅馆住。"钟溯放下筷子，觉得对面的人今天有点儿不对劲，于是夹了块肉放在夏千沉的碗里，"你是不是有什么烦心事？"

"有，"夏千沉抬眸看着他，"很烦的那种心事。"

钟溯点头，放下筷子："说给我听听？"

"你有吗？"

钟溯问："我有……什么？"

"烦心事。"夏千沉说。

"有。"钟溯望着他，"很烦的那种心事。"

夏千沉喜欢这里，因为它静默、清晰，雪山和经幡能让人自然地放空。

从国道旁的餐馆出来，夜空澄净晴朗。

夏千沉没说他的烦心事，他没喝多，但是真的很想把那辆黑金超跑卖了。资金紧张这件事已经困扰了他和钟溯很多天，他知道，他和钟溯烦的大概率是同一件事。如果他先斩后奏，背着钟溯卖车，钟溯会不会跟他翻脸？

他们最后在餐馆附近的旅馆歇了一夜。

次日一早，钟溯跑了三四家小超市才买到一盒冰牛奶，回到旅馆的时候，夏千沉起床了，在打电话。夏千沉面色有些凝重，立于窗边，换了浅藕色的 T 恤和白色工装裤，神清骨秀。他举着手机朝钟溯走过来，很自然地接过了钟溯手里的冰牛奶，对电话那边的人说："行，换吧，我一会儿转钱过去。"

"怎么了？"夏千沉挂断电话后，钟溯问。

"赛车后桥变形了，分动器也得换。"夏千沉插上吸管，"赔偿金还不打过来的话，我们 SS2 再有车损怕是修不了了。"

钟溯想了想，解锁手机，把几张卡里的余额整合了一下："我想想办法。"

"你不就剩二十多万了吗？那钱得换胎买油。"夏千沉有点儿烦躁，坐下来喝牛奶，"现在还能撑一撑，大不了下个赛段开保守一点儿。"

钟溯不能点石成金，房间里只有夏千沉嘬吸管的声音，他们陷入了僵局。

一辆改装的 S 级赛车掏空了两个人的存款，如果不是景燃的情况理想，留给他的那笔钱也被拿出来买配件，恐怕他们连名都报不上。

事已至此，夏千沉喝光了牛奶："我卖车。"

"不行。"钟溯站了起来，"给我一天时间，我想办法。"

两个人不欢而散，返回山脚后，夏千沉径直去维修站里看车，钟溯则往反方向走去。

西珑山拉力赛是本赛季第三站，不少积分低的车队就指望这场比赛能翻身，其中便包括四驱组只剩下曹晗锡的 GP，如果曹晗锡在西珑山追不上来，那 GP 今年就真是雪上加霜。

GP 的维修站在 SS1 发车线附近，这次 GP 来了不少领导，把当初放在夏千沉身上的压力转移给了曹晗锡。

钟溯敲了敲铁皮仓库的门，果然，里面五六个领导围着曹晗锡坐着。这几个领导都五十来岁了，中年发福，坐在维修站里的折叠小板凳上，看上去很让人窒息。

"周总。"钟溯把目光放在其中一人身上，说，"当初我们签的合同规定过，只要我带夏千沉上环沙，额外有六十万奖金。"

周总撑着膝盖站了起来："是，但……但是现在车队的情况你也知道，要不……就抵了你的违约金吧？"

"不抵，汽联把赔偿金打过来之后，我会付违约金。"钟溯声音低冷，"没有现金没关系，把你们的配件仓库开放给我。如果你们不嫌 GP 官司多的话，这个站点赛结束，我们按照合同和损失在法庭上好好聊一聊。"

周总看上去很为难，他手底下的车队今年出了不少么蛾子，出事故的，不争气的，最大的损失虽然是夏千沉造成的——明年有个赞助没了，但责任不能推给夏千沉。而且，车队另一个赞助也摇摇欲坠，当初也是冲着夏千沉来的。要是夏千沉和钟溯再把这事闹大了，周总大概可以从办公室搬去一楼保安室当保安了。

"小钟，"后面的一个人站了起来，说，"能不能给我们 5 分钟，让我们商量一下，好吗？"

钟溯点头，并拿出手机，倒计时 5 分钟："5 分钟后我再进来。"

仓库里面的人在商量。

"不能让他们再闹一遍了，你知道为什么泽恭海运还在赞助我们吗？因为我们资助了那个肾衰竭的小孩儿！本来是夏千沉和钟溯资助她全部医药费。泽恭海运的态度还不明显吗？泽恭一直都很欣赏他们。"

"是的，只要泽恭海运没有表态，明年稳住这个赞助商还有希望。"

"那现在怎么办？要真从车队公账走现金，明天我就不用干了。"

"仓库给他们吧。"

有人说："给可以，不能白给。"

其余人把目光投了过去，那人说："请钟溯喝两杯。"

他们只有两个维修工，夏千沉焦头烂额地跟维修工一起修车修到晚上，最后一次调试结束，仪表盘终于正常了。夏千沉卸了力气："辛苦了。"

"应该的。"维修工说，"调校好了就行，你赶紧回去休息吧。"

夏千沉抹了一把汗："行。"

两个维修工走后，夏千沉又启动了一遍赛车。他坐在主驾驶位筒椅里看着仪表盘，转速慢慢降了下来，然后保持住，机油压力、汽油压力、水温、偏时点火系统，都是正常的。他熄了火，这时候才想起来钟溯已经消失好几个小时了，然而早上才闹过别扭，这会儿竟有种谁先找对方谁就输了的感觉。

搞什么？退一步讲，还是同事呢，夏千沉想。

夏千沉刚掏出手机，手机响了，电话是娜娜打来的。

"你人呢？过来把你家领航员接走，我弄不动他。"

夏千沉问："啊？他怎么了？"

娜娜说："喝醉了。"

夏千沉赶到的时候，钟溯已经被娜娜搀扶着走了一段路了。烂醉的人靠在路灯灯杆上，娜娜在旁边看着他。

"他疯了吗？明天有比赛他还喝酒？他跟谁喝的啊？"夏千沉走近。

小镇夜里很安静，路灯下飞着一些蝇虫。

娜娜手里捏着一张纸，递给夏千沉。他拿过来，这张 A4 纸是一张有签名和手印的承诺书，GP 负责人承诺 GP 的维修站仓库在西珑山站点赛全程向夏千沉开放，提供所有赛车配件，以此抵销钟溯当初应得的环沙奖金。

"其实钟溯知道他们是故意灌酒，曹晗锡没有你车技好，他们觉得把领航员灌醉了，明天能挫一挫你的实力。"娜娜说。

夏千沉把钟溯扶稳，架住他："谢了娜娜，这纸你帮我收一下吧，我把他弄回去。"

娜娜点了点头。

论力气，夏千沉自然没的说，但他今天修车忙了太久，钟溯的大部分重量压在他身上，他没劲了。而且他现在还不能骂钟溯，因为钟溯真的想到办法解决了这件事。

GP 完全可以耗着或者拖着，但 GP 选择把钟溯灌醉，开放他们的仓库，提供配件，说明 GP 现在更大的需求是减弱夏千沉的战力，让曹晗锡能在这个站点拿积分。这么想着，夏千沉咬着牙，更愤恨地想要把 GP 踩碎。

距离他们落脚的酒店还有 2 千米，但现在折去维修站，只有 200 米，夏千沉喘着粗气，把钟溯折腾到了维修站里。铁皮仓库里只有折叠凳，夏千沉干脆把钟溯放在地上，让他靠着赛车的轮圈，然后蹲下来，审视着他。

"钟溯。"夏千沉叫了他一声。

钟溯没有反应。

"为什么跟他们喝酒？"夏千沉的声音有些冷淡，"为什么不让我卖车，为什么还愿意跟我上赛道？"夏千沉对着一个醉到视线都无法聚焦的人进行单方面审问。

原本以为得不到任何回应，可钟溯努力地让自己和夏千沉对视。

"SS2 是明天傍晚，足够 12 个小时，我能通过体检。"钟溯说，"你别担心。"

"我问你这个了吗？"

"你别担心。"钟溯声音沙哑，"明天比赛我不会被影响，曹晗锡追不上我们，这个站点的冠军，是我们的。"

GP的人把钟溯灌成这样，就是想让他们明天失利，甚至再阴险一点儿，他们想让夏千沉出事故，最好严重到退赛。

钟溯大概喝到了再多一点儿就会断片的程度。他控制得很好，让GP的人满意，也在自己承受的范围内。

"对不起。"钟溯闷闷地说，"别生气。"

"你解决了配件的问题，我为什么要跟你生气？"夏千沉说。

钟溯眯了眯眼睛："不生气就好。"

夏千沉："……"

钟溯的记忆停在了夏千沉朝自己走来的那一刻。他靠在路灯灯杆上的时候，听见旁边的娜娜给夏千沉打了电话，让夏千沉来把他接走。直到看见夏千沉，他才放心大胆地松开脑子里的那根弦。他再次醒来，视野里是旅馆房间的天花板。他移开视线，看向旁边，没有人。

片刻后，夏千沉从卫生间里出来，发梢滴着水珠："醒了啊？"

"嗯。"钟溯坐起来，头很痛，他抬手揉了两下太阳穴。

夏千沉递来一杯牛奶，说："常温的。"

"谢谢。"钟溯说。

"不客气。"夏千沉字正腔圆，不带感情。

钟溯喝了一口，想起来没刷牙，把牛奶杯放在床头柜上，问："承诺书呢，我昨晚给你了吗？"

"让娜娜收着了。"夏千沉说，似乎知道钟溯在担心什么，又补充，"娜娜没问题，我信得过她。"

"嗯。"钟溯点头，"你信任她，我就信任她。"

"……"夏千沉点头，"行。"

SS2，194千米，环山赛道。

下午4点开始发车，每辆车之间相隔2分钟。

轮到飞翼上发车线，计时器倒数120秒，夏千沉呼出了一口气，偏头问："今天天气怎么样？"

"阴，没有雨。"钟溯说，"但是湿度高，泥地会很松，你要注意轮胎抓地力。"

"嗯。"

钟溯的反应很正常，完全没有被酒精影响，整个人就是这样——昨晚喝多了，昨晚被夏千沉接走了，醒了，又是新的一天，状态依然在线。

夏千沉踩油门、进挡，赛车冲出了发车线。

山林树丛急速后退，夏千沉听着钟溯清晰的报路和倒数的声音，赛车四个轮子带起飞溅的泥污，砸在车架、车窗和风挡玻璃上。

"路滑，"钟溯提醒他，"胎不够暖，夏千沉。"

夏千沉却说："地这么滑，哪里用得着暖胎？——我去！"

话音刚落地，车在转向时失控了，前轮忽然失去抓地力，过弯的时候打方向盘，车头不是"拧"过去的，而是"溜"过去的。

"倒一把吧。"钟溯说。

只能倒一把，夏千沉挂挡退出来，重新出发，耽误了将近 10 秒。

赛车在山林间迅捷如风，在河床上风驰电掣，在沙石路上高歌猛进，到了峭壁边的环山路上——

"右 4 紧接曲直向右，路窄。"钟溯说，"别怕。"

这里的悬崖没有玉山天路的那么陡，而且视野好，夏千沉能清晰地看到道路。

"没怕。"夏千沉说，"少说废话，确定不会下雨？"

闻言，钟溯抬眼看了看天。密云暗涌，云层呈冷灰色，怎么看都是马上会下暴雨的样子。钟溯说："不会。"

"行。"

在玉山天路的断崖上翻滚完全没有让夏千沉对峭壁有任何心理阴影，他的领航员说不会下雨，那他就撒开了脚踩油门。夏千沉还是那个猖獗无度的夏千沉，在峭壁边漂移，在断崖边甩尾，在陡坡上跳跃。

"最后一个左 2 接 1 千米长直线到终点。"钟溯合上笔记本，知道这 194 千米开下来，赛车的前束和倾角出了问题。因为夏千沉转方向一次比一次猛，几乎每次打方向盘，他都在根据赛车倾角的变化进行控车，赛车轮胎外侧的磨损已经相当严重，但他依然让赛车稳固前行，他的控车能力真的是钟溯从业以来见过的最强的。

很快，1 千米的长直线结束，赛车的尾翼也越过终点线——左前方传来一声"嘭"的巨响，左车头下沉，轮胎冒出青烟，赛车彻底不能动了。

"拖去维修站。"夏千沉下车，摘下头盔，想起来现在只有汽联的人给他帮忙，故而添了一句，"麻烦了，谢谢啊。"

钟溯把他的头盔接过来，绕去车头看了看轮胎的情况："没事，我们带了六组胎过来。"

"我知道，所以才这么开的。"夏千沉舒出一口气，"走吧，去喝点儿水，帮着一起修车。"

没有车队就是这点比较麻烦，赛段结束后他们不能撒手不管，得去一起修车。

SS2 终点的仓库也是汽联提供的临时铁皮仓库，大工从 GP 的仓库里拖来了他们要换的配件，此时可怜的赛车停在仓库中央，这个画面让钟溯无端感觉有点儿眼熟。他盯着赛车的轮圈看了一会儿，不自觉地蹙起眉心："昨晚，我是不是也去了仓库？"

夏千沉差点儿被呛死，咽下矿泉水，慢悠悠地偏头看过去："怎么了？"

"去了吗？"钟溯问，"我的记忆有点儿模糊，我昨晚有没有干什么离谱的事？"

"也不算吧。"夏千沉说，"每个人对离谱的界定不一样，得看人怎么理解了。"

多么中肯的回答啊。

钟溯确信地说："我们去了仓库，对吧？镇上仓库的位置在饭店和酒店中间，你是不是搀着我往酒店走，没劲了，去仓库歇了一会儿？"

猜测很合理，事情也确实是这么发展的。

夏千沉"啊"了一声，维修工这时叫他们过去搭把手。

喝酒断片这种事到底还是分人，有人忘了就是彻底忘了，有人后面会慢慢回想起来。钟溯属于后者。钟溯很欣慰自己属于后者，因为这样他才能确定他的酒品不是太糟糕。

"好了。"夏千沉从赛车里出来，"方向正常了，后桥有点儿别扭，今天扫树了，明天发车之前再调校一次就行。"

暮色四合，山野的晚风很凉，夏千沉朝钟溯走了过来："走了，回酒店。"

"哦……"钟溯木木地跟上。

SS3，聂戈山。

聂戈山是西珑山脉中海拔最高的一座山，海拔有 6000 多米。海拔高意味着空气稀薄，意味着赛车也同样会缺氧。在发车线的时候，已经有人出现胸闷气短的症状，所以 SS3 的赛前体检很严格。夏千沉这位川青北线之王不动如山，领航员钟溯过了体检之后还抽了根烟。

"给我一根。"夏千沉说。

钟溯递给他一根烟，然后拢着火机凑过去帮他点烟。

夏千沉微微低头，将烟尾置于火苗尖端，然后轻轻吸了一口。烟纸迅速燃烧，夏千沉抬手将烟夹了下来，吐出烟雾。他很随意地靠在赛车车身上，赛车服勾勒出他漂亮的身形，他身材比例相当好看，两条腿散漫地交叉立着，腿长得离谱。

两个人把烟灰弹进矿泉水瓶里，往一个瓶嘴里弹，有时候恰好同时弹烟灰，碰到了，便相视一笑。

很快，裁判通知所有人进等待区准备发车，他们便把烟头丢进瓶子里，把瓶子丢进垃圾桶，一个进主驾驶位，一个进副驾驶位，戴好头盔，扣好安全带，进入状态。

"今天有雨。"钟溯说，"气温 19 摄氏度，地表温度 9 摄氏度，能见度 11 千米，湿度 76%。"

"好。"夏千沉调试了一下通话器，"通话器正常。"

"通话器正常。"钟溯回应他。

"起步准备。"钟溯看向穿着张扬的红色赛车服，戴着黑色头盔，永远坚毅又自信的夏千沉。

"准备就绪。"夏千沉空踩了一脚油门。

聂戈山今天的雨是雷阵雨，山里的雨通常是一片乌云一片雨。雨天山林路滑，而且泥土松软程度不同，四个轮胎的抓地力也不同，今天会有很多车出事故。

"10 米躲水坑。"

雨刮器已经以最高频率工作，但依然敌不过山野的疾风骤雨。夏千沉脚刹手刹一并用，猛打方向盘让轮胎横着压水，然后迅速回正车身继续往前开。他的操作流畅且帅气，钟溯继续指挥："漂亮，前 50 米左 4 进沙石路，有积水。"

"跑多久了？"夏千沉问。

"23 分半左右。"钟溯说，"领先，这种路不会有人比你快。"

即使用的二手发动机，即使没有庞大完善的后勤队伍提供助力，夏千沉也是赛道上随风前行的赛车手。

"曹晗锡在我们前面第几个发车的？"夏千沉问。今年他势必要碾压 GP。

钟溯回忆了一下："前面两三个。"

"我甩他多少？"夏千沉问的是前面两个赛段加一起的总用时。

钟溯说："甩他 2 分 40 秒，再给他两个涡轮他也追不上来。"

"我是不是警告过你，你这张嘴别害我？"夏千沉说。

钟溯收声了。

聂戈山的雨真是一片云一片雨，冲过了这片雨幕后，终于恢复视野，赛车轰鸣着驶过，惊起飞鸟，卷起的风带动着旁边的植被左右摇晃。

夏千沉利落地刹车，赛车的车身整个横了过来，完美闪避了钟溯提醒他要躲的树根，然后立刻反打方向盘扳回前轮，继续冲向下一片雨中。

夏千沉的刹车永远恰到好处，刹车时不能让车轮锁死无法转动，且要发挥出绝对的刹车力，那是无数次踩刹车练出来的，普通车手要达到这个水平，怎么也要练个一年半载。所以说，他是天才。

到达 SS3 终点，他们才得知 GP 的曹晗锡因为赛车传动轴断裂而退赛。自此，GP 掉出这个赛季四驱组的积分线，曹晗锡也无缘年度车手。无法排上年度车手，没有影响力，没有成绩，天才之傲失去了夏千沉之后，终于被现实一通重击。

次日，SS4。

"这个赛段有积雪，你要换胎吗？"钟溯边走边问。

他们正在往 SS4 的签到台走。

"不想换，"夏千沉说，"大不了过雪的时候慢点儿，还是上拉力胎。"

钟溯笑了笑："曹晗锡都退赛了，你还这么拼干什么？"

"让 GP 更绝望。"夏千沉说，"让他们知道，我就算开二手组装赛车，也能让他们难以望其项背。"

夏千沉拿起笔，在签到表上写下名字，然后把笔递给钟溯。到这里，他们已经能看见远处的自然保护区，那是川青高原上最大的古冰川遗迹保存地。

"我记得在地理杂志上看过这儿。"夏千沉说，"当时看照片、文章介绍说，那儿的航拍图看上去就像火星探测器拍摄的火星表面。"

钟溯和他并肩站着："嗯，是世界范围内都非常罕见的地貌。"

他们看了一会儿，返回等待区，坐进赛车，开始 SS4 的征途。

"明天最后一个赛段跑完，我们去哪儿？"夏千沉戴上头盔。

他们说好了，西珑山拉力赛结束后就去西青，然后留在西青，直到川青拉力赛开启。这期间赔偿金会到账，他们将有足够的资金、足够的时间和足够的自由。

人活一生，难得有这样放纵的机会。

钟溯说："到时候上国道，开到哪里是哪里，怎么样？"

"好啊，"夏千沉点火，挂挡，"开到哪里是哪里。"

"可惜了，它不能上公路。"钟溯拍了拍赛车的车门。

夏千沉却不觉得可惜："它本来就不属于公路。"

告别西珑山后，本赛季第三个站点赛结束。

站点积分最高的冠军赛车，没有编号，没有车队，没有赞助商，它的车身上只有两个名字，它的赛车手和领航员。这是开设年度赛季站点赛以来，头一回出现自由人积分最高的情况。夏千沉离开 GP 后，他的信息表上的积分也跟随他一起离开了 GP。这个恣意洒脱的赛车手，不属于任何车队，高居榜首傲视群雄。

夏千沉和钟溯收到了汽联如约转来的赔偿金，把赛车送上租来的维修车，雇了司机，把这辆车送回沪市，暂时放在叶哥的汽配店里。他们留在这里，和汽联的人告别，和两位维修工告别，再和娜娜告别，然后在连锁的租车行租了一辆越野车，带上行李，开上了川青线。

夏千沉和钟溯把行李箱放进越野车后座，重新出发。左边是雪山蓝天，右边是草原林海。夏千沉把矿泉水递给钟溯，钟溯拧开，再递回去。

"真的不开导航吗？"夏千沉问，"迷路了怎么办？"

钟溯看了他一眼："顺着国道笔直开下去，就能到日光城，有路标。"

"也好。"夏千沉说。

开了3个多小时后，已经能明显地感觉到进入西青了。风里飘着彩色的经幡，这里的人认为，经幡每被吹起一次，就是诵经一次，天神会听到，天神会回应他们的祈祷。路边有朝圣的当地人，近处有马群，远处有羊群。高原地区强烈的紫外线让这里的人们拥有和地貌一样的野性，西青保有原始又天然的一切。

夏千沉握着方向盘，钟溯在副驾驶位上和他有一搭没一搭地聊着天。

夏千沉问："对了，你酒量到底怎么样，那天喝了多少？"

钟溯想了想，回道："刚刚好在我喝醉的边缘，你应该喝不过我。"

"看不起谁呢？"夏千沉说，"你喝多了还不是得我去接。"

钟溯哑口无言。他没什么能反驳的，识趣地闭嘴了。

他们停下来休息和吃饭。

吃饭的时候，夏千沉忽然问老板娘："请问从这儿到墨朵有多少千米？"

老板娘思索了半天："哇，1000千米吧……"

1000千米，倒也还好，夏千沉问钟溯："去吗？"

"好。"钟溯说。

"吃饱了吗？"夏千沉问。

"饱了。"钟溯答。

时间还早，不到晚上7点，夏千沉利落地拎上旁边凳子上的背包，说："继续走吧，让西青净化一下你的心灵。"

距离日光城还有1200千米，路标是这么写的，他们顺着国道往前开，在哪里累了就在哪里休息，不过没有在国道旁边停车，而是下了国道前往附近的县城。日暮时分，县城里不算热闹，也不是很萧条。这里地广人稀，县城很大，夏千沉跟着导航开了起码十五六分钟才到酒店楼下。要先给车加油，夏千沉打电话给租车行老板问加多少号汽油的时候，钟溯往下搬行李，然后推着行李去酒店大堂。

大堂办理入住手续的服务台那里有一个旅游团，乌泱泱一群人，钟溯便先在沙发上坐下了。加油站在酒店对面，他透过玻璃墙能看见他们租来的那辆越野车正在95号汽油的加油机那儿排队。明明看不见驾驶员，他还是固执地望着那个方向。

终于等到那个旅行团全部办好入住手续，夏千沉也回来了。开了这么久的车挺累的，他伸了个懒腰："这么多人，酒店房间够吗？还好我排队加油的时候线上预约了。"

拥有赔偿金后，富有的夏千沉毅然和钟溯开了两间房。

躺下后，夏千沉拿出手机，在汽联论坛上刷了一会儿，然后看了一眼赛季站点积分榜，再打开朋友圈。钟溯在1分钟前发布了一张照片，川青线上随手一拍的那种。这条线上随便拍一拍的照片都能当屏保，钟溯配的文字是"心灵确实被净化了"。

夏千沉点了个赞。

次日一早，两个人退了房，继续出发。

租来的越野车动力还不错，夏千沉开车的时候有一种专注且从容的帅气，钟溯偷瞄了好几眼。以前在赛道上，钟溯必须一刻不离地看路，判断距离，读路书。眼下在公路上，副驾驶就是个陪聊的，可以看看风景，看看驾驶员，看看路边的商店，看看后视镜。

这条国道是最美的一条国道，远方是高山，近处有游牧的人，偶尔他们还要停下来等等羊群。牧羊犬在这里是要干活的，当地人养得最多的两种狗是牧羊犬和藏獒，一条牧羊，一条护卫羊群。

等羊群过马路的时候，旁边骑摩托车的小伙儿敲了敲他们的车窗。

夏千沉把车窗降了下来："怎么了？"

小伙儿嘴唇干裂，可能是这一路被风吹的，看上去相当缺水。小伙儿说："兄弟，有矿泉水吗？我的手机和钱包都被偷了，最后一点儿现金给车加油了。"

夏千沉"啊"了一声，让钟溯拎两瓶后座上的矿泉水来给他，又问："你报警了吗？"

年年都有骑行来西青的人，年年有骑行者出意外的新闻，但这些新闻并不能阻止年轻人对西青的向往。

小伙儿说："不，我就这么去西青！我要去雪山！谢谢你了，兄弟！"

说完，小伙儿拧油门，没影儿了。

车厢里的两个人对视了一眼，夏千沉问："这小子怎么回事？"

"可能急着净化心灵？"钟溯问，"要追上去帮帮他吗？"

"怎么追？他是个不礼让羊群的人，我撞开羊去追他？藏獒不得跳上车把我撕了？"

钟溯偏头看过去："我打得过藏獒。"

"你不要跟我讲话。"夏千沉冷漠地说。

车前的羊看了过来——"咩。"

夏千沉瞪它，心里吐槽：走啊，影响交通啊，仗着自己没牌照不怕被拍啊？！

今天歇脚的地方是个不那么西青的县城，可能是靠近日光城，更加现代化。

他们在酒店旁停好车放了行李后，出来找餐厅吃饭，刚巧一个发传单的小姑娘跑过来："先生！'你在哪里'鲜花酒吧今晚开业，全场七折！"

"哦，谢……谢谢……"夏千沉接过传单，"鲜花酒吧？"

钟溯凑过来看了看。酒吧叫"你在哪里"，今晚 8 点开业，每位进店的顾客都送一朵鲜花。再往下看宣传图他才知道，这个酒吧开在花店里，前面是花店，穿过花店才是酒吧。

"挺省租金。"夏千沉评价。

"去逛逛吗？"钟溯问。

夏千沉对酒后的钟溯有心理阴影："不去。"他是真的扛不动喝醉了的钟溯。

"我是说花店。"钟溯说。

"不去。"夏千沉无情地说，说完，拿着宣传单走向马路对面的垃圾桶。

距离酒吧开业还有 20 分钟，县城的游客很多，有些年轻男女一看穿着打扮就知道是游客。夏千沉过马路的时候气势汹汹，不小心撞到了迎面走过来的姑娘。一男一女走过，被撞的姑娘低呼了一声。

"对不起啊。"夏千沉赶紧道歉，"我没注意，抱歉。"

姑娘看了一眼夏千沉的脸，笑了笑，没责怪他，还有些羞赧："没事啦，欸，你也准备去'你在哪里'玩吗？你一个人去吗？"

旅游城市就是这样，大家谁都不认识谁，萍水相逢，非常适合来一段天亮就分手的故事。

夏千沉礼貌地笑了笑："不去，我刚打算把它扔了。"

他很不解风情地从姑娘身边走过去，把酒吧宣传团起来丢进了垃圾桶。

垃圾桶上有烟灰缸，意为这个垃圾桶附近可以抽烟，夏千沉点了根烟。暗沉沉的灰蓝色夜空下，烟头的那点儿火星在风里坚定又倔强，一如此时向他走过来的钟溯。

夏千沉从兜里掏出烟盒丢给钟溯，钟溯接住，很自然地抽出了一根烟点燃。

然而很快，两个人都把没抽完的烟在垃圾桶上摁灭了。因为方才被夏千沉撞到的姑娘折了回来："不好意思……能加个微信吗？"

不得不说，姑娘长得很漂亮，鬈发红唇，穿着一件很有味道的砖红色裙子。照往常，夏千沉会好好地拒绝，但眼下……

还未等夏千沉做出反应，姑娘抢先开口："啊，你别误会，不是我想加你的微信，是我朋友，喏，那边那个男生。"

夏千沉循着姑娘手指的方向看过去，男生站在不远不近的地方，身高挺高，虽然没有钟溯高，但身材在普通人里已经较为优秀的了。

夏千沉只好说："好啊，加吧。"

夏千沉出示了微信二维码，女生笑吟吟地扫了码。

"谢谢啦，小帅哥。"姑娘说，"晚上真的不来一起玩吗？我们在酒吧唱歌，一直唱到关门呢。"

"呃……"夏千沉又看了一眼那个男生的方向，"不一定，不好意思啊。"

直到那姑娘走远了，钟溯才幽幽地开口："现在还去花店吗？"

"去你……"夏千沉捏着手机，"嗡"，对方发消息过来了。

钟溯就这么三分阴阳怪气三分可怜兮兮地望着他。

夏千沉打开微信，点开消息。

空调 18 度：你好，很抱歉打扰你，你愿意来"你在哪里"吗？我可以给你点歌。

夏千沉看着这条消息，再抬眼看向钟溯。

"你要去吗？"钟溯问。

"反正也没事干，去吧。"夏千沉在微信里回了个"OK（好的）"，收起手机，"你不许去，你待在酒店里好好休息。"

夏千沉转身走了一段路，又叹了一口气，走回到钟溯身边："算了，走吧，一起喝两杯。"

酒吧开业，吸引了不少年轻人。

很快"空调 18 度"就在人群里认出了夏千沉，抱着吉他几乎翻山越岭般穿过人群，发现了夏千沉旁边的钟溯。钟溯伸出手："你好。"

"空调 18 度"和钟溯握手："你好……"握完了手立刻堆起笑脸看向夏千沉："进来吧，你有什么喜欢的歌吗？"

他喜欢的你未必会唱，钟溯抽了两下嘴角。

"《游戏王》里的《热烈的决斗者》、《机动战士高达》里的 Pride（《骄傲》）和《新世纪福音战士》里的 One last kiss（《最后一吻》），"钟溯说，"都是他喜欢的歌。"

"空调 18 度"眨了两下眼睛："好的，有机会我……学习一下。"

钟溯友善地笑了笑，旁边的夏千沉若有所思。他想点一首较为大众的歌曲让"空调 18 度"唱，但眼下一首都想不出来。

"空调 18 度"还在面前站着，这儿是酒吧门口，人来人往，时不时要被人挤一下。

"呃，别堵这儿了，进来吧。""空调 18 度"说，"平时我在日光城的酒吧里唱歌，今天是这里开业才过来帮忙，你们是来旅游的吗？"

"空调18度"看上去似乎是个爱交朋友的人。

夏千沉点头："我们是开赛车的，最近在西青比赛。"

"哇——""空调18度"相当惊喜，"是F1吗？"

夏千沉和钟溯同时僵住。确实，F1方程式赛车更符合大众心里对赛车的印象，极致的低趴底盘、帅气的外形和重金投入，仿佛这些才是赛车应有的标签。

夏千沉早几年最讨厌的一个问题就是"你觉得F1方程式赛车和拉力赛车谁更快"。这二者完全是两个性质的东西，一个是场地竞速赛车，一个是越野赛车。前者是在现有科技上设计出的陆地最快时速的赛车，后者则是在量产车上进行极限改装，奔驰在崇山峻岭上的赛车。拉力赛车手开不了方程式赛车，方程式车手也跑不了拉力赛。这种问题是记者们最爱问的，记者们心里也早就有了答案——管你怎么说，肯定是F1方程式赛车更快嘛。

"是拉力赛，"夏千沉说，"我们开的是拉力赛车。"

"空调18度"背着他的木吉他，瞪大一双求知的眼睛问："哦，那你们的车和F1方程式赛车，谁快啊？"

夏千沉顿时一口浊气堵在胸口："不好说。"

"空调18度"和先前那个姑娘一块儿站在台上，俊男美女，人美歌甜。

夏千沉点了杯单一麦芽威士忌，什么都没兑。毕竟是来旅游的，没有工作，大不了明天他晚点儿再开车。

"空调18度"和那个姑娘在台上合唱着一首民谣，大半个酒吧的人都在跟唱，夏千沉没听过。钟溯用酒杯和夏千沉的碰了一下，夏千沉很给面子地喝了一口威士忌。

"空调18度"在台上特别欣喜地说："这首歌送给现场的一位赛车手。"

夏千沉向舞台上望去，"空调18度"拨着琴弦，脸上挂着微笑。

钟溯放下杯子，拽着夏千沉出了酒吧。

从酒吧出来回到酒店里，两个人都有点儿不高兴，返回了各自的房间。

钟溯：对不起。

收到这条微信的时候，夏千沉刚洗完澡，大约是这里的网络信号有延迟，他的微信顶端那个表示"接收中"的圆圈一直在打转。他挺好奇的，钟溯还想说什么？

夏千沉耐心地拿着手机等，等着等着有点儿焦虑了，果然网络延迟使人暴躁。

"嗡"，网络信号终于正常了。

钟溯：你想喝巧克力牛奶吗？冰的。

夏千沉："……"

钟溯：我在心里把酒吧那小子骂了一遍，他根本就不懂赛车，也不懂你，骂完了又觉得不太妥当，有些偏激，所以跟你认个错。

钟溯：你给我开个门吧，巧克力奶要变常温的了。

"谢了。"夏千沉打开门，接过袋子。

"还有这个，"钟溯将东西递过来，"格桑花。"

格桑花在这里很常见，当地人认为它代表着幸福美好。夏千沉望着钟溯手里那一小簇粉红的花，很好看。

"酒店门口有个女孩儿在卖花，我买的。"钟溯说。

夏千沉说："嗯，挺好看的。"

袋子里除了巧克力牛奶还有一些夏千沉平时爱吃的零食，赛期得控制体重，什么小饼干、芝士棒，他能不吃就不吃，能忍则忍。一直想吃的，一直吃不到，也就罢了，但现在这些东西忽然出现，而且在非赛期，他的欲望"嘭"地一下蹦了出来，像死灰里蹦出来的火星。

夏千沉拆开一根芝士棒，叼在嘴里。

第二天出发，还剩500多千米就能到尼池市，夏千沉准备在日落前赶到。

这几天他们没太赶，都是按正常的车速往前开，有些放牧的人会在路边支个小摊子卖些自家做的小玩意儿，面纱、头巾和手工制作的小首饰之类的。

这里的姑娘们偏爱珊瑚和玛瑙，将其穿成漂亮的长链编在头发里。这里快到尼池了，附近有些庙宇，姑娘们也会把首饰挂在庙里祈福。

夏千沉和钟溯在路边吃羊肉面，刚吃完，一个挎着小竹篮，脸上沾着灰和土的小姑娘壮着胆子凑了过来。小姑娘看上去不过七八岁，眼睛溜圆，瞳仁黑漆漆的："买……买一串吗？"

夏千沉和她四目相对，夏千沉眨了两下眼睛，小姑娘也眨了两下眼睛。显然，小姑娘无差别地做生意，不管对方是长头发还是短头发，都试着问问要不要珠串。

"嗯……"夏千沉抿了抿唇，"好吧，给我两串吧。"

夏千沉心说买回去给夏茗钰，夏茗钰是长头发。然而他刚准备掏钱，面摊的老板娘用方言呵斥了小姑娘两声，小姑娘被吓得哆嗦了一下。约莫是老板娘不喜欢别人在自己的地盘上做生意，也可能是小姑娘找错了买家，老板娘担心她得罪自己的食客。不过夏千沉还是迅速掏了钱，小姑娘的篮子里只剩三串珠串，他随便拿了两串出来，小姑娘攥着钱一溜烟跑开了。

"对不起。"老板娘用普通话说，"这个女孩儿家里只有奶奶，没人管她，但是再困难，也不能这样坑人呀，她居然两串卖你们二百八十块！"

夏千沉笑了笑，说："没关系。"

他和钟溯交换了一个眼神，钟溯会意，说："不要紧，我们……我们日行一善。"

老板娘叹气："我们哪，就是怕年轻人被她坑了钱，回去写写文章，就没人来我们这里玩啦！"

钟溯笑着摆了摆手，说："不会的，我们嘴巴可严了。"

夏千沉觑了他一眼，付掉羊肉面的钱，上车了。

"这两串珠子怎么办？"钟溯问，"总不能挂车上吧？影响视野。"

"你留着吧，以后找到女朋友了给人家编头发。"

钟溯："那得留多久啊，这绳子会朽吗？"

"你……"夏千沉懒得理他，专心开车。

后来的路上，他们聊聊不厚道的车队，聊聊不顺利的环沙，再聊聊各自的成长经历，很快抵达尼池，地平线上只剩半个黄澄澄的太阳，他们赶在租车行关门前的 5 分钟到了店里。

"精准。"夏千沉说。

他们把车换成了性能更好的越野车，比较好开进墨朵的搓衣板路。

租车行大哥说："喏，给你们一辆功臣，这车是刚从墨朵回来的！"

夏千沉觉得挺好，上车一看，副驾驶位前放着一个锃亮的金佛摆件。

大哥趴在车窗上，指了指金佛："这个是上位客人留下来的，说送给后面继续租它的有缘人，保平安！"

夏千沉笑了笑："不然还是留在店里吧，我们……呃，和我们的信仰有些冲突。"

闻言，租车行大哥脸色一变："原来是这样！冒犯了！！"

这里的人大多注重信仰，因为知道信仰的重要性，故而非常明白要尊重别人的信仰。

钟溯觉得莫名其妙，小声问："你有信仰？"

夏千沉把金佛还给大哥，朝大哥笑了笑便告辞，扣好安全带，点火："这佛摆在安全气囊上，我信仰的是科学。"

钟溯后知后觉："……"

保平安的金佛摆在安全气囊上，真是微妙。

尼池市的占地面积很大，有 11 万平方千米。他们在附近找了间酒店住下。

这辆越野车专门租给自驾游的旅客，毕竟墨朵公路那样的路况，普通家用 SUV 可经不起糟蹋。

夏千沉停好车后，绕着车观察了一下："这车不错，减震系统和车架都挺好。"

钟溯点了点头："车身够重，适合跑搓衣板路。"

两个人在酒店门口抽了会儿烟，夏千沉爬到车顶上坐着。这车和普通家用车不一样，车顶够硬，人可以踩上去。从这里可以看见 100 多千米外的山峰，夏千沉盘膝坐着，夜风吹起了他的外套，他被吹得像个大侠。

"不冷吗？"钟溯问。

"还行。"夏千沉说，"那珠串呢？"

钟溯摸了摸外套口袋，掏出来一团红红绿绿的珠子："在这儿。"

"我带回去给我妈吧。"夏千沉挪到车顶边缘，向下伸手，"给我看看。"

其实这珠串用料挺良心的，他不懂珊瑚和玛瑙的成色，这么两长串，二百八十块，也还行吧，富有的夏千沉想。鲜红的、粉红的、深红的珠子被串在一起，夏千沉把玩了一会儿，钟溯就站在车边仰头看着他。

"和我以前那串挺像的。"夏千沉说。

"什么？"

夏千沉把珠串拎起来，迎着月光看："我念完高三，就和我妈去 G 国了，这事你听说过吧？"

"嗯。"钟溯安静地听着。

"高三最后一次春游，去了当时我们那儿的一座山，我在那儿买了个纪念品，你知道的，就是这种花花绿绿的东西。"夏千沉的声音被风送到了钟溯耳边，"我觉得挺好看，买了一串，戴在脖子上。"

夏千沉继续说："有个男生帮我拍了照，发在我们学校官网的论坛里，说我戴这种首饰，不男不女的，反正大家都说得不太好听。我妈后来就带我去 G 国了。"

夏千沉把那串长长的珠串在手腕上缠了几道，缠得很紧，每块小石头都狠狠地陷进了他的皮肤里。钟溯僵立了片刻，不知道怎么安慰夏千沉。

"过去很多年了，不提也罢。"夏千沉松开珠串，手腕处留下了浅红色的压痕。他从车顶跳下来，稳稳地落地，拍了拍钟溯的肩膀，不痛不痒地笑了一下，转身走进了酒店大堂。

这个过程中，钟溯尝试着代入了一下高三的夏千沉。高三的春游，是高考前两个多月的最后一次放松活动，夏千沉要么不高考了留级，要么硬着头皮撑两个多月。显然，夏千沉选择了撑着。但他没有在国内上大学，是不是说明，临到高三的最后，他又没能撑过去？

个中缘由只有夏千沉自己清楚，钟溯不想去揭他的伤疤。

钟溯只是在夜风里又点了根烟。

从尼池到墨朵也就 300 多千米，但需要 8 个小时，可见路有多难行。

所以他们先抵达中间的一个小县城，在县城里住一个晚上，目的是让夏千沉熟悉车况和路况，再进行一次燃油和物资的补给。

　　钟溯依然很照顾夏千沉，提前妥帖地安排好了一切，拜托小超市的老板把在尼池市里买的牛奶放在冰箱里冰着，请餐馆不放葱和香菜，回旅馆时换了一次性的浴巾和床单，准备了水果味的牙膏。

　　清早，两个人跟着导航出发。

　　墨朵县海拔较低，四季分明，有"小江南"之称。夏千沉和钟溯要走的公路是第一条进入墨朵的真正意义上的公路。这条路修成，改变了墨朵"高原孤岛"的状态。

　　钟溯拉下安全带："墨朵公路，地表温度 14 摄氏度，湿度 85%，能见度 10 千米，阴，没有雨。"

　　夏千沉笑了笑："搁这儿加班呢？"

　　"给你点儿氛围。"钟溯说，"对了，四个限速站，平均时速 20 千米。"

　　"氛围没了。"夏千沉说。

　　墨朵公路的建成消耗了不可估计的人力和物力，从动工直至修成通车，过去了四十年。彼时的技术有限，修这条路全靠一铲一锹，路窄崖陡，又途经雪山峡谷，还得防范雪崩和泥石流，甚至出没在原始森林里的野兽。这条修了四十年的路，时至今日依然实行着"双进单出"的规定，因为道路过于狭窄，他们必须控制这条路上的车流量。双数的日子进墨朵，单数的日子离开墨朵，当月份有 31 天时，则顺延为"单进双出"。

　　"确实难开。"夏千沉第三次减速，降下车窗，探出脑袋观察前方的坑怎么过。让一个赛季站点冠军做出这个动作，只能说明墨朵公路"真正的天路"的称号名副其实。

　　"我下去帮你看看？"钟溯问。

　　"不用。"夏千沉坐了回来，"大概能知道有多宽，但车轮太大了，你懂吧？"

　　"哦，明白。"钟溯点头。

　　这辆车的轮胎被租车行的老板换成了非常夸张的大轮胎，这样抓地力会很强，很大程度上提高了容错率。然而职业赛车手普遍不会使用这么宽的轮胎，轮胎宽意味着转向迟钝，属于自寻死路。

　　行驶在平均时速 20 千米的路上，驾驶员却需要付出堪比时速 200 千米的专注力。

　　钟溯没去打扰夏千沉，只是安静地坐在副驾驶位上，试图记住在墨朵公路上的每分每秒——这是他们第一次完成约定。

　　"我去。"夏千沉忽然听到"咣当"一声响，说，"底盘刚蹭石头了。"

　　钟溯"哦"了一声，觉得不对劲："那我们为什么不停下来看看？"

　　"……"夏千沉还在往前开，"习……习惯了……谁家车手碰上个东西还下车看看的？"

这话令人无法反驳。

拉力赛车手在路上撞了什么石头啊树的，谁停下来看看哪，都是一心开回维修站。

夏千沉转念一想，问："刚才有石头你没提醒我？"

"我在发呆。"钟溯坦言。

"能不能干了，不能干辞了吧？"夏千沉打趣他。

钟溯："你刚才还在嘲笑我加班。"

车速很慢，但夏千沉已经见识到路况复杂程度并且路面上啥都有，所以没有抽出空来瞪他。车厢里诡异地静默着，虽然越野车有优秀的减震系统，但在墨朵公路上还是十分颠簸。

"你不说句抱歉吗？"地势终于变得较为平缓，夏千沉提醒他。

"为我不加班而道歉吗？"钟溯反问他，"前5米躲石头。"

夏千沉第一反应是服从指令："哦。"然后愤恨地咬牙，"不要在我跟你吵架的时候穿插指挥。"

钟溯偷笑了一下："准备涉水，退挡收油。"

夏千沉："……"

早几年，墨朵公路有较为严苛的车型限制。非四驱车不可通行，轿车不可通行，越野车底盘有高度限制。后来随着科技发展，山口下被挖出一条隧道，进入墨朵便再也不用翻越雪山了。墨朵公路整体的海拔落差有2000多米，车通过隧道后，整个路段都友好了起来，没有了终年不化的雪山，来到河流下游，这里气候湿润，甚至可以看见热带植物。

继续跑完剩下的45千米后，夏千沉脱了外套，鼻尖竟渗出一层细汗。

"确实很有挑战性，要是有路书就好了。"夏千沉随便抱怨了两句，"走了。"

能看出来他很累，钟溯拖着两个行李箱："你进旅馆，我去停车。"

"嗯。"夏千沉把行李箱接过来，把车钥匙给他。

墨朵公路比夏千沉想象中的更难开，但返程的时候应该会好一点儿。墨朵县"双进单出"，比如6号进入墨朵，他们7号不离开的话，那么只能等到9号再离开。有很多人只是为了体验一次墨朵公路的驾驶情况，一般来说在县城里住一晚，第二天就会走。不过他们的时间比较充裕，现在又处于既闲又有钱的状态，用一个字形容——狂。

旅馆没有自己的停车场，钟溯把车停在公共停车场里，收拾了一下车里的东西，比如掉在后座地上的充电线，他缠了缠揣兜里，还有那两串珠串，大约是路上颠，也掉地上了。

钟溯伸手把它们捡了起来。他和夏千沉一样，不懂这些玉石类的东西，只知道颜色好看。他拿着珠串端详了片刻，他们小时候，男生戴这样的东西，会被嚼舌根，会被无中生有地指指点点。甚至时至今日，哪里都还是会有这样的人——噫，男的还戴项链呢？噫，男的还化妆呢？

钟溯关上车门，落锁，拎着两串颜色艳丽的珠串往旅馆的方向走去。他一路走，一路想，把珠串的首尾系一个结，然后一串挂在脖子上，另一串缠在手腕上。

天还未完全黑下来，钟溯走在马路上，路过的姑娘投来诧异的目光，连男的也没忍住多看了两眼。他们的眼神好像在说：搞什么啊，一个男的怎么把这玩意儿挂脖子上，手上也有？

钟溯走回旅馆时，夏千沉刚好出来买烟。小超市老板娘看见钟溯走过来，眼神顿时发生了变化。

夏千沉扭头看去："你把它挂脖子上干吗？"

钟溯笑了笑："我愿意。"

"你愿意什么啊？"夏千沉把他拉到街角巷子里，"摘了，什么你愿意，你二十五岁了，不是两岁也不是五岁。"

"那十八岁的夏千沉被安慰到了吗？"钟溯问。

旧巷的墙头上有个身残志坚的小灯泡，里面的灯丝隐隐有随时断裂的趋势，但这时候它还是很坚强的，仿佛一位小保安。

日落了。

"你先给我一串，我戳进你的脑子里看看能不能弄出来脑浆，你的天灵盖被人掀了下火锅了吗？"夏千沉抬手要抓他脖子上的珠串。

钟溯退后一步，后背贴墙，夏千沉扑了个空。

小灯泡"刺刺"响着，但依然没灭。

钟溯向前一步，夏千沉退后一步。两个人的处境颠倒，换夏千沉靠上了墙。

说真的，钟溯脖子上挂着这串几颗红珠子之间穿插几颗绿珠子的珠串，虽然很滑稽，但竟有点儿脸好看胜过一切的感觉。

夏千沉退无可退了："嗯，十八岁的夏千沉说他知道了。"

最后一丝阳光消失在地平线上。

墨朵的第一夜，下雨了，体感温度 39 摄氏度，紫外线指数 11，湿度 86%，确实很有江南的感觉。

夏千沉醒来的时候是早晨 7 点，他被不停砸着玻璃窗的雨滴吵醒了。

"怎么了？"钟溯迷茫地问，显然处于一种人醒了但脑子没醒的状态，看向另一张床上已经坐起来的夏千沉。

雨声不歇，这场雨似乎要下到地老天荒。这样黏腻的空气和不大不小的雨，让夏千沉感觉像回到了梅雨季节的沪市。他忽然有点儿想家了。人长久地待在一个地方的时候渴望远方，而真的在远方飘摇时，又想回家。夏千沉说："我们回家吧。"

钟溯这下是彻底醒了："嗯，我陪你回家。"

傍晚离开墨朵时，夜幕下的墨朵公路异常难走，视野很差，没有照明，车也不是夏千沉开惯了的改装车。

"前10米一个左5，路窄。"钟溯说。

"嗯？"夏千沉诧异地问，"你怎么知道？"

"昨晚对着行车记录仪写了个反向路书。"钟溯说，"你昨天不是说，有路书就好了吗？"

夏千沉清了清嗓子："为什么我不知道？你大半夜不睡觉？"

"没睡着。"钟溯笑了笑，"20米右3，很急，紧接80米曲直向左。"

夏千沉在墨朵公路上从傍晚开到凌晨，117千米的路，耗时6个小时。

夏千沉有相当强大的耐力和职业素养，抵达县城后，旅馆老板已经睡下了，没有人开门。两个人只能返回车上，把座椅靠背放平，对付到天亮。

CHAPTER 07
新开始

两个人从县城返回尼池还了车，再从尼池买最近的航班飞回沪市。

虽然没有如预想般在西青流浪两个月，但很快就是川青拉力赛，他们还会回去。而且他们得看看赛车的状态，顺便在沪市租个仓库放车，还得雇一个维修队。这几天已经算是放长假了，他们该回到工作状态了。

飞机落地，熟悉的一切扑面而来，就连机场播音的机械女声都是熟悉的。

叶哥特意开车来接他们，结果得知夏千沉晕车严重，便由夏千沉从机场将车开回市区。

"你这啥啊，旅游纪念品？"叶哥看着钟溯脖子上的东西问。

"是的，"钟溯认真回答，"纪念品，很有意义，准备焊在脖子上了。"

夏千沉："你要不下去打车吧，还是我把你送到地铁站？"

叶哥："啊……这，不错，挺喜庆。"

他们直接去汽配城，早就被送回来的赛车此时安静地待在叶哥的仓库里，推开铁皮仓库门的时候，灰尘在阳光里翻腾。

赛车的配件几乎都是二手的，来自报废的、退赛的、没人要的车里。这样看着它，夏千沉仿佛能看见赛车立于堆成小山的废配件之上，颇有一将功成万骨枯的意思。

"我们修了修，去试试车？"叶哥问，"围着院子跑两圈？"

"走。"夏千沉把双肩包拎了下来，"上车。"

钟溯跟着他坐进了副驾驶位。

赛车只有前面两个座位，后座被拆除装防滚架了，所以叶哥没上车。

改装赛车无法上路，充其量只能在汽配城的院子里溜达两圈看看车况。

重新坐进赛车的感觉很神奇，这个车架陪了夏千沉很久。

"09号赛车刚改出来的时候，娜娜跟我说，这绝对是今年我最喜欢的一辆赛车。"夏千沉看着赛车的仪表盘，"当时我也觉得，我能在玉山天路那个赛段立于不败之地，结果……"

夏千沉两只手握着方向盘："职业生涯第一次翻车。"

钟溯伸手，握了握方向盘："明年再一起去。"

"你能把它摘了吗？"夏千沉的视线落在钟溯胸前，"真的不怎么好看，我现在想想花了我二百八十块，就想回去把那小姑娘教训一顿。"

钟溯低头看了看："不是说好的日行一善吗？"

"万一我当时也是个困难户呢？"夏千沉反驳，"所以你能不能摘了？"

钟溯："……"

钟溯只好低头把珠串摘下来。

赛车缓缓开出仓库，来到阳光下。灿烂的阳光铺在车身上，是新生，也是巅峰。他们将开着这辆不那么完美的车回到川青，回到南疆，去它摔伤过的地方夺回荣光。

这次回沪市，夏千沉和钟溯准备用环沙的赔偿金雇一支维修队，随他们一起去川青拉力赛。生活回到了常态，他们每天起床练体能、洗澡，然后练车，再练体能、回家。

夏千沉洗完澡出来，看见钟溯坐在厨房水吧台的延伸台边看电脑。

"川青拉力赛开始报名了。"钟溯说，"七个赛段，1200多千米，有一段在……格木里。"

最后三个字让夏千沉双眼倏然发亮："格木里？！汽联怎么拿到许可的？他们在格市公安局跪了几天？"

钟溯"扑哧"一笑："谁知道呢？但也不在格木里腹地的禁区，是在边缘。"

"那也够了啊！"夏千沉刚洗完澡，带着一阵沐浴露的桃子味在钟溯旁边坐下，把电脑拿过来细看。果然，在汽联新发布的新闻里看见了今年川青拉力赛的最后一个赛段，SS7，格木里赛段，该赛段包含景区及55千米的特殊赛段，没有详细标出位置，但足以让人沸腾。

钟溯支着下巴："川青之后是最后一个站点赛了，明年我们要找个车队吗？"

"明年……"夏千沉抬起头，思考，"PEM已经联系我四次了，还有那个杨稻，他们车队也联系我了，但他们车队资历太浅，干这么多年了，改出来的车……哪儿都好，就是赢不了。"

钟溯又笑了："杨稻他们已经两年没成绩了，怎么敢找你啊？"

"他们说……"夏千沉清了清嗓子，坐直了点儿，"给我个美女领航员。"

钟溯问："多美？"

"人美声甜，"夏千沉说，"还会叫哥哥。"

"千沉哥哥。"钟溯凑过来。

夏千沉抖了抖鸡皮疙瘩："你还是别这么努力了，瘆得慌。"

车队依然是个问题，尽管汽联允许夏千沉和钟溯以自由人身份参加这个赛季的站点赛，但今年过完他们还没车队的话，委实有些说不过去。有车队意味着有非常完备的一系列保险，对汽联来说，有车队更好管理，对赛车手来说，有车队就有了后勤保障，更轻松。

这是相辅相成的，总的来说，车手需要一个车队。尤其是夏千沉这种习惯了众星捧月的车手，让他跑完一个赛段不休息，径直去维修站里修车，其实挺折磨他的。

这天，两个人照常去叶哥店里再调校一下赛车。

其实从西珑山回来后，叶哥说赛车的情况有点儿糟糕。

仓库里，叶哥把车升起来，随着升降器"嗡嗡"的响声，赛车逐渐上升，底盘出现在他们的头顶。三个人仰着脑袋，叶哥说："看到了吧，底盘纵梁整个歪过去了，我都不知道你们啥时候弄歪的，纵梁歪了也能开吗？"后半句是问夏千沉的。

夏千沉："其实感觉到了有问题，但我以为是转向机的问题。"

叶哥投来一个"你牛"的目光，因为纵梁明显是被撞歪的，且冲击力很大，说明出了事故后，夏千沉开着事故车坚强地回到了维修站，由于人手不够，在完全矫正纵梁和修复其他配件之间，维修工选择了后者。夏千沉随机应变的控车能力再次发挥作用。

钟溯看向叶哥，笑着说："牛吧？我车手。"

"牛。"叶哥说，"矫正纵梁可以去市里的另一个车厂，他家能修改装车，还有，你看这儿。"

叶哥指了个地方，是发动机进气口的位置："你们这个车拉回来之后，我启动了车在院子里试了一圈，电磁阀可能出问题了，但我这儿装置有限，你们还是得去车厂修。"

夏千沉看了看钟溯，钟溯叹了一口气，是得找个车队了。他们最近练车都是去沪市的赛车场，场地有车出租，或者夏千沉开黑金超跑去。眼下想想，这终归不是长久之计。

"我让维修车过来，"钟溯拿出手机，"把赛车拖去车厂吧。"

车厂的维修工对着赛车叹到第三声气的时候，夏千沉的心也跟着落了第三次。

夏千沉在思考他们的环沙赔偿金还剩多少钱。

"师傅，您敞开了说吧，"夏千沉说，"我们顶得住。"

维修工看着惨烈的赛车："这个纵梁歪得很有水平哪……避震芯也断了，这是撞啥玩意儿上了？"

钟溯："我们……压草侧滑，先撞了块石头，然后甩尾扫树上了。"

石头是一块 2 米多高的山岩石，树是一棵三个人合抱的百年老树。

车厂的维修工不像拉力车队的维修工，从入行到退休也见不着几辆这种车损程度的车，震惊地问道："那不当场报废吗？"

"不仅没报废，我们还跑了那个赛段的第二名。"钟溯说，"您看，还能救吗？"

"我充其量矫正一下纵梁，再换个避震芯，其他东西你们还是换个地方问问吧。"维修工说。

夏千沉猜到了。他跑了这么多年比赛，当然知道什么样的车损需要什么样的维修工。

"行。"夏千沉说，"您把能修的修了，剩下的我们再想办法吧。"

从车厂出来，这片地方挺荒凉的，他们先找了个加油站给摩托车加油，夏千沉在加油站的路边稍远处抽烟。

日头西沉，不少上班族下班了路过这儿来加油，钟溯在排队，他的视线一直落在路边抽烟的青年的背影上，他期待夏千沉能回头看他一眼。但一直到加油结束，夏千沉并没有回头看他。

命途多舛的赛车被留在车厂维修部，他们骑着摩托车返回市区的时候，正巧路过了钟溯之前打工的餐厅，然而餐厅已经换人经营了，从粤菜馆换成了火锅店。

"进去吃点儿？"钟溯问。

夏千沉点了点头。

刚进门，服务员领着他们去两人位的时候，纷乱嘈杂的火锅店里忽然有个人发出格外惊喜的声音："夏千沉——这么巧啊！你一个人吗？！"

两个人循声看过去，是赛车场那个三番五次想加夏千沉微信的徐池辉。

"好巧啊！"徐池辉旋转腾挪，穿越拥挤的火锅店过道，凑到了夏千沉旁边来，"欸，这不是你上次那个同事吗？要不要跟我们一桌一起吃？"

夏千沉心道：你长点儿眼力见吧。

"不了吧。"夏千沉笑了笑，"我们……我们自己吃就行了。"

"哦。"徐池辉说，"对了，秦飞尧说上回他找你，你出去比赛了要两个月才回来，怎么这么早就回来了？"

徐池辉是真打算在摩肩接踵的火锅店过道上闲聊？钟溯拽着夏千沉避开了一位上

菜的服务员,直接回答:"计划有变,就回来了。"

徐池辉看了看他,脸上没什么不满,继续说:"原来如此。对了,我看新闻了,你们现在没车队的话,是不是要自己拉赞助?到时候有需要帮忙的地方随时联系!"转念一想,徐池辉趁机说,"还是加个微信吧。"

这倒是条出路,夏千沉想,他们真正需要的是赞助,只要有人愿意投资,那么他们直接组个车队都可以。他犹豫着,都准备掏手机了……

"行。"钟溯亮出了二维码,"加吧,劳你费心了。"

夏千沉:"……"

服务员领着他们去了窗边的两人位小桌,和徐池辉隔了两张大桌。

夏千沉原本在点菜,继而忽然想起了什么,猛地抬头:"你不会真以为我要加入车队然后抛弃你找个美女领航员吧?"

"没。"钟溯摇头。

"你不怕……"

"不怕,"钟溯说,"你真是那种人吗?"

夏千沉撇了撇嘴:"你真是阴阳怪气有一手。"

"那你能放下压力吗?"钟溯问。

被戳中了心思,夏千沉捻了一下手指:"我点好了,你再加点儿东西吧。"

钟溯在下单完成之后火速结掉了账,以防徐池辉搞什么替他们买单的操作。

"咕嘟咕嘟"沸腾着的火锅被端上来,颜色相当热烈,是红彤彤的鸳鸯锅,一边是辣锅,一边是番茄锅。钟溯用汤勺撇掉番茄锅的浮沫,又把番茄锅里的番茄捞出来放在了盘子里,以防夏千沉夹菜的时候夹到被煮烂的番茄。这种深入到细枝末节的照顾,钟溯已经形成了肌肉记忆,夏千沉叼着吸管喝可乐,含糊不清地说:"谢谢。"

"不客气。"火锅店很吵,本来就是个沸反盈天的地方,好像热腾腾的锅被端上了桌,桌边的人就得配合冒着泡的锅一起叫唤,所以钟溯对着他说,"不客气,千沉哥哥。"

夏千沉的脸"噌"地红了:"你……"

夏千沉气得差点儿把钟溯的头按火锅里。

次日午后,车厂的人打来第三通电话才有人接。

钟溯联系了维修车,让他们去车厂把赛车接回叶哥的仓库里。

车厂维修工说,这车的配件没一个是原厂的,有些搭配他们也比较迷惑,比如前轮卡钳和后轮卡钳不是同一个型号……

钟溯本来想解释,但想了想解释也是白搭,只草草应付了两句。

"怎么了?"夏千沉望着他,"车怎么了?"

"车还好。"钟溯说,"我一个人去吧,你在家里歇歇。"

事实上,改装这辆全身上下都是二手配件的赛车,已经让两个人捉襟见肘,个人财力完全顶不住拉力赛,自由赛车手和领航员的崩溃从修不起车开始。一套轮胎要两万多,一场拉力赛起码要七八套轮胎,还得买燃油、机油、刹车油、换卡钳、刹车盘片,甚至得有台备用的发动机。林林总总算下来,光是买消耗品就能买辆量产车。

"我去看看车,然后在汽配城转一圈,很快就回来。"钟溯拿起钥匙。

"我们没钱了。"夏千沉说,"目前的存款,川青未必够用,我们恐怕得提前找个车队了。"

毋庸置疑,两个人在业内声名鹊起,环沙失利后原本无人问津,结果他们在无车队、无赞助的情况下,用每千米比别人慢将近一秒的赛车,拿到了站点冠军。竞技体育,实力至上。

钟溯点头,赛车的车损费用的确超出了他们能负担的范围。两个人都有丰富的拉力赛经验,都明白在修车面前不能逞强。

钟溯骑着摩托车去了叶哥的仓库看赛车,正如车厂维修工所说,他们只校正了纵梁,搞定了避震系统,但剩下的问题他们实在修不了,因为配件都不吻合。

叶哥见他愁眉苦脸,宽慰地拍了拍他的后背:"别难过,你们不行……转型跑摩托车拉力赛吧,摩托车修起来便宜一点儿。"

"我们准备找车队了。"钟溯给叶哥递了根烟,"这段时间麻烦你了。"

"麻烦什么,这有啥的?"叶哥说,"想好去哪个车队了吗?这回可得谨慎一点儿。"

钟溯"嗯"了一声,望着赛车随着升降器降下来,最后四个轮子落在了地面上。

虽然找上门的车队挺多的,但就像叶哥说的一样,他们见识到了 GP 的两面三刀,这回的确要谨慎一点儿。他们都希望能直接拉到一个赞助,这样他们直接注册一个车队,万事大吉。但拉赞助需要时间,赞助商打款也没那么快,川青在即,目前他们唯一的选择就是加入车队。

钟溯带着一万个不愿意,把念头放在了徐池辉身上。徐池辉今天上午给他发微信了,说家里的公司最近有投资计划,如果他们有需要,他可以去帮忙谈一下。

钟溯有点儿纠结。

"嗡",钟溯的手机进来了新的微信消息。

景燃:你们是不是没队要了?我这儿的赛车场老板组了个车队,你们来不来?

景燃:我是教练。

钟溯:不是没队要,只是现在比较自由。

景燃:这个队有资格参加年底的天驹山锦标赛,场地赛,22 圈,谁会在梦里笑醒你知道的。

钟溯：夏千沉。

钟溯：我忽然觉得自由也就那样，等我回去问一下我主驾驶的意见。

景燃："搁我这儿还"主驾驶"？

汽联新发布消息：《夏千沉与其领航员已确定加入 Scarlet Lion》。

Scarlet Lion，猩红之狮，车队老板兼赞助商杜源，此人少年拼搏，家底丰厚，但错过了自己从小喜欢的拉力赛车，所以出资办了一个车队。这件事在拉力赛业内没掀起太大波澜，企业家嘛，玩一玩自己喜欢的运动项目，养几个高不成低不就的赛车手，时不时用运动精神充充门面。

直到 SL（Scarlet Lion 的简称）在汽联完成注册后，大家才发现车队主教练是景燃。沉寂了近两年的景燃，打破环沙拉力赛纪录后立刻销声匿迹，此人似乎是冲过环沙终点线后，立刻离开了全世界，包括他的领航员。紧接着，SL 完成注册的第二天，招募了最有希望拿到赛季冠军车手的夏千沉。

不仅是夏千沉的老东家 GP 如遭雷击，连带着 PEM 和一些国外车队也人人自危。

这种组合，委实有些过分了。就像打职业电竞比赛，曾经的世界冠军和现在的黑马组个队，还带上了金牌辅助，这谁看了不绝望。

"大概就是这样。"杜源把未来十年的拉力赛计划说完后，忽然想起了什么，"哦，对了，小钟和我们景燃以前是同事对吧？"

此话一出，赛车场休息厅里除杜源外的三个人相互看了一眼。

"理论上……"景燃和杜源坐在一边，看向茶几对面的夏千沉和钟溯，"钟溯是我异父异母的亲兄弟。"

杜源："哦。"

"而且，千沉的母亲，理论上是我的救命恩人。"景燃看向他正对面的夏千沉，"还没好好感谢你。"

夏千沉连忙摆手："不，不，我妈只是提供了一个名字，也没帮上什么忙。"

景燃温和地笑了笑："那我就先走了，我得去机场接人，你们聊。"

接下来就是签一些合同，入职的合同、保险合同……

夏千沉正看着合同，听见赛道上传来一阵相当悦耳的声浪，偏头看了出去。

杜源说："那车特别炫酷，车主也不常来，你没碰见过很正常，他们是搞电竞的。"

夏千沉点了点头，"哦"了一声，12 缸发动机的声音确实好听。

签完合同后，就是正常入职，车队仓库在赛车场附近，车队有两支专业维修队和两辆维修车。夏千沉还是希望用原来的车架，维修工看到赛车之后说可以，马不停蹄地开始做碳纤维修复，更换损坏的配件以及一台全新的 OC 发动机。

餐厅里。

"还是有车队好。"夏千沉说，"对了，景燃后续的治疗怎么样？我点好了，你再加点儿东西吧。"

钟溯加了一道蔬菜："恢复得挺好的，放疗和化疗应该快结束了，但他开不了赛车了。"

夏千沉点了点头，这确实是个遗憾。

"天驹山锦标赛和最后一个站点赛挨得很近，"钟溯说，"我们到时候就直接从站点去天驹山赛车场？"

"可以。"夏千沉点头，"好久没跑场地赛了，多少圈来着？"

"22 圈，统一车型。"刚说完，钟溯的手机上弹出一条消息，汽联提醒注册已生效，附带一份系统自动发送的川青拉力赛线路图。

钟溯点开看了看："川青拉力赛的地图发来了。"

"我看看。"夏千沉伸手，把手机要了过去。他把地图放大，直奔最后一个赛段——SS7，格市往日光城方向，终点在当拉山脉，距离格木里的核心保护区不过几百千米。

夏千沉抬头："汽联这回是下血本了，你说这个赛段是在格市公安局跪来的我都信。"

"月底出发，"钟溯说，"还有最后一个站点也确定了，在游县。"

游县是国内举办过最多次拉力赛的县城，赛季终点站设在这里，在大家的预料之中。

"哦，好，离天驹山赛车场也近。"夏千沉说。

不多时，服务员上菜了，这家江淮菜餐厅在沪市算消费比较高的，这顿饭也算是两个人入职后小小的一次庆祝。菜色精致，笔杆鳝鱼、白汁鮰鱼、东坡肉、文蛤鲫鱼汤，两个成年男性毫不费力地全部吃光了。

这一顿饭花了小一千块，然而结账的时候，服务员说："嗯……这单已经买过了。"

夏千沉愣了愣："啊？什么时候的事？"

服务员说："就……5 分钟前？"

钟溯拍了拍他，示意他看向另一个方向。

夏千沉觉得莫名其妙，循着钟溯的视线看过去——"妈。"

这家餐厅在沪市比较僻静的街边，不到 10 千米就是一处天然景区，餐厅里放着古琴曲，搭配原木装修，一切都很祥和安宁。夏茗钰今天的衣着和餐厅很搭，浅藕色的连衣裙搭配白色高跟鞋，肩上背着一个精致的珍珠链小包，目光里写着：有母爱，但不多。

在血脉压制面前，所有力量都荡然无存，熟读各类热血漫画的夏千沉深谙此理。

夏茗钰就在餐厅入口的沙发上坐着，夏千沉看向夏茗钰，脚如灌铅般寸步难行。

可是夏茗钰没那么好的耐心，站了起来："还不过来？"

两个人夹着尾巴走了过去。

"夏主任您好。"钟溯打招呼。

夏茗钰面带微笑："你好。"然后看向夏千沉："我今天不在这儿碰上你，是不是只有春节才能见一面了？"

夏千沉恍然，上次偶遇夏茗钰还是在医院肾内科住院部，从西青回来之后，他还真没去探望过夏茗钰。夏茗钰无奈地望着自己的"傻大儿"，叹气："你们怎么来的？我为了逮捕你们，让我朋友先走了，送我回医院。"

"我们……"夏千沉看了一眼钟溯，"骑摩托车来的。"

夏千沉骑摩托车把夏茗钰送回医院，钟溯被迫打车回家了。

出发前往川青拉力赛的那天，是比赛开始前的第四天。他们都习惯了提前几天出发，以防不测。景燃和杜老板送他们到机场，同时维修车也从高速公路出发。

这天，各大车队厉兵秣马，在得知川青北线之王已经踏上征途后，GP 和其他车队先后出发，前往川青拉力赛的第一站。

SS1，卓丹山。

日暮时分，飞机落地，两个人租了一辆车前往县城。有了车队就可以轻装上阵，行李箱都在维修车上，他们只背了两个双肩包。再次回到这里，没什么感慨，只觉得是老朋友见面，二刷高难度副本。离比赛还有几天，这几天他们打算去卓丹山转一圈。这次依然是赛会写好路书发给领航员，领航员再按照自己的习惯照着重新写一份。

夏千沉的手机屏幕亮起，是娜娜发来了慰问。

娜娜：好小子，你这是准备一直和钟溯搭档了？

娜娜：跟景燃一个队，你不怕景燃把钟溯抢走，丢你一个人跑场地吗？

娜娜：人家相扶多年，你处处迫害。这样，你来跟我，我们再重新找个队。

娜娜：姐给你找个人美声甜会叫哥哥的美女领航员！

夏千沉：可是钟溯也会欸。

娜娜：？

夏千沉笑得发颤："娜娜要给我找个美女领航员。"

钟溯闻言瞳孔地震："我没做过什么对不起娜娜的事吧？"

夏千沉答："没有吧，她就是觉得你可能会抛弃我，和景燃一起上赛道。"

钟溯讶然："她会这么想，确实是我没想到的。"

次日下午，两个人租了一辆越野车，开向卓丹山。租车行的大哥听说他们要去卓丹山，搓着下巴在仓库里左挑右选，原本夏千沉想说随便挑一辆就行，但大哥意味深长地摇了摇头，说："卓丹山的颠簸程度，是你职业生涯里没见过的。"

秉承着对本地人的尊重，两个人交换了一个眼神，立刻发微信给维修队——沿途找个车厂多买两个悬挂。

大哥终于挑出一辆他满意的，可以在卓丹山跑起来的越野车。

日暮之后，夏千沉感受到了租车行大哥的良苦用心。赛会挑选的赛段不全在卓丹山，很大一部分是沙石路、搓衣板路和河床，是下车后夏千沉的胳膊都不太能抬起来的那种颠的程度。没过几个小时，汽联的人打电话来说："你们是不能擅自前往赛段道路的。"

电话里，夏千沉问："逛逛也不行吗？"

汽联的人说："你们是不是想自己做路书？赶快回来，全部使用赛会的路书。"

夏千沉反驳："大哥，路颠成这样，在车里能写字？"

汽联的人似乎早知道他们会这么说："废话，你们不能录像回来写吗？"

"……"这倒也有道理，夏千沉转念一想，问："是不是已经有人来过了？"

汽联的人沉默了片刻，说："其实就你们没去过了，别的队昨天一到这儿就直奔卓丹山……不是，赶紧回来！不允许擅自勘路！"

"唉……"夏千沉无奈地挂了电话，往县城里开去。

他们也应该昨天一到县城就来卓丹山看看的。

钟溯坐在副驾驶位上回忆刚才跑过的短短的一段山路，说："路面很颠簸，但是你可以把它理解成沙石和柏油混合的路面，它只是起伏的间隔太短了，路面其实还不错。"

对此，夏千沉很赞同："你发微信给维修队，让他们到了之后先换抓地力最强的那组胎。"

"好。"

次日，他们在赛会完成了登记录入手续。

傍晚，维修车抵达县城，开始调校、试车。杜源打电话给他们，通知他们又有一个赞助商要紧急加入，让他们立刻找个打印社，把赞助商的商标打出来，贴在赛车上。

夏千沉惆怅地回头看了一眼赛车，说："杜总，车身没位置了啊……"

赛车上贴满了杜源自己的各种公司的商标。

杜源说："没事，挡一个我们自己的喷漆。"

他们披着月色找到了一个打印社，排在一个打印试卷的女孩儿后面。

老式打印机"嗡嗡"的声音恨不得把梁上的灯泡震下来，这时候他们才看见这个紧急加入这个家的赞助商是谁——泽恭海运。

看着泽恭海运的商标，夏千沉张了张嘴，对钟溯说："我觉得 GP 要倒闭了。"

川青拉力赛比赛日。

SS1，卓丹山，140 千米，全程直播。

这个赛段大家开得都比较保守，过于颠簸的路让所有人都很默契地换上了更牢固但同时增加了赛车死重的加粗悬挂和阻尼器。

夏千沉依然稳健，今天的天气好到让人震惊，水蓝的天空中一片云都没有，视野极佳。野性仿佛被压抑了很久，在这辆被 SL 又一次完全翻新的赛车里，全新的 OC 发动机给予每一脚油门强劲的回应。这让夏千沉很兴奋。

"收油涉水。"钟溯说。

发动机进气口不能呛水，所以过水的时候每个领航员都会要求赛车手收油，但钟溯紧接着跟了一句："看着转速过水。"

钟溯让他看的是发动机转速，夏千沉瞄了一眼，几乎是瞬间就找到过水的极限车速。"哗啦"，赛车两边溅起比车还高的水幕，头顶的航拍直升机精准捕捉到了这一画面。

绿色的山林间，棕黄色的土地上，有力的车辙是踩每一脚深油门、线性刹车的证据，钟溯看着前方："50 米上桥，桥后紧接右 2 窄弯。"

钟溯说："切弯。"

不踩刹车过弯，是夏千沉的绝技之一。

"漂亮。"钟溯评价。

夏千沉非常懂得并敢于在所有人都必须踩刹车的地方给满油，下桥，右 2 后是长直线，长直线后又一个急弯，弯道边守着很多记者。

"切弯。"钟溯又说。

过弯的同时，夏千沉看见路边有一个熟悉的车队标识——GP。GP 在夏千沉离开后又招募了一位四驱组车手，这时候，这位新车手已经因变速箱故障停在弯下，蹲在记者们旁边一起看比赛。夏千沉哼笑一声，钟溯当然知道他在笑什么。

"别分心，曲直向右。"钟溯说，"很颠，油门焊死。"

如果一定要夏千沉选择钟溯说过的最好听的话，那么有两句，一句是"好棒"，另一句就是"油门焊死"。

这个赛段，SL 拿到了最好的成绩。捷报传回沪市之后没 2 个小时，景燃发微信来说，杜源庆祝他们获得赛段第一名，在赛车场安排了一顿主题自助餐。

收到这条消息的时候，夏千沉和钟溯灰头土脸的，刚进县城，澡还没洗，就看见了景燃发来的小视频——赛车场休息厅里硕大的投影仪幕布上正是今天 SS1 的直播视频，当然已经结束了，但投影仪还在循环播放录像。休息厅的台球桌上摆满了葡萄酒，另一张台球桌则成了烤肉台。

就这样，被庆祝的两个人关掉视频后缓了半分钟，最后推开酒店楼下的面馆的玻璃门，钟溯对服务员说："麻烦你，两碗牛肉面，不要葱不要香菜，也不要蒜泥。"

翌日早，出发前往西海。

前往 SS2 发车点的路上，夏千沉开着从汽联租来的车，将四扇车窗全放了下来，旷野的风侵袭着这辆越野车。

"感觉杜总的鼓励式教育有点儿过分了，"夏千沉说，"刚才发微信来说我是他见过的最强的赛车手。"

钟溯很赞同："那当然。"

"可惜不能和景燃跑一次。"夏千沉左手胳膊搭在车窗沿上。

遗憾的是关公不能战秦琼，遗憾的是你可以超越传奇，但无法和传奇决一胜负。

钟溯偏头看着他："你听过一句话吗？现在的遗憾，是为了以后的圆满。"

钟溯说："你还小，会碰见比景燃厉害得多的对手。"

"嗯。"夏千沉点了点头，"好。"

西海常年风大，视野不佳，但这几天似乎老天爷开恩，居然格外晴朗。

赛会扎营地里，夏千沉去赛会交还越野车钥匙的时候恰好碰见了曹晗锡。二人打了个招呼，夏千沉发现曹晗锡的脸色不太好，便问了一句："你怎么了？"

"哦，我……"曹晗锡笑得比哭还难看，"刚才车队吩咐，一定要跑完比赛，我觉得有点儿难，还没到后面的格木里呢，SS7 有一段冰川你知道吗？"

夏千沉点头："我知道，跑完就行，那到时候你看着办呗，稳点儿保排名也不是不行。"

曹晗锡快哭了："我真的不行了，你都不知道，你走了之后我压力真的太大了……"

夏千沉讶然："不至于啊，出来打工而已，怎么就到这个地步了呢？"

曹晗锡狠挠了两下头发，两个人从赛会的帐篷里出来，这里是西海畔，有一望无际的碧绿草原。夏千沉看着曹晗锡走远的背影，隐隐地有点儿担心。虽然两个人没什么交集，但夏千沉知道 GP 的德行，四驱组另外一个赛车手因变速箱故障退赛了，那全村的希望就是曹晗锡了。夏千沉叹了一口气，他骨子里的正义感让他给娜娜打了个电话，电话里，娜娜的声音有点儿慌乱。

"你说曹晗锡……啊，我知道这件事。"娜娜清了清嗓子，"最近 GP 资金太紧张了，别说曹晗锡，摩托车组的人这两天也愁眉苦脸的。"

夏千沉边打电话边往 SL 维修车的方向走："哦……赞助还跑了，是吧？"

"是啊，我也准备跟老胡他们换个车队了，毕竟 GP 现在这——"

"我去！"娜娜的话被夏千沉忽然说的两个字打断了。

"怎么了？"娜娜问，"说话啊？"

远处，不知道谁尖叫了一声——"GP 的曹晗锡骑着摩托车往湖里去啦。"

然而，另一辆摩托车跟着冲进了那美到不似人间的湖里，是钟溯。

夏千沉的手机从手里滑了下去，摔在地上。夏千沉蒙了一瞬，想也不想地就往湖边跑去。赛车手的体能极好，夏千沉奔向湖边，才发现"望山跑死马"，倒不是湖远，而是有摩托车助力，这两个人一前一后几乎冲出了 1 千米远。

钟溯会游泳吗？夏千沉一时想不起来。

还好，西海边的警力相当充足，立刻有船下水救人。

做车手的，会千百种急救办法，他们在坐进改装赛车之前，学过相当详尽的急救措施，其中就包括落水时如何自救。但夏千沉此时看着湖里生死未卜的钟溯，大脑一片空白。

一向没有时间感知的夏千沉只觉得时间无比漫长，不受控制地要加入救援，被旁边不知道谁拽住了，对方呵斥他"别添乱了"。夏千沉甩开那人的手，这时候才明白为什么会有人冲进火海救自己的小猫咪，为什么有人会不顾一切地跟着救护车在马路上狂奔。他跑向西海，湖水浸湿了鞋子和裤脚，眼前的画面似乎在抽帧。有人拉他，他甩开，有人拦他，有个湿漉漉的人把他整个拖住往回走。

"松开。"夏千沉说，"你疯了是不是？"

钟溯甩了两下头发，甩了夏千沉一脸水："我旁边就有辆摩托车，我不能见死不救吧？"

"不是。"夏千沉想组织一下语言。

从人性上讲，能救的要救，人命关天；但从感性上讲，为什么就你要逞强？可是夏千沉说不出口，这种话只能放在心里想一想，说出来就是另一种性质了，夏千沉明白。

两辆摩托车也立刻被捞了上来，不知道是摩托车组哪个倒霉蛋的。

等到 GP 的人也到达现场的时候，汽联负责人气得面色铁青，让随行的急救队检查一下曹晗锡和钟溯的身体状况，并说："你们不去看看自己的车手，跑过来跟我道歉？"

夏千沉不远不近地听着，又去看钟溯："你怎么样，呛水了吗？"

"我没事。"钟溯笑得没心没肺的，抓住夏千沉胡乱摸的手，"你怎么这么害怕？我没事啊。"

"我能不怕吗，你死这儿了怎么办？"

"那你会换领航员吗？"钟溯问。

夏千沉甩开他的手："你死了我换三个。"

"别啊。"钟溯去追他，还没走几步却被一个护士叫住了。

"哎，哎。"急救队的护士跑过来，"你是刚才下水救人的那个人吧？来救护车上检查一下。"

SS2 开始前，曹晗锡未能通过赛前体检。主要是他的心理障碍太大，汽联的人认为他不适合继续比赛，并表示川青拉力赛后，汽联将着手调查 GP。

"我觉得是我以前心太大了。"夏千沉望着湖上的银河。

钟溯不这么想："是你太厉害，就算车队不对你施压，你也能跑出他们想要的成绩。"

维修车顶，两个人盘膝坐着，屁股下面的后挂车厢装的就是他们的赛车。

夏千沉什么都没说。他是有点儿后怕的，钟溯也看出来了，于是往他身边挪了挪："好了，已经没事了。"

"我的理智告诉我，你见义勇为是好事。但……"夏千沉顿了顿，问，"你能明白吧？"

"我能明白。"钟溯说，"换你，我也不想让你去。"

钟溯道歉："抱歉，吓到你了。"

"你是吓死我了。"夏千沉说，"这车队是不是魔怔了？"

钟溯没做评价，反正汽联要调查 GP，出了这种事，车队高层脱不了干系，更何况他们最后的大赞助商泽恭海运也撤资了，GP 算是命不久矣。这个车队在夏千沉回国后崛起，在夏千沉离开后覆灭，倒也精彩。

SS2，西海畔。发车前，PEM 的车手退赛，原因是上个赛段他在桥上失控，赛车以头抢地直直地戳进地里，修不出来了。

夏千沉提前一位发车。他最后看了一眼仪表盘："胎压有点儿低。"

"多低？"钟溯问。

"2.3bar。"

钟溯迅速思考了一下："维修工调低的吗？"

"我不知道。"夏千沉说，"现在无线电断了，我想问都不行。"

一般来说，他们这组胎正常胎压在 2.5bar 左右，现在只有 2.3bar，如果不是维修工特意调低的话，那么就是轮胎哪里漏气了。

钟溯回忆了一下 SS2 的大致路线，跑完西海畔的 75 千米石头路面后，得接着跑国道下面的土路。

"就这么跑吧。"钟溯说，"我知道你不会退赛的。"

夏千沉握着方向盘笑了："我的车可以在赛道上爆胎、滚出去、翻几圈，我不能在发车线退赛。"

赛车到终点线的时候，汽联的人惊呆了。让久经沙场的汽联裁判惊呆，凝视了他们五六秒钟，可以想见他们的车损毁得多严重。

夏千沉喘着粗气，钟溯摘了头盔后脸色苍白。

"有成绩吗？"夏千沉问。

裁判说："有……牛啊。"

"有就行。"夏千沉点了点头。

他对钟溯说："走了。"

钟溯应声，跟在他后面去了休息区。所谓的休息区，就是个巨大的帐篷，里面有汽联提供的水和食物。两个人坐下后喝了点儿水，脸色才恢复一些。

夏千沉"扑哧"一笑："差点儿死一块儿了。"

钟溯点头："你真是我见过……控车控得最牛的。"

这辆赛车，以每小时200千米的速度冲了一个肉眼几乎不可察的坡。车速过快，车轮弹离地面，夏千沉第一时间意识到车身悬空的姿势不好，这样必定要翻车，于是在赛车滞空的情况下猛踩了一脚刹车，同时拉上手刹，让车身重量后移——这是飞坡的原理。可那时已经不是飞坡，而是"冲"坡，且车身姿态不好，落地保不齐会断轴。夏千沉几乎把刹车踩到底，瞬间爆发出70千克的力量，果敢的决策救了他们——因为旁边是20多米的垂直崖。

但赛车落地时，底盘和转向机连接的地方遭受重创，赛车还能继续行驶在赛道上，完全靠夏千沉对前轮的感知和钟溯对道路的预判。

接着，夏千沉又继续开了40多千米，在窄道上被故障的前车逼停20多秒。这时候车况已经很差了，不仅是转向机，车架和叶子板也有不同程度的损坏，其中一个后轮的胎压在以肉眼可见的速度下降。但夏千沉依然在开，钟溯也依然在指挥。两个人已经不知道自己出的是热汗还是冷汗，赛车奔驰在赛道上。他们一心都只想将车开到终点，开到维修站。

人和人之间很难出现这种特别具体、特别强烈的共鸣。在赛车的转向机又一次失灵，车轮压草，车右侧撞墙时，副驾驶位的车门直接瘪进来砸在防滚架上，钟溯眉毛都没皱一下。

"说真的，车撞墙上时你害怕吗？"夏千沉问。

钟溯靠在躺椅上："说真的，真不怕，撞的又不是主驾驶位那边。"

好在夏千沉开回终点了，赛车也进维修站了。

夏千沉长长地叹了一口气："我当时挺慌的。"

"我看出来了。"钟溯说，"所以我让你继续开，别分心。"

夏千沉盯着他看了一会儿，然后收回视线，拧开瓶盖，喝水。

SS2 结束后，他们听说这个赛段有人受伤，有人踝骨和膝盖骨折，还有一个人因为冲击力而失去意识。尽管这么多年经历的事故不少，但每每听闻自己跑过的赛段有人受伤，他们还是有些后怕的。

SS2 后休整一天，赛车要大修，几乎所有跑完 SS2 的人也要"大修"。

夏千沉和钟溯没有去盐湖观光，而是直接奔向县城。对拉力赛车手来说，自然景观固然美好，但不及县城里的冰可乐、牛肉面和羊肉泡馍美好。他们饿狠了，为了保持中枢神经兴奋，他们习惯五分饱上赛道，比完赛人已经饿傻了。

两个人像逃难至此似的，搞得面馆老板娘都想无偿给他们俩加个蛋。他们吃完饭后，在县城里休息，也没精神去挑旅馆，就近找了一家，迅速冲完澡睡下。

这是相当漫长的一天，一夜无梦，天亮时才发现，昨晚实在是太困太累了，忘记拉上窗帘了。被阳光刺醒，夏千沉恍惚间好像回到了钟溯第一天来他家里的那个早晨，钟溯不由分说地"哗啦"一声拉开了窗帘，还面带微笑地对他说："早上好，夏千沉。"

夏千沉目睹了"有钱可以为所欲为"这件事。

这次川青拉力赛，杜源给他配备了极专业的维修队，几乎全是大工水平，而且人数有优势，一拨人白天修车，一拨人夜里修车，24 小时无缝衔接。

当赛车再一次出现在夏千沉面前时，不啻脱胎换骨。

维修工很客气，像是 4S 店的销售，对夏千沉说："夏先生，这次重新换回了麦弗逊式悬挂，发动机爆缸了，也换了一个全新的一模一样的 OC 发动机，还换了 15 寸的轮圈，下个赛段更稳妥。对了，上个赛段因为工作失误导致胎压过低的那位员工，已经蒙羞返回沪市了。"

夏千沉："啊，其实也……"

"不。"维修工说，"赛车出问题，在赛道上会出人命，他应该为自己的失误负责。"

"好的。"夏千沉没再说什么，坐进赛车围着维修车跑了两圈，已经没有任何问题。

SS3 的发车点在格市，一行人从县城出发前往格市，驱车 5 个小时后，在格市休息一夜。维修队需要补充物资，在当地车厂购买汽油、机油、刹车油等消耗品，赛车手们也需要购买运动饮料和一些常用药品。逛超市的时候，钟溯买了点儿巧克力，夏千沉在放饮料的冰柜边停留片刻，买了一堆饮料。

回酒店后，两个人靠在床头聊天。钟溯跟夏千沉讲孤儿院是什么样的，二十几个小孩儿住在一间宿舍里，就像幼儿园午休那样，只不过他们全天都住在那里。夏千沉跟钟溯讲 NS 赛道，说着就说到了高三临毕业那会儿。钟溯不想让他说了，扯开话题，讲娜娜跳槽的事。

这一晚平和地过去，次日，骄阳高悬。

SS3，准备出发。已经完全被修复的赛车今天的状态也相当好，夏千沉在等待区暖胎，钟溯在副驾驶位上又过了一遍路书。

隔壁车队的领航员非常不好意思地跑过来，说："钟溯啊，能不能让我看看你的路书？我的本子昨晚摔水里，有一页飘走了……"

钟溯把路书借给他，然后发生了这样一段对话。

那位领航员誊抄缺失的那一段路书后，说："我家车手昨天贼牛，所有人都磕了一下的那个弯，他没磕。"

"哦——"钟溯一下就知道是哪个弯了，正是夏千沉把右侧车身甩墙上的那个。

钟溯回忆了一下那个弯道的情况，说："确实，那个弯的刹车点太刁钻了，而且前车会在路上掉东西，你们没磕，是挺牛的。"

"是吧！"然后是一段炫耀的话。

"是啊。"钟溯跟着夸赞。

钟溯回到赛车上之后，夏千沉问："你们俩聊啥呢？"

钟溯如实相告，夏千沉听完，说："那个弯他们居然没磕？直接过了？牛。"

"嗯，有点儿东西。"钟溯说。

两个人在车里把隔壁赛车手夸得天上有地上无后，隔壁赛车手和领航员上发车线，接着那位赛车手没跑出 10 千米就退赛了，原因是引擎室起火。

SS3 发车。

"自检。"钟溯说。

"胎压正常，汽油压力正常，机油压力正常，水温正常，偏时点火 2，排气管温度正常。自检完毕，准备就绪。"夏千沉说。

从这里开始，赛道海拔几乎不会再低于 3000 米。今天的赛前体检也相当严格，有几个人因为体检不合格被迫退赛。高海拔地区常有冻土冰川路面，赛会在危险路段配备了急救车和吊车，头顶上的航拍直升机依然在进行实时直播。

"起步准备。"钟溯跟着倒计时器倒数，"5，4，3，2，1。"

230 千米的赛段，对赛车手和领航员来说都比较艰苦，他们不仅要消耗大量精神和体力，还要持续高度集中注意力。

从格市南郊发车，记者们按快门的"噼里啪啦"的声音瞬间被抛在车后，赛车很快消失在人们的视野中。沿途，各种各样的赛车停在赛道旁边，因为故障无法继续比赛。

这个赛段，赛会给的难度是"中等"。

冰川路面有 13 千米，赛车的轮胎是拉力胎。不换加强胎是夏千沉和钟溯共同的决策，配合了这么久，钟溯认为以夏千沉的控车能力，可以上拉力胎。

"注意地滑。"钟溯说，"收油压冰，前500米直线。"

夏千沉收油退挡："感觉还行，没有我想象中的滑。"

"10米躲石头。"钟溯见他偷偷进了一挡，笑了笑，"毕竟是川青北线之王，100米右5，切弯。"

冰川上气温低，空气含氧量低。这里的海拔比玉山天路的海拔要高很多，夏千沉杀气腾腾，进了一挡后觉得冰面不过如此，遂又进一挡。钟溯看了一眼，没阻拦他。夏千沉双手握方向盘，目光如炬，整个人处在极度认真的状态，仿佛四周一切都被虚化，他只能看见这条赛道。钟溯不再给他任何驾驶建议，而是紧盯着前路，告诉他多少米躲什么路障。

最后，维修工说："我们是这个赛段最快的。"

虽然赛车在冰川一处融化的冰面上，压水侧滑撞了石头，机油冷却器破裂了，但这点儿小伤对这辆赛车来说不足挂齿。它也已经是一位经验丰富的选手了。

日暮西沉，维修工们把赛车拖进了维修站，依然是那个熟悉的汽联统一提供的铁皮仓库。

另一边，汽联的工作人员喊吃饭。这个赛段的终点附近没什么村镇，汽联从很远的地方订了辆餐车。

夏千沉看着维修站里被升起来的赛车，说："其实有时候我还挺想给它递根烟的。"

钟溯笑了笑："会不会太沧桑了？"

夏千沉答："有点儿。"

SS4的发车点在200千米外的地方，从那里开始，正式进入格木里核心保护区的边缘。

在汽联搭的帐篷里吃完晚饭后，大家在原地扎营。

晚饭后，夏千沉爬到维修车后挂车厢的顶上抽烟。

当时钟溯在支帐篷，汽联的工作人员跑过来说："你家赛车手在抽烟！"

"啊？"钟溯疑惑地问，"所以呢？"

"保护区禁烟！"工作人员说，"去管管！"

钟溯踩着维修车车头的轮胎翻上车厢顶："保护区禁烟。"

"哦。"夏千沉把烟摁灭，"没听说啊。"

"我也刚听说。"钟溯在他旁边坐下，"累吗？"

夏千沉深吸了一口格木里的空气，然后闭着眼睛吐出来："累了。"

钟溯问："哪儿累，我给你揉揉？"

夏千沉直接在车顶躺平："腿、腰、肩膀。"

钟溯在他的小腿肚上揉着，手法娴熟，恰到好处，揉得夏千沉从躺着变趴着，也不嫌车顶脏了，主要是太舒爽。

"往下点儿。"夏千沉指挥他，"对，那儿酸死了。"

夏千沉很快就不出声了，太累了。

日落之后，高海拔地区迅速降温，钟溯让夏千沉起来回帐篷里，夏千沉耍赖不肯动。夏千沉说："不想努力了。"

钟溯笑了笑："那下个赛段我开？"

夏千沉说："紧急情况下领航员才能代替赛车手驾驶。"

钟溯说："赛车手累了，这还不紧急？"

SS4 和 SS5 在同一天进行，因为 SS5 是超短道。

四周的景色极富野趣，这里已经是格木里未向游客开放的区域。

早年，格市公安局发布通告，禁止一切社会团体或个人进入格木里保护区。自此，这片最有生机也最危险的无人区，彻底向人们关闭大门。这里平均海拔 4600 米，最低气温可达零下 46 摄氏度，同时也是全国风速最快、冻土带覆盖面积最大、生态最好的地方。为保护生物多样性，当地发布了禁止游客进入的公告，撤走了"欢迎来到藏羚羊的故乡"的标识牌，守护着这片净土。

这次川青拉力赛只能沿核心保护区的边缘进行，这已经是地方给予的极大的宽容。

夏千沉点火，进挡，踩油门。

该赛段不仅路况艰险，还要防范野生动物。虽然当地警方和赛会已经共同在赛段四周进行驱赶，但这个赛段赛会和每辆赛车都保持着全程无线电沟通。

"慢点儿过。"钟溯说，"弯心有水。"

赛会的无线电里虽然没有人说话，但"刺刺"的声音还是在通话器里频繁地出现，这让夏千沉有点儿烦躁。

"我想把通话器断了。"夏千沉说。

钟溯蹙眉："不行，风阻太大，没有通话器，我靠喊的你听不清，太危险了。"

"电流声很烦。"夏千沉蹙眉。

赛车不隔音，轮胎也不是静音轮胎，加上车速快，风声大，机械颠簸的声音大，如果没有通话器，就算是钟溯贴着耳边喊，夏千沉也未必能听清每个字。

钟溯想了想："我打手势？"

夏千沉点头，过了这个弯后，夏千沉单手握方向盘，另一只手伸进头盔里，暴力地把通话器耳机扯了出来。立刻，钟溯用左手给他指方向，用手势表达前方多少米有什么弯。

不多时，赛会的工作人员向全体发送一则语音通知——"请所有车辆立即停止行驶，原地待命。"

通知播放了三遍，钟溯立刻做出停车手势。夏千沉不解，但还是停车了。

大约不到 10 分钟后，路边出现裁判开始挥红旗。裁判挥旗点是固定的，所以需要通过语音及时通报停车。赛会的工作人员在无线电里说："我们监测到有一大群藏原羚正在通过赛段，请所有车手熄灭发动机，原地待命。

"请勿下车、打灯、鸣笛。请勿降下车窗。

"请保持冷静，随时请求驰援。

"请耐心等待比赛重启的通知。"

钟溯复述了一遍无线电里的内容，然后说："熄火。"

"哦。"夏千沉熄火，旋即，赛车就这么静静地停在格木里边缘。

按理说，这里不该有成群的藏原羚，但意外时有发生。

"它们会从我们这儿过去吗？"夏千沉问。

钟溯摇头："不清楚，说是正在通过赛段，没说第几千米，也没说什么方向。"

四周忽然安静下来，只剩下高原的风声和远处不知是狼是狗的嗥叫声。

所有人都在静静地等，于是格木里出现了这样一幅诡异的画面：大片的原始荒野上，每隔一段距离，停着用现代工业调校出的机械艺术品。它们突兀地出现在这样的画面里，像外来者，抑或是入侵者。

赛会要求他们停车熄火保持静止的原因很简单，被成年藏原羚撞一下，搞不好人会死的。而且这次是一群藏原羚，碳纤维车身经得住几下撞？

入侵者们放下了武器，等待藏原羚过境。

从好奇心上来讲，夏千沉很想看看成群的藏原羚，但从职业角度来说，他又不想遇见。毕竟……万一藏原羚忽然开始攻击赛车怎么办？人家是二级保护动物，他连《炉石传说》标准天梯都没打到二级。

"如果藏原羚忽然攻击我，我失误撞死了它，我会坐牢吗？"夏千沉真诚发问。

钟溯说："不会，你这属于紧急避险。"

"你刚才为什么犹豫了一下？"夏千沉问。

钟溯说："你看左边。"

夏千沉扭头，从左边主驾驶位的车窗看出去——原来赛会说的一大群，是真的一大群，目测有六七十只。它们如雷奔云涌，移动速度极快。藏原羚是西青分布最广、数量最多的有蹄类动物，或许可以加一条，是屁股最白的。藏原羚的奔跑速度超出了夏千沉的预料，两个人在赛车里同时怔住，连呼吸都不敢太大声。

"藏原羚奔跑时速最高可以达到 80 千米，比狮子快 10 千米。"钟溯说，"当然，也可能是没跑过狮子的都死了。"

夏千沉点了点头："感受到了，它们零百加速（从静止到每小时 100 千米所需的时间）应该不到 10 秒吧。"

藏原羚相当迅捷，肩高普遍为五六十厘米。

这是夏千沉第一次如此近距离地看到野生动物，事实上比起惊喜和好奇，更多的是恐慌。这种恐慌源于力量不对等，或者说，源于角色互换。人们普遍认为，包括藏原羚在内的相当一大部分野生动物是被保护的一方，自发地把它们视为弱者，这种观念在大部分人的意识里根深蒂固。但当人们真正置身于这样一大群藏原羚过境的情况中时，只能在心里祈祷——快过去。

好在藏原羚对赛车不感兴趣，整个过程持续了 10 多分钟，藏原羚并没有对这些赛车冒出任何兴趣，它们只在格木里自由奔腾，在这个人迹罕至的地方，疯狂地奔跑。

赛会依然没有给出任何继续比赛的通知，只在无线电里把"请所有参赛人员原地待命"又重复了一遍。这种体验太奇妙了，就像是"大家停一停，大自然要挑选一位幸运玩家开始审判"，接着，"大家还是停在这里，大自然的处理器有点儿老，加载速度比较慢"。

终于，又过去 15 分钟后，赛会通知："请注意无线电倒数，继续比赛。"

重新点火出发，夏千沉戴回了通话器，钟溯不必再用手势和他交流。

从格木里上空俯瞰，在藏原羚远离这里，向格木里腹地奔跑之后，现代机械跑出了一种落荒而逃的心酸感。

SS5 的终点，休整一夜。

很快，他们遇到藏原羚的事被杜源得知，杜源当即远程"作法"，斋戒一天，赛车场全体员工三顿饭都吃素祈福。

这件事被夏千沉和钟溯得知的时候，怎么说呢，他们还是道谢了。

大家在当地继续补充物资，扎营休息。而 GP 已经提前结束了川青拉力赛之旅，启程回沪市。数百辆维修车、运输车和赛车停在营地里，正在参赛的和已经退赛的都在这里休整，大家都很沉默。这可能是大家职业生涯里第一次因野生动物被叫停在赛道上。格木里空旷寂寥的原野上，孤立无援。有人设想，如果来的不是藏原羚，而是狼群，那么只有两架直升机，他们来得及放下绳梯救援吗？这种假设带来的恐慌感，往往比经历时的恐慌感更加沉重。

夏千沉接过钟溯递来的可乐："他们在那儿聊天呢。"

"我知道。"帐篷前面摆了两张折叠椅，钟溯坐过来，"没什么好聊的，无非就是那群藏原羚。"

当时赛车置身于"原羚旋涡"中心，那几十只藏原羚从他们的赛车的车前车后奔腾离去，夏千沉记得，他甚至能看见它们的白屁股上有没有杂毛。

"回去看看行车监控？"夏千沉提议。

钟溯说："好啊，到时候赛会肯定会找我们要的，多好的宣传片。"

"这个得加钱。"夏千沉说。

今天的 SS4 和 SS5，夏千沉总用时排第四名，第一名是个 F 国车队的车手，第二名是夏千沉的老对手，来自 PEM 的车手于岳，第三名是 G 国车队的车手，但他们在 SS4 上没有第一时间停车熄火，据说往前滑了百来米，可能要被罚时。

杜源听说他们排在第四名的时候，决定斋戒后立刻继续庆祝。赛车场的人在川青拉力赛开始之后，就一直在庆祝。这让夏千沉五味杂陈，最后在景燃打电话来慰问的时候，说："你们后勤爽翻天的时候能不能避着点儿我们？"

景燃笑得停不下来，毕竟他本人太知道拉力赛是怎么样的环境了。

次日休息，夏千沉和钟溯联络了已经回到沪市的娜娜，询问她有没有兴趣来 SL 做车队经理，娜娜说会优先考虑。一来，她是维修工出身，做经理必定抢手；二来，还有一些 GP 的事情要处理。

休息日，两个人开着汽联的车去市里吃了顿好的。

同时，景燃发来了天驹山锦标赛的报名表。统一车型，22 圈，场地竞速赛。

刚好在市里，他们把报名表打印了出来，钟溯看着报名表叹气。

夏千沉问钟溯有什么好叹气的，钟溯说："为其他的参赛车手叹气。"

"别乱说，"夏千沉正色道，"求求了。"

SS6 开始时，总排名第三的 G 国车队的车手被罚时 60 分钟。因为他们在保护区内时没有立即听命停车，连拔了通话器的夏千沉都停了，他们没停，行为相当恶劣。

SS6，正式进入当拉山脉赛段，终点在银碗雪山上。银碗雪山，平均海拔 6600 米，在格木里最南端。银碗雪山的冰川，是地球上除南、北两极外最大的冰川。

赛段依然选择边缘地界，这个赛段有曹晗锡不想跑的大面积冰川路面。维修大工给赛车换上了加强胎，这组轮胎是杜源花重金定制的，在冰面上有极强的抓地力，而且胎面不像雪地胎面那么宽，在过弯的时候更灵活，沟纹相当深，专为川青拉力赛的冰面设计的。

这个赛段只有 109 千米，但有 60 千米的冰面。而且今天阳光相当好，冰面会不同程度地融化。果然，行进到冰面上后，有车失控侧滑，有车被迫减速。

夏千沉甚至追上了比他提前 2 分钟发车的前车。

"前面那个右 4 弯把它超了。"钟溯说，"贴着弯心滑过去。"

夏千沉愕然："你以前不是这种风格的。"

"你不想超？"钟溯反问他。

可能吗？有夏千沉不想超的车吗？这组加强胎在冰面上拥有相当惊人的抓地力，刚上冰面的时候夏千沉就感觉到了，这是轮胎在抓地吗？这是钱在抓地！

也是这个赛段，SL 的外援，那位外国车手，在冰面上滑出足足 3 千米，紧接着又翻滚了 1 千米，退赛了。所谓外援，是临时加入车队的车手，主要任务是为车队提供一份保障。也就是说，这位外国车手出现在这里的意义是，如果夏千沉在赛道上出意外，外国车手能为 SL 保一个跑完全程的排名。现在，他先一步告辞了。

SS6 结束，杜源停止了庆祝。同时，景燃发来微信：你们稳住。

景燃也是在告诉他们，不能嘻嘻哈哈了，夏千沉又成了"独苗"。

还剩最后一个赛段，原本高居总用时榜首的 F 国车手在冰雪路面遭遇滑铁卢，虽然夏千沉他们也侧滑了好几次，但那位 F 国大哥兴许是没受过这种委屈，侧滑出去之后抓着维修工一顿语言输出。而夏千沉的老对手于岳，开的就是钟溯让夏千沉超的那辆车，已经被夏千沉迫上来了。最后这个赛段发车时，夏千沉已经迫到了总用时第一名的位置。

其实他们的压力挺大的，这个赛段他们要从银碗雪山北上进入格木里腹地边缘，终点线收车台在格木里的保护站里。格市能够允许他们在这里跑拉力赛，也是希望这场比赛能向全国人民证明：格木里，不欢迎你。地区管理人员能够理解大家想目睹无人区的极致风光的心情，但无人区之所以叫无人区，重点在"无人"二字上。

夏千沉挺激动的，连带着听到通话器里赛会的无线电电流声时也不那么烦躁了。毕竟很少有人能这样深入格木里，还是开着赛车进去。钟溯也是，这段路的弯道并不多，多的是曲直线，但路面障碍密度非常大，石头、水坑、树根，层出不穷，远处还有悠扬的狼嚎声。

夏千沉说过，没有人的地方都非常漂亮，格木里就是这样漂亮到极致。

往常，纵使是再深的深山，再偏僻的旷野，都有人类居住的痕迹，但在格木里，除了保护站，没有任何人类行动的痕迹。

这让人感到非常宁静，这是大自然，是这个星球原本的样子。

"感觉梦想完成了一半。"夏千沉躺在格木里保护站大院的帐篷里。

因为保护站的宿舍不够这么多人住，大家主动把宿舍腾给了一路以来比较辛苦的维修工。

钟溯躺在他旁边："我们接下来去哪儿？"

"去下一个没去过的地方。"夏千沉说。

CHAPTER 08
极速二人组

一周后，回到沪市。

川青拉力赛公布了一系列罚时结果，夏千沉和钟溯由于晚发车 1 秒，被罚时 20 秒，以领先第二名仅 0.09 秒的成绩，稳住了川青北线之王的荣耀。

在这个浮躁的年代，夏千沉总会回想起开着全是二手配件的赛车，在西珑山横冲直撞的那段时间。那时候，夏千沉想：要争气，即使没有最好的赛车，没有最新的配件，他也要活在赛道上。他本来就是赛道上的人，甚至觉得所有车都应该上赛道，那是现代机械的归宿和意义。

沪市第一人民医院体检中心，放射科排队待诊区，赛车手和领航员在进行一年一度的例行体检。他们本该在环沙结束的时候就来体检的，但那时候他们住院了。

"要去打个招呼吗？"钟溯问。

"不用了吧，她忙得很。"夏千沉说。体检中心和门诊部不在一栋楼，而且夏千沉也不知道夏茗钰今天是在门诊部还是在住院部。

两个人从医院出来，回赛车场练车，到赛车场后，景燃很紧张地询问他们体检结果如何，夏千沉觉得有点儿心酸。

体检报告要一周后才能拿到，在这之前，他们得开始筹备游县拉力赛。

川青冠军又一次被夏千沉收入囊中，业内最近的话题大多离不开这个，另外被讨论得较多的则是游县拉力赛之后的天驹山锦标赛。近几年最流行的话就是：来啊，可以自己带车。

天驹山锦标赛需使用统一车型的车，赛车场有同款车，夏千沉下场跑了几圈。

夏千沉在场地上试跑的时候，钟溯和景燃在赛道边看着。

"他的控车能力真的很强。"景燃说，"坐他的副驾驶位感觉怎么样？"

"刺激。"钟溯说。

天驹山锦标赛用的车并不是多么昂贵的赛车，但在赛道上有着能匹敌三五百万的跑车的速度，改装后的大尾翼有助于降低风阻和调整车尾姿态。

夏千沉又一次来到钟溯和景燃围观的这个弯道，这是一个和天驹山赛车场1号弯很像的弯道——上坡后接高速右弯。夏千沉上一圈过这个弯时，是在上坡时轻踩刹车。很快，他就要进入二人的视野了。

钟溯说："他大概要试试上坡后刹车入弯会不会快点儿。"

果然，夏千沉一脚深油门上坡，在坡上轻踩刹车，漂移入弯。

"还是上一圈那么跑快一点儿。"景燃说。

钟溯赞同："他可能觉得上一圈那种跑法容易翻车。"

这一圈跑完，钟溯掐表："3分12秒。"

夏千沉摘了头盔抱着它走过来："上一圈呢？"

"3分08秒。"钟溯说。

夏千沉在思考，赛道边有把巨大的遮阳伞，夏千沉站到阴影里，把头盔交给钟溯，然后问景燃："天驹山赛车场你跑过吧？"

"跑过，这个上坡接右弯，我是上坡后轻踩刹车过的，慢了0.4秒，当年第二。"景燃说。

夏千沉点头："我再想想吧。"

三个人回休息厅，娜娜今天第一天入职SL，这时候正在休息厅里看游县拉力赛的官方消息。见他们进来，娜娜指着夏千沉和钟溯："你们俩，过来。"

他们乖乖过去坐下。

娜娜说："是这样，游县拉力赛一共有十二个赛段，长的短的都有，一共9天。"

娜娜把笔记本电脑转了个方向面对他们，电脑屏幕上是天驹山锦标赛的开赛时间。天驹山锦标赛在沪市蓝笋山的天驹山赛车场举办。

娜娜接着说："比完赛后，就算你们不参加收车仪式，直接从游县奔向沪市，也很难卡着天驹山锦标赛的开赛时间到场，时间卡得太死了。"

闻言，两颗脑袋立刻凑到一块儿，挤在小小的笔记本电脑屏幕前。确实，时间撞上了，游县拉力赛结束的当天下午1点30分，天驹山锦标赛开始发车。

两个人交换了一个眼神。

夏千沉说："那能不能我们跑完游县的最后一个赛段就立刻走？那样来得及吗？"

钟溯："如果最后一个赛段，我们在1个小时内跑完，跑完马上开车去车站……那也不能保证进站、检票能来得及，时间太赶了。"

娜娜点头："而且你要考虑你到了蓝笋山之后，还有一段3千米的封闭路段，只允许赛会运输车通行，你们俩得跑进场。"

但是夏千沉真的很想跑。他本来就是场地车手，跟人家车贴着车肉搏的那种，更何况比赛使用统一车型的车，再也没有人能说他是因为车好、配件好才赢。

安静了片刻后，钟溯似乎下了很大决心："试一试，夏千沉，游县的SS12，我们跑进40分钟的话，说不定能赶上。"

夏千沉猛地扭头，忽然热血。

这时候景燃端着一壶小柑橘茶过来，放在茶几上："我觉得你们可以一试，我可以提前在沪市的车站等你们，你们下了高铁立刻上我的车，我送你们去天驹山赛车场。"

"不行，"钟溯说，"他晕车。"

"那正好他开，专业对口。"景燃笑了笑。

夏千沉点头："试试吧，听上去很刺激，感觉天驹山锦标赛从游县就开始了。"

"是啊。"钟溯笑了笑，"中间我们还要狂奔3千米。"

"区区3千米，"夏千沉说，"不足为惧。"

"是3千米的长上坡路。"娜娜说。

自那天起，夏千沉和钟溯开始了跑3千米上坡路的体能训练。

按平时的体能训练强度，跑完3千米其实没什么压力，压力在于跑完3千米之后夏千沉要立刻开始比赛。当天大概会是这样一个流程——游县拉力赛的SS12，他们必须40分钟内跑完，SS12结束后，他们火速驱车前往车站，要卡在绝佳的时间点上高铁，到站后开景燃预备的车前往蓝笋山，再狂奔3千米，然后立刻坐进赛车，开始22圈的竞速赛。有点儿铁人三项的意思了。

"你再算一下。"夏千沉说。

赛车场赛道入口旁边，钟溯把笔记本翻回去，又给他讲了一遍："不出任何意外，我们当天严格按照计划进行的话，可以空出3分半钟。"

"也就是说，最理想的状态下，有3分半钟的容错时间。"夏千沉说。

钟溯点头。

游县拉力赛是本年度赛季最后一个站点赛，按照目前赛季总积分排名，夏千沉在游县只要跻身前五，就依然是赛季冠军车手。所以游县拉力赛很重要，且他一定要跑完全程，因为跑完全程才有站点成绩。

可是天驹山锦标赛夏千沉也非常想参加，事已至此，夏千沉舒了一口气，说："走，从马路那儿开始跑。"

他们的演习计划是这样的——从距离赛车场3千米的地方全速奔跑进来，然后迅速跑到模拟停车点，夏千沉钻进赛车，开上赛道，跑22圈。

第一天，跑完3千米进赛车场，夏千沉扶着车门："我真的需要……这份工作……吗？"

钟溯掐了表："16分45秒。"

"够吗？"夏千沉问，"一级运动员跑3千米需要多久？"

钟溯顿了顿，说："应该不到10分钟？"

第二天，依然从3千米开外跑进赛车场，夏千沉自暴自弃："它已经是辆成熟的赛车了，不能自动驾驶吗？"

钟溯掐表："16分30秒。"

"能不能借条哈士奇拉轮椅把我拉上去？禁车不禁狗吧？"夏千沉真诚发问。

钟溯说："不行，天驹山赛车场谢绝宠物进入。"

第三天、第四天……景燃和杜源透过休息厅的落地玻璃窗看着夏千沉和钟溯，一天比一天心酸。而且问题在于，他们现在跑的是平地，天驹山赛车场前面那一段是上坡路。

终于，第不知道多少天，钟溯掐了表后，也没好到哪儿去，撑着膝盖说："15分23秒。"

夏千沉抓着车门："好，现在我要去跑22圈竞速……"

夏千沉开车上赛道，刚跑出去半圈，撞到了缓冲区。

"咣"的一声响，景燃和杜源同时闭了闭眼。

"唉……"景燃叹气，"天驹山锦标赛一视同仁，坚决不允许任何赛车手搞特殊，所以拒绝破例让他们开车进赛场，只能靠自己排除万难了。"

杜源感叹："竞技体育精神。"

时间不会因为有谁没准备好而驻足等待，很快，最后一次调校完毕后，赛车被送上前往游县的维修车。两位运动健儿的3千米狂奔用时也渐渐缩短至14分55秒，就算加上上坡的损耗，也可以卡住极限用时来到赛车旁边。

三天后，各大车队先后抵达本赛季最后一个站点赛发车点，游县。这里是迄今国内举办过最多次拉力赛的县城，这里也有着全国闻名的魔鬼赛段。

SL来得算比较早的，有两天的时间勘路，做好路书。十二个赛段听上去很多，但其中有6条超短道，加上一部分赛段禁止自行勘路，所以他们只勘了三个赛段的路。

返回酒店后，两个人觉得体能训练不能断。于是在夜晚的游县，某个公园里，夜跑的队伍中，几位市民低声议论着："哦哟，跑这么快，逃债哟……"

就这样过了三天，游县拉力赛正式开始。

SS1，村落赛段。老农们站在自家二楼阳台上往下看比赛，一部分人津津有味地拍着视频，享受着"贵宾观赛位"。另一部分人只觉得，赛车扬起这么大的灰，还封路，不让进不让出，躲都躲不开。SS1柏油路和沙石路各占一半。

一般改装赛车的极限速度在每小时200千米左右，极限速度越高，加速越慢。

第一个赛段的比赛开始前，游县下了一整夜的大雨。路面非常滑，而且窄，乡村窄路一般只容一辆车通过，但凡对面来了辆车，就必定有辆车要往回倒。

在下过雨的窄路上行进了十几千米后，来到水坝段。由于大雨，水坝水位上升，今天又刮大风，水坝上面的路尤其滑。

"注意路面。"钟溯说，"桥后接右2，紧接高速沙石路。"

水坝上的路面不平整，不像寻常积水路面，这里的水不是一片一片的，而是一坑一坑的，车轮不仅要压水，还得被坑磕一下。

"轮胎的压力有点儿大。"夏千沉说，"这水坑太刁钻了。"

钟溯"嗯"了一声，表示明白："过弯慢点儿。"

"不用慢。"夏千沉踩油门进弯，后轮挠地起漂，"后面是沙石路了，让轮胎暖暖。"

雨后气温较低，跑了十几千米后，刹车和轮胎已经到了最佳工作温度，想在沙石路上追速度，这里就不能慢。

钟溯无奈，这也不是夏千沉第一次不听指挥："高速沙石路，加油。"

这个"加油"是物理上的加油，夏千沉迅速进挡："不是我不听指挥，我们要讲道理，对不对？"

钟溯笑了："行了，听你的。"

SS2超短道是A、B双道发车，SS1结束后，维修大工15分钟就把赛车修出来了，修完后去叫他们，半晌没找到人，再一问，赛会的人说："啊，你们家赛车手和领航员……去那个小山坡了。"

"差不多吧？"夏千沉问，"这个坡度，和天驹山赛车场外面的那个坡差不多了吧？"

钟溯目测了一下："嗯，可能这个坡更陡一点儿。"

"晚上来试试？"夏千沉提议。

当晚，他们吃完晚饭后休息了一会儿，便来到SS1终点线的小山坡下。

这里没有路灯，但游县挺繁华，靠不远不近的大厦灯光也能看清路，钟溯用运动APP计时间和距离，两个人倒数3，2，1，开始跑。

在上坡路上跑步和在平地上跑步完全是两种概念，夏千沉只觉得自己膝盖以下的部位随时会弃他而去，跑到第6分钟的时候被迫停下。

"钟……钟溯……"夏千沉随便靠在一棵树上，"等会儿……"

钟溯也上气不接下气："不行了吗？"

"不是，"夏千沉扶着树，"不是不行了，是要死了。"

然而钟溯还没走近他，忽然，一束探照灯光打过来，同时，一个洪亮的声音在远方震响："你们是干什么的？"

二人顿时心领神会。这熟悉的嗓门，是站点赛勘路组负责人的，夏千沉隐约记得此人姓郑。

"不允许擅自勘路——"郑兄的声音响彻小山坡，甚至惊起几只飞鸟。

"这儿是赛段？"夏千沉问。

钟溯表示："我不知道啊！"

游县拉力赛有几个赛段禁止擅自勘路，一经发现直接罚时 30 分钟。而不允许勘路的赛段，时不时会有人巡逻，因为总有人以身涉险，并且用各种各样的理由狡辩，比如"实不相瞒，这里是我老家啊，我来看看我外婆"。

"跑啊。"钟溯压着嗓子喊。

探照灯只扫了个影儿，好在他们附近全是树，约莫赛会的人也没看清他们。

他们抬腿就跑，往深处跑，头顶写着"罚时 30 分钟"的家伙在后面追，他们要是被追上了，那可真是浑身长嘴都说不清了。

两个人抓着对方在丛林里狂奔，踩断了什么枝丫也不管了，一心就是跑，就算心脏跳炸了也要跑。人可以死，但不能被罚时。终于，赛会郑兄完全追不上他们了，等到郑兄的小弟骑来摩托车说上车追的时候，郑兄已经看不见那两个影子跑去哪儿了。最后，赛会工作人员骑着摩托车顺着这个赛段全部检查了一遍，不见人影。

夏千沉和钟溯确实不知道这条路是赛段，而且没有带任何记录工具，但下意识地想跑。

"有没有可能……其实我们是可以解释的？"停下后，夏千沉说。

钟溯想了想："好像是可……可以的。"

"那我们为什么要跑呢？"夏千沉问。

钟溯喘，夏千沉也喘，两个人就这么喘着粗气看着对方，然后笑了。

他们也不挑了，直接席地而坐，山林夜晚清新的泥土味道充盈在四周。吹了一会儿夜风，钟溯说："回去吧，别受凉了。"

夏千沉伸手让钟溯拽自己："起不来了。"

钟溯刚握住他的手，"嘭"的一声响，探照灯打了过来，然后好几辆摩托车的前车灯也照了过来。

"原来是你们！"郑兄怒道，"真能跑啊！"

"白跑了。"夏千沉叹气。

被逮捕后，两个人诚恳地阐述了整件事情，1 个小时后被无罪释放。

第二天，夏千沉由于剧烈运动而腿酸脚软，SS3落后10秒。

同时，天驹山锦标赛的赛会听闻了他们的事迹，告诉他们，如果他们真的能在游县SS12跑进40分钟，并且赶到天驹山赛车场，那么赛会就以这件事做一个他们俩的报道：《极速二人组》。

听闻这件事后，夏千沉和钟溯同时抽了抽嘴角。

夏千沉淡淡地说："突然就有点儿不想去了。"

英勇无比的夏千沉在SS4找回了感觉，追上来8秒。

两个人在游县闹的这么一出，也让全国拉力赛车队和爱好者知道了——他们要在一天之内，在游县跑完SS12后奔向天驹山锦标赛。

于是诡异的一幕出现了。SS5发车的时候，在他们车前倒数的裁判，一个四五十岁的叔叔，意义不明地先向他们投来鼓励的目光，而后向他们竖起了大拇指。还有他们的同行于岳，特意在发车前跑过来问："你们真要无缝跑比赛啊？牛啊兄弟！"

像于岳这样特意跑过来表示他们很牛的人，还有三个。

夏千沉和钟溯只能微笑着一个个回复："还……还行……主要是时间不巧。"

时间不巧，执念很深，就变成现在这样了。每来一个询问的人，夏千沉就想钻地缝一次。毕竟这种事自己偷偷地干了，成不成的都没关系，再不济就是赶不上，今年无缘。眼下尽人皆知，说不定还有人拿这件事下注，这么一想，夏千沉想弄一条哈士奇了，一条恐怕都不够。

SS5，正是他们被逮捕的那个山坡。

这个赛段树多路窄，生长茂密的树枝在疯狂刷蹭赛车的风挡玻璃，夏千沉总觉得这些树枝刷过来的时候会问一句："听说你们要百里奔袭参加天驹山锦标赛呀？"

SS6，超短道，顶杆异响，损失10秒。

SS7，开到10千米的时候夏千沉失误，在钟溯已经提醒的前提下压到了前车故障飞出来的轮圈，整辆车撞上老农家的院墙，损失6秒和3000块维修费。

SS8，这已经是他们待在游县的第四天，他们被逮捕的小山坡已经不再用作赛道，所以他们可以去小山坡继续体能训练。这本来是非常令人欣慰的一件事，如果没有同行们围观的话。但情况已经这样了，所有人都认为，他们把牛吹出去了，看热闹的看热闹，看笑话的看笑话。

SS9，游县拉力赛的第五天。不知道前面哪位神车手发车失控，飞过来一个配件"哐当"砸在他们的风挡玻璃上，玻璃裂了一道浅浅的纹。

前车的引擎盖已经冒黑烟，两位急匆匆从前车上跑下来的选手跑到他们的赛车旁边，敲窗户，说："实在不好意思啊兄弟。对了，你们百里奔袭天驹山，加油啊！"

夏千沉顿了一下，说："好的。"

就这样，来到了SS12。赛段总长80多千米，他们要跑进40分钟需要极其顺利。

一段直线后的急弯边，记者在摄像机前激昂地解说："我们此时正在游县拉力赛的现场，刚刚过去的那辆赛车，车里坐着的正是此次要进行百里奔袭的赛车手夏千沉和他的领航员钟溯！"记者用堪比小学生周一广播讲话的腔调，带着老一辈校领导格外欣赏的喜庆微笑和谜之断句，继续说，"今天，他们将要以40分钟的极限时间，完成SS12，接着，便开启令人期待的百里奔袭行动！"

赛车把这段解说远远地甩开了，但又好像怎么都甩不开，今天游县拉力赛现场的每家媒体都恨不得跟拍夏千沉的奔袭行动。

"我服了。"夏千沉握着方向盘，"骑虎难下啊钟溯，今天要是没赶上，我们俩在蓝笋山就地掩埋吧。"

"也行。"钟溯说，"躲树——"

没躲掉，小剐蹭，无伤大雅。

这个赛段的目标已经不是追前车，在他们的观念里，已经不再有对手和排名，他们只有40分钟。

此时，景燃已经等在了高铁站出站口。他备了一辆车型较小的车，这样的车更容易穿梭在车流里，见缝插针。万事俱备，就等着游县拉力赛结束。观众和赛会已经对本届拉力赛的排名胜负不那么看重，所有人都等着夏千沉的那辆赛车冲过SS12的终点线，然后看里面飞奔出来的人跳上车前往高铁站。

SS12过半，刚好过去20分钟。夏千沉开得相当奔放，可以说是放开了跑，这个赛段不长，但路况非常复杂，弯道多，障碍物多。赛程过半的时候，赛车其实已经被撞得遍体鳞伤，但处在这样的境况之下，只要发动机不爆炸，只要踩下油门车还能往前开，就不能停。

剩下20分钟，夏千沉把所有感官都放在风挡玻璃、钟溯的领航和双手双脚上，其他的东西一概不知，进入了绝对专注的状态。

剩下10分钟，钟溯意识到夏千沉不会听从任何指挥，但还是提醒他："弯心有水，别切……"

钟溯"弯"字还没说出来，夏千沉知道后轮压水之后车尾会往哪里甩，直接压水过弯，反打方向盘拉起手刹的同时进挡给油，于是只有尾翼剐到了路旁的树，车身以一个不可思议的姿势成功过弯。

剩下5分钟，来到长直沙石路，夏千沉以每小时200千米的速度往前开，赛车的悬挂咬着牙死撑，夏千沉踩在油门上的脚就没太起来过。

赛车冲过 SS12 终点线，用时 40 分 17 秒。

赛车冲过终点线"STOP（停）"的标识牌之后，两个人立刻从车里跳出来，边跑边摘头盔，随便塞给了路边的谁。他们什么都看不见，只盯着停在赛段外的那辆车。那是车队准备的，供他们从赛段开到高铁站的车。

围观群众里，不知道谁喊了声"加油"，大家纷纷喊着"加油"。

这让夏千沉很想有个一键引爆的按钮让世界安静下来。

他们开门上车，钟溯用手机导航，随后立刻给景燃发微信确认他的位置。景燃表示万无一失，因为每个出站口杜源都安排了一个人和一辆车，无论他们从哪儿出来都有车开。

"你大概是有史以来第一个没参加年度冠军车手颁奖的冠军车手。"钟溯说。

夏千沉似乎还没从比赛状态缓过来，踩了一脚深油门，车"轰"地蹿出去后，他又立刻轻踩刹车："我去，没调整过来。"

"没事，小心点儿。"钟溯算了算时间，"还来得及。"

夏千沉卡着限速将车开到高铁站进站口，甩开了企图跟拍的媒体。

早早等在进站口的车队同事接住夏千沉丢过来的车钥匙，帮他把车挪走了。

进站安检，除了必要的身份证和手机，两个人什么行李都没有，他们在车站里奔跑，赶上了高铁，坐下后同时松了一口气。

"接下来要做两件事。"夏千沉说，"第一件事，休息。"

"第二件呢？"钟溯问。

"祈祷，"夏千沉说，"祈祷这趟高铁准点到站。"

两个人还穿着鲜红的赛车服，赛车服上全是杜源的公司的广告，乘客们路过的时候都不禁多看两眼。不过这都不重要了，2 个小时的车程，他们必须好好休息。

高铁到站，他们精准地来到了景燃等着的出站口，继续由夏千沉驾车，开往天驹山赛车场。

他们不知道的是，此时赛车场里的解说正在聊他们能不能准时到。

解说 A："我们收到的最新消息是，夏千沉和钟溯已经以 40 分 17 秒的最佳成绩完成游县拉力赛的最后一个赛段，此时已经抵达高铁站，正在前往赛车场。"

解说 B："没错，那么最新消息，他们被堵在了由北向南的内环高架桥上，这个时间确实……上班高峰期呀。"

解说 A："哦对了，好像是夏千沉开的车，他在赛道上车技卓绝，不知道在马路上怎么样呢？"

马路上，小型轿车闪转腾挪，见缝插车，车小，够灵活，但凡两条车道中间有个能过的缝，夏千沉收了后视镜也要溜过去。19分钟后，他们抵达了天驹山赛车场外。

赛车场内，解说A："最新消息，夏千沉上山了——"

虽然是跑上山。

天驹山赛车场在蓝笋山内，开赛后景区施行管制，不允许任何外来车辆进入。夏千沉和钟溯开始跑3千米的长上坡路，景燃不能跟着他们跑。

两个人对视一眼，交换了一个坚定的眼神。

夏千沉："不成功就地掩埋。"

钟溯："好。"

而后开始狂奔。

远处"天驹山赛车场"几个鲜红的大字高高仰着头，还好这个坡的坡度比游县小山坡的坡度要缓一些。经过这么多天训练，到这里，不知道是肾上腺素在作祟，还是因为事情已经被迫昭告天下，夏千沉不甘弱于人的胜负心在疯狂抽打全身的肌肉，总之，这一次他们跑得比此前的任何一次都要快。

钟溯没掐表，因为如果没赶上，他们肯定进不了赛场。

成功进场后，娜娜已经在入口等候，她递上锦标赛的赛车服："快！换上！"

夏千沉："什么？！"

钟溯问："不是穿自己的赛车服吗？！"

娜娜："谁告诉你的？！"

空气凝滞了大约1.5秒，夏千沉抓过娜娜手里的赛车服想要找个卫生间去换，然后被娜娜用武力制止："来不及了！只剩1分半钟了！就在这儿换！"

夏千沉："……"

钟溯的第一反应是：都到这里了，不能拘小节。

夏千沉身上这件赛车服是拉力赛车服，耐火隔温，即使面对700摄氏度的高温也有12秒保护时间，里面那层内衣和鞋都是合成纤维材料的。

"脱吧。"钟溯一咬牙，开始脱他外面那层赛车服。

尽管里面还有一层衣服，但这太"社死"了，这个过程和将要发生的动作都太"社死"了，参加一场圈速赛何至于此？！但是都到这里了，最后一步了！

钟溯脱到一半，忽然看见夏千沉欲哭无泪，心又软了。

"70秒。"娜娜提醒他们。

钟溯望着夏千沉的眼睛，思考了0.01秒。

"去门口！"钟溯拉住他快步走到了场馆门边，起码这里没有任何拍摄的人。

大约15秒后，钟溯辅助夏千沉把身上的赛车服脱了下来，迅速穿上锦标赛赛车服。

发车前5秒，夏千沉坐进了赛车，盖上头盔，点火启动。

此时赛场内回荡着解说的声音："欢迎来到天驹山锦标赛！"

"居然真的赶上了。"娜娜说。

钟溯的心还悬着："他体力消耗太多了，走吧，去维修站。"

1600cc组有三十几辆车，车手水平参差不齐，没多久就出现套圈（前车车手领先后车车手一圈以上）的情况，钟溯紧盯着大屏幕。

相较其他人，夏千沉这个时候剩余的体力真的已经不太多了，刚刚经历过游县拉力赛，跨越300多千米，狂奔一段长上坡路，还得跑22圈场地赛道。但他依然亢奋，而且他状态调整得相当快。

拉力赛和场地赛不一样，拉力赛赛段上基本上看不见对手，但场地赛赛道上，前后左右都是对手。而且赛车手要钩心斗角，勾引别人来撞你，让别人被罚时，但又不能真的被他撞出个好歹。也要去撞别人，但同样，不能被别人撞出个好歹，自己也不能被罚时。在高压下赛车，要出招，要去吸前车的尾流，保持自己直线上的速度优势。

场地赛上，车和车几乎是后轮贴前轮地开着。很快，夏千沉闪灯进站。维修工们立刻拥上去换轮胎，再次感叹杜源的财力，维修工们25秒换掉了四个轮胎，是全维修站最快的。

夏千沉继续出发。轮胎和地面摩擦发出嘶鸣声，声浪一阵盖过一阵。有人开得保守伺机待发；有人使阴招卡视野，一个闪躲让两辆车追尾相撞；有人自己压路肩撞墙；有人立于不败之地。

场地车手出身的夏千沉在前15圈中并没有遥遥领先，他今天太累了，在游县SS12耗费了太多的精神，以至跑到第19圈的时候，在弯道上被后车挤着过去，车压路肩侧滑。但夏千沉瞬间进挡给油重回赛道继续比赛，这辆车他在沪市赛车场练了很久，虽然不如自己的赛车熟，但跑了这19圈下来已经熟悉得差不多了。

除了规定必须进站，夏千沉为了节省时间坚持不换胎。高速下的轮胎磨损让维修站里的人都有些不安，只有钟溯相信他的控车能力。第20圈，夏千沉进站换胎，钟溯过来说了声"加油"；第21圈，夏千沉用时排第二；第22圈，夏千沉用时排第二，比赛结束。

1600cc组夏千沉以第二名晋级，结束了天驹山锦标赛的首日比赛。

夏千沉在回酒店的车上睡着了。他在车还没发动的时候就睡着了，睡着了自然也就不晕车。他今天累到拿起手机都费劲，胳膊都抬不起来，晚上钟溯让他吃了一点儿粥和小笼包，他立刻又睡下了。

就这样，等到他再次醒来，已经是次日上午10点。夏千沉醒了，但不想动。

"感觉怎么样？"钟溯问他，"腿酸吗？"

"还行。"夏千沉试着动了动腿，"比我想象中的好。"

钟溯把他拉起来，去酒店楼下吃早餐，边吃早餐边看新闻。

汽联昨日发布消息：《夏千沉百里奔袭，领航员不离不弃，荣辱与共，生死同舟，真是羡煞旁人》，汽联昨日又发布消息：《在天驹山赛车场躲门后换赛车服？真是小编见过最要脸的赛车手》。

"他们没有别的事报道吗？"夏千沉放下筷子，"'夏千沉'三个字是他们的绩效保障？"

钟溯递纸巾给他："你热度高。今天没什么特别强的对手，你要是还没缓过劲来可以尽量保排名，别出事故。"

"我知道。"夏千沉接过纸巾，擦了一下嘴角，"昨天太累了，主要也是太久没跑圈速赛了。"话虽如此，但还是杀到了总排名第二。

早餐店的蒸笼腾着白烟，后厨和前厅的玻璃立刻被蒙上一层雾。市井气息扑面而来，豆浆和包子的味道，混着油炸麻团和香料十足的卤蛋的味道，在空中飘散。

夏千沉忽然觉得他好久没这么悠闲过了，抬头望向早餐店外，街上的行人已经穿上羊绒大衣，当然不乏爱美的姑娘在羊绒大衣下露出光溜溜的小腿肚。

已经这个季节了吗？夏千沉走神了片刻。

"怎么了？"钟溯问。

"这一年是不是又快要过去了？"夏千沉感叹。

钟溯点了点头，"嗯"了一声。这一年经历的事情多到他们都没有察觉季节的更替。

"我们去了不咸山，去了楚天山，去了南疆，去了西珑山，去了西青。"夏千沉盘算着，"去了格木里，还去了游县。"

"今年你拿了赛季冠军车手，别忘了。"钟溯拿出手机，给他看杜源发在群里的照片，"维修工帮我们把奖杯带回去了。"

夏千沉笑了笑，接过钟溯的手机："走得太匆忙了。"

"匆忙？"钟溯笑了笑，"我们从赛车里出来的时候，不知道的还以为车要炸了。"

夏千沉笑着抬眸，看着钟溯："春节假期你想干点儿什么吗？"

钟溯抽了张纸巾擦嘴："不知道，躺着吧。"

"那一起躺着吧。"夏千沉说。

奔波了一整年，天南海北地跑，临到最后就想在家里平躺着。

他们从暖烘烘的早餐店里出来，步行去地铁站，前往赛车场。在昨天狂奔的3千米上坡路上慢悠悠地走着，夏千沉感受了一下："我恢复能力真强，昨天累成那样，身上都不是很酸。"

"废话，我昨晚帮你揉了 2 个小时。"钟溯说。

"哦，回去给你结账。"夏千沉笑着说。

天驹山锦标赛，夏千沉最终总用时排第二名。虽然冠军旁落，但他酣畅淋漓。他将近两年没跑过场地赛，在状态不佳的情况下拿到第二名，已经难能可贵。

夏千沉和钟溯回到家的那天，全国大面积降温。新闻里说，西北冷空气东移南下，从白山山脉而来的寒潮将迅速蔓延到东部地区。

"老朋友打招呼来了。"夏千沉啃着苹果，把新闻的声音又调大了些。

钟溯在做饭，头也不回地问："你要吃炒蛋还是蒸蛋？"

夏千沉嚼着苹果说吃蒸蛋。

车队的春节假期比较长，从法定节假日的前半个月就开始放了。这几天他们也会去赛车场跑一跑，但不是开改装赛车，而是开黑金超跑。偶尔夏千沉和景燃会飙上两圈，有输有赢，输的请吃饭。

大年三十那天，钟溯和夏千沉开黑金超跑回家，发现车位被占了，占他们车位的正是那辆纯电车，这说明夏茗钰回来了。夏茗钰做了顿饭，吃完待了一会儿，就回医院了。夏茗钰走后，夏千沉把林安烨的赛车手套拿了出来，放在餐桌上。餐桌还没收拾，摆了夏茗钰亲手炖的一锅汤和夏茗钰亲手点的三道外卖。

全城禁燃烟花爆竹之后，晚上 12 点的新年气氛全靠电视里主持人字正腔圆的倒数声，好在夏千沉和钟溯对倒数都特别敏感。电视屏幕上是模拟的烟花动画，隐约能听见楼下孩童的欢呼声，夏千沉窝在沙发里，说："这一年过去了，钟溯。"

春节后第一件工作是洗车。夏千沉有个绝对的规则，就算今天他在 WRC（世界汽车拉力锦标赛）赛场拿到了世界冠军，也不允许任何人在他的车上喷香槟。

令人没有想到的是，当他和钟溯在仓库门口的空地上拎着两个高压水枪喷头猛喷赛车的时候，杜源刚好带着几个人过来。那几个人纷纷点头，互相交换了一个笃定的眼神。

两个人关掉手里的高压水枪，露出不解的表情。他们被叫去了赛车场休息厅，杜源引着众人坐下，说："咱们有新广告了，当然，全行业最高报价，甚至还可以再加。"说完，杜源给夏千沉和钟溯介绍，"这两位是新能源汽车厂宣传部的工作人员，今年他们有一辆新款油电混合车要上市，你，就是代言人！"说最后半句话时，杜源指向夏千沉，宛如马上要拉夏千沉做电商的某位成功人士，微信头像是穿西装双手抱胸的那种。

"油电混合车？"夏千沉问。

"没错。"其中一个人微笑着说道，"这款新车有670匹马力，双电机全轮驱动，越野车型，免税。"

夏千沉坐在沙发上有些迷茫。他和钟溯今天是过来洗车的，穿得比较休闲……应该说，穿得比较随意。夏千沉穿着一件胸口印史迪奇的卫衣，挽着袖子，钟溯穿的是浅紫色的超梦印花的卫衣，也挽着袖子。他们的牛仔裤上沾了不少水珠，不知道的还以为一群企业高管在和临时工进行劳动仲裁。

"稍等。"夏千沉坐直了些，说，"您这边是新能源汽车厂，怎么会想到……找我做代言人呢？"

夏千沉解释："为什么要找……我是说，我身上的哪些特质，让你们觉得会适合代言新能源汽车呢？"

此话一出，那几位车厂的人互相看了看，最后看上去话语权比较高的那个人说："呃……是这样，去年的时候，您不是开着一辆车跑过网约车吗？那辆车是纯电车呀。"

"哦……"夏千沉恍然，"那辆车其实……"

"我们给您的初始报价，是一千四百万。"车厂的人说。

"那辆车其实就是我对人类环境污染的无声反抗。"夏千沉正色直言，"油耗车的好固然深入人心，但电车怎么就不算机械动能了呢？"

钟溯投来诧异的目光，夏千沉回敬一个闭嘴的眼神，钟溯收回了诧异的目光。

"没错。"车厂的人说，"而且您连续两年在川青拉力赛拿了冠军，我们相信，您对自然一定有非同常人的理解。"

另一位车厂的人附和："没错，我们久居城市，只能看看纪录片，您可是置身其间，一定有不同的感悟。我们希望做一个意义深刻的广告。"

夏千沉说："没问题。"超自信。

一千四百万的广告报价只是初始报价，新能源汽车厂还希望能和杜源的公司有后续合作。夏千沉和钟溯跟车队签的合同里，代言广告费分成已经是业内相当不错的三七分成，而且杜源赚的那部分钱后续还是会花在车队上。

回仓库继续洗车时，钟溯不禁感叹："能屈能伸。"

"废话。"夏千沉给赛车打泡沫，"是一千四百万不是一千四百块，新能源汽车厂怎么这么有钱啊？"

钟溯在另一边给赛车打泡沫："人家车厂有政策扶持，而且新能源汽车坏了只能去4S店修，现在外面的修车店基本修不了新能源汽车。"

夏千沉想想也是，一阵感叹。

令人没想到的是，新能源汽车厂希望夏千沉可以参加一次新能源汽车圈速赛，就开他们今年要推出的新车。得知这一要求的时候，夏千沉说："得加钱。"

那边的工作人员在一阵"对方正在输入中……"后，发来一条：您出价吧。

于是夏千沉职业生涯中第一场以环保为主题的圈速赛在春节后开始了。

新能源汽车厂的赛车场离沪市并不远。为表友好，夏千沉借了夏茗钰的车开车过去，第一天用这辆车在赛道上跑了一圈，感觉还不错。试跑一圈下来，钟溯也觉得挺好的，跑一圈用时 2 分 41 秒。两个人自我感觉良好，不料车厂的人说，他们自己的车队，跑一圈用时 1 分 55 秒……

晴天霹雳，夏千沉当时筷子都掉了。钟溯把筷子捡起来，跟服务员又要了一双筷子。

车厂的人热情介绍："啊，是因为我们的新能源汽车上有类似于 FE（国际汽联电动方程式世锦赛）方程式赛车里的攻击模式的系统，正常跑下来 2 分 41 秒，已经相当快了。"

"哦……"夏千沉点头。

"没事，明天你用我们的车试跑一圈就明白了，那个系统有点儿像赛车游戏里的辅助道具。"车厂的人说得相当轻松。

次日试跑，夏千沉非常懊恼。因为这辆车的攻击模式的控制器，也就是"动能爆发"的控制器，恰好在他习惯的手刹位置上。一圈下来，夏千沉习惯拉手刹辅助过弯，结果在弯道里启动"动能爆发"把自己拍在轮胎墙上两次。

第一次，钟溯哆嗦了一下，跟旁边车厂的人解释："抱歉，还没习惯。"

车厂的人附和："可以理解，可以理解。"

第二次，钟溯说："稍等，我去把他从墙上抠下来。"

钟溯立刻用通话器联系夏千沉，让他停车。

钟溯跑到车边，站在主驾驶位的车窗边，问："你没伤着吧，开不惯吗？"

"开不惯？"夏千沉反问。

钟溯以为夏千沉会在"开不惯"三个字后边，接着说"有我夏千沉开不惯的车？今天高低给它制服了"。结果夏千沉说："我怀疑我不会开车了，我怀疑我的赛照是画的，为什么这玩意儿是控制强爆发的啊？"夏千沉指着变速杆旁边那根杆子。

钟溯看过去："这设计委实有点儿针对了，那它的手刹在哪儿？"

"在我脚下。"夏千沉说，"难以理解吧？这个车，它的油门，在我熟悉的油门位置上，它的脚刹，也在我熟悉的脚刹位置上，但它的手刹，居然在我熟悉的离合位置上。"

钟溯沉默了，这成了个死局。

夏千沉看着车窗外的钟溯："你能明白吗？"

"我能明白。"钟溯点头。

很快车厂的人也跑过来，询问夏千沉有没有受伤。

夏千沉问钟溯能不能明白，是想表达：我还坐在这辆车里，是看在一千四百万的面子上，你能明白吗？

钟溯：明白。

车厂方面表示理解夏千沉的难处，但还是希望夏千沉能参加比赛，最终什么成绩不重要，重要的是要在新能源汽车的赛道上看见 2000cc 组拉力赛车手的身影。这是一种带动效果，就像：你看，游戏大神都来了，你还在等什么？

即使屡屡撞车，一生要强的夏千沉还是想试着再跑两圈，钟溯坐进副驾驶位，每当夏千沉要拉"动能爆发"的控制器时，他就摁住夏千沉的手，直到夏千沉说"我就是要提速"。

两个人试跑了一个下午，委实不行，夏千沉的肌肉记忆过于强大，很多时候脑子还没来得及阻止，手已经拉上去了。最后一圈，车压路肩后甩尾撞墙，作罢。

晚饭的餐桌边，新能源汽车厂一直接待他们的赵哥苦口婆心地劝夏千沉，甚至不经意间透露自己的女儿马上要高考，自己的压力有多么大。

于是打小就聪明的夏千沉提议："如果仅需要我出现的话，那么未必要上赛道吧？"

赵哥不解。

夏千沉："我可以解说啊！"他搂住旁边的钟溯的脖子，对赵哥说，"双人解说，搭档出镜，他不收费，你血赚。"

赵哥经过大约 2 秒半钟的思想挣扎后，说："稍等，我打个电话。"

30 秒后，赵哥坐了回来："好想法，那么今晚我就把参赛车手的名单和他们的基本情况发给你们，辛苦二位在明天开赛前背下来。"

钟溯试着问："明天有多少车手参赛？"

赵哥："不多，35 位。"

夏千沉："不然我还是练练车吧。"

次日午后，赛车场。

新能源汽车的圈速赛在业内受关注度并不高，但有一点儿。

不过很快，随着现场直播开始，汽联论坛里关于这场比赛的讨论度直线飙升，原因无他，直播画面里端坐得如同新闻主持人的两位解说，在座的各位都认识。

【讨论】夏千沉！你背叛了 2000cc 组！

【回复】环境保护面前禁止抖机灵。

【讨论】害怕，纯电车会不会终将取代油车？二十年后还能听见引擎声浪吗？

【回复】那怎么办？你报警吧！

【讨论】讲道理……夏千沉为什么坐在解说台边，不上赛道啊？

【回复】有没有可能是担心甲方变原告，一个猜想，不一定对。

赛车场的解说台有点儿像足球解说台，后面挂着一张绿幕，前面是一张桌子。

解说的开场白中规中矩。

夏千沉："欢迎收看首届新能源汽车圈速赛的直播，我是解说夏千沉。"

钟溯："我是解说钟溯。"

接着进广告。

看着桌上麦克风的灯熄灭之后，夏千沉询问他的领航员："35个人，擅长干吗，短板在哪儿，来自哪个车队，此前有什么成绩，你背下来了吗？"

钟溯愣了愣："不是说好一人背一半吗？"

"我现在在对你进行职场霸凌。"夏千沉说。

钟溯："霸凌之前你先告诉我，你背了多少？"

"……"夏千沉思索片刻，手指抠了两下桌沿，"我现在能记得的……就10个吧。"

"我背了18个人的资料，你本来要背17个人的，现在就是说，有7位幸运玩家我们完全不认识。"钟溯以拳抵唇，"说实话，我背得也不是很熟……"

两个人惆怅之际，导播提醒他们，比赛要开始了。

接着，导播举牌倒数，直播画面从赛场切到了解说台。

"欢迎回来，可以看见现在是安全车带着所有赛车绕赛道一圈，顺便也能暖胎。"夏千沉脸上挂着礼貌的微笑，"本届赛事的所有收入将投入沙漠绿化公益项目，感谢您支持新能源汽车，为我们的环境优化贡献一分力量。"

后半句话是广告词，也是甲方嘱咐要说的，夏千沉铭记于心。

新能源汽车圈速赛使用电动驾驶，所以赛道上没有发动机的声浪，只有轮胎和地面摩擦的嘶鸣声。在安全车的带领下，所有参赛车辆绕赛道一圈后回到发车位上。

钟溯："好的，现在安全车退出，裁判已经倒数挥旗发车。"

"跑在第一位的是来自BR的董山，这位选手参加过前不久的天驹山锦标赛。"夏千沉认得他，"今天的赛道和天驹山赛车场的赛道规模差不多……哦，董山守住内线了，这个1号弯过得很完美。"

钟溯欲哭无泪：好小子，董山这个选手是我背的！

但夏千沉认得他，他的职业生涯和成绩，夏千沉了如指掌。

"的确，在天驹山锦标赛上，董山选手被PEM的宋从彰防守了一整场哪，今天宋从彰也参加了我们的新能源汽车圈速赛，不知道董山会不会在这里报天驹山的仇呢？"钟溯接上话，"这边——宋从彰动手了，有心去超董山，但是……强行挤弯心这个操作，可能会受罚。"

导播立刻切出画中画来回放刚才的超车画面，夏千沉仔细看了一遍："嗯，违规了，看看裁判这边怎么说。"

这场比赛的裁判组有 6 个人，其中两位裁判来自 FE 的裁判组。此时无线电里传来裁判的声音"Continue（继续）"，比赛继续，宋从彰并没有被罚。

夏千沉疑惑了，刚想说"不罚吗"，钟溯及时发现导播屏幕左边的计时排名："宋从彰被罚了 30 秒，虽然不至于退赛啊，但如果没有万全的把握，这个操作还是很危险的。"

"对，如果董山再激进一点儿，用左车头挤回去，那宋从彰这会儿已经在缓冲区了。"夏千沉说。

两个人都是第一次解说，而且是解说自己不太熟悉的新能源汽车，好在紧急做了功课。夏千沉不忘吹一吹这款新车的"动能爆发"："这边，来自逆风车队的付伟，开启了'动能爆发'，试图在中心超过宋从彰，失败了！宋从彰出色的防守压制了付伟的视野！"

"等会儿——"钟溯偷偷在桌子底下踢了踢夏千沉的大腿。

夏千沉迅速反应过来，那辆车里的人好像不是付伟！这可咋办？这应该是直播事故吧？好在导播手疾眼快，立刻切了一个大远景，航拍直升机视角随后切到了后方车辆上。同时感谢宋从彰，他防守时，他的车恰好挡住了那辆车车身上的编号。

夏千沉松了一口气。

钟溯话锋一转："现在宋从彰是第一，董山掉到了第七，同时后方车手孙永明的'动能爆发'冷却时间已经结束，但他似乎要留在 3 号弯超掉董山。"

导播又给了个远景。钟溯人傻了，又认错人了？

不过这个远景只是给到观众一个广角画面而已，并不是紧急措施。

接下来的比赛时间里，这两位解说跟开盲盒似的，说对了一个人就隐隐地咬牙在心里喊"Yes（对）"，搞得看直播发弹幕的观众以为他们代入感太强，真心为车手的表现而激动。

30 分钟后，两个人如释重负地离开了解说台。

赵哥迎面跑过来，激动地先后和他们握手："太棒了，反响太好了，我们官方直播间就没有过这种热度，一会儿我们齐总要当面感谢二位。"

夏千沉干笑了两声："不必了，出了点儿意外，实在是……不好意思，业务不太熟练。"

赵哥摆手："不要紧，现在外面讨论度非常高，支持油耗车的和支持电车的'打'起来了，用键盘在'打'，我们现在正需要这样的热度。今天的解说效果特别好，感谢二位！"

夏千沉看着赵哥远去的背影，要不是这儿人多，他恨不得一蹦一跳地走开。他和钟溯决定在齐总赶到之前开溜，今天他们的紧急应变能力已经消耗殆尽，喋喋不休地讲了半个多小时的话，元气大伤。于是他们假装参赛车手，从赛车场的小门溜了。可能是气质太吻合，他们居然成功混了出去，甚至坐上了赛会送车手往返酒店的大巴车。其他车手住的酒店和他们住的不是同一家，他们人生地不熟地跟着下了车，慢悠悠地沿着街道走，信马由缰。

初春的天早早就黑了，所幸今天不算太冷，他们很快就闻到了火锅店的味道，服务员站在店门口吆喝着给路人塞菜单。

"太吵了，"夏千沉说，"不吃火锅，耳朵被轮胎打滑的声音刺了半天，像铁皮刮铁皮似的，找个安静点儿的地方。"

钟溯会意，他们继续溜达，钟溯指了指街边的一家面馆，说："这家怎么样？"

有些破败的大招牌上写着五个字：哑巴牛肉面。

"就它了。"夏千沉抬脚走了进去。

吃面的时候，夏千沉在汽联论坛上刷帖子，大家都在聊新能源汽车和油耗车的优缺点。有人觉得油耗车确实不利于环境发展，石油是不可再生资源，没了就是没了。另一部分人则认为：用纯电车跑比赛，难道跑回维修站后要先充 1 个小时电吗？还有一小部分人表示：我就是用油耗车的最后一代，我选择及时行乐，爽完告辞。

夏千沉刷着刷着，钟溯忽然提醒他："你可别回帖，忍着点儿。"

"我知道。"夏千沉笑了笑，"不至于干那么蠢的事。"

两个人吃完了面，赵哥来了几通电话，请他们过去吃饭，说齐总备了好酒。夏千沉婉拒了，并谎称他们有急事，要赶紧回沪市，已经收拾好准备出发了。

他们从面馆出来后，查询好路线，上了公交车，坐在后排。

夏千沉偏头看钟溯："解说比开车累多了，一直在讲话。"

"甚至还讲错话。"钟溯笑了笑。

"你都不知道，最后 14 号车里的冠军下车摘了头盔，我看见他确实是杨明朔的时候，我有多激动，比我自己跑冠军都激动。"

钟溯故意嗔怪："杨明朔是你背的吧，你怎么回事啊？"

"那怎么办？打一架吧。"

他们最终化干戈为玉帛，次日一早，结束了这趟荒唐又奇妙的旅程。

回到沪市后，娜娜和维修工们已经在准备今年的第一个站点赛。

SL 的车队仓库在赛车场的后面，去仓库需要从赛车场外围绕过去，要过两个红绿灯，但钟溯和夏千沉往往选择直接穿过赛车场，省路，不用等红灯，而且省油。

他们进仓库之后先看见了景燃的车，旁边还有一辆车，这辆车完完全全吸引了夏千沉的目光，以至钟溯要提醒夏千沉骑摩托车时看前面。今天是夏千沉骑摩托车，钟溯坐在后座上。

这辆吸引了夏千沉视线的车是一辆豪华超跑，配备四个涡轮增压、16 缸发动机，最快时速 370 千米，媲美夏千沉的黑金超跑，售价一千七百万。

夏千沉刹车停下，掀起头盔前挡风镜："这是谁的车？停在这里干吗？知道我马上要赚一千四百万，来抢钱的吗？"

"你……该不会想把它停到黑金超跑旁边吧？"钟溯试探着问。

夏千沉说："怎么了，是我的黑金超跑不配吗？"

"不是。"钟溯摇头，"理智消费。"

不多时，杜源从休息厅里出来，发现了抄近路的两个人："来，来，来！夏千沉！下车！来开开这辆车，我刚从海关提回来的，快来感受一下！帮我验验货！"

好家伙，钟溯叹气，这相当于跟一个小孩儿说：快，我家奥特曼亮红灯了，需要你的支援！

这是拐小孩儿话术啊！

夏千沉想都没想，立刻催钟溯下车。

钟溯："我知道你很急，但你先别急。"

回答他的是夏千沉塞进他怀里的头盔……

钟溯只能站在摩托车旁边，抱着夏千沉的头盔，眼睁睁地看着夏千沉走向那辆豪华超跑，问出他预料中的话。夏千沉："你这车卖吗？"

夏千沉再喜欢也不能逼着别人割爱，开着这辆号称"声浪天花板"的 16 缸豪华超跑在赛道上狂跑三圈后，被娜娜逮捕了。

娜娜静静地站在赛道旁边，或许使用了钟溯不能理解的什么磁场辐射，总之就是二次元里那些常人看不见的小宇宙，豪华超跑停下了，里面的人悻悻下了车，走来赛道边。

娜娜没有什么多余的话，眼神也看不出什么情绪，她只说："上班了。"

"哦……"夏千沉跟着她回了仓库。

娜娜亲自来逮捕夏千沉，说明确实有紧急的事情。

他们回到车队仓库后，几个维修工在电脑上模拟数据，其他维修工则聚在一起商议着什么。

娜娜随便拎了个折叠凳，坐在小桌旁边，两个人也乖乖跟着她拎来凳子坐下。

娜娜在笔记本电脑上点了几下，然后将电脑转过来给他们看："今年的第一个站点赛在韶州，3 月是韶州的梅雨季，去年 3 月，韶州连着下了五六天雨。"

"第一个赛段就是山路，"钟溯看着电脑页面说，"还是个长赛段，155千米。"

"对。"娜娜说，"汽联刚刚发了通知，说和当地气象局沟通过，气象局说，今年赛前很可能会有连续降雨。"

也就是说，今年的第一个站点赛的第一个赛段，将会是被大雨冲刷好几天的山林地面。

夏千沉之前一直没出声，现下只淡淡地说了一句："开呗，总不能直接退赛吧？退赛不退报名费的。"

"肯定不能退赛，但是我们第一个站点赛一定要跑完全程，所以夏千沉，这次我们决定使用断面宽5英寸（长度单位）的泥地胎。"娜娜说。

显然，娜娜这句话说出来是不容反驳的，尽管SL给了夏千沉非常大程度的自由，但有些时候，他还是得尊重车队经理的意见。娜娜是专业的车队经理，经理要有制服车手的能力，比如在夏千沉这样的车手面前，要用更强大的气场震慑住他。娜娜就是这样的经理。她早年在车队做维修工，看多了大工怎么管车手，耳濡目染，面对再顶尖的车手都能应付自如。

"不用。"果然，夏千沉拒绝使用泥地胎，"拉力胎可以跑，用排水纹够深的拉力胎，绝对不会陷车空转。"

钟溯还没来得及劝，娜娜就平静地拿出手机，在通信录里点开"夏主任"这个联系人。

"……"夏千沉偃旗息鼓，"娜娜，你这就有点儿过分了。"

"车队跟轮胎厂定制了一款胎面窄，同时排水纹很深的泥地胎，提速和硬度都和拉力胎不相上下，这是你在SL的第一年，你二十三岁了，凡事能不能以稳为先？我带个孩子这么多年也该带懂事了啊。"

家长辅导孩子做作业导致脑出血的案例，可以公式化地运用到生活的方方面面中，因为夏千沉嘟囔了一句："不相上下……谁信哟……"

"娜娜，娜娜，冷静……"钟溯抢先站起来，一方面防止娜娜气血上涌抄起凳子抢夏千沉的脑袋，另一方面也担心娜娜直接被气昏厥。

"我们先去看看轮胎。"钟溯说完，捞起夏千沉的胳膊就往隔壁仓库走。夏千沉还在不爽，不爽的理由太简单了，区区泥地而已，他当年在不咸山都可以不换雪地胎。

维修工看见他们进仓库，指了指地上还没拆的一捆轮胎，说："就是那组，纹深，胎面窄，唯一的不足之处就是抓地力太强，这样制动距离会缩短，你明白吧？"

夏千沉说明白，轮胎抓地力过强，会导致刹车距离缩短，通俗来讲，就是人踩刹车，车就会立刻刹住。这听起来是一件很正常并且合理的事情，踩了刹车不立刻刹住，那这车还能要？但事实上是这样的，赛车手踩刹车，很多时候只是退挡收油或者需要那段刹车距离来辅助完成漂移，往往不需要车刹停。而且轮胎抓地力过强，容易在刹车的时候导致轮胎被锁死。

夏千沉和钟溯把新轮胎拆了，滚出一个来研究。两个人蹲着，脑袋对着脑袋。

"看上去还不错。"夏千沉说，说着有些迟疑地看向钟溯，"之前的韶州拉力赛是我人生中唯一一次退赛。"

钟溯抬眸："别担心。"

夏千沉觉得韶州可能是克他，早年来这里跑比赛的时候，赛车出故障冲出了赛道，赛会救援组在赛道附近找了他 10 分钟。后来还有一次拉力赛，有一站在韶州，夏千沉当时还在 GP，到了韶州后就水土不服高烧不退，在拉力赛闭幕的当天痊愈了。

出发前往韶州的那天，夏千沉恭恭敬敬地去庙里上了炷香。

夏千沉和钟溯抵达韶州后，第一个噩耗传来，由于暴雨，高速公路被封，搭载赛车的运输车和维修车被困在了高速公路上。人到了，车没到。听闻此消息的时候，钟溯宽慰夏千沉："别担心，再不济可以跟赛会租一辆赛车。"

夏千沉面如死灰，只能说："好，再不济租辆车跑。"

第二个噩耗是，大雨造成洪灾，迫使韶州拉力赛的 SS6，也就是夏千沉最擅长的沙石路赛段取消，夏千沉差点儿吐出一口老血。

第三个噩耗是，钟溯发烧了。

一切都发生在抵达韶州的第一天里，夏千沉有一种"现在就回沪市那座庙里让菩萨把香火钱还回来"的冲动。

夏千沉给钟溯倒了杯热水，在酒店的床边坐下，给钟溯换了个退烧贴，然后拿出温度计，折着角度看水银刻度。

"38.5 摄氏度……你得去医院了。"夏千沉说。

"嗯。"钟溯点头，"抱歉，我上次发烧都是十年前了。"

夏千沉给他的手腕也贴好退烧贴："道歉干吗？发烧又不是你能控制的。"

钟溯的脸色很差，很苍白，恍惚间让夏千沉想起去年环沙之后他躺在病床上的样子。夏千沉努力挤出一个笑容："起来吧，带你去医院挂水。"

医院急诊部的输液室里前后左右都是病患，钟溯左手打着吊瓶，右手在翻赛段地图。

夏千沉坐在旁边陪他："歇会儿吧，脑袋不疼吗？"

钟溯答："看一会儿，没事。"

晚上的韶州只有十几摄氏度，输液室的窗户开着一条缝，外面淅淅沥沥的雨珠从那条缝往屋里蹦。南方湿度大，雨水多，输液室里潮湿又黏腻。外面灰蒙蒙，里面湿漉漉，输液管里的药液滴滴答答地落下来，病人们咳嗽着。

地板因潮湿而泛水痕，白炽灯光像是烤箱上层的火，烤着人的头顶。这让夏千沉想起了小时候在乡下，外婆带着他起大早去市场买鱼，那个市场的顶棚上就有这样一条条的特别亮的灯。那时候夏千沉觉得自己就是条鱼，四周闷热又潮湿，感觉吸进肺叶的空气都掺着水珠。

钟溯见他发呆，问："想什么呢？"

"想小时候，我外婆带我买鱼。"夏千沉说。

钟溯顿了顿，没再多问，毕竟万一老人家已经驾鹤西去，他问外婆现在身体还好不好，岂不是徒增烦恼？结果夏千沉叹了一口气，说："我外婆知道我开赛车之后，我每年中秋节去她家吃饭，她都要揍我一顿。"

钟溯说："这样啊。"听上去外婆的身子骨很硬朗。

好在钟溯在赛前体检前康复了。

运输车换了一条路开过来，但赶不上 SS1，他们必须向赛会租车。赛会提供的 S 级赛车的配件都是标准配置的，这种车每千米大概比改装过的车要慢 1 秒多的时间。

但是他们没的选。

坐进车里，夏千沉舒出一口气。由于这次滞留在高速公路上的不仅是运输车，还有维修车，所以一向跟着赛车一起到站点的娜娜也依然在路上，他身边只有钟溯一个人。

没有维修工，没有经理，虽然于岳他们车队表示可以向这两位"留守儿童"提供支援，但这次的 SS1，两个人真的有些听天由命的意思。

雨没有减小的趋势，赛会工作人员穿着荧光绿色的雨披在车辆之间穿梭着，告知所有领航员这个赛段的特殊路段情况，比如山体滑坡之类的。所有工作人员都在扯着嗓子喊，因为雨水砸在他们的雨披上的声音太大，所以夏千沉降下车窗后，一个绿色的脑袋挤进来大声地喊道："你们要再等一会儿——前面有个领航员的脚抽筋了——"

那人的声音太大，夏千沉的五官顿时纠在一起："好的……怎么好好的抽筋了呢？"

工作人员喊道："他踩雨刮器踩抽筋的——"

夏千沉赶紧点头，然后偏头看向钟溯："完了，我脑瓜子'嗡嗡'地响。"

终于轮到他们上发车线，他们向赛会租的这种车，此前夏千沉开过，不算陌生，但是在这样的恶劣天气下开一辆不常开的车，夏千沉隐隐地有点儿紧张。

钟溯说："放松，看灯。"

韶州站倒数的灯是红绿灯，夏千沉"嗯"了一声，看灯。一个穿着荧光绿色的雨披的工作人员从车头路过，恰好出现在夏千沉的视野里，此人的绿色脑袋和红绿灯重合，夏千沉一紧张，"嗡——"地开出发车线，才发现是红灯。裁判挥旗，罚时 60 秒。

夏千沉："说真的，我在那座庙的功德箱里丢了一百块，是充值力度不够吗？"

钟溯："可能是方向搞错了，那座庙里供的神佛不管这个，下次去别的庙试试？"

夏千沉："早说啊，这边刀架脖子上了才告诉我，我拜错了？"

钟溯："倒数了，5，4，3，2，1。"

赛车的雨刮器是副驾驶控制的，副驾驶脚下有一个触控点。

大体上来说，拉力赛车的内部结构都差不多，不同的是硬件配置。比如这辆赛车，赛会给它装的是标准泥地胎，某种意义上让之前夏千沉和娜娜的争论有了一个结果。什么断面宽5英寸的加强泥地胎，现在只有普通款。

因祸得福的是，这组轮胎的刹车距离夏千沉很喜欢，它廉价，所以刹车距离长，但它的刹车距离又依然符合赛车标准，而且这辆赛车的刹车方式是夏千沉喜欢的非常明显的线性刹车，踩多少刹车，就能刹住多少，没有虚招。这种宽度的泥地胎，也保证了无论他怎么踩油门，它都不会原地刨坑。

"慢点儿，左2坡上右中1接曲直向左。"钟溯说，"夏千沉，注意路面。"

"30米后过桥。"钟溯看了一眼后视镜，"右后胎刚才剐到东西了，桥后接100米沙石路。"

雨越来越大，夏千沉完全依靠领航往前开。

人有一种心理，如果一直在某个地方失利，一直在某个地方受挫，那么就会下意识地抗拒。夏千沉也未能免俗，他在韶州的记忆都不太美好。但钟溯告诉过他，之前的遗憾是为了以后的圆满，那么这么多年了，是不是也该到了圆满的时候了？有句话怎么说来着——轮也该轮到我了吧！

"超了他。"钟溯说。

夏千沉追上了比他早2分钟发车的前车。

泥地胎的提速并不理想，这辆赛车的发动机动力也不是非常强劲，夏千沉深踩油门时赛车不能立马提速，需要给它一点儿反应时间。不过这都不重要，夏千沉依然超过了前车，就在超过它之后不到5千米的地方，裁判挥了黄旗：注意安全，禁止超车。

不多时，夏千沉和钟溯明白了裁判挥黄旗的原因，一辆赛车陷在赛道边，半个车屁股挡在路上，夏千沉猛打方向盘避开，接着救援组的救护车从另一个方向赶了过来。

"别分心。"钟溯提醒他，"注意路面。"

车跑在被雨水侵袭过的泥地上，就像人光脚在稀释过的橡皮泥上奔跑，泥土会嵌在胎纹里，再被轮胎高速旋转着甩开。大雨汹涌，过弯时泥水拍在车窗上。在这样的路面上，赛车的车速依然相当快。

"超了他。"钟溯说。

前面这辆车，是早他们4分钟发车的车，夏千沉一言不发，全神贯注地盯着前车车尾，几乎是要吸到前车尾流的瞬间，两个人同时瞳仁一缩——

"夏千沉！"

"我知道！"

夏千沉踩脚刹的同时拉手刹，左手在瞬间以爆发般的速度猛打方向盘。他们这辆车的基础款泥地胎胎面足够宽，这在某种意义上救了他们一命——触发钟摆后车小幅度地侧滑，闪开了失控的前车。接着，夏千沉放下手刹回正方向，从后视镜里可以看见，失控的前车原地打了几圈转后，摔进了侧边的泥坑里。夏千沉缓了一口气："还好发现了。"

"是的，否则直接撞上了。"钟溯说，"前车这个左后胎爆得……真是时候。"

"确实，要是在我超车的时候胎爆了，那我们就同归于尽了。"夏千沉笑了笑，"居然是普通泥地胎救了我们俩。"

"因祸得福？"钟溯问，"你刚才还冤枉菩萨收钱不办事。"

夏千沉想来觉得合理："是菩萨用心良苦。"

155千米的山路赛段，发车时有七十多辆车，收车时只剩四十多辆车。

好消息是维修车和运输车预计在今天夜里到达韶州。

夜里雨停了一会儿，两个人回到了酒店休息。

"你感觉身体怎么样？"夏千沉问，"还有哪里不舒服吗？"

钟溯微笑着摇了摇头："没事。"

夏千沉感觉他的脸色还是有点儿苍白，但他的体温确实已经降了下来，而且今天的领航也在他的正常水平内。可是不知道为什么，夏千沉总觉得有点儿不对劲。

房间是标间，钟溯躺在另一张床上，很快呼吸声平稳了下来，应当是睡着了，夏千沉想着，自己也睡下了。

次日，和自己的赛车仅仅是两天没见，夏千沉就感动得差点儿掉眼泪。这熟悉的动力，这一刀能砍掉999点血般的提速效果……

他们SS1的成绩虽然不算好，赛段第七名，但有成绩，娜娜已经非常欣慰了。

娜娜和两个人先后拥抱了一下，问钟溯："你身体怎么样？"

钟溯说："没事了。"

比赛继续，SS2和SS3是双向发车的超短沙石路，取消了SS6之后，这两个赛段是夏千沉追速度的地方。重新坐回自己的赛车里，夏千沉抚摸着方向盘，抚摸着防滚架，抚摸着变速杆，说："还是原配好。"

2千米沙石路，两两发车，经过急弯和上下坡，夏千沉全赛段最快，用时1分19

秒，总排名升到第五。

SS4，雨停了一会儿，通话器里钟溯的声音有点儿哑，夏千沉没多说什么，正常驾驶。SS4 的难度在于树多路窄，加上大雨过后，路面积淤了泥沙，有大大小小的水坑。断面宽 5 英寸的泥地胎在这里发挥到了极致，沙砾疯狂地往车身上拍，听上去很像警方追捕罪犯时朝车开枪。这个赛段的树很密集，钟溯的报点依然精准，但通话器里时不时传来他闷在嗓中的咳嗽声，这让夏千沉的眼神逐渐冷了下来。堪比麋鹿测试的一个赛段，夏千沉追上一名，目前总排名第四。

收车后，又下起了雨。夏千沉下车时一脚踩到泥坑里，感觉像有个人拿着裱花袋往他鞋里挤奶油。他摘掉头盔和肩颈保护系统，递给旁边的人，去车头看了看发动机的情况。

"开得有点儿猛了。"夏千沉说。

"没事，就是水箱有点儿问题。"大工说，"你们进去休息吧，一会儿又要下大雨了，别着凉！"

夏千沉和钟溯走进维修站里，小工们忙活着打开机器。

夏千沉和钟溯往最里面的休息区走，走到一半时，夏千沉停下，回头问钟溯："你说实话，你觉得身体怎么样？"

"没问题了。"钟溯说。

"再问你一遍，"夏千沉的声音低了下来，"身体怎么样了？"

小工们闭目塞听，不敢说话。

钟溯舔了舔嘴唇，说："没问题……了。"

夏千沉转身走过来两步，一把揪住钟溯的领子把他往休息区拽。休息区里有两把事先准备好的折叠躺椅。小工们心道：完蛋，要打起来了？拉力赛上，赛车手不满领航员，回维修站后打起来的情况也不是没有。大家纷纷放下手里的活去劝架，拥进休息区之后，看到夏千沉把钟溯摔到躺椅上，冷冷地说："拿药箱来。"

小工们立刻拿来药箱，递过去，还不忘宽慰一句："别动怒，有话好好说。"

夏千沉把药箱放在旁边的小桌上，拿出一个耳温枪，随手从墙上拽下来一条毛巾，丢到钟溯头上，说："自己擦擦。"

钟溯知道瞒不住了，抓着毛巾草草擦了两下头发。

很快，耳温枪显示他的体温是 37.9 摄氏度，他依然在发烧。

"你挺能啊。"夏千沉笑了一下，"为什么不说？"

大工进来了，在维修区没见到人，震声喊了一句"人呢"，小工们火速逃离现场。

"其实……真的没那么严重，思路很清晰，而且这个赛段……太重要了。"钟溯说。

比完这个赛段，收车时只剩二十五辆车。出事故的车太多了，撞树的，连着撞树的，侧滑翻沟里的，连续翻滚到山底下的……这是个考验领航员报路水平的赛段，这也是钟溯最擅长的赛段。钟溯也知道，取消了SS6后，这是唯一一个他们能追排名的赛段。

夏千沉把耳温枪丢回药箱里，发出"咣当"一声响，钟溯闭了闭眼。

夏千沉在休息区里从墙这边到墙那边走了两个来回，他周身气压很低，钟溯能感觉到，但钟溯知道他的脾气，这时候必须得保持安静。

"你下个赛段别上了。"夏千沉说。

"不行。"钟溯坐直，"你不熟悉路，没有领航员你怎么跑？"

夏千沉看过来，目光如刀锋："你到底烧了几天？SS1的时候是不是就还烧着？你疯了是不是，持续发烧你不怕把脑浆烧干哪？跟我逞能有意义吗？"

"我没问题，"钟溯说，"没有多难受。"

"你怎么做到的？"夏千沉问，"我给你量体温，你怎么做到体温正常的？你是仿生人吗？有个滚轮控制体温？"

"……"钟溯低头，手掌在脑门上搓了一下，"我……我在酒店，夹体温计没夹得很紧。"

夏千沉拳头都扬起来了，又放下："赛前体检呢？"

"拿冰矿泉水在耳朵上贴了几分钟。"钟溯说。

"你真是不要命。"夏千沉烦得很，额角青筋一突一突地往外蹦，"下个赛段我自己跑，你去医院。"

夏千沉的话不容置疑，钟溯知道现在说什么都没用了，因为娜娜进来了。

"怎么了这是？"娜娜问，"又吵架啦？"说后半句话时，娜娜的目光越过夏千沉，习惯性地去看钟溯。毕竟这两个人里，比较成熟稳妥的那个人是钟溯。

自然，夏千沉发现了娜娜的这个小动作，冷笑了一声，说："他发着烧指挥了我两天。"

娜娜愣了愣。

"你跟赛会申请一下，下个赛段我不要领航员。"夏千沉对娜娜说，"我独自驾驶。"

"还有你，"夏千沉脚步一挪，转了个方向，面对坐在躺椅上的钟溯，说，"这种事再发生一次你试试，能组队就组，不能就散伙。"

二十多年前，达卡拉力赛，林安烨的领航员突发急性胃病，林安烨独自驾驶了一个赛段。

夏千沉在星空下点了根烟，钟溯今晚在医院留观，因为保守估计他可能持续发烧了三天，医生建议在医院住一晚。

第二天，SS5。赛会投票通过了夏千沉独自驾驶的申请，今天他的副驾驶位是空的。

夏千沉戴好头盔，扣紧安全带，调试通话器。通话器的另一边是维修站大工和娜娜，赛会决定让娜娜用无线电和夏千沉实时交流，娜娜手里有钟溯给她的路书，但她看不懂。每个领航员的书写习惯和缩写不一样，娜娜看着手里的路书感觉在看医生手写的处方。

拉力赛中，赛车手独自驾驶的难度非常高，一般情况下，没有领航员，赛车手连参赛资格都没有，独自驾驶的情况一年到头都未必有一个。独自驾驶属于紧急情况，这次赛会投票的结果是 9 比 6，并且可能会有独自驾驶的违规罚时。因为所有不符合比赛规定的情况，都必须罚时，其中包括独自驾驶。

娜娜相当紧张。她还没担负过这么重要的职位——远程领航员。

钟溯也相当紧张，躺在病床上，挂着水，在和维修工视频通话。

还好夏千沉并不紧张，在通话器里问娜娜："今天湿度多少？"

"呃……"娜娜戴着耳机手忙脚乱地翻出手机，"等一下啊，我看看。"

夏千沉的通话器里，传来维修工手机里的钟溯的声音："湿度 75%，地表温度 14 摄氏度，全天阴，能见度 9 千米，风速 6 级。"

娜娜："要不……你们俩就这样交流？"

自然是不太可能的，因为无线电信号非常不稳定。在进行到 70 多千米后，夏千沉的通话器里的电流声渐渐消失，他知道，从现在开始他得一个人奋战了。

SS5，200 千米，低气压的阴天，没有人帮他踩雨刮器。幸运的是没有什么树叶枝丫粘在风挡玻璃上，他尚可以看清前路。陪着他的只有这辆赛车，没有人提醒他别分心，也没有人是这条路上的指挥者。

夏千沉骨子里有着对灵魂和传承的固有观念，虽然他理智上知道，这都是虚幻的，是心理暗示，但有时候心理暗示就是非常强大，比如现在——父亲能做到的事，自己也可以。虽然现实很大概率就像是《哈利·波特与阿兹卡班囚徒》里那样，拯救自己的其实是自己，但是有那么一瞬间，父亲是真实的，那种信念和勇气或许比父亲真正站在自己面前还要强大。

夏千沉稳稳地握着方向盘，山林树木快速倒退，行车监控画面里已经有了残影。赛会正在连轴开会，就夏千沉独自驾驶一事，商议要罚多长时间。而他本人，在独自驾驶的前提下，超过了早他 2 分钟发车的前车。

前一晚，夏千沉拼命地背路线，没背太熟，弯道太多了，但起码不会走错路。这也是钟溯叮嘱的，无论如何不能走错路，因为有些地方赛会放的标识和当地村民放的路标相差无几，高速行驶下很容易看错。一些弯道夏千沉是硬过的，后视镜早就被刮没了，赛车的大尾翼也不翼而飞，夏千沉依然稳稳握着方向盘。他可是有油门就能将车开回维修站的人！

达卡拉力赛，马拉松赛段。

该赛段要求赛车手全天驾驶，无任何补给，不允许休息。

小时候夏千沉并不能明白这个规则。因为他只觉得，开车啊，人坐在车里啊，为什么还需要休息和补给呢？后来，夏千沉长大了，了解到那个赛段在热带沙漠里。再后来，他知道了自己的父亲就曾奔驰在那样的地方。烈风中，骄阳下，父亲曾经开着一辆帅气无比的赛车，在世界各地飞驰。父亲也曾停下赛车，用拖车绳把自己的对手从流沙里拉出来。

少年心里的那个英雄，会陪着少年很长的一段时间。那个英雄可能是奥特曼，可能是齐天大圣，甚至可能是哆啦A梦。夏千沉心里的英雄太多了，但扪心自问，他真正藏在心底的英雄是那位素未谋面的父亲。因为终于他走到了父亲的位置，真的摸到了一脚油门踩下去，马上提速的机械，真的独自一人驰骋在急弯和急坡上，颠簸在沙石路面上。没有人告诉他前面是什么样的路的时候，那位英雄就逐渐变得具体，变得清晰。他终于跑过了父亲跑过的路，感受过了和父亲一样的车速，站在了父亲站过的冠军收车台上。

飞坡落地，右边是个急弯，车侧滑了。这应该是一个右2，非常急，而且弯心不平。车速太快，车身几乎要横过来的时候，左前轮横着蹭到了路面上突出来的石头。

夏千沉立刻拉手刹稳住车身姿态，主驾驶位车门变形，意味着车架也可能已经变形。但发动机还在转，夏千沉左后方的车身撞在了石头上，这是好事，起码这块石头接住了车，卡住了车轮，没让车翻下山。

夏千沉试了试，轰一脚油门，车还能动。于是他持续轰油门，边退挡边轰油门，配合着反打方向盘，马力优秀的赛车从坡下爬回了赛道上，继续前行。

SS5的200千米还剩60千米时，夏千沉彻底失去和维修站的联系，孤独的赛车手发现，原本阴云暗涌的天空中出现了一道阳光，仿佛是美工刀割开了A4纸。天晴了，意味着剩下60千米的泥地有希望变得干燥一些。

另一边，赛会决定罚夏千沉5秒。

钟溯第五次询问护士："我能出院了吗？"

护士第五次摇头，说："还不满24小时。"

娜娜待在终点线的维修站里，这里是深山老林，信号很差，手机是无服务状态。维修工们面色凝重，谁都知道，一个不熟悉路况的赛车手跑在赛道上有多危险。

沪市赛车场里，景燃得知了夏千沉此时正在独自驾驶，只能宽慰钟溯："夏千沉没问题的，你放心。"

剩下的60千米，所有人都悬着心。那辆赛车一刻没有出现在人们的视野中，人们悬着的心就无法放下来。这样的状态持续了足足30分钟。

韶州彻底晴了，太阳终于休完了小长假。

阳光刺下来的同时，蓝色的闪电从山林中跃出，赛车飞坡落地，阻尼器稳稳地接住了车身，悬挂"咣当"一声巨响，残破的赛车来到终点线，SS5结束了。

夏千沉到医院的时候，钟溯已经挂完了水，护士刚刚给医生送去血检的报告单。

"跑完了。"夏千沉轻描淡写地说。

钟溯手背上贴着止血的贴纸，他刚想给夏千沉倒杯水，夏千沉已经自己动手了。夏千沉直接端起钟溯用过的纸杯，一仰头把里面剩的冷水灌了下去。

这是个三人病房，隔壁两张床上的病患昏睡着，夏千沉说完"跑完了"三个字后，两个人都没有说话。

夏千沉换下了赛车服，穿的黑色连帽卫衣和牛仔裤，坐在病床边。钟溯和他挨着并排坐着，慢慢地伸手拍了拍他，认真地说："对不起。"

夏千沉轻轻摇了摇头表示没事。在SS5独自驾驶的那段时间里，夏千沉没有孤独感，虽然只有他一个人在赛道上，但他不觉得孤独。相反，他前所未有地觉得，血脉里有什么一直在支撑着他。他从来没有认真地发过"爸爸"这个音。对父亲，他是完全陌生的。他不知道要怎么和钟溯说这种感觉，其实很难受，他想说出来，但一直以来为了考虑夏茗钰的感受，他压制住了自己那份对父亲的憧憬之情。

一滴眼泪落在钟溯的手背上。

"我……"夏千沉意识到了这滴眼泪，迅速伸手抹掉，"没事，意外。"

钟溯慢慢地揽住他的肩膀："你可以和我说一说。"

似乎有什么东西被夏千沉放进了玻璃瓶，他摁紧了瓶塞，将玻璃瓶藏进了地下室。它不是三言两语能吐露出来的，钟溯明白。所以片刻之后，夏千沉只是摇了摇头，然后挤出一个笑容的时候，钟溯也不再追问。钟溯只是也对着夏千沉笑了笑："你今天很棒。"

"我知道。"夏千沉说，"我今天……排名掉到第九了。"

"很棒了。"钟溯说，"赛会罚了你5秒，你都没掉出前十名。"

"我还出事故了。"夏千沉骄傲地说，"尾翼没了，车架变形了，前束变形了，大梁歪了。"

钟溯抿了抿唇："有油门就能开是吧？"

赛会考虑到夏千沉本人没有参与勘路，紧急背地图，路线不熟，第一赛段没有使用自己的赛车等因素后，酌情罚时5秒，还罚了一些款。

这个结果让娜娜非常欣慰，虽说加上5秒后，夏千沉的总排名从原本的第七掉到了第九，但已经非常难得。而且钟溯痊愈后可以回来继续领航，韶州只是第一个站点，赛季刚刚开始。

娜娜交完罚款，从赛事中心出来，迎面碰上了来重新领工作证的钟溯，还有不远处拎着矿泉水的闲散的夏千沉——总之就是一副"哎呀，我不是特意陪他来领工作证的，我只是碰巧遇到他，顺路就溜达过来了"的样子。娜娜眯了一下眼睛。

"娜娜。"钟溯和她打招呼，有些不好意思地说，"给你添麻烦了。"

"小事。"娜娜笑了笑，接着眼神有微妙变化，看了看不远处假装看风景的夏千沉，干脆开门见山，"你们……算是和好了？不散伙了吧？"

钟溯干笑了两声："没有……没打算散伙。"

SS6依然是取消状态，大雨过后，救援人员救助附近受洪涝影响的居民需要走那条路，赛会也会跟着一起帮忙。也多亏了SS6被取消，维修工有充足的时间修车。

SS5，夏千沉没有领航员，这辆车被撞得头破血流。领了新的工作证后，钟溯和夏千沉去仓库一起修车。车实是有些惨烈。这次跟来韶州的维修工有12个人，4个大工，8个小工，加上夏千沉和钟溯，14个人围着车站成一圈，14双眼睛齐齐凝视着它，场面一度很像开追悼会……

"喀，"一位大工先一步开口，"肉眼可见的车损是……"

"是……"大工顿了顿，"夏千沉你应该都知道了吧？"

夏千沉"嗯"了一声："外伤我都知道，内伤呢？"

"水箱爆了，你带着爆裂的水箱在热车状态下强行将车开回来，发动机受损了，不过没事，我们带了备用发动机。"

大家静默了四五秒后，另一位大工接着说："车架损伤比较严重，我们得拉去市里找个车厂做修复，到时候加点儿钱让他们加急。还有，我们需要买新的碳陶刹车盘片、防冻液和变速箱油，只有24小时了，人手不足，我和老刘开运输车进城找车厂，剩下的人分头去买配件。"

大家点头，最后一位大工把需要的配件发在微信群里，大家收到后立刻原地解散。

24小时里，包括娜娜在内，所有人穿梭在韶州市区的汽配城里，挨家挨户问配件，从太阳高悬到突降阵雨。夏千沉和钟溯躲在冰镇酒酿的推车大伞下面，叼着酒酿吸管，头顶的伞面"噼里啪啦"地被雨砸着。

"还要买什么来着？"夏千沉问。

"大工说可以的话再买一套碳陶刹车盘片。"钟溯说。

好在这只是雷阵雨，下了十几分钟就停了，卖酒酿的老板也跟他们闲扯了十几分钟，到老板要把自家单身的大三在读的外甥女介绍给夏千沉的时候，雨停了，两个人紧急告辞。

两个人又奔波了两家店，买到刹车盘片，回了维修站。修好的车架已经被送回来了，虽然起初看上去它的撞伤相当可怕，但万幸都是"皮肉伤"，没有伤及"筋骨"。

时间已经是傍晚7点10分，所有人随便糊弄了一口晚饭，继续修车。

晚上10点，夏千沉和钟溯两个需要比赛的人被勒令回去休息，剩下的人继续通宵工作。

次日，SS7。

SS7是韶州站的最后一个赛段。这个长赛段需要穿过一个村子向山上开，中间有追速度的40千米沙石路，沙石路上有8个急弯，开过一座桥和一段长山地路面后，是终点。

令人激动、翘首企盼的最后一个赛段的比赛即将开始，维修工们睡了一地。赛车点火出发，维修站里，只有喝了加了两个浓度咖啡的娜娜还在支撑着。

序列式变速箱今天依然丝滑，副驾驶位上重新有人的感觉很不错，夏千沉和钟溯已经有了无须言语的默契。

雨刮器在副驾驶的脚下，是一个触控点，需要副驾驶控制。有些配合不太精妙的赛车手和领航员，在雨天时需要赛车手不停地说"刮"，仿佛一只会开车的青蛙。

精诚合作的两个人不需要多余的话，配合得恰到好处，钟溯会精准地在夏千沉需要的时候踩雨刮器。

今天没有下雨，但留在树叶上的雨珠随着赛车高速行驶被震下来，堪比下雨。

"注意路面。"钟溯说。当领航员说要注意路面，而不特指距离多少米处有什么东西时，说明这段路面上全都是需要注意的东西。

路很颠，两个人在车里随着车同步摇晃，夏千沉一直在提速，强悍的避震悬挂和阻尼器都在不停地对赛车手说：我顶得住。

赛车飞坡落地，引发一记强烈震动，到这里，就进入了本次韶州站的恶魔赛段。这个号称"高达来了都挠头"的赛段，难点在于没有人能开快，赛段上有连续的急弯和窄桥，每年都有领航员在这里指错路。

SS7，第九名的夏千沉成为赛季首战积分守门员，虽然落到第十名，但保住了站点积分。

"怎么回事？"景燃问，"我还没看你们的录像，怎么还掉名次了？"

站点赛第十名的奖金连车损费都负担不起，但起码有了站点积分，也就是说，及格了。

一行人回到沪市后，进入假期。三个人坐在淮扬菜馆里，景燃给夏千沉和钟溯接风洗尘。

"说来话长……"夏千沉喝了一口水,"大概就是我们开到飞坡落地后上桥的那个地方,出现了一群狗……"

景燃蹙眉:"按喇叭吓走呗。"

"按了。"钟溯说,"问题在于,那群狗在打架,它们的叫声比喇叭声还大。"

夏千沉叹气:"它们的战况胶着,我们就决定不从桥上走,涉水过,因为那条河的水挺浅的,我们都觉得能过。"

景燃点头,这是个办法,毕竟在深山老林里,被动物拦路的情况时有发生。

"再然后又有一大群狗气势汹汹地跑过来,朝混战的那群狗玩命地叫,把主战场叫到了我们走的那条路上。"钟溯接着解释,"那条路很窄,非常窄,两边的树的间隔不足以让我们的车过去。"

景燃:"狗……摇人了,啊不,摇狗了?"

"对。"夏千沉点头,"起码二三十条狗,还好立刻就有老伯扛着铁锹过来,参与了战斗,战斗立刻瓦解,老伯家的那五六条狗碾压了其他狗,我们过去了。"

"……"景燃帮他们俩把茶杯满上,"辛苦了。"

"也还好。"夏千沉点头,"有积分就行。"

"上个赛季的冠军车手,这个赛季第一站就垫底……"景燃宽慰他,"就当给新人一个机会吧。"

说到新人,夏千沉有些印象,抿了一口大红袍,放下杯子:"PEM 今年招募的那个女车手?她叫什么来着……我记得年龄不大吧,二十一岁还是二十二岁来着?"

钟溯无声地喝茶。

"二十一岁,叫凌未窈,她没参加今年的站点赛,因为她说,她的目标是今年的环沙。"景燃憋着笑给钟溯倒茶,棕红色的大红袍从壶嘴流进白瓷杯里。

钟溯还是没说话。

夏千沉啃了两下指甲:"听说她 4 月就要去南疆练车?"

"嗯。"景燃点头,"这个女车手的领航员是胡智纯,当初我和钟溯跑环沙的时候,他是隔壁车队的对手,在玉山天路上,胡智纯他们只比我们慢了……8 秒?"

"8.4 秒。"钟溯说。

夏千沉偏头看过去,心说这半天终于憋出一句话了。

"反正这个领航员挺厉害的,而且我听说,凌未窈开的车的车型和你的一样。"景燃说。

夏千沉一时间纠结又焦虑,在赛道上他向来目中无人,除了某一段时间仿佛被点悟的车手于岳,其他的车手在他眼里就是送分机器。现在忽然半路杀出来一个女车手,又没有任何关于她的赛道资料，搞得神神秘秘的。

"而且漂亮，"景燃说，"燕岁给出的评价是，如果不开赛车，她可以去迪士尼花车上班。"

"燕岁是他的好朋友。"钟溯解释。

景燃笑了笑，点头。景燃望向钟溯，他的好兄弟脸上写着"已闭麦"三个字。

拉力赛不分男女组，女车手历来也有，但相较于男车手数量很少，尤其是环沙这种难度的比赛就更少了。

三个人吃了一会儿菜，钟溯实在是忍不住了，生生等到景燃去了洗手间，才问夏千沉："你什么时候知道那个女车手要跑环沙的？"

"就你留院观察那天哪，我闲着无聊，在论坛上看帖子。"夏千沉说。说这话的时候，他嘴里还嚼着一块肉，表情无辜得很。

钟溯心中五味杂陈："我在医院里躺着，你在论坛上看妹子。合着就我不知道。"

"差不多得了。"夏千沉说，"今年的环沙冠军必是我的，别说天王老子了，我妈来了都没用。"

每年环沙拉力赛的报名时间大约都在第二个站点赛结束的那两天，去年是楚天山拉力赛结束当天开放了报名通道，今年的环沙拉力赛由汽联直接负责，汽联网站主页面上很早就出现了宣传图。

从韶州回来之后，两个人过得比较悠闲，假期最初那几天，连窗帘都不拉开，换气全靠新风系统，每天睡得昏天黑地，不知今夕何夕。有时候起床去阳台上抽烟，都跟开盲盒似的，遮光性极强的窗帘被拉开之前，他们甚至无法判定是白天还是晚上。

钟溯拢着打火机给夏千沉点烟，再给自己点上。这次是晚上，两个人的发尾都挂着水珠，夏千沉仰着头吐出烟："我们不能再这么悠闲了。"

"嗯。"钟溯点头，"明天得继续练体能了。"

阳台上风很大，感觉像是风把钟溯的声音吹到了耳朵里，夏千沉笑着说："明天要练车了，别回头在环沙上被凌未窈教做人。"

钟溯敛了笑，站直了，接着抽烟。

"你不会因为我叛变吧？"夏千沉忽然问，脸上似笑非笑，似乎在问一个稀松平常的问题，"我觉得你应该挺烦我的，但好像你真的很享受做我的搭档。"

夏千沉在采访画面里永远都目光淡漠，后来在赛道上钟溯才知道夏千沉眼神不太行。在赛车场里时还好，毕竟是场地赛道，没有坑洼，路很平，也没有突然出现的石头和水坑，但是到了拉力赛道上，夏千沉需要领航员非常精准地报点。

就像……夏千沉虽然开着打一梭子弹就能毁灭一个小行星的机甲，但你得告诉他前方 300 米的那个黑点是飘浮的宇宙垃圾，还是敌军。总结来说，他凶猛又呆萌。

钟溯说："因为你可爱。"

"而且帅气。"钟溯接着说，"你当初告诉我，不想要我领航上环沙的原因是，有了金牌辅助，那么你就不是去比赛，而是表演。"

"超帅气的。"钟溯说。

本赛季第二个站点赛在假期尾声被公布在汽联官网上，这次来到了怀岸，怀岸的滴水湖赛段当年做过 WRC 的其中一个赛段。相当多国内外的顶尖赛车手曾在这里翻过车，但不包括"从业三年未给人看过底盘"的夏千沉。对此，当事人很骄傲。

车队仓库里，娜娜说："滴水湖你很熟了，以前跑过两次，这次相当于开卷考试，还是那个赛段，还是那个悬崖。"

虽然这个赛段叫"滴水湖赛段"，但并不是沿湖的路，而是山路。那条路夏千沉跑过，非常窄，窄到两辆车即使收起后视镜都没法会车的程度。并且，滴水湖赛段的弯道几乎都不能漂移，所有人都必须在弯道减速，正常过弯。因为路面真的窄到没有任何漂移的余地。所以夏千沉并不喜欢这个赛段，但再不喜欢，它也是世界顶尖的拉力锦标赛的赛段。

娜娜说："第二个站点赛，怀岸，不求前五名，起码要稳在前八名，这个赛季是 SL 的第一个赛季，杜总不给我们压力，但我们不能把人家当冤大头。"

虽然杜源办这个车队是圆自己的赛车梦，但队员不能得过且过、空有虚名。

夏千沉点头："应该没什么问题。"

"你当初跑这个赛段的时候，主要车损在哪里？"钟溯问。

夏千沉回忆了一下："前引擎吧。因为那条路坡道陡，有个地方是双车道，下坡的时候我不喜欢踩太多刹车，后轮容易失去抓地力，车头也就容易砸地上。"

"懂了。"钟溯点了点头，夏千沉当时应该刚回国加入国内的车队，那时候夏千沉的技术没有现在的优秀，能跑完滴水湖赛段可谓少年惊采绝艳。

钟溯刚想夸一夸夏千沉真是年少有为，娜娜忽然"嗯"了一声。

两个人看过去，娜娜说："凌未窈会去怀岸，PEM 报名车手里有她。"

"那挺好，探探虚实。"夏千沉说，"没有赛道资料，这人横空出世，外面吹得天花乱坠，搞得跟爽文小说里'重生之回到我还没拿世界冠军'的剧情似的。"

娜娜蹙眉："你什么时候沉迷这种风格了？"

"随口一说。"夏千沉笑了笑。

娜娜支着下巴："你不会真的怕了吧？说真的，我带了你三年，还没见你怕过谁。"

"不是怕，"夏千沉正色道，"是未知，你明白吗？要说怕，我最该怕的赛车手是景

239

燃，因为他真的牛。但是这个车手什么数据都没有，她忽然出现，说她的目标是环沙。这就像一个高分局玩家，忽然匹配到一个分段显示是个问号的对手，能不慌吗？"

此话有理。在夏千沉的眼里，对手就只是一个个游戏角色，大家顶着自己的游戏ID（名字），点开资料能看到此人的成就和称号，没有性别定义，只有强弱之分。

娜娜耸了耸肩："行吧，那我们这次还是提前一周出发。"

很多大牌车队的赛车手喜欢卡在极限报到时间抵达赛段，显得久经沙场、闲庭信步，甚至有人不勘路，直接用赛会的路书，看上去非常牛。但三年来，和其他名声大噪的车队不同，娜娜对夏千沉的要求一直都是提前到，留出容错率，先感受当地的气候变化，空出足够的时间勘路。

这次站点赛，汽联终于不再靠夏千沉带热度。

汽联新发布消息：《女车手凌未窈首次亮相，并表示滴水湖赛段她只有一个对手——夏千沉》。好吧还是要蹭一下夏千沉，老熟人了，不蹭白不蹭。

"为什么啊？！"夏千沉拿着手机，人在高铁上，坐在靠窗的位置，大声询问他的领航员，"我得罪过她吗？为什么只有一个对手就是我啊？"

对此，钟溯只是平静地说："离我们到站还有2个小时，你可以仔细回忆一下。"

"……"夏千沉也平静地看向他，"你信不信我把你拴到高铁后面拖行？"

天地良心，夏千沉真的和凌未窈完全不认识。但是汽联的新闻标题白纸黑字，总不能是官方造谣吧？

夏千沉点进新闻，差点儿眼前一黑，新闻内容是凌未窈本人的视频采访。和消息不太一样的是，凌未窈在视频里说，她唯一的对手是SL，并没有指名道姓是夏千沉。大概是汽联小编觉得，SL里能当作她的对手的车手只有夏千沉，所以起这样的标题也没什么不对。

"我开始有点儿好奇了。"夏千沉说。

"我早就开始好奇了。"钟溯说。

夏千沉把手机锁屏："我感觉有点儿冷，阴风阵阵。"

终于，高铁到站。从市区开车前往滴水湖还需要3个多小时，天色将晚，他们选择先在市区休息一晚，明天再租车前往赛段。

怀岸拉力赛的赛段是开放的，赛会依然会提供路书，同时也允许赛车手和领航员自己勘路。因为自从举办过WRC，怀岸拉力赛的赛段几乎就是公开的了，能当作赛段的就那么几条路，没什么好瞒的。

次日，中午。

这里的租车行的大哥非常随意，他们去租车的时候，大哥露着肚皮盘膝坐在柜台后面吃苹果，他儿子趴在柜台上写作业。听说他们是赛车手要租车，连个赛照都没要求出示，大哥直接说："车在后头，钥匙在墙上，押金三百。"

他们开车前往滴水湖赛段，刚巧，碰见了 PEM 全员。夏千沉握着方向盘，试图在 PEM 那堆人里寻找一位女性的身影……

"砰砰砰"，有个人连敲他的车窗三下。夏千沉降下车窗，头顶上似乎缓缓冒出一个问号。

女生留着短发，身材高挑，目测有一米七，五官优越，皮肤白皙，穿一件很休闲的运动服。她说："你就是 SL 的夏千沉吧？你好，我叫凌未窈，啊，那位是你的领航员吗？环沙冠军哪，久仰！"

凌未窈笑得很爽朗，夏千沉把车挂上 P 挡，说："你好……"

夏千沉心想：怎么问呢，问不问呢，我为什么是你滴水湖赛段唯一的对手呢？

不料凌未窈往他们租来的车后座上看了一眼，又看了一眼，是空的。

凌未窈问："请问……你们的经理，郝娜娜，她没跟你们一起来吗？"

"没有。"夏千沉说，"娜娜都是跟维修车来站点。"

凌未窈的笑容肉眼可见地消失，整个人仿佛前一晚吃错记忆面包的期末考生，就差从嘴里吐出一口魂。她的反应让车里的两个人满头问号。接着凌未窈宛如被加了一口血，立刻又重振精神，问："那她什么时候能到？我想要她的签名！"

凌未窈补充："她是我偶像！"

夏千沉看了她一会儿，转头看向钟溯，眼神里写着"说点儿什么"。

钟溯表示收到，向前坐了坐，说："原来如此，那到时候赛段见吧。"

凌未窈眼神更黯淡了，小声说："还有五天呢……"

当晚，论坛上的人七嘴八舌地聊着，开局一张图，正是凌未窈在夏千沉车边的照片。

【讨论】我闻到了恋爱的味道？

【回复】这身材，夏千沉能顶得住？

【回复】夏千沉怕不是会在梦里笑醒吧！

据现场人士回忆，当时凌未窈在夏千沉的车边聊了起码 3 分钟，其间夏千沉没有熄火或是下车，3 分钟后夏千沉继续驱车在滴水湖赛段勘路。对此有人觉得夏千沉这样不礼貌，别人过来敲窗说话他都不下车。可也有人觉得，下车才不礼貌吧，别人又不是要跟你促膝长谈。

这个小插曲很快就被盖了过去，大家更在意的是凌未窈的车技。怀岸拉力赛开赛前一天，大家统一在赛事中心报名，赛事方拍了个小视频对排队报名的选手们进行一些小采访，拍到夏千沉的时候，很明显多停留了一会儿。

记者："请问夏千沉，这次面对新晋车手凌未窈，没有任何参考数据，你压力大吗？"

夏千沉："还行。"

他不太喜欢这种恨不得把手机贴在他脸上拍的方式，所以稍稍后退了点儿。

同时钟溯上前一步挡了挡，礼貌地笑了笑："抱歉，我个人比较习惯在报名前被太阳晒一晒，吸收一下太阳辐射。"

夏千沉有点儿想笑。

那位记者干笑了两声继续拍后面的人，接着两个人便听见那位记者忽然高声问："凌未窈选手，这是你在赛道上的首次亮相！你有什么想对镜头说的吗？！"

夏千沉微微回过头，先看了一眼钟溯："你觉得她厉害吗？"

钟溯："不知道，不在乎。"

镜头给到凌未窈，过耳短发显得她非常英气，她正对着镜头说："我很期待在赛道上碰见 SL 的车手，他们有非常优秀的车队经理，我很羡慕，我希望终有一天，郝经理也能点赞汽联论坛上关于我的新闻！"

只字未提目前在论坛上和她有八卦传闻的夏千沉……

其实娜娜抵达怀岸后，夏千沉和钟溯按捺不住好奇心询问过娜娜，可娜娜说自己对这个女生完全没有印象。所以整件事情让夏千沉和钟溯感觉很奇怪，它的走向逐渐变成"娜娜将少女遗忘，少女奋斗不息，多年后与之并肩，就为了问一问当初为何离开"。

夏千沉微微前倾，以钟溯做掩体，偷听着。

"SL 的娜娜经理吗？为什么呢？"记者问。

凌未窈说："我想得到她的赏识，她给汽联新闻里所有关于夏千沉的文章都点了赞，她的点赞记录里全都是夏千沉，我要让她也看到我！"

夏千沉缩回脑袋，看向钟溯。钟溯说："每个人视角里的剧情都复杂起来了。"

夏千沉："是的。"

正说着，另一位主角来了。娜娜从队伍的另一边走了过来，卷起手里一沓 A4 纸资料往夏千沉的后脑勺敲："看什么呢？往前走了，不报名了啊？"

他们和前边的队伍已经空出了一截，后面的人没有提醒他们，因为大家都在回头看凌未窈。娜娜也看过去，眉心微蹙，实在想不起来这个小姑娘和自己有什么渊源。

人往往想一件事死活想不起来会非常烦躁，烦躁的娜娜又敲了夏千沉一下："走快点儿！"

怀岸拉力赛共五个赛段，这个站点的赛段并不多，主要看点在滴水湖赛段。

滴水湖赛段是今年的 SS2，在第二天。

SS1 其实也有不少看点，不少记者在弯道边蹲守，准备拍事故过程。尤其这次有一位少见的女车手，女司机往往被贴上"车技差""踩错刹车""不会变道"等标签，不只马路上那些油头粉面的中年人这么觉得，今天来到赛段的很多记者也这么想，只不过记者们不会说出来。

很巧，夏千沉的发车位在凌未窈的后两位。凌未窈第 17 位发车，夏千沉第 19 位发车，中间隔了一个于岳。汽联论坛上的人已经不再用痴汉的语气聊凌未窈，而是在讨论于岳跑到第几千米能把凌未窈超了。

"这就有点儿掉价了。"夏千沉滑着手机，"再不济人家的副驾驶位上坐的领航员是环沙季军，肯定是有点儿东西的。"

钟溯听了忽然骄傲："我也是环沙冠军呢！"

夏千沉看过来："你不要忘了当初你接近我是为了钱。"

"……"钟溯想手动给他打一个哭泣的表情，但是娜娜已经过来把他们的手机收走了。

娜娜满面愁容，双眉一直挤着没分开过："别玩了，手机给我，往前上。"

"可是于岳还没发车呢。"夏千沉说。

"那就撞他。"娜娜说。

夏千沉："……"

好的，这时候不要惹娜娜，夏千沉乖巧地交出手机，握着方向盘。

待到娜娜离开，夏千沉才说："娜娜很不爽。她上次这么不爽，还是以前我在 GP 的时候半夜出去跟人飙车被撞，住了七天院。"

夏千沉补充："其实我本来只需要住三天院，被娜娜打得多住了四天。"

钟溯顿了顿，就当他撤回了后面一句，说："因为事情不可控，娜娜这个时候处于非常被动的状态，肯定会很不爽。"

于岳发车了，夏千沉开着赛车往前，到发车线前。左前方的倒数器回到 120 秒，夏千沉做起步准备。于岳的赛车飞驰出去，2 分钟后只能看到扬尘，更别提在于岳前一个发车的凌未窈。

夏千沉照常起步，钟溯像从前一样给他下达起步指令，最后说："你才是这个赛段最强的赛车手。"

SS1，没有发生所有人期待的"于岳超过比他早 2 分钟发车的凌未窈"的剧情，也没有发生"夏千沉超过比他早 4 分钟发车的凌未窈"的剧情。大家旗鼓相当，最终，来自 TGH 的外国车手以 47 分 28 秒的成绩位列第一，夏千沉落后他 1.3 秒，位居第二。

SS1 的排名表，往后翻，翻到最后面都没看到凌未窈，翻排名表的人是娜娜。忽然，她头顶响起一个有些疲累的声音："你翻过了，我在第十名。"

娜娜下意识地再把表翻上去，翻到第十名，果然，凌未窈。

等等，娜娜猛地抬头。她坐在维修站门口等夏千沉和钟溯，结果等来了穿着明黄色赛车服的小姑娘。不远处，她家的两个小子在观望，不敢靠近。

"郝姐姐。"凌未窈忽然不知从哪儿掏出来一个本子和一支笔。那本子大约是临时从领航员那里抢来的，而笔……钟溯手里就剩一个笔帽了，是夏千沉紧急递给她的。当时场面比较混乱，总之就是纸和笔都有了。

"你能不能，帮我签个名？"凌未窈脸颊上浮出嫣红的颜色。

后面的夏千沉攥住钟溯的手腕，仿佛电影放到了关键情节。

娜娜一脸茫然，她坐在小折叠凳上，今天没怎么化妆，但万幸洗头了："可……可以是可以，但是……你为什么会认识我？"

来了，来了，夏千沉的力道加重。钟溯感觉自己的血液循环正在慢慢抛弃左手手指。

"七年之前，我们……见过。"凌未窈说，"在环沙，当时你在修车，你给了我一罐可乐，说女孩子不要在这里玩，车很危险。我说'可你也是女孩子呀'。你说，这辆车就是你改出来的，它会乖乖听你的话。我当时觉得你……很酷，我从那个时候起就开始崇拜你了！"

夏千沉愕然，终于，钟溯小声询问他："我们能进去了吗？我想喝水……"

七年前，凌未窈才十四岁，正处于容易在心里确立偶像的年纪。

娜娜似乎有了一些记忆，因为明显陷入了沉思之中。娜娜的视线越过凌未窈，她朝夏千沉和钟溯喊："你们要么就在那儿站到半夜！"

钟溯赶紧拉着夏千沉回休息区。

"七年前的环沙……"夏千沉把矿泉水瓶丢给钟溯，"娜娜的资历居然这么深。"

钟溯接住水瓶，拧开喝了一大口水："是啊，七年前在环沙做维修工，很不容易的，以前能上环沙的车队……别说性别歧视了，小工都经常被呼来喝去。"

想来确实，夏千沉叹了一口气："原来她对环沙这么执着，是因为娜娜啊。"

"你呢？"钟溯问，"你对环沙这么执着，是为什么？"

夏千沉相当潇洒地从地上又拎起一瓶水，然后扬着嘴角走到钟溯旁边的折叠椅边坐下，竟坐出了一副大佬的感觉。

"之前，为了做全国最强的赛车手，有川青冠军，有环沙冠军。"夏千沉说，"现在，为了让我的领航员成为全世界唯一的环沙双冠。"

"太荣幸了。"钟溯说。

今年的环沙报名比往常稍早了几天，怀岸的 SS2 进行到一半时，汽联开放了报名通道。

"路窄。"钟溯提醒他，"收油，漂不过去，你比我清楚。"

滴水湖赛段夏千沉很熟悉，路面上几乎全是沙石，非常细的沙石，所以滑。这次他们用的是加强沙地胎，但即使是加强沙地胎，在这样的沙石路面上还是很滑。

"我知道。"夏千沉退挡收油，慢慢地摸索着过弯。

滴水湖赛段的路面堪堪四五米宽，一辆车在上面跑，左侧的轮胎再往外去点儿就是悬崖，根本不存在漂移进弯的可能性。

这个赛段所有人都慢，所以比完 SS2，排名前五的人基本没什么太大变动，第一的外国车手还是第一，夏千沉第二，但凌未窈在这个赛段居然追上来一名，追到了第九名。

娜娜一直在躲着她，因此勾起了夏千沉的好奇心。

这个赛段夏千沉开得很慢，所以没什么车损，只是车头的土要铲一铲，再换一套刹车盘片，此外就没什么需要维修的东西。所以赶来"吃瓜"的不仅有赛车手和领航员，还有几个年轻的小工，加上今年新招的一个女维修工。他们假装路过，反复倒水，来休息区听风声。

夏千沉第三次来休息区的办公桌这儿假装拿小饼干的时候，娜娜终于忍不住了，从笔记本电脑边抬起头："你那么八卦干吗，我八卦过你吗？放彼此一马吧，夏千沉。"

"因为我没什么好被八卦的。"夏千沉摊手。

娜娜"哦"了一声："那你准备在哪个赛段超过那位外国车手拿第一名？"

夏千沉："……"

夏千沉走了，娜娜清静了。

"欺人太甚。"夏千沉愤恨地撕着小饼干的包装袋，撕不开，便用牙咬。

钟溯在帮忙铲土，一手的土，没去帮忙，只是问："怎么了？"

这偌大的维修站，还有人能"欺"你？

夏千沉没有细说，只瞪了钟溯一眼。

不多时，凌未窈从 SL 的维修站门口探进来一颗脑袋，她还穿着明黄色的赛车服，一看就是外来人员。

"请问，郝姐姐在吗？"凌未窈乖巧地询问。

夏千沉往里面指："在。"

凌未窈又问："那我能进去找她吗？"

夏千沉收回手指："那我就不知道了。"

夏千沉想：总不能让我进去通报一声吧，郝大人，外面有人求见。

凌未窈想：你但凡说一句"可以"，我现在冲进去也有人能背锅。

一轮无声过招后，凌未窈扯着嘴角笑了笑："那我就……不打扰了。"

忽然不知是哪个维修工大声说了一句："环沙开始报名了！"

立刻，仿佛"报名越早，名次越高"，凌未窈和夏千沉同时摸出手机，点开汽联的网页，夏千沉一把薅起满手是土的钟溯让他认证。而凌未窈……输在领航员不在身边，只能愤愤地看着夏千沉火速完成报名，眼神似刀。

夏千沉笑得一言难尽，说："哎呀，报名嘛，急什么？报上了就行。"

那你这是在干什么？钟溯偏头凝视着他。

按照惯例，环沙拉力赛的赛段安排和整个赛程，会在报名通道关闭后统一放出来。每年的赛段都会有些不一样，但年年不变的是玉山天路赛段。玉山天路赛段的难点不只是路线难，也并不是选手对路线足够熟悉就能降低难度。且不说每天的天气都不一样，这么多年了，在玉山天路退赛的车，从未少于二十辆。

SL 的车队图标是一只红毛狮头，学生时代都玩过《魔兽世界》的夏千沉和钟溯总觉得这只狮子是部落和联盟的结合体。

现在这个图标下更新了最新赛事：环沙拉力赛。

夏千沉已经盯着这行字看了好一会儿，应该说是好——一会儿。这段时间里，钟溯已经把两个人从怀岸带回来的行李箱收拾了出来，简单拖了一下地板，把牛奶放进冰箱，起锅烧油开始做晚餐。

钟溯搅着碗里的鸡蛋液的时候，终于看不下去了："别看了，跑不掉的。"

"心境不同了。"夏千沉说，"我现在特别想立刻回到当初我们翻车的地方看看。"

钟溯苦笑，把鸡蛋液倒进锅里。油立刻在锅里蹦起来，钟溯说："你要吃番茄炒的蛋还是青椒炒的蛋？"

"番茄。"夏千沉说，"其实也不是我耿耿于怀，毕竟第一次翻车，只是想故地重游。"

钟溯盛出炒好的半生鸡蛋，往锅里加番茄块，很快炒出番茄的香味，夏千沉这才放下手机，望过来。可能是被照顾得太好，夏千沉不免生了点儿娇气，半躺在沙发上，撑着头想事情。

怀岸拉力赛上，夏千沉一直没能超过前面那个不要命的外国车手，最后一个赛段收车时，他排名第二。他特意关注了一下凌未窈的排名，小姑娘很励志，从 SS1 的第十名爬到了第六名。并且他听说，凌未窈现在已经到南疆了。虽然赛段还没公布，但凌未窈早早地带着领航员进了沙漠，原因是她没有在沙漠里驾驶的经验。据说她本来就是南疆人，但南疆那么大，就算她的家在"死亡之海"里，她练车都得开出三四百千米。

这让躺在家里的夏千沉无端生出了一些"同桌提前交卷"的焦虑感，番茄炒蛋被端上桌后，夏千沉眉头紧皱，看着钟溯将一盘盘菜端上桌。

"怎么，不合口味？"钟溯问。毕竟每上桌一道菜，夏千沉眉心就蹙得更深一些。

夏千沉摇头："我们什么时候去南疆？这个凌未窈在'卷'我。"

"……"钟溯指了指地上两个张开大嘴的行李箱，"起码你得等所有衣服洗出来吧。"

事实上这是假期，但夏千沉来赛车场练车的频率，让作为老板的杜源都觉得有点儿夸张。

景燃开着赛车陪夏千沉在赛道上飙车，还没跑到第三圈，景燃忽然说要回家裱画，火速抛弃了夏千沉。于是钟溯坐进了空着的赛车里。

"我还没跟你跑过。"夏千沉说，"早该跟你跑一次了。"

钟溯扣好安全带："让让我？"

"不让，你这辆车比我这辆牛，有 1500 匹马力。"

钟溯想了想："也是，那我让让你？"

"你是不是没在赛道上被人甩哭过？"夏千沉问。

黑金配色的超跑和通身黑色的超跑并排停在发车线前，即使是静止状态，千万级超跑的发动机的声音依然悦耳，更何况是两辆超跑同时发出的声音。

赛车场的工作人员帮他们倒数挥旗，钟溯也有赛照，这种价位的超跑他只开过几次，不免有些紧张，但这种紧张的情绪立刻就被超跑惊人的提速效果甩在脑后。

两辆价格高到可以买下半个赛车场的超跑在挥旗到最后一下时，几乎是"消失"的速度离开发车线和挥旗工作人员的视线的。

CHAPTER 09

馈赠

　　一周后，汽联新发布消息：《环沙拉力赛赛段公布》。

　　果然，字数越少事情越大。

　　钟溯几乎从沙发上弹了起来，起床并清醒的速度击败全国 99.8% 的用户。这位专业领航员随便抓了件衣服套上，打开笔记本电脑，登录汽联官网。

　　今年的环沙有十个赛段，玉山天路在最后面，被安排在 SS10，十个赛段全程 6000 多千米。规则和去年一样，虽然有十个赛段，但是否所有赛段都完整地比完，要看当天的天气和当地的管理政策。

　　汽联公布赛段后，钟溯的邮箱收到了赛会统一发来的路书和地图，钟溯马上开始研究。

　　另一边，夏千沉慢悠悠地醒过来，去卫生间洗漱冲澡，出来的时候见钟溯还在桌边坐着一动不动，便问："你干吗呢？"

　　"写路书，"钟溯补充，"环沙的路书。"

　　夏千沉起床并清醒的速度击败全国 21% 的用户。

　　"环沙？"

　　"环沙。"

　　"我们准备拿冠军破纪录的那个环沙？"

　　钟溯回头："……"

　　刷新一下，夏千沉起床并清醒的速度击败全国 17% 的用户。

　　钟溯说："昨晚几点睡的啊，怎么脑子不行了呢？"

　　年年环沙都是如此。世界各地的顶尖拉力赛车手从各个地方来到这里，这个拥有多个"世界之最"的地方。

两个人再次来到南疆，感觉这一年的时间仿佛没有走过，南疆还是那个南疆，烈日当空，沙漠成片，牛羊成群。沙漠里的租车行的大哥还是那么豪爽，价格不贵车还耐造，就是大哥即使普通话水平没有进步但依然自信，大声地祝福他们在沙漠里度过良宵。

一年没来沙漠，上次进沙漠的时候职业选手夏千沉惨遭路人玩家指导驾驶，今年必不可能重蹈覆辙。

时间还早，下午 3 点，旧地重游，夏千沉已经是同时跑过川青线和环沙的完全体。

然后车轮空刨了。

"我去！"夏千沉拍方向盘的力道让钟溯很担心安全气囊会弹出来，"为什么啊？！"

钟溯立刻凑过去看仪表盘："不是你的问题，是胎压太高了。"

夏千沉定睛一看，维修工会在进沙漠前故意把胎压调低，这样可以增大轮胎和沙地的接触面积，增强轮胎的抓地力，胎压高则反之。

夏千沉冷着一张脸："为什么这大哥的越野车轮胎胎压会这么高啊？"

"……"钟溯也不知道，"可能……是失误吧。"

这次陷车没有热心大哥帮忙拖车，最后两个人把沙子挖开才将车开出来。

临近日暮时返回市区，两个人收到了娜娜发来的视频，运输车和维修车在高速公路上正常行驶，预计第二天中午可以抵达 SS1 发车点。

今年 SL 来得比较早，杜源给了非常大力的支持，备用车和主赛车车型一致，配件也一样，几乎一比一完美复刻主赛车。当初改主赛车就花了三百多万，可见杜源有多么重视这支车队。

夏千沉和钟溯到南疆之后，汽联网站的主页面上大部分新闻和环沙有关，这个一年一度的关注度极高的比赛，今年拥有了难得的女车手和上个站点赛稳居第一的外国车手。

距离 SS1 发车还有四天，夏千沉开着租来的越野车带着钟溯满沙漠转悠，不看方向也不看导航，开到哪儿算哪儿。

今天在"死亡之海"，住的地方距离这里 400 千米，但他们不在乎。

依然是开那辆租车行的越野车，夏千沉觉得开得很顺手，便没有还，打算在附近的连锁租车行还。即使轮胎的胎压很高，夏千沉凭借卓绝的控车能力已经能在沙漠里随意驾驶。

夏千沉娴熟地飞沙梁后，钟溯忽然问他："我们今年如果破纪录，回去景燃会上吊吗？"

"这么严重吗？"夏千沉推了推墨镜，开玩笑说，"他能不能来我家门口吊？感觉这比环沙冠军奖杯更诱人。"

两个人"扑哧"一笑，钟溯说："其实景燃很期待你能破纪录。"

"真的吗，为什么？"夏千沉问。

"他……其实是个很注重传承的人。"钟溯说，"他希望环沙的世界纪录可以一直由我国车手保持，因为他自己没办法继续坚守，如果有一个更强的车手出现，破了他的纪录，那么这个车手就一定能守住我国车手的环沙荣耀。"

在景燃之前，有很多届环沙的冠军，虽然来自本国车队，但不是本国籍。国内的车队为了保住自己的积分和赞助，会不惜花大价钱挖掘外援。

夏千沉和钟溯聊着本国赛车的发展，聊着过去那些名震中外的赛车手，从最初的卡丁车聊到后来卡丁车赛车场是怎么变成夜总会的，而且他们居然都认识那个老板。

"说不定早几年我们就见过面。"钟溯说，"那会儿我陪景燃去练车来着。"

"不一定。"夏千沉说，"我那时候已经从卡丁车毕业了。"

"那你可真是个小天才。"

租来的越野车在"死亡之海"里翻越，像是一只小黑猫跑在黄色的魔法飞毯上，永远跑不到尽头，飞毯无限向外延展。四周的景色大同小异，偶尔能看见一片有花有草的地方，钟溯说"死亡之海"冬天会下雪，所以来年春天会长出花草。很多人在研究"死亡之海"能不能变成绿洲，这个命题被研究了几十年，似乎"死亡之海"愿意奉陪到底。

"开到哪儿了？"夏千沉问。

钟溯摸出手机："没信号。"

"那掉头？"夏千沉想起这辆越野车里有帐篷，因为租车行大哥说可以度过良宵，"还是说……我们继续往前开，开到一个能收到信号的地方？"

钟溯原想问油箱顶不顶得住，不过管他的："好啊。"

今年的环沙，是钟溯的第五年，是夏千沉的第二年。他们现在都可以用"我第一次来环沙的时候"为开头造句，于是夏千沉先开始。

"我第一次来环沙的时候，其实真的很佩服你。"夏千沉单手握方向盘，右手很随意地搭在变速杆上，这是开手动挡的车的习惯，"我是不是一直没来得及告诉你？"

闻言，钟溯看过来："是的，你没告诉过我。"

"我以前对领航员的感受不是现在这样的，以前觉得领航员就只是把路书大声念出来。"夏千沉望着前方逐渐落入地平线的太阳，"直到来了环沙，我才明白，领航员也是驾驶员，一个人完成不了驾驶这件事，副驾驶也是驾驶员。"

说实话，这句话让钟溯挺感动的，他甚至有一点点想哭的冲动，那是一种多年辅助被人肯定的感觉。钟溯顿时感慨良多，但又不知从何说起，因为无论从何说起都显得非常矫情。他觉得他和夏千沉之间，最不需要也最不应该出现的就是矫情。

"感动了？"夏千沉勾着嘴角，"要不要靠着千沉哥哥的肩膀哭一会儿？"

很好，感动消失了。

钟溯哼笑："太感动了，现在就想立刻让你也体验一下这份殊荣。"

夏千沉："可我晕车，心领了。"

越野车仿佛一位逐日者，一直奔向太阳下沉的方向。夏千沉也不是真的随便溜达，钟溯能感觉出来他在找回飞沙梁的手感。

"漂亮。"飞过最后一个沙梁落地，越野车的车身姿态和倾斜角度都堪称完美，这辆民用车的悬挂甚至没有发出哀号。但同时，油箱标尺也落到最后一格。

夏千沉问："这儿有信号了吗？"

钟溯说："没有。"

在他们前方不到 1 千米的地方，一块 "T" 字形的木牌被插在沙地里，颤巍巍地晃着，仿佛风中残烛。夏千沉减速，慢慢停车，摘掉墨镜放下车窗，因为这块木牌上写了两行字。一行用的少数民族语言，一行用的汉语——"无人区，危险"。字数越少，事情越大……

夏千沉升起车窗，扭头问："怎么办？"

钟溯看看手机，再看看主驾驶位上的仪表盘，沉默了。

最后一缕阳光离开沙漠，金灿灿的沙海回归寂静，越野车的隔音效果并不好，车身高，风阻大，即使是静止状态也没有主动降噪的轿车隔音效果好。

夏千沉先把车熄火，省油，这样就彻底安静了下来。

夜色包围沙漠的时候，他们仿佛能感受到车轮附近有爬行动物在游荡。夜间行车是不现实的，要开大灯，发动机要源源不断地给电瓶充电，而且晚上开车慢，更费油。大约他们今天就要这样过夜了。

"如果明天用完这最后一格油，还没有到能收到信号的地方，我们可以就地掩埋了。"夏千沉说。

"那么在那之前你想做点儿什么？"钟溯问。

"想再看你一眼。"夏千沉说。

越野车熄火之后，中控的灯全部熄灭，"死亡之海"最后一丝光亮也消失，夏千沉在黑暗的车厢里看向钟溯。

大风吹起的沙砾在拍打他们的车窗，鬼哭狼嚎的旷野仿佛凄怨的游魂。然而车厢坚固如堡垒，硬核的高底盘越野车在这里突显着现代机械的力量。

夏千沉说："这里是无人区，我们现在很有可能会死在一起。"

钟溯望着他："跟着我重复一遍，如果后会无期，祝我们，死得其所。"

"如果后会无期，祝我们，死得其所。"夏千沉重复。

他们靠着越野车支起帐篷，在沙漠里过了一夜。

日出后气温很快回升，这里大约早晨6点30分日出，晚上9点40分日落。

6点多，钟溯自然醒了。体感温度上升，夏千沉还睡着，额头出了些汗，钟溯折起帐篷的说明书帮他扇风。夏千沉睡得不太好，可能是被热的，一直在出汗，刘海都贴在额头上了，手无意识地攥拳。钟溯觉得他约莫是梦魇了，便试着叫醒他。果然，夏千沉睁开眼的瞬间，表情很明显地放松了下来，接着他慢慢坐了起来："做噩梦了。"

钟溯问："感觉到了，所以把你叫醒，梦见什么了？"

钟溯觉得，噩梦嘛，不过就是被追杀，被活埋，实验室里的小白鼠忽然变成大白鲨。

"我梦见杜源开着超跑上马路，撞进我最喜欢的那家淮扬菜馆了。"夏千沉说，"我一时不知道该先心疼谁。"

钟溯："节哀，啊，不是，真是够恐怖的。"

"对吧。"夏千沉说。

两个人从帐篷里出来时，天已经大亮。白天的沙漠看上去友好多了，晚上开车那会儿什么都看不到，无论怎么开，四周的环境都没有变化，仿佛在原地踏步。

越野车里的补给品不多了，剩三瓶矿泉水、两瓶运动饮料、一点儿饼干和面包。两个人垫了点儿吃的，手机依然没有信号，越野车里的GPS显示的也依然是"无数据道路"。无人区里，放眼望去存活的东西都在视线范围内，蝎子、蜥蜴、蛇，甚至连骆驼都看不见。

"挺荒凉啊。"钟溯评价。

夏千沉用矿泉水漱了口，走到那块"T"字形木牌旁边，指着它说："如果你还记得的话，我们现在在无人区。"

夏千沉忽然发现了什么。这块木牌被立在这里的方式有些刁钻，因为沙漠里风很大，它没有被吹倒或是吹飞，可见这玩意儿被埋得很深。夏千沉蹲了下来，试着用手刨了几下。钟溯在收帐篷，收完看见他在挖沙子，准备来逮他，毕竟没办法洗手。

"为什么这块木牌不倒呢？"夏千沉问。

钟溯被他问住了，说："也对，而且'死亡之海'是流动沙漠，应该会有人定期来维护这块牌子，否则没几个月它就消失了。"

夏千沉说："你挖。"

钟溯："……"

钟溯蹲下，开挖。果然，这块牌子埋在沙地里的部分类似榫卯结构，一根木棍延伸出了非常多的小木棍紧紧地抓着沙地。

"嵌得很紧，确保了它不会倒，也不会旋转。"钟溯试着拧了一下木牌，果真很紧，相当牢固。

夏千沉心生敬佩之意，这块小小的木牌就是无边沙海中的灯塔。然后夏千沉觉得不太对劲，试着将瓶子里剩下的矿泉水倒在手心里，在木牌下方抹开，抹掉上面不知道是什么的漆黑色的像痂一样的东西。那块东西很容易就被抹掉了，露出一行字。

两个人愣了愣。这块木牌上的两行字连起来就是——

"无人区，危险。"

"请立即返程。"

风沙扑在两个人的头发上，有些沙子顺着领口灌进上衣里，但两个人完全不为所动，就这么维持着蹲在沙地上的姿势，凝视着面前的木牌。

问题在于这块木牌的正面，正对着他们的越野车。而他们是昨晚开过来之后，回头看见的这块木牌，只是当时第二行字被挡住了。也就是说，木牌后面是他们昨天穿越的地方，是无人区。两个人捋清了这个问题后，再回忆起昨晚的种种……

"所以我们昨晚穿越了无人区。"夏千沉说，"我们是从无人区……出来的。"

"嗯。"钟溯点头，"怪不得全程没信号，也就是说我们只要再往前继续开……应该就能收到信号，或者看见一些村落了。"

有时候命运还是比较仁慈的，给你教训，但不收取代价。

但命运也很无常。

"我好像出现了幻听。"夏千沉说，"我为什么能听见小女孩儿在唱歌的声音？"

钟溯顿了顿，说："实不相瞒，我也听见了。"

两个人站起来，四下张望。这里怎么说也是无人区的边缘，如果真的有落单的小女孩儿，还是挺危险的。很快，金牌领航员的眼睛还没搜索到风中唱歌的小女孩儿，小女孩儿已经跑到赛车手的腿边了。大概灯下黑就是这样吧……主要还是她太矮，而且移动速度很快，非常矫健。

"嘭"的一声响，小女孩儿的脑门撞上了夏千沉的大腿外侧。

夏千沉被吓了一跳，条件反射地躲了一下："你……"

钟溯赶紧把他拉到自己身后，定睛一看，如果用灰头土脸来形容小女孩儿的话……好像附近也没有这么黑的土吧？钟溯蹲下，和小女孩儿对视。小女孩儿大约五岁，穿着一件已经看不出本色的衣服，小袍子在她身上感觉十分怪异，可能是太脏了。

钟溯问："你迷路了吗？"

小女孩儿："哇——"

是兴奋的那种"哇"，她"哇"得夏千沉又一次退后一步。

钟溯回头，问夏千沉："这怎么办？交流不了啊，她是不是不会说普通话？"

"为什么我感觉她……她是不会说话？"夏千沉小声问。

听他这么一说，钟溯又看向小女孩儿，小女孩儿继续发着单音节："啊！哇！"

"该说不说，这小屁孩儿居然不晕车！"夏千沉评价。

"确实，"钟溯回头看了一眼后座上的小女孩儿，"比你强。"

而且她相当快乐，夏千沉降下一小半后车窗，风沙涌进来，她张大了嘴去接，夏千沉只好把窗户升起来。

"熊孩子在后面喝沙？！"夏千沉震惊。

钟溯也很震惊："我收回'比你强'那句话。"

夏千沉继续向前开，最后一格油终于见底，仪表盘开始报警燃油不足，又支撑了几千米后，看见了风里飘着的旗帜上写着"汽油""柴油"，手机也恢复了信号。

手机有信号后，钟溯联系了汽联救援组，并且请昨天预订过但完全没有住的那家酒店把他们的行李箱送过来。酒店表示没有快递服务，但可以帮他们叫个车，让他们到付车费。但这个小女孩儿，他们一时不知该怎么办。

出了沙漠后，汽联工作人员带着他们进了一个小村子。他们在村里的一家面馆吃东西，这个小女孩儿甚至不会用筷子。她不会用筷子，但自强，徒手抓着吃，谁拦也拦不住。

夏千沉欲言又止，钟溯示意他顺其自然。

饭后，娜娜从原本住的地方跋涉至此，来接她的两个"傻大儿"。

汽联工作人员通知她的原话是"你家赛车手和领航员开进无人区，待了一夜，现在在这个村子里"。

娜娜听完这话维持着礼貌的态度，说："让您费心了。"

"夏千沉！"娜娜怒火在胸，"嘭"地拉开汽联救援组的房车的车门。

里面的人同时吓了一跳，包括语言不通的小女孩儿。

小女孩儿坐在夏千沉和钟溯中间，正探着身体去瞅房车的驾驶室。

娜娜眉心一蹙："你们谁在无人区里生了个孩子？"

夏千沉："不是。"

钟溯说："捡的……或者说，大自然的馈赠？"

当地警方也过来了，和汽联沟通后，当地警方说那个地方通常来说不会有人去，而且这孩子不会说话，他们换着普通话和方言问话，她都没反应，人脸识别也扫不出来。也就是说，这孩子根本就没有注册过任何身份证明，跟地里冒出来的似的。目前警方能做的就是将孩子送去福利院，找个领养家庭。

娜娜听完，看向夏千沉和钟溯："你们要收养吗？"

"不了吧，养不好。"钟溯拍了拍夏千沉的肩膀，对娜娜说，"他够折腾我了。"

夏千沉打开他的手："那就只能送福利院了，娜娜，你要孩子吗？"

话音未落地，忽然凌未窈不知道从哪儿钻出来，本来房车的空间就小，又挤进来一个人后，人挪都挪不动了。

凌未窈大声询问："娜娜姐，你要养她吗？我愿意和你一起抚养！"

夏千沉和钟溯被娜娜关在了酒店里，赛前不允许再乱跑。凌未窈找上门的时候，带了一袋子炸鸡和薯条，夏千沉万分感动，但他不喜欢吃这家店的东西。

"娜娜姐不理我了。"凌未窈一进来就委屈地坐下，叹气。

熬到了环沙 SS1 发车，所有人来到了城市西郊，这里已经铺好大红地毯，搭好拱门，随着通话器里赛会的注意事项提醒，发车线上冲出去一辆又一辆赛车，今年的环沙拉力赛正式开始了。

夏千沉今年在前置位发车，第 5 位。

阳光热烈，照在戈壁滩上，高温热浪烫得地面都变了形，这种温度很容易爆胎。但今年的夏千沉已经完全进化成了"有油门就能开"的赛车手。

SS1，从西郊出发，收车点在火洲，全长 133 千米，戈壁居多。

今年南疆升温格外早，赛会规定，每辆车必须在裁判车前经停至少一次进行补给和休息。这个规定通常视比赛当日天气决定，当初钟溯和景燃在火洲比赛时就有这样的规定。

赛车已经进入戈壁滩，车后汹涌的尘土在阳光下翻腾旋转，今天所有赛车手和领航员只有一个朴素的愿望：不要爆胎。

爆胎这种事在赛道上非常玄妙，它是某种"不可抗力"。因为在戈壁滩上，气温高达 40 多摄氏度，地表温度往往可以达到 60 到 70 摄氏度。这就是爆胎预定。维修工们能为赛车做的只有换上加厚且硬度超强的轮胎，适度调低胎压，然后祈祷。以大家多年的拉力赛经验来说，最重要的环节是祈祷。毕竟爆胎这种事真的太玄乎了，磨损、高温和气压都会导致爆胎，甚至以一个轮胎不能接受的角度压过什么突起物，它都会爆。

"又升温了。"钟溯说，"胎压还好吗？"

"在降。"夏千沉答，"我觉得不太妙。"

胎压下降不是个好兆头，很有可能轮胎破了正在漏气，不过拉力胎够硬，即使漏气了也能继续坚持。

夏千沉又说："没事，这个赛段弯道少。"

钟溯"嗯"了一声，继续念路书。

SS1的难度并不高，所有需要注意的地方都跟天气有关，所以钟溯自然也转移了关注的点："水温太高了，夏千沉，如果水箱裂了发动机很快就会坏。"

"我知道。"夏千沉有点儿不耐烦，"你看路。"

钟溯叹气："这只是SS1，千沉。"

钟溯知道，夏千沉骨子里的胜负欲又开始作祟，第一个赛段什么都决定不了，但他第一个赛段领先的话，绝对是个优势。

"我知道。"夏千沉应了一声，"水箱裂不了，前面是裁判车。"

他们必须停一次，所有车都必须至少在裁判车前停下一次。

夏千沉减速停车、打卡，裁判开始做停车倒计时，3分钟。

"今天太热了。"裁判说着递给他们四瓶矿泉水。

两个人一人拿两瓶水，一瓶水用来喝，另一瓶水用来从脑袋上往下浇。毕竟被头盔和头套捂着实在是难受，这么热的天，他们还必须穿着赛车服，赛车服里还有一层防火的里衬，赛车里不装空调，行驶时又不能开窗，所以只能用这种原始方法降温。

赛段工作人员拎着高压水枪往赛车的引擎盖上冲，发动机和引擎盖的温度高，水浇上来的时候就快速蒸发掉了一部分。

夏千沉朝远处看去："还有多远？"

钟溯说："70多千米。"

"后面不停了。"夏千沉说。

钟溯点头："好，后面不停了。"

3分钟后，赛车再次出发。

SS1比较长，其实就是让参赛车手快速习惯这里的高温天，所以这个赛段并不难，主要是艰苦，人和车都很艰苦。

抵达火洲后，不少人中暑了，钟溯很担心夏千沉强撑着不说。

钟溯拿了一袋冰袋过来，握着冰袋贴在夏千沉的脑门上。夏千沉坐在维修站门口，被冰得"咝"了一声，说："爽到了，谢谢。"

钟溯笑了笑，蹲下来说："请问SS1用时最短的夏千沉选手，开赛第一天的感受如何？"

"非常想吹空调。"夏千沉说，"最好再有个肩宽、腰窄、腿长，身高一米八五以上的帅哥给我按按腰。"

钟溯顿了顿，说道："好的，我尽量满足你的要求。"

夏千沉垂眸看着他，他还举着胳膊握着冰袋，夏千沉问："那请问 SS1 用时最短的钟溯选手，开赛第一天感觉如何？"

"感觉今年南疆升温很早，希望不会热到我的主驾驶。"钟溯微笑着，"还有，希望明年的这个时候，我们还在这里。"

维修工们给赛车换上了新轮胎，重新调校了转向器，旧轮胎伤痕累累，好在发动机健在，水箱也没破。

当晚在火洲休息，睡前，两个人和娜娜还有维修工们商议了一下明天的博尔湖赛段的细节。博尔湖地处白山南麓，湖边全是沙漠，是处在沙漠里的一片湖。所以明天的赛段其实是沙漠赛段，维修工的建议是依旧上拉力胎，因为博尔湖是山间陷落湖，那里的气温没有今天戈壁的那么恐怖。对此，夏千沉欣然同意，钟溯也没什么异议。

娜娜有点儿担心："不用加强胎吗？"

"不用，今天这种路胎都没爆，明天路上沙子多，更不会了。"夏千沉盖棺定论。

次日，爆胎了，夏千沉和钟溯用极限速度换好了备用轮胎。

水天一色的博尔湖畔，湖水和天空融为一体，完全分辨不出哪里是天哪里是湖，还有牧民带着羊喝水。羊："咩啊。"

"我服了。"夏千沉重新挂挡给油，"这都能爆胎，我压到什么了？"

"好像是前车的三角臂。"钟溯说，"没事，我们没耽误太久。"

如果这时候是赛段后段，夏千沉会选择拖着爆掉的轮胎继续开，但现在不行，才刚开出 40 多千米，往后还有 100 多千米，不换胎不行。重新出发的赛车顺着博尔湖向北疾驰，沿途骑马的当地人在路上远远地望着它，动物惧怕这种澎湃的声浪，当地人也很嫌弃。

等在终点的维修工们在看无线电，无线电如果亮了，说明夏千沉的赛车离终点只剩不到 20 千米。夏千沉今年的发车位在第 5 位，非常靠前，但临近正午，过终点的只有两辆车。维修工们有些紧张，因为方才隔壁维修站的几个人接到通知，说他们的赛车手退赛了。就算维修工作非常累，但谁都不想白来一趟，SS2 就退赛，一车配件都还是新的。维修工们还在等夏千沉，这么看来，已经有三辆车的消息了，他们的无线电还没亮。每分每秒都是煎熬，视野里一片荒芜，他们头顶烈日，等待那辆车时仿佛在等一桶清澈的冰泉。

终于，有一个人喊道："无线电亮了！"

大家"噌"地同步扭过头，看向维修站里墙壁上的那台汽联统一发的无线电设备，此时上面的红灯终于闪烁了两下。接着，维修站里响起领航员的声音："距离终点线 11 千米，引擎室即将起火，刹车盘片温度预计超过 800 摄氏度，请准备灭火器。"

赛车里。

夏千沉："我不是说让你告诉他们引擎室即将爆炸吗？"

钟溯："……"

夏千沉："那样显得我比较牛。"

钟溯："你当维修工傻啊？"

也对，夏千沉撇了撇嘴，有点儿失望。

SS2 收车，SL 依然保持在总积分第一的位置。远在沪市的景燃发来慰问，夏千沉顶着网络延迟把自己卡成了 PPT（演示文稿），用钟溯的手机和景燃打了声招呼后，手机信号变成了无服务状态。

另一边，姗姗来迟的运输车和娜娜也抵达 SS2 终点。从车里下来的不仅有娜娜，还有在无人区捡来的小女孩儿。小女孩儿被洗了脸，当然，应该是被洗了澡，但他们的第一反应是，嚯，孩子洗了脸，还挺白净。

娜娜告诉他们，当地警察帮忙找了很久，查询了一年多的走失报警记录，没有符合条件的。警察也没办法，只能把她送去福利院。而且这个小女孩儿不会说话，并不是有语言障碍，而是……没有人教她说话。这是件细思极恐的事情，没人教她说话，但衣服是合身的，说明她并不是从地底下冒出来的孩子。警察委婉地表达了她估计是被弃养了，而且被丢在无人区，大概率找不到家人了。娜娜心软了，决定先带着她，赛后去办理领养手续。

"现在就是这样了。"娜娜耸肩，"她跟我姓，现在她叫郝瑞池。"

夏千沉："所以她的英文名叫……Rich。"

娜娜："没错。"

夏千沉刚想义愤填膺地为孩子辩驳几句：人家好好一个孩子，凭什么名字要这么俗套？你不如叫她郝有钱。但他被钟溯抓住了胳膊。

钟溯说："孩子嘛，寄托了家长一些美好的愿望，你要理解。"

SS3，沙丘赛段。

这个赛段开始前，凌未窈带了一大包零食来 SL 的休息区。起初夏千沉以为凌未窈又一次试图通过他们来探一探娜娜的口风，所以义正词严，拿出一袋小熊饼干端详起来："太破费了，大家都是同行，你没必要每次见面都搞得这么夸张，其实……"

"请问 Rich 小姐在吗？"凌未窈问，同时，并没有放下零食的意思。

夏千沉："哦，她不在，Rich 小姐不在休息区休息，在房车里。"

毕竟她已经是郝家大小姐了，怎么能在蒸笼一样的休息区里待着呢？铁皮房多吸热啊，哪里比得了有空调的房车。

凌未窈："好的，谢谢！"

说完，凌未窈开溜的速度快得仿佛脚后跟能甩起扬尘。

夏千沉就这么望着她，然后扭头抬手跟钟溯炫耀："我还拿着小熊饼干！她居然没发现！"

"原来赛车手眼神不好是通病。"钟溯做出中肯评价。

夏千沉今年开沙丘赛段，比去年时自如多了。天才车手真不是浪得虚名，距离夏千沉上一次跑在沙漠赛道上，已经过去一年多，但天才车手完全没有忘记刨沙的极限转速。他们的赛车是沙漠里最快的一辆，别人还在寻找、试探沙地里的油门深度的时候，他们已经超过了早2分钟出发的前车。夏千沉就是这样的人，只要让他来一次，就算是"高达来了都挠头"的赛段，只要他跑过一次，第二次来，就飞给你看。

"沙梁飞过去。"钟溯说。

赛车跃进阳光里，车身姿态完美，重心被控制得稍稍后移，赛车落地震起的力度让车里的两个人会心一笑。

钟溯偏头看向夏千沉："完美啊，你背着我偷偷练车了？"

"对啊，"夏千沉满脸骄傲，"颅内训练。"

如果说去年的夏千沉是初出茅庐，那么今年的夏千沉就是大神返场，拉满了进度条。夏千沉俨然一副老将的样子。普通人是慢慢总结研习的，但天才的学习能力是穿透性的。夏千沉在去年断轴的地方完美飞沙梁，在去年撞坏转向机的地方甩尾漂移，似乎是来复仇的。每本少年漫画里都有一个这样的桥段，大魔王把少年揍到生活不能自理，少年通过勤奋练习获得力量，去不同的地方打其他怪物升级，再回到大魔王面前时，少年已经手握着并不是点击就送的屠龙宝刀。这样的少年都有一些不太美妙的童年，有一些传奇的血统，还有可以性命相托的人。

钟溯帮夏千沉鸣笛驱赶旁边的野生动物："你今天状态不错。"

"那当然。"夏千沉接受了钟溯的夸奖，问，"前面那个是狗还是石头？"

状态好不好另说，眼神还是那样差。

钟溯第一时间判定出物种："狗！"

夏千沉拉手刹，车速极快，但空出的刹车距离非常足，车头以狗为中心点，车身画了个半圆，夏千沉再一脚油门开走。这样等会儿到维修站，如果成绩不理想，他就可以摊手，说：我躲一条狗。

"沙漠里为什么会有条狗在睡觉，它不嫌烫吗？"夏千沉疑惑。

钟溯也很想知道，因为那条狗看上去很淡定，一副见过大世面的样子，约莫是频繁出入沙漠的老大哥，指不定它前几天还去无人区的木牌撒过尿。

很快，答案揭晓。他们在这条路上工作，狗也是。那是一条牧羊犬，它可能刚刚

259

结束一次放牧工作，正在沙浴，因为在他们的视野里，出现了羊群。

"绕过去，太密了。"钟溯说。

"这还得绕 2 千米才能出去！"夏千沉喊。

钟溯："那也得绕！"

夏千沉："……"

再想想后面那条气定神闲的狗，夏千沉只觉得牛，这工作量，一条狗赶这么一大群羊，不得把冻干当饭吃啊？

赛后，夏千沉在维修站里聊起那群羊，说："要不是那群羊，还能再快十几秒。"

维修工们告诉夏千沉，这个赛段有十四位车手退赛，其中包括于岳、凌未窈和怀岸的站点冠军，也就是那个外国车手。

正喝水的夏千沉和钟溯愣了愣，看看对方，钟溯问："这个赛段不难哪，怎么退了这么多人？"

维修工说："有两位是强行开车从羊群中穿梭过去，翻车了，撞伤了羊，然后从四面八方围过来一群牧羊犬，还有两三只藏獒。"

"哦……它们以为羊群被袭击了。"夏千沉恍然，同时感慨还好那时候他们绕了过去。

维修工接着说："还有几位绕着羊走，嗯……绕迷路了。"

夏千沉很好奇自己的老对手，便问："于岳是撞羊的还是迷路的？"

"你们没听说吗？"维修工诧异道，"于岳和领航员翻沙梁的时候，车头戳地里，人当时就失去意识了。"

"他人没事吧？"夏千沉问。

维修工摇了摇头："那我就不知道了，你们那个时候没发现那个沙梁特高吗？而且落地的地方有很多草根，他们的车侧滑了，滑出去老远，滑到另一个沙梁直接滚下去了。"

"嗯……"夏千沉看向钟溯，问，"是不是我说'这个沙梁有点儿不友好'的那个地方？"

钟溯还没来得及回答，维修工便张大了嘴："不友好？那个地方翻了多少车你知道吗？你没发现那里的记者都没几个吗？因为侧滑的车撞了三个记者。"

夏千沉耸肩："我只是觉得沙梁挺高的，落地时有点儿滑，其实我的车也滑了一下，但我的车落地时是平着落的，所以只觉得它不太友好。"

维修工抿了抿唇："好小子。"

夏千沉是真的进化了，钟溯想。他会在别人出事故的地方提速，在别人收油的地方进挡。

"凌未窈是那个迷路的。"维修工说。

这让钟溯很意外，因为她的领航员是胡智纯，当初的环沙季军，指错路这种低级错误居然会发生在他身上。

不多时，娜娜领着郝瑞池来到了维修区。郝瑞池换上了干净的衣服裤子，还是不会说话，只能用单音节来表达想法。

娜娜挨着夏千沉和钟溯坐下，说："瑞池应该是被扔的，因为她……她只有自己用手抓着吃饭的时候是坐着吃的，我想用勺子喂她吃的时候，她条件反射地立刻蹲在地上，抬头张嘴让我喂，你们……懂吧？"就像训练有素的狗一样。

两个人顿了顿，点头。

娜娜叹气："好了，一直到现在你们的总排名还是第一，这个赛段跑第二名。明天出发去盐泽赛段，下个赛段再追一辆车，你就有望破纪录了。"

娜娜重重地在夏千沉的肩膀上猛拍了两下："杜总是能搞到一千四百万代言的人，你的排名关乎我的奖金，瑞池能不能瑞池就靠你了！"

"好。"夏千沉点了点头，很有使命感。娜娜说有望破纪录，真的让他很热血。

即将被破纪录的景燃又一次发来慰问，原本他想在视频通话里给夏千沉传授一些跑玉山天路的技巧，夏千沉"啪"地挂断视频通话，用钟溯的手机打字回复：我不可以借助任何外力，咱们俩一个车队的也不行。

SS4，夏千沉的总排名稳在第一，吃到了炸羊肉。

SS5，赛车撞上各种东西，前束变形，后悬挂断裂，夏千沉的总排名掉至第三。

SS6，夏千沉追到第二，轮圈变形，通宵修车。

SS7，距离玉山天路不到3000千米了。

SS8，这是值得纪念的一天，因为郝瑞池终于对着娜娜发出了"妈妈"的音。同时夏千沉在赛段的一个长直线上发现车架出了问题，有一种车架浮在悬挂上的感觉，所以过直线后不幸成为记者的素材，赛车滑出赛道。不过，因祸得福，这一撞让车架和悬挂卡上了，虽说不是标准的衔接，有一种用外力强行让它们卡住的意思，但夏千沉能控车了。

SS9，他们使用了抓地力更强但也更有风险的轮胎，变速箱发生了故障，还好赛车意外地坚挺，在最后4千米的时候才让夏千沉失去变速挡位，同时刹车盘也顶开了卡钳，让夏千沉在最后3千米的时候失去了挡位和刹车。赛车全然变成了一辆浑身上下只有油门和方向盘的"自爆卡车"，钟溯很淡定地通知维修站："在终点线准备一堵轮胎墙，我们要撞轮胎墙减速停车了。"

很快，终点线的所有人都贡献了自己的轮胎，用废的和没用废的。不知道哪个大哥，把骆驼的粮草也一捆一捆地搬过来了。大家见状，纷纷抓起自己手边能用来缓冲的东西去做贡献，仿佛自己的东西为赛车提供撞击减速是一种加分行为，就像使用了消消乐的爆破工具。

当夏千沉开着这辆虽然价值三百多万，但没有刹车、不能退挡、车架摇晃的赛车，看见终点线旁的"STOP"标志牌的时候，也看见了大家为他们装备的缓冲墙。

"嘭"，赛车停下了，撞上了饮料瓶、粮草、谁的书包、谁家狗的牵引绳、塑料狗碗、一次性毛巾、行军床垫……

夏千沉看着风挡玻璃上一个红红的易拉罐，怒道："谁出去买罐装牛奶了没告诉我？！"

总之，他追到了第一。

SS10，玉山天路，无数拉力赛车手终其一生都想踏上的赛段，多少人来一趟环沙就是为了跑一次玉山天路。近200千米的魔鬼赛段，山路崎岖，几乎全是视野盲区。不仅是山体本身，海拔的落差、气压的变化，就连气流都在给所有赛车施压。

发车线前，赛车的后车窗上贴着赛车手和领航员的名字，赛车手、领航员和赛车，此时像是一个三人小队。这条路承载了太多人的梦想，跑完的、没跑完的、还没跑过的，当然，还有曾在这条路上称王的。

沪市赛车场里，景燃坐在休息厅里，今天赛车场不营业，只有他一个人在200多平方米的休息厅里看玉山天路的直播视频。

"欢迎来到环沙拉力赛的现场。

"今天是环沙拉力赛的最后一个赛段，SS10，玉山天路。

"今天在玉山天路赛段的赛车手，全部开的S级四驱组赛车，'S'代表着世界最高改装标准，今天他们将在这里一决高下。"

"集中注意力。"钟溯提醒夏千沉，"入弯再早一点儿。"

"轮胎温度没上来。"夏千沉说。

钟溯："我知道，这组胎非常硬，阻尼器换了更粗的，机油压力现在还不算高，别怕。"

开始玉山天路赛段之后，夏千沉的状态一改从前。和去年不同，今年他收敛了一些气焰，选择尊重赛道，向他的领航员靠拢，向大自然低头。

"夏千沉，给油。

"你可以的，左2接200米曲直向左，夏千沉，200米沙石路油门焊死，这是你追速度的地方！

"飞跳后接左 5 一个急下坡！

"夏千沉，刹车点再晚一点儿！"

钟溯不停地鼓励他。

"弯心有水！"手刹在钟溯话音落地的同时被拉起来，夏千沉有着超乎寻常的反应能力和身体协调性，他拉手刹的同时打方向盘甩尾，水洼在底盘正下方浅浅地被擦了过去。

"飞跳，夏千沉，4 挡全油门！"

4 挡全油门的飞跳，赛车仿佛真的有翅膀。

玉山天路如同一幅长长的画卷，飘在云端，有一道道起伏弯曲的漂亮弧度。涵盖顶尖科技的赛车在画卷上飞驰，顶尖的赛车手和领航员也飘浮在这荡漾的画卷上。

全油门爆缸也好，断轴翻车也好，钟溯这次算是跟夏千沉出来拼命了。

"看不见路了。"夏千沉说，"风太大了。"

"我知道。"

气温下降，气压下降，同时起风了。山巅的风会吹来所有能吹过来的东西。

钟溯说："给油，用气流阻断风沙。"

夏千沉愣了愣，接着给钟溯的回应是一脚极深的地板油。

他们要用工业科技的艺术品——S 级赛车划破气流的动力，来阻隔玉山的风。

这无疑是目前绝佳的，也是最玩命的选择。向大自然低头吗？不，向大自然争取。只要车速够快，形成自己的气流屏障，那么就能不受玉山的风的阻挠。这就像高下压力赛车在场地赛上，用自己的前轮去贴前车的后轮，以此吃前车的尾流，让前车去对抗风阻，给自己节省动力。一切都只要速度够快。

夏千沉一咬牙说："这次再翻车，不用你救我。"

转速上了每分钟 9000 圈，钟溯笑了笑："这次再翻车，让我这边先着地。"

夏千沉没有告诉过夏茗钰，在他小学四年级升五年级的暑假，有一天清晨 6 点，外婆带他去市场买鱼。那似乎是整个夏天里最闷热的一天，市场的顶棚都在往下滴水。他们买到了一条很新鲜的鲫鱼，老板杀鱼的时候和外婆闲聊着。

鱼摊老板说："大姨，我老婆现在不在你们家拐弯那儿卖西瓜啦，那儿城管抓得太严了。"

外婆"哦"了一声："那她现在去哪儿卖啦？哦哟，怎么会这样呢？你家西瓜最甜了！"

老板"嘿嘿"笑了笑，说："现在改去镇子东边的青年巷的巷子口了，也不远。"

外婆一听这话，愁眉苦脸，说："太远啦，我这个腿脚，可不能拎着西瓜走那么远的路。"

老板把鱼的内脏掏干净，放在水龙头下冲了冲，然后朝小夏千沉仰了仰下巴，对他说："小伙子，等你长大了，就开车带外婆出来买西瓜！"

小夏千沉说："好啊。"

外婆却说："胡闹。"

小夏千沉觉得他应该要开车带外婆出来买西瓜的，西瓜那么重，镇子东边的青年巷那么远，这是一件非常重要的事情。

那年暑假，他吃的西瓜是舅舅开小三轮车去青年巷买回来的。他吃得白色背心上都是粉红的西瓜汁，电视里正在放一部警匪片，警车在路上穷追猛赶，前面罪犯的小破车明明那么破，却怎么也没被警车追上。彼时不明白什么叫作"剧情拉扯"的夏千沉只觉得，啊，车技真好啊。如果鱼摊老板的老婆有这个车技，那她就不怕城管追了，那她卖西瓜的小车还能停在外婆家拐弯的地方，那舅舅就不用在这么热的天，下了班还去大老远的青年巷买西瓜。

小夏千沉看着手里的西瓜，因为西瓜被买回来时太晚了，他太馋，吃太猛，搞了一身的西瓜汁。他挨揍了，因为把西瓜吃了一身。

小夏千沉想，如果鱼摊老板的老婆车技够好，那他就不必挨这顿揍。彼时他不懂什么叫蝴蝶效应，只把问题的根源归结于鱼摊老板的老婆车技不行。

"漂亮。"钟溯说，"前50米左4紧接右2。"

钟溯继续指挥："回头弯，漂过去。"

变速杆发出机械特有的声音，锻造活塞不仅承受着汽缸的燃烧压力，还承受着高海拔地区的气压压力。

"你还好吗？"钟溯问夏千沉。

这里的海拔大约3000米，而跑过海拔5000米的川青北线的夏千沉表示："你是在问车，还是在问我？"

钟溯笑了笑："问你啊，你还好吗？"

"还好，前面就是我们去年翻下去的地方了。"

"路面没有冰。"钟溯说，"但是降温了，注意地面会滑。"

一个近乎完美的右3，车身以一个完美的角度倾斜，前车灯擦着山体，后轮压着峭壁，他们过了去年翻下去的弯，前面是夏千沉陌生的玉山天路后半段路。

"100米曲直向右。

"沙石路，给油。

"你还可以再放开一点儿。"

钟溯在自己能控制住的极限范围内，给了夏千沉最奔放的开法。他要夏千沉成为海拔 3100 米的玉山天路的统治者。他要夏千沉破纪录，在今年环沙拉力赛站上收车台的冠军位。

在这个赛段开始之前，夏千沉对钟溯说："如果今年没破纪录，回去会被景燃笑死吧。我们别回去了，留在这儿放羊吧。"

钟溯说："没事，回去吧，我提前把他的嘴缝上……当然了，如果你真的很想放羊，我也可以陪你。"

"多少了？"夏千沉问。他在问现在的耗时，因为钟溯知道景燃那年的用时，他想知道自己对比那年的景燃有没有领先。

钟溯抬腕看表："你还落后 1.5 秒。"

景燃是一代传奇，夏千沉是正在被撰写的传奇。

从车辙印可以看出，赛车过弯的方式越来越极限，刹车点越来越晚，赛车燃烧室疯狂地雾化着燃料，负荷越来越大。但他们不在乎，赛车发动机嘛，日抛的。

进入玉山天路的连轴回头弯后，夏千沉每一次过弯都在缩减用时，他过弯的风格比景燃的更狂野，即使系着六点式安全带，钟溯也能明显地感觉到自己在被往反方向甩。

同时，钟溯意识到，他该看表了。因为他们到了所有人退挡收油但夏千沉提速的地方。钟溯知道，他的前同事，他异父异母的亲兄弟，要被超了。

关公不能战秦琼，因为两个人不在同一时空。严格来说，数据也不能战胜数据，因为昔日景燃的赛车和今天夏千沉的赛车，也不是同一等级的赛车。现实就是，你赢了，会有人说是因为你的赛车好，是因为你有金牌领航员，是因为今天的玉山没下雪也没起雾。

但就像夏千沉站在收车台的冠军台上说的一句话一样："我得益于天气、我的赛车和我的领航员，所以我明年还会来，我明年还会更快。"

他在收车台上和他的领航员紧紧地长久拥抱，他依然不允许任何人在他的赛车上喷香槟。他今天是最受瞩目的最强赛车手。

记者的相机闪光灯不如玉山阳光折在水洼上的反光耀眼，"咔嚓咔嚓"的快门声不及沙砾拍打在车身上的声音爽朗，其他赛车手庆贺的鸣笛声比不上玉山的山风声，主持人多么激昂的演讲也没有海拔 3100 米抬手可摸云让人舒畅。

钟溯说："恭喜我们。"

夏千沉笑了笑，走下收车台，走到玉山天路的终点线上。他蹲下来，指尖摸了摸地面，垂眸低声说："再见了，朋友。"

"上周，一年一度的环沙拉力赛，在南疆落下帷幕。"新闻里报道着，"其中汽车四驱组由我国车队 SL 以总积分第一的成绩获得冠军。历时十五天，6000 多千米的赛程，海拔高点 3100 米，穿越雪山、戈壁和雅丹地貌，第一位抵达终点的是我国车手夏千沉。"

接着是无人机拍摄的赛车冲过玉山天路终点线的画面。

今天是从南疆回到沪市的第二天，因为郝瑞池需要办理的领养手续有点儿复杂，他们在南疆耽搁了几天。此时夏千沉完全在家里平躺着，床都不愿意下。他侧躺着支着脑袋，正在语音控制这个家里最智能的"系统"。

"钟溯，喝水，180 毫升，加五块冰。"

钟溯正在线上接受文字采访，于是先打字让对方等一下："好。"

其实这个文字采访的对象本来是夏千沉，但夏千沉说了个钟溯现在已经完全想不起来的莫须有的理由，堪比"我忽然就不识字了"，拒绝了。

不过环沙双冠领航员也很有可挖掘的点，这个文字采访进行了 1 个多小时才结束。

1 个小时后，钟溯走到床边来，询问："少爷，要我帮你去尿个尿吗？"

"罢了。"少爷坐起来伸了个懒腰，"我亲自尿吧。"

如此过了一周。一周后，工作回归正轨，他们开始练车、改车、参加比赛。赛季站点赛还有两站，其间也有大大小小的圈速赛，届时景燃会挑选值得参加的给夏千沉。

两个人回到车队，赛车场上那条写着"欢迎环沙冠军归队"的硕大横幅经过一个星期的风吹日晒，已经有个角掉下来了。赛车被汽联借去放在大厅里展示了一周，车身上还沾着来自玉山的泥沙，汽联的人说这是见证，他们把沙土刮下来放进了汽联大厅的花盆里，再小心翼翼地把赛车送了回来。

夏千沉在仓库里看见车之后"啧"了一声，说："汽联也不知道给洗一下。"

他扭头叫来双冠王："钟溯，洗车。"

就算是环沙双冠、川青北线冠军领航员、上赛季年度冠军领航员，主驾驶叫洗车，钟溯还是得拿着高压水枪说一句："来了。"

夏千沉要参加的第一场圈速赛在邻市的赛车场举办，那个赛车场在群山之间，非常偏远。当然了，赛车场都很偏远，毕竟赛车场占地面积大、盈利方式单一，建在市里也不合逻辑。杜源知道这件事的时候，语重心长地对景燃说："虽然他小子破了你的纪录，但你也不能这么干哪。"

那个赛车场相当破，几乎不存在缓冲带，防护装置是不足小臂粗的金属围栏，上次修复地面还依靠汽联捐赠，如果杜源没记错的话，是十五年前。

景燃对杜源说："他现在这个身价，我敢随便安排吗？"

想来也是，杜源去赛车场后面的仓库里找夏千沉和钟溯，钟溯在洗车，杜源震惊地说："赛车场那么多闲着的小弟，拉一个过来洗车唄！你快放下，我现在就去叫！"

钟溯赶紧关了水枪阻止杜源找人："不，不，不，这车一直都是我洗，而且我也洗完了，您有事吗？"

"哦，有。"杜源说，"千沉下个星期那比赛，别去了吧，太危险了。他们那破赛车场最好的设施就是后厨的抽油烟机，他堂堂环沙冠军，新科世界纪录缔造者，去干吗？给他们蹭热度吗？"

一串头衔把钟溯听得有点儿不好意思，有一种自家孩子被夸的感觉，他不自在地笑了笑。然而这种微笑在杜源看来仿佛是"你怎么光夸他了，难道本双冠领航员不值得夸一夸吗"，所以杜源赶紧握住钟溯的手："当然也少不了你，双冠——"

"好了，好了。"钟溯让他打住，"那个圈速赛，是千沉自己想去，他说很有挑战性，正好试试新发动机，因为可以自己带车去。"

杜源终归是个生意人，车队破了环沙世界纪录后，那蜂拥而来的广告合作属于是老天爷在撒钱，他现在就恨不得把夏千沉锁起来，好吃好喝地供着，最好不要离开沪市市区超过 30 千米，最远也就到灰雀山了，并且还不能上山。

此时这位爷正在仓库里和郝瑞池大眼瞪小眼。因为娜娜说"帮我看 2 分钟孩子，我去仓库看一下新来的锻造活塞"。夏千沉的手机正在倒计时 120 秒，这时候只剩下 15 秒了。他正在看孩子，用眼睛看着孩子。

杜源进来的时候，刚好倒计时铃响，夏千沉立刻收回视线，他的工作结束了。

"杜总？"夏千沉站起来打招呼，"您怎么过来了？"

最终杜源多加了六百万的代言费也没能留住夏千沉，还被郝瑞池薅走了钱夹上的黄金转运珠，娜娜回来后抓着他们俩骂了一顿。赛车换上新的锻造活塞的第二个星期，一行人前往邻市。

如杜源所言，这个赛车场最先进的设施就是他们后厨的抽油烟机。因为厨子来自湘南，热爱炝锅，为人火辣。

负责接待他们的大哥姓杨，自从 SL 结束环沙之旅回来后，全国各地的赛车场都发来了邀请函，偏偏他们这个最破最惨淡的被翻牌。对此，赛车场老板受宠若惊，当时就驱车前往最近的大城市，要购入一套优秀的直播设备，譬如无人机之类的。结果老板不慎驾驶了一辆忘做年检的车，人在路上无法回来，只能由二把手杨哥负责接待。

几个人一路从山脚上到赛车场，不难发现杨哥惶恐的程度几乎想要给他们三个人播放一段赛车场老板的致歉录像。毕竟，三个人都是环沙冠军，其中那个领航员，还是双冠。

三个人在赛车场的办公室里坐下，杨哥战战兢兢地泡着茶，琢磨着有三个人，但他只有两只手，那么就无法一碗水端平。总有一个人要稍后一些才能喝茶，为此，杨哥面对着烧水壶，在 6 月末出了身冷汗。

两位赛道大魔王、一位金牌领航员，结果他们坐下后聊天的内容是——

夏千沉："钟溯说了，我破了你的纪录你会来我家门口吊死，你喜欢什么颜色的绳子？"

景燃："紫色吧。"

钟溯："行，我们俩回去就开始亲手给你搓麻绳。"

夏千沉："得加快进度，赶在郝瑞池能记住所有人之前搓出来，否则该怎么给她解释忽然少了一个叔叔呢？"

钟溯觉得合理，点了点头。

场地圈速赛开始的那天，维修车抵达了赛车场。

夏千沉看上这里的原因就是凶险，而且几乎无防护。

开赛前，景燃问钟溯："你不担心吗？这赛车场年久失修。"

钟溯的回答是："当然担心，但是比起担心，我更希望夏千沉可以去做任何他想做的事情，不被任何人和任何事牵绊，包括我。"

事实上，在韶州拉力赛，夏千沉首次不使用领航员，独自驾驶后的好几天里，钟溯重复地在做一个噩梦。那个噩梦的主人公是夏千沉，夏千沉在一辆不停翻滚的改装赛车里，爬不出来，被烧死在车里。六点式安全带把夏千沉捆在了赛车筒椅里，车架是牢笼，起火的引擎室不断发生爆炸，而自己被无数人拦在外面。

所以他担心吗？他何止是担心。

景燃拍了拍他的肩膀："我们这行就是这样，你再清楚不过了。"

"嗯。"钟溯戴上无线电耳麦，拨开维修站的中控台上的与赛车连接的通话器，"夏千沉，上发车线。"

搭载新 OC 发动机的赛车在冲出发车线的那一刻，钟溯能做的只有盯着中控台上的车况信息。

景燃说："告诉他，胎还没热。"

"他知道的。"钟溯笑了笑，"入弯已经够晚了，他今天很稳。"

景燃咋舌："是我老了吗，他今天这个风格是稳的？"

"平时比这野太多了。"钟溯说。

这个赛车场虽说是场地，但是起伏坡度和久未维护的路面都让它更趋近于公路，或是拉力赛道。夏千沉很喜欢这种更原始的没有任何东西保驾护航的场地，而不是畏首畏尾、缓冲区 3 米长的高端赛车场。

他在无线电里对钟溯说："你放心吧，我不会让你没队友的。"

开的还是那辆赛车，夏千沉在场地和人近身肉搏就没怂过，赛车划破气流，无可阻挡。

钟溯在维修站里告诉他："可以把你前面的车超了，空出安全距离。"

夏千沉的声音带了些电流："我刚刚看见路边裁判手里举着'热烈欢迎环沙冠军夏千沉'的牌子。"

钟溯说："懂了。"然后摘掉耳机递给景燃："帮我指挥一会儿。"

在景燃诡异的目光中，钟溯去维修站外面找到了赛车场的杨哥。

杨哥激动地握住钟溯的手，钟溯说："你们裁判那个牌子。"

"是，有些简陋，加急赶制的！"杨哥脸上带着笑，"不成敬意，不成敬意。"

"撤了。"钟溯说。

最近娜娜忙着女儿上学的事，所以暂时把夏千沉和钟溯交给了景燃。原以为景燃会是个靠谱的人，她没想到是这个后果。邻市举办的圈速赛上，夏千沉跑了第三名。这原本没什么，毕竟夏千沉许久不跑圈速赛，路况也不好，甚至他还跑错了赛道。问题在于，他们三个带错了赞助旗，摇错了摇钱树。

对此，杜源表示，人能活着回来他就阿弥陀佛了，他这几天心都悬着，生怕夏千沉在那个小破赛道上出什么意外。回到沪市后，夏千沉很兄弟地搂了搂杜源，表示这点儿难度而已，玉山天路都跑下来了，还怕这个？钟溯有一种预感，此后玉山天路将会成为夏千沉的一个标准。比玉山天路难的，没有玉山天路难的。

娜娜给郝瑞池找了一个目前接受插班生的特殊教育学校，郝瑞池来到沪市后适应得还不错，但说话还是有障碍，所以娜娜决定让她在特殊学校先上一年学。

另一边，赛季第三个站点的比赛也确定了下来——顶天大山。该山脉最高海拔1400米，南北坡气候差异极大，本次站点赛主要赛段位于顶天大山北麓。

环沙之后，打破世界纪录的夏千沉并没有太在乎，也没有急于在拉力赛业内搞出什么大动作，比如表达感慨或是分享经验。在他之前的环沙冠军们都借此火了一段时间，恨不得让环沙冠军的光环笼罩余生。对夏千沉来说，环沙早在终点线就结束了，他不会活在过去，即使是光辉灿烂的过去。也可以用"从不回头看爆炸"来形容他，一条路过去了就是过去了，赛车手从后视镜里看走过的路只有一种可能——后车出事故了，让我看看后车都掉了些什么配件在路上。

出发日。

不巧，赶上了暑假，随行人员里多了个郝瑞池，她本次的任务是抱紧备用的方向盘和保持安静。因为她真的太喜欢坐车了，这里山路复杂，维修车是夏千沉在开，另一辆运输车是钟溯在开。郝瑞池在娜娜旁边疯狂地朝窗外大喊，试图与山林里的猿猴隔空交流。

"你小点儿声。"娜娜叹气，"你现在是童工，被捕了妈也救不了你。"

夏千沉握着方向盘，笑了笑："你现在角色转换这么自然？"

说到这个，娜娜搂住郝瑞池，说："我这么跟你说吧，我今年三十岁，有钱单身，无痛当妈，而且还跳过了带孩子最痛苦的婴幼儿期，说出去能羡慕死超过70%的同龄人。"

夏千沉仔细琢磨了一下，恍然道："这么听起来好像真的很爽。"

"是非常爽。"娜娜纠正他，"我这种人生，祖坟冒青烟估计是不成，得烧成森林大火。"

夏千沉看了看山路旁边的"放火烧山，牢底坐穿"的标语，想说什么又憋了回去。

另一辆运输车里是钟溯和景燃，这次维修工们和他们换了过来，维修工们坐公共交通，他们开维修车和运输车。从GPS来看，距离维修站还有40多千米，全是山路。景燃在钟溯的副驾驶位上看手机，手机里是夏千沉本届环沙唯一的一篇报道。这篇报道是汽联官方发布的，去年环沙事件汽联给了夏千沉不少帮助，所以他只接受了汽联的采访。

报道中，记者问夏千沉："打破了景燃创下的世界纪录，感觉怎么样？"

夏千沉的回答是"我觉得依然很遗憾，我开着比景燃更好的赛车，用着最好的领航员，只战胜了过去的景燃"。夏千沉没有说出来的一句话是：并且我再也不可能和他交手，也就是说，我永远无法真正地战胜景燃。

"你会这么欣赏他，我好像挺能理解的。"景燃说，"他是个很优秀的人。"

钟溯笑得很开心，很喜欢有人真心地夸夏千沉："是的，他赢了就只是单纯赢了，就只是做完了一件事情，会立刻脱离那个赢了的状态，很潇洒。"

"对。"景燃放下手机，看着风挡玻璃，"我能感觉到他非常热爱这个事业。"

景燃看向钟溯，问："你想过他什么时候退役吗？"

"我想这个干什么？"钟溯说，"他肯定是开到开不动了再退役。"

"你不害怕吗？"

拉力赛史上，丧命于赛道上的赛车手和领航员太多了，极限运动永远伴随着高风险。竞技体育就是这样，即使是坐在电脑前，用键盘、鼠标操作的电子竞技，也是在最年少的时候入行，二十五六岁退役后拔剑四顾心茫然。风险只是以不同的方式出现，丧命、受伤、前途迷茫……

钟溯说："只要我坐在他的副驾驶位上，就不会怕。"

"也好。"景燃长叹一口气，释然地说。

一行人抵达维修站，汽联今天换了好几个地方才找到了这样一块平地架起铁皮仓库。

郝瑞池下车后依然抱着娜娜交代给她的备用方向盘，并且在空气里模拟开车，夏千沉意外地发现她不是在胡乱转，而是有些方向感地在开。

4个小时没见，钟溯停好车走过来和他站在一块儿："看什么呢？"

"看郝瑞池选手在虚拟驾驶。"夏千沉说，"她在这种山路上都没晕车，让我生了些敬意。"

钟溯笑了笑："她抱的是你的方向盘？"

夏千沉答："嗯，备用的那个。"

郝瑞池还是不太会说话，只能冷不丁冒出来一两声"妈妈""要吃""不吃"，好在娜娜也不心急，顺其自然。不过今天，郝瑞池冒出了一句新的话。娜娜跟她要备用方向盘，因为要放去维修车里了，结果她大喊了一句："不给！"

包括景燃在内，大家都愣了一下。还是夏千沉先一步说："好，不给叔叔，这个送给你了，以后它就是你的了。"

娜娜刚想说不能让孩子养成这种习惯，什么东西想要就强留下来，以后不得被社会毒打吗？然而娜娜的话立刻被自己咽了回去，因为夏千沉说完，郝瑞池又说话了。她说："以后它就是我的了。"

娜娜说："这是她跟我从南疆回来以来，说过的最长的话……"

夏千沉看看钟溯，钟溯会意："没事，去跟别的车队买个方向盘回来。"

"嗯。"夏千沉点头。

夏千沉想了想蹲下来，跟郝瑞池说："你把方向盘拿正，这两边握着，让它平着。"

"呀！"也不知郝瑞池听没听懂，她忽然咧开嘴笑了，抱着方向盘在维修站门口转着圈跑。好歹有进步，也是个盼头，娜娜很欣慰。

当晚众人在山里的一个小镇上休息，夏千沉和钟溯住同一间标间。

钟溯躺在单人床上，想起景燃说的话。他不是没想过那些可能会发生的意外，在赛车场上，总会有他不坐副驾驶位的时候。

钟溯情绪有些低落，夏千沉察觉到异样，看向他："你怎么了？"

"没事，今天景燃夸你了，"钟溯说，"说你是个非常优秀的车手。"

"还有呢？"夏千沉问。

"他还问我，害不害怕？"钟溯说。

其实钟溯这时候很想顺势说，场地赛也同样危险，高速撞墙后发动机直接爆缸爆炸的事故他也亲眼看过。但他不能用这样的理由去限制，甚至去控制夏千沉，不该衍生出这样的念头。

诚然，夏千沉不笨，自然能听出来。于是他从被窝里爬起来，盘膝坐着，看着钟溯。

"你应该害怕。"夏千沉说，"我们的事业就是这样，你负责心怀敬畏，慎始慎终，认真严谨地对待每一个我可能翻下去的弯道。"

"我负责……"夏千沉顿了一下，继续说，"我负责在你给我的容错率里，兴风作浪。"

"我保证，以后每场没有你的场地赛，我都能活着回来。"夏千沉说。

钟溯笑着说："别立目标。"

"好吧。"夏千沉笑了笑，"你可以持续地害怕，让我有负罪感，让我每次发车之后都会惜命。"

钟溯点头。钟溯明白，没有任何人、任何事能够牵绊夏千沉。可就像夏千沉义无反顾地热爱赛车、热爱拉力赛，钟溯也愿意和他一样义无反顾。热爱就是这样，它让人疯狂，让人勇敢。热爱比信仰更强大的地方在于，热爱的力量来源于自身，自身足够强大，那么热爱的力量就无比强大。

"我相信你。"钟溯说。

"什么？"夏千沉昏昏欲睡。

钟溯说："我相信你说的每一句话。"

这里的山让人有一种平地格格不入的感觉，尤其在赛道上，当钟溯说"100米曲直"的时候，夏千沉会挑一下眉，然后说："感觉这辈子的飞跳都在这里跳完了。"

"确实……"钟溯回想了一下，好像确实没有赛段比这里的飞坡更频繁。

无比艰难的比赛进行到第二天的时候，SL的外援因为赛车无法点火而退赛，另一边，于岳的车队请来的F国车手也不幸翻下沟壑，F国车手原本的车队得知后勒令他立刻退赛停止涉险。

第三天，落后的夏千沉追到第四名，娜娜告诉他，下个赛段再追一个。

车队经理给出的任务永远都是再追一个，甚至以前有一次比赛，夏千沉已经是第一名了，娜娜还神志不清地让他再追一个。

第四天，夏千沉追到第三名，娜娜终于没有说"再追一个"，因为接下来的最后一个赛段被取消了。取消原因是于岳的车队请来的外援被主队通知山脉赛段太危险，要求他停止比赛后，那位F国车手不服，擅自开着赛车，在最后一个赛段开始前尝试着跑了一下。然后他翻沟里了，汽联、赛会和当地警方找了20多分钟还没找到他翻去哪儿了，遂取消赛段。于是第三个站点赛就这么结束了，夏千沉排名第三。

最后F国车手被找到的时候，连人带车被卡在悬崖中间，用吊车吊上来的。

这样一来，赛季只剩下最后一个站点赛，所有人都指着最后一站冲年度冠军车手。此时这些蹲在各自的维修站门口的车手，一个个愁容满面，长吁短叹。

这次站点赛，以匪夷所思的姿态失控的人太多了，夏千沉也很纳闷，于岳那个车队的 F 国车手好歹也是跑过 WRC 的人，怎么就翻沟里去了呢？

夏千沉把帮忙修车的钟溯叫了出来，问："那老兄是不是中蛊了，开了这么多年的拉力赛车，不知道擅自跑赛道有多严重吗？他被下蛊了吗？"

"这边的村民说了，村支书早就不准下蛊了。"钟溯解释道。

夏千沉欲言又止："……"

钟溯只能补充："这很合理。"

"也行吧。"夏千沉接受了。

这样一来，各大车队都对最后一个站点赛虎视眈眈。

夏千沉在任何可能的地方练车，由于还不知道最后一个站点赛的位置和赛段性质，不知道是山路还是土路，所以回到沪市后，从赛车场到灰雀山，从小区车库蜿蜒的路到送郝瑞池争分夺秒的上学路上，夏千沉都在练车。

"这条路限速每小时 60 千米！"钟溯说。

"啊？！"夏千沉"嘭"地踩了一脚刹车，后座上的郝瑞池脑门撞在了副驾驶位的椅背上。

夏千沉："什么时候变每小时 60 千米的，这条路不是限速每小时 80 千米吗？！"

"今年元旦之后就变每小时 60 千米了。"钟溯叹气，回头，"瑞池你又把安全带解开了？"

郝瑞池："嘻嘻。"

"应该让娜娜在这辆车里装一把安全带锁，把她锁死在后座上。"夏千沉说。

"那不行，车起火了跑都跑不掉。"钟溯说，"上右转道，从市场穿过去，抄近路。"

今天娜娜在汽联开会，一大早把郝瑞池和越野车丢给了他们，为了避免堵车，她骑走了钟溯的摩托车，并表示："我迟到扣我的钱，郝瑞池迟到，我扣你们的钱。"

越野车在距离沪市第三小学还有 5 千米的地方，它庞大的身躯在两边违规停了一排排的电动车的路上努力穿行着。

"没办法。"钟溯说，"走大路红绿灯能给你卡半个小时，从这儿左转上江心大桥。"

"啊？"夏千沉蹙眉，"她去第三小学，不是去江心理工学院，你清醒一点儿。"

钟溯顿了顿，组织语言跟他解释，半晌才说："从江心大桥下桥，上内环南线，绕过南区办事大厅和美术馆，就是第三小学的后门。"

"娜娜说了，要从正门走，后门不让孩子进。"夏千沉说。

"你在后门停车，我扛着她跑去正门，来得及。"

夏千沉："……"

他握着方向盘将车开上了江心大桥。他知道领航员能立刻扩展出一张完整且细致的地图，而且上桥之前他看了一眼桥上的限速牌，限速每小时 80 千米，很好。

似乎是捕捉到了夏千沉看限速牌的目光，钟溯笑了笑："内环南线限速每小时 100 千米，这么绕虽然远，但是速度快。"

"懂了。"夏千沉将车速提到了每小时 80 千米，同时打车灯加塞，轴距 3000 多毫米的越野车灵活地穿梭在车流里。

郝瑞池在后座上被甩得左摇右晃，笑得相当开心，边大笑边喊："千沉叔叔加油！！千沉叔叔给油！！"

"好小子，跟谁学的？"夏千沉从后视镜里瞟了她一眼。

郝瑞池只在特殊学校待了半个学期，今天刚转去第三小学。因为她从顶天大山回到沪市后，好像是受到了什么洗礼，回来后不到一个月，已经能和人基本沟通。特殊学校的老师建议娜娜趁她还没习惯特殊学校的教育方式，赶紧转去普通小学。

此时，郝瑞池在后座上享受着顶尖拉力赛车手的驾驶技术，尽管脑门撞了好几下前座椅背，尽管钟溯警告了她很多次扣上安全带，但她依然随着越野车左右甩尾放声大笑，仿佛在坐过山车。

终于，车下桥后上内环南线，夏千沉将车速提到了每小时 100 千米，然后按照钟溯给的路线，绕过那些市政部门，来到第三小学的后门口。

"8 点 05 分，你只剩 2 分钟。"夏千沉说，"因为你要留 3 分钟给她从大门跑到教室。"

钟溯比了个"OK"的手势，迅速跳下车，拉开后车门，把郝瑞池拎出来，把她夹在身侧，另一只手拎上红黑配色的米奇书包，造价五十块，售价三百五的那种。

"加油！"夏千沉说。

钟溯点头，立刻冲刺。

风里有郝瑞池音量极高且富有礼貌的"千沉叔叔再见——"，四肢离地的郝瑞池格外开心，因为她感觉自己化身成一枚小火箭，并非常期待着以后每天都以这种方式上学，那该有多好。于是郝瑞池在钟溯的怀里激动地张开双臂，舒爽大笑，同时，引起了路边交警的注意。

夏千沉正打算再开车绕去学校前门的时候，看见起码三名交警骑着摩托车追去了钟溯的方向。夏千沉并没有多想，因为学校门口嘛，经常拥堵，送孩子的车挤在一块儿，外面的进不去，里面的出不来。

不过……为什么交警拉警笛了呢？

尖叫的孩子、狂奔的男人、义无反顾的视线和坚定不移的方向……钟溯抱着郝瑞池奔跑的种种迹象都指向了拐卖儿童行为。

钟溯把郝瑞池塞进临近关闭的第三小学的大铁门后，将书包扔到她怀里，说："跑啊！要打铃了！"

郝瑞池抱着她的米奇书包撒腿就跑，确认了她弱小却顽强的背影确实是奔向了教学楼而不是侧面的小操场，钟溯放下了心。

然后他立刻被两名交警抓过去摁在摩托车上，询问："你是干什么的？！"

钟溯愣了愣："我……我送孩子上学。"

"你再扯！那小孩儿认识你吗？！她为什么一直在尖叫？！"交警问。

于是郝瑞池来到第三小学的第一天，全一年级的孩子都知道，郝瑞池不好惹。因为她来上学的第一天，就被老师叫去了办公室，而且办公室里还有警察。

娜娜来领人的时候，是真的没想到，只是托他们送孩子上个学，会变成这个结果。

交警沉默地在交警大队监控视频里看着那辆黑色越野车闪转腾挪，在超速的边缘兴风作浪，在违规变道的极限范围内大动干戈，在绿灯变黄灯的瞬间恨不得腾空而起冲过停车线……

交警说："你小子车技可以啊。"

"平平无奇。"夏千沉苦笑，当然知道交警不可能是夸他。

交警也笑了笑，看了半天监控视频，愣是没找到一处违规行为，只能咬咬牙说："你知不知道早高峰你这么开车，是非常没有素质的？！"

"对不起。"夏千沉诚恳地道歉，"但孩子第一天上学，真不能迟到。她本来就是插班生，又是领养的，又是单亲，要是第一天就迟到……她……"

夏千沉来戏了，越说越悲切，俨然一副"郝瑞池如果迟到就会被老师讨厌，就会被同学排挤，就会抑郁厌学，从而毁掉一生"的样子。

要是钟溯在旁边，定能非常默契地给他递两张抽纸，但钟溯在另一个房间里。因为交警认为他当街抢孩子，为了脱罪才灵机一动把孩子往学校里塞。

自然，娜娜赶来好好解释了一通，交警才放人。

最后，夏千沉刚刚在别的交警面前保证以后文明驾驶，就被巡逻回来的另一名交警认出来了："哟！这不是去年的年度冠军车手夏千沉吗？！"

这名交警转而问训斥夏千沉的交警："他咋了？犯什么事了？"

交警回答："他……他不文明驾驶。"

"那可不！他40多分钟就跑完了游县拉力赛最后一个赛段！"

夏千沉心说：你快闭嘴吧。

结果这位大哥一路小跑过来，说："夏千沉，你好，自我介绍一下，我姓金，负责我们交警大队的短视频运营，你能帮我们录一个请大家文明驾驶的视频吗？拜托了，10秒钟就行！"

　　如果今天只是在大街上被交警拦下来说拍个视频，那他还是挺愿意的，但眼下……

　　"好吧。"夏千沉点头。

　　金交警非常开心，立刻拿出手机邀请夏千沉入镜。视频很快就拍好，只一句话——"大家好，我是夏千沉，请大家在公路上养成文明驾驶的好习惯。"

　　娜娜也很欣慰，这是相当正面的一件事。

　　然而拍完视频，金警官又问："那钟溯为啥也来了呀？他犯啥事了？"

　　"从赶时间到拐卖儿童。"另一名交警说。

　　"你们俩……"离开交警大队后，娜娜把摩托车钥匙还给钟溯，"我上辈子是不是刨了你们俩的祖坟，这辈子来还债的？"

　　夏千沉也把越野车的钥匙还给娜娜："真……真的太堵了，早高峰怎么堵成这样啊？"

　　"我7点整就把孩子交给你了。"娜娜平静地说，"你们三个在家里斗了一局地主才出门吗？"

　　夏千沉向钟溯投去求援的目光，钟溯收到了，说："你给她买的那个书包……它底漏了，就是可能缝合的时候走线松了，我们在家里重新缝了一下。"

　　娜娜错愕："那个破书包我花了三百多块，正品，你跟我说底漏了？"

　　"是真的。"夏千沉说，"而且她的书包特别重，钟溯给她反复缝了好几层才确认固定住。怎么回事啊，现在小学生上学要带那么多书吗？"

　　闻言，娜娜蹙眉："不用啊，她今天要用的书总共才四本啊。"

　　不多时，郝瑞池的班主任发来微信：*瑞池妈妈，瑞池的书包里怎么会有个方向盘呢？还有一个这个……*

　　图片上是一组烧焦的碳陶刹车盘片，看样子是郝瑞池在维修站的垃圾堆里捡的，书包多半就是被刹车盘片划开的。

　　娜娜沉默了，这俩玩意儿装书包里，米奇能不崩溃吗？

　　夏千沉试探着说："娜娜，看开点儿，起码书包是无辜的，你的钱没有白花。"

　　无论如何，郝瑞池成了第三小学一年级无人敢惹的"警察叔叔调查对象"，同时，第四个站点也公布了。赛季第四站，从沪市灰雀山到邻市海岸线，属于是家门口的赛段，不必舟车劳顿，而且灰雀山赛段他们都非常熟悉。

这个站点一公布，各大车队几家欢喜几家愁。有人觉得方便而且轻松，有人觉得，灰雀山哪，当初夏千沉在这儿只用了 26 分 49 秒啊！这不就是让去年的高考状元再回来做一遍全国卷吗？

对此，夏千沉耸肩摊手，那怎么办？你报警吧。

"我们还勘路吗？"钟溯从小工手里接过来一个新的水箱中冷器胶套，问瘫坐在沙发上的夏千沉。

夏千沉在那儿玩手机，听见这话，放下手机，一脸震惊的表情："你已经膨胀到这个地步了？"

钟溯眨了眨眼："不是，灰雀山……我差不多会背了。"

其实这还是比较委婉的说法，更具体的说法是，钟溯大概闭着眼都能画出灰雀山每条上山和下山的路。

"熟到什么地步？"夏千沉坐了起来。

夏千沉自己也常常去灰雀山练车，难道这就是人类之间的参差？有人坐在副驾驶位上能把路况刻在脑干上，有人坐在主驾驶位上还要问"前面那是石头还是狗"。

"大概是……"钟溯掂量了一下，说，"夸张一点儿说就是，无论赛会挑哪几条路，我都不用勘路的程度。"

"牛。"夏千沉说。

第四个站点赛开赛的时间在 11 月中旬，在此之前，他们还有一件事要做。

CHAPTER 10
不如马上出发

NS 赛道的 GT 圈速赛向夏千沉发出了邀请。

11 月初，他们坐上了飞往 G 国的飞机。

GT 车型的车，指高性能跑车和以赛车标准生产的量产车。GT 车型的圈速赛是每年 NS 赛道的重头戏，当日热搜必定是豪车、漂移和事故。

毫无疑问，NS 赛道是夏千沉发家致富、一战功成、名满天下的地方。所以 GT 圈速赛向夏千沉发出邀请，他一定会去。

NS 赛道，位于 G 国南部，曾举办过 F1 大奖赛。这次的 GT 圈速赛在 NS 赛道的南赛道举办，赛道总长 5148 米，是世界公认的超高难度的圈速赛赛道，被称为"绿色地狱"，有 300 米的路面垂直落差，几乎全程超车难度都很高。而夏千沉在这里以每小时 300 千米的速度过弯，创下了当时那款车型的最高纪录。

自此，夏千沉也兑现了当初对钟溯许下的"以后带你去 NS 赛道飞"的承诺。

飞机降落在 G 国，11 月初还是挺冷的，两个人的风衣下摆在风里猎猎作响，仿佛今天是来这里华山论剑的。

很快，钟溯找到了人群中来接他们的牌子。"那儿呢。"钟溯指过去，"那个是你朋友吗？"

夏千沉顺着他手指的方向看过去："啊，对，是他，眼神真好。"

钟溯顿了顿："他的头发是荧光绿色的，还不够惹眼吗？"

"你要知道赛车手总是会忽略掉绿色的东西，因为绿灯放行。"

来机场接他们的，是夏千沉大学时期的好朋友，一位华裔，给自己起了个英文名叫 Healing。

"因为我在《守望先锋》里是玩奶妈，大家的英雄见到我都说'I need healing（我需要治疗）'，哦，对了，我叫罗禧，你是钟溯吧？久仰！"

"你好，航班有点儿延误，久等了。"

罗禧把他们接上了车。

G 国要求即使是白天，车辆在路上行驶也要开启近光灯。路上，夏千沉说他当初刚来 G 国的时候，对这件事吐槽过非常久。

和钟溯一起坐后座上的罗禧说："是的，因为夏千沉在路上被交警拦下很多次，询问他为什么不开灯。"

"而且我刚来的时候，完全搞不懂路权。"夏千沉说，"你能理解吗？这里的礼让原则，是按照路权来的。路口有一个黄色的方形图，代表你有路权，可以走；如果是个红色倒三角，代表你要让行。"

钟溯点了点头："能让你记这么清楚，罚过不少钱吧？"

夏千沉："……"

罗禧"扑哧"笑了起来。

虽然今天气温很低，但天气是晴朗的。

夏千沉跟着导航一直向南开，开到镇上。罗禧这几天会和他们一起住在镇上的酒店里，虽然罗禧不参加圈速赛，但这是夏千沉这么多年第一次回 G 国，罗禧从上车起就说个不停。多是在聊他们大学那会儿多么疯狂，半夜出来比赛，结果队友受伤被送去医院，接诊的医生是夏千沉的妈妈。

钟溯能想象到当初的场面，偏头看了看夏千沉。

夏千沉紧急转移话题："你知道我在 G 国最喜欢的是什么吗？"

"什么？"

"不限速的高速公路。"夏千沉说。

很快，车开到酒店门口，放下行李后，罗禧带他们去了 GT 圈速赛的赛事中心。

这里有来自世界各地的车手，有些夏千沉认识，微笑着打招呼；有些不认识，友好地握了握手。他们租车和交报名费花了五万多块，这次有人自己带车来，有人直接租车，只要是 GT 车型的车就能参赛。

租完车去拿车，夏千沉拍了拍副驾驶："走吧，说好了的，带你在 NS 赛道上飞一飞。"

这条已经存在近百年的赛道，被人类征服过无数次的赛道，依然是检验圈速最有说服力的地方。

钟溯扣好安全带："要我记路吗？"

"几遍能记下来？"夏千沉问。

考虑到对 NS 赛道的尊重，钟溯想了想，说："两遍吧，差不多了。"

夏千沉难以置信地看着他："你能不能尊重一下 NS 赛道？"

其实钟溯本来想说区区 5 千米，一遍也就差不多了……

"那就一遍吧。"钟溯笑了笑。

第一个弯，夏千沉低速过，因为很多年没跑过了，开的还是不太熟悉的 GT 车型的车。

不过，夏千沉出弯就全油门，紧接着高速过一个下坡。坡下右转后，就是 NS 赛道的第一个连续弯。这对钟溯来说仅仅是较为密集的弯道和稍频繁一些的上下坡，于是他试着在行驶中向夏千沉发出指令。

这有点儿像是没有背谱也没有练琴的人在试奏，打开一张陌生的琴谱，从第一个乐句开始演奏，眼睛要比手看得远一点儿、靠后一点儿，要注意节奏，也要处理乐句。需要演奏者有非常扎实的功底和将音符对应在琴键上的技艺。

对领航员来说，就是在目光所及的道路上，可能前方能看见的道路仅仅是几千米，就要立刻判定出这个左弯是左几，这个坡是飞跳过去，还是缓着过去。

钟溯试着说："前 20 米右 2，全油门。"

夏千沉愣了愣，然而大脑有对领航员下意识的服从反应，在问出"这你也能指挥"之前，手和脚已经完成了一系列动作。

"这你也能指挥？"夏千沉问。

钟溯有一点点骄傲："试试看吧，10 米左 1 回头弯，接上坡飞跳。"

"有点儿舒服了。"夏千沉说，"我正愁好久没跑，路都不认识了。"

"紧接左 4，吃路肩过弯全油门下坡。"钟溯说。

"出弯全油门上坡，路好窄。"钟溯说，"NS 赛道的路这么窄，你当初是怎么以 300 千米的时速过的弯？"

"马上就到了。"夏千沉说。

这里的上坡就是夏千沉当初拉开距离的地方，所有人都在坡前加速在坡顶减速，他完全不刹车，全靠收油打方向盘。因为上坡后紧接一个右手弯，如果没有控制好车速，就会翻出赛道，而且这个右手弯之后是一条大直线，如果在上坡接右手弯的地方丢了速度，那么在大直线上就再也追不上来了。

租来的车怎么也是五六百万的跑车，夏千沉还是完全不刹车，收油打方向盘，仿佛和十八岁的自己重合，晴朗的 NS 赛道上，阳光铺下来，让路面泛着漂亮的银灰色光。

上坡，收油，过右手弯。"咣"的一声响，车里的两个人震了震，钟溯看见了大直线。然后钟溯感受到了他们赛车手约定俗成的一件事——谁在直线踩刹车谁是孙子。

NS 赛道的 GT 圈速赛，它的名称就是它的噱头。

NS 赛道、GT 车型，这两个要素连着写，就代表着镇上的酒店又一次爆满，很多人来得比较晚，不得不住在更远的地方。

其实再次回到这里，夏千沉自己并没有多么感慨。他本来就不是爱感慨的人，人总是要向前看的。

比赛前一晚，三个人吃了顿中餐外卖，牛肉饭和炙烤的肉。基本上，在除祖国以外的所有地方，像样的中餐都特别贵，这里的中餐也不例外，三个人的晚餐花了七百多块，而且，夏千沉的评价是，毫无长进。

三个人聊了会儿天，夏千沉回忆起在 G 国的那几年，每周最快乐的一天就是学校食堂的中餐大厨来上班的那天。钟溯对自己没有参与的关于夏千沉的事情都非常感兴趣，听得很认真。比如夏千沉那个冬冷夏热的宿舍，比如圣诞节的时候全校同学"猎杀"偷了他们树顶的星星的人，比如在不限速的高速公路上飞驰……

钟溯安静地听着夏千沉和罗禧叙旧，月至中空，三个人一起收拾掉外卖，罗禧也不再多留，房间里倏然静默了下来。

"我很久没开过 GT 车型的车了。"夏千沉说。

钟溯侧躺过去，面对他那张床："紧张吗？"

"有一点儿，路不熟悉，车不熟悉，来这儿只是因为答应了带你来 NS 赛道飞一飞，现在想想估计要丢脸。"

钟溯笑了笑："罪过。"

"你大罪过。"夏千沉说，"我如果有履历污点，放在古代，你这种人就是乱臣，要被活活烧死的。"

钟溯知道，以夏千沉的能力，并不会在 NS 赛道上丢脸。

于是钟溯很配合地说："那您可得争气，别被篡位，小臣还想多伺候您几年。"

"好说。"夏千沉心满意足。

次日，NS 赛道南赛道。

GT 圈速赛吸引了相当多的观众，即使赛事方明令禁止，不允许观众使用无人机，但天上无人机的数量很明显超出了赛事方的无人机的数量。这些人为了自己的无人机能和赛事方的无人机融为一体，全都涂上了赛事方的商标和广告。其中有一台就是罗禧的。

"这叫直拍。"罗禧给钟溯解释，"你知道直拍吗？就是女团表演时，总会有镜头只追着一个人拍。"

钟溯表示明白，但同时很担心："但这样不会被赛事方强行驱逐吗？"

"没事！"罗禧摆手，"伪装得很好，完全辨别不出来。"

然后赛事方让自己的无人机全部降落……

"现在可以辨别出来了……"钟溯说。

现在还在天上的无人机，就是敌军。

接着，赛事方精准打击掉了所有外来无人机，GT 圈速赛正式开始。

今天 NS 赛道上举行的是 GT 车型的大派对，参赛要求只有两个，驾驶员有驾照，车是 GT 车型。

驱逐观众的无人机前，钟溯在罗禧的手机里传回的无人机画面里，看见夏千沉那辆车旁边一直站着一位裁判，两个人在交流着什么。过去了五六分钟，裁判才离开。

钟溯有点儿担心："他怎么了，不会是车出问题了吧？"

"不能吧。"罗禧摇头，"他租的是赛事方的车，不会有问题，就算有问题也会现在立刻换一辆同型号的车。"

确实，那他是怎么了呢？

很快钟溯就知道怎么了。一个戴着工作证的小伙子立刻朝他们跑过来，反复确认了钟溯的衣着：灰色毛衣和牛仔裤。小伙子和罗禧交流一番后，罗禧震惊地告诉钟溯："夏千沉喊你去副驾驶位！"

"嗯？"钟溯愕然，"这是场地赛。"

"对。"罗禧说，"但是规则里没有禁止车手带副驾驶。"

"那样车不就比别人的重了 100 多斤吗？"钟溯有点儿傻眼，不过立刻反应了过来，可能夏千沉说的带自己在 NS 赛道上飞一飞，并不是试跑的那几圈，而是真正的场地赛。

罗禧"啧"了一声："还愣着干吗？快去啊！"

小伙子把钟溯带去了发车线处，夏千沉马上会开上来的位置，钟溯道了谢，然后在风里等着。

NS 赛道建在山间，11 月的风往他的毛衣里钻，风扎在皮肤上，完全没感觉。因为马上，夏千沉的车就会停在这里，夏千沉会带着他在这个无数男人在梦里笑醒的赛道上跑 20 圈。

"我没见过你这样主动增加车辆死重的。"钟溯拉下安全带，偏头笑了笑。

夏千沉相当猖狂："我们昏君都这样。"

裁判来告知钟溯，因为他的本职是领航员，所以在比赛过程中，他全程不可以说话，钟溯点头表示明白。

NS 赛道无疑是世界上最具挑战性的赛道，没有任何一个从事赛车事业的人能拒绝 NS 赛道，即使是维修站里拖地捆轮胎的最小的那个小工。你问他：来，我在 NS 赛道上跑比赛，你要坐副驾驶位吗？在听到这个问题的瞬间，怕不怕死之类的恐惧都要往后靠。

观众席里，不知道谁把呜呜栽啦带了进来，正在疯狂地吹，那玩意儿外形是个一米多长的喇叭，长期听其造成的噪声会失聪。所以继驱赶无人机后，观众席里又出现了要求驱赶呜呜栽啦的骚动。不得不说那玩意儿真的相当吵，GT 车型的车做了隔音尚且如此，如果今天开的是拉力赛车，这时候夏千沉应该已经被吵裂开了。

钟溯安慰他："忍忍，这人很快就会被赶出去。"

"又不是看足球，带喇叭进来干吗？"夏千沉揉了揉太阳穴。

终于，所有问题解决，天上不再有观众的无人机，地上的呜呜栽啦也停止了咆哮，赛道前的旗帜被举了起来，赛事方商标的旗、绿旗，接着，赛道边亮起红灯，表示倒计时即将开始。

夏千沉活动了两下脖子，戴上头盔，钟溯也戴上了备用头盔。从现在开始，钟溯不能和他说话了。夏千沉伸过来拳头和钟溯的拳头对了一下，接着，红灯下方出现倒计时。

GT 圈速赛的倒计时从 10 开始，不暖胎，所有人都是这样。所有车都没有被改装过，公平也不公平，有人的车有千匹马力，有人的车只有六七百匹马力。但马力越强的车越难控制，这就是为什么今天赛道上日产的 GT 车型的车也很多。NS 赛道的坡度陡、弯道多，千万级的超跑在这里发挥不出三分之一的威力，相反，车型紧凑的车可以更灵活地过弯。

钟溯坐在副驾驶位上下意识地想帮夏千沉倒计时，还好出声前收住了。

夏千沉发现了这个小细节，握着方向盘在笑。

观众们在为声浪欢呼，一窝蜂地从发车线冲出去的车像是开闸放水，也像狗狗赛跑，总有几条狗会跑出没两步就和旁边的狗扭打在一起。比如现在，他们前面的两辆车，由于其中一辆车没有给另一辆车留出足够的身位，车头直接撞上防护栏。还有两辆车碰在一起，碰得比较狠，其中一辆直接骑上了另一辆的引擎盖。

夏千沉从容地绕了过去。他没有在第一圈发力，因为前几圈就是要先淘汰掉这些神人——以防他们幸存到比赛中后期突发恶疾，那你哭都没有地方哭。

第二圈，夏千沉依然没有发力，钟溯意识到，夏千沉在第二圈时已经基本熟悉了道路。

第三圈，夏千沉在左侧车道超过了一直压在他前面的车。那辆车的车身是宝石蓝色，车架造型也很特别，那辆车跑在 NS 赛道上颇有一种穿着高跟鞋狂奔的凄美感。

第四圈，夏千沉甩开了那辆车。从钟溯的感受来说，那辆车里的人可能看不见夏千沉的刹车灯。

第五圈，夏千沉套圈了。也是从这里开始，钟溯真实感受到自己旁边这位圈速赛出身的赛车手究竟有着怎样的力量。

GT 车型的车拥有大马力动力输出，让没有赛照的车主也能有赛车体验。所以 GT 圈速赛吸引了大量有一颗竞速心的量产车车主。当然，他们一部分在起步的时候撞在一起，一部分被套圈，一部分操作不当翻出赛道。剩下的那部分，可能与专业车手只有一箭的距离。

第六圈，夏千沉发现自己一直被一辆车咬得很紧。同时，夏千沉发现这个弯是上坡接右手弯，后面是大长直线，他必须在这个弯把对方甩开，或者勾引对方失误。钟溯大约猜到了他想干吗，于是去看主驾驶位的后视镜。NS 赛道依然保有 G 国的路权规则，也就是说，后车只能从左侧超车。对方也发现，上坡接右手弯是自己超过夏千沉的契机，转瞬即逝，于是一脚油门轰了上来。这其实是心理博弈，如果夏千沉不减速，那么两辆车大概率在接下来的右手弯处相撞，大家一起退赛；如果夏千沉减速，对方就能成功超过去，并且后面的大长直线没有人能超过谁。但对方可能没有发现，夏千沉十八岁的时候以每小时 300 千米的速度过了这个弯。

夏千沉说："坐稳。"

国内时间晚 8 点，汽联发布消息：《夏千沉 GT 圈速赛刷新 NS 圈速榜，重现 300 千米每小时过弯，惊采绝艳》。

如果让钟溯形容一下坐在 GT 车型的车里感受 300 千米每小时过弯是什么感觉的话，钟溯大概会这么说："我感受到，夏千沉有多么热爱他的事业。"

离开 G 国前，夏千沉凝视着罗禧荧光绿色的头发良久，开口问他："这个发色有什么说法吗？"

罗禧"哦"了一声，不太好意思地挠了挠头："嗯……其实洗三四次颜色就掉了，短期染发。"

夏千沉点了点头："那还好，我以为你是感情上遭遇了什么不测。"

罗禧抿了抿唇："不是，主要是……好吧，主要是想给你留个深刻点儿的印象，你也知道我现在长居这儿了，你……你别把我忘了。"

两个人拥抱了一下，夏千沉很重地拍了拍他的后背："不会的。"

夏千沉的朋友不多，如今散落在世界各地。人活到这个阶段，往往关系好的，都是学生时代的朋友，罗禧对夏千沉来说就是这样的存在。地理上的距离终究会被拉开，让情感也慢慢疏远。可人总要朝着自己的方向走，有些路就是孤独的，人类本身就孤独且矛盾。

夏千沉和钟溯告别了罗禧，坐上回国的飞机。钟溯不知道该怎么安慰夏千沉，他看起来真的很失落。夏千沉高中时期过得并不好，在 G 国的那段时间，大概就是他这辈子最放纵的时候。在不限速的高速公路上强横无匹，在 NS 赛道上以少年之身名震一时。他失落的并不是不知道和旧友下次见面是什么时候，而是他那段放浪形骸的时光彻底远去。

不过他还是偏头看着钟溯，问："你会一直陪着我吧？"

钟溯说："这应该是个陈述句。"

人类孤独且矛盾，但有些人幸运且勇敢。

灰雀山拉力赛，本赛季最后一个站点赛，从灰雀山发车，赛段全长 900 千米，收车台在邻市海岸线边，最后通过跨海大桥，完成本年度汽联的主题"山海"。

各大车队厉兵秣马，SL 更是一声令下，三军用命。今年的年度车手花落谁家非常悬，大家的积分基本持平，没有人遥遥领先，所有人都咬得死紧。

按理说只要是仓库在沪市本地的车队，对灰雀山的熟悉程度应该都差不多，就看谁家赛车手练车勤快。毋庸置疑，人人都懒，早上决定今天练车，夏千沉能拖到日落再出发。但在夏千沉这里，能打败"懒"的是"脸"。再怎么样，他不能在家门口丢脸吧。如果说年年练车都去灰雀山，他在站点赛的时候失利，那么被钉在耻辱柱上，都是耻辱柱的耻辱。

赛段公布后，所有赛车手和领航员都被禁止进入灰雀山。其间，汽联逮捕了三名穿着太极服伪装成晨练大爷上山查看路况的赛车手。

看了论坛的帖子后，夏千沉很纳闷："看起来万无一失，怎么会被发现呢？"

"据说昨天晨练大爷都说好了要带剑，因为昨天大爷们舞剑，但他们没有剑，大爷们很愤怒，因为他们不统一，不服从命令，双方争执了起来，汽联的人才发现他们。"

夏千沉长长地"哦——"了一声。

开赛前一晚，他们最后一次调校赛车，11 月的沪市温度正好，而且够晴。包括维修队在内，乌泱泱三十几个人从仓库出来后，大家统一抬头望天。钟溯是在看月亮，通常情况下，如果出现了"月笼纱"的天象，预示着第二天有起风或是下雨的可能。维修工们也同样在看月亮，他们那个年代是晚上 7 点半通过央视天气预报得知明天的天气。而夏千沉，他抬着头，是因为长时间调校赛车颈椎有些不适。

第四个站点，灰雀山。

在赛段公布之前，业内有一个比较大的谣言，就是杜源人脉极广，买通了汽联的人，就为了给夏千沉争年度车手，才把第四个站点赛放在了灰雀山。后来赛段公布了，说这些话的人不说羞愧难当，估计在汽联论坛……可以下个 ID 见了。因为在灰雀山的

285

赛段,全都是超短赛段。汽联考虑到了那些对灰雀山很熟悉的人,比如钟溯,如果不考虑画技,那么钟溯可以徒手把灰雀山的平面图画出来。

SS1,内外圈沙石短道。抽签两两发车,刚好16组。

夏千沉在有些小事上是有些倒霉的,比如他到了家雨停了,比如刚好他上电梯,满员报警了,再比如……他抽到了现场沙石短道最强的选手,能在国内与他有"将遇良才"之称的于岳。于岳属于短道爆发型选手,所以在拉力赛里碰见这种超短赛段,一般大家都用两个字形容他的状态:狂喜。现在这种狂喜的状态,出现在了现场除开夏千沉的所有人的脸上——去掉了两个最高分。

夏千沉:"……"

他黑着脸从抽签台上下来,回到钟溯旁边:"你现在去他们的仓库,把他们的所有轮胎都扎了。"

钟溯说:"只有轮胎吗?我把他们的顶杆也锯了吧?"

"嗯,小心行事,被逮捕了你就咬舌自尽。"

"末将去去就回。"钟溯抬脚便走。他当然是要走的,因为超短赛段不带领航员。

SS1发车,超短赛段来了不少观众。敢在拉力赛道边观赛的,说实话都是头比较铁的,因为拉力赛是一个参与者和观赛者的丧命概率差不多一样的比赛。

正式比赛开始,发车。先走外道,于岳的起步速度不亚于夏千沉的,此时在外道,二人旗鼓相当,切弯几乎同步精准,甩尾的姿态相当优雅,就连出弯的角度都同步得宛如双人跳水运动员。

两个人都很快地进入了状态,甚至夏千沉还在过弯的时候瞄了一眼弯道旁边站着的一堆人,试图瞄到钟溯。不过很快,夏千沉觉得有点儿不对劲。忽然之间,有些回忆开始攻击他。那是去年,在楚天山拉力赛,也就是他在云天大道贴地飞行破纪录之后的赛段,那也是一个双向发车的超短赛段。彼时他和一起发车的人也是如此,几乎同步操作,完美流畅地驾驶,也是当时最有看点的组合……然后他就跟着对方跑错赛道了。

此时,没有领航员的夏千沉只能寄希望于自己的对手于岳。于岳果真是和夏千沉旗鼓相当的赛车手。灰雀山拉力赛,SS1,本赛季最有希望夺得年度车手的两个人,跑错赛道,两个人灰溜溜地掉头,返回正确的赛道,损失了20多秒。

夏千沉回到观众席上后,钟溯有口难言,夏千沉心照不宣,然后娜娜来了。

娜娜说:"不行给你申请条导盲犬吧。"

于岳也来到他们这边跟他们一起聊天,一脸的汗,说:"夏千沉哪,其实到那个河床那里的时候……我是跟着你走的,你知道吧?"

夏千沉点头:"我知道,当时我对你生了些敬佩之意,你怎么敢的呢?"

于岳哑然："……"

SS1 夏千沉排名第十六，于岳第十七，也在预料之中。汽联做最终数据上传的时候，于岳还说："没事，没事，万一前面有人被罚时，我们还是能往上爬的。"

最后果然有人被罚时，被罚了 15 秒，他们俩的排名都没动。

SS2，依然是超短赛段，两两发车，从沙石路换到了林地。这个赛段有汽联设置的路障，碰路障罚时 10 秒，夏千沉决定在这里追上来。

抽签时，夏千沉很幸运地抽到了一位名不见经传的车手。然而发车前，娜娜非常兴奋地跟钟溯说："你知道这小孩儿是谁吗？！是去年 X 国拉力锦标赛的冠军！"

钟溯："我的通话器没关。"

夏千沉："我这辈子能不能抽个碾压局，能不能？"

这个赛段夏千沉发现赛车的离合打滑，损失了很多动力。不过万幸，这个赛段最大的考验是控车能力而非发动机。夏千沉追上来 8 秒。

终于，来到了长赛段，足足 200 千米的灰雀山山路。发车前，夏千沉气急败坏地坐在主驾驶位上，不戴头盔，不连通话器，就这么握着方向盘冷眼看着风挡玻璃。钟溯坐进来的时候觉得气压不对，想来是前两个赛段夏千沉憋屈狠了。

"你说吧，我听着。"钟溯说。

"为什么，我夏千沉一生行善积德，超短道跑错路这种事发生了两遍，抽签抽最强对手抽到两个，最后一个站点明明是最熟的地方却给我搞了两个最不擅长的赛段。"夏千沉停下来缓了一口气，深呼吸，绝望地说，"说实话，我跑错赛道的时候，大概都能猜到娜娜当时是怎么说我的。"

钟溯实在好奇："你……能猜到？她的说法挺刁钻的。"

夏千沉冷哼着笑了一声："她大概是说我'脑子被保护得太好，路线记不进去'。"

"……"钟溯做了个吞咽的动作，"你是怎么知道的？"

"因为当时我自己也是这么想的。"夏千沉脑门磕在了方向盘上，"好气。"

SS3，翻越灰雀山。

它是一个大家都知道会发生什么的赛段，路线非常明朗，从山的这边去到山的那边，总长 200 多千米，翻越山顶，有成百上千个回头弯。秋末的沪市阴晴不定，灰雀山常出现"一片云落一片雨"的现象。无法预估的天气，海拔的落差，都增加了赛段的难度，所以说赛季每个站点赛，已经在难度上做了平衡。

发车之前钟溯还在望天，夏千沉问他："你有没有考虑过去气象局上几天班，偷偷研究一下他们是怎么预判天气的？"

一阵诡异沉默之后，钟溯说："其实我去过。"

夏千沉头顶像冒出了问号。

钟溯解释："景燃的二伯在气象局上班，是个小领导，带我进去学习过两天，但人家都是用仪器勘测的。"

"……"夏千沉用看傻子的眼神看着他，"那你有任何收获吗？"

"一定要说的话，收获了一个很小的太阳徽章。"

闲聊结束，发车。

直到现在沪市还是晴朗的，甚至连云都没有，看上去是非常适合开车翻山的一天，能见度高，风速低，在太阳的烘烤下，山顶的土地应该会更硬一些，他们今天装的这组硬拉力胎会有非常可观的效果。

如果问一个职业赛车手，你更喜欢发车线还是终点线，多数赛车手无法回答这个问题。有两个原因：第一，他们更喜欢的是维修区出口的那条线；第二，通过了这个赛段的终点线，也就意味着来到了下个赛段的发车线。就算是通过了这一场比赛的终点线，也只是来到了下一场比赛的发车线。拉力赛车手永远在路上。

"降温了。"钟溯说，"前50米右4紧接左2，左2后30米回头弯。"

"为什么我感觉要下雨了？"夏千沉快速抬眼看天，"那是乌云吗？"

"是的。"钟溯说，"给油提速，赶在这一块下雨之前冲到山顶。"

往往这个时候，赛车手都会莫名其妙地产生一种感觉，这种感觉非常具体——既然领航员这么说，那么山顶肯定是晴的。"信任"二字心中刻。

于是，夏千沉给油、进挡、提速，身后暗涌欲来的山雨如同追兵，这让夏千沉很兴奋。如果说谢尔比家族血管里流淌的是麦芽威士忌，那么赛车手的血管里流淌的就是燃料，心脏永不停歇地燃烧着。

过回头弯时，赛车漂移，偏时点火系统二次爆炸，排气管喷出尾焰。

长直线上，夏千沉给满油，终于距离山顶不到10千米了。夏千沉仿佛杀红了眼，已经有雨砸在风挡玻璃上，他一定要在下雨前翻过山顶，要追速度。然而山顶瓢泼大雨，赛车冲上山顶的同时，也一头闯进了雨幕里。

夏千沉黑着脸问："你不是说山顶没雨吗？"

钟溯很严谨："我是让你在后面那段路下雨之前到山顶。"

的确，钟溯从未说过山顶是晴的这种话，但……

夏千沉："可是你的话就很明显地让我觉得山顶没雨。"

钟溯很无辜："因为上山时有雨更惨哪。"

"……"言之有理，但夏千沉就是感觉自己被骗了，"那你给我道个歉吧。"

"对不起。"

相较前几个站点，赛季的终点站大家都拼尽全力，所有人都不愿放过最后的机会。所有人都超常发挥，过弯比平时更绝妙，撞墙比平时更凶猛。维修工们在这个站点都掏出了压箱底的东西，比如凌未窈的车队，她的维修工实在是太激动，以至忘记报备某个新配件，赛会取消了她的站点成绩。夏千沉得知这件事的第一反应是赶紧看看自己的排名有没有上去一个，随后才溜达去凌未窈的车队的维修站表示遗憾。

钟溯哭笑不得，凌未窈虽然是第一年参加比赛，但成绩已经比大多数赛车手第一年的成绩要好得多得多。这也是为什么环沙季军领航员愿意给她领航，经验丰富的人眼光自然毒辣。

SS4 开始的时候，凌未窈和她的领航员已经加入路边老农一起看比赛。

SS4 全长 75 千米，穿过村落山包，每一个弯道都是视野盲区，在这里最大的敌人是弯道，而且弯道后面，保不齐会出现村民违规扩建的院子。据说早几年，有拉力赛车手把赛车开进了村民家里，退赛又赔钱。结果那村民的房子是违规扩建的，村民在原本的房子的基础上又向前盖了几间屋子，被罚款后拆除了。所以过村庄的时候大家都提心吊胆，钟溯也是，赛会勘路的时间是半个多月前，万一有坏心眼的人在这半个月里紧急弄点儿障碍物，让你撞上去，你损毁他人财物要赔钱，也不是没可能。

一路上钟溯说得最多的四个字是"慢点儿过"。

可以慢点儿，但不要出事故。这个道理夏千沉也明白，所以过村庄的这一段路，他的过弯速度都不快。赛车手要先给领航员一个视野，让领航员快速给出指令，赛车手再迅速做出反应。夏千沉从"保持速度过弯"到"接收领航员指令"再到"按照指令完成操作"耗费的时间里，赛车甩尾漂移到一半。

"3 米躲树！"

入弯后，出弯的位置没有村民违规搭建的房子，也没有一群狗聚众斗殴，但出现了一棵幼年桃树。这棵树所处的位置和树的粗细非常"恰到好处"，属于你撞上去，树必断，赛车可以继续开，但势必耽误三四秒钟，而且得赔钱的情况。像这样故意紧急种棵树的人，大概率是为了挣点儿钱。

夏千沉在听见"3 米躲树"这句话的瞬间，大概是"3 米"这个距离出现的时候，就已经踩下刹车，同时右手退挡拉手刹，动作迅捷如风。

车头指着小树画了个半圆后，赛车扬长而去。

"我真是……"夏千沉摇了摇头，"服了。"

"没办法，这年头什么人都有。"钟溯宽慰他。

拉力赛段通常在荒郊野岭，这里的人普遍受教育程度不是很高，有些人不在乎竞技体育的成绩，只是听说，哦，你撞坏了我家的树，你要赔钱。违规搭建是不成了，会被罚款，但种树没有条例限制，可以种树。

后来，听闻是于岳还是于岳车队的谁，对那棵小树进行了正义审判，最后赔了好几千块。

夏千沉和钟溯蹲在维修站门口抽烟，夏千沉问："这么贵吗？"

"桃能卖钱，它的附带价值很高。"钟溯说。

SS5 和 SS6，今年和夏千沉一样有冠军相的于岳，在 SS6 临近结尾的时候退赛了。

于岳退赛让夏千沉挺意外的，因为夏千沉曾大言不惭地说过，除了于岳，一个能打的都没有。而且这话是他回国第二年，拿到年度冠军车手时站在台上说的，委实是得罪了一大批人，但他不在乎。

于岳退赛的原因是过 SS6 末尾的高速弯接回头弯时轮胎打滑了。那是个非常窄、没有任何参照物且是视野大盲区的回头弯，于岳过弯的时候，大约是前车把沙土全甩在了弯内侧，导致前轮严重打滑。其实不少赛车手在这个弯滑出去了，夏千沉自己过这个弯的时候都险些侧滑。不过于岳在这个弯滑出去了，夏千沉还是觉得有点儿遗憾的。

这个站点赛夏千沉的总排名很低，但于岳退赛的感觉就像……每当你早上遇到某位同学，你不用看表，就知道你迟到了，然后你们俩一起迟到。忽然某一天，你迟到了，那位跟你上天入地天天迟到的同学干脆旷课了。

SS7 发车前，夏千沉跑去问娜娜自己的排名。

娜娜面无表情地告诉他："你第十。"

夏千沉看似心情沉重地点了点头，离去时背影仿佛背着千斤重的担子。结果回到车上，他对钟溯说："太好了，第十名，有积分，有积分！"

钟溯："喜事啊！"

二人激动地握着对方的手，裁判用旗杆末端敲赛车的引擎盖，指了指里面，意思让他们松开手，前面在录像。

SS7 是海岸线，赛段左边是缓冲区，右边是大海，掉下去就完蛋了。海边并没有沙滩，但有非常大块而且非常滑的岩石。开过 SS7 终点线后，右转上跨海大桥，收车台在对岸。

夏千沉缓慢地跟着前车排队，这是最后一个赛段，从第十名冲上第一名是不太可能了，他前面从第十六名爬到第十名，已经殚精竭虑。

钟溯在帮他确认赛车的情况："水温正常，机油压力正常，汽油压力正常，偏时点火 2，你看看转速和……嗯？"

忽然，赛车主驾驶位的窗边出现了一个人。按理说不应当，这是发车区，是封闭路段，只有裁判能在路面上行走，所以钟溯愣了愣。夏千沉不知道他在愣什么，顺着他震惊的视线转头看自己这边的窗户，也愣了："……"

于岳示意他降下车窗。没错，这个偷偷溜进发车区的人是于岳。

夏千沉降下窗户，说："你是怎么进来的？怎么了？你有什么急事吗？"

于岳溜进发车区，应该是有急事吧，夏千沉想。不料于岳说："夏千沉，实不相瞒，国内我唯一赏识的拉力赛车手也是你，你这个站点一定要加油！"

"哦……好。"夏千沉莫名其妙地点头，同时赛车在以每小时6千米的速度跟着前车走。

于岳边跟着他的车向前走，握着拳头，边大声唱李克勤的《红日》："命运就算颠沛流离，命运就算曲折离奇，命运就算恐吓着你做人没趣味！"

于岳唱完一句猛地扭头看向夏千沉，目光坚定且锐利，仿佛夏千沉不接着唱下去就是在犯罪。夏千沉只能小声又发颤地接上："别……别流泪心酸，更不应舍……舍弃？"

于岳还没来得及唱出下一句"我愿能一生永远陪伴你"，就被汽联的保安架着拖走了。

"我愿能一生永远陪伴你。"钟溯接上这一句。

夏千沉偏头看他。

钟溯解释："我有强迫症，不唱完它浑身难受。"

本赛季最后一个站点赛，夏千沉排名第七。

本赛季年度总排名，夏千沉排名第四，刚好不够上颁奖台。

这一年，夏千沉和钟溯在跨海大桥的颁奖台下方，仰着脑袋看着冠军旁落。说是冠军旁落，但他们不是亚军，是第四名，也不必太可惜。因为别人和第一名差2分，你和第一名差200分，就用不着感慨什么了。这和有人考60分哭天抹泪，有人考60分欣喜若狂，是一个道理。

在最后一个站点赛的最后一个赛段从第十名爬到第七名，总排名第四，这一年姑且算圆满。

在业内，只要是年度前五名，那就是很牛的赛车手。人生嘛，差不多得了。娜娜就是这么想的，今年这一整个赛季如此跌宕起伏，应该说年年都跌宕起伏，行业如此，人人如此，冠军就一个，总得让别人也有点儿奔头。

娜娜走过来，挤到夏千沉和钟溯中间，一边搂一个，说："你们俩别这么垂头丧气的，今年时运不济，而且今年都已经有环沙冠军了，区区一个年度冠军，让别人也爽爽嘛。"

夏千沉："我们没有垂头丧气啊。"

娜娜："那你们倒是鼓掌啊！"

这是夏千沉在国内跑拉力赛的第四年。这一年快要结束的时候,景燃和他说"你可以去试试国外的比赛了"。夏千沉一直不曾带着赛车跨出国门,有一部分原因是夏茗钰。

落叶归根,林安烨死在达卡,回来的只有一盒不完整的骨灰。如果有可能会死的话,夏千沉希望自己可以死在和亲人没有时差、不会相隔太远的地方。当然,这个想法他从未明显地表露过。

不过出国比赛这件事,无论如何对夏千沉的吸引力还是很大的,去参加更大规模、具有更高认可度的比赛,不是站在本国之巅,而是站在世界之巅,这对任何一个拉力赛车手来说都极具诱惑力。

WRC,世界拉力锦标赛,全世界的拉力赛车手看待它,就像咕噜看待魔戒,小狗看待拖鞋。夏千沉想去吗?想的。那是和 F1 齐名的比赛,这样别人再问起来,环沙拉力赛和 F1 谁更牛的时候,夏千沉就可以转移话题:"哦,我跑过 WRC,那玩意儿和 F1 是同一个难度。"

事实上,环沙拉力赛的难度不比 WRC 的难度低,但 WRC 的规模更大,每一届光是站点就有十三个。所以景燃提出这个事情的时候,夏千沉停顿了很久。他的资格、身价,背后的赞助商,他的车队,他的领航员,是完全可以支撑他去参加 WRC 的。甚至,他现在的年纪和状态都是最完美的。他有丰富的经验,起步早,在拉力赛车手中已经是佼佼者,完全可以去一个更强劲的环境中比赛,去和那些外国人拼一拼,在世界的任何地方挥国旗。

就像钟溯认为的,他不应该被任何事情牵绊,他应该去做自己想做的事。

夏千沉拢了拢领子,说:"好冷哪,下次再聊这个问题吧。"

景燃笑了笑:"行,你回去吧。"

夏千沉和钟溯在赛车场和景燃告别,又到了年关,热爱派对的杜源又开始组局,今天刚刚结束提前开的新年派对。今天夏千沉帮郝瑞池数了数她的压岁钱,只比自己的年终奖少两千块。回家的路上,夏千沉一直对此耿耿于怀,在摩托车后座上问钟溯:"凭什么啊?她期末数学就考了 70 多分,刚刚及格,还能有这么多钱?"

"别气了,我们俩今年也刚刚及格。"钟溯说。

"那能一样吗?我们俩今年还不够辉煌吗?"

"确实。"钟溯说,"那你比郝瑞池厉害。"

夏千沉还是觉得不行:"你拿我跟一个小学生比?"

晚上到家之后,正式进入今年的春节假,夏千沉怀疑景燃今天说这话的目的是让他过不好这个年。回家后,夏千沉唉声叹气,钟溯终于忍不住了:"我有什么能帮到你的吗?"

"啧。"夏千沉说,"你先别睡。"

黑漆漆的房间里,两个人漫长静默,有些事情是心照不宣的。景燃不明白为什么夏千沉不出国比赛,但钟溯明白。世界上总有那么多的无奈,总有那么多的绳索在把你往后拉。

钟溯面对着夏千沉坐下来,说:"你想去 WRC,但你顾忌夏主任。你不怕死,但怕她伤心难过,对吗?"

"虽然我已经过了'做一件事要征求妈妈同意'的年纪,但我觉得还是应该和她商量一下。"夏千沉垂眸,"人只能死一次,也只能活一次,我不想一百年后被挖出来,骨灰在风中拼出一行字'我想去 WRC,但我没去成'。"

钟溯"扑哧"笑出声来:"不至于,但你要好好想想怎么和夏主任商量这件事。"

因为他一旦说出来,夏茗钰极有可能会陷入惶惶不可终日的状态。这不公平,一个因为某个特定事件失去丈夫的女人,不应该再因此失去儿子。可是世界上的任何事都不能做到完全公平,这对夏千沉公平吗?他一生热爱赛车事业,为之奋斗一生、奉献一生,却止步于世界舞台。

"其实……"夏千沉抓着衣摆,"我妈她说过,我和我爸……对她的意义不一样,我们需要承担的责任也不一样。"

钟溯问:"什么时候说的?"

"上次环沙,我们俩翻车,在医院的时候。"

那确实是个很大的事故,彼时他们还在 GP,那时候他们廾的赛车无疑是改装赛车里安全性能极高的,还是让他们双双入院。甚至可以这么说,但凡当时那个防滚架用的是便宜三千块的,他们俩现在已经被记载在汽联的牺牲名单里了。

钟溯想了想,试着开口说:"或许夏主任比我们想象中的更强大。"

"你呢?"夏千沉问,"你怕吗?最差的结果是客死异乡。"

黑暗里,钟溯能看见他漂亮的狐狸眼和琥珀色的瞳仁。

钟溯说:"和你死在一起的地方不叫异乡。"

春节之后,SL 向全世界招募车手,备战 WRC。

夏千沉接受采访时说:"人活一世,要多拼一拼,死后不过一抔黄土,不能被扬在风里的时候再后悔,头上也没有复活币。"

这个消息一放出来,国内立刻有车厂前来谈合作。因为 WRC 的参赛要求之一,是参赛车手必须是来自车厂车队的车手。夏千沉和钟溯已经在 SL,他们只需要和车厂合作,挂名就好。大牌车厂们听闻此讯蜂拥而至,毕竟这是个面对全世界打广告的机会,而且拉力赛,抛开输赢,赛段上有精彩表现,包括但不限于撞车出事故,才是观众们最爱看的。

3月份，他们敲定了车厂，在线上报名，告别夏茗钰，带着车队的9个集装箱出发了，其中包括勘察车、维修设备、配件、消耗品、赛车和备用的发动机。WRC官方协调运输，用集装箱空运，赛车从海关运出，使用进口的巨大运输箱。同时，另一辆备用赛车从海上走，以防万一。就这样，所有配件和人兵分三路，他们即将在4月初抵达WRC本赛季的第一站，M市。

光是这些车辆和配件的运费就花了近三十万，这钱花得夏千沉非常爽。

目送橙黄色的进口运输箱离开视线，夏千沉、钟溯和景燃在机场吃了一顿非常难吃的牛肉面后，回了沪市。

"这是我从业以来第一次错过赛季第一个站点赛。"夏千沉看着高铁过道上狂奔的小孩儿，"今年第一站在哪儿来着？"

"游县。"钟溯说，"我们40分钟跑完最后一个赛段，飞奔去天驹山赛车场的地方。"

"哦，对。"夏千沉想起来了，"难怪没什么印象。"

景燃一路上都在思考有没有落下什么东西，恨不得让夏千沉把赛车场的厨师也一起带过去。景燃忧心忡忡地问："M市那边的东西你吃得惯吗？"

夏千沉指了指钟溯："他会想办法哄骗我吃的。"

钟溯点了点头："你只要告诉他，吃下难吃的食物，是成为高达驾驶员必要的磨炼，他就会闭眼往下咽。"

"……"景燃看着他们，"其实我也不是非得知道这些细节。"

高铁到站后，出口处的人群里站着一个戴着浅灰色鸭舌帽的青年，景燃一眼就看见了他，挥了挥手。青年立于人群之中十分惹眼，明明穿着稀松平常的风衣和牛仔裤，但就是十分好看。尤其对比这三位刚刚挥别赛车，吃了顿难吃的牛肉面又舟车劳顿的人。

景燃笑得相当开怀，不符合他本人长相那样的开怀，对另外两个人说："看，我朋友来接我了。"

钟溯抽了两下嘴角："别用这个笑脸对着我。"然后他扭过头对夏千沉说："回家想吃什么，松鼠鳜鱼？文思豆腐？清蒸黄鱼？"

离出发还有一周。车厂派来三十几号人在赛车场里做出发准备，这次随夏千沉和钟溯出征WRC的人，有景燃、娜娜、车厂主管、车厂车队经理、维修队和后勤队。

出发倒计时还剩六天的时候，汽联的人来了好几回，回回都被里面乌泱泱站满的人搞得没法出声，插不上话，因为大家太忙了。

他们要向WRC赛会报备所有已经抵达和即将抵达当地的配件和车辆，最先到的是主赛车。WRC 赛会有专门的工作人员负责接收，堪比卡车的巨大运输箱被海关的铁锁锁着，钥匙在夏千沉手里。

此时，拿着钥匙的夏千沉，在维修工们焦头烂额研究赛程和赛车数据的时候，在家和领航员摸鱼。他们白天在家待着打游戏、刷剧、吃外卖，晚上出去练车，几乎见不到太阳。

因为 M 市的站点赛是夜赛，他们缺少夜赛经验。他们仿佛是把所有作业堆积到某一个时间点的小孩儿，在那一天或者说那几天，小孩儿疯狂地认真补着作业。

他们如此过了七天，因为知道，错过了这七天，可能接下来的大半年都不能再这么悠闲了。

时间在稳固前行，第七天，出发日。

出征 WRC 无疑是件大事，接下来是漫长的站点赛。今年第一站有十个赛段，从 M 市海港出发，第一赛段和第二赛段都和往年一样在晚上举行。国内大部分拉力赛在白天，再不济也在黄昏，鲜少有夜赛。所以今年 WRC 的第一站就是个不小的挑战。

出发的当天，一众亲友相送。在机场里，夏茗钰和夏千沉拥抱了一下，夏茗钰说："我对你的人生的期许，就是保持呼吸，不要断气。"

"好的。"夏千沉笑了笑，和妈妈拥抱。

机场的语音播报提醒他们前往某个登机口，郝瑞池在安检外面喊着"千沉叔叔加油"，夏千沉扶着银灰色的登机箱，最后回头看了一眼妈妈的方向。

参加拉力赛的第四年，他即将跑上世界拉力锦标赛的赛道。如果这是部热血少年漫画，那么现在这个分镜旁边配的旁白应该是："年轻车手的征程，才刚刚开始！"

他会开着自己的赛车去爸爸走过的地方跑一遍。他可能不会去达卡，但今年会去世界各地看一看，对比南疆和川青，他并不觉得自己去的是一个更广阔的地方，而是去面对更强劲的对手。

登机箱的滚轮在机场的地面上滚动，一行人前往登机口。摆渡车闪着工作灯，面带微笑的地勤工作者为他们指引着方向，巨大的落地玻璃墙外面，停着即将带着他们前往世界级比赛的飞机。

夏千沉停顿了一下，开始思考平行宇宙的那些平行线，会不会其他世界里的夏千沉选择留在国内，会不会有其他夏千沉在少年时期就改变了梦想？如果有的话，那么自己作为夏千沉中的一员，能不能理解他们放弃的原因呢？

夏千沉站在透明玻璃墙前，觉得不能。如果是夏千沉，那么无论活在哪个世界，夏千沉都应该在赛道上，在公路上，在发车线和终点线之间，在维修站里，在山川高原上，在海岸线上，在颁奖台上，或者——在三尺黄土下。

"夏千沉。"前面不远处有人叫他。他回神，循着声音看了过去。

钟溯站在那儿，对他说："我们要走了。"

"来了。"他抬脚跟上。

就算在三尺黄土下，也有人陪伴他。

在钟溯目前还不算太长的人生中，有不算美好但也并不糟糕的童年。他属于孤儿中的幸运儿，灾难中的幸存者。他没有因为无父无母被歹人拉去卖肾，也没有什么豪门流落在外的真少爷血统，更没有变异成超级英雄，或者某天从天而降一道光说：少年，拯救世界就靠你了。

养父母和养父母的亲戚们对他都有很好的印象，他们会给钟溯一个非常高的评价：懂事。他是个懂事的孩子，不惹事，写完作业做一些会做的家务，会乖乖把棉被叠起来，把床单抻平整。他在学校很乖巧，起码表现出来的样子很乖巧。他知道他在养父母家里，扮演着"太子"陪读的角色，所以会教育惹到"太子"的人，让"太子"没有后顾之忧。

这就是钟溯遇见夏千沉以前的人生。他奉献、燃烧自己，像是一条工作犬，在有需要的地方，扮演一个被需要的角色。他沉默着，垂着眼，懂得所有生存之道，敛起自己的所有情绪和欲望，他就是"别人家的孩子"。

直到夏千沉问他：你有什么喜欢的东西吗？你喜欢摩托车吗？你喜欢做领航员吗？你喜欢越野吗？这些从没有人在乎过的问题，夏千沉在乎并且想知道。

钟溯并没有非常悲切或者矫情地认为，自己已经丧失了喜欢某样东西的能力，抑或是，这就是人生，他没的选。钟溯的第一反应是欣喜，夏千沉在乎，在乎他喜不喜欢。但事实上他有的选吗？是有的，只不过钟溯选择了奉献，选择了心怀感恩。

世界上的一切都是明码标价的。他感激自己做了景燃的领航员，感激自己始终如一地奉献，感激那年他和景燃在环沙拿到冠军——

世界给了他溢价补偿，让他遇到了夏千沉。

"来了。"夏千沉握着行李箱拉杆，笑着走过来。

阳光洒在他的侧脸上，今天是个晴天，钟溯脑海里冒出了一句非常土的话：今天是晴天，因为你来了。

一行人坐上摆渡车，登机，飞机开始平稳地滑行。

飞机起飞，起落架被收起来，发动机工作的声音让他们心里无比平静。

钟溯向夏千沉伸出手，邀请他握手。

"第一个赛段是 38 千米的夜路。"钟溯说，"加油。"

夏千沉笑了笑："伟大的克林克兹曾说过，与其感慨路难行，不如马上出发。"

传承

38 千米夜路，从 M 市海港出发。

WRC 允许自主勘路，但勘路车必须和主赛车同一型号、同一马力，配件也得一样。也就是说，勘路车和主赛车必须是一模一样的两辆车，唯一不同的是主赛车车身有广告，勘路车车身没有。自主勘路有两次机会，夏千沉和钟溯选择白天勘一次路，晚上再勘一次。缺少夜赛经验的两个人对夜间勘路非常谨慎。大工帮他们调试好前车灯后，他们出发了。因为白天已经勘过一次路，有了第一版路书，第二次勘路的目的是核对路书，但对他们来说，晚上这一次更像是演习。

全程没有路灯，钟溯翻到路书第一页："起步准备。"

夏千沉答："准备就绪。"

夜路不好开的原因在于视野不好，视野不好会导致赛车手缺少判断，从某种意义上说，夜赛拼的是胆识。可能赛车手觉得这是个急窄弯，但领航员报了 5，并且建议挂 4 挡全油门过弯，这时候赛车手如果存疑减速，就会被别人甩开起码 2 秒，尤其是夏千沉这种眼神不太行，但又相当自信的赛车手。

钟溯说："前右 4，全油门过。"

夏千沉疑惑地问："你确定？这个弯不应该漂过去吗？"

"它是个右 4，"钟溯强调，"4。"

夏千沉干脆减速，指着风挡玻璃："来，你跟我讲，这个弯窄得我们俩并排走都够呛能过，你说它是右 4？"

钟溯感觉血压有点儿高了："它的确是个窄弯，但它是个有盲区的缓窄弯，我们白天已经来过一次了。"

"它白天长这样吗？"夏千沉问。

这样的对话又发生在下一个类似的左手弯，以及下下一个类似的回头弯处。

钟溯原以为他们之间是无条件信任的，但夜间勘路彻底推翻了这一论断。这个世界本就没有真正的无条件信任，所谓的无条件信任依然建立在各种感情上，友情或亲情……

"来，下车。"钟溯说，"下车看。"

夏千沉闷闷地"哦"了一声。他们白天勘了38千米的路，而且只有一次，夏千沉并不能记住每个弯道。夏千沉也愿意相信钟溯，但信任不是盲目的，他不能眼睁睁看着面前一个四五米宽的什么都看不到的弯，听领航员说它是右4。

事实证明，弯道不受阳光影响，白天是什么样，晚上还是什么样。两个人下了车，车前灯灯光照着路。夏千沉顺着这条路走过去看这个弯，确实是个弧度非常大的回头弯。

钟溯并没有气急败坏地说"我都告诉过你了"，也没有摆出面无表情的淡漠模样让夏千沉自责，而是拍了拍他的脑袋，说："你别这么紧张。"

是的，夏千沉非常紧张。这种紧张的情绪让他变得多疑焦虑，就像他第一次上环沙时一样，他是那种"我可以死，脸不能丢"的人。

钟溯明白，是第一次来WRC让他太过紧张了。就像第一次在环沙上换轮胎，迫使夏千沉向大自然低头的是环沙的不可控因素。

"我知道……"夏千沉的声音有些飘，"我知道我不该紧张。"

今年WRC开赛的时间有点儿晚，现在已经是3月末，M市的3月末不算冷，体感温度能达到10摄氏度。

"我也紧张。"钟溯说。

今天的夜风自北向南，他们离开M市海港十几千米了，回头已经看不见海港。

在车灯前，钟溯面部硬朗的轮廓被切出一道道阴影，他接着说："而且，我也是第一次来WRC，我们可以每个弯都下来看。"

"好。"夏千沉点头。

WRC第一站，夜赛，SS1，38千米。

与环沙拉力赛和川青拉力赛不同，WRC的风格更偏向于竞速而非越野。这是钟溯的短板，却是夏千沉的长处。

为了靠近WRC的风格，站点重修了很多次赛道，放弃了一些非常危险的天然道路和境外道路。这条古老的拉力赛道，造就了英雄，时至今日，依然是WRC极有代表性的标签之一。

周四的晚上，M市海港的发车点灯火通明，各路豪强汇聚在此。

随着一辆辆前车开走，夏千沉握着方向盘的手也越发紧了。

景燃递进来一瓶矿泉水："你们俩喝一瓶吧，这儿的水全是冰的，就这一瓶常温的。"

钟溯原想说夏千沉就爱喝冰的，但还是接过了水："行，谢了。"

钟溯拧开瓶盖先将水递给夏千沉："放松点儿。"

"好。"夏千沉说。

"拿呀。"钟溯晃了晃瓶子，"都说了放松点儿。"

夏千沉理智回笼："哦，好。"接着拿过水瓶，一口气喝了半瓶水。

钟溯："……"

钟溯笑了笑，喝了一口水，跟景燃说："这瓶子还是留着吧。"

"为什么？"夏千沉问。

"怕你要尿。"钟溯说。

"……"夏千沉没什么好反驳的，一口气喝半瓶水，确实容易尿急，"好吧，我紧张了。"

今晚将完成两个赛段，SS1 和 SS2，SS1 全长 38 千米，从 M 市海港到 M 市山脚。SS2 是上山，山上有个八连发卡弯，非常有挑战性。

调试发动机和轮胎的维修工撤离，娜娜给两个人最后强调了一遍赛事规则然后撤离，直到上了发车道，景燃也离开了车旁边。

WRC 的第一站的第一条赛道上，夏千沉和钟溯只有彼此了。终于，前车开上发车线，裁判向他们做了一个等待指令的手势，为前车开启了红灯倒计时。

"深呼吸。"钟溯说。

"不至于。"夏千沉摇头。

钟溯抿了抿唇："那你倒是把通话器打开啊。"

夏千沉："……"

M 市的赛道并不难，其实更像是把赛车场的赛道拉平了，不转圈了，甚至它的路都快要接近柏油路了，按理说，如果是在国内，夏千沉看到这样的路面会狂喜。但今天，他知道，真正的难点是对手。比如他的前车里坐着的是 M 市九冠王，今年三十九岁，F 国国宝级赛车手。再比如他的后车里坐着的是四十三岁的创下过某个站点世界最快纪录的赛车手，迄今无人超越。夏千沉更年轻，也更稚嫩，和这样的车手们并肩，说完全不紧张，不合理。

这是夏千沉和钟溯来 WRC 的第一年，同时，这是其他车手来 WRC 的第十年，或者第二十年、三十年。别人久经沙场，他们初来乍到，这个经历过几十年岁月沉淀的世界级比赛，缔造过无数传奇故事，如今要再添一笔。

钟溯："起步准备。"

这是夏千沉参加拉力赛的第四年。才四年而已，夏千沉太年轻了，他的里程太短了。但夏千沉仿佛"骨骼惊奇"的练武奇才，陌生的赛道他跑过一遍就能熟悉。他拿着四年的经验，足以对抗有八年或是十年经验的赛车手，所以今天他的赛车停在 WRC 的发车道上。

夏千沉："准备就绪。"

倒数开始。

WRC 上的亚裔车手并不多，历年都不多，搜一搜"十大车手"往下拉，看不到亚裔车手，这样的极限运动多是那些资金更加雄厚、底蕴更加深固的欧美车手占据榜单。

钟溯帮他倒计时："5，4，3，2，1。"

前车灯是这条路上唯一的光源，海港的味道让人联想到咸鱼味，又咸又腥。夏千沉不喜欢这样的味道，但很快他们就闻不到了。

"高速长沙石路，紧接直角弯向右。"副驾驶位的顶灯亮着，方便领航员读路书，"过桥，全油门，桥后减速。"

从桥下时不时亮起的光亮可以猜测到，那儿有许多蹲点拍事故的记者。WRC 的事故都非常有看头，曾经有赛车手意把警示牌放在很偏的路边，稍不注意就看不到它，然后后面的车撞上事故车。今年也是这样，不过这些赛车手都有丰富的经验，不会让自己在第一个站点犯低级错误。然而 WRC 上的低级错误，放在普通赛车手身上可能是家常便饭，普通赛车手只能摊手——我也没办法啊。

夏千沉过直角弯后上桥，桥是飞坡路面，落地后要收油，桥后是个左弯，有视野盲区。

钟溯："左 3 听我倒数，别怕。"

即使是夜路，钟溯也能判定出最好的入弯点在哪里。他们已经完美契合，钟溯能够习惯夏千沉的开车风格，夏千沉愿意信服钟溯对距离和过弯方式的判断。

M 市的这条路上没有光，没有缓冲区，四周都是欧美面孔，一个个尖锐锋利。夏千沉只有身边的领航员，这就是在国外比赛的最直观的感受，这是一种和钟溯捆绑在一起的感受，在这里，钟溯必须跟着他，他也必须跟着钟溯。

38 千米的夜赛进行得很快，夏千沉排名不高，这在预料之中。

WRC 的站点排名表，一页显示五位车手。夏千沉来到维修站后，在第一页没看到自己，也就没有继续等着屏幕跳去第二页。

当地时间晚 11 点过 5 分，紧接着开始 SS2 的比赛。

M 市山地，45 千米，八连发卡弯。

在八连发卡弯勘路的时候，夏千沉和钟溯觉得和玉山天路比起来，这里还是次了点儿，于是这个赛段两个人很轻松，轻松到甚至聊了起来。

"不过如此。"夏千沉说，"WRC，上山的路居然还是公路。"

钟溯也这么觉得，WRC等级的上山路委实过于平整了，甚至路面情况有点儿令人感动，因为国内这种八连发卡弯的上山路，一般是云天大道那种难度。遇到这种情况，钟溯的第一反应是，该不会梅开三度又开错道了吧？但他对自己的职业素养很有信心，毕竟夏千沉两次开错道都是在独自驾驶的情况下开错的。

所以钟溯也纳闷："是啊，勘路的时候觉得夜赛肯定会有点儿棘手，你在上个赛段找到手感了？"

"很难说，就觉得……"夏千沉琢磨了一下，顺手拉起手刹漂进弯后挂4挡给满油，"挺顺畅的。"

夜空很晴，他们一直开到山顶维修站，才从维修工口中得知，在这个赛段退了两名老将。一名是曾在WRC赛点站斩获五连冠的赛车手，另一名赛车手来自S国，今年已经五十一岁，精神面貌相当好，但似乎很多欧洲人到这个岁数，发际线都快要移到头顶。

S国车手过来打了个招呼，是特意来夏千沉这个维修站打招呼的。此人用英文对夏千沉说："你爸爸当初在达卡拉力赛用救援绳拉出来的赛车手，是我。"

SS2，夏千沉在这里追上三名车手，但还没挤到第一页上。

说起来这还是件挺神奇的事情。

夏千沉看着手里的头盔，它不是现在受赛车手青睐的碳纤维头盔，而是早已被摈弃的老式ABS（聚合物材料）头盔。头盔上的印花已经被磨损得看不太清楚，依稀能辨别出头盔的颜色，有些地方有明显的撞击痕迹，陷入一个小坑，露出材料的底色。

这个头盔是那位S国车手在M市SS2终点线的维修站交给夏千沉的。

S国车手说，这个头盔曾属于夏千沉的父亲。当初在达卡拉力赛上，S国车手陷车，是林安烨牺牲了40多秒的比赛时间把他拽了出来。赛后，S国车手请林安烨留给自己一个纪念品，因为这场比赛的站点奖金让S国车手还清了自己的债务。所以第二年的达卡拉力赛，S国车手听闻林安烨的重大事故后，保存着这个头盔，直到这一年WRC，他在参赛名单上看见了夏千沉的名字。

"放在维修车里吧，"钟溯说，"和手套放在一起。"

这次WRC，夏千沉把林安烨的旧赛车手套也带上了。

夏千沉说："好。"

第二站，R 国。

R 国离 M 市很近，直飞 4 个小时左右，比沪市去南疆还要近一些。运输车出发后，夏千沉和钟溯在 M 市赛事中心填写完奖杯邮寄的地址，启程前往 R 国。站点第三名的奖杯，对首次参加 WRC 的人来说，已经是可喜可贺了。就连景燃都非常诧异，景燃说都已经想好夏千沉落出前十名后要怎么安慰他了。

这次的赛程比较紧凑，中间一行人没有回国。从 M 市上飞机的时候，夏千沉有点儿担心郝瑞池。娜娜说没什么好担心的，这周末郝瑞池和外公外婆回老家，打服了鹅，保护了狗，因为随堂数学考试考了 70 分，放学快乐地买了两小段鞭炮要庆祝，结果选址不慎，点鞭炮的地方是公安大院前边。由于她自首态度良好，被教育后释放了。听完，夏千沉和钟溯想从机舱座位上起来向她鞠一躬。

原以为在 M 市碰见那个交还林安烨的头盔的 S 国车手是个巧合，可夏千沉到了 R 国的 WRC 赛事中心后，一位看上去五十多岁的叔叔直直地过来跟他拥抱，说："欢迎来到 WRC，你早该出现在这里。"

夏千沉在赛事中心报到后才得知，那位叔叔也曾和林安烨做过对手。他离开赛事中心前，还碰见了两三个岁数可以叫叔叔的赛车手，他们先后来和他打招呼。这种感觉很奇妙，他没有见过父亲，但他在和父亲的对手们交手，甚至其中有个赛车手对他说："Make CN Rally great again!（让 CN 拉力赛再次强大起来吧！）"

赛事中心的大厅里有个小餐厅，夏千沉和钟溯决定中午就在这儿凑合一顿。

"这也没法凑合啊。"夏千沉看着面前服务员端上来的 Risotto（烩饭），"它不是叫烩饭吗？看上去为什么这么像冻干泡水？"

当初在 G 国时，夏千沉也吃过 Risotto，所以纳闷，难道各个国家做其他国家的菜都会加一点儿本地特色？比如把烩饭做成……狗粮？

钟溯不知道该怎么回答："那我们换换？"

夏千沉看了一眼他盘子里的茄汁意面，一点儿胃口都没有。

美食荒漠就是这样，米是小颗粒的米，草莓像指甲盖一样大，一颗糖果仿佛浓缩了三斤糖浆。好在他们这么过了三天后，开赛了。发车点附近有家汉堡店，暂时缓解了夏千沉吃饭不习惯的暴躁情绪。

比赛日。

SS1 是经典的冰雪赛道。这趟来 WRC，给夏千沉最大的感受就是一个词：经典。

夏千沉在视频里看过的赛道，如今上面也多出了自己的赛车，他握着方向盘和变速杆，赛道上有父亲曾经的对手，有父亲曾经的朋友。

他在这里更像是一种传承，不仅是血脉上的，还是时代上的。

赛车上发车道，等待 2 分钟。

此时，汽联论坛的目光早已离开国内站点赛，过半的帖子还在讨论 WRC 上一个站点赛夏千沉获得季军的事。国人在国际赛车行业中的声音一直很低，应该说整个亚裔的声音都很低。在历年 WRC 中，除了在怀岸举办的站点赛，冲入 WRC 的我国车手，细细数来，只有林安烨。所以这种传承是非常直观的，业内同行们聊得热火朝天，夏千沉首次出征，在第一个站点赛拿到季军，这无疑爆了 WRC 一个大冷门。

随着夏千沉冲过第二个站点赛的发车线，国内外的讨论风向开始聚焦到上一位站点赛冠军林安烨身上，林安烨在 WRC 上拿过三个站点赛冠军，不知道这位年轻的赛车手能不能超过前辈。

而在 WRC 现场，那些老车手之所以能认出夏千沉，是因为当初林安烨在达卡拉力赛丧命后，他们跟着林安烨的车队一起来参加了葬礼。在葬礼上，他们得知夏茗钰已经快要生产，一直到夏千沉出生，夏千沉成为车手，那些国外的老车手都关注着他们。

"超了他。"钟溯说。

比如夏千沉正在超的这辆车，里面坐的就是他父亲的老朋友，某车队的王牌，K 国拉力赛三连冠。

夏千沉在弯道外线超了车，赛车后车窗玻璃和道路的金属护栏剐蹭冒出了火星。

钟溯说："进挡全油门，80 米雪地长直线。"

夏千沉进挡，R 国北部的冰雪路面没比不咸山的连续回头弯难到哪里去，但他超越的那个赛车手，是曾经在 K 国拉力赛上把林安烨甩出 30 多秒的赛车手。这种感觉让他热血沸腾。

"给油。"钟溯继续鼓励他，"前 50 米右 2 紧接左 3，弯很急，你可以二连漂过去。"

钟溯相信夏千沉在雪地上的极致操控能力。果然，夏千沉辅助手刹让这辆被完美调校的赛车在雪地上二连漂移，急右弯后紧接左弯，赛车在打滑的极限范围里维持着可怕的车速。在这个无数世界顶尖赛车手、多少冠军都必须减速的弯道上，夏千沉在踩油门。

次日，汽联新发布消息：《没有人能看见夏千沉的刹车灯》。

这次 WRC 在国内引发关注的唯一原因，就是夏千沉所在的 SL 正在参赛，而且出发即独苗。

第二站 R 国，夏千沉战胜了许多比他经验丰富的对手。

冠军抵达荣耀的终点，夏千沉和钟溯也为他鼓掌。冠军在向台下喷香槟，夏千沉默默退到钟溯身后。这个站点 SL 排名第五，前八名有积分，夏千沉拿到了积分。

刚开始就是要磨炼，要熟悉，要认识到人外有人，要承认自己渺小，摆正心态，继续出发。初次征战必定不会太顺利，关于这个问题夏千沉和钟溯聊过。所以收车仪式后，两个人的心态比较平稳。

收车和颁奖仪式结束后，夏千沉又收到了一位赛车手交给他的东西。曾属于林安烨的气门摇臂，那位赛车手说，这是林安烨借给他的，他一直没有机会还回去。

有一瞬间，夏千沉觉得，他来这一趟 WRC，指不定能凑辆车回去，也算是赚了。他把这个想法告诉钟溯后，钟溯说："你这就像走在路上捡到个鼠标，就已经在思考配个什么显卡了。"

"反正赚了点儿东西。"夏千沉把气门摇臂放进维修车里，"是不是要装车走了？"

"嗯，"钟溯说，"要走了。"

夏千沉拍了拍那个旧头盔，离开了维修车。

在 R 国的最后一晚，两个人稍微闲逛了一下。高纬度地区的春天没有冷得很夸张，夜晚的城市略显荒凉，门店不开，也没什么人在外面闲逛，偶尔能看见一些迟迟没有被摘下来的圣诞装饰。钟溯说："你站那儿去，我给你拍张照。"

"然后设置成你的朋友圈封面吗？"夏千沉打趣他，说着站了过去，那是棵用铁丝做出来的圣诞树，不太大，约莫到夏千沉的腰，上面裹了一圈灯串。

钟溯拍了几张照片："对啊，要不定期更新一下，显得比较友爱。"

两个人漫无目的地逛了一会儿，迷路了。

"你不是领航员吗？"夏千沉坐在马路牙子上，"领航员不是指路的吗？"

"……"钟溯等待着手机的信号转圈圈，"抱歉。"

R 国到 H 国的飞行时间只需要 2 个多小时。

在起飞前，夏千沉和钟溯收到噩耗，当地的环保人士正在 FIA（国际汽联）设置的赛事中心门口游行。当地人认为高排放的拉力赛会带给 H 国无法逆转的环境污染，这些环保人士要求禁止开采石油和煤矿，保护地球，把 FIA 赛事中心堵得水泄不通，也就意味着他们的运输车、维修车都进不去。

"他们不会砸车吧？"夏千沉有点儿担心，"为什么这么激进哪？来这儿比赛 FIA 该交的钱都交了啊。"

钟溯虽然也担心，但只能安抚他："没事，应该很快就能控制住。"

好在有惊无险，警方很快控制住了现场，并且 FIA 也在随后不久出面表示，以后的拉力赛事将会竭尽全力和大家共同保护唯一的地球。

飞机落地后，两个人才听到 FIA 的这一发言。这让夏千沉顿时有些慌，如果说 FIA 要响应环境保护的号召，那首先被淘汰的就是燃油车。钟溯碰了碰他的胳膊，似乎知道他在想什么："别担心，从响应到实施怎么也要两年的时间，不会忽然改革的。"

"嗯。"夏千沉点头，"我知道，我就是觉得有点儿……焦虑。"

"而且 FIA 不会因为某个地方的人员骚乱就改变规则。"钟溯把他的行李箱接过来扶住，"这应该是早就决定好的事情，只是趁机说出来而已。"

夏千沉骨子里对车辆还是个比较老派的人，他喜欢汽油发动机的动力，原始燃料有温度和野性。FIA 这次在 H 国表态，大家大致可以认为，在接下来不久后，WRC 也将启用混合动力车——那将是一个时代的终结。

H 国是个国土面积很小的国家，属于稍有不慎就会开到境外的那种。

这一站夏千沉选择了硬复合轮胎，这也是一种妥协，他希望自己能在单一燃料汽油车时代里跑出成绩。但大环境在变，夏千沉很小的时候，一百块可以加满一箱油，现在的一百块却连 20 升油都加不到。

人们常常能在网上看到一些"见证历史"的时候，但当一段历史真的要从自己的手里消失，而且事关自己所从事的事业、自己的爱好时，这种感觉非常悲凉。

夏千沉坐进赛车里，景燃辅助他戴好头颈保护系统，检查安全带，然后去另一边帮钟溯。

"其实也不是不能接受。"夏千沉开着赛车向前，说，"毕竟 FE 都有了，拉力赛车肯定也会逐渐变成纯电车，我可以理解的。"

钟溯偏头看过去。是啊，连人们更熟悉的方程式赛车都有电动的了。那么拉力赛的改装赛车混合动力化、电动化，还会远吗？

人生就是无时无刻不让你感觉无力、无奈、怀念。

钟溯看着他，同样很无奈，没办法用任何说辞来安慰夏千沉。他只能说："我们加油。"

"嗯。"夏千沉开始自检，"水温正常，汽油压力正常……趁燃油车还能跑在赛道上时，机油压力正常，转速正常……少壮不努力，老大模拟器，我们要加油。"

钟溯笑了，夏千沉说的模拟器指的是赛车模拟器，类似电玩城的设备，有一个座椅和一个方向盘。

"好，少壮不努力，老大模拟器，加油。"

出发。

H 国对 WRC 来说是个很年轻的站点，这里举办 WRC 赛事还不满三年，所以这里很符合近些年 WRC 偏竞速的风格。赛段多柏油路，多急弯，多坡道，甚至还有一段是街道，这里的街道普遍偏窄，而且街道两边的建筑多是白色石砖墙的，在高车速下看久了容易眼花。

两个人来到街道赛段的时候其实压力挺大的，尤其是钟溯，因为车开到每小时 170 千米的时候，灰白的地面和白色的砖墙很容易融为一体。

街道赛段发车线前。

"感觉像是白色地狱。"夏千沉说，"你能行吗？"

钟溯舒出一口气："行不行的都是我了，你还有其他备用人选吗？"

"倒也没有了。"夏千沉佯装哀怨，"早知道应该出去找几个。"

"嗯……"钟溯蹙眉，"你这江湖地位就不必亲自出去找了吧，我去帮你找。"

夏千沉的手指尖在方向盘上点着，语气意味深长："你这算盘打得我在村口都听见了。"

"没办法，再不盘算一下主驾驶都没了。"钟溯笑着说。

两个人正聊着，旁边赛事中心的小姑娘敲窗户做登记。两个人签字登记后，赛车从等待区开上发车道。

街道两旁的建筑里是观赛最佳的地方，有些商铺会把二楼租出去，所以可以看见一些建筑二楼的窗户里探出一条条胳膊在挥旗。

发车线，计时器开始倒数。夏千沉从业这么多年，无数次从这条线飞驰进赛道。只要车头停在这条线上，就意味着是一次新的开始，上个赛段、上个站点出现的失误，在这里全部清零，重新来过。拉力赛就是这样，只要你能再次来到发车线前，那么什么都有可能发生：可能会在这个赛段退赛，可能会在这个赛段触底反弹，可能会从这里开始，一次追上好几辆车挤进前八名拿到积分。

发车。

"左 4 接一个很窄的右 6。"钟溯说，"弯心有水，别漂，慢点儿过。"

在拉力生涯中，每个人都会出现事故，没错，每一个。总有人说，没翻过车的赛车手是拿不了冠军的，夏千沉却总是打破了一个又一个江湖传言。他从未翻车，拿到了川青拉力赛冠军。也有人说，没参加过 WRC 的人是拿不了站点冠军的。H 国"白色地狱"街道赛段后，夏千沉站在了站点赛冠军的领奖台上。他的存在像一个辟谣公众号，发去家族群里后会被踢出来的那种。

事实上，从他十八岁那年起，业内业外就有无数质疑的声音。玩花活、不听指挥、迟早翻车，这么多年陪着夏千沉的标签，好听的、难听的都有。然而当他在 WRC 站点赛冠军奖杯邮寄处，写上"SL夏千沉收"的时候，这些声音就像是山林间的鸟叫声，叫出来了就没了，就消失在了空气里。

WRC 第三个站点，夏千沉和钟溯第一次站在世界级领奖台上，夏千沉忽然觉得也不过如此。可能是 H 国的领奖台没有环沙拉力赛的做得大，也可能是他还没反应过来。

不过第四个站点，梦醒了。WRC 第四站，夏千沉的赛车刹车温度过高无法散热，到赛段后半程的时候刹车几乎失灵，赛车侧滑冲出赛道后撞到了路边同样在这个弯道冲出去的一辆车。最终在第四站，赛车的传动轴断裂，夏千沉退赛。

两个人第一年的WRC大起大落，拿到了H国站点冠军，却在第四站退赛。他们便跟另一辆车的赛车手和领航员一起蹲在路边看比赛，心情倒是还挺平稳的，因为同样退赛的赛车手曾是WRC某一站的统治者，七连冠。

七连冠的赛车手都在这儿滑出来了，那我也不丢人吧，夏千沉想。

他正这么想着，钟溯忽然捞着他的胳膊把他整个人拉起来拽到了被撞变形的两辆赛车后面。接着一声巨响，"嘭——"又一辆赛车在这儿冲出来了，下来的赛车手大骂了一声。

夏千沉当时心想：如果在这儿堆积的车多了，那么最后一辆过弯的车，应该可以用尾翼和后车窗玻璃刷着这些事故车成功过弯。可能这就是一将功成万骨枯吧。

第二年，WRC。

夏千沉冠军之心未凉，在次年继续出征WRC。夏千沉并不是会被流言和猜忌牵绊的人，而是个比较坚定的人，过什么样的生活，跑什么样的比赛，人生朝着哪一个方向前进，他都会自己决定。夏千沉的视线就只会看着那一个点，那一个靶心似的点。他可以屏蔽两边的所有声音和目光，就像穿过监狱的走廊，两边栅栏里伸出胳膊也好，丢出东西也好，在他看来，不过是肮脏腐烂的东西，不值得给一个眼神。

第二年再次从M市海港出发的时候，他从容了很多。

这一年他们来M市的时候刚好是春节后，郝瑞池的新年愿望原本是"学会做铁锅炖大鹅"，后来听说千沉叔叔马上要去比赛，紧急让娜娜把手机时间调回了晚上12点重新许愿。

这一年，夏千沉站在林安烨曾站过的领奖台上，爆了一个世界级冷门，在F国举起冠军奖杯。

就像他在第一年出发时说的，与其感慨路难行，不如马上出发。想拿冠军，就要先来到发车线前，先出一轮事故，先撞一撞各种各样的东西，然后再来一次、再来一次、再来一次，总有一次会成功。你要做的，就是戴上头盔，扣上安全带，和领航员连接通话器，然后踩油门，出发。

同年，FIA宣布，从下一年起，WRC的所有赛事将启用混合动力赛车，每辆参赛赛车都必须配备统一的电池。也就是说，拉力赛的新能源时代开始了。并且FIA表示，将在五年内实现WRC零排放，彻底启用电动赛车。

自此，夏千沉是单一燃料时代最后的冠军，最后的王者。

SPECIAL 02
对月共饮

阔别两年，飞机再次降落在南疆的土地上，熟悉的味道扑面而来，干燥的空气、充沛的阳光还有炙热的土地，都十分熟悉。

夏千沉和钟溯从机场坐地铁，轻车熟路地去租车，然后像之前一样进入沙漠。

在夏千沉征战 WRC 的两年里，这两届环沙上，据说于岳和凌未窈相当猖狂。

"是时候让他们回想起被环沙主宰支配的恐惧了。"夏千沉说。

运输车还没到，他们俩先去沙漠找找感觉。他们租了一辆越野车，南疆的太阳依旧一副要把人烤至焦香酥脆的势头，即使车里的空调是 20 摄氏度最大风，从风挡玻璃照进来的太阳光仿佛是烤箱上层火，从沙地冒出来的热浪是烤箱下层火。

两个人戴着墨镜坐在车里，画面十分养眼。夏千沉身上已然看不见第一年来环沙时，在恶劣天气、高温、风沙面前的无奈和局促。

"对了，"钟溯忽然想起什么，"景燃要结婚了，我们环沙后直接从南疆过去？"

夏千沉"啊——"了一声。

钟溯："你给忘了是不是？"

夏千沉被说中，立刻话锋一转："谁让他说那么早啊，哪有人结婚提前半年通知的，我哪里记得住？"

想想也是，钟溯劝道："第一次结婚没什么经验，体谅他一下。"

"行吧。"夏千沉开着越野车翻沙梁，"几号来着？"

"月底。"钟溯说着，又翻了一遍赛程，"赶上婚礼极限的一班飞机是玉山天路当天。"

夏千沉："怎么这个剧情这么熟悉？"

历年环沙拉力赛在赛程上都会有一些变动，有的变动是迫于当地政策以及环境、动物迁徙等因素而绕路或是直接取消某赛段，有的变动是基于赛事赛段多样性而挑选"死亡之海"附近的其他路段。今年也一样，今年的 SS5 长 220 千米，其中 55 千米是雅丹地貌。

此时，娜娜和维修队正在赶来的路上。这些年的时间好像没有走过，大沙漠里还是那样飞沙走石，驼铃响在天边，又似乎近在身前。

他们过着许多人羡慕的生活，去不同的地方，认识不同的人，吃不同的东西，像吟游诗人，发动机是他们的乐器，变速杆是他们的羽毛笔。

夏千沉很珍惜这种生活，并且很努力地让自己能够一直过这样的生活。当然，带着他的领航员。

环沙拉力赛，SS1。

钟溯戴好头盔，扣上安全带，对夏千沉说："起步准备。"

"准备就绪。"

再次回到环沙，有人觉得夏千沉定是曾经沧海难为水，跑过 WRC 的人回到环沙赛道上，说不定会在采访中说出很多装腔的话。

SS1 等待区的记者拥了上来，把话筒疯狂往赛车里递，一群人叽叽喳喳地问着同一个问题："夏千沉，你这次回到环沙觉得怎么样，是不是觉得没什么压力？"

夏千沉在调试通话器，和钟溯交换了一个眼神，钟溯表示通话器正常后，他才回答记者："压力很大，两年没见，希望老朋友给我留点儿颜面。"

环沙对夏千沉的意义总是更大一些，玉山天路是一个阈值，是一个计量单位，更是当初钟溯奋不顾身挡在他身上，险些丢了一条命的地方。

发车，车尾扬着 3 米多高的尘土。

今年夏千沉在环沙上似乎更加奔放，既然 WRC 要争取在五年内实现零排放，那么国内的赛事启用混合动力赛车还会远吗？

单一燃料的时代正在退出历史舞台，夏千沉必须抓住这最后的时光，这是燃油车最后飞驰在赛道上的时光。

SS1 和 SS2 结束后，景燃发来消息，说 FIA 已经确定了明年 WRC 的赛车配置标准，S 组 2000cc 的赛车统一了电池型号，很多赛车手已经在练混合动力车，他建议夏千沉也尽快搞一辆车练一练。钟溯回复说知道了，并且让他安心筹备婚事少操心。

没能和景燃一较高下始终是夏千沉的一大遗憾，钟溯回复完消息后，夏千沉坐在沙丘上，幽怨地望着钟溯。

钟溯笑了笑："景燃那种菜鸟，你老惦记着干吗？"

"谁惦记他了？"夏千沉说，"过来陪我喝一杯。"

第二天是休赛日，夏千沉点外卖叫了两罐啤酒，今天的月亮是下弦月，挂在夜空中像个笑得弯弯的嘴巴。

钟溯迎着风走上去，心道夏千沉学聪明了，知道在沙丘上逆着风坐了。

夏千沉幸灾乐祸地笑着，把啤酒抛给他："总算轮到你眯眼睛了。"

像很多年前一样，两个人在沙丘上对月共饮。

SPECIAL 03

一直在路上

"深呼吸。"钟溯提醒他,"冷静下来,没什么大不了的。"

"我知道。"夏千沉蹙眉,"我是郝瑞池的什么来着?"

"舅舅。"钟溯又一次提醒他,"你现在是娜娜的表弟,瑞池的表舅。"

"好的。"夏千沉调整了一下呼吸,快速低声念着,"赵老师您好,我是瑞池的表舅,真抱歉,回家我一定好好教育她。"如此反复三遍后,夏千沉回头,对钟溯郑重地点了一下头,并比了一个"OK"的手势。

进去办公室后——

"表舅您好,我是瑞池的赵老师。"

钟溯:"……"

所幸老师只是顿了一下,随即笑了笑,让他们在办公桌旁边的凳子上坐下。

老师看了看钟溯,问夏千沉:"这位是……"

"她大表舅。"夏千沉的脑子死机了一下,介绍道。

钟溯:"……"

那天夏千沉自己也不记得是怎么从老师的办公室里出来的,只记得那位赵老师说,要耐心地去引导孩子,见义勇为是好事,但……下手也不至于这么狠。

这一年,随着郝瑞池升至五年级,已经是 WRC 启用混合动力赛车的第二年。

最近娜娜很忙,在忙着和维修工们一起调校赛车。第一年启用混合动力赛车时,FIA 要求全部参赛赛车必须使用统一电池,但第二年,FIA 允许车队自由选择电池种类。

所以郝瑞池被叫家长这事就交给了夏千沉,从沪市第三小学回赛车场的路上,郝瑞池在越野车后座上疯狂输出。主要的输出内容是,她今天上午上体育课时把五班那小子揍得有多惨。

这事说起来郝瑞池是占理的。

"五班那个坏东西，居然掀江小薰的裙子！"郝瑞池趴在副驾驶位椅背上，对夏千沉说，"我没把他的脑袋打凹进去，已经是看在我们同校的分上了！"

夏千沉握着方向盘，现在觉得自己的脑袋可能有点儿凹。

"嗯……"钟溯字斟句酌，"首先，瑞池，你回到座位上坐好，扣上安全带。"

"哦。"郝瑞池照做。

接着，钟溯实在不知道该如何对郝瑞池解释这整件事情。

因为这次郝瑞池打人，出发点是正义的，别的班的男生在体育课上跑过来掀她的好朋友的裙子，这能忍吗？按照赵老师提供的操场监控视频显示，不得不说……郝瑞池下手有点儿狠，要不是体育老师及时冲刺制止，恐怕那臭小子就要进医务室了。

"瑞池，"钟溯回过头，看着她，"你今天体育课这么做，很勇敢，但是……但是瑞池，有个词语，它叫作'罪不至死'。"

说完，红灯，越野车停下，钟溯向夏千沉投去一个"怎么样"的眼神。

夏千沉觉得这样的说法非常严谨又公正，便回敬他一个肯定的眼神。然而郝瑞池不这么认为，噘起嘴，眼睛看窗外："那不是还喘气呢嘛。"

两个人顿时愣了愣，尽管郝瑞池不是郝娜娜亲自生的，但这目光、语气以及轻描淡写论生死的样子，当真和娜娜如出一辙。

不巧，这两个人都比较惧怕娜娜，这时候双双静默了片刻。

夏千沉试图规劝她："活着是活着，但你当时是不是也应该理智一些，点到即止？"

"他掀江小薰的裙子呀！江小薰都哭了！"郝瑞池大声说道，"她今天下午都没来上学！"

说着，两个人也觉得这事是那小子活该。一个五年级的小男孩去掀别人的裙子，在这个网络信息普及率如此之高的年代，真的很难让人单纯地觉得只是恶作剧。

在车里，夏千沉和钟溯其实细细想了一下，这件事归根结底，郝瑞池有错吗？

10分钟后，越野车抵达赛车场院子里，夏千沉先把车熄火，但三个人都没下车，因为夏千沉落了锁。三个人都解开了安全带，前座的两位成年人扭过身子，来跟后座上这位已经渐渐能看出南疆姑娘轮廓的小学生交流。

"瑞池，"夏千沉思索了一下，说，"你保护了朋友，惩罚了坏人，你做得很好。"

郝瑞池翻了个白眼："我知道你要说什么，不就是下手狠了吗？这种人不狠狠教训，他下次还敢，他下次会更过分！"

确实如此，事实上夏千沉看监控视频的时候甚至觉得非常解气非常爽。

因为监控画面里郝瑞池揍的那小子，不仅是目标精准地跑过来掀起了郝瑞池的朋友的裙子，甚至企图再拽一下把裙子扯坏。当时郝瑞池立刻反应了过来，把那小子狠狠推开，然后顺手抽走旁边同学的羽毛球拍，打了那小子一顿。

夏千沉在心里给出的评价是：可惜了，不是棒球棍。

"千沉叔叔，当时那个情况，我真的太生气了。我太气了，再让我遇见一次，我还打他！"郝瑞池把两条胳膊抱在胸前，能看出来，孩子血压上来了。

"我能理解……"夏千沉试图站在中立角度来劝她，但是实在不知道该怎么劝。

在夏千沉和钟溯本身的三观里，他们是真实地觉得郝瑞池这么做太对了，太牛了。结果，还没拿到小学学历的郝瑞池在越野车后座上倏然泄了气。

"其实我知道我下手太重了。"郝瑞池忽然说，"我知道那么打会把他打坏，但江小薰就活该被他掀裙子吗？"

就这样，两位世界冠军，被小学生说得哑口无言。

还好，娜娜来敲了两下车窗，示意夏千沉开锁。

三个人下了车，娜娜问："怎么样了？那小子还喘气吗？"

"……"夏千沉说，"你都知道啦？"

娜娜点头："废话，我当然知道，我就是不知道怎么面对老师才让你们去的。"

她用手里的蓝色抹布随便擦了两下手，郝瑞池刚蹦下车，娜娜就说："别过来抱我，我衣服上都是机油。"

"哦！"郝瑞池笑了笑，"妈，喘气呢。"

"你个熊孩子。"娜娜叹气，"揍得差不多就行了，非得拿羽毛球拍打，那玩意儿打狠了会出事的。"

"知道了。"郝瑞池龇牙笑了笑。

娜娜"嗯"了一声："景燃叔叔的朋友的朋友是医学院毕业的，以后有机会让他教教你打人该往哪儿打。"

"好！"郝瑞池笑着点头。

夏千沉和钟溯在越野车旁边呆滞。钟溯问："解决了？"

夏千沉有些不确定："好像是……解决了。"

真是……未曾料想到的结局。

夏千沉把越野车锁上，和钟溯往车队仓库的方向走去，从这儿走到仓库要走五六分钟。路上，夏千沉说："我以为娜娜会教教她防卫过当什么的，没想到是教她……正确的揍人方式？"

"但不得不说……"钟溯叹气，"好像这样才是合理的。"

"确实。"

这样一来，保护了郝瑞池的正义感，又不会让她以后在这方面吃亏。

夏千沉恍然："还得是娜娜啊。"

"嗯。"钟溯点头，"还好当初瑞池不是我们收养。"

"万幸。"夏千沉说。

车队经过反复调校和试车，终于选出一款完美的电池，无论是续航、电压，还是重量，都和赛车完美匹配。

自此，这辆赛车除开车架还是最初的样子，其他所有地方都变了。这有点儿像忒修斯之船，夏千沉和钟溯聊起来的时候觉得很有意思，结果装上新电池后，打不着火。

在那之后的很多天里，夏千沉和钟溯还有一群目前水平在国内第一梯队的维修工，甚至包括还未拥有小学学历的郝瑞池，每天都在仓库里，研究怎么让车子启动。好在事情终归有了进展，经过多方调校之后，赛车真的启动了，但下赛道跑到第二圈就供油不畅。

不得已，大工老胡放下了身段，说："要不我们找个新能源 4S 店吧？"

此话一出，灰头土脸的所有人抬起头，都是一副难以置信的样子。众人思来想去也只能这样，赛车车队向 4S 店低头，丢脸是丢脸了些，但目前没什么比启动赛车更重要的事了。

运输车拉着赛车去了 4S 店后，店里的维修工把车队的电池放在电机上检修了大概 20 分钟，还回来之后说，他们的赛车这种动力系统温度太高，电池启动自我保护断电了，才打不着火。

接下来的很长一段时间，维修工们都在想办法控制温度。

这就是夏千沉不喜欢混合动力赛车的原因，电能配件就是这样，说自己耐高温的同时，又给自己设置一个温度挡，过了这个温度挡，它就撤退告辞您另请高明。

不过，他们终于赶上了后一年的 WRC。

到了 WRC 第一站，夏千沉和别的车手一聊才知道，大家都很不习惯。在 M 市，大家聚在一块儿最多的就是抱怨，有国外车手聊着聊着就不想跑了，因为他说他的赛车完全改好之后只练了三天，他不想在赛道上丢脸。很不巧，这位车手的发言被他家经理听见了，钟溯便拉起夏千沉离开了那里。

钟溯拉着夏千沉走出三四分钟后，两个人相视一笑。

"笑什么呢？"钟溯问。

"我们也只练了一个星期。"夏千沉说，"怎么办，要不我们跑吧？我不想丢脸。"

钟溯环顾四周："要跑只能往 F 国跑了，跑吗？"

"跑吧。"夏千沉说，"我堂堂一代车神，要是在 WRC 第一站第一个赛段就退赛，你不如现在把我的脑袋摁到那个喷泉里。"

"好。"钟溯笑了笑,"走。"

两个人一起在喷泉旁边的长椅上坐下。1月的 M 市很冷,冷得让人觉得这喷泉保不齐再喷会儿就该被冻上了。

不远处传来吟游诗人的鲁特琴声,今天是 WRC 第一个站点赛的开幕式,N 组先发车,有几辆车特别响,也不知道为什么,格外吵。后来大家才知道,是混合动力下发动机和电池不适配。

S 组最后发车,娜娜找了他们俩好一会儿,终于在维修站的小角落里发现他们俩在用路书的空白页下五子棋。娜娜赶到的时候,夏千沉正在试图悔棋。

"我以为你们俩遁走了呢。"娜娜说,"你们俩遁走了我只有让凌未窈女扮男装顶上了。"

"没跑。"夏千沉站起来,掸了掸衣服,"太冷了,没跑成。"

于是他们又出发了,从 M 市的发车线、南疆的发车线、二河镇的发车线出发。

出发吧,别向后看,别在意撞到了什么。拉力赛道上看不见对手,夏千沉和钟溯要做的就是从发车线飞驰到终点线,然后将车开进维修站,再次出发。

败者留车标

夏千沉刚刚试车结束，正在维修房里和大工一起看新车数据，大工给这辆车用了在赛车上不太常见的自然吸气发动机。

夏千沉把头盔、手套给钟溯，钟溯应了一声，刚好汽联寄过来的同城快递到了，钟溯去签收。

维修房里的其他设备都被占用着，其他人正在调校夏千沉来年参加达卡拉力赛的主赛车和备用赛车，所以大工只能把笔记本电脑放在凳子上，和夏千沉蹲着看屏幕上的数据。

"你看哪千沉，下个月的赛道柏油路居多，自然吸气发动机虽然动力表现方面比较一般，但是它的爆发力好。"

大工边说边给他切换数据表："你看，你过这个 3 号弯出弯的时候，自然吸气发动机的优势就表现出来了，对比昨天那辆车，出弯快了 0.17 秒。"

夏千沉点了点头，问道："但是试的这辆车排量大，爆发才能这么强，下个月比赛限排 1000cc，这个排量，自然吸气发动机还带得起来吗？"

这确实是个问题，最强劲的自然吸气发动机搭配恐怖如斯的空气动力套件，以及超高的转速，做到千匹马力输出轻而易举。但赛道有严苛的输出排量要求，小排量就会导致转速低，转速低，那么提速就慢。

大工自然考虑到了这一点，说："空气动力套件这周可以进风洞测试，排量上，其实我们卡在 1000cc，也不会比其他涡轮增压发动机差，因为涡轮增压的动力输出，涡轮反应会滞后。"

夏千沉蹲得腿有点儿麻了，把重心换去另一条腿上，凝视着维修工。

这位是维修房里最大的大工，夏千沉迟疑了，片刻后还是说："所以别人提速延迟的时间和小排量下自然吸气发动机的转速时间产生的时间差，你让我一个人类来超越？"

大工笃定地点头："我们都相信你的车技！"

夏千沉张了张嘴，恰好钟溯拿着两个文件快递回来，夏千沉伸手："拉我一把，腿蹲麻了。"

钟溯薅着他的胳膊把他拽起来，说："收到两个快件，都是你的。"

"两个？"夏千沉接过快件，先撕开一个拿出来，"这是汽联的表。"

接着撕开另一个，里面是个鲜红的信封，夏千沉当即心下一紧："不会是结婚请帖吧？我这两个月都送出去快五千块礼金了。"

"等会儿。"钟溯知道他眼神不好，自己瞄了一眼，"是战帖，千沉，你被下战帖了。"

"啊？"夏千沉在这个鲜红的信封正反面瞅了两回。钟溯叹气，拿过来，先指了一下红色信封角落里用深红色笔迹写的"决战"二字，再精准地沿着那条非常不显眼的虚线将信封撕开，交还给他。

夏千沉已经习惯了，他有一双不太善于发现关键信息但十分漂亮的眼睛。

他打开信封，将里面的东西抽出来，是一张明信片。他将明信片翻过来，上面有一句话：决战秋名山！败者留车标！署名：于岳。

"什么玩意儿？"大工凑过来看，"战帖？败者留车标？还秋名山？"

夏千沉目光冷漠地牵着嘴角冷笑了两声。

大工接着说："无不无聊啊，一个个都快三十岁的人了，还在玩这种输了把人家的车标抠下来的——"

"呵。"夏千沉当即打断他的话，"非要我山路赛车之神重出江湖，我在 NS 赛道上跑高低坡旋转木马弯的时候，于岳还没考到驾照吧！"

大工惊呆了。他以为夏千沉的冷笑是在讥讽这种约战跑山的行为，原来嘲讽的不是这件事情，而是对手。约战跑山，那不是骑着摩托车的鬼火少年才会干的事吗？

钟溯向大工递过去一个"习惯就好"的眼神，拿过明信片，说："哦，这是个社区赛车活动，这几天一直在汽联论坛首页挂着。"

"是吗？"夏千沉随便应了一句。他最近试新发动机，没太刷论坛。

这次是由汽联论坛里业余版块里的几个管理员组织，向街道和公安申请备案过后的山路赛车活动。冠军奖励三千块，以及——所有败者的车标！

钟溯吐槽于岳真是拿捏住了夏千沉的命门，与其说什么"夏千沉你过来参加吧，为了赛车文化，这里有很多人是你的车迷"，不如直接给他下战帖。

"你真去啊？"大工震惊，"你去干啥，虐菜吗？这是业余组啊！"

夏千沉相当随意地将胳膊搭在钟溯的肩膀上，笑道："肯定不能虐菜啊，说出去我还怕丢脸呢，放心，我到时候自罚 40 秒。"

"40 秒？"钟溯讶然，扭头看向他，"那是业余组，不是雪橇组，他们上的是内燃机，不是哈士奇。"

夏千沉给他精准地分析："于岳肯定也要让时间，以我对他的了解，他最多让 20 秒，我要让他输得心服口服。"

那个战帖和信封已经被夏千沉紧紧团在手心里，攥成拳头，他此刻俨然赛车界李小龙。

"但我们没车啊。"钟溯说。

"啊？"夏千沉回神。

钟溯掏出手机点开活动详情，递给他看："限排 600cc，只能使用 N 组发动机，你回头看看这个仓库。"

夏千沉的视线从手机屏幕上离开，他回头，仓库里的人忙得热火朝天，升降机上是他们三个月后去达卡要开的赛车，用的是 S 级 OC 发动机，维修工正在检查它的底盘与变速杆的连接口。旁边是一模一样的备用车。它们后方则是一辆搭载新能源电池的混合动力的 S 级赛车，它是夏千沉今年年度站点赛要用的新车。更后方的停车区里，没有一辆车低于 600 匹马力，全都是性能猛兽。

夏千沉恍然："啊……我们已经一年多没有开过 N 组赛车了。"

"是两年。"钟溯无奈，"我们连续两年跑 S 组，你连 N 组的赛车服都没有了。"

原来时间过得这么快吗？夏千沉捏着战帖和领航员四目相对，这些并肩作战的日子他毫无察觉。两年来，他们走过了沙漠与青山，走了环祖国陆路地图的国道，也去了祖国的北端。

钟溯伸手在他面前打了个响指："醒醒。"

夏千沉陡然回神："嗯？"

钟溯问："想去跑山吗？想去的话，这会儿得弄车了。"

"你呢？"夏千沉反问他，"你去吗？"

钟溯："废话，那是山路，我不去，你这眼神摸得着道吗？"

一句疑问，没有揶揄，无比真诚，最为致命。

大工看看夏千沉，再看看钟溯，视线在两个人的脸上巡视片刻后，又添了一刀，说："这个星期没人能给你们组新车，最后一个站点了，紧接着元旦去跑达卡拉力赛。"

大工强调："所以真的没人帮你们组车！"

夏千沉眨了眨眼，捞过钟溯的脖子，对大工说："没事，我们俩自己来。"

遥想当年出走 GP 那段青黄不接的日子，他们靠着汽修城里叶哥的小改装间，组了一辆每千米比别人慢 1 秒的赛车，还是拿到了站点赛的冠军。

夏千沉这么想着，笑得更得意。

"行。"大工说，"设备工具随便用，别妨碍我们工作就行。"

夏千沉点头："那当然。"

跑山的那座山距离城区 40 多千米，附近是农村，近些年不少人过去摘蓝莓啊钓鱼什么的。那边的山上也铺了条上山的柏油路，但受地形影响，路窄、弯多、盲区多、高低起伏大，所以事故频出。据说就是因为太危险了，所以明年政府要做道路拓宽。

近些年在国内能与夏千沉一战的拉力赛车手不多了，于岳算一个，凌未窃勉强能算一个，硬说个威胁性大的，大概是上周末在卡丁车场完成了人生首次漂移的郝瑞池。

当时夏千沉和钟溯在赛道旁边，感叹此子必成大器，控车动作已见高手之姿，话还没说完，郝瑞池就把车开上了轮胎墙飞出赛道。随后二人狼狈出逃，不敢再多说一句。

次日一早，车队仓库 10 点上班，两个人 7 点就到了。他们前一晚联络了 SL 的 N 组的经理，想要一台闲置的发动机。那哥们儿很爽快，说没问题，随便挑。结果今早 7 点，N 组经理顶着巨大的黑眼圈告诉他们，信息有误，N 组所有赛车的发动机都正在服役，闲置发动机在不久前被一个汽配城收二手收走了，目前他们只能拆外面的废弃车。

"好的。"夏千沉点头。

坦白讲，N 组经理没想到这二位业内翘楚会这么随性地接受事实，毕竟是自己记忆失误，结果钟溯拍了拍他的肩膀，说："谢了啊，要不你去休息室里再睡会儿吧？我们自己能拆。"

经理微微错愕："我以为你们俩会……呃，会生气来着。"

钟溯："有什么好气的？"

经理："白折腾，起那么早。"

钟溯："没事，我们俩倒霉惯了。"

夏千沉点头："无所谓，都是在攒运气，世界的能量是守恒的。"

经理还云里雾里，两个人已经抄起工具去停车场了。

停车场的废弃车辆并不多，经理说的那辆废弃的车他们很快就找到了，是一辆橙色的车。夏千沉环绕着它观察了一圈，叹道："这车该不会就是'不胜传说'一里毅开的那辆日产 GT-R（高性能、高可靠性的大马力跑车）吧？"

闻言，钟溯打开它的引擎盖，说："没错，就是它，但这辆车改了前驱系统。"

夏千沉掂着扳手："为了参加前驱组改的吧，正常的日产 GT-R 是四驱系统。"

夏千沉走过来站在钟溯旁边，也看向引擎里面，这一看，顿时两眼放光，问：

"欸？这发动机该不会是……"

"是。"钟溯也很意外，和夏千沉交换了一个眼神，说，"老式的，直列 6 缸，每缸四个气门，双涡轮。"

夏千沉的记忆没有钟溯的那么清晰，夏千沉只记得这相较于现在 S 级赛车之中已然不太够看的 A 级赛事发动机，就是当年让别的车在后面喝尾气的山路战神。而恰好，他们即将去跑山。

夏千沉忽然按住钟溯的肩膀，两只眼睛跳出小火焰般，说："就它了！"

钟溯冷静地回看他，说："也没有其他选项了。"

这辆车还能点火，夏千沉把它开进了仓库里。这个时间还没开始上班，夏千沉把车开上了升降架，然后下车，把车升起来一截。

拆发动机前，他们要先把汽油、机油和防冻液放干净。钟溯给了夏千沉一个口罩，两个人开始干活。

跑山的规则是车的马力不超过 600 匹，这个老式发动机虽然只有 280 匹马力，但老派发动机的底蕴犹在，重得令人发指的涡轮引擎放在今天，大概是第一个被轻量化掉的部件。

戴上口罩后，夏千沉只露一双眼睛，乌黑的刘海垂在眼睫上方，年轻的赛车手看着 20 世纪的发动机，似乎透过发动机在看它辉煌的过去。

"用哪个车架？"钟溯问。

夏千沉想了想，说："我上个月是不是开废了一辆车来着？"

钟溯点头。

夏千沉："就它了。"

那是一款搭载 8 缸发动机的 GT 车型赛车，上个月夏千沉跑完赛季站点赛之后马不停蹄地参加了浙赛圈速赛，在浙赛圈速赛上由于机械故障，把这辆车拉爆缸了然后退赛，回来之后又紧锣密鼓地筹备下一项赛事，那辆动力猛兽就被放在停车场里暗自神伤。

由于爆缸加上发动机渗油，那辆车不可以点火，两个人咬着牙把车推进了仓库，开始改装。

夏千沉呼出一口气："抛开故障不谈，这车是真帅啊。"

运用尖端空气动力学的前唇、侧裙，充满现代感甚至有点儿赛博风格，尤其是后轴上方支撑柱上的大尾翼，让赛车在赛道上有足够的下压力。

"爆缸的时候，你停在应急车道上对着它挠头的样子更帅。"钟溯含笑道。

夏千沉凝视钟溯，钟溯迅捷且熟练地收敛起笑容说"对不起"。

从早上 7 点到中午 11 点 30 分，得益于赛车手和领航员绝对默契的配合，车已经能点火了，接下来就是下赛道试车。

这辆车当时只有爆缸一个问题，车架和防滚架都是完好的，不过尾翼有损伤，当时夏千沉漂移过弯的时候尾翼撞上了护栏，现在只剩半个尾翼了。

夏千沉下赛道跑了一圈，车没什么太大问题。钟溯有点儿担心老式发动机和新式内燃机以及电机的适配度会出问题，毕竟这玩意儿挺玄乎的，跑 WRC 的赛车都免不了因电机不适配而熄火。

夏千沉说："没问题，甚至感觉能让于岳 35 秒。"

钟溯说："怎么感觉抖动的幅度有点儿大？给我开一圈，我试试油门。"

于是第二圈夏千沉在赛道边，和钟溯用通话器交流，一圈没跑完，钟溯在通话器里说："千沉，这个发动机和内燃机真的不太适配，抖得越来越厉害了。"

夏千沉决定自欺欺人地把锅甩出去："因为你是旷古烁今的乌鸦嘴大师。"

钟溯多少有点儿无语，无奈地苦笑："好，好，我背 90% 的锅，发动机背 10% 的锅，可以吗？"

夏千沉："可以。"

赛车手和领航员是会修车的，就像自古习武要学医，开车也得会修车，虽然做不到像维修工那样专业，但在有设备的前提下，小毛病都可以自己解决。

两个人窝在维修房里把这辆车里里外外折腾了几回，其间苦思冥想，对比了自己的赛车，在网上搜索了相似案例，甚至用上了塔罗牌，终于在下午 5 点拦住了刚刚干完活的大工。两个人弄了一身的机油和汽油，手往墙上按个印就是凶杀现场。

到底是车队大工，拆下发动机轨链让他们去仓库里找新的拧上，说："轨链都变形了，你们俩还在赛道上开，真是福大命大。"

总之，排除万难后，周末两个人来到了约定的野山脚下。

夏千沉把这辆拥有自己和领航员的心血的车从运输车上开下来之后，看着山脚停车场里的大家的车，真诚发问："哦，就我拿这个论坛活动当真了呗？"

事实上大家的震惊程度并不亚于夏千沉，9 月下午 3 点的骄阳的光铺洒在每个人的车顶棚上。

"怎么还有人开超跑啊？！"夏千沉震惊，拽起钟溯的胳膊，"走，回家！回家开黑金超跑！今天我跟他们拼个你死我活！！"

钟溯险些被他拽了个趔趄，赶紧反手把他拉回来："你等等，你等等……于岳，怎么回事啊？论坛那个活动的详情里不是有排量限制和改装说明吗？"

于岳无辜地说："你们没看下面的回帖吗？后来咱们拉了个群，决定抛弃一切规则，反正是业余活动，就敞开了跑，大家难得跑一跑车嘛。"

于岳又问："你们俩不会没进群吧？"

夏千沉震怒，上前几步又被钟溯拉了回来，被钟溯拉着也要往前挣扎，指着于岳喊道："我们两个车队的仓库距离不到 2 千米，你站在你的车顶朝我这儿喊两声我都能听见，还拉群？我今年有假期吗我？！"

夏千沉言之有理，于岳也只能痛心地过来拍了拍他的后背给他顺气。

原来参加跑山的车手们也都是赛车界的普通玩家和爱好者，开的都是家用车，有限的改装也只是添个尾翼之类的。所以大家凑在群里一商量，既然都是封路跑山了，不如想啥车开啥车吧，开心最重要，让受限于城市限速的跑车们尽情奔跑一次！

于是全场只有夏千沉老老实实地严格按照规则，带来了一辆输出马力不超过 600匹、无特殊改装、双缸双涡轮的车……

参加跑山的一共有 8 个人，两两一组，分批上山。

夏千沉和于岳一组，并且是最后一批上山的。夏千沉其实也没有多气其他人开着动辄十几缸发动机的超跑，跑这种山路，他开辆出租车都没事，主要是这两天他和钟溯为了组这辆车起早贪黑，就显得很呆。别人都上顶级超跑了，他们俩还去拆废旧发动机。

"你确定你让 40 秒？"旁边的于岳降下车窗，又问，"而且确定带着钟溯吗？加重量啊。"

夏千沉将胳膊肘靠在车窗沿上，轻描淡写道："说了 40 秒就 40 秒，这路我没跑过，不带钟溯我得开海里去，您先请。"

夏千沉做了个"请"的手势，因为正如他预料，于岳让业余组车手 20 秒，所以于岳比夏千沉先 20 秒发车。

钟溯帮夏千沉拉手刹，夏千沉挂挡握着方向盘。

"倒数了。"钟溯看着旁边裁判的手势，在通话器里给他同步倒数，"3，2，1。"

领航员松开手刹的同时，精诚合作多年的默契下，夏千沉开着车冲出了发车线。

这条山路他们没跑过，全靠钟溯临时指挥，眼睛看前路，大脑转化成路书，再由嘴巴用最简练的方式说出来。顶尖领航员就像顶尖的独奏家，打开一本从未练过的琴谱，开始视奏。

"5 米躲树后一个'U'形回头弯。"钟溯说，"把车屁股甩出去，角度甩大一点儿，这个弯很宽。"

夏千沉拉起手刹、蓄油、给油，丝滑的一套动作下来，发动机反馈过来的是老式的嗡鸣声浪。不同于现在高科技调校下的发动机，老式发动机在提速间隙有非常明显的滞涩感。

"老骥伏枥。"夏千沉评价道。

钟溯只笑了笑："20米切弯，走内线过掉前车。"

这是他们末位延后40秒发车后，超的第四辆车。老式发动机配合同样老式的序列式变速器，在夏千沉的手里，重现了十年前的动力。

十年前的动力搭配夏千沉完美的手刹漂移技术，车大角度甩尾出弯时，那一脚果敢到位的踩油门的力量，几乎要把油门踩进引擎里。然而弯道上能超前车，直道上他真的不太能追得上超跑。

"别急，等下一个弯过掉他。"钟溯说。

"打了这么多年配合，我一直以为你才是比较理智的那个。"夏千沉已经挂6挡将转速踩到每分钟8000圈，说，"钟溯，咱们用的十年前的双缸发动机，怎么超过超跑？"

钟溯顿了顿，说："说习惯了。"

后面追上来的车是今年新发售的纯电双门跑车，夏千沉从后视镜里看见了那辆车。

这辆车发售之前造势相当猛烈，未上市的时候去NS赛道上刷了个最快圈速，力压其他跑车。而且这辆纯电跑车的车身极轻，用了尖端科技，减轻其电池重量的同时，做到了高续航和高爆发，甚至还有弯道辅助系统，在过弯时如果检测到前轮失去动力或是动力过剩，电子系统会立刻介入，将车调整到适配过弯的绝佳角度。

老实说，在弯道上被这样一辆车超过的时候，夏千沉甚至欣赏了一下它的车身的姿态，评价道："唉，别人都是科技服务车手，轮到我的时候，就让我一个人类去突破低转速带来的时间差。"

钟溯宽慰道："你不一样，你开100千米能磨损掉十个轮胎，横着跑才够帅，前20米飞坡，落地后沙石路全油门。"

"收到，钟长官。"夏千沉一脚深油门冲出坡道，在空中轻踩刹车调整车尾姿势，车落地发出"咣"的一声巨响，底盘被悬挂稳稳接住，接着拉力赛车手开始全油门跑沙石路。

这种大颗粒沙石路面，人在上面走都难受，遑论飙车。在这里，业余车手们不得不减速慢慢过，剧烈颠簸的路面对控车能力的要求非常高，搞不好一个侧滑紧接着车就侧翻了。

路不可能永远是长直线，总有弯道，总有坡道。

"漂亮。"钟溯说。

进入沙石路面后，夏末的阳光折射在车身上，他们的车超过了新时代的纯电跑车，又一个大角度甩尾，巨大尾翼提供的下压力把赛车牢牢粘在路面上，他们的车在沙石路衔接柏油路的界线上超过了前面没能超过的超跑。这辆280匹马力输出的N组赛车，延后40秒发车，做到了全场用时最短。

山顶，接近黄昏，还是挺晒的。

终点是山顶的度假酒店，所有车先后停好，于岳过来叹道："牛，说真的，国内这么多赛车手，只有你我是真的敬服。"

"少废话。"夏千沉眯眼，"车标。"

钟溯笑吟吟地从车后的防滚架中间拎出一个巨大的铁质饼干桶，晃了晃。于岳愣了愣，走了过来。钟溯打开饼干桶的盖子让他看，里面有小半桶车标。

于岳震惊，扭头问夏千沉："你小子是老玩家了？"

夏千沉双臂抱胸斜倚在车身上，仰了仰下巴："你们自己抠，还是我来？我来吧，自己抠车标别把前唇上的车漆抠掉了。"

众人哑口无言。

那个饼干桶里全是夏千沉的战利品，这些年挑战他的人不少，场地赛也好拉力赛也好，全国各地的赛车手不远万里跋涉来与他一战，而他岿然不动。

几个车主甘拜下风，老老实实地用鱼线别自己的车标，巴掌大的车标被夏千沉捏着，他迎着光端详片刻，然后弹硬币似的往天上抛去——车标"咚"的一声掉进了饼干桶里。

夏千沉最后看了看那辆今年新发售的纯电跑车，眼神有些复杂，但没说什么。

于岳招呼大家去度假酒店里吃饭，大家畅聊着刚刚的跑山。

那辆搭载老式发动机的赛车安静地停在车位上，和它的赛车手一样，年轻的身体里装着一个老派的灵魂。它旁边停着拥有尖端科技的纯电跑车，一个代表过去，一个代表未来。

无法扭转的时间里，燃油车正在缓慢离开历史舞台，纵使夏千沉永远认为内燃机是人类工业皇冠上最耀眼的宝石，它也不得不顺应法则被慢慢淘汰。

那些燃油车奔腾的声浪，终将成为岁月史书的配乐。

钟溯叫他："走了。"

"来了。"夏千沉收回视线，抬脚跟上。

图书在版编目（CIP）数据

贴地飞行 / 寒川歌著 . -- 武汉：长江出版社，

2024. 12. -- ISBN 978-7-5492-9843-3

Ⅰ. I247.5

中国国家版本馆 CIP 数据核字第 2024RG6203 号

贴地飞行 / 寒川歌 著

TIEDI FEIXING

出　　版	长江出版社
	（武汉市解放大道 1863 号　邮政编码：430010）
市场发行	长江出版社发行部
网　　址	http://www.cjpress.cn
责任编辑	陈　辉
特约策划	梨　玖
特约编辑	梨　玖
封面设计	蜀　黍
印　　刷	天津中印联印务有限公司
版　　次	2024 年 12 月第 1 版
印　　次	2024 年 12 月第 1 次印刷
开　　本	710mm×1000mm　　1/16
印　　张	20.75
字　　数	400 千字
书　　号	ISBN 978-7-5492-9843-3
定　　价	52.80 元